創業鑒

刘自仁 著

黄河出版传媒集团
宁夏人民出版社

图书在版编目(CIP)数据

创业鉴 / 刘自仁 著. — 银川:宁夏人民出版社,
2013.10(2018.10 重印)

ISBN 978-7-227-05495-5

Ⅰ. ①创… Ⅱ. ①刘… Ⅲ. ①长篇小说—中国—当代
Ⅳ. ①I 247.5

中国版本图书馆 CIP 数据核字(2013)第 234210 号

创业鉴

刘自仁 著

责任编辑 贺飞雁
责任校对 陈 浪
封面设计 杨会云
责任印制 肖 艳

黄河出版传媒集团
宁夏人民出版社 出版发行

地 址 银川市北京东路 139 号出版大厦(750001)
网 址 http//:www.yrpubm.com
网上书店 http//:www.hh-book.com
电子信箱 nxrmcbs@126.com
邮购电话 0951-5052104 5052106
经 销 全国新华书店
印刷装订 固原文贞印刷有限公司
印刷委托书号 (宁)0011151

开本 720mm × 980mm 1/16 印张 23.75
字数 400 千 印数 1001~2000 册
版次 2013 年 9 月第 1 版 印次 2018 年 10 月第 2 次印刷
书号 ISBN 978-7-227-05495-5

定价 57.00 元

内容提要

《创业鉴》(原名《任主席打工记》)一书,是作者以弘扬中华民族文化为宗旨,以传统小说表现手法“章回体”的形式,叙述了北海省南山市科协主席任顾退居二线后的工作历程。通过任顾锲而不舍、退而不休,先后在为民医院、创新杂志社、乔玉药业公司、济世医院等民营企业的工作实践的描写,反映了民营企业要以人为本,要发扬民主、依法治企。只有依靠广大群众、广大职工的智慧和力量才能办好企业。同时还反映了对1980年后青年的再教育和如何教育的问题,企业党群组织如何在企业管理中发挥作用的问题,男女职工的爱情、婚姻、赡养老人以及青年人的世界观的改造问题,人与人之间的感情纠葛以及人际关系的处理、矛盾的化解以达到构建和谐社会的问题,关注民生的医疗卫生改革以及如何解决老百姓“看病难、看病贵”的问题……

作者饱含激情,以洋洋数十万言塑造了科技战线上退下来的任顾主席,始终保持优良传统、厚德载物、高风亮节、不畏艰险、身体力行,不分地域、不分彼此,凡是为广大民众谋利益,他都始终不渝地乐于奉献,勇于拼搏。与此同时,作者以任顾的见闻和工作经历为线索,较为生动地描述了现实生活的众生相。比如肖琼的奸诈、爱财、好色,乔玉、丁成乐等人的吝啬,唐娟娟、罗创、于开选等人的懦弱,黑胖子、黄经理等人的滑稽可笑,靳美丽、何守财等人的作风不确、行为低下,胡卫华、阮琴等人的好学和敬业……所有这些人物形象映衬了任顾主席对党忠诚、对民爱戴、对国负责,对自己的事业孜孜不倦的追求。

序

《创业鉴》(原名《任主席打工记》)已经脱稿,这是我学习创作的第一部长篇小说。我仅仅是一个文学爱好者,为了不浪费时间,在工作之余想写点什么,但由于学识浅薄未曾写出像样的东西,特别是从工作岗位上退下来以后,就有了比较充裕的闲暇时间。加之自己性情孤僻,不善社交,就把自己以前零散的作品收集整理了一下,汇编成一个集子,将自己大半生的一种经历与见闻留给后人。可是,我以《清水河集》命名的集子编纂出来后,显得量少而单薄,亲朋好友建议我再写增加些内容以充其量。于是,我苦思良久,还能写什么呢?现在已进入电子信息时代,像我这样挑灯爬格子、查字典、挥笔辛勤耕耘怕有些太落后、太迂腐、太固执了吧?……不过人各有志、有趣,"小米加步枪"也能打仗,只不过艰苦些罢了。

苦思有时候也能激起突发奇想。其他有些文学体裁我基本尝试过,唯独小说还未曾写过。于是萌发写小说的念头……未动笔先构思。从工作岗位上退下来,有些无所事事。为了不虚度晚年,我以自己的所见所闻写一写《创业鉴》吧。这部小说以退居二线的北海省南山市科协主席任顾的亲身经历和见闻为线索,展开了故事情节……前二十八回是任顾打工生涯的开始阶段,记述了肖琼的成长、工作和创业的过程,也描述了乔玉企业举步维艰,以及在任顾的帮助下走出困境,迎来峰回路转、柳暗花明又一村的景象。

小说中,任顾、高玉川、蔡红、孙莉莉、罗创、阮琴、于开选、刘建春等人的事例都比较单纯,他们的言行、性格塑造不费笔墨。肖琼这个人的塑造是比较费神的,这个人物一出场就给人一种虚伪、狡黠、自私、冷酷的感觉,这就预示了他的事业注定要失败的结局。他爱财、好色、狂妄自大,既无容人之量,不体恤职工,失信于民众,且反复无常。他出身贫苦,通过读书走上社会,就像巴尔扎克笔下《高老头》中的拉斯蒂涅一样,一旦得时得势,他的心灵中接受的一切坏的东西就派生出来了,而且对金钱与权势无限贪欲。

肖琼的贪婪决定了他惊人的吝啬，就像俄国作家果戈里在《死魂灵》描绘的泼留希金一样。精神世界空空洞洞，私人占有欲望的恶性发展几乎使他丧失了一切人性。

“人不学，不知义；玉不琢，不成器。”孔子云：“三人行必有我师焉。”历览前贤，纵观当世，哪一个伟大的人物，成功的英雄人物不是勤奋好学的典范呢？人是学而知之，并非生而知之。肖琼考上大学以后，面对城市的生活，学校的男男女女，花花绿绿……他很快忘了本，借钱摆阔，结交女友，学习成绩下降，若不是科任老师照顾，连毕业证都拿不上。他参加工作以后恶习未改，不潜心钻研学习业务知识，只满足于吃大锅饭，混国家的工资。偶然翻了一下报纸，看到了当地的宽松经济政策，灵机一动创办了医院。办院伊始，他也吃了一些苦，但没有坚持下去，更没有向同行业、向更多的人学习。反而故步自封，满足于既得利益，特别是在用人上，采取卸磨杀驴的手段，无休止的更换……最后终于找到了“知己”巫义。在他贫病交加的时候，巫义酿成的事故无疑给他本来孱弱的身体一个沉重的打击。这是一种报应呢，还是一种必然结果？正如俄国批判现实主义文学最伟大的代表列夫·托尔斯泰在回答读了他的长篇小说《安娜·卡列尼娜》后的一位读者——他的朋友加·鲁萨诺夫提问时说的那样：“根本讲来我那些男女主人公有时就常常闹出一些违反我本意的把戏来；他们做了在实际生活中常有的事，而不是做了我所希望他们做的事。”

肖琼这个人的内心世界和外在表现，也反映了改革开放以后，涌现出的许多大大小小的私营企业创业者的形象。当然这些人当中不乏德才兼备的企业管理的佼佼者。但是像肖琼那样的逞一时之狂热，钻当时宽松政策的空子办起了自己的企业，并且很快地掘得了第一桶金，而且不加强学习，不冷静审视自己的得失，脱离群众而最后一败涂地的企业主并不少见。

乔玉是个文盲，这个人和肖琼也有点相似之处，这个人的出场是南山市在招商引资中，外地来了一个几千万资产的老板，签字就用名章。其实，他不识字，不识字的人也有办起企业的……

乔发贵这个1980年出生的青年，他没有吃过苦。他身上的那些缺点反映了1980年后的个别青年的恶习，但他的心灵是纯洁的。只要有像任顾那样的人耐心地帮助教育他，他还是能成为一个好青年的。任顾是这篇小说的主线，贯穿始终。他是我党培养教育出来的一名基层干部，他的性格和言行也体现了基层领导干部的言行。他能够退而不休，乐于助人，乐于奉献，乐于教育年轻一代，这些都是我们应该讴歌和颂扬的。

“是非成败转头空。”肖琼带着无尽的遗憾死去了，而魏小花凄凄惨惨地生活着，她和肖继业相依为命，如果不是任顾给她找了份工作，她们母子二人是否将会衣食无着？况且肖继业正在上学，高昂的学费还在后头呢。他们的路还很长，愿她们母子走好……小说后二十二回描写了任顾受刘建春之邀赴江西济世医院工作的情况，也叙述了唐娟娟、魏小花再婚以及阮琴、胡卫华等人的爱情故事。同时由任顾的工作进程，引出了于开选、荣立范、谢俊杰、潘世雄等典型人物，并且较为深刻地刻画了这些人物形象，为塑造任顾全心全意为民众健康服务起到了相互映衬的作用。

我的这部小说习作，按行话就叫它“丑小鸭”吧！当然丑小鸭是永远不会变成天鹅的……我不企盼翱翔于蓝天的洁白的天鹅，就自己的文学水平而言，我没有欣赏那种境界的资格……我只盼我的丑小鸭有很强的生命力，能在广袤的大自然里有一席之地。

作者

2011 年 12 月 7 日　固原

目录 contents

第一回

得赋闲任顾无聊　受招聘又去工作

2001 年 1 月 10 日，北海省南山市科学技术协会主席任顾根据当地的工龄满 30 年的一把手领导干部可以提前退养的优惠政策，自愿申请让贤。从工作岗位上退下来，彻底回到了自己的家。家中所有亲属并未感到他与先前有什么不同，而任主席却感到莫名的失落和空虚。他琴、棋、麻将、扑克都不会，又不爱在外面扎堆玩耍，整天窝在家里干点家务、看点书，而看书又容易使人倦困，所以他感到急躁与不安。

任顾出身农民家庭，祖籍陕北保安（今志丹县），明代迁居北海省须弥县三河镇云裳村。远祖无考，近祖务农。祖父母、父母特别乐于助人，怜孤恤贫，称道乡里。

任顾少年读书，家贫，学费无继，仅达高中，不足 18 岁参加教育工作，教书育人，后取得大专学历并转行，但每到一地都尽心竭力干好本职工作，现在无所事事，他真有些靡费粮饷之感……他历来或者说本来不善社交，上班时还勉强接触人。现在赋闲在家，真有点像与世隔绝了一般。

1 月 24 日恰是农历辛巳年新年初一。春节期间家中来亲戚和客人，由于应酬冲淡了寂寞，任顾的心态好了许多，当然，任顾前些天怅然之情是极其正常的。他一贯敬业，事业心强，不是那种“闲看庭前花开花落，静观天外云卷云舒”颇具闲情逸致的人。因此，一下子没事干还真有点寂寥。他绝不是因失位而伤痛，他名为主席，其实是一个小小群众团体的负责人。他的工作简历很明确，常常“受任于败军之际，奉命于危难之间”。自他 20 岁出头开始担任单位负责人，每次调任都接的是烂摊子，群众和领导对他的总体评价是“为人正直，工作能力强”。

虽然任顾深居简出，但其赋闲的消息不胫而走。本市《开拓创新》杂志社邀请任编辑，105 厂聘请他任主管行政的经理，为民医院聘请他任行政院长，等等。最后任顾还是答应了为民医院肖琼院长的请求。对于肖琼其人，任顾并不了解，只是近日他接二连三地请任顾。任顾感到却之不恭,也就应允了。

3月1日,北海省的南部山区,天空晨星寥落,东方曙光显现。号称山中城,城中山的历史名城——南山市像一个睡醒的战士,精神抖擞、信心十足地迎来了新的一天,大街小巷的车水马龙很快的流动起来了……任顾照例起得很早,他今天压缩了晨练的时间,匆匆离开了南湖公园,骑上他那辆半旧的永久牌自行车迎着早春的寒风来到了肖琼于1994年借改革开放的宽松政策,创办的私营医疗机构"为民医院"。在医院三楼会议室召开的院晨会上肖院长向全院职工介绍了任顾,并宣布任顾为行政副院长兼办公室主任。在场的医院职工看到任顾挺拔的身材,红润和蔼的面容,不俗的谈吐,顿生敬佩之情。肖琼那肥胖泛黄的脸上镶嵌着一双环眼,滴溜溜地在人群中打转转。有几个年轻的护士已不寒而栗,不知道此君又在打谁的坏主意,或者正盘算着找碴撵谁走。

晨会完毕后紧接着便是查房,这是每天的惯例,任顾也被叫去凑数字。肖院长的嗜好是跟在他屁股后面的人越多越好,浩浩荡荡拥入病房,使病人及其家属都手足无措,他装着笑脸竟问些无关紧要的事情。他这样敷衍费时的查房早已使几位主治医生倒了胃口,但是不得不跟着他的屁股转。

查房完毕,大家都松了口气,这时楼道里早已站了些前来看病的人。科室主任和主治医生把病人招呼带去后,肖琼把任顾叫到他一楼的办公室,郑重其事地给他介绍医院情况(名为介绍情况,实为下达命令)。从他那南腔北调半土的普通话(其实肖琼是本地人)里,任顾已感到此人的狡黠与虚伪,任顾的工作量和他前些天邀请时谈定的工作内容翻了一番。

任顾稍做思忖,只能腹诽,口头还能说什么呢?到了别人屋檐下不得不低头。在额外增加的外事、宣传、总务后勤等工作中,后勤工作最棘手。近百人的吃喝拉撒、水电暖费用办公用品及医疗第一线的物资供给都得如期保障,稍有疏忽就会酿成大错。在长期的机关管理工作中任顾很少涉及这些事务,可以说业务不熟。生也罢,熟也罢,领导说了,你得干,恭敬不如从命。在有些私营企业,服从是第一要务,人权和民主不是打工者关注或讨论的问题。只有任劳任怨、忍辱负重才是谋生的座右铭。当然,任顾到此,虽然不是谋生,但毕竟是被领导者,他尊重这个事实。

正在他思索的时候,肖琼隔门喊:"蔡院长,你过来!"随着一声甜嫩的哎,一位身材高挑、皮肤白皙的佳丽飘然而至。她将任顾上下扫了一眼,洒脱地伸出染红指甲的右手要和任顾握手。任顾局促地站起来伸出右手,她软而白的小手抓住任顾大而粗糙的手说:"您就是任老师吧?可把您盼来了!肖院长请您好多次，听说您是一位才子！”

任顾不好意思地说：“过奖了，哪里是才子，我本农家子弟，念了几年书，才疏学浅。承蒙肖院长不弃，来为贵院打杂！”

肖院长趁机喝了一杯白开水后说：“蔡院长大名蔡红，谐彩虹之意。内科硕士生，是我的夫人，主管医院财务、药事等工作。”

任顾这才正视了一下蔡院长，柳眉杏眼、鲜红的嘴唇加上姣好的面容，就像刚要登台的演员一样。可见蔡院长是一个十分注意外表的女人，显得特别年轻。肖院长毕竟50岁的人了，他俩在一起，真像父女一般。然而势与利可以使男女忘年结合，这方面的例子屡见不鲜……

会谈完毕之后，便是进入角色的时候了。任顾从一个叫卢恭的小个中年男子手里接过一串钥匙，经卢恭的指点，任顾担负起办公室、档案室、会议室等的工作和管理责任。

下午上班后，任顾根据肖院长的指示，向市统战部写了一份报告，意在争取投资项目。

第二天清晨，任顾减去了往日的晨练，骑上自行车顶着西北高原冬春季节常见的扬沙来到了为民医院，开始了他既陌生又莫测的打工生涯。当他跨进五层高的白色医院大楼一楼门厅的时候，两个导医的护士身背红色彩带笑脸相迎，并热情地称呼：“任院长！”任顾只好点头答礼，他又看到药房窗口挤满了人在争着签到。他凑过去在签到册上写上了自己的名字后到了四楼办公室，稍事打扫整理了一下，他就拿上档案室的钥匙到五楼档案室整理医院档案。

任顾逐一打开两个白色上下层铁立柜的柜门时，呈现在他面前的是塞得满满的资料和拥挤的档案盒。他随意抽出一个档案盒打开一看，里面装的是请柬、诊断证明、处方、报纸以及供货方的广告等。再看其他资料，都是20世纪90年代的宣传杂志，有些已经发黄。

他下意识地取出一摞没用的东西准备扔掉，恰在这时护士长余艳要医用氧气来找任顾通知供货方。余艳以惊慌的神色说：“哎呀！任院长——这纸可不能扔，肖院长是个细详人，要检查！翻面能写的要留下作办公书写纸用，剩下的要经人家看了再交给院长夫人卖给收废纸的。这样吧，您刚来，不熟悉，我给您找几个纸箱，您把不用的资料放到纸箱内，由我报院长审批后卖掉。”

任顾很感激地说：“好，谢谢护士长的提醒！”于是任顾整理档案的工作开始了，从早到晚，他泡在乱纸堆里。办公室的电话不时地响起，他还要跑去接电话，上上下下六七次，晚上回到家感到头昏腿困……

第三天，任顾仍继续他的整理资料，重新建立档案的工作。眼看四个纸箱已塞满了无用的资料（其实是废纸），当打开第五只纸箱准备再装堆积在地上的废纸时，办公室的内部电话急促地响了。

任顾飞奔四楼，拿起听筒一听是肖琼的南腔北调："喂！任老师？你干啥呢？一楼下水道阻住了你咋不管？"任顾还说什么呢？他急忙锁好档案室的门，马上跑下一楼，叫上清洁工、锅炉工、司机等人，下到地沟清除粪便污水。他们从地沟一桶桶吊上，再抬到医院后面的沟沿倒掉，整整倒了8个多小时，地沟里的粪便污水还在向上涨。整个医院臭气熏天，病人和家属都已表示出不满，肖院长和他的年轻老婆戴着大口罩不时地探出头来监工。后来任顾和锅炉工撬开前院的化粪池盖子才发现粪便快顶到盖子上了。

任顾问："这么满咋没拉？"锅炉工邱克说："院长这人是个精细鬼，拉一车粪便要100多块钱，怕出钱，又没人给他白拉！"任顾说："噢！——原来如此。现在天黑了，其他职工都早下班了，咱们收工吧！洗洗脸，擦掉身上的粪便，喝口水，我请大家吃饭。"这时其他5名员工由于脏臭和劳累，本已沮丧的表情略有好转。

当他们6人刚改变了掏粪便的狼狈相，欲走出医院到外面吃饭时。肖琼从后院的家中出来了，一手插在裤兜里。由于刚吃过饭，嘴里不住地打饱嗝。他大声喊："任老师，地沟清理好了吗？"任顾示意其他人先走，自己一人留下应付。

当其他人刚抬脚走时，肖琼大喝："不要走，回家吃了饭再来加班，晚上干！"任顾以劝说的口吻说："肖院长，是化粪池没及时拉运，满了溢到地沟内，是否明天叫辆车拉出去，地沟就好了？"肖琼那张泛黄的脸沉了一下，很不情愿地同意了。

这时大家都松了口气。清洁工黄凤说："肖院长今天从葱地里过来了！"邱克说："说不定，还有蔡院长一关呢！"司机林满说："我已经饿了，任院长请咱们吃饭，咱们赶紧进馆子，看球他两口子谁拿事。他不嫌臭，咱们也不怕臭！""对，先吃饭！"大家异口同声，他们一行6人疲倦地走进了军民路边的清雅饭庄……

翌日，任顾5时多起床，草草吃了点馍馍。骑上自行车顶着深邃的夜空，伴随着星辰和路灯，第一个来到医院。上到五楼档案室又忙他的本职工作，又搜寻了三摞废资料装满了一纸箱。8点回到办公室给环卫站祁站长打电话联系拉粪便罐车，并提出能否收费低点。祁站长看在老领导面上及时派车，并以每罐150元降到100元……祁站长话还没说完，护士小田急忙跑上来说："任院长，院长叫您到三楼医办室参加交班，并带上会议记录。"

任顾拿起记录本跑到三楼医办室，环视了一下全体人员，大家都立正站着。虽然墙根有凳子，但不能坐，只有院长一人坐在办公桌前而鹰视狼顾。

当他看到任顾到场，马上说："开始！"于是交班开始了——当班医生汇报、住院医生汇报、护士长汇报，当班护士汇报……已经快9点了，肖院长开始讲话了——任顾坐在桌前准备认真地记录……细心地听，乍一听不对劲，仔细一听此君纯粹在骂人，哪里是讲话。从张三骂到李四，在场的除了新来的任顾和他的老婆，其他的人几乎被骂遍了。

窗外传来环卫罐车的喇叭声，肖琼充耳未闻——仍然骂个不止。在他半土的普通话里，尽夹杂些脏的东西。直到环卫司机和两位病人找上门来，肖琼才打住，愤怒地扫视了一圈说："散会！"这时只听桌凳相碰的响声和与会人员的唏嘘声脚步声……任顾明显地看到医护人员们个个憋满了气回到了工作岗位上。

肖琼把任顾和环卫司机叫到院长办公室，蔡红也随后跟进来。肖院长问司机："拉一车多少钱？"司机说："我们领导说，按100元给你们拉，别人不是这个价。"肖院长说："太贵了！"蔡院长说："60元差不多，我们医院病人少，贷款给职工发工资。"司机气呼呼地说："那你们另找车拉去！我的活多得很，我走啦！"肖院长慌了，一把拉住司机的皮夹克袖子说："80块！80块！"司机说："算了，不拉了！"任顾从椅子上站起来温和地对肖院长夫妻说："100元已是最低收费，也是站上对咱们的照顾。"肖院长很不情愿地说："拉去！"蔡红柳眉倒竖狠狠地盯了任顾一眼，拂袖而去。

蔡红去后，任顾望了肖琼一眼，看到院长没有反对的意思，就招呼了锅炉工邱克，二人帮司机下好了抽粪的皮管开始装拉医院的粪尿了，连续拉了三车才拉完。当环卫司机领运费的时候又遇到了麻烦，主管财务的蔡院长就是在领款单上不签字：说什么运费太高了，医院没钱了，任院长定的价，让任院长掏钱去……最后司机无奈，骂骂咧咧地开上车走了。直到事后第9天，听说环卫站的女会计张悦来了三次才把300元拿回。

任顾虽然年近5旬，但身体强健，脑子还很好使，记忆力没有减弱，看起来还很年轻干练，综合工作能力还很强。不多时日分门别类建起了医院全部档案，汇编了"医院规章制度"，而且协助肖琼把医院打理得面貌一新。他写好了工作计划，落实了年度任务，突出了各科部室的职能。大家开始各负其责，职工的精神面貌也有所好转，工作积极性也调动起来了。

由于职工们医疗服务质量的提高，来院就医的病人也逐渐地多起来了。

通过主管部门的多次检查和调研，为民医院的管理工作确实上了一个新台阶。于是市县领导也对该院刮目相看了，肖琼因此也提高了知名度，他的老婆蔡红也喜形于色。

转眼到了夏天。一天傍晚任顾正在办公室加班赶写一个肖琼到市政协参加会议的发言稿，办公室的门悄无声息地开了。他正伏案疾书的时候闻到一股挺浓的香水味。他抬头一看，为之一怔，站在桌前的竟是花枝招展的蔡红，她半眯着眼含情脉脉地看着任顾。

任顾此时已乱了方寸，他慌忙起来让座，不小心把桌边几张报纸撞掉在地上。当他弯腰拾报纸的时候，蔡红那温柔的手掌已按在了他的背上，说："任院长，你坐。"她边说边从容地坐在办公桌对面的红色软椅子上，显露出少有的雍容华贵。

她染红的嘴唇边挂着一丝微笑说："任院长真是德才兼备啊！——不愧当了多年领导，你来后一下子把医院工作抓起来了！"任顾还未及应答，她又话锋一转，表情严肃地说："魏小花那个婊子太爱占便宜了，熊会计也不是个好东西，老奸巨猾，他俩勾结一块弄钱呢！我看咱们商量另找人把他们换了，辞退回去算了！"

任顾顿时一头雾水，一时语塞不能作答。他下意识地揉了两下鼻梁子才说："这事我还不知道，再说调整人员要院长说了算。"

蔡红说："院长是个混脑子，尽用他的亲戚。魏小花是他的表妹，熊会计是他的姑夫，药房主任小胡是他的外甥女，药房新来的那个大胖女子小柳是他的外孙女。您看这些人，叫我咋管呢？"

任顾说："以教育为主，换人不如换思想——这么说你们都是亲戚，应该谅解才是。"蔡红听罢，神情黯然地扬头站起来边走边说："我最恨那个魏小花！"伸手开门飘了出去。

任顾此时呆坐在办公桌前，思路全部乱了。熊会计微笑的黑脸、魏小花凄苦的白脸……包括院长愤怒的黄脸直在脑海打转转。回家吧，还有什么心思在这里写稿子。为公家干事，当了近30年一把手没整过人，已经退下来的人了，被人伙上整别人真是划不来。

3月5日，任顾7点整到医院，开灯继续写昨晚未完成的发言稿。半个小时后稿子写成了，他又仔细地看了一遍后送给了肖院长。肖琼接过稿子顺手从上衣口袋掏出了一支碳素笔，像编辑部的编辑一样边看边改：这边画画，那边写写。把只有6页纸的发言稿改得面目全非，而且自作高才地又在一张白纸上写了几句，又把其办公桌右侧的一沓报纸和两个红头文件递给任顾说:“你把这些上面我勾画的内容都加到稿子里面去,打印好送来。”任顾接过报纸文件,并从他手里拿上稿子又爬上四楼回到他的办公室。

当任顾翻开报纸看时，他勾出的那些内容根本和这次参加的会议内容搭不上。又看两个文件,一份是卫生局通知参加结核病防治培训的,一份是县总工会表彰先进的。任顾为了节省时间少费神,打开电脑搜寻,按原内容打了起来……上午临下班，任顾下楼把打印好的发言材料送到了肖院长办公桌上。由于当时院长接待客人,正谈话,也没顾上看稿件。

正是:整档案废纸一堆,拉粪便还要省钱。蔡夫人欲排异己,肖院长乱改稿件。

下午,肖琼到市政协参加会去了。整个医院大楼的人员一下子活跃起来了,同志们互相可以说话了。任顾的办公室也热闹起来,有几个胆大的职工来到了办公室,争先恐后地给任顾介绍医院情况。其中有个东北人朱正挺直率,他原是市医院的内科主任医师,退休后便被肖琼请去帮助创办为民医院,可以说是该院的元老和见证人。他像冷子兴演说荣国府一样娓娓道来……欲知朱正说何话来,且看“下文”(因为第 2 至第 8 回前部分是插叙)分解。

第二回

农家孩子忘了本　不学无术当医生

根据朱正的介绍，原来肖琼也是本市偏远的河西县穷山沟里的农家孩子。其父肖老五虽然是农民却不爱种田，整天游手好闲。当时生产队虽然抓得紧，但他出工不出力。由于他是贫农成分，队长也拿他没办法。只好给他分些看场院、羊圈等轻活。他又嫌这些活把人绑住不自由，又要求队长给他调轻活。队长又不敢惹他，因为肖家是本村的大户，只好安慰他："你先看几天，等有啥轻活我给你调调。"他听了这话很高兴，下午抽空又到北山后面他姑姑家，和哪个村里的几个赌友玩了一晚上牌。恰在这天晚上，羊圈里进了狼，吃了一只小山羊，咬死了4只大绵羊。第二天放羊的马老二报告给队长。队长一边安排人剥羊皮，分羊肉，一边到肖家寻人。肖琼他母亲一听吓哭了，肖琼和他的哥哥姐姐也跟上号啕了起来。队长一看这情形，心想跟妇人娃娃说啥呢，折转身就走了。从此，肖老五不敢回家，害怕队里叫他赔羊，整天东躲西藏。他想这也不是个办法，一天趁天黑回到家里拿了几件旧衣裳，老婆连夜烙了一袋子干粮饼。第二天天没亮就跑出家门，叫上他姑姑村的一个赌友到兰州爬火车去新疆打工了。

听说肖老五跑了，队长也再没有寻肖琼他妈的事。加之肖老五是个大牙，队里劳力又不缺，队长反觉得省事。从此，小小的肖琼就帮他母亲干活，甚至比他哥卖力，同时也养成了能吃苦的好习惯。

肖老五跑了以后，家里缺了男劳力。由于是挣工分吃饭的年代，肖琼母亲一个人劳动拉扯四个孩子显然十分吃力。但她是个聪明要强的女人，仍含辛茹苦地坚持着。

眼看小肖琼也到了上学的年龄，面对如此情况，懂事的大哥和大姐先后辍学回家了，只让二姐和小肖琼念书。当时母亲坚决不同意两个大孩子辍学，并且哭了一场，但是还是成了事实。这样肖琼家的劳动力增加了，日子还算过得去。

6年以后，肖老五从新疆回来了，主动到大队柳支书那里认了个错，就到生产队里上工了。由于他能吹，跑到新疆后给317建设兵团放马，并摸索着学会了给马看病。恰巧生产队里的黑叫驴生了病，他给队长说："这点病我一把抓，保证三天后你骑上到大队开会去！"只见他给叫驴扎了几针，抓了三包草药熬好灌上，果真好了。第三天大队召开干部会，队长骑上黑叫驴到大队开了会，当然也把肖老五给牲口看病的事给广告了。

不多几天，大队柳支书陪同公社邢书记到生产队来检查夏粮生长情况时，顺便通知肖老五到公社兽医站上班。

第二天，肖老五刮掉了络腮胡子，在窑里的窗台上取过老婆的一块小方镜照了一下，他看到自己干瘦青黄的脸上还有些光泽。于是他换上了老婆洗净的一身蓝军干服，挎上一个半旧的黄挎包(其实里面是两个白面干粮)，兴致勃勃地到公社兽医站上班去了。他当的是临时工，每月有25元的工资(5年以后转正成国家正式干部)。

肖琼和他二姐在学校里念书很用功，学习成绩都不错。加上其父亲在兽医站工作，有几个现钱，所以姐弟俩的笔、墨、纸等学习用具也不太缺。同学们认为他们是干部子女，所以都侧目而视，还有几个同学还经常巴结他们。因此，肖琼养成了爱占便宜的习性和专横跋扈的作风，有时还专捡弱小的同学欺负。

肖琼从小学到大学一帆风顺，毕业后又回到河西县医院工作。后通过老父亲的关系调到南山市医院当了一名外科医生。当个好医生要有真才实学，而且还要工作踏实。而肖琼恰恰相反，整天夸夸其谈，说的啥都会，其实啥都不会。做了三次手术，两次出了问题，医院不但赔了钱，院长和科主任为他还受了处分。经调查，他在上大学时把主要精力放在了谈恋爱方面，上晚自习时偷跑出去跳舞。他男朋友很少，女朋友很多，三天两头换一个。由于他消费多，经常借别人的钱，借了钱又不还，纯粹一个死狗。临近毕业了，论文不会写，剽窃别人的文章充当自己的论文。三门功课不及格，临到最后毕业考试了，特意请了几天假跑回老家收了三箱鸡蛋，买了三桶清油。分别送给三位任课老师，最后考试总算通过了，毕业证也拿上了。

有了行骗的，当然就有上当的。肖琼在大学时的数十个女朋友中有个叫唐娟娟的内蒙古姑娘死心踏地的爱上了肖琼。虽然她父母叫她学成后回内蒙古，但她忠于爱情，效仿《西厢记》里的崔莺莺早早地为肖琼怀上了孩子。毕业后跟上肖琼回到了河西县才1个多月时间就生下了一个男孩。肖琼老家在孩子出满月时也为他们夫妇办理了结婚仪式，一举两得，双喜临门。毕竟肖家是大户，亲戚多，来贺喜的人还不少。

肖琼在市医院工作，妻子唐娟娟在河西县医院边工作边带小孩。开头两年肖琼还每一两周回到河西看看老婆孩子，百十来里柏油路并不远，而且班车、出租车经常跑。可是他渐渐回家次数少了，间隔的时间也长了。他是工作忙吗？不是，是老毛病复发了。面对市医院众多的年轻女医生和护士们，这位花花公子像猪八戒走进了七情洞——眼花缭乱，整天嬉皮笑脸没事找茬往那些女孩子群里混。心诚则灵，他混来混去倒还收效甚快，在一大群的年轻女医护人员中，有一位来自本市乔庄县乡下的、身材苗条而窈窕的实习护士勾住了肖琼的环眼——这就是现在的蔡红。他开始制订计划，并且全方位地向蔡红发起了灵活而猛烈的攻势……

肖琼在医院里的女职工中追得鸡飞狗跳墙，因而引起了医院领导的注意。恰在这时上级分来了一个赴南京中山医院进修的名额。院长为了息事宁人，就把肖琼打发到外地进修去了，肖琼走后医院很快恢复了平静。

一年后，肖琼进修期满，西装革履，耀武扬威地回来了。由于南方气候湿润，他泛黄的脸白了许多。他没回河西老家看父母、妻子和孩子，径直走向医院院长的办公室。名为报到，实则炫耀。

走出院长办公室的肖琼，显得十分高傲(除眼睛不时地往女职工那里瞟外)，简直目空一切。连本科室的主任和几位老专家也没正眼看一下，就向内科的护办室走去——显然是在找蔡红。他经打听得知他的心上人已于半年前到省城友爱医院上班的消息后，刹那间眼珠子都红了，并粗暴地自语“她妈的！”——这时的肖琼和先前判若两人，他像霜打的茄子一样慢腾腾走向医院后面的住宅区，迎接他的将是他久违了的302单间宿舍。

当他从裤兜里掏出钥匙塞向房门锁孔时，手抖个不停，怎么也塞不进去，连续塞了几次总算打开了门。进门后他气愤地哐地一声关了门，转身背靠门刚准备仰头叹气。不料由于关门的振动，房顶上的一只甲虫不偏不倚地掉到他的头上。他急忙从浓密的头发里抓出甲虫扔到地上，抬起穿皮鞋的脚狠命地将甲虫踩成了一摊水。这只甲虫又给他增添了一股怒气，他看到靠窗的桌子上乱七八糟堆了些尘封的书籍杂志，上前一把撸到了地上，恰巧一本封面有美女的杂志没有落到地面而是掉到地上的一只小方凳上。他又飞起一脚踢走了小方凳，只觉得脚腕有点疼。扯起裤子一看，透过白丝袜隆起一个血泡。原来飞脚踢偏了，脚腕碰到了小方凳的棱角上。

这时的肖琼简直是发疯了，他这无名之火不能只在这小小的空间燃烧——他要波及左邻右舍，甚至全院。他又从墙根脸盆架旁抓起一只绿色塑料外壳的暖壶，高高地举起准备摔到地上制造一点响声，想让邻居们前来看他肖琼多么威风。他又觉得胳膊一抖，从胳膊又看了一眼暖壶，猛地想起这暖壶是掏10元钱买的，于是他降下胳膊放下了暖壶。

他直起腰环视屋内，又发现房后墙屋顶角结了一大片蜘蛛网，再往下看发现了尘封的紫红色的席梦思软床。顿时眼睛一亮，由床想起了他骗蔡红在这里偷情的“情景”。慢慢地他的情绪有了好转，而且神志清醒信心倍增。开始动手慢慢地打扫起了屋子，在打扫屋子的过程中又制订出“赴省城寻找蔡红的行动计划……”

在愤怒与渴望、噩梦与美梦交织中度过一夜的肖琼，一大早就跑到院长办公室请了假。说是回老家看父母、妻子和孩子。其实他坐上了奔赴省城的班车，他心中只想着蔡红，又感觉汽车跑得太慢……其实这辆车的速度是很快的，加之又是高速公路，上午11点半就到了省城。

省城对肖琼来说是挺熟悉的，因为他在这里上的大学。他急忙搭上公交车来到了文化巷16楼409号——比较要好的大学同学，现在省人民医院工作的牛磊家，而且赶上了吃午饭。牛磊一边热情地招呼肖琼吃饭，一边心想老同学现在出息了，此番一定给我还钱来了。饭后又给肖琼递上热茶，又喊在税务局工作的妻子范彩：“你把小倩（他的女儿）的卧室整理一下让我的老同学住下！”肖琼说：“不用了，我在外面住！”牛磊是个热心肠，哪里肯，便说：“房子宽宽的，你在外面住个啥！”其实肖琼在他的“行动计划”里根本就没有安排在外面吃住的经费支出……

这是1994年的夏天，高悬在湛蓝天空的太阳热情地向大地喷火，省城的温度似乎更热。肖琼在老同学女儿的卧室里睡了午觉后，顿觉头脑清醒。他脱掉黑蓝色西装，上身只穿件乳白色半衬衫，配上粉白色裤子和红色凉鞋，到卫生间梳洗一番。再给乌黑的头发上打上些发油，对着大镜子一照，虽然脸黄了点，但不减当年的英俊和潇洒。他无须打招呼（因老同学夫妇已上班去了，女儿在寄宿小学）走出门，顺便锁好，来到了东风路大街。

为了省钱，他没坐公交车，沿着东风大街头朝西向友爱医院走去。由于太阳毒，他专拣树阴处走。边走边低头想蔡红，险些碰翻了路边的老大娘，他赔笑说：“对不起！”老大娘也没说啥只是看了他一眼，他收回笑脸继续赶自己的路……

下午4点多他到了友爱医院。8层高的医院大楼，门前小车停了一长溜，门庭内外熙熙攘攘。他专拣穿白大褂的问：“蔡红在哪个科室？”一连问了七八个都说：“不知道或不认识！”他又满楼上窜下跳找了一回也没找到，由于没注意他闯进了消毒室，还挨了一顿骂。

他困乏了，口也渴了。他走出医院大楼到小摊贩前，讨价还价了好一阵子买了块雪糕。坐在医院门前阴凉处的花坛沿边，边吃雪糕边想着找蔡红。一直等到下班，肖琼的一双环眼像两张筛子一样把走出医院大门的人过了一遍(特别是女的)，还是没有发现蔡红。明后天又是双休日，怎么办？管球它，反正吃住有人管，等两天吧！他这么想了一下，就返回同学牛磊的家。

星期六，他在牛磊家像在自己家一样，一会儿看电视，一会儿睡大觉。饭熟了就吃，茶端来就喝。好像他是这家的主人，牛磊夫妇倒像仆人一样伺候着他。只有牛磊的女儿小倩噘着嘴吊着脸，用冷峻的目光不时地扫他一下，他全然没有察觉。

星期日，9点半肖琼才睡醒。他伸了个懒腰，打了个呵欠，又伸出两只胳膊向空中展了两下，算是锻炼吧。乍听屋内没动静，又抬起头认真地听了一阵确信屋内没人——他就大着胆子基本没穿什么衣裳就跑到了卫生间解了大便。用水冲，冲不下去。因为他有个便秘的毛病，两三天不解，所以把便盆给阻住了。他又接了一脸盆水猛冲下去，以为把大便冲了下去。他顺便在卫生间洗了脸，刮了胡子，才到小倩的卧室穿好了衣服来到了客厅。

客厅的茶几上的盘子里放着三根油条、两个鸡蛋、一杯牛奶，显然是老同学为他准备的。他也没想人家三口人走哪里了，就心安理得的吃起来。按往常，牛磊一家由于一周的工作、学习，十分劳累。休息日好好睡个觉，恢复一下体力。哪知这肖琼是个夜猫子，每晚电视看到1点，而且声音放得特别大。他睡觉经常打呼噜，特别他睡得越香，呼噜声越大。凌晨4点多，他那洪亮而有节奏的呼噜声早把牛磊一家吵醒了。他们只好起床到临近的公园里散步去了，让他肆无忌惮地独奏吧！

吃饱喝好的肖琼，斜躺在沙发上二郎腿翘得老高。他睁大环眼扫视了一圈，没有值得关心的东西，最后才把眼光落到了电视机上。他打开电视，女播音员："电视机前的观众朋友们，大家好！"那甜嫩的声音，悦耳到了极点，这多么像小蔡的声音。他啪地关了电视，跑到洗手间对着大壁镜又着意地收拾了一下。在小倩的卧室换上皮鞋，锁好老同学的门后又向友爱医院走去。

肖琼走后约半个小时，牛磊一家回来了，小倩从她妈妈的小皮包取出钥匙蹭蹭的抢先上了楼。当她打开门后一股臭味扑鼻而来，她也想上厕所，冲向卫生间，卫生间的臭味更浓。她小便后冲水，冲出了许多大便，她气极了骂道："我肖叔不是人！"

牛磊夫妇刚进门听到女儿在骂谁，又觉得空气不对劲，忙问："怎么回事?”小倩从卫生间跑出来怒气冲冲地大声说:“你们来看看!厕所堵住了,你们招惹的好人,把人快臭死了!”说着快步走进了大卧室。范彩朝小卧室(小倩卧室)内瞟了一眼,确信肖琼不在,便面对丈夫说:“你问他‘钱’的事了吗?”牛磊说:“咋好意思问,人家不是叫花子,临走时会搁下的!”

范彩看了一下墙上的表已11点40分,忙说:“你掏厕所,我做饭!”于是他们各负其责地忙开了。12点20分,范彩往餐桌上摆饭,一盘西红柿炒鸡蛋,一盘烧茄子,一盘凉拌三丝,最后端上一小锅大米饭,就这些。按往常星期天,女儿又回来,一般最少要做个四菜一汤或更好些。今天由于屋内空气不好,昨晚又没睡好,头昏脑涨,再没心思做了,凑合着吃吧。

范彩的任务完成了,擦了手准备叫丈夫和女儿吃饭,一听丈夫还在卫生间捣腾。她走出小餐厅一看,丈夫像三国魏将许褚一样赤膊上阵,已是汗流浃背了,厕所已被肖琼的干屎棒堵了个水泄不通。她气愤地说:“算了,吃饭吧!吃完饭再弄!”牛磊只好洗洗手、擦擦汗准备吃饭,此时的小倩已闷闷不乐地坐在餐桌边往嘴里扒饭……

由于没有“敌台”干扰,中午,牛磊一家总算休息了一阵。下午3点夫妻又兵分两路,妻子送女儿搭车到学校,丈夫继续掏厕所。由于牛磊也是农民出身,也有些力气,终于于下午4点多捣通了厕所,乘势把卫生间及各厅室的地拖了一遍,打开所有的窗户通了风。妻子回来看到丈夫已靠在沙发上睡着了,就轻轻地关上了门,也到大卧室的床上躺下,心想:“这个肖琼今天到哪里去了,怎么没回来吃饭?”

却说肖琼仍按前日的路线来到了友爱医院。今天看病的人不太多,医院前的小车也少了许多。他这个人很机灵,今天他总结经验,改变战术。走进医院大楼,从一层往上慢慢走,边走边拣老些的女医护人员打问蔡红,终于在第五楼传染科的门口一位把门的老护士那里得到了蔡红的消息。

原来蔡红在四楼的“内三科”当护士,前天轮休,昨晚夜班,今天倒休。蔡红没在医院家属院居住,据说在轴承厂住。肖琼谢过老护士,连跑带跳下了楼,搭了出租车向古城路轴承厂奔去……

这个轴承厂是个老厂子,大门两侧松柏参天,肖琼昂然入内。由于是星期天,他又穿得整齐,不像小偷,门卫也没有盘问。道路两旁树木葱茏,鲜花盛开,肖琼感到清爽,心情好到了极点。尽管如此,他还是无心赏景有心找人。厂子占地很大,走了半个多小时,肖琼才绕过厂房车间。又穿过一片空地,空地右边有几座鱼池,有些男女戴着凉帽坐在池边悠闲地钓鱼。蚊子乱纷纷地直往头上飞,肖琼举起手想打,又怕损坏了发型。只用巴掌在空中扇了几下，马上把手插到裤兜内。挺胸抬头，继续保持绅士般的风度，迈着矫健的步伐向家属区走去。

刚进家属区，就被一条大狼狗吓了他一身冷汗，险些乱了方寸。狼狗被铁绳拴着，只是向他叫了几声，并未认真地来咬他。走着走着又看到了几只，有的只是抬头看看他又放下头躺着。这厂子外地人较多，外地人爱养狗。肖琼慢慢胆正，不注意狗而注意人了。他不分男女老少，见人就问："请问你知道蔡红吗？"连续问了八九个人都说："不知道！"而且口音还很杂。肖琼开始灰心了，腿脚也困了。他见小道边有块小石墩恰在一棵沙枣树下，他赶紧走过去坐在上面乘凉喘气。

刚喘过气，正考虑是继续往里寻，还是打道返回——肚子也饿了。恰在这时，一个穿黑色T恤衫的小伙子骑了辆蓝色的女式自行车从里面出来了。眼看小伙子就要从他面前过去了，肖琼喊了声："小弟弟等一下，问个人！"小伙子刹住车子，左脚点地，侧过头用小眼睛盯着肖琼："你问谁？"肖琼一听是本地口音，热情地站起来凑到小伙子跟前说："你知道蔡红吗？"小伙子不加思索地说："知道，她今天好像跟她男人出去了！"此时肖琼像是五雷轰顶一样，险些晕过去了，但是马上恢复了平静，强装笑脸又问："她男人是谁？"小伙子有点不耐烦边蹬车子边说："她男人叫王山有！"当肖琼还想说什么时，小伙子骑着车子一溜烟跑远了。肖琼此时沮丧到了极点，他本已饿了的肚子也不饿了——气得饱饱的了，他脚步蹒跚着离开了轴承厂。

从轴承厂向东到老城长约20里路的古城路段，两侧的防护（风沙）林带像两条绿色的巨龙夹着宽阔的马路，一直伸向远方。肖琼垂头丧气地沿着路南侧的林带边不紧不慢地走着，迎面擦肩而过的行人、车辆他视而不见。当途经化肥厂门口时，从厂里驶出了一辆银灰色宝马轿车，它的鸣笛声警示了他的耳目。

他猛地抬起了头，厂门口两边还站着几个闲聊的老工人。他不经意地瞟了他们一眼，就走了过去。再往前看，他眼睛一亮，前方对面而来的一对青年男女，那女的好像是蔡红。为准确无误，他敏捷地将身一闪躲进了林带，他在林带的一棵大槐树后细心地观察那对男女：男的上身穿黄色T恤衫，下身穿月白色短裤，面色白净、瘦，个头和女的差不多。女的上身穿紧身淡绿色线衣，下身穿黑丝裙。女的左手挽住男的手插在裤兜的右臂，显得十分亲昵，又像在窃窃细语。1.68米的苗条身材，白中透红的鸭蛋脸配上一双水汪汪的圆眼睛，既妩媚又端庄，这不是蔡红还是谁呢？

乘他们没注意，他又调转方向在林带的树空里向西一路小跑……快到化肥厂的门口时出了林带,绕过闲聊的老工人。双手插在裤兜内开始斯斯文文地装作散步的样子,竖起双耳听蔡红他们的脚步声……

蔡红只顾和王山有说说笑笑,也没有注意前面走的是谁。眼看快要接近前行者时,冷不防肖琼猛地一个向后转,黄脸阴沉,环眼圆睁,直冲蔡红问:“他是谁?”蔡红猝不及防,惊傻了眼,泥塑一样定格到了路边,不知手是何时从王山有的臂弯里抽出来的。

王山有虽然也吃惊不小,但很快回过神来问蔡红:“他是谁?”蔡红被王山有这一问才下意识地收回了瞅肖琼的傻眼,慢慢地低下了已经烫了发的头。肖琼又盯着王山有吼叫起来:“姓王的,你小子有本事,你用啥办法拐走了她!”王山有不甘示弱地回答:“小蔡是我的女朋友,关你屁事!闪开,别挡路!”肖琼随口又是一个“他妈的!”飞起踢凳子的那条腿,一脚踢向了王山有的腹部……那知王山有是个爱好体育的青年,又练过两天拳脚。只见他倒退半步,伸左手抓住了肖琼的飞脚,又向前跨半步,用右手托起肖琼的腿肚子往高一举向前一推——肖琼“咚”地一声一个仰面朝天跌到地上。因为没伤着后脑勺,他爬起来背了满身土像疯狗一样猛地扑向王山有。

此时的王山有胆子更正了,他伸过右手接过肖琼的右胳膊向后一带,右脚向前挡住肖琼刚要迈出的腿,转身用左手在肖琼背上轻轻一按,肖琼一个狗吃屎爬到了地上。他感到嘴啃到地上,生疼生疼的。他慢慢站起用手一摸,虽然两颗前门牙没绊掉但已有些松动,鼻子和上嘴唇确实擦去了一大片,满手是血。肖琼又猛扑过去抓王山有的脸,王山有躲得慢了些,虽然脸没被抓上,T恤衫上的衣领已被抓住了,而且染了一大片血。

这时过路的人围过来了,特别是从化肥厂门口来的那几个老工人架开了肖琼,指着他的鼻子骂:“你这个大大的人,怎么在大街上打孩子!你在林带里鬼鬼祟祟地,你怕是个断路贼吧?”肖琼一看不对头,掏出手绢捂住嘴巴,拨开人群悻悻离开现场。边向公交车站点走,边拍打身上的尘土,心中暗骂自己,一米八的大块头,怎么像个大脓包。

王山有的衣领上一大片血,一位老大娘关切地上前说:“孩子,到医院看一下吧!”王山有微笑着对大娘说:“谢谢!”又转过脸对着蔡红严肃地问:“他是谁?”蔡红轻蔑地说:“以前实习时认识的一个医生!”王山有也再没追问什么,又担心地说:“这家伙是不是还来报复!”蔡红说:“他是个软蛋,没有那本事!”说罢她又挽起了王山有的胳膊向轴承厂走去,她庆幸自己最后的选择,她上过那笨蛋的当,但今天又真实地看到了那家伙的全武行。

却说肖琼下了公交车到附近的公共厕所洗了嘴巴上的血迹,慢慢地来到了牛磊的住宅楼前,这时已到了傍晚。虽然西边天空抹上了彩霞,微微的北风带来了丝丝凉意,暑气渐散。街边树冠上的鸟雀呼朋引伴,发出欢快的吵闹声。此时,肖琼内心的愤懑并未消退,他又止住了脚步,心想:自己这副尊容,又加上嘴脸疼牙齿松,假如牛家晚饭是米饭、馒头、炒菜之类怕要出尽洋相。他折转身又到附近的一家饭馆喝了两碗稀饭,用餐巾纸仔细地擦了嘴,这才走向了牛磊的住宅楼。进了牛磊家门,只见范彩坐在沙发上看电视,手里还拿着打了一半的绿色毛衣。看到他进来,便热情地站起来搁下手中的活计说:"你今天到哪里去了?这么晚才回来,饭给你留着,我给你热去!"说着就向厨房走去,肖琼忙伸出胳膊拦住说:"别热,别热!我吃过了。今天碰到了一位老朋友硬拉我到他家去,我和他只顾叙旧,没注意绊了一跤。嘴都烂了,脸也肿了!"他边说边潇洒地用手向嘴旁指了一下。范彩说:"看到了,真的鼻子有些青,嘴和左脸有些肿,你刚进来我还没注意到。"肖琼问:"牛医生呢?"范彩说:"医院今晚开会,他饭后就去了。"肖琼:"噢……"了一声就进入小卧室既消气又睡觉去了,范彩看了一阵电视也回到自己的卧室休息了,牛磊很晚才回到了家。

次日凌晨4点肖琼就起了床。由于昨晚睡得早,呼噜打得早,和牛磊夫妇的睡眠形成了时间差。今早又知趣地没开电视,所以牛磊夫妇都睡了个好觉。范彩7点起来洗漱后忙去筹备早点,牛磊起床后掀开小卧室门会见老同学,只见肖琼穿戴整齐地坐在床上发呆。他热情地问:"你睡好了吗,怎么嘴烂了?"肖琼勉强挂上了笑容说:"睡好了!嘴碰了点,不要紧。你昨晚开会了,我未及给你说,我准备今天回去了!"牛磊说:"急什么?再过两天吧!我还没顾上陪你!"肖琼说:"事办完了,我得马上走!"说着就抓起了小提包。牛磊上前一把抓住老同学的手,急忙说:"你决意要走也得吃罢早点吧?"说着喊妻子:"摆早点!"肖琼说:"也罢。"就和牛磊并肩走进了餐厅。肖琼今天只喝了两碗稀饭,由于嘴疼,今天吃得非常斯文。其他食品一概未动,牛磊夫妇劝了好一阵,肖琼推说:"昨晚吃得多了,胃胀!"吃罢早点,肖琼拎起手提包,含笑谢过老同学,一溜烟地走了,当然没有提还钱的事。

肖琼走后,范彩关了门,就问丈夫:"那5000多块钱给你了吗?"牛磊无奈地摇摇头。范彩气愤地说:"我看你这个老同学是个赖皮!"牛磊说:"不说了,上班吧!"于是他们夫妻各自收拾了一下,就很快上班去了。

正是:发脾气踩死昆虫,赴省城寻找蔡红。同学家心安理得,挨了打鼻青脸肿。欲知肖琼回到医院如何,且看下回分解。

第三回

读报纸发现奇迹　孙莉莉马失前蹄

肖琼回到南山市医院显然沉稳地多了。因为蔡红的移情和王山有的拳脚着实地给予他一次沉痛的教训，他冷静地思考了几天，他不能再张狂自信，他要谦虚谨慎。因此，比起进修回来的样子，真的好像脱胎换骨了一般，同事们对他渐渐都刮目相看了。肖琼不但能准时上班，还能主动工作了，学习也抓得紧了。以前他只爱看女人，不爱看书和报纸。现在，科室的报纸，他几乎每版都看，甚至写写画画的。一天下午肖琼在阅读报纸的时候情不自禁地——像发现新大陆一样惊叫了一声“好！”周围的人都用怪异的目光瞅了他一下。原来市委市政府根据中央改革开放的政策，又出台了“快速发展山区经济”的诸多宽松政策。这些政策中包括允许私人办学校、医院及其他企业。于是，肖琼想起了办医院。他越狂想越激动，假如自己办所医院，自己不就是当然的院长吗？和他（指本院院长）一样牛。他说不定就调走了，我在我自己的医院当院长，谁也调不走我——谁能奈我何？越想越激动，竟然手也舞之，足也蹈之，旁边的人以为他疯了。正要上前救助，他却得意地笑了，大家也就散开了……

肖琼收回了笑容，黄脸一沉，严肃了许多。心想：既然灵犀已通，又脱了口叫了“好！”就等于在大庭广众之中发了言——言必行、行必果。下班后他在职工食堂吃了碗炒面，喝了些面汤，擦了嘴就向医院大门外走去。有几个一同吃饭的医生互相使眼色，其意以为这家伙又唱歌跳舞去了。其实他们估计错了或者是“旧眼光看人”。肖琼十分勤快而谦虚地走访了刚退下来的比较要好的三位老医生。第二天、第三天在同样的时间，以同样的勤快和谦虚又走访了几名关系一般或者不太要好的退休老医护人员。在这些被走访的退休人员中，百分之八十的听了他办医院的宏论都暗自发笑。敷衍的、应允的、同意应聘的都有。只有朱正以老东北人的耿直和热心认真地替他筹划了一下，听了老朱如此这般面授机宜之后。肖琼内心的些许疑虑一扫而光，决心完全下定了。他回到了房间睡下大脑细胞活跃极了，加上心情振奋，心跳也加快了……他想了开办医院的方方面面……直到凌晨3点，他才进入一群人高呼“肖院长”的美梦中。

随后的几天中，肖琼利用午休和傍晚的空余(包括星期天)时间到处跑。请名人、租地方、筹资金。由于他有个借钱不还的毛病，所以筹措资金很难。熟人根本没人给他借，只有几个生疏的亲戚给他帮了几千元。他又跑贷款，当时贷款不太紧张。通过几天的不懈努力，终于在市工行贷了5万元。

开办医院的地方也问得差不多了，款也到位了。于是肖琼拿出最后一把撒手锏，向院长写辞职申请。他用了整整两天双休日写了份“辞职申请”，星期一一上班，他又趾高气扬地找院长送申请。当他傲气地敲院长办公室门时，发现院长不在。一问办公室主任，才知道院长到市政府开会去了，他收起申请回科室上班。晚饭后他又想起聘请有关人员的事，就跑到朱正家讨教。当讨教、物色人选之后，他顺便掏出“辞职申请”让朱正看看，意在表示他破釜沉舟的决心。朱正看了他的申请后，很不高兴地说：“你写的辞职申请就像挑战书一样。”肖琼面有愧色地说：“请朱老师修改。”朱正把开头改了之后，最后放下原稿，重新替肖琼写了份“辞职申请”。

星期二刚上班肖琼就到了院长室，递交了“辞职申请”，并以不屑一顾的目光扫了院长一眼。院长略看了一下申请就搁在办公桌上说：“你去上班，我们研究一下再说。”肖琼转身就离开了院长办公室向自己的科室走去，心中嘀咕：你还能什么呢？过段时间我和你一样大。

自打递了申请之后，肖琼的老毛病又犯了。迟到早退，中途离岗，出工不出力。但是报纸照样看得紧，特别广告栏目看得最仔细，他准备计划通过广告招聘人员。第三天，医院办公室主任通知肖琼到办公室，让他填了几张辞职申请表，签了名。还在财务、总务等室办了手续，这一下他专心致志地开始办医院了。

肖琼读过《三国演义》，刘备创业之初有关、张二将，他聘请朱正和市医院刚退休的外科医生张贵作为他的左右手。又从卫校毕业生中和他的亲戚、朋友中招聘了一些医务人员和工作人员。租赁市保健院空余的两间库房和临时腾出的三间楼房，选定8月8日8时挂上了朱正和张贵二人为他深思熟虑而定名的“为民医院”的牌子，放了几串鞭炮，包了三桌饭，请揭牌的市卫生局康副局长和帮忙的人以及聘请的医务等人员吃了一顿饭，医院就算正式开张了。

打起招军旗，自有吃粮人。特别医院名牌有“为民”二字，所以有些贫困患者为了省钱前来就诊。当然，刚聘来的老医生和其他工作人员十分卖力地工作，全心全意地为患者服务，自然赢得了大部分患者及家属的好评。加上肖琼巧舌如簧的自我宣传也打动了一部分群众的心，于是来医院看病的人渐渐多起来。由于病人和家属以及以肖琼为首的医院职工的宣传，一些边远山区的患者，特别河西县肖琼的老乡来“为民医院”看病的人更多。病人多了，医院的收入也好起来，年底结算：住院医疗费收入 9 万元，门诊费收入 4 万元，药品费收入 6 万元。除过成本和职工工资，不到 5 个月净挣 10 万元。此时肖琼，不，应该称肖院长偷偷地笑了。肖琼笑过之后又仔细地估略了一下，在这些收入中，药品的利最大，今后要在药品采购上动脑筋。他坐在由一间库房隔成的手术室、化验室和院长办公室房间里苦思良久还是不得要领，他喊过来正在看病人的朱正，说：“朱老师，你对药品采购熟悉吗？”这朱正刚退休后开过药房，对药品的采购也有点门道，但还是不精于此道。说到最近几年的行情，他还是不清楚。他突然想起了一个人，便对肖琼说：“院长，药品采购我不熟，安徽人乔玉开的养荣药店里有个孙莉莉对采购可能熟，听说她经常跑采购。肖琼一听眼睛一亮，喜上眉梢，此人不但能办事，而且又是女的。他迫不及待地说：“朱老师，你把这个病人打发了，就去找她，就说我请她，越快越好！”

傍晚，孙莉莉如约来到了为民医院。她敲开院长办公室的门，此时肖琼正和一个漂亮的年轻护士谈心。孙莉莉知趣地没有跨进门，略带微笑地问了一声：“您是肖院长吧？”肖琼赶紧站起来示意年轻护士出去，迎上前彬彬有礼地说：“是，我是肖琼，你是孙女士吧？快进来。”孙莉莉大方地颔首微笑了一下跨进门说：“我就是孙莉莉，肖院长约我有何要事？”这时肖琼慌忙让坐并细致地看了一眼孙莉莉，他心中嘀咕：什么孙莉莉，不如叫个孙胖胖吧。只见她肤色黑且胖，五短身材，蚕眉凤眼，羊鼻子蛤蟆嘴。上身穿大红色羽绒服，下身穿绿色短裤筒上棕色长靴——简直像根粗壮的大辣椒。他回过神来说：“快请坐，今日把孙女士从百忙之中请来，想请教一下采购药品方面的事，当然包括如何办好医院方面，望您不吝赐教！”孙莉莉弯腰坐在办公桌旁的一把椅子上，清了一下嗓子，半眯凤眼谦虚了两句，然后像理论家演讲一样眉飞色舞地讲开了：“一、二、三、四、五。”条理清晰、层次分明、深入浅出、重点突出，讲得头头是道，说得娓娓动听，此时的肖琼像个小学生一样听得如痴如醉。他心想：人真的不可貌相，这个女人虽丑，但有才华，只恨相见太晚。

茅塞顿开的肖琼等孙莉莉演说完毕后，站起来情不自禁地拉了一下孙莉莉的手说：“今日我肖琼听您一席话，真是胜读十年书啊！您如果看得起小弟，请来帮我一把吧？”(其实肖琼年龄比孙莉莉大)。孙莉莉也站起来大方地握住肖琼滚烫的手，用凤眼直直地盯着肖琼说：“恐怕乔老板不同意。当然，我的事谁也管不住。后会有期，我该回去了。”她松开了手挪步出了门，又回头望着肖琼颔首微笑了一下，快步走出了为民医院的大门……

孙莉莉走后，肖琼开始在他简陋的办公室靠里边的一张单人床上休息了。躺下后，孙莉莉的言谈举止像放电影一样在脑子里闪现着。他感到孙莉莉的话语有理有据有用。他要把孙莉莉的谈话作为他发展医院的宏伟蓝图，最好把这位巾帼英才弄来。想着——想着，精神亢奋，肖琼彻夜失眠了，这是他第一次失眠。

第二天，无精打采的肖院长打发一名小护士把朱正叫到办公室了解了一下孙莉莉的情况。原来孙莉莉原籍河南南阳，1958 年作为支边青年的父亲来到了南山市运输公司，当了名汽车司机。1980 年孙莉莉及母弟三人从南阳农村来到了父亲身边，孙莉莉和弟弟孙象接着在南山市中学上学。她高考落榜在家闲居一年后，通过考试录用到市针织厂当了一名工人，不久又与同在一个家属院的河南老乡石映海的二儿子石生贵结了婚。这石生贵可是个软秧子，他在市毛纺厂当运货司机，工作倒很勤快主动。可是下班回家后就完全置于孙莉莉的领导之下，孙莉莉河东狮吼式的呵斥使他十分胆怯。因此，他对孙莉莉百依百顺。

1987 年 2 月毛纺厂下马，石生贵也没活干回来了。孙莉莉怒火中烧，又骂了一顿丈夫。她转念又想：这不能怪丈夫没本事，大势所趋，现在不是有人下海经商吗？活人怎能让尿憋死，天无绝人之路，妈拉个巴子——干！于是她索性辞了工作，向爹、公婆以及几个要好的同学借了些钱，带上丈夫开始摸索做生意。先从纽扣、鞋袜、服装开始，渐渐见什么能赚钱就捣腾什么。先走兰州、西安，逐渐下上海、跑广州。生意越做越大，最后竟在南山市南关街最繁华地段开了家"福来顺"商场。家大业大她两口子顾不过来，就从四川来的打工妹中挑选了两名，一个矮胖些的叫闫红，另一个苗条些的叫杜月，都白净水灵，人面子上都能拉得出来。"福来顺"真很顺，两年工夫已享誉全市。货杂价廉，而且带批发，孙莉莉当然成为全市有名的女老板。赤兔马也有绊倒的时候，正当她豪情满怀勇于拼搏的时候，意想不到的事情发生了。由于她常领上杜月外出进货，而在家的老公在闫红的调教下，胆子也大了，人也机灵了，逐渐两人也好起来了。石生贵第一次感到了女人的温柔和体贴，他真不想再见到那个母老虎孙莉莉，商场上的事完全依赖于闫红了。

一天下午，当孙莉莉和杜月从广州调货回来，"福来顺"商场的门面关得紧紧的，看上面的尘土已有几天没开门了。孙莉莉一问邻居，都说有好长时间没开门了，回家问公婆都以为他们调货去了。再返回商场撬开门，孙莉莉"啊！——"了一声，脸气得越黑了。商场里比较值钱的货已发空了，货架大部分是空的。杜月在收银台上发现了一封信，未及看赶紧交给孙老板，孙莉莉展纸一看，上面是这样写的：

孙老板（大姐）：

小妹与生贵再拜而请：大姐息怒，怒则伤身，为保大姐金玉之躯常健，容妹进言："月满则亏，乐极生悲。今大姐产业已大，当享富贵。"生贵愿与大姐平分家产另奔他途，士各有志，愿大姐勿拂此意。书不尽言，后会有期。

敬颂，健康

小妹：闫红

1992年4月10日谨呈

孙莉莉看罢信，从来不抖的手开始抖了起来，随着身子也抖了起来。杜月上前搀扶了一下。她摆手不要扶，她顺势坐在布满灰尘的椅子上，定神静气了一会。忽然笑了两声，又拿起信对杜月说："闫红的字写得不错，啥文化程度？"杜月说："高中毕业。"孙莉莉自言自语地说："她为什么在履历表上填'初中'呢？"……

孙莉莉低头思考了一下，猛地抬起头含笑温和地对杜月说："小杜，我的好妹妹，你把这里收拾一下，我回家一趟。"说着起身到外面拍掉身上的土，招手打的回到了她用血汗钱买的位于东关路电力小区的家。

她下车后缓慢地走进了三单元二楼303房间，她一头栽到床上手抓着枕头，既感到胸闷，又感到孤独与凄凉。脑子不停的闪现信号："这几年究竟干了些啥？赔了丈夫又折财，闫红！你这个小婊子，藏而不露。你行！什么平分？你们明明带走了40万元。我现在只落套破房子和一些烂货，还过贷款所剩无几。哼！你小婊子赢了我一把，看谁能笑到最后！"当晚她什么也没吃，闷着气睡了一宿。

第二天，她起得很早，洗漱打扮了一番。出门看到东岀山顶上太阳还没有露脸，几朵闲散的淡云和半山腰的雾气几乎连成一片。街市的嘈杂声彼伏此起，大小车辆争先恐后奔驰，行人匆匆忙忙……她在附近的马老四的馆子里吃了碗羊肉泡馍，就到她的"福来顺"商场来了。她写广告转让"福来顺"，并把有些能发的货打电话发给了几家商户。不到三天工夫，孙莉莉就把"福来顺"转让出去了，贷款也还了。给杜月发了所有的工资后又多给了2000元钱，又通过熟人把杜月介绍到"美味斋"餐厅当会计去了。把这些事办完之后，她回到父母、公婆家给每位老人给了1万元钱。折回到自己的家，锁上门痛哭了一场。第二天清早，她坐上南下的列车向成都方向去了……

来到成都后，孙莉莉住进了天府宾馆。休息了一天后，她租车来到了都江堰市秀丽镇的谷脑村，打听闫红家的住处。她问了两个年轻妇女，都说："不知道！"最后看到一位扛锄头的老汉问："姓闫的住在哪儿？"老头子说："我们这里没有姓'闫'的！全是姓'韩'的！"孙莉莉一想：这小婊子的履历住址也是假的，算了！回成都。回到成都以后，孙莉莉转动着凤眼闭着大嘴巴想了一下，先放松放松。接下来两天她孑然一身地游了"武侯祠""杜甫草堂""青羊宫"以及几个较大的商场。看罢商场又想到自己失去的"福来顺"，未免有些怅惘之感，最后上了一次峨眉山。在峨眉山上她看到了《白蛇传》的简介，白蛇找许仙，我找谁呢？难道石生贵是许仙？屁仙！他那副可怜相，我真不希罕。转念又一想，能找到更好，领回算了。他虽然是个软蛋，没啥大本事，也没啥大毛病，全是那闫婊子勾引跑了。常言道"头碗饭好吃"，过了婚的女人再找个好男人不容易。况且自己外在形象太差，谁能知道我孙莉莉还当过老板呢？想着想着，她也信步下山了。看看天色不早，她就搭上中巴面包车连夜返回了成都。

翌日，她在成都市区又转了一圈，想碰碰运气。结果连丈夫的影子也没见到，她决定回家了。她回到天府宾馆退了房，出来在火车站门口一家饭馆吃了晚饭，坐上夜间的火车返回了南山市。

千里寻夫，无功而返的孙莉莉，除了隔三差五到父母家坐坐外，整天窝在家里看电视、睡觉。父母和弟弟都心疼她、同情她。母亲已经掉了几次眼泪，父亲也为她的事着急。一天父亲想到了曾给拉过药材的乔玉，他和乔玉是同年。由于安徽、河南口音地域相近，所以成了莫逆之交，很多人以为他俩是老乡。他知道养荣药店这几年发了，还筹建药厂呢，或许还需要人员。他用电话把女儿的事告诉了乔玉，乔玉满口答应，并叫他明天把女儿领来上班。

父亲喜出望外地跑到女儿家，敲开门。见女儿披着头发，倒趿着拖鞋、脸色黑黄还强装微笑迎接他，他已心中十分难受。他把乔玉的话说给了女儿，不想女儿断然拒绝。她已心灰意冷，哪儿都不想去了。父亲无法，就去搬救兵。他又返回家中把老伴接来，一齐给女儿做工作。老伴说着说着又哭了，孙莉莉心软了，最后表态愿到乔叔叔那里工作。父母悬着的心终于落下。父亲说："明早我领你去。"孙莉莉说："爹，您忙您的去吧！"其实，乔玉，他们一家人都认识，他们两家往来已好多年了。

1992年5月5日，孙莉莉7点起床，也没怎么收拾，胡乱吃了点早点。上身穿紫红色印花半袖衫，下穿白色裤子，脚穿红色皮凉鞋，骑上半旧不新的绿色女式自行车，于8点准时来到了养荣药店总经理乔玉的办公室。当时乔总正忙着接一个客户的电话，见孙莉莉来了，含笑点头用眼神示意她坐下。孙莉莉慢慢地走到老板桌对面的一溜棕红色皮沙发靠边一点的位置坐下。她刚坐下就看到乔总接完了电话，她忙站起来说："乔叔叔，您好，您挺忙的？"乔玉微笑着说："胡忙呢！莉莉，你的事我知道了，你暂不管他，就在我这里干吧！在这里就和你的家一样。今天，你先熟悉情况，随便转转，明天你和办公室祁主任先到亳州进些药，顺便也散散心。今天我得到开发区药厂工地那边去一趟，走，我领你到办公室报个到！"说着起身拿了装图纸的塑料袋站起来就往外走，孙莉莉也跟着出了经理办公室，走过两间房门就到了办公室。乔玉给祁主任简单地介绍了孙莉莉的情况，并吩咐了明天调药的事，就匆匆忙忙地去了开发区。

办公室祁主任也是个女的，看上去有40多岁，穿一身黑色衣服，显得很精神。经了解，她原是本市下属一个县医院的护士，丈夫调到开发区当领导，她在丈夫的活动下，提前办了个"病退"跟着丈夫一起来了。乔玉为了办药厂，需要她丈夫帮忙，便主动请她来这里坐办公室。

孙莉莉在祁主任的领导下去了一趟安徽，进了一批药。通过四天的朝夕相处和工作的考验，她明显地看出了祁主任的拙劣与无能。她决非等闲之辈，她不能老窝在祁主任手下，她要脱颖而出，帮乔叔叔干一番事业。于是她把新进的药和原来的药品归类排列，明码标价。甲类、乙类、毒麻类各得其所。药店内，库房里都打理得整整齐齐、清清楚楚。恰在这时市药监局来检查，都给予了良好的评价。加之办公室的文档、行文以及外事往来，孙莉莉都干得漂漂亮亮。店内外各色人等都对她心服口服。乔玉也没想到，昔日的毛丫头，今日竟出息成了人才，他当即决定：任命孙莉莉为"养荣药店"经理并担任乔玉药业有限责任公司副经理一职。正当孙莉莉一帆风顺，大展宏图的时候，一天下午公公石映海出现在她的面前，给她递了一封信，含泪扭头就走了。她看信封是：南山市富民路27号石映海转孙莉莉亲启，落款是：成都市望江街49号，是闫红的字体，她拆开信一看上面写的是：

莉莉，您好？

别来数月，甚念。您贵体康泰，各事如意吧？凤雀不同栖，龙鼠不相配，咱们分手吧，您可高攀，我愿低就，各得其所，不亦乐乎！

顺致健康

石生贵

1992年6月26顿首呈　联系电话：0282045947

孙莉莉看罢信也没生气，只是把联系电话的号码输到自己的手机上，顺便把信及信封丢到了废纸篓，她又忙她的工作去了。晚上回到家，吃了饭，洗了澡后，她拨通了成都电话。她心平气和地对石生贵说了几句问候的话后，约他近日来南山办离婚手续。

7月7日石生贵回来了(当然闫红也陪同，只是不露面)。他看过父母后，直接到养荣药店找孙莉莉，并给孙莉莉带来了10万元钱。孙莉莉没收他的钱，只是淡淡地说："不好过，好散吧！"她回头给乔总打了个招呼，就领着石生贵到市民政部门办理了离婚和财产分割手续。手续办完后，石生贵返成都，孙莉莉继续在养荣药店上班。这是过去，单说现在。

话说孙莉莉走出为民医院，打了一辆出租车回到了家。她稍微洗漱了一下就上床就寝了，一个人躺在宽大的席梦思床上既单调又寂寞。她的脑细胞又开始活跃起来……肖琼的举动使她略有感动，这小子还会讨女人喜欢，虽然脸色不太好看但身材高大，又是大学学历。选择办医院也不错，既能救死扶伤，又能大把地挣钱，看病不像买货，不讲价钱。招聘人员也不成问题，可以就地取材。现在退休下来的医务人员不少，伸手一抓就一大把，卫校毕业的学生没事干还有在宾馆餐厅端饭、在大街上蹬三轮车运货的呢。不必在外地招聘，像闫红那小婊子难以混进来。她盘算了一下这肖琼奇货可居，既然你小子请本姑娘，本姑娘就来也——决定明日找乔玉辞职。想到乔玉，又勾起了一些不愉快的回忆。乔玉——哼！名字好听，其实比非洲黑人还黑，干脆叫"荞麦"得了，满脸的瘊子，难看死了，又是文盲，签字、批条子都用其名章，有时一慌名章就盖颠倒了。还是个吝啬鬼，出差调货不管是男是女，还是三人五人，都是一间房子挤住。一次跟乔玉到广州进货，开头还守规矩。最后在广州一家宾馆的一间客房内，乔玉夜间起来，软磨硬逼地叫她陪睡。她说："乔叔，不行！"乔玉说："什么乔叔，我是乔总，你是副总，经理之间要团结，团结得越紧密越好！"乔玉和她在房间里撕扯了多半夜，最后她乏了，乔玉把她强奸了。她闻到乔玉有腋臭。从此以后，乔玉出外常常带她陪睡，不陪睡不发奖金，现在她看到乔玉就想吐……

1995年元旦过后，连续几天的大雪，使南山市山川四野银装素裹。西北风不停地刮起，气候更加寒冷。由于道路雪滑受阻，来医院看病的患者明显稀少。肖琼正和朱正、张贵三人在院长办公室讨论新年工作的打算时，电话铃响了。肖琼一听是孙莉莉打来的，并说她想好了，答应肖院长的邀请。但暂时还不能来，待五天交完手续过来，肖琼迫不及待地说："越快越好！"

1月15日早7点半，孙莉莉穿了件草绿色呢大衣，围着紫红色围巾，戴着口罩打的来到了为民医院。在医院晨会上，肖院长向与会的职工介绍了她，她也在会上简短地表了个态。会散了，肖院长把她领到办公室开始谈工作。

肖院长说话很零乱：一会儿说医疗质量，一会儿说水电问题多，一会儿说李护士长胡日鬼……孙莉莉接过话茬说："医院领导班子应分工负责，你一个跑，顾不过来。"肖院长说："你先叫个人把自来水管修一下，再把4号病房的电接通！"孙莉莉再没说啥就出去寻人去了。孙莉莉边走边想："千里寻夫无功返，辞别药店进医院。本想参政展宏图，怎么叫我管水电？"

孙莉莉出去以后，肖琼瞪圆环眼想了一下：春节马上到了，今年春节无论如何要回趟老家，那么我回老家得几天，医院谁管呢？为这个问题他想了一整天。晚上躺在床上又想起了孙莉莉分工负责的话，猛然脑子清醒了许多，终于想出了一个绝妙的主意。马上起来拉亮灯，从床头柜上拿来一个绿色塑料皮的小笔记本，在上面写了一阵，又拉灭灯睡下了。

第二天，他仍然起得很早，照例巡视了医院的所有房屋，看有什么东西丢失，看哪个职工上班来得迟。当他看到全体职工都于7点40分前来到医院时，便大声喊了一声"开会！"大家蜂拥挤在大一间的护办室静等院长讲话。肖琼拿着绿色小笔记本快步进来，坐在护士们早为他摆好的靠桌子边的一把黄色椅子上，他环视了一下人群说："今早咱们再开一个会，现在我把咱们医院领导班子任命一下。"说着拿起笔记本念开了："为民医院领导成员分工如下：肖琼任院长，分管全盘工作；张贵任副院长分管行政工作；朱正任副院长，分管业务工作；孙莉莉任办公室主任，分管药事、后勤等工作。"为什么把张贵排在朱正前面，因为他考虑到张贵手术做得好，曾是南山市医院外科"一把刀"。

自从肖琼宽宏大量地放权以后，分工负责制开始在医院慢慢地推行了。医院的管理略显正规，加上孙莉莉的雷厉风行，事务、后勤等工作再不缠肖琼的头，肖琼感到轻松多了。1月28日离春节只有三天了，他开了个领导班子会，嘱托了一下医院工作。当天买了些年货，第二天坐车回河西老家去了。

正是：肖琼创业遂心愿，人事安排定了盘。管理借重孙莉莉，分工负责见倪端。欲知到老家如何，且看下回分解。

第四回

携表妹医院上班　魏小花平分秋色

肖琼到河西县城下车，他拎了一大包东西回到了县医院家属院的妻儿身边，妻子唐娟娟看到久别重逢的丈夫回来了自是喜欢。儿子也会叫爸爸了，肖琼看到可爱的儿子，心中也宽慰了许多。

正月初二，肖琼携妻带子回乡下老家看望了父母，又在亲近的几家亲戚家转了一圈。名为看亲戚，实为炫耀自己创业成功。当他们看望家住白桥乡魏家村姑妈时，遇见了表妹魏小花。姑妈唉声叹气地对肖琼说："娃呀，我们魏家前辈子不知亏了啥人了，把你表妹嫁给了刀子手。你表妹被那刀子手打害怕了，不敢回去，现在咱家已半年了，你说咋办呢？"肖琼一听，也有些生气，接着问："婆家也没来人叫？"姑妈说："谁叫呢，公公是个窝囊废，婆婆是个半脑子，朱选那狗日的领上弟弟不知跑到哪里去了。听说去打工，谁知道干啥去了。"肖琼知道表妹读过初中，便慷慨地说："姑妈，您不要愁，先叫表妹在我那里干吧！"姑妈听后高兴地说："那看好得很么！"忙喊在厨房做饭的女儿来上房一趟，魏小花进来后，她妈把肖琼的话说了一遍，魏小花说："那就连累表哥了。"说罢面露喜色，转身回厨房收拾饭菜去了。

正月初六，一直挂念着医院的肖琼领着魏小花回到了为民医院。由于春节期间，病人很少，只有几个值班的医护人员在闲坐。朱正、张贵没来。孙莉莉一个人坐在办公室整理文件报纸等，并且把办公室打扫得干干净净(由于房子紧张，办公室就是院长办公室)。肖琼把魏小花和孙莉莉互相介绍了一下，就风尘仆仆地到医院各处检查去了。孙莉莉认真地打量了一下魏小花，只见她上身穿件淡黄色羽绒服，下身穿黑色呢子裤，脚穿一双棕色皮暖鞋。外表虽老气了点，但皮肤白嫩，眉毛细而弯，双眼皮大眼睛，顾盼有神，直鼻子圆脸，唇红而齿白。身材不高不矮，举止得体。她心中虽无嫉妒之意，却暗自惊奇这深山老林之中怎么还有这等可人儿。她主动搭话，并顺势从墙角处提来暖壶倒了杯白开水放到桌上让魏小花喝水。魏小花羞涩地笑了笑说："不渴，你别忙。"

肖琼转了一圈并打听到孙莉莉这几天一直守在医院里，甚至晚上还来检查一圈，并叮嘱值班人员要操心。心中十分感动，真是高山流水遇知音。他回到办公室不避表妹，一把拉着孙莉莉的手说："孙主任，你辛苦了，你真是我的好帮手！"孙莉莉也没在意，慢慢抽回手说："院长不在，我得操心，反正我一个人窝在家里闷得慌！不如来医院散散心，值值班！"肖琼说："咱们好好干，将来医院发展了，我给咱们职工盖住宅楼！到那时你搬来住，就不闷了！"孙莉莉接着说："那当然好，只是远景，就现在咱们表妹都没处住，咋安排？"肖琼想了一下说："今天先住到办公室，明天在收费室支张床。让小魏收费去，把小马换出来专门当护士去！我今晚要给朱医生、张医生拜个年，顺便在他们谁家住一晚，噢——我还要给你拜个年呢！"孙莉莉说："算了，咱们已见面问候了，就当拜过年了吧！"肖琼说："哪能行？"又转脸对表妹说："小魏，咱们三个出外吃饭去！"魏小花说："表哥你和孙主任吃去，我坐车晕，不想吃。"其实她没晕，她惦记着包裹里两个油饼，怕放不好了。肖琼说："那你就在这里缓着睡，我和孙主任给两个老医生拜个年！"说着他俩并肩出了医院大门。

肖琼在附近一家批发商店买了三份礼品，两人先到张贵家，一看门紧锁。又快步到朱正家，按响门铃，朱正的大女儿朱玉珍开了门，热情地把他们让进客厅。朱正和老伴正看电视，看他们进来马上关了，老两口递烟倒茶忙了一阵。一会儿朱玉珍从厨房出来说："饭好了，吃饭吧？"老两口忙把他俩让进餐厅。餐厅虽小，布置得很得体，东北人爱吃面食，晚饭一般都是面。他俩在朱家吃了面后，肖琼心想：这里不能留，人家女儿在，住处肯定紧张，先到孙莉莉家转一圈，再到张贵家，既拜年又住宿。

他俩辞别朱正后出来，夜空星光闪闪，路灯通明，店铺货物琳琅满目。远处不时传来零星的鞭炮声，虽然冷风嗖嗖，但节日的气氛犹存。肖琼说："先到你家看看。"孙莉莉说："请吧！"二人来到电力小区孙莉莉的 303 门前，孙莉莉掏出钥匙开了门，伸手开了灯，退后一步把肖琼先让进去。肖琼进到客厅，一圈真皮沙发围着一个挺大的紫红色檀木茶几，47 英寸的电视摆在正对面，靠窗根摆着几盆开得正艳的花，他也叫不上名字，靠南墙小桌上的摆钟滴答滴答响个不停，眼看快到 9 点。孙莉莉脱掉外衣在卫生间收拾了一下显得有点妩媚，她一边往后拢头发一边对肖琼说："还吃点什么吗？"肖琼收回左顾右盼的目光说："还吃什么呢？两大碗面把我吃胀了。"孙莉莉笑了一下打开热水器，又扭开电视，坐在肖琼左首的沙发上搜寻电视节目，压了几个频道，都乱糟糟的，顺手把遥控器递给肖琼："院长喜欢看啥？你自己选。"便起身泡了两杯咖啡放到茶几上。

肖琼笨手笨脚地压了几个频道，不是唱歌的，就是踢足球的，还有法律讲堂等。孙莉莉一看这笨蛋没有什么既定目标，又听医院几个护士悄悄说：“院长爱看漂亮女孩。”她又想起前几天电视剧频道连续播放一部长篇言情小说改编的电视连续剧。她接过遥控器只两下，漂亮女人嬉笑着出现了。肖琼开头还转过脸来和孙莉莉谈点医院的事，随着剧中男女亲热镜头越来越多，肖琼转过脸谈话的次数越来越少。最后除了半会喝口咖啡外，再就是全神贯注地看电视。

……看着看着肖琼不对劲了，他慢慢地一直往孙莉莉跟前挪。孙莉莉看他挪近了，就站起来绕到他右边更远点的沙发上坐下。肖琼又慢慢向右边挪，孙莉莉一看这小子兴奋了。其实肖琼是个十分吝啬的人，连茶也舍不得喝，光喝白开水。这咖啡下肚，加上电视剧情的感应，他的老毛病犯了。他环眼从电视上移到孙莉莉身上就不动了，眼神直直地盯着孙莉莉慢慢站起来，扑到孙莉莉跟前。孙莉莉下意识一躲，哪能躲得过，肖琼抱女人是十分麻利地。他上前一把抱住孙莉莉，并说：“我的好妹妹，我爱你！”孙莉莉扬起凤眼面对肖琼说：“不得无礼！我可不是风尘女子。我不干不明不白的事，你先坐下！”肖琼一听这话便不好意思地坐到沙发上，仍直着眼望着孙莉莉红扑扑的脸蛋说：“孙主任，你有啥条件，直说！”孙莉莉说：“你人我不嫌，你要和我好，就要好到底！你先把妻子离了，咱俩结婚。不然，你趁早回去，免得这小区人说闲话！”说着向门口走去，意欲开门。肖琼忙起来伸手拦住说：“我一定离婚，我一定娶你！”孙莉莉此时也有点心动，便从放钟表的小桌抽屉里抽出一张稿纸说：“你立个字据！”肖琼忙说：“行！行！”他从衣袋里抽出一支碳素笔，接过稿纸俯身在茶几上写道：“我要和唐娟娟离婚，保证和孙莉莉结婚，特立此据。肖琼，1995 年 2 月 5 日。”孙莉莉接过字据一看，便说：“到卫生间刷牙洗澡去！”肖琼眼睛一亮忙点头说：“对对！”便脱衣到卫生间去了。孙莉莉收好字据后便到卧室铺好床，等肖琼洗漱完毕来到卧室，他俩便睡了……

没等天亮孙莉莉推醒肖琼说：“赶快起来走！”肖琼马上爬起来，穿好衣服在卫生间抹了两把脸。6 点多，趁邻居们还没起床悄悄出了电力小区，回到了为民医院。这时表妹早已起床，正在抹办公桌椅，见肖琼进来，忙问：“表哥这么早就回来了，昨晚把你挤到外边怕没睡好？”肖琼说：“我昨晚在朱医生家睡美了……”说着又出去到各科室检查去了。不到 8 点孙莉莉来到了医院，她喊了一个护士和清洁工小黄在收费室给魏小花支了一张床，并按肖院长的指示购置了一套灶具，彻底把魏小花安顿好了……魏小花在收费室吃住上班后，院长办公室只有肖琼和孙莉莉了——这小小的办公室既是他们办公的地点，也是他们谈情说爱的地方。

自打立字睡觉后，肖琼和孙莉莉的关系直线升级，明显亲密多了，基本上出双入对了。肖琼有时在孙莉莉家吃住，有时在医院吃住。在医院住在办公室，吃在收费室。因为表妹看表哥不在外面吃饭的时候，就给表哥把饭也做上了。这魏小花也很机灵勤快，或是她妈嘱咐的。她无微不至地关心照顾表哥，除洗衣做饭之外，还抽空把办公室的卫生打扫得干干净净，开水壶灌得满满的。这样两位副院长、主任等医院头面人物逐渐对他赞赏有加。此时，肖琼感到很风光，再不像以前饥不择食，饿了在外面廉价的小饭馆胡吃一顿。衣服常常皱巴巴脏兮兮的，晚间睡觉孤零零的。现在他进退有家，纵横驰骋，办医院的信心更大了。他通过熟人的关系在市招待所买了些退槽的被褥、床头柜。又在县医院买来了换下来的B超、X光机等比较大型的诊疗设备，当然也添置了一些医疗器械。春播过后，病人逐渐增多，收入也好起来了。

6月底半年盘点后，药房小胡到办公室对院长说："舅舅，咱们的药不多了！有几样药只能维持四五天。"肖琼说："你把药房的事安排妥后和孙主任调药去！"孙莉莉也在办公室，并接着说："咱俩明晚坐火车先到西安，到西安能调齐就回来，调不齐再到别处！"小胡说："对！我先准备去！"说着回到了药房。

7月6日，孙莉莉和小胡去西安已三天了，这几天肖琼感到像丢失了什么似的心慌意乱。这天天又热又闷，西垂的太阳像一个不服输的老头仍热量充足地灼人皮肤。下午下班后，除值班的外，其他职工都回家了，他还在办公室乘凉看报纸。

魏小花喊："表哥——吃饭！"他嗯了一声来到收费室。魏小花做的鸡蛋面已摆在地上的小圆桌上了，还有两碟小菜。他二话没说，坐下就吃起来。魏小花也盛了一小碗坐在桌边吃。他们吃罢饭，魏小花收拾碗碟开始洗起来了。他这才认真地看了一眼表妹，他看到表妹上身穿粉红色半袖衫，下身穿月白色纯丝裤，脚穿乳白色半高跟凉鞋。发卡拢着头发，脸蛋微红，白净的脖子和胳膊，高挺的乳房微微颤动。加上匀称的身躯，太撩人心扉了。他暗自思忖农村来的女人并不比城市小姐差，孙莉莉能说会道，但论人品比我表妹差远了。想着瞅着，老毛病又犯了。他站起来走到表妹跟前一把搂住，两手不住地摸表妹的乳房。魏小花先是一愣，擦了手低了头，两只眼直直地瞅地面，也没说话，也没违抗。当肖琼摸够了表妹的乳房后说："今晚我来？"表妹说："我害怕人说闲话，姑妈知道了打我呢！"肖琼说："谁敢说！这是咱们的医院。姑妈也不会知道，就是知道了也不怪咱们，咱俩表兄表妹嘛！"魏小花再没说啥，肖琼离开了收费室回到了办公室。

肖琼得手后，在办公室开灯学习文件，哪能记得住，翻看了几页连一句话都没记下。他又拿起一张当天的报纸，看了两版标题又丢下。心猿意马，展开手腕看表才 8 点 10 分，今天天怎么黑得这么慢？他在地上像一头公狼一样来回走动着……走着走着看看表时针刚指向 9 点，他出来锁好办公室门。四下张望了一下，昂首阔步走进了收费室，他进了收费室不大一会儿，收费室的灯就灭了……

孙莉莉调药回来发现魏小花收拾得越发漂亮了，一天两次更换衣服。她心想：农村的女子进城就是爱打扮。过了几天，她又发现这小魏在院长面前展脱得多了，不像以前拘谨，而且走路时头扬得高高的，甚至连她也不正眼看一下。她又到熊会计处翻看了一下 7 月份工资表，看到小魏工资由原来的 300 元长到 500 元。心想：我操那么多心，付出了那么多，每月才给 600 元。这小娘们一下子拿到了 500 元，必有蹊跷。于是她找到了她出差时值夜班的两个护士小计和小兰，分别悄悄问院长和他表妹最新情况。小计不敢说，小兰一问就说了："孙主任，你出差后，第三天晚上院长就到他表妹那里住了，一直到你回来，才不去了。我给你说了，你不要把我献了，我找这份工作不容易！"孙莉莉听罢脸都气青了，转念又苦笑了一下说："好妹妹你放心，大姐我也是能拿得起放得下的人！"说着拍了一下小兰的肩膀回到了办公室。回到办公室的孙莉莉脸色格外地好看，微笑着对坐在办公桌前看文件的肖琼说："院长，我看你这几天太忙了！身子也有点消瘦了！我今天给咱们提一只壮羊羔补补吧！"肖琼高兴地说："那好啊！"当晚，肖琼又回到孙莉莉身边吃羊羔肉去了……

刚平静几天，肖琼对孙莉莉说："最近市上要开个招商引资会，我想写个报告。我得连续几晚上加班，我就住在医院不回来了。"孙莉莉说："这是大事，随你的便吧。"

下午下班后，孙莉莉回家来，热了些剩饭吃了，泡了杯咖啡坐在沙发上看电视。看了一会儿觉得没意思，就上床躺下，拿起床头柜上电话机旁的一份杂志翻看，上面标题《美男子骗色历险记》吸引了她。她看着看着，听摆钟敲了 10 下。她想起院长此时应该休息了，便拨办公室的电话催一下，叫他注意身体，早点休息。拨了几遍无人接，她顿时懵了，这小子上哪儿加班去了，对！给小魏"加班"去了。她猛然坐起穿好衣服准备到医院抓这两个狗男女，刚走两步又停住了。小不忍则乱大谋，况且咱现在师出无名。她又懊恼地回到了床上，拉灭了灯，想着想着，在愤怒中睡着了。

第二天早晨，肖琼无精打采地坐在办公室里喝水，看孙莉莉进来满脸堆笑忙让座，并说："这个材料太难写，一直写到 12 点还没写成！"孙莉莉接过话茬含笑淡淡地说："慢慢写，开会通知又没来！急啥呢？"恰在这时护士长小李来到办公室要请产假，并说："我把手续给谁交呢？"肖琼望着孙莉莉："你看交给谁合适？"孙莉莉说："给小兰交吧！"肖琼转过脸对小李说："你给小兰交去！"小李"嗯"了一声就出去了。

小李刚走，满头银发的张贵进来了。孙莉莉站起来让张贵坐到靠窗的双人沙发上后，她也坐下了。张贵微红的脸上有点难为情地对肖琼说："院长，我那个副院长你免了算了！我专心把外科工作搞好！把手术做好。你知道，我这个人不是当官的料。"肖琼说："哪能行？您是咱们市里有名的'一把刀'，很多病人是冲着您来的。不过，可以减轻您的负担——您就负责好外科就行了！"张贵如释重负地站起来回外科诊室去了。肖琼看张贵走后轻蔑地笑了一下对孙莉莉说："老家伙！辨不来！我叫你当院长是为了招揽病人，你把手术做好就行了，你能当个狗屁！"孙莉莉笑而不答。恰在这时，市卫生局通知开会，肖琼拎上个小皮包匆匆地去了。

一连四个晚上肖琼因"加班"而没来孙莉莉家。孙莉莉照例每晚 10 点往办公室打电话，电话照例没人接。第五天晚上肖琼来了，孙莉莉忙从冰柜里取出一条羊羔腿放到高压锅里炖熟，用盘子端到茶几上叫肖琼吃。肖琼本应饿了，加上香喷喷的味儿，他食欲大增，他抓起就吃。孙莉莉说："喝酒吗？"他说："不喝，倒杯白开水！"他三下五除二把整条羊腿吃了个精光，洗了手。又喝了两杯白开水，满头大汗。脱了半袖，只穿个背心，紧挨着孙莉莉看电视。孙莉莉凤眼瞟了一下肖琼说："肖院长，我已经遭人骗惨了，你可不能再骗我呀！你说离婚咋不离？我这黄花菜快凉了。"肖琼一边打饱嗝一边斩钉截铁地说："离！马上离！我最近搞到那婊子的资料了！"孙莉莉惊奇地回过头问："什么资料？"肖琼面带怒容地说："唐娟娟趁我不在和别人挂上了！"孙莉莉安慰说："别听闲话，睡吧！"说着走进了卫生间洗漱去了。

肖琼等孙莉莉洗罢走进卧室后，他关了电视，也到卫生间讲了一下卫生，走到卧室躺在孙莉莉身边。不知怎的一闭眼，唐娟娟和儿子就出现了，耳畔又响起堂妹举报唐娟娟的声音，他越发气愤了。此时肚子又咕咕作响，一会儿又疼起来了。于是他披上衣服往卫生间里跑，一会儿工夫跑了五次，拉过稀屎之后的肖琼疲惫不堪。唐娟娟和儿子一直在脑子里打转转，他听着孙莉莉均匀地呼吸声，失眠了——这是他第二次失眠。

孙莉莉醒来已是 6 点多了，因为是夏天，天早亮了。她侧过脸看肖琼，他一双环眼睁得大大地瞅着天花板，脸黄得难看。她问："你睡好了吗？"肖琼带气地说："日他妈的，失眠了！"她关切地说："没睡好，就在这里睡！我去上班，反正医院最近没啥事！"说着起身穿上衣服下了床。

肖琼哪里能放下心，他一天都不能离开医院，他也坐起来穿上衣服到卫生间抹了把脸准备回医院去。孙莉莉说：“急啥？还早哩。”她到厨房十分麻利地打了两个鸡蛋，烧了两碗稀饭，煎了一沓饼子端到茶几上让肖琼吃。她只喝了碗稀饭，吃了半个饼子。他俩吃过早点，走出电力小区，搭公交车去医院了。此时小区大部分人已不奇怪了，他们都知道肖琼是孙莉莉的男朋友，而且快要结婚了。

他俩刚走进医院大门，孙莉莉急走一步开办公室门时，肖琼站在院子里对着各科室大喊：“开会！”于是大伙儿蜂拥到护办室静等开会。两分钟后，肖琼拿着绿色小本本，孙莉莉拿着红色塑料皮会议记录进来了。他们分别坐到各自的位置上后，肖琼照例瞪着环眼扫视了一圈后，说：“今天咱们开个会，我讲三点：第一，各科室的工作开展得都不好……；第二，我要回老家办点事，我走之后，副院长、办公室主任负责好医院工作，谁都不能请假；第三，工作态度问题……真他妈的不像话。”特别在工作态度问题上，肖琼破口大骂。除了孙莉莉和魏小花，把医院的职工都骂到了，朱正、张贵都不例外。肖琼骂罢以后，用笔记本啪地拍了一下桌面，狠狠地说：“散会！”大家等他走出后，才悻悻地离开护办室，回到各自科室为病人服务去了。

肖琼发罢火走出护办室，又到供水房、男女厕所转了一圈后来到了办公室。孙莉莉刚接完电话放下听筒说：“院长，市政府办公室陈秘书来电话通知你26日，就是今天下午2点半到市政府四楼会议室参加招商引资座谈会。”肖琼一听又急了，心想：要送的报告还没写。其实他自己根本不会写，只写了几句提纲式的干条条，在孙莉莉面前装腔作势说：“我把报告早都写成了，只有最后一节有关政策性的一个问题，有点含糊。我去工商联查个文件去，你给咱们现值班。”孙莉莉说：“你去吧。”肖琼骑上他用50元买的一辆白色半旧女式自行车出了医院的大门。他没去工商联，他找统战部小王秘书给他写“报告”去了。小王为什么常帮他写材料，原来护士小计是小王的未婚妻，小计是小王给肖琼说了才聘用到医院的。

下午，肖琼如期参加了招商引资会议，并把小王写的以介绍医院为基本内容的“报告”送给了与会领导。其意是希望市领导从什么项目经费中给他能给点钱，以补充医院发展之用。散会后肖琼径直回到了孙莉莉的住处，当晚把开会的情况告诉孙莉莉后，又把医院的事托付给孙莉莉。

7月27日清早，没等孙莉莉起来，肖琼就一个人早早地来到了医院。首先在院内巡视了一圈后，到表妹那里吃了早点，又问表妹：“给老家带啥吗？”表妹说：“不带啥。”他急忙到办公室给朱正打电话嘱咐了些业务方面的事情后，搭车回河西县了。

正是：孙莉莉苦恼红尘，肖院长欲改婚姻。不识相张贵辞职，院晨会领导骂人。究竟肖琼到河西干什么去了，且看下回分解。

第五回

当眼线肖珍卖力　设计谋骗人流产

南山市的夏天是最美好的季节，周围的山峦披上了绿装，到处能看到盛开的鲜花，宝蓝的天空飘着几朵白云，太阳虽然十分鲜亮，尽管是大暑节气，但不感觉到酷热。

不到中午，班车就到了河西县，肖琼下车后就来到了住在县医院家属院的堂妹肖珍的家。肖珍丈夫是县水电局的卡车司机，经常拉东西，只能到晚上才回来，一个女儿上小学。肖珍看到肖琼提了个大黑提包走来，忙出门迎上去接了提包热情地问候："五哥（按堂兄弟排列）回来了？"她又忙喊女儿丽丽："快给你舅舅倒茶！"肖琼说："不忙不忙！"说着在门外拍了拍身上的土就进来坐在靠墙的一溜套着花套子的沙发上。肖珍帮女儿倒茶之后，看女儿把茶端到舅舅面前的茶几上，就说："五哥，您先喝点水，我做饭去！"肖琼从提包里掏出一袋香蕉放到茶几上，取出一支钢笔和两个红色塑料皮笔记本递给丽丽。丽丽说："舅舅我有本本呢！"肖琼说："舅舅再没给你买啥，拿上！"丽丽拿着笔和笔记本回套间去了。

肖琼虽然长年在外，但对家庭和妻子是十分"关心"的。自打他从河西县医院调到市医院开始，就每星期至少往河西打两次电话。这电话既不是打给父母的，也不是打给妻子的，而是打给他比较要好的几个同事和堂妹肖珍的。电话的内容是："你看唐娟娟这几天做啥呢？她的房子里谁常去？她和哪个男的最亲热……"总之，不问儿子或者别的，专问这些。他的这些同事一听，肖琼真无聊，太下作。所以，当他再问时，他的同事都说："唐医生挺忙，没见和哪个男人说话。"只有堂妹肖珍心领神会地认真注视着唐娟娟的一举一动。她这个女人爱捣闲话，搬弄是非乐此不疲。加之，唐娟娟是妇产科医生，她是妇产科护士。肖珍工作不认真，经常引起病人的不满，唐娟娟以嫂子的责任曾多次劝告过她。她认为嫂子都不原谅她，何况别人。因此，同在一个科室经常磕磕碰碰地，自然她对嫂子十分不满。其实，唐娟娟是一个没有个性、太没主意,诚实而忍辱负重的女人。她一个人既工作又带孩子,洗衣做饭,一天到黑十分疲惫。身边没丈夫照顾帮忙,所以她是十分孤苦的。今年春节丈夫回来许诺将尽快接她母子到市里去，到她丈夫创办的医院里去——那里正缺妇产科医生呢。所以半年来她经常梦见丈夫,梦见丈夫带车来拉东西,接她母子到市里去的情景……

肖琼在堂妹处吃了午饭,一只手插在裤兜里,摔着一条胳膊大步流星地来到家属院后排靠中间的妻子的住处。刚敲了两下门,就听见有人来开门。门开了,是儿子继光,小继光已上小学了。儿子问:“爸爸回来了！”他看了孩子一眼也没作答,就径直走进屋内。此时唐娟娟正在吃饭,儿子的饭碗也放在沙发前的小茶几上,大米饭就咸菜,外加一小碟土豆丝。妻子见丈夫进来,忙从沙发上起来,微笑而热情地问:“你回来了？怎么没先打个电话？这饭菜太简单,我给你重做去！”说着就收拾碗筷准备去厨房。肖琼狞笑着说:“姓唐的别来无恙啊？饭我吃过了！别装样子,我问你！”接着黄脸一沉破口大骂:“老子在南山艰苦创业,你他妈的在这里罗曼蒂克,你和郭医生干的好事？你给我把绿帽子早戴上了,我还不知道。咱们离婚！离了婚,看球你和那姓郭的咋好呢！”

唐娟娟此时被突如其来的辱骂惊得目瞪口呆，顿时脸煞白得一点血色都没有,拿碗筷的双手抖个不停。她仍把碗筷慢慢放到茶几上,顺势瘫软在沙发上面对肖琼凄惨地大喊一声:“你血口喷人！我没有……”她后半句没说下去,就扭头伏在沙发扶手上痛哭起来,继光看到母亲瑟瑟发抖的身躯和听着母亲凄苦的哭声,哇的一声也哭起来。此时,肖珍不期而至,她两只手抱着肖琼的右胳膊往外推,边推边说:“五哥,别生气！有话慢慢说。”肖琼扭头丢了一句:“明天再说！”就和堂妹一同出了大门,大门外两侧早站满了人,其中没有郭医生,他今天恰巧回老营乡老家给妻子烧百天纸去了。

事实上，唐娟娟和郭医生根本没有什么情感关系。这郭医生大名郭守义,是内科主任,河西县老营乡人,妻子患肝癌刚去世不久。他这人本是个热心肠,又住在唐娟娟隔壁。他看唐医生,边带孩子边工作,所以他常帮她提提开水,顺便倒倒垃圾,有时给自家买菜、粮等也给捎带上。没想到被肖琼的眼线给盯上了,反而给唐医生带来了麻烦……

唐娟娟哭了一阵,冤屈和耻辱压得她连站也站不起来。她抬头看东墙上的挂钟已超过两点,便含泪对坐在茶几边写作业的儿子说:“你准备上学去,顺便到我们科室找杨主任给我请个假,就说我病了。”儿子嗯了一声便收拾文具,背上书包去了。

儿子走后，唐娟娟挣扎着起来，扶着墙挪到套间上床躺下了，她想了许多……甚至想到了自杀……最后想到儿子还小，父母年老，她排除了自杀，有了活下去的信念。有了信念就有了精神，她翻身爬起来挪到床头，抓起床头柜上的电话筒给内蒙古临河娘家打电话。接电话的是母亲，听了女儿的哭诉，老人家也哭了，只说："你别伤心，等你爸回来我给说……"

下午6点，临河市林业局原局长、退休干部唐国俊离开老年活动室回到了家。老伴把女儿的遭遇一五一十地告诉了老头，老头气愤地说："这丫头死犟，我说那肖琼不是个好东西，她硬要跟！"说着进了书房，抓起写字台上的电话给女儿通话说："娟娟你别难过，他小子要离，你就拿定主意离吧！身正不怕影子斜，他狗嘴里还能吐出象牙？记住，要靠法律维护自己的尊严。"

肖琼被妹妹肖珍连推带拉拉出唐娟娟小院的大门后，便到了前排的妹妹家。妹妹铺好自己的卧室让哥哥休息，自己到另一间卧室和女儿午休。不想刚躺下不久，哥哥的鼾声就起了……把女儿也吵醒了。母女俩假寐了一会儿就起来，到院子葡萄树下凉了一会儿。2点10分女儿上学去了，她随后带好大门上班去了。

下午4点，肖琼醒来了，翻身坐起，打了个呵欠，照例伸了伸胳膊，用环眼扫了一下屋内，又听屋内静静的，他确信她们都走了。他的眼珠又慢慢地转了一下，回忆起上午发生的事。对！——要离婚就要有理由，先写个"离婚协议"吧。他从自己的提包里取出几张纸，掏出笔趴在丽丽的书桌上写了起来……一直到下午6点。丽丽放学回来看到舅舅在自己书桌上写字，写得满头大汗，就问："舅舅你写啥呢？"肖琼说："写个报告。"接着，肖琼又尴尬地笑了笑说："丽丽你先做作业去，舅舅写成了。"说着离开了丽丽的卧室到了客厅，顺手把写的东西丢到茶几上。便去到东墙根的小桌上取了一个茶缸子，就地拿起暖壶倒了一大缸子白开水，坐到沙发上喝了起来。

正当肖琼边喝开水边擦汗的时候，肖珍下班回来了。肖珍说："五哥有茶叶呢，你咋喝白开水？"肖琼说："喝惯了，我嫌茶苦！"肖珍看到茶几上的《离婚协议》说："五哥你把离婚协议都写成了？"肖琼说："我先打个底稿，要么你看看。"肖珍拿起从头至尾略略看了一遍说："哟——五哥！你咋写得像告状信，你咋把郭医生都写上了。其实现在离婚很简单，只要双方同意，民政部门就办理了。"肖琼说："那你给咱们修改修改。"肖珍说："看五哥说的，我一个中专生怎能改你大学生的稿子？这样吧，我先做饭——咱们饭吃了到我们杨主任那里，请她改一改，人家文笔可好呢！"肖琼应声说："行！"

正当肖珍出去到灶房做饭的时候，肖珍丈夫土头土脸地回来了。他看到肖琼热情地问:“五哥来了?”肖琼忙从沙发上站起来让座,妹夫说:“你坐,你看我这身上土。”说着在门后取了刷子在院子里把身上土拍打了一下,进来到卫生间洗了脸才出来坐在茶几旁的小板凳上陪肖琼说话。

却说这肖珍工作不行,做茶饭的手艺倒不错。加之丈夫开车,新鲜蔬菜常常及时供应。所以不大工夫拿出了三凉三热 6 道菜,其中有一条红烧鲤鱼。妹夫拿出一瓶西凤酒倒了 3 杯,双手端盘给肖琼敬。肖琼用左手忙摆说:“不会喝!不会喝!你喝!你喝!”右手拿着筷子已伸向了红烧鲤鱼……菜上完了,主食是荞面饸饹,肖琼接着又是两碗……

晚饭后,肖珍带着肖琼到了杨主任家。肖琼从兜里掏出《离婚协议》递给了杨主任,杨主任边让座边看“协议”。看罢后,杨主任说:“肖珍,你哥哥写得太多了。”又转过脸对肖琼说:“协议不是这个写法,好了,我给你改改。”肖琼毕恭毕敬地说:“好!好!”杨主任连勾带写一阵阵工夫就把“协议”递给了肖琼。肖琼双手接过一看,把自己写的基本全勾掉了,只写了男女双方协议如下几个方面的内容,以及夫妻双方签字等。最后杨主任还补充说:“这协议至少一式两份,你最好打印了,再签字,办理。”肖琼把杨主任认真地瞅了一下,心想这杨主任字写得娟秀,人也长得挺俊。

兄妹俩告别了杨主任回到肖珍家,肖珍丈夫边看电视边抽烟。看肖琼进来,忙递烟倒茶,丽丽埋头做作业。晚上肖琼和妹夫同住一个卧室,说了一阵无关紧要的话就睡着了。第二天清晨肖珍早早地起来收拾早点,她们一家人都没睡好。特别丈夫一夜没合眼,只有肖琼一个睡了个舒坦觉,他如雷的鼾声几乎惊动了邻居。

吃罢早点,肖琼到医院家属院外边一个很小的打印部里打印了《离婚协议》之后,回到家属院找唐娟娟。他敲开门看到唐娟娟正在扫院子,仅一夜之间老了许多。唐娟娟见他进来,平静地说:“你先进屋。”说着继续扫院,扫罢院子,她拍了下身上的土,就进屋到卫生间洗脸去了。洗罢脸出来问肖琼:“你早上吃了吗?”肖琼沉着脸说:“吃过了。”说罢把《离婚协议》递给唐娟娟说:“你在上边签名吧。”唐娟娟接过“协议”细心地看了一下,上面条款其他都没问题。就是孩子归属和财产分割两项还空着,待商量好填上就行了。她说:“孩子归我,财物归你。”肖琼暗自欣喜,没想到老天助我,她的话正中下怀,但他表现得十分仁慈和大度。他略带微笑地说:“本应我想把孩子带到市上去念书,那里条件比这里好。既然你娘儿俩感情深厚,那就依你吧,至于生活费我全包了。财产也没啥,就这几件破家具还是你买的,我就不分了,你填上,签上名就行了。”唐娟娟填上了空白,签了名后递给了肖琼,肖琼的名字早已签在上面了。

她打开立柜取出一个大包递给肖琼说："这是你的衣服，我给你都洗好了，还有你的影集书籍等都在里边。"肖琼接过大包，手稍微抖了一下说："这些我就不拿了？"唐娟娟说："你的东西你拿去，走——咱们到民政局去！"肖琼背着大包和唐娟娟来了河西县民政局，民政局审理了他们的离婚请求。因为男女双方无异议所以同意离婚，但离婚证必须到下午才能拿上。肖琼无奈又回到妹妹家吃了午饭，等到下午和唐娟娟到民政局取回了离婚证。

肖琼拿到离婚手续后松了一口气，心中嘀咕：没想到唐娟娟如此干脆、平静地同意离婚，他原来编排的说辞和既定行动，包括踢郭医生的门等都没用上。他此时心情特别愉快，就像别人庆祝结婚一样开心。他又想到了父母，但又想到了孙莉莉和表妹，他更牵挂的是他的医院。于是他揣上离婚证，背上大包，提上小包向汽车站走去，当班车经过老家村口时，他只向他的老家瞟了一眼……

肖琼轻而易举地离了婚。有诗为证：母子遭弃真悲伤，肖琼才是中山狼。心地善良唐娟娟，语重心长老局长。

唐娟娟离婚以后不到半年就调回了内蒙古临河市医院，孩子的生活费，肖琼连一分也没给过。当然，儿子就改名换姓了，由肖继光更名唐显，这是后话。

再说肖琼回到了南山市，下车以后带上包裹一路小跑回到了为民医院。此时已过下班时间，孙莉莉已回家了。他开了办公室门放下大小包，带上门就风风火火到处察看去了。当经过收费室时，魏小花热情地上前问了一声："表哥回来了？"肖琼嗯了一声继续向后边去了。他察看了库房、药房后，又进了男厕所，发现了一只苍蝇嗡嗡乱飞，他下意识用手扇了一下，苍蝇飞出天窗。他又探头女厕所，发现一个病人家属在解手，他知趣地收回头走到护办室，把当班的护士骂了一顿。临走时说："你给小兰说，叫她扣清洁工小黄10块钱，厕所里有苍蝇！"怒容满面的肖琼回到办公室洗了一下，倒了一杯白开水，边翻电话记录边喝开水。这时候，表妹来叫他吃饭，他俩一同来到了收费室。肖琼在吃表妹捞好的干拌面的时候，又查问这两天医院的事情。表妹说："别的倒没啥，我就感到孙主任有些牛，好像这个医院是她的！"肖琼说："知道了。"当晚肖琼就住在收费室。

第二天，肖琼早早地起来回到办公室梳洗了一番，就走到医院门口，他两手插到裤兜里挺胸抬头严厉地注视上班的人群，看谁来得迟。他在那里一站,上班的职工个个像老鼠见猫似的加快脚步往进跑。当孙莉莉骑着车子来到的时候，他抽出手向前紧走两步弯下腰，热情地扶住车把问:“孙主任来了?”孙莉莉忙下车子,边推车子边问:“你啥时回来?”肖琼说:“事情办妥后回来得太迟了,就在办公室将就了一晚。”孙莉莉一听事情办妥了,气也消了一大半。她知道这小子昨晚在哪里住,她也不再追问。暂且平分秋色吧,谁叫人家是表兄表妹呢?况且古人云:疏不间亲,魏小花那小婊子还是不惹的好!

暑往秋来,南山市的气温逐渐凉了下来,山坡上梯田里的谷子荞麦已快熟透了。只有苜蓿饲草还绿绿的。远远望去像金色、紫色、碧玉般的带子一圈一圈地缠绕着。梯田间隔的棱坎上,未垦的荒地上各种灌木花草。把这黄土高原上的大山妆扮得十分漂亮,好像天仙美女穿上彩色的盛装,享受着这秋高气爽、天蓝日丽的大好时光。川道里,甜水河畔,玉米挺着肚子,枸杞已经采摘完毕,葵花正在收获阶段,农用车辆满载着籽粒饱满地葵花盘奔驰在公路和田间小道上,不到一个月秋收的大忙季节就要过去了……

秋收过后,来为民医院的病人又逐渐多起来了。在这些病人中大部分是农民,农民在农忙时是不看病的(除急病外)。原因是:一则没时间看,二则没钱看。医院的药又不多了,需马上进药。这次院长要亲自挂帅,他大胆地把医院工作托付给孙莉莉和朱正,点名叫药房小胡,中医科主任王毅跟他走,他又联系长槽车司机小荣给他拉药。一切人事工作安排好后,临出发前一天,他叫小胡买了4个大锅盔,称了2斤大葱,叫王毅灌满两暖壶开水。第二天凌晨5点他们带上这些东西出发了……在河南安徽等地的药材药品市场内。面对同名药品三个品种三种价格,肖琼只拣便宜的买。小胡悄悄拉舅舅的衣角说:“便宜货有假。”肖琼转过脸狠狠瞪了小胡一眼说:“假个屁!上次你们花了那么多钱进了那么一点药!我看在孙主任的面子上没骂你们,今天你胡说啥呢!”小胡再也不敢说啥了,只任院长买。两天工夫中西药都买齐了,装了满满一车连夜往回赶。

这次进药往返只用了4天时间,花钱少,买得药多,路途消费也不高。除了王毅自个掏钱偷偷领上小荣在外面下了一回馆子外，肖琼和小胡一直用那锅盔就大葱充饥。两大暖壶水喝完了,他们一行4人“凯旋”而归。在此后的几次医院晨会上肖琼大讲特讲这次调药的成就和经验。

正当肖琼为自己一得之功而沾沾自喜时，孙莉莉悄悄告诉他，她怀孕了。肖琼先是一惊,又嘿嘿笑了一下说:“好事啊!这是咱们的爱情成果嘛,今后你多注意休息。”从此,肖琼以自己打呼噜,照顾孙莉莉休息住办公室为名,很少到孙莉莉家,却大部分晚上睡在收费室。一天晚上他不经意地把孙莉莉怀孕的事告诉了表妹。言者无意，闻者有心，魏小花听了后心中也忧虑起来。一天借休息日她到县医院偷偷做了检查，妇产科医生说她真的怀孕了。她顿时惊呆了，慌忙回到医院，待晚上表哥来的时候她把她怀孕的事说了，并且害怕得哭起来。肖琼一听心中咯噔一下，随后又温和地说："不要紧，等大些做掉算了。"表妹说："要做就要到外面医院做，咱们医院不能做，要保密！"肖琼说："行！"肖琼干脆地表态以后睡到了表妹身边，他既欣喜又忧虑，他心中嘀咕：这两个娘儿们比赛似的怀我的孩子，都想成为我这点家产的继承人。噢——继承人，当然最好是男的。好，他主意已定，动员她们做B超鉴定。虽然上面有规定，鉴定婴儿违法，管球它——我的医院，我的仪器由我呢！他抱住表妹说："过段时间你到B超室再做个检查。"表妹说："还检查啥？真的怀上了！"肖琼说："不一定，有的检查是错的！"表妹说："那好，再查一次吧！"

过了两天，肖琼又回到了孙莉莉家。在吃过晚饭看电视的时候，对孙莉莉说："你说你怀孕了，我不相信，最好你抽空到咱们B超室再认真查一下。若真的怀孕了，我给你休息时间，每天上半天班就行了。"孙莉莉很不高兴地说："你拿我当广告是吗？你还嫌我不够丢人！"肖琼说："你放心，我叫B超室小赵绝对保密！"

一天快到下班的时候，肖琼一人深入B超室检查工作，吓得B超室小赵不知所措。她稍抬头瞄了院长一眼，发现院长今天脸色温和，不像是骂人的。她大胆地说了一声："院长请坐！"肖琼也没谦虚就大方地坐到桌子后面的椅子上，并说："小赵你也坐！"小赵慢慢地坐在桌子前面的小方凳上。肖琼说："小赵你最近工作得不错，下月把工资调到450元。最近，孙主任和魏小花可能要体检，你关注一下，把结果给我报告一下。"说完，拍了一下小赵肩膀就出去了。小赵心想，院长今天突然给我加了100元工资，并嘱托了给他两个相好的做检查，莫非是……噢——对了！她从桌子抽屉里取出一个黑色塑料皮小本本，在最后一页上用英文写上院长给她谈话的时间、地点和内容，以防不测。

过了两天，下午刚要下班，孙莉莉来找小赵做了B超检查。又过了三天，魏小花在同一时间来找小赵做了B超检查。当时，小赵都含糊其辞地对她们说："一切正常。"魏小花检查后的第二天清早没等小赵汇报，肖琼亲临B超室迫不及待地问小赵。小赵说："孙主任的我没看清楚，魏小花的很正常！"肖琼听后，绷紧黄脸眼珠子转了几下说："你忙吧！"就回到了办公室，他心中明白小赵的暗语意味着什么？下午临下班时，他对孙莉莉说："你回吧，我晚上要到工商联张会长那里问个事。然后到医院写个广告，王毅他们下乡时带上宣传。”孙莉莉说：“你忙你的，我最近很困乏，晚上老早就睡下了。”说罢，孙莉莉就走出办公室，在车子棚内推出自行车骑上独自回家去了。

孙莉莉走后，肖琼就到表妹那里吃了晚饭，哪里都没去。老早就和表妹睡下了。肖琼对表妹说：“咱们B超检查你真的怀孕了，而且可能是儿子。因此，你明天请假回婆家一趟，既便是那个“家伙”没在，你也得住上两天，掩人耳目。孩子不用做了，你生下来，是咱们的接班人嘛！反正我已离了婚，等那家伙回来，你和他离婚，咱俩结婚，你看如何？”表妹激动得一把搂住表哥拉着哭腔说：“那看好得很么，我早盼着那一天呢！”

翌日清晨，肖琼来到药房叫他的外孙女小柳暂到收费室收费。他亲自打的把表妹送到车站去河西的班车上，又搭车返回医院。他进到办公室对孙莉莉说：“姑妈病了，魏小花请假回去了，我现叫小柳顶几天。药房缺人，你到药房帮几天忙，行吗？”孙莉莉说：“那咋不行？我就去！”说着离开办公室到药房去了。

自表妹去后，肖琼一连几天就在孙莉莉处吃住。一天晚上，他趁孙莉莉高兴的时候说：“听小赵偷偷地说，你怀孕是真，但胎儿有些不正常，你考虑是生呢还是做掉呢？”孙莉莉一听，竖起蚕眉，瞪着凤眼说：“生，绝对生！我30多岁的人了，还能生多少孩子？”肖琼强装温和地说：“生就生吧，咱俩正缺接班人呢！”

一天快到下晚班的时候，孙莉莉到B超室一看只有小赵一个人。她进去后顺手关了门，悄悄地问：“小赵你给大姐说实话，我怀的胎儿咋样？”小赵说：“有点模糊，可能正常吧！”孙莉莉脸刷地一下黄了，开了门往出走，并自言自语：“模糊……模糊！”当晚，她对肖琼说：“明天咱们到县医院做流产，你看行吗？”肖琼假惺惺地说：“能生就生吧，这是咱俩的爱情结晶。”孙莉莉说：“什么结晶？如果生下来孩子不健康，反而是拖累。况且咱们不明不白地公然养娃，叫我脸往哪儿搁！”肖琼说：“咱俩结婚是迟早的事，那就依你。”第二天，肖琼派小胡陪孙莉莉到县医院做了人流。当孙莉莉得知取出来的胎儿是个女婴而且发育很正常，她痛心地哭了……自孙莉莉做人流之后，就在家休息，小胡时不时地去照顾一下。肖琼只去过一次，说了些安慰的话就以医院忙而溜之大吉。

正当肖琼一个人住在医院办公室感到寂寞难熬的时候，魏小花回来了。他这次回河西的十多天里，在婆家只住了4天，她丈夫不在，其他时间都在娘家度过的。她给了母亲2000元钱，还给娘家老少每人都添置了一件衣服。

返回南山的时候，母亲含泪对她说："你在你表哥那里好好干，那刀子手在外面胡逛去了，人家不管你，你自己照顾好自己吧！"她安慰母亲说："妈，您放心，我在那里挺好的，风吹不上，雨淋不着的！"说罢她到车站搭上班车返回了南山市。

她刚进医院大门，表哥就从办公室出来帮她提东西。他们到收费室后已快下班了，小柳把这几天收费情况说了一下，就把今天的收入赶快算清拿到银行存去了。肖琼简单地问了一下表妹回家的情况，就坐在收费室看表妹做饭，并温和地说："我每月再给你 100 元生活补助费，你把生活调剂好一些有助于咱们接班人的发育。"魏小花高兴地看了表哥一眼说："用不了那么多钱。"

肖琼和表妹连续过了十几天甜蜜生活，孙莉莉上班来了。她虽然静养了一段时间，但体质还显虚弱。加之接近年底，办公室的工作又是异常的忙碌。她坐不住了，这些工作迟早是她的，谁也帮不了忙。她整理文件，准备年终总结、汇报、填写有关单位下发的报表等。肖琼忙于收揽病人、下乡宣传，组织各科室应付年终大检查(医院全体职工在这个阶段都是很忙的)。元旦过后到春节这段时间是病人住院、治病的高峰期。肖琼既要督促各科室医护人员诊治管护好病人，又要参加年终的各种会议和应酬，还要照顾孙魏两位女人的情绪，真是疲于奔命。肖琼的脸越黄了，性子越躁了，训斥职工的次数越来越多了。因此，孙莉莉强忍着没催她俩何时结婚的事，只是竭忠尽虑地为肖琼出谋划策，起早贪黑地为医院工作。

正是：解婚约如同反掌，又得意肖琼猖狂。孙莉莉忍辱负重，魏小花喜气洋洋。要知后事如何，且看下回分解。

第六回

见市长出尽洋相　遇蔡红重温旧情

由于民营医院在诊治病人方面程序简便，加之肖琼采购的药品价廉。经熊会计年终结算又净挣 60 多万，肖琼心里像喝了蜜一样甜。他给他姑夫熊会计说："对内对外只说 20 万元。外面人听咱们挣多了，肯定有人又办医院，内部人听咱们挣多了都要求长工资怎么办？"熊会计笑着说："那是！那是！"心想：我这妻侄子不但好色爱钱，而且还挺有心计。

得上利的肖琼，1996 年春节都没回老家去，只是打了个电话问候了一下父母。一则他现在内心充实，进退有"家"、手头有钱；二则他瞅准春节期间公立医院放假的机会，招揽病人，抓紧挣钱；三则他利用这段时间跑门子拉关系，为争取早日建设新医院做准备工作。在这些方面奏效的是真有一些边远山区的患者利用农闲、春节期间前来治病，都被肖琼收揽来住院治疗，床位住得满满的。全院职工都没放假，名曰"加班"，实则没有一分钱的加班费。因此，入多出少，肖琼是精于此道的。未奏效的是肖琼为建医院到处乱跑乱问胡送礼。结识了些无关紧要的人，到时候这些人一个也用不上。肖琼是个在石头里面都想榨出牛奶来的人。他送出的礼折合人民币没有多少钱，倒是把时间浪费多了。眼看到了春暖花开的季节，医院地皮选址还无着落。他整天骂骂咧咧，嫌这个护士走路样子难看，骂那个单位领导是个能棍……乌云满面、怒气冲冲。孙莉莉见肖琼这个样子从容进言："院长，少安毋躁！我给咱们想些办法。"肖琼说："那就看你的了。"

原来这孙莉莉和同在电力小区居住的电力局局长董扬挺熟。因为董扬父亲和孙莉莉父亲同在运输公司当过司机，并且关系也密切，所以他们的子女也互相信赖。孙莉莉利用下午下班后的时间把为民医院建设情况给董扬说了，董扬说："你们先提个报告给市政府，我再给柳市长说一下，我想没多大问题。"翌日晨孙莉莉回到医院把董扬的话给肖琼说了。肖琼说："你给咱们赶紧写报告，我给咱们办份厚礼，今晚给柳市长送去！"孙莉莉说："这大型的报告我真的拿不出来，我先起个草稿。你再拿到王秘书那里加工一下，打印好交到市政府办公室就可以了。至于送礼嘛——我看就算了！领导干部不一定像有些人说得那样都很贪，我听说柳市长是很清廉正直的！”肖琼眼睛一亮说：“真的还有不走点后门，就给咱们办事的好人么？”孙莉莉说：“不说了，我给咱们先写……”肖琼转身又到别处检查去了。

下午，肖琼拿着孙莉莉写的《关于为民医院建设用地的报告》草稿和医院公章来到统战部找到王秘书。经过王秘书修改打印、盖上公章后，直接送到市政府办公室。他走出了市政府办公大楼，长出了一口气后回到了医院。

三天后，市政府陈秘书打来电话，通知肖琼务于4月26日下午2点半到市政府三楼会议室参加市长办公会。肖琼问孙莉莉今天是几号，孙莉莉说今天是4月24日。肖琼马上从办公桌抽屉里取出绿色笔记本记上开会时间，又坐下来伏在桌子上写发言提纲。

4月26日下午2点肖琼就到了市政府三楼会议室门口，陈秘书招手让他进去坐下。他朝里面一看，里面已坐着几个西装革履的人，从外表上看官都不小。他随后进去一一向他们点头，行注目礼后坐在椭圆形紫红色会议桌靠右边的一个软椅子上。之后，又进来几个领导模样的人，他主动站起来让座，陈秘书坐在身边说：“你坐！”他刚落座，看到与会的人都面带笑容地站起来，有几个还问：“市长好？”他侧脸一看进来一个中等身材不瘦不胖年近六旬的老头。他左手端着个茶杯，右手和迎上去的几个人握了握手，走到里边中间的一个椅子跟前坐下，伸手示意大家坐下。肖琼不知什么时候站起来的，这时他没辨来还两手紧贴裤缝下身立正上身弯曲地站着。陈秘书拉了他一下，他才回过神来看到大家都坐着唯有他站着，他惶恐地坐下用眼偷看了一下柳市长。只见他广额阔面，头发花白，肤色红润，正用慈祥的目光环视大家。当他看到市长的目光快到他的时候，他低下头不敢对视，只觉得浑身发抖。当抖过之后，他鼓足勇气再看市长时，市长的目光已落到桌面上的一沓文件上。他看到市长穿的灰色布夹克衫并不高档，他这时虽然局促不安但毕竟镇定多了。坐在市长旁边穿着整齐，年龄约40多岁的市政府魏秘书长说：“时间到了，开会吧！同志们：今天柳市长请大家来参加办公会，大家商讨一些问题。首先，建设局发言……”

建设局长讲罢后，土地局长发言……从会议发言的内容看——淀粉公司、食用菌厂、制药厂、为民医院等几家企业建设用地是本次会议的主要内容。下一步该用地单位汇报情况了，其他几个企业负责人分别汇报了情况。轮到肖琼发言了，他慌乱地摸不到小本本。浑身汗已湿透，只结结巴巴说了两句又没啥说了，一摸上衣口袋摸出了准备存档的“建设用地报告”。他紧张地摊开报告念了起来，在场东头那边有几个人已笑出了声……当他念罢偷看笑他的人时，正是那些西装革履的像大官的人，也是刚才发言的那几个和他一样申请要地的企业主。他心中骂道："你屎肚子笑蚂蚱！"正当他羞惭悔恨愤怒不已的时候，柳市长讲话了。他又急忙摸本本，这时摸了个准，原来这小东西怎么装到裤兜里了。他掏出笔用心地记，不知怎的头晕目眩，前面讲了些啥都没记上。忽然听柳市长说："肖院长，你们的报告我看了，可以给你们划地，具体事宜你和建设局、土地局等单位协商。发展公益事业，政府支持。为民医院要体现在'为民'上，要真正为老百姓的健康服好务，为提高广大劳动者的健康水平贡献力量！"肖琼记罢抬头看柳市长，柳市长也微笑着看了他一眼。他从柳市长的眼神感到市长寄予他厚望！

会散了，柳市长和大家握手道别，当柳市长和他握手时，他又感到紧张，血压好像升高了许多。他离开会议室走出政府大楼心想事情竟这般顺利！他顿时感到不再紧张而是心潮澎湃，以手加额，真是天助我也！他抬头仰望，湛蓝的天空非常晴净，暮春的午后十分温暖，他深深地吸了一口新鲜空气，心想："柳市长真好，自己今天的运气也不错！"

接下来几天，肖琼，主要还是孙莉莉和建设、土地等有关部门协商。在市内黄金地段的城市建设备用土地中，以最低价征得了6亩地皮。6月中旬，轰轰烈烈的医院基建开始了，承包工程的是市建八分公司，孙莉莉和熊会计是这次基建的负责人。

一天下午，肖琼刚从新医院建设基地回来，表妹来到办公室看只有他一个人便急促地说她可能要生孩子了。他领着表妹急忙来到妇产科，让秦主任给检查一下。秦主任检查后对魏小花说："已到预产期，我给你先把床位安排好，你感觉不对就马上过来！"魏小花把表哥叫到收费室说："表哥赶快给老家打电话，叫姑妈来！"肖琼说："对！"就出来到办公室打了电话，并通知药房小柳暂接收费室工作。第二天中午，姑妈来了。下午表妹顺利产下一个男孩，肖琼又像喝了蜜一样，内心由衷地高兴。

医院基建顺利展开，他的私生子又顺利来到人世。肖琼近期双喜临门，心情特别舒畅，脸色也好看了许多，批评职工的次数明显地少多了。6月28日，市药监局检查组一行4人来到为民医院，并给肖琼通报了一件事情，有几名患者将服了为民医院的药后出现病情加重的情况反映到了药监局。肖琼听了以后顿时脸更黄了，手也抖起来，又破口骂药房主任他的外甥女胡玫瑰是"胡日鬼"。通过多半天的检查，药监局的人员发现了一些假药和一大批过期的药品。他们把这些药品清点登记后收缴拉走了，并根据有关规定罚款

5万元,但考虑到初犯酌情罚款3万元,限期缴纳。药拉走了,款罚了。药监局人员刚撤离,肖琼跑到药房大骂了一通后回到办公室,哐地一声关了门如丧考妣般号啕大哭。他如牛吼般的哭声惊动了医院职工和病人,大家探头探脑后窃窃私语:"孙主任、熊会计在工地,谁劝呢?"最后朱正请他姑妈出面劝劝。她姑妈敲开办公室门,像哄孩子似的安慰了一阵,哭声总算停下,医护人员赶紧各就各位。这晚肖琼不吃不喝,老早睡在办公室想"问题"。当他想到这批药是他亲自调来的时,悔恨万分。突然他庆幸地笑了一下,他调的这批药一大半还在库房的地下室里放着呢,哼!看把你们(药监局的人)几个笨蛋能的!当想到罚缴3万元罚款时,他的心脏一下绞疼起来。他想喊人,又忍住了!他右手捂住心口一直到亮没合眼,这是他第三次失眠。

春去秋来,为民医院新楼已日见增高,在这栋楼的基建开头阶段还算顺利。以后问题接踵而来,先是电路中断、水路中断,后是左邻右舍居民闹事,声言要上告,挡了人家的光,堵了人家的路。阻挡得工程停工几次,肖琼亲自来了两次混骂了两次,反而激怒了群众。不是孙莉莉挺身相救,他险些挨了打。在这次基建过程中孙莉莉使出了浑身解数,动用了各种关系应首当其功。她和熊会计本来都黑,现在显得焦黑且瘦。肖琼面对二人的勤奋努力,不失时机地背着熊会计给孙莉莉许愿给套房子,又背着孙莉莉给他姑夫许愿长工资。

12月中旬,医院大楼全面竣工了,工钱暂付三分之二。肖琼承诺剩余部分半年之内付清,并双方签了个债务协议。这时为民医院职工除了正常上班外还要挤时间,甚至夜晚都忙着医院的搬迁工作。人背车拉,整整忙乎了16天。

1997年元旦,为民医院新建大楼正式营业。五楼顶上彩旗招展,大楼门前炮声隆隆、锣鼓喧天。在小规模的庆典会上肖琼满面春风地念了致辞,请来的各方领导都多少讲了些话。全院职工今天都穿上了崭新的工作服,请来的市电视台记者录了像并在晚间新闻节目栏做了简短的报道。通过熊会计的年终决算,1996年又净挣80万元,按惯例公布30万元。退了保健院的租房,还了工行的贷款,肖琼感到一身清爽。他大胆而灵活地钻了改革开放宽松政策的空子,终于掘取了第一桶金,初步完成了原始积累。

人越有钱,越把钱看得重,而且挣钱的思路又特别活。1月中旬,肖琼打听到省卫生厅有个卫生事业投资项目,如果争取成功的话,国家每年投入50万元。他把医院工作放心地交给孙莉莉和朱正等人,就坐上赴省城的班车出发了,由于修路班车晚点,中午12点半才到省城。他下车后向利民路小吃一条街走去,准备寻个雅静的饭馆吃顿饭。正向前走着瞅着,迎面来了一个熟悉的身影,只见她身穿戴帽子的紫色风雪大衣,脚穿淡绿色长筒靴,眯缝着双眼若有所思地昂首向前走着。他心底一热，这不是蔡红吗？他脱口一声：“蔡红！”蔡红停脚睁大双眼一看是肖琼，便以惊奇口吻问：“你咋来了？”他答：“我来办点事。”又说：“你还没吃饭吧？来——咱俩边吃饭边谈。”蔡红迟疑了一下随口说：“行吧”。他俩又选择了一阵，终于在路北避风向阳的一家饭馆的雅座间内就餐了。他俩捐弃前嫌，边吃边谈，真像是故人相遇分外投机。最后他们各自都留了手机号码，肖琼到卫生厅办事，蔡红回友爱医院上班。

下午2点，肖琼准时来到卫生厅。他在门厅墙上看了一下处室示意图，计划综合处在7楼。他搭电梯到7楼一问，搞计划的负责人答复是：“今年的项目内容和经费卫生部还没有下文，说不清楚，3月份看有消息吗？”肖琼一听是这样，就马上下到一楼，走出卫生厅。是搭车返回呢？还是暂住一晚明天早上回呢？现在到车站是否就有马上到南山的车，若没有再等两三个小时坐车到南山须带夜，这时白天正短。想了想还是住下，但是牛磊家是不能再去了，他恐怕牛磊要钱，就步行到西城区向阳宾馆登记了403房间。当服务员热情地把他引到403房间后，面对两张床、一台电视、一组沙发的房间，他感到空虚而落寞。他拨通了蔡红的手机说：“我住在向阳宾馆403房间，若能赏光，下班后来一同吃晚饭？”对方说：“我正忙，下班后回话！”肖琼走到靠窗子的一张床上躺下想睡一阵，刚一闭眼蔡红又在脑海中出现了。她还是那样的年轻漂亮，那样的楚楚动人。他那里能睡得着，抬手看表才3点半。干脆起来看一阵电视吧，他想看女歌手唱歌或舞蹈什么的。他打开电视都是美国黑人打篮球，再换台却是两个黑人在拳击。他不爱体育。一个孙莉莉黑得他内心经常不舒服。他带气啪的一声关了电视，准备出房间走走。恰在这时手机响了，他急忙拿起，耳边响起蔡红甜嫩的声音：“感谢你的邀请，我5点到！”此时他十分惊喜和激动，并且不由自主地在地上迈开了舞步，并用近乎沙哑的嗓子哼出了断断续续的情歌……

通过中午吃饭得知，蔡红已考上自费硕士研究生，读医学系内科专业，但因经费拮据正在左右为难。男朋友王山有因厂子不景气，险些下岗。每月工资不足500元，和蔡红工资差不多。他俩连房子都没有，现在还住在厂内的职工宿舍里，拿什么交学费？况且还要生活呢。肖琼想到这里得意地笑了，他心中骂道：“王山有，你小子会打人！但不会挣钱，老子有钱你就是孙子！”

却说蔡红中午吃饭时听了肖琼眉飞色舞地介绍自己办医院的过程以及柳市长如何请他参加会议的情况。虽然心中想：这个脓包在吹牛。但又暗自思忖：现在由于倡导市场经济，活便多了，不拘一格现人才，听说文盲也有办成企业的。不过从今天他点菜的那个大方劲，可以看出这家伙真的有钱了，此鱼可钓！当她下午正给一名患者准备输液时肖琼的电话来了，她内心暗喜，这鱼情愿上钩，真是心想事成！她输罢液，首先给王山有打了电话说："今晚有危重病人，我可能回不来。"再给肖琼回了话。

且说向阳宾馆内的肖琼自我陶醉了一会再抬手看表已4点30分，他到卫生间重新洗刷整理了一下。头发梳起、领带拉紧、西装捋平、皮鞋擦明。一切准备停当还不见蔡红光临，他迫不及待地又抬手看了一下表离5点还有5分钟。当他走到窗前挑起窗纱往外看时，耳畔传来了两下轻轻的敲门声，他急转身跑了两步开了门。蔡红挎着个小黑皮包含笑迈着轻盈的步子进来了，他随手关了门一把搂住蔡红，亲热地说："咱们来个西方礼节！"蔡红说："咱们坐下说话吧。"肖琼说："我坐了一下午，坐闷了！咱们出去走走，也快到吃晚饭的时候了。"蔡红说："也行。"于是肖琼一只手拉着蔡红的手，一只手关好门，肩并肩地出了向阳宾馆。

北方的1月份是最寒冷的日子，因为好久没下雪了气候干冷干冷的。西垂的太阳无力地收回它最后一缕阳光。西北风不紧不慢地刮着，街道上疾驰的汽车不时地掀起一股股灰尘。肖琼挽着蔡红沿着人行道向东漫步，他此时血液沸腾到了极点，泛黄的脸上有了些许红晕。他问蔡红："你和小王过得怎样？"蔡红扬起头轻蔑地说："一般。"他又问："那你的学费小王筹措好了吧？"蔡红答："筹个屁！他连他自已都混不住！"蔡红问："你把唐医生调过来了吗？"肖琼显然带气地答："没有！那是个婊子！趁我一心创业的时候，在外面挂人，我们已经离婚了！"蔡红惊奇地："啊！——离婚了？"这时候他们已走进路边的一家餐馆。

外面风越来越大。他俩吃罢饭后，街灯把路照得通明，整个城市掩盖在冬日的夜幕中，天气更冷了。他俩快步回到向阳宾馆的403房间。刚吃罢饭的那股热劲一点也没有了，特别肖琼穿得单，此时有点瑟瑟发抖了。好在省城的暖气热量很足，一会儿工夫肖琼僵硬的身子活便起来了。他靠近坐在床边的蔡红说："你的学费我给你先垫上，这么黑了，你住在这儿行吗？"蔡红若有所思地说："王山有那小子也不好哄，也够厉害的！"肖琼说："咱们是老朋友了，管球他！"说着拉了蔡红一把，蔡红微笑着淡淡地说："住就住一晚吧，反正我和他没登记！"肖琼惊喜地大声说："你俩没登记！只是同居？哈哈！那你怕什么？"这晚他俩又重温旧情，欢娱在403房间。第二天清早，他俩洗漱完毕以后，带上东西，退了房子。在宾馆外面不远处的早餐部里吃了早点，摆手再见，各奔东西。一个去了东门汽车站，一个走向西边的友爱医院。

正是：罚了款肖琼痛哭，建新楼满面春风。掘取金仍不知足，赴省城遇到故人。要知后事如何，且看下回分解。

第七回

王山有含愤别妻　聘主任完全落空

为民医院搬入新楼后宽敞得多了，建筑面积4000多平方米。一楼设各科门诊室、药房、收费室、留观室、医技科室、库房和院长办公室。二楼设妇产科病房区、手术室。三楼设医办室、护办室和病房区。四楼设办公室、财务室、病案室和病房区，还有几间房空闲着。五楼设会议室、档案室、贮藏室等。

肖琼返回医院刚进门，两名导医护士就热情地向前迎接问候。他略点头还礼后就径直走到院长办公室门前，掏出钥匙开了门进去看到室内打扫干净，文件报纸处方笺等摆放整齐。他就出来带好门，从一楼开始往上检查，水房厕所更是重点。到了四楼一看办公室门紧锁，问隔壁熊会计："孙主任去哪里了？"熊会计回答："到卫生局开会去了。"他又问："医院这两天工作都正常吗？你看谁迟到了？"熊会计又回答："工作都好着呢，没见谁迟到。"他板着的黄脸放松了些。他拂了拂头，拍了拍身上的土，就走到四楼南通道尽头分给魏小花住的一间房。敲开门，魏小花上班不在屋内，姑妈正给孩子喂奶。他笑着说："姑妈真会搞娃娃，这娃也胖多了！"姑妈放下奶瓶说："就是呀，该隔奶了。隔奶以后我领回老家搞，叫你表妹好好上班。眼看快过年了，我心里急！"肖琼说："那也是，那就越拖累了姑妈？"姑妈说："我能行！我边看娃娃边能照顾家里。"肖琼弯腰抱起孩子又仔细地端详了一下，心中嘀咕：听表妹说，医院的职工都私下议论强强（孩子奶名）像我，真的像我。他脸上露出了满足地笑容，把孩子递给姑妈说："你忙吧姑妈！我还有事。"说罢就出去到各楼层巡视去了。其实肖琼他姑妈从强强刚出月就看出来这孩子像侄儿，心中甚是疑虑，不至一次地问女儿："上次你回婆家，那个刀子手在家干啥呢？那个刀子手和你说啥话呢？"魏小花都敷衍其词地应付过了。可是老人家心里还是不踏实，此后她抱着孩子在楼道里转悠的时候，就发现几个小护士挤眉弄眼地说强强……她于是打定主意，在春节前，孩子隔奶后把强强抱回老家抚养，免得她以及侄儿、女儿脸上害臊。三天后，她抱着强强，侄儿和女儿各提了一个大包租了辆红色夏利小车把她送回了河西老家。

肖琼楼上楼下检查了一番，看到医生、护士及所有职工都忙忙碌碌地工作着。他心中的担忧减少了许多，看了看已经快到中午12点，他刚开门进了他的办公室，孙莉莉开完会拿着文件袋回来了。由于外面风大，孙莉莉身上、脸上都是土。加之身矮肤黑，年龄稍大，和蔡红相比简直一个是丑八怪，一个是天仙美女。他正在思索之际，孙莉莉含笑问他："你回来了，我在卫生局开了个'三下乡'会议，明天卫生系统全部到东川的杨堡乡进行义诊宣传。"他坐在新购置的老板椅上说："我也刚回来，那你下午安排一下人员车辆，明天去就是了。"孙莉莉把文件取出来交给他后，转身出来上到四楼，走进办公室放下文件袋。又出来站到门口拍了拍身上的土，进到办公室用湿毛巾擦了脸，看表已12点10分，她就下楼骑上车子回去了。自去年医院基建开始，由于忙，她白天多数在外面一个人随便吃一点，只是晚上肖琼来时，她才在家做晚饭。今天中午家中有些昨晚剩下的食品，她回去凑合吃了算了，肖琼一般中午在表妹那里吃饭，所以她一个人就匆匆地走了。

下午上班后，孙莉莉和朱正商量把明日下乡的人员通知完后来到院长办公室。肖琼正在看文件，并习惯性地用笔勾画着。看她进来微笑着放下文件和笔说："项目是有的！牛奶面包都是有的，咱们得好好跑！"孙莉莉见他此时心情好便说："项目本来是个争取的事情，就得跑。这几天我父母催问咱们结婚的事，你咋考虑的？是否在春节前办了吧？"肖琼脸一沉，接着又挂上笑容说："你看这时候我正忙呢！结婚的人又多，好一点的餐厅都订不上了！还是春节过罢再说吧！"正在这时药房主任小胡来说："舅舅咱们的药不多了！得尽快再调一些，不然支撑不到春节！"肖琼说："你把地下室那些药取出来用！"小胡说："那些药怕不敢用，再查出来就更麻烦了！"肖琼带气地说："你傻得心里难过呢！今年已查过了，还查个屁！"小胡听罢灰溜溜地走了，孙莉莉欲言又止，一看肖琼满脸乌云，她也悻悻离开了院长办公室。肖琼看小胡和孙莉莉去后，心中骂道："这两女人真他妈的辨不来，都很蠢！一个胆小脑子不灵活，一个胆大太天真，特别你孙莉莉，你撒泡尿照照，你那个样子还想和我结婚。哼！癞蛤蟆想吃天鹅肉！"

一个星期以后，肖琼预先给蔡红打了电话叫她登记好房子。蔡红回电话说："房子订到离医学院不远的新华饭店314房间。肖琼带上2万元钱，声言跑项目，又到了省城。这次他俩在一块儿住了三天，并缴了蔡红的学费。他俩在亲热之余商定了三方面的事情：一是要求蔡红尽快和王山有谈判，解除同居和纠缠，安心攻读研究生课程。二是蔡红选房，肖琼出钱，在省城买一套属于他俩的房子,以供他俩居住生活。三是蔡红读研毕业后回为民医院工作,并且和肖琼正式结婚,协助丈夫管理医院。

商量停当以后,肖琼得意地说:"你将来回来后,从行政上讲,我是院长,你是副院长;从业务上讲,我是外科专家,你是内科专家,谁不听话,滚他妈的蛋!"蔡红柔情地说:"夫唱妻随,我听你的!"

2月7日是丁丑年春节,2月4日,肖琼召开了科室主任以上领导参加的院委会扩大会议,讲了春节放假的天数,安排了节日期间的值班人员。2月5日和魏小花一起回河西老家过年看孩子去了。正月初4他俩又一同回到医院,初6,肖琼到省城会见蔡红去了。一直到正月16日,肖琼才回到医院。在这些天里,他们办了两件大事:一是在城东南繁华地带以18万元造价买了一套刚装修好的倒手房子。具体位置是东环路文萃小区2号楼4单元406房间。他们购置了全新的家具和床被,已经入住几天了。二是他俩直接约王山有谈判两次。第一次王山有非常激动和愤怒,险些又动起了拳头,声言要告肖琼。肖琼冷笑着说:"你哄了人家,硬逼人家和你非法同居,人家告你才对!"王山有气极了扭头回轴承厂去了。回去后和两个要好的工友商量,其中一个说:"他小子有钱,你就和他要1万元精神损失费!"王山有心想:从今天的动向看,蔡红已移情于那个王八蛋,我想揍那小子,她一直护着。只怪咱们没钱,水浅难养大鱼,钱啊——你真行!

过了两天,蔡红又约他下午4点到明珠饭店105雅座间谈判,他应允了。下午4点他准时到达,这次肖琼称他"小弟",非常热情地斟酒倒茶。他按朋友的意见开口说:"既然你俩情投意合,那我成全你们,不过蔡红你心太狠!你欺骗了我。虽然我是个穷光蛋,但我对你是真心实意的,我觉得对你是很好的!"说到这里蔡红眼内闪着泪花低下了头。王山有看到蔡红这个样子,也悲凄地低声说:"你们给我1万元的精神损失费吧!"肖琼瞪着环眼盯着王山有说:"小弟,5000!5000!"王山有带气地说:"念到蔡红的份上少2000!"肖琼紧接着说:"6000!6000!"蔡红睁开泪眼抬头看了王山有一眼,转脸对着肖琼说:"数给8000!"肖琼迟疑地看了一下蔡红,从身边的小黑包里掏出崭新地一沓100元人民币,从中抽去了20张后,放到王山有的面前。蔡红从小包里取出一个大花手绢,把钱包在手绢内站起递给王山有,王山有接过手绢看了蔡红一眼扭头出了饭店……

从此,在1997年一年内,肖琼以跑项目为名几乎每周都跑一趟省城,他打听到项目条件严格,早已放弃。医院的工作基本都交给孙莉莉和朱正两人料理。但他从省城回来后首先到表妹那里问一下孙莉莉和朱正认真负责了吗？医院的职工谁骂他了吗？接着就在各科室人员中明查暗访。所以他虽然常和蔡红约会，但医院的情况了如指掌。

孙莉莉以为她和肖琼的婚期一再推迟是因为肖琼公而忘私地跑项目。再细思量，肖琼真把她当人看，偌大的医院近百人的事业全交给她统领。肖琼一走，除了魏小花全院的职工都喊她孙主任，都俯首帖耳地围着她转。院晨会她讲话后那个掌声，真是激动人心，想到这里她又感到十分地满足。

过了 1998 年元旦，孙莉莉整整 40 岁了。这些天她加班加点地进行年终总结工作，应付各种检查。她几乎没时间在家做饭吃，不是在外边随便填填肚子，就是到父母那里混上一顿。一天晚上她在父母家吃过饭，母亲洗罢碗后坐到她跟前问："你们的婚事咋还不办？"她说："人家忙忙碌碌跑项目！我也忙得晕头转向的，还能顾上这些事？"父亲接口说："肖琼那小子是骗你吧？我看那家伙不诚实。他给你答应的房子兑现了吗？说与你结婚，一推六二五，推到猴年马月吗？你明天问问他，春节前办不办？若人家还推辞，说明肯定有问题，我的傻丫头！"

孙莉莉回到家躺在床上想起父母的话，又起身在立柜里面特意安装的一个小抽屉里取出肖琼立的字据一看，时间是 1995 年 2 月 5 日。遂思忖今天是 1998 年 1 月 5 日，马上快三年了，我这三年干了些啥？我为他付出得太多了。思忖中她又回到床上躺下，两眼直直地盯着天花板。又细细一想：是不是这小子准备和魏小花结婚？况且他俩都有孩子了。可是——可能性不大。魏小花虽然年轻漂亮，但文化程度低，只能收个费，又没有别的能力，而且她是有夫之妇，法律是不允许的。不管怎么说，明天一定找机会问问他，看他葫芦里究竟装什么药？

翌日晨，孙莉莉早早地起来收拾好早点，把家里卫生打扫了一下。吃了早点，把自己也打扮了一下，换上了一身崭新的外套。她到穿衣镜前一照，不像个 40 岁的女人，风韵还是有些。她下楼来骑上自行车到了医院，迎头碰见肖琼正骂锅炉工邱克，嫌昨天供开水时间超过了 10 分钟。院长的政策是早晨供开水时间是 7 点 30 分到 8 点必须停。管你是谁呢！提不上就干渴着去。孙莉莉欲言又止，她深知院长在骂职工时不能劝，越劝越凶，甚至连劝他的人都卷到一起混骂一顿，她迟疑了一下放下车子就到了 4 楼办公室。她拿起暖壶想下楼提开水，又一想院长在那里正骂人，不提了，到护办室倒一杯够喝了。

正当她填报卫生局下发的几张统计表时，肖琼推门进来了，他是检查了医办室和护办室后来到了办公室。孙莉莉热情地让座，肖琼也没客气就坐在办公桌对面的软椅子上,并且面带笑容地对孙莉莉说:"你辛苦了,过去的一年我跑了项目。医院全靠你一人撑,效益反而更好,净挣 40 万(其实是 100 万)。"孙莉莉看他正高兴便说:"我有多少本事,主要是你计划安排得好。现在年终工作基本就绪,咱俩的婚事也该办了,怕不能再拖了,我父母都问过几次了。"肖琼开头还面有德色,当听到"婚事"两字后,黄脸马上黑了过来,瞪圆环眼盯着孙莉莉说:"你又提这事儿，你不能再等一等！你不看我正忙呢,你不要再给我添乱行不行!"说着用右手把桌子啪地拍了一下。孙莉莉也起身拍了一下桌子说:"肖琼,你还推什么,自打你承诺咱俩结婚快三年了,你还要我等到老吗？你究竟安的什么心？"肖琼骂:"什么承诺？你想和我结婚？你想得倒美,你没照照镜子看你那个样子！哼！"他甩门下楼去了。孙莉莉如五雷轰顶,当时瘫坐在椅子上站不起来。她欲哭无泪,精神全崩溃了,她无力地爬在桌子上。忽听楼道有个人喊:"孙主任下班了！"原来是护士长小兰,小兰推门进来扶起她说:"院长和你嚷仗,我们都听见了！走！——回吧,别生气！"她用低垂的凤眼看了一下小兰,只"唉！——"了一声,什么也没说,默默地扶着楼梯扶手下了楼,推上车子走到医院外边的宽阔马路,她抬腿骑上车子——怎么车子左拐右拐不稳当,干脆下来推着车子回了家。

回到家的孙莉莉像一个隐居者一样不太出门了，手机关了，电话也不接。小兰看孙主任一周没来上班了。这天早上就给孙主任打电话,但没人接。急了就给她父母打了个电话,并说明了情况。接电话的是她父亲,父亲接罢电话气极了坐在床头直骂肖琼真他妈的不是人。母亲也知道了是怎么回事,拉着老头就往电力小区跑,老两口连跌带碰来到女儿房门口喊门。门开了,迎接两位老人的是一个蓬头垢面、十分憔悴的孙莉莉。她苦笑着说:"爹、妈你们怎么来了?"老头子说:"死丫头！发生这么大的事,你怎不喘呢？小兰才告诉我,你看你妈气得不能说话了！"此时老婆子已气晕了斜躺在沙发上直抽搐。孙莉莉也慌了,她马上给跑出租车的弟弟孙象打了电话。3 分钟左右,孙象慌慌张张地推门进来,一看这种场面,赶快抬母亲上医院。恰在这时母亲醒过来,回过神来骂肖琼,之后——痛哭起来。孙象问姐姐,这时孙莉莉什么也不能瞒了……当孙象得知情况后，气疯了，她对姐姐说:"你照顾好老人！"说着出去了。

却说自从 1 月 6 日下午孙莉莉没来医院上班到现在，肖琼好像没事儿一样,除了在表妹那里吃住聊天外,就是抽空给蔡红打了几次电话。他让朱正给孙莉莉打过一次电话,但没人接,也就算了。当他正聚精会神地和一位年轻的女推销员在他的办公室谈笑风生的时候，他的右面颊重重地挨了一拳,他还没回过神来左面颊又挨了重重的一拳。他脑子“轰”的一下,眼冒金星,只见孙象在他面前晃动。此时女推销员溜得无影无踪。医院职工听院长挨打,都把门关了,装做没听见。只有魏小花奋不顾身地跑到院长办公室。她看到表哥已被打得爬在了地上,孙象还用穿皮鞋的脚在用力地踢……她抱孙象,哪里抱得住。最后两个病人家属跑进来才把孙象拉出来,孙象还要往进冲,此时魏小花已在里边把门锁上了。孙象站在门口骂:“肖琼!你个大流氓大骗子,等着瞧!”这时两个新来的实习生过来把孙象劝出门厅,他才气愤地开着车走了。

等孙象开车走后,魏小花才开了门。进来几个医护人员把院长搀扶到留观室的病床上,擦洗、输液、护理……第二天,肖琼清醒明白过来后,拔掉输液器,虽然头上脸上贴着纱布,他还是堂而皇之地坐在了院长办公室的老板椅上办公了。不过原计划周末去省城跑“项目”,得暂时取消,他不失时机地给蔡红打电话说:“上面来检查,周末回不来了。”

孙莉莉看母亲清醒过来,后悔自己刚才给弟弟说的话。她赶紧给孙象打电话,哪里有人接,此时孙象正在打肖琼呢。孙象从医院出来掏出手机看刚才谁打的电话,一看是姐姐的。他急奔姐姐处,看到母亲情绪已稳定,就把打架的经过说了一遍,并气愤地说:“我跟那家伙还没完!”父母听罢倒消了点气,孙莉莉一听没闯出大祸,平静地对弟弟说:“你就再不管这事了,我和他摆平!”她又转脸对父母说:“你们也再别生气,其实我压根也看不上他。他除了有两个臭钱外什么都没有!他是个没教养、心胸狭窄、素质十分低下的人。睡觉呼噜打到天亮,而且到处寻花问柳,也是个毫无情感的人。他连石生贵半点都顶不上!我在他那儿也不干了。”父母弟弟听罢只摇头叹气,什么也没说。都不约而同地出了 303 房间,孙莉莉带好门和父母一齐坐弟弟的车到父母那里小住去了。

事有凑巧,石生贵此时也狼狈不堪地回来了。他到四川后不久,闫红就另有他欢瞧不起他,闫红已把他赶出家门 4 次了。这次,他无奈,就下决心和她办了离婚手续。闫红只给他给了 6 万元就把他打发了。他在父母那里听到了孙莉莉的近况后,买了些补品就来到孙莉莉父母家声言看望二老,实则看望孙莉莉。孙家也热情地接待了他,他和孙莉莉谈了些分别后的情况,他就告辞了。他心想,他俩的遭遇如出一辙。

1998 年 1 月 15 日 7 点半,孙莉莉穿着草绿色呢大衣,围着紫红色围巾,戴着口罩坐着弟弟的车来到了为民医院。她下了车摆手让弟弟忙去,她站在医院门口感慨万千……三年前的今天,她满怀豪情地来上班,今天她心灰意冷地来辞职。三年来,她在这里付出的心血如东流之水永逝无回。正当她为失去的时光而惋惜的时候,小兰和几个护士齐声喊:“孙主任回来了!”朱正、张贵等听到声音都出来迎接她。她取下口罩含笑颔首致意,在大家的簇拥下她走进门厅。当大家看到她向院长办公室走去的时候,都止住了脚步。她昂然走进院长办公室,此时肖琼正在他的绿本本上写什么,看样子像要开会似的。他见孙莉莉进来,忙站起来面挂笑容地问:“你上班来了?”孙莉莉严肃地说:“我今天来第一是辞职,你看手续给谁交?第二我今天通知你,咱们马上办结婚登记,不然法庭上见!”肖琼一听黄脸上的笑容消失了,他上前急忙关了门。扑腾一声跪在了孙莉莉跟前,近乎号啕地说:“好我的姑奶奶!你别辞职!你别逼我!好吗?”孙莉莉轻蔑地用凤眼扫了他一眼说:“限你三天时间,我现在上四楼,你派人来接手续!”说着出了门上四楼去了。

大概有一顿饭的工夫,孙莉莉正在办公室整理文件材料等,熊会计进来劝她不要走。她说:“走是走定了,是院长派你接手续的吧?”熊会计难为情地点了一下头。于是他俩从办公室到会议室、档案室,逐一清点交接。最后孙莉莉把剩余的一大把钥匙都交给熊会计后,到各科室道了别就走出医院打的回家了。

正是:三年时光付东流,孑然一身空悠悠;失了丈夫受了骗,满腹经纶志难酬。

第三天上午,熊会计、胡玫瑰受肖琼委派,提了一大包礼品来到了孙莉莉的住处,并且给了孙莉莉一串钥匙,说是院长用12万元在西塬小区4号楼5单元买了一套住宅楼,房号是510,以兑现他的承诺,并且恳求孙主任不要再告状了。孙莉莉思索了一下,该饶人处且饶人,和那么下作的东西不必较劲了。他把肖琼写的字据递给了熊会计,熊会计拿上字据和小胡千谢万谢地去了。孙莉莉不久又和石生贵复婚了。她把西塬小区的那套房子卖了,又租房开了个百货批发门市部。他们两口子一心一意经营,生意又红火起来。

自孙莉莉去后,肖琼既空虚又轻松。空虚的是工作上没人和他商量、替他解决一些事务外交方面的问题。轻松的是要回了“字据”,解除了羁绊和后患。但是医院事务后勤等方面的事情都要他管,甚至买张纸、买瓶墨水都要他亲自去干。这样他从早到晚忙个不停,到周末还有一大堆问题没有解决,自然去省城和蔡红幽会又得推迟。不定期幽会,又怕蔡红和王山有又搅到一块。因此,他近期脾气又坏到了极点,性情十分暴戾。一次张贵在做手术时嫌纱布敷料不合格,骂了一句“医院难受,胡节约”就被他赶了回去。这个中因素主要是前几天孙象打他,张贵作壁上观。因为那天朱正倒休,医院主要领导人就张贵一个。他整天乌云满面怒气冲冲，特别一些年轻的职工见了他不是躲就是跑。

朱正见他如此，就从容进言："院长，得聘请一位办公室主任来协助你的工作。"肖琼一听正中下怀，便说："朱老师你给咱们物色吧，最好是女的，年轻些的！"朱正秉承旨意就发动老同事、老朋友，包括亲戚熟人大张旗鼓地为为民医院找办公室主任。先从年轻女性中找，报名的很多，中意的没有。有的外表漂亮而实际水平太差，朱正没选上。有的文化水平还可以，但是人表面一般化，肖琼看不上。最后又在中年妇女中找，找来找去有一个在外贸公司当过会计的何兰应聘了。何兰首先和院长会了个面，何兰从和院长会面后感到肖琼这人不地道，也不诚实。他那双环眼色眯眯地紧盯着她不放，还给她布置了许多办公室之外的工作。

工作布置罢之后，接着就破口大骂孙莉莉……而且说孙莉莉是南山市最大的骗子。骗得了他的信任、骗走了他的一套房子。晚上何兰就找到了孙莉莉一问情况——恰恰相反，肖琼才是真正的骗子。当即，她就给肖琼通了个电话，让他另选高才，推辞说自己胜任不了贵院的工作。肖琼听后关掉手机，愤怒地骂道："你她妈的，四川的秃子还是缺货！"这晚他睡在表妹床上，忽然想到了蔡红此时是否和王山有在一起。加之生了些气又失眠了，这是他第四次失眠。

正是：施手段又得蔡红，悔婚约惹恼孙象。选主任大动肝火，又失眠困煞院长。欲知后事如何，且看下回分解。

第八回

做手术心情紧张　刚安静又起风波

早上5点多，肖琼听表妹睡得正香，就悄悄起床穿衣到外边深深地吸了一口清冷的空气，头脑顿感清醒。他伸了伸胳膊，蹬了蹬腿活动了一下，就到处巡视检查起来。当把各处都检查罢到护办室一看，当班的一个小护士正在打盹。他一下又上气了，劈头骂那个小护士："你她妈睡觉呢！要睡回家去睡去！"小护士吓得连哭带认错，肖琼狠狠地瞪了小护士一眼上四楼找会计去了。会计还没来，他就开了办公室门用内部电话通知全院职工在门诊大厅开会。他此时脑子又嗡嗡作响，脑神经乱了。他要开会讲什么，得先准备准备。他快步下到一楼自己的办公室，在老板桌的抽屉里取出那绿色小本本开始写起来……7点30分，满天星辰寒气袭人。为民医院的门诊大厅已济济一堂，全院职工都到了。10分钟后，肖琼从院长办公室出来，怒气冲冲地来到了会场，坐在导医特为他摆好的一把椅子上。他清了清嗓子说："今天咱们再开一个会，我讲几点意见！"他边看小本本边讲："一、最近咱们医院很乱，有些人消极怠工，值班时间睡大觉。熊会计——你这个月把值班睡大觉的人工资扣一半；二、孙莉莉辞职不干了，好！不干就不干！谁要向她学习，我很高兴，立马走人！早上走出去一个穿绿的，下午马上就来一个穿红的！现在求我的人多得是！三、咱们医院有些人真他妈的不像话！特别像张贵那样的人，还是个老共产党员。不起带头作用，当老滑头！阶级敌人向领导进攻——他不管，算什么共产党员！还有咱们一部分人，不维护领导尊严，背地里捣闲话！专干一些离心离德的事情。四、春节马上到了，我给大家拜个早年！不过，你们要听话，谁不听我的话，那我就不客气！……"

肖琼正讲着，外边响起嘣嘣车的声音，随即几个农民抬着一个女人进来了，这个女人身上有血也有土。职工们不约而同地拥过来看这个女人，肖琼的演说也停止了。朱正和几个医护人员帮着把女人抬到抢救室。经过初步询问和检查，女人是边远山区的农妇，昨天下午坐三轮嘣嘣车赶集，车翻砸伤了。家属连夜把她送来，人还清醒。伤情是胳膊腿都破皮，但未骨折。就是右手被车厢沿砸得血肉模糊，需马上手术。朱正因张贵走了，没人拿下这个手术意欲叫转院治疗。肖琼哪里肯，他从来不轻易放走一个病人的。他怒斥朱正："我是有名的外科专家，这么个小手术还做不了？"他挥手让几个医务人员把病人往手术室里抬，又拉过朱正悄悄地说："朱老师，你光说'转院转院！'把病人都转到别的医院，大家工资谁来发！咱们医院还开不开？"朱正无言以对地走了。

"蜀中无大将，廖化当先锋"。——肖琼挥刀上了手术台。还没等两名护士把伤手清洗完毕，他就拿上手术刀割起来。连割三下，心跳、手抖、满身汗，两个护士吓得目瞪口呆也跟上出汗，手术整整进行了两个小时。手术完毕打开手术室门，三个家属急切地喊："杨彦珍！杨彦珍！"杨彦珍应声："好着呢！好着呢！"护士推出杨彦珍，肖琼一边擦着汗，一边对家属说："手术很成功，你看把我挣成啥样子了？"家属们千谢肖院长，万谢肖院长之后，他们到病房护理杨彦珍去了。待到20天之后出院时，杨彦珍的右手像冬天里的鸡爪一样弯曲得伸不开来。家属找肖琼复查，肖琼说："刚做了手术都这样，回家休息加按摩手就展开了！"农民大都是很老实的，家属相信院长的话，扶上杨彦珍出院搭车回家休息加按摩去了。

自从给杨彦珍做了手术后，肖琼的胆子逐渐大起来了。除了春节期间去了趟省城看望了一下蔡红，就是整天守在医院准备为病人做手术。他给朱正说："咱两个的主要任务是，在人事上尽快物色办公室主任，在业务上我负责外科，你负责内科。"

从1998年年初到2000年年底，肖琼亲自为患者做手术9次，手术基本做成功的只有4次，其他大型的手术都是请省市医院的医生来做的。因肖琼本人造成医疗事故而被家属告状的3次，冲击医院的5次。由此而造成不良影响，市卫生主管部门责令医院停业检查一次；肖琼百般抵赖，只为部分造成伤残的患者给予了理赔。自医院开业以来，聘用副院长3人，无端解职2人；聘用办公室主任5人，其中科级3人、处级2人；除一人因肖琼官本位思想盲目聘来，他听说此人当过县长，却不知该人是从部队转业到地方，照顾名额当上官的，连个通知都不会写，只会发号施令，而且还爱在女医护人员中混。色鬼最怕色狼，所以肖琼没等到试用期满就将他辞退了。其他4人中的2人是自动辞职不干，2人是肖琼无端解雇的。至于普通职工嘛！肖琼更有办法了，一般试用期满后，说不要就不要了。有些新来的大中专毕业生，半年不给工资，让这些人给他白干工作。累计无端解雇医务人员13人、行政后勤人员14人。

朱正滔滔不绝地介绍到这里时，微笑着面对任顾说："任院长，现在就看你的了，我们对你的来院，既欢迎又期望。肖琼这人原来就反复无常，现在经过几次失眠，他的脑筋也不对了。和这样的人打交道实在是很困难的，我都不想在他这里干了。"任顾温和地说："朱老师全面而系统地介绍了咱们医院以及院长以往的情况，我很感激。我希望您安心工作，咱们竭忠尽虑地辅佐肖院长。用发展的眼光看问题，用发展的眼光看肖院长。只要咱们齐心协力，团结全院职工，为民医院的事情是能够办好的！"朱正点头赞同。接着任顾看了看表，快8点了，他站起来热情地说："朱老师我请您吃个便饭？"朱正客气了一下，任顾和朱正出来带好门并肩下楼吃饭去了……

第二天，任顾清早到了医院，迎面碰见肖琼，肖琼说："任老师赶快通知职工开个会！"任顾照院长的旨意通知全院职工到三楼会议室开会。8点全院职工都到齐20分钟了，肖琼拿着绿色小本本和蔡红一同进来，并肩坐在黄色椭圆形会议桌前。肖琼刚坐下就讲话了："我刚和蔡院长碰了个头，有必要再开个会，今天我着重讲以下几个方面的事：

一、我昨天在市政协参加了个"发展私营经济座谈会"，任老师写的那个发言稿，经过我充分修改后，我在会上念了并赢得了与会同志们的掌声，与会领导对咱们医院很关注。

二、咱们医院自1998年以来，人员流动大，病人稀少，收入下跌。有些病人和家属经常来医院闹事，使我十分头疼。2000年1月我和蔡院长结婚后蔡院长力挽狂澜，虽然稍有转机，但持续时间不长。去年年底结算，收入是近几年最低的。

三、团结问题。团结就是力量。我们有些人真他妈的不像话！趁我不在就扎堆搗闲话，唯恐医院不乱。今后发现谁在下面搞小动作，轻者扣工资，重者解雇！

四、发展医院。发展是硬道理。今后希望大家紧密地团结在我和蔡院长周围，齐心协力谋发展，艰苦奋斗办医院。

五、宣传问题。宣传很重要，任老师把咱们医院再很好地写一下。多印宣传医院的材料、多贴广告、多下乡、多拉病人，这'四多'大家都要记下。好了，今天我暂讲这么多，看蔡院长还有什么补充的？"说着望了蔡红一下。

蔡红接着说："其他院长都讲了，今早我发现两个职工迟到3分钟。任老师，你以后上班时站在门口，看谁迟到就扣谁工资！”此时任顾全神贯注地在会议记录上正奋笔疾书两位院长的讲话。肖琼又环视了一下与会人员说：“散会！我们查房去。”其他人员都各就各位去了。科室主任、护士长、主治医生都跟上院长查房去了……

下午上班后，任顾刚坐在办公桌前，摊开稿纸准备起草本年度工作安排。说实话他整理档案过程中还没有发现过医院像样的计划、总结之类的自产文件，年度安排根本没有。孙莉莉虽是办公室主任，但主要跑外事，打了杂，写得也少。况且肖琼也不懂，啥资料都要装成档案。他必须为医院制定出一个全面系统的安排。他隐约听见楼下有吵架声，一会儿护士长小兰气喘吁吁地跑上四楼来，未到办公室门口就喊：“快……任院长！杨彦珍来了！院长叫您赶紧下来！”任顾一怔关了门和小兰一起快速下楼，在下楼的过程中小兰说：“这杨彦珍是个上访老户，几年了，今天又来了！”当他们来到一楼院长办公室门口时，里面吵得一塌糊涂……朱正在、蔡红也在。只见那个叫杨彦珍的中年妇女挥着不由自主抖动得像鸡爪弯曲的右手骂：“你肖院长没本事就不要给我做手术，我现在啥都做不成，咋办呢？”肖琼骂：“我已给你200块钱了，你还要干啥？你一定不服就告去！”旁边陪杨彦珍的一个青年妇女高声骂：“你放屁！你肖院长以为你200元多得很，我们农民全靠自己的手养活。你叫我们告，难道我们没处告？”肖琼一听双眼望着任顾说：“任老师你说咋办？”任顾说：“我看咱们还是心平气和地坐下商量解决了算了。”杨彦珍一听马上转向任顾，把手伸给任顾哭着说：“你看我这手——”说罢痛哭不已。任顾温和地说：“你不要伤心，今天你先回去。明天你叫上你丈夫和你们村上负责人来医院，咱们共同协商解决吧，肖院长你看行吗？”杨彦珍和肖琼都点头说：“行！”于是杨彦珍和陪同的女青年谢过任顾出门搭车回去了。肖琼见她们去了，狠狠地骂：“这个杨彦珍太难缠了，真他妈的不要脸！”

第二天上午10时，杨彦珍及其丈夫、姐姐、儿子、村主任等一行5人来到医院。院方肖琼、蔡红、任顾、朱正及熊会计共10人在三楼会议室协商。杨彦珍提出一次性赔偿1万元，肖琼只给1000元。其丈夫及其姐姐少到8000元，肖琼只增加到2000元。村主任说5000元，肖琼仍坚持2000元不动。最后，任顾说：“4000元吧！”双方都同意。当场任顾写了协议，双方加盖印章指印，当面付钱，了却了长达3年之久的医疗纠纷。事后杨彦珍夫妻及儿子拉着任顾的手泣不成声，点头谢过之后和同来的亲戚、村干部就搭车回去了。可是肖琼怒容满面地坐在会议室未动，他等杨彦珍一行人走后，当着大伙儿的面骂任顾：“你慷谁的慨，你钱多得没处放？给我给两个！”骂罢，拂袖而去。

蔡红狠狠地瞪了任顾一眼也跟着丈夫出去了。任顾此时略显尴尬，两手一摊说："这我又何苦呢？"朱正和熊会计都过来安慰任顾说："事情总算解决了，多亏你，这两口子辨不来！"

任顾回到办公室把昨晚在家熬夜而完成的"为民医院2001年工作安排"拿出来再作最后一遍修改。修改后，他又以表格的形式把全年的工作、活动以时间顺序简明扼要的附在上面。之后，他又着手写普法、综治、安全生产等几个安排。这些都是卫生局要求的，不写不行。通过近一天的努力，任顾把上述安排写成了。他拿到院长办公室让院长阅示，肖琼翻了翻说："这都是虚的，这又变不成钱，我需要的是钱——钱！你拿去吧。"任顾什么也没说就把这些稿子拿去打印上报下发去了。

全院工作安排会在任顾的努力下也开了，职工们明确了全年工作要点。在一块谈工作的人多了，私下骂肖琼和蔡红的人少了，而且工作的主动性积极性明显地提高了。眼看5·12护士节快到了，护士长小兰安排办黑板报、大扫除，并建议给医护人员更换服装鞋帽等。院委会开会时就如何过好护士节以及劳保服装等问题都做了安排，具体由副院长蔡红置办。结果到护士节那天，蔡红以经费紧张为由什么也没买，只把护士和院委会成员叫到一块干巴巴开会。肖琼在会上作为院领导讲话，倒把护士美美骂了一顿。会散后，有几个护士悄悄议论："咱们护士节成了'骂人节'！过啥呢，不如不过！"任顾本想通过护士节对医护人员鼓励一下，因势利导，把全院职工的工作积极性充分地调动起来，为广大患者真正服好务。没想到院长夫妻把事情搞成这个样子，这真叫人左右为难。

5月13日上午，朱正正在办公室为昨天的会议发牢骚的时候，任顾听到一楼门厅有人吵架。他拉上朱正一同跑下楼来，原来一个50多岁的男人用轮椅推着一个50岁上下的女人在门厅和肖琼骂仗。肖琼骂："你们往出滚！你们闹啥事呢？"那个在轮椅上的女人指着肖琼骂："你叫我滚，没那么容易！你把我害成这个样子，我瘫痪两年了，你不管谁管？啥'为民医院'，简直是'害民医院'！"肖琼骂："看把你说得攒劲的，我们医院不是政府，你找政府去，或者找法院去！"那男的一听怒不可遏地撇下女的，挥舞着拳头冲向肖琼。任顾眼疾手快，一个箭步迎上去抓住男的手臂，微笑着说："息怒！有话到办公室说。"并回顾一下身边的职工，只有朱正、小兰和导医等，肖琼不知躲到哪里去了。他吩咐小兰等把女人暂推到一楼留观室叫喝点水，休息消气，他把那男的请上和朱正一同上了四楼。

来到四楼办公室坐定后，任顾给他们倒上茶水礼貌地说："我刚来时间不长，你把情况说一下，没有过不去的火焰山！咱们商量着解决，你看行吗？”那个男的望了一下朱正说：“我们这事情朱医生也清楚，我叫杨永，我老婆叫沙芬兰。1998年8月我老婆感到胯子疼，我们来到了为民医院。肖琼诊断后说得马上做手术，并保证手术以后，不但能走路，还能跑呢！我东凑西借筹了6000元做了手术。手术后在医院住了一月多，出院回家缓了4个月，结果成了这个样子。我把我老婆抬来，叫他再想办法看看，希望我老婆能站起来嘛。他推说没缓好，再缓两个月就站起来了。现在快三年了，人成这个样子。我的娃娃连学都不能上了，回来伺候她，我们全家被她拖垮了……”说着杨永眼含泪花有点伤心。朱正接着说：“这是事实，当时沙芬兰得的是髋关节炎，人还能走，就是有点瘸，轻活能做。肖院长给做的手术，结果是这样，人家家属也来过几次，肖院长怕出钱，咱们也不好说。”任顾说：“是不是我把肖院长找来，咱们共同商量解决？”杨永说：“那也行，我们农民没力程，没时间和人闹事。”朱正说：“这事商量不通！你我努力是白吃力。”任顾接着对杨永说：“老杨，你的心情我理解，你还是冷静些，不要有过激行为。你们先回去，我找到肖院长，我给好好说一下，尽快把你们的事情解决好，行吗？”杨永面色温和地站起来说：“那好！谢谢你们了，我就回。”说着就要下楼，任顾和朱正跟着杨永一齐下楼，意欲送他一下，不想到二楼就碰见蔡红。蔡红柳眉倒竖，杏眼圆睁地指着杨永骂：“你把院长气跑了，你扰乱我院医疗秩序，我没叫110就是好事！任老师你和朱院长不要管他！看他往哪里告，真是野百姓！”杨永一听火又上来了，他到留观室把老伴推上到院长办公室门口，用轮椅把门堵上。他怒气冲冲地坐在对面的门诊坐椅上，看起来像打持久战的样子。任顾、朱正以及一楼的许多职工都来劝，好说歹说用了好大一阵工夫才把他们劝走，杨永临出门厅丢了一句话：“你们给肖琼说一下，法院见！”

过了不多几天，市法院传票来了，通知肖琼于5月29日上午8时到市法院第三审判庭，并做好开庭答辩等准备工作，原告是沙芬兰。肖琼接到通知后慌了，忽而喊任顾写答辩状；忽而打电话叫吴律师赶快来院，商量对策；忽而骂蔡红没有斗争策略……忽而骂看门老汉把坏人放进来闹事。

5月29日上午8时，市法院第三审判庭，正面墙上挂着国徽；审判席上审判长、审判员、书记员；下面右边原告席上沙芬兰、代理人杨永；左边被告席上肖琼和吴律师；旁听席上有沙芬兰亲属男女3人，为民医院任顾、朱正、蔡红等。

8点15分正式开庭，原告代理人杨永口若悬河，把沙芬兰在为民医院做手术及前后经过说得一清二楚，并当场提供了省级卫生部门的医疗鉴定，并提出医疗、误工、护理、精神损失等费24.6万元的赔偿。审判员向肖琼提出问题，肖琼张口结舌，答非所问，而且抓耳挠腮，汗流浃背。不是吴律师及时补充，肖琼在场把人就丢光了。审判长面对原告有理有据，被告方缺词少理，及时休庭合议，及时作出了判决。判为民医院法人代表肖琼赔偿上述各种费用18.4万元，双方认可，签字结案。此时的肖琼像霜打了的茄子，昔日骂医院职工的那些威风荡然无存。他出了法院大门腿一软瘫倒在地，而且号啕了两声，吓得马路旁两个玩耍的小孩一溜烟跑得无影无踪。蔡红慌忙招手叫来辆出租车，任顾、朱正、蔡红三人把肖琼抬上了出租车，径直向为民医院驶去。到了医院后院的家属院，三人把肖琼搀扶下来进了肖琼的住所，一直扶到床上躺下。看其脸色黄得怕人，是否病入膏肓。朱正赶快叫来护士挂能量、开补药。蔡红说："他这人一受刺激就不对了，接连两晚没睡着，休息一下就好了。你们都上班去吧！我在这里看着吧。"

正是：手术做瘫沙芬兰，酿成事故怕出钱。面对公堂直流汗，色厉内荏非好汉。欲知肖琼有无生命危险，且看下回分解。

第九回

朱选无奈解婚约　任顾有意进忠言

挂上能量，吃了安眠药，肖琼慢慢平静了，随之如雷的鼾声起来了，整个家属院都能听到。有午休习惯的职工今天中午是睡不成了，只要院长睡好，他们不睡也行。

傍晚肖琼睡醒了，他躺在床上看吊瓶里的药液慢悠悠地往下滴。他环视屋内无人，又想起上午的事，一股怒气涌向心头，“18万、18万！这法院咋胡判呢？吴律师只拿律师费，啥本事都没有。蔡红当场连个屁都没放，真她妈的跟上看笑摊。平时挺亲热的，关键时一点用场也派不上，算什么老婆！”他又听到灶房里有说笑声，猛地坐起，拔掉针头冲向灶房。此时蔡红正帮保姆小夏和面，准备做肖琼最爱吃的葱花面。只见肖琼由于愤怒扭曲的黄脸上，一双血红的环眼睁得特大，像两个电灯泡一样，开口骂：“蔡红，老子赔了18万！你她妈的高兴地笑着呢，我叫你笑！我叫你笑！”骂着把装有多半锅的开水连锅一起摔到院里，锅碎了，一摊开水冒热气。他又把碗柜掀倒，“咔哩！咔嚓！”碗全绊了，小夏和蔡红紧拉慢拉才拉住手。肖琼又伸腿一脚把案板踢翻，和好的面也滚到地上，这时锅炉工邱克听到响声赶来才把肖琼抱住。肖琼已发疯了，并且连跳带拌脚地号叫着！他牛吼般的号叫声早惊动了家属院的男女老少，大家都像看秦腔一样涌进了院内，几个住院病人的家属闻讯也跑来了。此时大门口人挤得水泄不通，哪里能挤得进。有几个家属站在门外惊恐地问：“院长家谁死了？”最后，先进去的医院职工才帮邱克把院长“请”回卧室。这时任顾也来了，大家一看任顾来了都散回去了。任顾问蔡红怎么回事，蔡红哭着说：“我帮小夏给人家做饭，小夏说她家的小花狗把尿撒到她儿子的头上了，她儿子还拿狗尿洗脸呢。我忍不住笑了一下，没想到他跑进来就砸东西！”任顾对肖琼说：“院长！这就是你的不对了，男子汉大丈夫，不能意气用事！”肖琼靠在床上垂头丧气地边拍大腿边说：“唉！18万——18万！”蔡红看任顾说服了肖琼便回到灶房打发小夏买锅、碗去了。自己坐在小板凳上泣下如雨,心想:我前辈子亏了什么人,咋嫁了这么个东西。性情乖张,视钱如命,年龄大我20岁,太乏味了,太痛苦了。她又想起她和王山有那些快乐的日子……正是:明月依旧起,桃花泪已干。赏春本为性,只是多孤独。

任顾陪肖琼说话,并开导说:“法院判了,咱们也就不说了。理赔了,人家也不来闹了。只要咱们有一个良好的医疗秩序,大家齐心努力,咱们的经济效益还是能上去的。”肖琼听后情绪渐渐平静了。一会儿小夏把锅碗等买来了,蔡红收起了泪容动手帮小夏收拾残局,开始做饭了。任顾看到局面已有好转,张望窗外星星已布满了天,又对肖琼安慰了一阵就回家去了,这又是一个迟归的夜晚。

任顾走后不到半小时,蔡红和小夏同时把饭菜端到肖琼面前请肖琼吃饭。肖琼此时肚子也饿了,一轱辘爬起来沉着脸吃了一大碗葱花面,碗一放又躺下了。蔡红收拾碗碟回灶房,小夏下班回家去了。肖琼吃饱躺在床上想今天上午的事情——在法庭上其他人不好说,你蔡红应该说两句。这娘们不行,有外心,还是表妹亲。上次孙象打我,表妹护我那个泼辣劲,真叫人感动。想到这里,他马上起来穿戴整齐出了家属院,走进前面的营业楼,上四楼找表妹去了。当晚就住在表妹处,这是他自和蔡红结婚后堂而皇之和表妹相处的第一次。其他几次都是暗度陈仓,避着蔡红。这次是他有意和妻子挑战,看你奈我何?

蔡红收拾完锅灶回来不见了肖琼,他到营业楼问值班护士,听说院长上四楼去了。她在一楼门厅候诊坐椅上坐下消了阵气又回到了家。在家里她连衣服都懒得脱就躺在床上抹眼泪。她想到四楼魏小花处闹一场,又不敢,又觉得没有那个必要。上次她回老家看了趟母亲,往返才3天,回来就听到肖琼跑到魏小花那里住宿。她先和肖琼面谈,善言安慰他注意点影响,要维护好自个的尊严。不想他大发雷霆,一拳砸碎了桌子上的玻璃板。此后,她趁肖琼一天晚上请人吃饭不在医院的时候,她降格跑到四楼魏小花的住处试图说服魏小花。让她再不要招惹肖琼了,以免破坏他们夫妻关系。没想到魏小花粉脸变色,十分激动,而且破口大骂:“你个小婊子算个啥?我先你后,我俩的儿子都5岁了!我不整你,你反而管起我了!”不是她跑得快,险些被魏小花抓破脸。从此,她睁只眼闭只眼,有时想到了离婚,又觉得丢不起人。况且当时和肖琼准备结婚时,母亲(父亲早逝)、姐弟等亲属坚决不同意。自己来了个婚姻自主果敢选择,看来这个选择是大错特错了。如今只落个“春梦随云散,飞花逐水流。”

却说魏小花的丈夫朱选在外漂泊,打了几年工,今年春节前两天突然回老家来了。穿得新新的，人也出息多了，言谈举止也有点文雅之气。给父亲掏出了崭新的100元的人民币一沓沓，父亲粗糙而僵硬的手数了半天也没数准确，大概有五六千吧，全家人都很高兴。高兴之余母亲告诉他："魏小花已回娘家几年了，听说到南山市其表兄那里工作了，年过罢你到你岳父家去一趟后可到南山去看她去。"

"好事不出门，坏事千里行"。魏小花生孩子的事早传到了河西县山区，朱选在春节串门子时，乡村有和他要好的年轻人都笑着说："朱选你咋不快到南山看你媳妇孩子去？"朱选口头上答应："明天就去！"内心什么都明白了。第二天，他带上丰厚的礼品翻了两架山梁，来到了岳父家。刚走进岳父家的大门，从灶房出来的岳母和一个四五岁的小男孩把他迎到了院子里。他问了声："姨娘好？"（我国北方有些地方人们称岳母为"姨娘"）岳母说："好着呢！你啥时回来？快进屋！"朱选答："我腊月二十八回来！"朱选进屋后看到岳父魏正彪正坐在炕沿边熬罐罐茶，他向岳父问了好。岳父也笑了笑说："快坐下喝茶！"一会儿两个妻弟也回来了，都长得虎背熊腰，他们都互相道了好，说了一阵话，饭就熟了。大弟妻端上饭菜，一家人吃罢饭、喝罢茶后，岳母开口说话了。她说："朱选，你出外不管家几年了，魏小花等不住，就到她表兄那里工作了。你现在回来了，你就给她打个电话或去趟南山，好好商量你俩过日子的事。"朱选说："姨娘说得对，我这次回来就是为这事，那我回去了，我回去到村上打电话。"他问了魏小花的小灵通号，就告辞了岳父母、妻弟等。由于山区当时农户还没电话，他绕道到村委会给魏小花拨通了电话，魏小花接上电话先问讯了两句就哭了起来。最后坚决地说："朱选！咱们分别这么多年了！感情也没啥了！你走你的阳关道，我过我的独木桥，咱们离婚吧！我娘家赔的那些箱子、柜等东西留给你用吧！我什么也不要，祝你早结良缘！"朱选平静地说："我考虑后给你回话，祝你新年愉快！"朱选回家后把到魏家及魏小花的话给父母说了，母亲当时就哭了，并气愤地说："你明天去问问她，啥理由要离婚，没那么容易！"父亲只低头叹气、喝茶。

当晚，朱选想了半夜，岳父魏正彪是个老实人，不会说话；岳母有心计，不是省油的灯；两个妻弟现在长大了，听村上有人说，个个如狼似虎，横行乡里；魏小花已心有所属，况且和别人都生了孩子，还有什么指望呢？自己也有过错，一则没有待好媳妇；二则家穷，不得不出外打工，自己在外为钱而奔波，媳妇当然也就红杏出墙了。他又想到和他在广东一起打工的贵州妹子小苗对他不错，他认命，同意离。第二天他又到村委会给魏小花拨通了电话，约她来河西办理离婚手续。两天后，魏小花和朱选在河西办完了离婚证，分道扬镳。魏小花回为民医院上班，朱选赴广东打工，不久他就和小苗交上了朋友，半年后结了婚。

魏小花办完离婚手续回到医院后，把离了婚的事第一时间告诉了表哥。肖琼当然高兴，当晚就到表妹处亲热了一阵。自打离婚以后，魏小花就不那么沉默寡言了，她扬眉吐气了，穿得越高档了。半年来她暗暗和蔡红比美，甚至碰见蔡红也不叫表嫂或蔡院长了。蔡红也感到魏小花近来咄咄逼人，她甚至开始避其锋芒了……

肖琼借法院的判决拿蔡红出了气，顺便也打击了一下她的醋意。他现在想在那里睡就在那里睡，反正两个老婆都爱着他，他感到自豪而伟大。他现在虽然输了官司赔了钱，他下决心一定要把赔出去的钱加倍地挣回来。要挣钱就要调动职工的工作积极性，在这方面他自觉不行，还得要靠任顾。想到任顾，他内心有些诚服。此人来院才几个月，就把行政及办公室工作打理的井井有条，而且为医院的发展出了好多主意，并且在关键时刻能派上用场。就其人格来说很正直，并且在职工中间口碑挺好。只有蔡红私下反映任顾高傲不领情，或者说不配合她的工作。他想到这里就拨通了四楼办公室的内部电话，请任顾下楼来议事。任顾接到院长的通知，搁下手边的工作，马上下来到了院长办公室。

肖琼今天格外热情和谦虚，他请任顾坐下后说："任老师，我听您的，咱们怎样把职工工作积极性调动起来，争取病人，发展医院？"任顾说："肖院长，你要办好医院，干一番事业，首先，要大度诚信，要求贤若渴、留得住人才；其次，要做好组织建设、制度建设、思想建设；再次要处理好家庭事务，不要因家庭事务影响你的工作。"肖琼点头称是，并说："任老师您就给咱们筹划吧！"当他想到任顾刚说过要"诚信"时，觉得心中一动，顺便就拿起电话通知曾给医院建楼的市建筑公司八分公司李经理，叫他明早来医院把剩余的20万元款领走。李经理接完电话心内思忖：这肖琼咋一下变样了，给他把楼建成使用快5年了，50万元的工程款像挤牙膏似的就是不爽快地给。就为此款，本人和会计跑了4年17次才要了30万元。前几天，会计去找他，他还说没钱，今天怎么主动通知我们领钱。

第二天李经理和会计二人于8时许来到了为民医院院长办公室。肖琼说："李经理，你派几个人把我们楼上的水管和下水道整理一下，再把楼外面粉刷一下，我给你给钱。"李经理无奈地说："行，明天就派人干。"肖琼说："你叫你们会计到熊会计处开支票去。"不大一会儿熊会计开好支票和公司会计一同来到院长办公室，肖琼拿上支票看了好一阵子后在支票上盖上了自己的印章。李经理拿上支票千谢万谢后和会计走了,他们长出了一口气,这个账总算清了,公司被外账快要拖垮了……

在任顾的建议和努力下,为民医院的党支部成立了,党支部书记由中医医生余廷俊担任。院委会也健全了,工会、共青团组织相继组建起来了。任顾汇编了《医院规章制度》,医院工作有章可循,院委会分工明确,各负其责;各级组织恪尽职守,一个齐抓共管的领导形式逐步形成。全院职工全心全意地为患者服务,出现了生机勃勃的好势头。

由于突出了集体领导,大家的工作积极性明显地提高了。任顾和朱正等一些业务骨干提出要再聘请几名医疗专家,再购置一些大型的医疗设备,在开展医疗业务方面以"院有重点、科有特色、人有专长"为目标。以让利于民、取信于民,提高全民健康水平为己任,精益求精地开展医疗卫生保健工作。肖琼勉强地接受了这些建议,聘请了外科专家牛晶、中医科专家马亮,又从河西老家重新招聘回曾在他创办医院时就跟随他,后又被他辞掉的内儿科中年医生高玉川。购置了腹腔镜、彩超等一些大型的医疗设备。

秋收以后,病人明显地增多了,为民医院在外的声誉也好起来了。特别进入冬季,乡村的农民来医院看病的人更多了,市卫生主管部门也看到了为民医院今年工作的起色。院委会年终总结工作,社会效益、经济效益比以往那一年都好,医院管理工作真正上了一个新台阶。

2002 年元旦过后,肖琼开始独自盘算医院工作了。面对职工的不懈努力,经济效益的显著提高,群众满意、领导赞誉,肖琼乐不可支,简直飘飘然了。他认为他真是办医院的能手,是一个成功的创业者。他又想到自己的大儿子别人养着,小儿子正在长着,蔡红再生一个儿子,这点家产还不够分……于是乎又动起脑筋来。当晚躺在床上和蔡红计议了一番,由于激动险些又失了眠,凌晨 4 点突发奇想得出了一个决定,到外地发展:在闯荡祖国南北的梦幻中总算睡了一阵子。

清早起来,肖琼照例在医院前后院转了一圈,呼吸了几口清冷的空气,伸了伸胳膊蹬了蹬脚,一是巡视,二是锻炼。他看到任顾、朱正等职工陆续地上班来了,就回到办公室坐在老板椅上拿起电话通知任顾、朱正来一楼办公室开会。任顾、朱正二人慌忙来到办公室看到肖琼正襟危坐表情严肃。心中忐忑,不知又发生了什么事。他俩正纳闷,肖琼发话了:"咱们医院虽然有所发展,但不够,咱们山区就那么多病人,而且又有两家私人医院开办了。况且山区人穷,想看病怕掏钱,我想到外地发展。"朱正说:"这是个大问题,是不是在院委会上讨论?"肖琼说:"院委会算球个啥!我决定了,告诉你俩就行了。今后你俩把医院工作主持好，我和蔡院长先出去考察一下，再作下一步打算。”说罢不等任朱二人有何反应就抬起屁股出了办公室上楼查房去了。任朱二人只好跟了出来，朱正随院长查房，任顾回四楼的办公室。

春节过罢，气候渐暖，肖琼带上蔡红下江南考察去了。为什么到外地发展，这夫妻二人如此志同道合，配合默契？原因基于两个方面：一是肖琼曾在南京中山医院进修过，对江南的美景和人文环境本来就很向往；二是蔡红感到魏小花越来越厉害了，加上肖琼的那些亲戚都对她冷眼相看。真是风刀霸剑严相逼，不如走出去，摆脱这些人的围追堵截。她也不止一次地吹枕边风，看来这枕边风达到了预期的效果。

这夫妻二人有时同床异梦，有时一拍即合，有时冷言相互攻击，有时团结得十分紧密，特别在打击职工方面，夫骂妻斥，火力高度地集中和猛烈。因此，他二人的出走，无疑像医院上空阴霾散去蓝天重现一样。全院职工欢呼雀跃，连魏小花也感到宽慰，她希望蔡红那个小婊子死在外面才好呢，那小婊子整天查她的岗，找她的茬，表哥终久是会回来的！

肖琼本来眼睛没近视，但戴着副金边眼镜。加上乌黑发亮的头发，穿一身浅灰色西装，系上深红色领带，脚穿棕红色皮鞋。虽然脸色发黄，但在江南黄皮肤人中越显得是个标准的南方绅士。只要少说他那南腔北调的半普通话，谁还知道他是从穷山沟沟里跑出来的呢？

蔡红描了眉画了眼、染了唇。身穿一袭黑色连衣裙，脚穿棕色长筒靴，摆着一头披肩发。左肩上挎着一个小巧玲珑的真皮女式包，右手挽着肖琼的左胳膊行走在南京的人民东街上，他俩的亲昵劲连当地的一些青年男女都忍不住用羡慕的目光多瞅几眼。

江南的春天是明媚美丽的，山川城乡到处花红柳绿莺歌燕舞。肖蔡二人很是惬意而自得，他俩飞广州、下苏杭，逛大街、游公园、访医院、吃海鲜。当他们游了黄山、登了庐山，到南昌观光的时候，在建设路边的广告栏内发现吉安市金湾医院招聘专家或转包经营。肖琼眼睛一亮惊喜地说：“踏破铁鞋无觅处，得来全不费工夫；吉安！吉安！即吉祥又平安；金湾，肯定金子不少；我们就是来淘金的，咱们去吉安到金湾！”蔡红点头赞同，他俩坐车直奔吉安市金湾镇。

正是：输官司砸了锅灶，展宏图外地发展。为捞钱奔波江南，包医院认准金湾。欲知到吉安如何，且看下回分解。

第十回

到吉安承包医院　蔡主任红杏出墙

金湾镇坐落在赣江西畔。背靠几座小山，绿树掩映，山环水抱，藏风聚气，景色迷人，真是一个难得的好地方。街市上人来车往，商品货物琳琅满目。虽然是个小镇，但还是显露出繁华的景象。况且气候湿润温暖，肖琼和蔡红都感到十分称心满意。他俩从当地人口中讯问路径，来到了金湾医院。医院是坐北向南的一座三层小白楼，坐落在镇政府五层红楼的右边。后边是红色的山坡，山坡上松柏参天。右边是一片竹林，前面有10亩宽阔的池塘。池塘水面波光潋滟，周围芦苇丛生，芳草青青，蛙声入耳，水鸟嬉戏。

肖琼顾不上再看，拉着蔡红走进了医院大门，迎上来的是一名年轻貌美的女医生。肖琼抢先搭了话："医生您好！你们院长在吗？"女医生一听这腔调不是本地人，又用眼睛打量了一下面前身着不俗的男女说："院长在，请跟我来！"他俩跟上女医生到了三楼，在靠东边的挂有院长办公室牌子的门前停下。女医生轻轻敲了两下门，便推开门示意他俩进去。

院长是位身材不高，年轻精干的小伙子，面如满月，淡淡的眉毛，炯炯有神的大眼睛。配上能说一口流利而柔和的普通话的嘴巴，真算得上江南的美男子。他热情地迎上握住肖琼的手让他和蔡红坐到西墙根的三人沙发上，边忙倒水泡茶边问："二位哪里来？在哪里高就？"肖琼用半土的普通话作了回答，并拿出他和蔡红的身份证、毕业证、医师资格证以及为民医院的营业证等证件递给院长。院长把证件一一看过以后，高兴地说："欢迎你们的到来！我名罗创，南昌医学院毕业，内科主治医师。本想专心致志为病人看病，不料组织上任命我担任院长。我是业务型的人，不擅搞行政。我已向上级打了三次辞职报告，最后市卫生局电话通知让我暂负责。他们已打出了招聘广告，肖院长来真是久旱逢甘霖。医院共有职工17人，其中医护人员12人，特别缺医疗骨干和经费。"

肖琼暗自欢喜，心想：我肖家祖坟真的冒青烟了，我到哪里都当官，真是天生我材必有用。便说："罗院长过奖了！不才虽呆长了几岁，拥有文凭和职称，但毕竟属外地人。到咱们这江西地面，人生地不熟，还要靠兄弟鼎力相助。至于人才和经费吗？好办！”蔡红已对罗创的音容笑貌颇具好感，便接着说：“咱们一起干！”罗创高兴地说：“高山流水遇知音，那好，请你们二位喝点水，歇息片刻后，在外面把你们的证件复印一下，我带上先到镇上汇报介绍，看镇上啥意见。”肖琼高兴地对蔡红说：“你给咱们印证件去。”罗创说：“不急！我让林护士长陪蔡医生去。你们刚来，还不知道打印部在哪里呢！”他说罢打电话叫来林护士长，并分别做了介绍，嘱托了复印肖蔡二人证件的事情。这位林护士长身材不高，肤色黑黄，慈眉善眼，给人一种既亲切又诚实的感觉。她主动和蔡红搭话，并拉着蔡红的手到镇街道一家打印部印证件去了。

正当肖琼和罗创谈兴正浓的时候，蔡林二人回来了。蔡红把印好的证件复印件递给了罗创，罗创笑了笑说：“你们二位稍等片刻，我去趟镇上。”说罢带上证件复印件到镇上去了。罗创来到镇政府院内，看到陈书记和包镇长、齐主任三人正在办公楼前说话。他紧走几步说：“领导们正忙？”陈书记笑着说：“不忙，罗院长有啥事？”罗创将肖蔡二人已在医院以及他们想承包医院的情况简要说了一下，并把证件复印件交给陈书记看。陈书记细细看了一下又交给包镇长看，包镇长也看了一遍就递给罗创，并望着陈书记说：“陈书记，您看这事咋办？”陈书记说：“先让他们拟个方案报镇政府，审核加意见后报市卫生局审批。待批复下来后，再讨论承包有关事宜。我看，罗院长还得进入医院领导班子，毕竟情况熟悉嘛！”说罢又面对罗创说：“罗院长，你说行吗？”罗创笑着说：“领导说了，咋不行？我这就回去讨论方案去。”说罢告辞镇领导回到医院，对肖蔡二人说：“咱们先议定个方案，经镇政府审核后报市卫生局审批。待批复下来后，咱们就开始讨论承包事宜，安排具体工作吧！”并把陈书记的话叙述了一遍。肖琼提出同意承包金湾医院，并议定院委会组成人员如下：肖琼任院长，负责医院全盘工作；罗创任副院长，分管医院行政业务外事等工作。委员：蔡红任内科主任兼药事科主任；林妹任护士长兼妇科主任；黄培任财务后勤主任。暂议定承包期为三年，期满后可转包或继续承包，方案议定后由罗创向上级呈报。事后，罗创安排人员为肖琼、蔡红打扫房间休息，静等上级批复。

过了四天，市卫生局的批复下来了，同意金湾医院转包的议定方案。并要求院方与承包人签订合同，以法律形式确定下来。罗创与镇政府领导议定，由镇政府和肖琼于 2002 年 3 月 15 日签了合同，合同签订后肖琼和蔡红踌躇满志地返回为民医院，她们准备在江西大干一番。

3 月 19 日下午，肖琼和蔡红满面春风地回到了为民医院。他俩和导医、门诊医生等迎上来的职工打招呼后就径直进了院长办公室，并且马上通知任顾、朱正、余廷俊、高玉川等人来院长办公室议事。不到两分钟,任顾、朱正、余廷俊、高玉川等一齐来到了院长办公室。他们相互问了好后,肖琼就开门见山地说:“承包医院的事办妥了,现在我们要选拔几名医疗骨干下江南!在那里重振旗鼓,开辟一片新天地!使我们这些北方汉子在南方也有用武之地。我提议:高玉川、蔡院长和我,再招聘两名妇产科和儿科医生,带上两名护士到江西金湾医院工作。现在咱们尽快准备,任老师、朱老师留下,其他人都忙去吧!”其他人都出去了,只有肖琼夫妻和任朱二人。肖琼问:“最近医院工作都正常吗?”任朱二人齐声说:“都正常!”肖琼显然把悬着的心放了下来,便说:“你俩赶快通过报刊、电视招聘妇产科和儿科医生,再招聘两名护士。”任朱二人说:“行!”说罢都出去行动去了。又过了四天,离退休的儿科医师白翠翠、妇产科医师杨芳、市卫校毕业生胡卫华、李霞相继应聘了。

3月24日早晨8时,肖琼在全院职工大会上讲了话。并明确表示自己带批人在江南发展,为民医院的工作由任顾、朱正、余廷俊全权负责。

3月25日,肖琼让熊会计向金湾医院账户汇走30万元现金后,与蔡红等一行7人坐上了南去的列车。在列车上肖琼意气风发,谈笑自若。使新来的白翠翠等人感到此人风度翩翩,真是新时代的弄潮儿。27日下午,他们到了金湾医院。镇领导都过来看望了他们,罗创早就准备好了他们食宿和办公的地方。高玉川、白翠翠等新来的人员都感到一路景色不错,金湾医院的人文环境及自然景观更不错,肖院长夫妇真的有眼光。

28日上午8时(肖琼崇尚“8”字,他听人说“8”是发),肖琼主持并召开了金湾医院全院职工会议,会议在医院三楼会议室举行。南北组合的24名职工济济一堂,除肖琼外其他6人面色不是有些黑就是有些红,坐在江西人群里一眼就认出是北方人。他们初次相会都表现得十分友好,都洗耳恭听这位叱咤风云地肖院长的演讲。

肖琼清了一下嗓子拿出了一沓稿纸边看边开始讲:

女士们,先生们,我的同仁们:

今天我有幸在这里和大家欢聚一堂,共同合作,我感到由衷地高兴和愉快!

在这里我简单地讲以下几个方面:

一、我的基本情况和承包金湾医院的意义和目的……

二、团结问题,团结就是力量……

三、合作问题,我们要协同作战……

四、医疗质量问题,要像白求恩那样精益求精……

五、宣传问题，高玉川进入院委会负责医教宣传工作，要多做广告、多下乡跑跑……

六、罗院长是我的亲密战友和助手，罗院长要毫不保留地献计献策，为发展医院我们大家要共同努力奋斗……

七、要为患者服好务，林妹要教育护士们注意这个问题，要解决好老百姓看病难的问题……

八、纪律问题，要实行上下班签到制度，罗院长和蔡红主任要做好职工考勤考核工作……要服从领导，谁不服从领导，轻者扣工资，重者解雇！谁他妈的不听话，我他妈的就不客气！我肖琼是不好惹的！……

肖琼越讲越激动……从8点讲到10点，还没有打住的迹象。蔡红连忙使眼色，此君那能理会。江西本院的职工脸上的表情已有了从热情到不高兴的表现，就连白翠翠等北海新来的几名医护人员都面有惭色，他们思忖：肖院长赶快停下吧，再讲就把人丢尽了。10点半，肖琼讲得口干舌燥了，便说："今天我暂讲这些，请大家记清楚，以后我再讲……今后开会大家都把笔记本带上，要把领导的讲话记下来，下去好好学习，并贯彻执行！"

散会以后，林妹、黄培等几名医院的老职工先后来到罗创的办公室，私下埋怨说："罗院长！你们咋把医院交给这么个人管，能管好吗？"罗创说："你们先不要胡说！咱们要看人家实际行动，要看效果嘛！"大家无言以对，也都散开去了。

接下来几天，肖琼一边深入各科室和职工谈心，摸底调查。一边指示高玉川印广告，带上林妹等一行5人下乡宣传，他大方地拨出6万元做广告宣传。一时间金湾医院的医讯、医院专家介绍、设备先进等宣传资料满天飞，连吉安市通往各县的班车座套上都印有金湾医院的广告。功夫不负有心人，不到一个月，前来金湾医院诊治的病人增加了许多，甚至还有吉安市的病人。他（她）们是看到广告的宣传慕名而来，病笃乱投医，这是大部分患者的心态。病人多了，职工的工作积极性也就高起来了。大家认真地诊治，加上肖琼在诊室、病房大肆吹嘘，南腔北调地自我宣扬。还有个别肖琼私下优惠了床位费的出院病人为医院说好话，金湾医院在当地名声鹊起。镇上领导也感到十分地欣慰，凡镇上开比较重要的会议都请肖琼参加，肖琼对参加会议以及出风头的事一直乐此不疲。

5月12日开了个护士节座谈会，肖琼照例在会上讲了很多话。护士节过罢，肖琼猛然想起了他的大本营——为民医院，他的心又急跳了起来……他心想："我们离开为民医院已一月多了，不知任顾他们搞成了啥样子。任顾这人实在，朱正老谋深算，鬼点子多，余廷俊老好人一个。假如他们三人联手把职工团结起来形成合力，那这个医院日后就非我所有了——我得回去看看”。晚上他趁蔡红到急诊病房检查之机给魏小花打了个长途电话问医院情况。魏小花在电话那端说：“医院总的情况还好，任老师很操心，秩序比原来还好。我看朱正有点不对劲，整天和一些人扎堆。一次我从内科办公室经过，我清楚地听到他在骂你，这人不地道。表哥，你最近回来吗？咱们的孩子快上学了，应该接回来到秋季报名上学，我很想你——表哥！”肖琼说：“我也很想你！我最近要回来，再见！”肖琼放下电话怒气冲冲地骂道：“朱正你这个老东西就是爱捣鬼！”

5月13日肖琼只给蔡红说为民医院有事，他得回去解决一下，并要她监督好罗创及医院全体职工。他又对罗创说：“我去南昌办点事，会很快回来的。”托付罢，他带上个黑提包乘车去南昌坐火车回南山市去了。

15日晚，肖琼坐火车回到了南山市，出了车站打的到为民医院。他看到几个值夜班的医护人员在忙出忙进，看到他的向他问好后又忙去了。他上到四楼敲开魏小花的门，进去后，魏小花忙给他打洗脸水，给他弄吃的。他洗罢吃罢后就和魏小花上床睡去了。

第二天他照例起得很早，带着倦意检查了厕所、库房及前后院的各个角落后回到了自己的办公室。正准备翻看近期的文件报纸，任顾、朱正、余廷俊闻讯急忙赶来问了好后一字儿坐在办公桌对面的椅子上等候院长的训示。肖琼扫了三人一眼后，严肃地问：“我走后，医院工作进展怎样，出现啥问题没有？”朱正抢先说：“一切都正常，职工比原来更团结、工作更积极，你就放心在南方发展吧！”肖琼沉着脸用他那双环眼盯着朱正气愤地说：“哼！我放心，职工更团结，你把职工都往你手上弄，啥目的？”朱正一听也火了，便说：“你走后，我们尽心竭力为医院工作，你倒说出这话来，可见你的度量多么狭窄啊！”肖琼一听更火了，猛然站起来拍了桌子指着朱正骂：“你个老奸贼还狡辩，我看你这个副院长别当了！”任顾马上站起来制止肖琼说：“肖院长你别发火，其实朱老师工作挺认真，对医院挺负责的。”余廷俊也说：“朱老师抓业务很在行，副院长不能免。”肖琼怒不可遏地说：“你俩别和稀泥抹光墙！”朱正也站起来啪地一下拍了一把桌面，脱了白大褂放到椅子上骂了一句：“老子不干了，为你这个小人工作，真倒了胃口！”骂罢掉头一阵风出去了，任顾赶上去拉住。肖琼又骂：“任老师别拉，让那老阴谋家滚吧！”任顾一听这话，手一松，朱正大踏步走进内科办公室，拿上他的几本书和茶杯就出了医院的大门……

朱正走后，肖琼没表现出丝毫的遗憾，又把工作托付给任顾和余廷俊。买了一大包礼品偕同魏小花到河西姑妈家接回了儿子。肖琼给儿子起个魏继业的名字，意思是将来继承他的事业。跟魏小花姓吧，姓肖太露骨。他又托市教育局一个熟人联系好学校，秋季一开学就让魏小花送小继业上学。这些事办完以后，肖琼把任顾、余廷俊叫到办公室说：“朱正那个老家伙去了就去了，那是个是非人。我早就不想要他了，他自己走了，更好！你们二位多操心，把医院给咱们管好，我明天要回金湾医院去，那个医院也很有前途。”任顾和余廷俊都说：“我们尽量努力，维持好医院正常秩序。”说罢他俩一齐出了院长办公室的门各自忙去了。

20日下午，肖琼回到了金湾医院，他在门厅发现三个江西籍的护士在窃窃私语。看到他进来都不说话了，他虽然没听懂说什么，他又怀疑是否在议论骂他呢。他内心有些不高兴，径直上到三楼先到罗创办公室坐坐吧。他没敲门（他没有敲门的习惯，只要求别人敲门）就推门进去，他第一眼看到蔡红和罗创并肩坐在三人沙发上亲密地促膝交谈。他顿时醋意大发，但又忍住了。蔡罗二人也不好意思地站起来。罗创忙问：“院长回来了？”肖琼说：“才回来，我发现咱们有些职工脱岗，扎堆在一起说闲话，罗院长你得抓一抓！”罗创说：“行！我马上追究这事。”说着他们三人都准备坐下来，罗创知趣地回到办公桌后边自己的座位上，肖琼坐在办公桌对面的椅子上用眼睛瞟了一下蔡红。蔡红脸色绯红地原坐在沙发上对肖琼说：“我刚和罗院长讨论一个内科住院病人的病情，这个病人家庭经济困难，预交款已完，但病情严重不敢让出院，怎么办？”罗创说：“我想把情况反映给镇政府，看能给补助点医疗费吗？”肖琼说：“那好！你就给努力一把，帮助穷人是我们的义务。”说罢就提上黑提包回隔壁自己的办公室。

蔡红紧随其后，坐在肖琼办公桌对面的椅子上柔情地问：“老家医院情况怎样？”肖琼沉着脸说：“情况基本正常，朱正那老家伙回去了，我也不要他了。”蔡红讨好地说：“他不干就算了，以后另招聘内科医生，离了张屠户，难道我们连毛吃？”肖琼又问：“我不在这几天，这里情况怎样？”蔡红说：“有我哩，一切正常，住院病人还增加了4个。”肖琼一听住院病人增加了，内心的醋意也散了许多，便说：“你在这里把桌上的东西整理一下，我回后院‘家’里洗洗脸、休息一下。”说着就提上黑提包出去了。

肖琼走后，蔡红忐忑不安的心终于平静下来，她仔细地把丈夫办公桌上的报纸文件等整理了一番后，又把桌椅沙发用湿抹布抹了一遍，拖了地关了门。回到自己的办公室，蔡红对着壁镜把自己头发整理了一下，又用毛巾擦了擦脸，把白色的凉皮鞋擦了擦后，关了门回后院家里看丈夫，做晚饭去了。

当她迈着轻盈的步子走在后院的林荫小道上的时候，就听到从自家的房里传出如雷的鼾睡声。他轻轻地推门进去，看到肖琼斜躺在床上，双眉紧蹙、双目紧闭，面色黄中透黑，显现出痛苦的表情。鬓角上已生出许多白发，老态暴露无遗。她又和罗创圆润的白脸比较，真的一个是老叟一个是少年。她又凑近再细细看了肖琼的模样一回，不觉心内作呕，险些吐了出来。她悔恨至极，没想到自己一脚踏错，毁了自己大半青春年华，她想起亲人的劝告，竟伤心得掉下了眼泪……

她坐在地上的小方凳上边拣菜边想：肖琼大我20岁，他虽然有钱，但毕竟老了。自然规律不能逆转，历史上的皇帝都称"万岁"，哪个活到万岁？连活到百岁的也极少。黄帝活过百岁，那只是传说。真可谓："山中只有千年树，世上难逢百岁人"。肖琼老了我还年轻，肖琼死了我还精神。他的那份遗产我能全部继承？他已先后有两个儿子，还有魏小花那个泼妇。一想起魏小花，她怒从心起，她扔下菜不想做这顿饭了。她转过脸怒视了一下肖琼，他像死猪一样哼哼地大睡。她又静心地一想，魏小花虽没学历职称，但人家运气好，为肖琼生下了儿子。我呢？到现在没有身孕，连个女孩都没生下。肖琼老了，得找个年轻强壮的男人。

她想到了罗创，这小子人聪明，身体也不错；和他接触这些天来，谈话投机，又是学的相同专业；他人也俊样，温文尔雅，年龄30出头和自己相仿，真般配。听罗创说，大学时谈了个女朋友，最后人家提出买房子。他家在农村，经济状况不行，买不起，人家就和他"拜拜"了。假如我和他好上了，房子我解决。可是这小子胆小，每次都是我找他聊天，他有时还显得拘谨。他应该追我，我不能追他，哪有女的追男的呢？这小子太刻板了，连《动物世界》都没看过一样？真是个土八路！噢——我得看看他去，他是否这阵子还害怕肖琼吃醋和我吵架呢？我得主动解除他的顾虑。

她看肖琼睡得正香，挂钟才到5点半。她把拣好的菜洗净放到案板上，关了门，款步走进了办公楼，走进了罗创的办公室。此时罗创正给一个病人家属解释病人的病情，看她进来慌忙让座。病人家属去后，他迫不及待地问："蔡主任、肖院长是否骂你了？"蔡红仰面爽朗地大笑了两声说："好我的罗院长——你还是个男子汉！你们江南有些男人就是不如我们北方男人剽悍，胆小怕事。咱俩又没干啥见不得人的事，怕啥？他骂我，我不骂他才好呢！他有他妈的几个臭钱，明目张胆地养女人，私生子都快上学了。算了不说他了，他此时睡得和死猪一样，你放心好了。"罗创听罢欣慰地一笑说："今后咱们有话在科室说，最好不要到我办公室来！"蔡红白了罗创一眼："哟！——你真是个胆小鬼，可怜虫！"说着上前用右手食指在罗创白净的前额上点了一下，转身出了门下楼回后院做饭去了。

受了蔡红点化的罗创呆坐在椅子上傻眼了，此时他心内打翻了五味瓶，脑子里头乱极了……他喝了两口水，慢慢理清了思绪：这蔡红的确长得标致，面色白中透红，身材高挑，本院女职工没有一个高过她的。她特别到我们江西女孩子中间真是亭亭玉立，非常显眼。她学历最高，内科硕士学位在省城医院也不多，况且说一口流利的普通话。如果不刨根问底，都以为她是北京女子，只可惜一朵鲜花插在了牛粪上了，身价一路走低。今天她临危不惧，镇定自若，使我逢凶化吉，可见其胆略过人。她向我暗送秋波，表情达意，难道我无动于衷，难道我不是男子汉吗？况且我已31岁了，父母为我的婚事日夜揪心，亲戚们为我张罗的对象都是农村的。本院有几个护士对自己很倾心，但她们收入低，以后过日子还是捉襟见肘，难免为柴米油盐而闹心。大学医学院毕业的医士心都很高，张口就是洋房小车高档家具，闭口要保证高消费的生活水平。这我哪里能保证，每月800元的工资，还得往老家补贴。二老多病，吃药要花钱，弟弟28岁了还没结婚，长年在深圳打工。还有个小妹妹刚考上大学，学杂费不靠我靠谁呢？想着想着，他渐渐悲伤起来……悲戚之后，他感到肚子饿了，他动身起来下楼到后院的职工食堂吃饭去了。

医院职工食堂办得还好，一名女师傅做饭。院内有个菜园，基本能自给。上灶的有10多个人，有男有女，都是离家较远或单身的职工。有一个名叫阮琴的年轻漂亮护士经常凑到罗创跟前吃饭，有时替罗创端饭盛汤……大家以为他俩搞对象，也不见怪。况且罗创人缘好，甚至有几个医护人员主动为他俩作合。可是今天罗创坐在饭桌旁一脸愁云，无精打采。任阮琴百般热情，他就是高兴不起来，一言不发地直往嘴里扒饭。

罗创吃完饭慢腾腾地走出食堂恰巧看到了蔡红，蔡红住的职工宿舍和职工食堂并排，相隔只有四间房的距离。由于天热，蔡红上身穿粉红色短袖衫，下身穿淡绿色裙子，脚穿白色凉皮鞋。她挥了一下白嫩的胳膊问："罗院长吃过了？"罗创惊喜地回答："刚吃过！你吃过了吗？"蔡红以悦耳的普通话答："早吃过了，锅都洗了！"肖琼在屋里正看电视，听妻子和人说话，慌忙跑出来一看是罗创，便也搭讪着说："今晚你们吃的啥饭？"罗创说："大米饭红烧肉莲藕汤！"肖琼说："搭配得够营养啊！"说着假意地笑了笑仍回屋里看电视去了。罗创回三楼办公室，他在那儿既办公又住宿。蔡红独自在后院散了散步，乘了一阵凉就回屋了。因为今天肖琼在，她哪里都不敢去。

正是：自古嫦娥爱少年，蔡红当然不心甘。夫妻年龄悬殊大，难免不效"离恨天"。要知后事如何，且看下回分解。

第十一回

罗创喜逢桃花运　阮琴借机出风头

一天清早，肖琼听楼下有人吵嚷，一会儿蔡红跑到办公室说："你下去看一下，一个病人要狗不交钱硬出院。"肖琼下到一楼门厅，他看到在外科住院的因车祸碰伤了腿的计生才要出院，正和不开单子、不给出院证的林妹吵嚷，罗创在劝。但计生才还嚷着说："2000 块都交了，只欠你们 100 元，我回去想办法借到后，打发我儿子补交还不行？"肖琼到计生才跟前说："老计，咱们都是熟人了，你也不要嚷，干脆给我们送个锦旗算了。"计生才听后笑着说："还是肖院长体贴我们穷农民。"说罢打发儿子到街上做锦旗去了。不大一会儿，计生才的儿子花了 25 元钱做了一面锦旗拿到医院。肖琼还叫了罗创、蔡红、林妹等医院头面人物以及街上照相馆的李师傅举行了接旗仪式，拍了照片放了鞭炮。锦旗挂在了门厅正面显眼处，上面写着：敬赠：金湾医院肖院长及外科全体同志"医术精湛，华佗再造"，落款是吉水县丁江乡东堡村计生才，2002 年 5 月 23 日。计生才送锦旗的事不胫而走，从此以后，凡欠费在 100 元以内的病人都以 20 元的锦旗顶账（其实肖琼在药费和材料费上早把这些钱加进去了），当然也有个别老病号为了减免床位费、陪住费主动送锦旗的。到了 8 月下旬，肖琼在门厅一数锦旗已挂了 9 面，加上他和罗创办公室各挂一面，累计 11 面。肖琼面有德色，高兴地跑到蔡红办公室扶着妻子的肩膀说："患者送锦旗是对咱们医院的支持和宣传，这个要鼓励。这比下乡宣传，发广告还有用，下乡要出人工，加油还得花钱。好了，明天我得回趟老家看看医院，别人管咱们医院，我总是不放心，这里你给咱们看好。"

蔡红内心一喜但表情平淡地说："好，那你快去快回。"二人正说话间，林妹进来说："肖院长，有个外伤病人，请您看一下，肖琼折转身到外科门诊室看病人去了。"

8 月 26 日早，肖琼给罗创打了个招呼说："南京有个老同学有点事叫我去，我很快会回来！"罗创只嗯了一声，任他去吧，谁还能管了人家。8 月 28 日晚，肖琼又回到了为民医院。他这次回来有两个目的，一是看任顾和余廷俊把医院搞成啥样子了，他曾在电话中不止一次问表妹，表妹只说："医院秩序正常，你还是定期回来督查督查。"二是小儿子继业要报名了，他要请帮过忙的人吃个饭，再看能选个好班主任吗？他深知启蒙教育是很重要的教育阶段。

29日早，他从魏小花房子出来，在楼道里伸了伸胳膊，下楼到了一楼自己办公室。他看到办公室一切摆放有序，内心有些宽慰，这是办事员小王按任顾的吩咐摆放的。他又到各科室包括厕所检查了一番，回到办公室。因为小王又把办公室收拾打扫了一下，所以他感到清凉整洁，比起江西凉爽多了，他此时的心情格外地好。他喊来导医小任说："你把任老师请来！"小任跑上楼不大一会儿，任顾就来了。他俩相互问了好，肖琼开口说："任老师你辛苦了，这几个月医院工作正常，全靠你了。"任顾笑了笑说："主要靠大家努力。"这时余廷俊也闻讯进来了，他向肖琼问了好，就紧挨着任顾坐到椅子上。肖琼说："继业上学的事，听小魏说你们已把娃领上在五小报名了，咱们离五小近，我很满意。现在就是要分个好班，班主任很重要。任老师，你熟人多，给咱们联系一下，找个好班主任。"任顾说："班主任都很负责，不过我可以找一个熟悉的班主任，把继业放进去。"肖琼说："那好！"下午，任顾在电话中联系到五小教务主任吴老师，把继业调到一年级一班，这个班的班主任是有名的邱劲松老师。

肖琼走后，蔡红一下子放松了许多，她在内科科室可以和罗创自由地说话了。她临下班时对罗创说："罗院长今晚在我家吃饭，我给咱们做顿我们北方的臊子面。"罗创先客气了一下后就默许了。蔡红回去以后，精细地做了顿牛肉臊子面，亲自到罗创办公室把罗创请来，并笑着说："北方羊肉多，羊肉臊子很香，咱们这里羊肉少，我炒成牛肉的，让你见识一下我的烹调手艺！"罗创吃着蔡红做的臊子面赞不绝口，心想："这个女人长得漂亮，饭也做得不错。"吃完饭，蔡红泡了两杯茶，她和罗创边喝茶边聊天，边看电视。蔡红最近一直看电视连续剧《亲情树》，罗创没有这个雅兴，他看了一集后礼貌地站起来告辞蔡红要回办公室去。蔡红也没好意思让他继续看，只好送到门口，任他去吧。

蔡红关了门继续看《亲情树》第8集，每晚两集。看罢电视，她洗漱了上床躺下，心想：这罗创太拘束胆小，怪不得30出头了还没个对象。又一想：这封闭式的男人现在很少，如凤毛麟角一样。不像肖琼那个色鬼，见个漂亮女人眼神和表情就不对了，现在老了，身体不行了，不然在这里早追得鸡飞狗跳墙。对！这罗创正派，是个好男人，男人就得持重，富贵不能淫嘛！

隔了一天，蔡红又约罗创晚上到家吃饭，罗创说："蔡主任，谢谢你的好意，再不能麻烦你了。"蔡红严肃地说："你罗大院长嫌我做的饭不好吃？你这是清高瞧不起我。况且咱们人不亲行亲！"罗创蹙眉一想说："哪里话，像我这样的人还清高啥？行，我打扰你就是了。"蔡红一听，嘿嘿笑了一下说："我以为你瞧不起咱！"说着转身回后院收拾饭菜去了。

晚上7点20分，罗创办公室电话响了，是蔡红叫他下楼来吃饭。他略显矜持地跨进蔡红家门时，餐桌上丰盛的晚宴使他吃惊不小。6个菜一个汤，还有一瓶"二锅头"傲然挺立在桌边。蔡红穿着短衫，正用心地冲洗酒盅，看他进来莞尔一笑说："备席容易，请客难，你总算赏光，快坐下！"罗创微笑着问："这么多菜，你怎么很快就弄出来了？"蔡红说："有几道是我现做的，其它是我刚从外边食堂买来的。你吃就是了，问那么多干啥？"说着她满满斟了两杯白酒，递给罗创一杯，自己端起一杯，主动和罗创碰了一下杯，仰起头一饮而尽。而罗创喝了一下就皱起了眉头，再看蔡红已喝干，也就仰了一下脖子喝了下去。蔡红热情地说："吃菜！"罗创拿起筷子先夹了一点凉菜吃了，蔡红又把酒斟满，用盼顾有神的眼睛示意罗创端起酒杯，罗创只好又端起和蔡红碰了一下杯，他俩同时都喝干了。蔡红说："罗院长，现在咱们吃菜喝酒，自由些！对酒当歌，人生几何？你我都30过头的人了，你有知己吗？我无知己。我把你当知己，酒逢知己千杯少啊！"说着又把两只杯子斟得满满地，罗创两杯酒下肚，脸已发红，心跳加快。他喃喃地说："你已看到，我现在孑然一身，家庭拖累又重，哪有知己。"说着低下了头，显得不自在。

当二锅头在瓶子里降到一半的时候，罗创红着脸、含着泪一头扎到蔡红的怀里，哭起来了。他醉了，他喝酒哪里是蔡红的对手。蔡红神情自若地把他搀起扶到里屋的床上安顿睡好后，又到餐桌前自斟自饮了几杯，喝了些汤。把桌子收拾干净，才洗漱睡去了。半夜罗创酒醒了，他发现睡在蔡红身边，他坐起来想走，却惊醒了蔡红。蔡红下床给他倒了洗脸刷牙水，让他洗漱后上床睡觉。罗创此时像战场上被抓的俘虏一样，任蔡红摆布……

接下来几天，蔡红都安排罗创在她那儿吃住。他俩的亲密接触早被一个人发现，这人就是阮琴。阮琴这几天漂亮的脸蛋上总挂着一丝怒容，她对病人也呵斥起来了。护士长林妹也感觉这丫头不对劲，一天她趁护办室没别人便问："小阮，你这几天怎么了，有啥气出不了，对病人可不能发脾气噢！"阮琴声泪俱下地说："你看这个蔡主任趁院长不在把罗院长勾引到她那里吃住，真不像话！"林妹说："人家和谁好关你屁事！我知道你喜欢罗创，但人家不喜欢你！你搞什么单相思？你把蔡主任惹了，人家给你穿小鞋不算，假如人家在丈夫面前说你坏话，把你吃饭碗拌了咋办？咱们是受雇于人，你得当心点！”阮琴听完倒吸了一口凉气，不寒而栗，护士长的话语如醍醐灌顶使她醒悟了许多。她谢过护士长后就往病房走去，边走边暗自伤感，竟抹了一大把眼泪。她逐渐怨恨起罗创来了……真是“山有木兮，木有枝兮，心有君兮，君不知”。她又一想，罗创也没啥权，要站稳阵地，保住饭碗，必须取得肖琼的信任和喜欢。

10天以后的一个下午肖琼回来了，蔡红献殷勤地替丈夫拍拍打打，而且倒好洗脸水和洗脚水。肖琼洗完后十分高兴地对妻子说：“咱们为民医院秩序很整齐，病人都很满意，床位都住得满满的，经济效益也很好。朱正走了倒省了钱省了心。任老师管理得井井有条，他和余廷俊能独当一面。咱俩要集中精力把这里的医院办好，最近这里没发生什么事吧？”蔡红脸一红，随之淡然一笑说：“这里能发生什么事，我和罗院长昼夜值班检查。各科室都认真负责，一切正常。”肖琼满意地点了点头，趿着拖鞋走到床边伸了个懒腰躺在了床上，他实在太困倦了。

蔡红看丈夫休息了，也就不再说什么，就开始收拾晚饭了。一会鼾声大作，吵得蔡红心烦意乱，她边做饭边朝卧室内张望。他看到肖琼耷拉着头侧卧在床上，蜡黄的脸上没有一点光泽。她厌恶地在内心骂道：“看魏小花把你折腾个啥样子了，你寻花问柳半辈子了，上了年纪还公然包二奶！你真有龙马精神？哼！你包二奶，我包二爷，看谁包不过谁？”她想了一回，菜也炒好了，单等肖琼醒来下面吃饭。

今天下午，罗创又到职工食堂吃饭了，人们都用异样的目光看他。特别是阮琴端着个饭碗躲得远远的，边吃边愤怒地瞄他一眼。他也不理会这些，只是低着头匆匆地吃了饭，马上回办公楼去了。

经过暂短爱情洗礼的罗创，此时更是心烦意乱。他躺在单人床上眼望着屋顶，思绪万千。“问世间情为何物，直叫人以生死相许？”几天来蔡红对他的温柔和关爱铭刻心头，蔡红雍容华贵的外表，倩丽动人的身影总是挥之不去。更为重要的——蔡红许诺，只要他俩喜结伉俪，房子以及赡养老人都不成问题。况且她听说小妹上大学学费吃紧，顺手就掏出5000元给他。他推辞再三，最后还是人家硬塞到他的衣袋里。这女人虽然结过婚，但对自己真是一往情深，他听过“寒士得贵人相助”的故事，难道这姓蔡的女人是助我的贵人？想着想着他亢奋起来，他猛地从床上跃起，倒背着双手在地上踱起了方步……他心潮澎湃，他感到无比的自豪和快乐——“对！天予之而不取，反受其咎。肖琼——你爱你的表妹吧，蔡红应该是我的！”

再说阮琴,她这几天也进行了反思,她感到护士长的话说得多么真切。现在私营企业老板权很大,虽无生杀予夺之权,但炒鱿鱼、解雇职工是随便的事,得到老板的赏识也就能得到升迁的机会。因此,她工作特别卖力。她遇到门卫送报纸文件等,也主动接过来跑上三楼送到院长办公室,主动和院长接近。渐渐肖琼对她也很熟了,并且还专门喊小阮出去替他办点事。阮琴空闲时还借故到院长办公室替肖琼整理打扫一下办公室,肖琼也感到这小阮聪明、工作主动、体谅领导。一天林妹到院长办公室汇报近期护理工作,汇报完闲谈中,肖琼不经意地问:"阮琴业务能力怎样?"林妹说:"小阮脑子活,护理很在行,在护士中是出类拔萃的!"肖琼大度地说:"你要好好培养,我们各方面都要有高精尖的人才——人才难得啊!"林妹说:"院长说的是。"说罢,她起身回护办室去了。

光阴荏苒,转眼快到年底。按惯例,镇上每年组织各单位职工举行"迎春联欢会"。昨天又下了通知,要求每个单位至少出一个节目。肖琼接到通知很不高兴,他不高兴的原因是怕耽误工作、怕花钱。他和罗创碰了个头,看罗创啥意思。罗创说:"这项工作我们年年搞,也是单位荣誉,也是自我宣传。我们需要镇上支持,我们也应该支持镇上的工作。"肖琼说:"这个任务给那个科室布置比较妥帖?"罗创说:"就交给林妹,让护理部挤时间排练吧。"肖琼说:"那你给林妹说一下吧!。"罗创说:"行!"就跑下楼安排去了。

斗转星移,年终岁尾到了。12 月 31 日晚,忙碌了一年的人们欢快地放起了花炮,穿上节日的盛装辞旧迎新。金湾镇的大街小巷人头攒动,喜气洋洋,各单位楼顶彩旗飘舞。镇政府礼堂张灯结彩,主席台上方鲜红的横幅上写着"吉安市金湾镇庆祝 2003 年元旦迎春文艺晚会"。优雅的歌曲响彻内外,到处洋溢着节日的气氛。各单位的职工陆续到齐,当然,肖琼早被政府办的齐主任安排在前排就座。8 时整,晚会主持人宣布晚会开始,首先请镇党委陈书记讲了话,紧接着文艺节目就开始了。

第 4 个由阮琴领头跳的维吾尔族舞蹈就赢得了全场热烈的掌声。第 9 个是阮琴的女声独唱,使全场掌声雷动,达到了高潮。她那圆润的歌喉,嘹亮的歌声萦绕礼堂内外。紧挨肖琼坐着的齐主任笑着对肖琼说:"强将手下无弱兵,肖院长你真行!"肖琼面有德色微笑着说:"还是镇上组织安排得好,能使年轻人有个展示才华的平台。"陈书记也投来了赞许的目光。

2003 年 1 月 5 日,迎春文艺晚会节目评比,金湾医院荣获一等奖。发奖牌一面,奖金 3000 元。按惯例,这奖金应奖给参与演出的演员和工作人员,可是肖琼收到奖金后让蔡红清点后进了医院账户。通过迎春晚会的演出,肖琼对阮琴信任有加,连蔡红对她也刮目相看了,甚至在院晨会上号召年轻职工向阮琴同志学习。恰在这时,林妹报考的省医科大学进修高护专业的通知下来了。林妹要离职,护士长谁来当,工作给谁交?她急切地到院长办公室找肖院长尽快定夺。肖琼沉思了一下用征询的口吻问:“你看阮琴怎样?”林妹微笑着回答:“院长眼力不错,这女孩行!就是有点任性,你好好教育培养吧!”。说着她站起来又说:“请院长看着我们交手续吧?肖琼坐在椅子上没动说:“你找蔡主任监交去,我就不去了。”

阮琴当上护士长后,工作更是雷厉风行。新官上任三把火:第一,通知医院职工大扫除,并进行了一次彻底的卫生大检查;第二,加强了病房管理,责任到人;第三,要求护士衣帽胸卡整洁鲜亮,定期组织护士学习护理知识。这些肖琼等院级领导都看在眼里,记在了心里,连罗创都暗暗称奇。不到一个月在一次全院职工大会上,肖琼郑重地宣布阮琴任院委会委员兼护理部主任。阮琴进入院委会后,工作更努力、更积极,而且在院委会会议上建言献策,思维很超前。

2003年的春节恰在阳历的2月1日,春节临近病人渐少。1月下旬,北方南山市的职工以及肖琼都想回老家过年,唯独蔡红说:“那么远回趟老家过年没意思。”她又对肖琼说:“你回去,我值班。”肖琼心想:也好,有夫人压寨,我能放心地过一个春节,再说把她领回去,表妹也不高兴。于是他爽快地同意了,并谦虚地说:“那就辛苦你了!”阮琴也自告奋勇值班。她家在吉水、不远,回趟家很容易。但她为了体现领导的风度,主动值班,替换其她护士回家过年。

却说蔡红为什么近一年了还不想回老家,其实原因是她父亲早逝,只有母亲和两个姐姐,一个弟弟,由于她自主坚决和肖琼结婚惹恼了所有的亲属和亲戚。母亲虽然还挂念她,但母亲长年在大姐家住,大姐是反对她的婚姻最强烈的一个。因此,他无心再回那冰天雪地、近似蛮荒的故乡和面对一副副愤怒冷漠的面孔。这些肖琼也是深知的,理解的。更重要的一个原因是她利用肖琼回北方过年之机,和罗创畅畅快快同居一段时日,就当新婚度蜜月一样……

腊月25日早晨,肖琼一行北方人都走了。蔡红就和罗创开始同居起来了。她把医院的工作托付给阮琴,俩人公然外出旅游去了。阮琴憋了一肚子气忙里忙外,毕竟院内还住着十几个病人。门诊值班的两个医生轮流倒班也很紧张。感冒的、酒醉的不时地来医院,晚上敲门看病的也时有发生。阮琴一直睡在值班室,夜以继日的操劳和工作使她消瘦了许多。正月初四,父亲来看她，见到她说："娃呀，你病了吗？"她说："没病，是晚上值班熬的。"旁边一个小护士笑着说："大伯，我们阮主任负责全院工作哩！"老阮笑着说："那好，吃点苦应该。"阮琴送走父亲后，心想："虽然失去了花容月貌，但不能丢掉豪情壮志！"她又转念一想："蔡红太风流了，罗创也不是个好爷们，不回家看老人跟那个烂婊子混啥呢？"

正是：蔡红风流起风波，阮琴憋气忙工作。为情失意亦壮志，年轻护士露头角。要知后事如何，且看下回分解。

第十二回

谈工作院长求婚　老阮家来了客人

2月10日，蔡红、罗创回来了，因蔡红和肖琼通了电话，知道肖琼一行正动身回南方了。2月12日下午肖琼一行回到了医院，肖琼放下提包，就匆匆地在医院楼上楼下，各个角落检查了一番，他看到病房还住了14个病人。回到医院的家后，十分高兴地拉着蔡红的手直夸奖："蔡主任真行，你不愧是我的好老婆！"蔡红感到如此夸奖受之有愧，她随口说："这些天阮琴确实吃苦了，她连家都没回，昼夜值班，你看人成个啥样子了！"肖琼惊奇地说："这小女子真能吃苦！这说明她和咱们志同道合，咱们没用错人。"

第二天晨会，肖琼环视了一下与会的全体职工，最后他把目光落在了阮琴的脸上。他看到这原本漂亮的白脸蛋，怎么变得黑黄而消瘦。他下意识地问："小阮，你不舒服吗？"阮琴温柔地笑了笑回答："我好着呢，没啥，感谢院长的关心！"接着肖琼讲了今年大体的工作安排，罗创也说了一下自己分管的工作应改进的几个方面，会散了，大家各自回科室工作了。

肖琼又想和各科部室的负责人座谈交流一下，听一下他们对今年工作的打算，并鼓励一下这些中层领导，以达到群策群力的效果。这还是他回为民医院看到任顾是这样做的，也是任顾经常语重心长地劝告他"分而治之"的重要策略。他用内部电话挨个通知了一遍。可是最先到他办公室的还是阮琴，他高兴而热情地对阮琴说："小阮快坐下！你放弃春节假日替我操心，我很感激！"阮琴说："这是应该的，我们年轻人多做点工作也是锻炼！"正说着其他几位科室主任都陆续地来了，座谈会开了1个半小时，而肖琼重复的讲话就占了1小时，大部分中层负责人还没来得及发言，肖琼就宣布散会了。

3月中旬，药房主任陈梅给蔡红说："蔡主任，咱们库存的药完了，得马上调药。"蔡红给肖琼说明了情况，就带上陈梅赴上海进药去了。蔡红去后，肖琼就舍弃小灶上大灶了。中午下班后，他就到职工食堂和职工们一起吃饭，他刚坐到饭桌旁，阮琴就像先前伺候罗创一样给他盛饭端菜，而且也大方地坐来一块吃，这使肖琼感到既尊贵又温暖。吃晚饭的时候，仍然如此。晚饭后，肖琼照例在医院各科室巡视一遍后，在办公室看了一阵报纸后就回后院的家里去了。蔡红没在，没有人和他说话。他打开电视，乱糟糟地，没有吸引他的内容，他就关了早早上床休息。

躺下后，怎么就没睡意了，噢——中午睡美了，没瞌睡！盘算一下医院的工作吧。要提高工作效率，都像阮琴那样积极主动就好了。这女孩有魄力，也善解人意，比老婆蔡红强多了。蔡红每天只注意打扮自己，虽有高学历，实际工作能力不行。每天只看两三个病人就到处转去了，而且还爱往罗创那里跑，这娘们是否红杏出墙了？你看她见到罗创那个骚情劲，真把人脸都丢尽了。最为致命的是她吃不了苦，每天做两顿饭都胡凑合。看人家阮琴多能吃苦，而且工作有闯劲。不是年龄悬殊，阮琴给我当老婆多好！哎——谁说没有这个可能？现在老夫少妻多的是，特别是事业上成功的男人，后面有许多女人穷追不舍。况这阮琴多才多艺，人长得如花似玉，又是我的属下员工，我娶她如探囊取物一般。想着想着，肖琼又睡不着了。他脑海中的阮琴在唱歌、在跳舞、在向他招手、在给他端饭……他又失眠了。

天亮了，想了一晚阮琴的他起床了，抹了两把脸，穿上衣服，头重脚轻地走向办公楼。他对当天值班的高玉川说："今天不用查房了。"说罢慢腾腾地上到三楼钻进自己的办公室，他坐在他的老板椅上，双臂合拢放在办公桌上，低头枕到双臂上准备再睡一阵。无奈今天电话特别多，不是推销医疗器械的，就是广告新药的，他干脆把电话听筒提开放到一旁。刚进入朦胧状态，手机又响了……他拿起一听，是市卫生局通知明日召开"全市卫生工作会议"。通知会议的人临了还批评了他一句："你们怎么搞的，院长办公室电话都打不通！"他只好连声表示歉意说："电话坏了马上修，马上修！"他气愤地又把电话扣好，起身来到隔壁罗创的办公室。罗创看肖琼脸色不大好，慌忙站起让座，并热情地问："院长有啥重要事吗？"肖琼坐在沙发上神情黯然地说："刚才市卫生局通知明天开会，你去吧！你就说我病了不能来。"罗创听了后沉默了一下说："行，那您就好好休息吧。"

下午罗创就到市上参加会议去了，肖琼一直睡到4点才走进办公楼上班来了。他先到门诊，后到住院部转了一圈，临回办公室把阮琴喊了一下说："小阮你来一下！"他刚进办公室，阮琴也急匆匆地跟进办公室问："院长有啥指示？"肖琼坐到老板椅上后用手势示意阮琴坐下，阮琴坐下后用眼睛望了一下肖琼。肖琼起身给阮琴倒了一杯开水放到她面前的茶几上，含笑说："小阮，今天我有空，咱俩谈点工作上的事。”阮琴接过话茬高兴地说：“那很好！我早想给院长汇报工作，就是看您挺忙。”肖琼说：“汇报啥呢？你工作有创新，也挺卖力，我全知道，我很满意。希望你以后再接再厉，紧密配合我的工作。”阮琴欣慰而兴奋地表示：“院长这样信任我，我当为咱们医院肝脑涂地在所不惜！”肖琼一双紧盯阮琴的眼睛一亮，他发现阮琴说这话时，由于激动而脸颊泛红，越发动人了。此时的肖琼急得眼睛里像要伸出一只手来，按他以往的毛病，早都跑去拥抱她了，可是现在他毕竟50出头的人了，成熟多了。他还是克制住了自己，故意眯了一下眼睛望了望窗外，装做居高临下领导者的样子。以一副正人君子的面孔目不斜视盯着办公桌上一摞书籍，显露出一种斯文而高雅的神态。

他沉思了一会儿，没有转移瞅书的目光问阮琴：“看你的履历，你家在吉水，今年20岁了，中专文化程度，吉安卫校毕业两年了，那么你家庭情况怎样？”阮琴回答说：“我家在吉水县郊区农村，父亲今年48岁，母亲45岁，都务农，种植了一个菜园子。我为长女，妹妹上高中，弟弟最小，上初中。”肖琼说：“我也是农民出身，农民种地很苦，也弄不了几个钱。所以我发奋读书，以后大学毕业参加了工作，手头钱还是不够花。现在我通过创办医院，才感觉到手头的钱多起来了。”阮琴接着说：“就是啊，我们这里也有些人不愿种地，贷款办企业。现在都富了，行走坐小车，使本地一些年轻人羡慕极了。”

肖琼突然话锋一转，侧过身盯着阮琴问：“小阮你有男朋友吗？”阮琴红了一下脸说：“没有！”肖琼又问：“你看蔡主任这个人咋样？”阮琴瞅着肖琼的脸颜色试探性的回答：“蔡主任有知识有模样有能力！”肖琼愤怒地骂：“她有她妈的屁！驴粪蛋儿外面光，工作不认真，对我没真情，我早对她没感情了！”接着他和颜悦色地望着阮琴说：“她连你的一半都顶不住，我能找到你这样的女孩做妻子，我就心满意足了。既能担当贤内助，又能在事业上独当一面，多好啊！”说着肖琼故意现出伤感的表情。阮琴一听这话就红着脸低下了头，又稍抬头瞄了肖琼一眼，看他十分伤感的样子，半天没说话。最后抬起头问：“院长你看工作上还有什么事？”肖琼结结巴巴地说：“你工作挺、挺好的，没，没啥！”阮琴说：“没啥，我走了，你忙吧！”说着站起身欲走，肖琼忙起身用手势示意她不要走，急切地问：“我刚才说的话你听懂了吗？干脆你给我当老婆好了，以后这个医院由你具体负责，你看咋样？”阮琴羞愧难当，侧着脸用余光扫视了一下肖琼说：“这个不大可能，咱俩年龄相差一大截，我父母是不会同意的。”肖琼厚颜无耻满脸堆笑说：“我今年才43岁（他到南方后对谁都说他43岁），比你大不了多少。假如你依了我，你，包括你的父母弟妹有享不完的荣华富贵，哪个女人爱学王宝钏？你慢慢考虑去吧！”

阮琴一听肖琼让她走，像得到特赦令一样折转身快步走出院长办公室，一路小跑到了二楼护办室。浑身汗水湿透了衣服，她坐下微微喘了一阵气，一看手表已是下午6点10分，早过了下班时间，该吃晚饭了。她又走到值班室在床上躺了一会儿，脑子乱得嗡嗡作响，她恨自己是个女人。心想做女人太难了，特别年轻女子更难了，没想到肖院长找自己谈话，竟谈出了这么一个“大问题”。她又起身坐在床头朝后窗张望，她看到肖琼吃罢饭从食堂出来回家去了。她才慢慢下楼到食堂吃了半碗米饭，喝了半碗汤，她回到自己的宿舍关门坐在床头哭了起来。哭了一阵子，又觉没趣。她打了半盆水洗了脸、刷了牙，就早早地上床休息了。

她躺到床上，脑细胞又活跃起来了。她理清思路开始慢慢琢磨起来：古代女子到及笄的年龄就开始谈婚论嫁了，如今提倡晚婚，自己早已超过及笄的年龄，男人追是正常的事。不过这个追我的男人真是不可思议，一是年老，二是有妇之夫，这人是否真是个好色之徒？不过又一想，这人还有点意思，竟敢直言不讳地坦露爱情追女孩。也是平生遇到第一个向自己表白爱慕之情的男人，比罗创强多了。高大的身材、挺高的学历及职称，偌大的企业，事业性很强。讲话虽然啰唆而零乱，但人家毕竟把事业办成功了。43岁正当中年，不算老，虽然看上去苍老些，那是办事业太劳神造成的。加之北方光照时间长风沙大，不论男女，北方人看起来没有南方人皮肤细嫩，但北方人有北方人的优点。你看罗创那个小白脸，胆小圆滑没志气，被蔡红勾引上成了人家的奴仆，真他妈的不成器的穷光蛋。

三十六计，走为上，离开这个医院这些人这个事非窝儿。但是走到哪里去？况且自己还没取上“护士执业证”，哪个医院接收你？假如你任性走出这个医院，虽然守住了名节，但无疑成了无业游民。时间一长，身价大跌，连亲戚朋友都会低看一眼的。最后她拿定主意，看肖琼下一步棋咋走，本姑娘先来个冷处理……

肖琼吃罢晚饭，回到家里，电视也无心看，前面办公楼也没去。今晚他早早地睡了，他感觉阮琴不喜欢他，晚饭又躲着不见他。唉！——岁月不饶人，真的老了，难怪人家躲躲闪闪地。人家是黄花闺女，咱是有妇之夫，真不大可能。他又想到蔡红，这娘们只知道享受，不知道奋斗，这样的女人靠不住。阮琴比她强多了，既年轻又有工作能力，是个人才。人才我要爱惜、要占有，好事多磨、继续追。她若不从，辞退她，看她在哪里清高去！

翌日清晨，肖琼早早起来，把胡子刮了个精光，把鬓角的白发染了一下，穿了一身鲜亮白色的运动服和白球鞋，在后院空旷处跑起操来了……要追女人，就得把身体锻炼好。不能像以往清早就查房、检查。整天身上一股药味，没有一点男人气息，难怪蔡红从内心不喜欢自己。正在慢跑的时候，他看见阮琴和一个小护士到灶房提开水，他故意加快脚步从她们面前经过，以示他动作协调精力旺盛。

恰在这时，一对喜鹊欢快地从垂柳树冠上飞到菜园的围墙上，又从围墙上飞到深绿色的云杉树上，不住地发出“隹——隹——隹——”的声音，空气清新，春意盎然。肖琼的心头又振动了一下，他又感觉到有什么好事在向他召唤，因为喜鹊都向他传递“佳”音……

下午4时，肖琼用内部电话打到护办室，通知阮琴马上到三楼院长办公室有要事商量。护士小王接电话后赶快到5号病房，找到了正为一名小女孩扎针输液的阮琴说：“护士长！院长通知你马上到他办公室，有要事商量！”阮琴淡漠地回答：“知道了。”她扎罢针、调试好输液管，嘱咐孩子母亲说：“你看好！有啥不正常就到护办室找当班护士。”说完话回护办室洗了手就上三楼去了。

她走到院长办公室门前发现此门敞开，看来肖琼向我敞开了爱情的大门。她昂首坦然地走进去，肖琼面含微笑热情地上前迎接她，轻轻地扶了一下她的肩膀请她坐在沙发上，并顺手关紧了办公室的门。阮琴坐下后发现茶几上早泡好了一杯茶，还冒着热气。她下意识地扫了肖琼一眼，发现他今天换了一身深蓝色西装，系了条红色领带，脚穿棕红色皮鞋，脸面白净，头发乌黑发亮，显得风流倜傥。肖琼刚坐到老板椅上就说：“小阮你喝茶，你这阵忙啥呢？”阮琴说：“刚给病人扎针输液。”肖琼“噢！——”了一声说：“你真负责，真是我的好帮手！”阮琴平静地说：“这是我的本职工作，院长过奖了！你通知我来有什么重要事吗？”肖琼略显尴尬地笑了笑说：“没有别的事，就是昨天我表达的那个意思，看你考虑好了吗？”阮琴故作冷漠地说：“你有老婆、有事业，你还是放我一马，让我在你麾下混口饭吃。我父母拉扯我，供我上学真不容易，我不能随便以身许人！”肖琼听罢，环眼眨了一下平缓地说：“这——我只是征求你的意见，我并不逼你，你终久会嫁人的。现在的年轻人，多数靠不住，还是我们这些人老成持重，如果你同意和我好，我马上和蔡红离婚。”阮琴一听这话真触动了她那根敏感的神经，她的一个女同学不就是被一个年轻小伙骗惨了吗？她的心理防线渐渐崩溃了，她喃喃地说：“我的婚事必须要父母知道。”肖琼沉思了一下说：“这应该！我理应先拜望一下二老。这么着吧！待明日罗院长开会回来，我把工作安排一下，咱俩后天就到你家里看老人！”阮琴说：“也行吧，你就以院领导看望职工家属那样行事吧！看看我父亲的态度。我父亲不高兴，咱们马上走！我也不敢和你好。你干好你的事业，我做好我的工作。如果再没啥事，我就告辞了。”说着就站起了身，肖琼高兴地点头说：“好！快下班了，我也下楼到病房看看！”说着起身和阮琴一同下到二楼，到各个病房检查去了。

第二天中午，罗创开完会回到了医院，下午刚上班就到院长办公室给肖琼汇报会议精神。肖琼听罢说：“等蔡主任她们回来，人齐了，你把会议精神在职工大会上传达一下。今年我院整体工作要按会议上下发的“年度工作考核”的具体任务办。当然，我们还是以争取病人为主，突出‘三多’——多宣传、多看病、多挣钱！明天，乡下有个病人需要回访一下，护士长请我一定要去，代表医院安慰一下。”罗创说：“院长下乡回访病人是大好事，你去吧！医院的事，我和院委会其他几个人都操心吧！”

3月22日，肖琼穿得十分高档整齐，拎着一大包礼品和阮琴搭车到吉水县去了。到吉水县车站下车后，他俩租了辆红色小车只用了20分钟就到了阮琴的家。阮琴推开篱笆墙中间的大门喊：“妈！……”她母亲从坐北向南一溜平房中间的一扇门中出来高兴地说：“琴琴回来了！”阮琴指着肖琼对妈说：“这是我们肖院长。”肖琼含笑马上亲热地叫声：“阿姨好！我们下乡看病人路过，阮护士长顺便回趟家。”阮琴妈温和地说：“好着呢，快进屋，你们挺忙吧？”肖琼说：“不太忙！”说着和阮琴妈一同进了屋。阮琴跟在后面进屋后，打来洗脸水让肖琼擦擦脸。肖琼用湿毛巾简单地擦了一下就坐在靠北墙一张方桌边的椅子上，他环视了一下屋内：这是一处三间之广的主房，两间客厅和一间卧室。客厅东山墙根摆着衣柜、电视柜等家具，紧挨北墙根放着一张三人沙发和一张茶几，茶几上放着烟茶糖果之类。肖琼身边的方桌放在堂屋的正中间，方桌上方的北墙上贴着“松鹤延年图”。

阮琴沏好茶放在茶几上让肖琼喝茶，肖琼就挪身坐到沙发上品茶抽烟，他看着阮琴随母亲到厨房收拾饭菜去了。

肖琼一支烟刚抽完准备再接第二支，院门响了，他听见一个男人的声音问：“来客人了？”阮琴母亲答：“是琴琴和他们院长！”肖琼一听是老阮回来了，他马上起来跨出房门迎了上去热情地问：“叔叔回来了？”阮琴父亲回答：“刚在菜园子锄了阵草，你们啥时到？”肖琼回答：“刚到时间不长。”老阮定睛把肖琼打量了一下，忙让肖琼进屋坐下。肖琼在进屋的同时也把老阮看了两眼，这是一个干瘦的老农民，看起来比妻子苍老许多，他饱经风霜的脸上布满许多皱纹。他擦了脸洗了手，坐在方桌边的椅子上掏出一盒烟给肖琼让，肖琼说:“不抽了。”他自己点燃一支抽了一口说:“你们挺忙的！琴琴春节都没回来,医院病人很多吧?你把医院搞活了,名声都传到咱们这里了。县上到处都贴有你们医院的广告,这郊区公路边的电线杆上都有你们的广告。”肖琼面带喜色地回答:“办医院和办工厂一样，宣传要领先要到位！干革命工作,首先要造舆论！”

老阮边抽烟边点头赞许。他突然问:“肖院长啥时创业办医院?你今年多大年龄了?”肖琼得意地说:“改革开放以后,咱们南方人办工厂,我们北方人没啥办,有些人就闲逛起来了。我是个闲不住的人,我就思谋着办了个小医院。那是1994年秋天的事,那时我才30多岁,没经验,胡闯呢！我今年刚满43岁。”老阮悄悄压了下指头,心中算出这院长今年真的才40出头的样子,真是年轻有为啊。

恰在这时候,阮琴端着热腾腾的一盘子饭菜进来了。她先把盘子放到方桌上,很麻利地把茶几上的东西收拾掉后,把盘子放到茶几上摆好饭菜,六个菜两个汤很丰盛。老阮也坐到沙发上忙让肖琼吃饭,这时阮琴又从柜子里取出一瓶老酒斟了两盅放在桌子上说:“肖院长你和我爸边吃边喝吧！家里没啥好菜,很随便,别客气啊！……”说罢拿着盘子出去了。老阮端起酒杯递给肖琼,肖琼急着说:“叔叔我来。”双手接过酒杯,险些把酒倒了。老阮又端起一杯说:“喝吧！咱们农村条件差,院长别客气！”说着喝干了酒又斟满杯子。肖琼看老阮喝干了,他也一仰脖子把酒灌到了口里,刚放下杯子,老阮就马上又斟上了。肖琼本来不胜酒力,一杯老酒下肚就觉得烧起来。他忙说:“叔叔我不能喝酒,这一杯就够事了,你老喝吧！”说着双手端起老阮的杯子恭敬地敬了一杯,老阮接过杯子笑着说:“我以为你能喝,听说你们北方人酒量都很大,那你吃菜吧。”他又干了一杯才拿起筷子和肖琼边吃边谈,他又自斟自饮了几杯。

肖琼此时脸也红了,汗也渗了出来,但他今天尽量少说话,生怕乱套。老阮喝了几杯酒话也多起来,并热情地说:“肖院长你今天就住在咱家吧,难得来一趟!”肖琼略沉思了一下回答说:“叔叔不用了!谢谢您的好意,我到吉水还有点事。阮护士长留下住几天无防,她春节假都没休。”老阮听后点头说:“那是,那是!你们当领导的就是忙。”肖琼并不是因事忙不在阮家住,而是他深知自己有打呼噜的毛病,新女婿上门,应该扬长避短。

饭后,阮琴收拾完碗碟,又倒上茶。她母亲也来到上房坐在床沿上说:“没有啥好菜,院长不要笑话!”肖琼笑着说:“阿姨把我当贵客招待,饭菜都好吃!我从来不喝酒,今天我看叔叔高兴,我也学会了喝酒。”阮家一家三口人都笑了。肖琼一看火候已到便站起来对着老阮说:“叔叔、阿姨很辛苦,我就不打扰了!”说着从包里掏出了烟酒茶及几盒滋补品,方桌上放了一大堆,又从包底下取出崭新的一沓100元面额的人民币也放到桌上说:“这是发给阮护士长的奖金1万元,补贴家用吧。”以后叔叔、阿姨有什么事尽管说,我能办的尽量办,那我就告辞了。”老阮夫妇十分高兴地说:“院长太忙了,不然多住几天才好。琴琴你把院长送到村西公路边,那里好坐车。”阮琴也说:“肖院长不住,那我送你到公路边吧。”说着同肖琼一起出了院子向村西头走去,在行进的路上肖琼兴奋地说:“看来二位老人挺高兴的。”阮琴嗔怪地回答:“你真有办法!”肖琼得意地拉了一下阮琴的手说:“我先到县城登记好房间住下,明天你来县城给我打电话,我打的接你。”阮琴不好意思地嗯了一声。

到公路边,一辆绿色出租车驶过来,肖琼不坐。一会儿一辆红色出租车驶来,肖琼招了一下手坐了上去并给阮琴挥了挥手,一阵风地去远了。

正是:肖琼设谋娶阮琴,回访笼络她家人。情场老手又渔色,扬长避短太聪明。要知后事如何,且看下回分解。

第十三回

蔡主任息事宁人　整风会要抓内奸

阮琴回到家，父母都十分高兴。阮琴以为父母对肖琼非常满意，其实父母高兴的是看到女儿有出息，工作又有成绩，光奖金就拿了1万元。而且单位领导也很赏识，看来女儿的前途是光明的……给弟妹也树立了好的榜样，至少十多年书没白念。母亲问："你们院长坐上车了？"阮琴答："坐上了。"父亲说："看起来你们这个院长没架子，很随和。你把工作做好，我们也放心。你住上两天，休息一下就去上班吧，家里农活，我和你妈能顾过来，你就不用操心了。"阮琴说："医院工作还是比较忙，明天我就回医院，家里有啥事，可打个电话。再说，相距又不很远，我有空就回来。"父亲说："那好！你明天赶快回医院，把你的工作干好！"

第二天，母亲早早起来给女儿收拾好东西，做好了饭菜，父亲吃了早饭就下地去了。阮琴起来洗漱完毕后，母亲就端来了饭菜，并催阮琴："赶紧趁热吃了回单位去！"阮琴胡乱吃了些就放下筷子，把盘碟端回厨房对母亲说："你吃去，我吃好了。"母亲说："天气渐渐暖和了，我给你把换的衣服都装好了，你走时带上。"阮琴到上房把母亲收拾的衣服又检查了一下，从中取出两件放到床上对母亲说："这两件我穿不成了，留给妹妹穿吧。"说罢挎起包袱望着母亲说："妈——你忙吧，我走了！"母亲说："你走吧。"娘儿俩分手后，阮琴就到村西公路边搭车去了。

阮琴到县城后就拨通了肖琼的手机，肖琼迫不及待地说："你稍等，我就来！"不大一会儿一辆红色小轿车就驶到阮琴面前，车还未停稳肖琼就打开车门，热情地把阮琴拉了进去。红色小轿车拐弯调头后一阵猛跑到了有缘宾馆门前停了下来。肖琼给司机丢了10元说："不用找！"就急忙下车弯腰扶阮琴下了车，敏捷地拿起阮琴的包袱扶着阮琴昂首阔步迈进了宾馆门厅，上了二楼，在208门前站住，开了门进了房间……

阮琴和肖琼在208房间住了两晚，她感到肖琼不像40来岁的人，她怀疑他把岁数说小了。最使她悔恨和厌恶地是这位院长大人活像个肥猪，大腹便便，彻夜地呼噜声震耳欲聋，使她根本不能睡觉。两天来她像大病了一场，头昏脑涨、疲惫极了。事已至此，后悔有什么用呢？赶紧回医院吧，暂且摆脱这种境地，以后的事以后再说吧！她对肖琼说："回医院吧！这几天不知医院有啥事吗？"肖琼也说："回吧，我也不放心！"肖琼主要担心蔡红回来吃醋。

3月25日上午，肖琼和阮琴双双回到了医院。肖琼首先问门卫："蔡主任回来了吗？"门卫回答："还没回来。"肖琼如释重负，悬起的心放下了。他像一位得胜的将军，高傲地对待问讯他的职工。他回到办公室，罗创及时地汇报了这三天的工作，他居高临下地哼了两声，并发号施令："今后咱们对病人的回访要多搞，这次我和阮护士长的回访很有效果：第一，关心病人，服务到家；第二，做到了调查研究；第三，也是最重要的一点，就是宣传了医院、扩大了影响。"说罢得意地笑了两声，用环眼瞟了一下罗创。罗创一脸真诚，点头说："院长站得高看得远，而且身体力行，我们今后应该多做这方面的工作。"肖琼说："行！你忙你的去吧。"他说罢也起身下楼到各科室检查去了，最后他在厕所里转了一圈，并使劲闻了闻，他感觉有点臭味，便出来喊清洁工和当班护士到厕所闻。待她俩闻罢，他指着她们的鼻尖大骂了一顿，并最后丢了一句："今后厕所再有臭味，你们就不用上班了！"他愤怒地离开了厕所。清洁工和当班小护士看院长走远了，马上提水拿拖把，把厕所又仔细地清洗了一遍。

3月26日下午，蔡红和陈梅押了一车药回来了，肖琼和罗创指挥后勤、药房人员登记造册入库。蔡红和陈梅在药房内忙了一阵后给运药司机付了运费，打发走了以后，陈梅仍回药房工作，蔡红回后院家里休息去了。还没到下班时间，肖琼提前回家讨好慰问妻子。蔡红带着倦意说："今天咱们在外边吃饭吧？"肖琼说："好……好！"一会儿蔡红梳洗打扮换了一身鲜亮的衣服后，在肖琼的陪同下出了家门向前院走去。恰在这时阮琴和两个小护士下班回后院准备吃饭，她们看到院长夫妇并肩走来都放慢了脚步站到了路旁，礼貌地让路，并齐声问："院长和蔡主任出外去？"肖琼望着阮琴故意笑了笑说："我们出去吃饭去！"蔡红冷淡地瞟了她们一下什么也没说就和肖琼走出了医院大门。阮琴看他俩走了，便和两个护士到餐厅吃饭，今晚是西红柿鸡蛋面，阮琴端着个碗若有所思，一碗面吃了好长时间。她心中乱极了，她回到宿舍一头倒在床上不声不响，同宿舍的两名护士都莫名其妙。

过了两天，肖琼指示后勤主任把三楼他的办公室隔壁的病案室移到楼道西头的一间房内，把腾出的房间让阮护士长居住兼办公。声言：护士长兼护理部主任，工作量大，不能挤职工宿舍。4月上旬，肖琼通知黄会计："造工资花名册时,给阮主任再加300元。”也就是原来每月400元加到每月700元。通过待遇的改变,阮琴悔恨之情渐渐消失,她对消琼由厌恶改为感激。

肖琼每隔两三晚就对蔡红说“到办公室加班”而和阮琴居住。阮琴对工作一如既往地认真负责,而且工作的方法越来越好,对护士和病人温和而体贴。她在院内外口碑很好,远远超过了蔡红。肖琼近来十分自信,他春风得意,很快恢复了他的一夫多妻制,再加上他的家长制。他感到他的“驭人术”和“统治术”达到了纯青的地步,他趾高气扬豪情满怀……

若要人不知,除非己莫为。肖琼和阮琴的事已被医院大多数职工所知晓。一次护士交班时,阮琴批评一名小护士“工作责任心差”时,不想这名护士也不是个省油的灯。她反唇相讥:“你说我责任心差,那么你责任心强喽?我如果拿你那么多钱,我责任心比你还强哩——谁不知道你是院长的贴心人!”阮琴被顶撞得脸色通红,气得只结结巴巴地说:“你……你!”

恰在这时蔡红从楼道经过,她听得清清楚楚。她佯装没听见,没事儿一样回到了自己的办公室。她最近对肖琼的行踪有所怀疑,但她没有抓住什么把柄,特别是给阮琴一次加300元的工资和安排住到肖琼办公室的隔壁,她十分气愤。她问过丈夫,可人家答复是:“小阮是院委会成员,护理部主任,工作量大,应该提高待遇。”这话似乎也有些道理,阮琴工作胆大负责是众所周知的,咱们办事业就要这样的人,不要耍滑头的人。可是丈夫果真与阮琴好上了,那就是个极其严重的问题。

翌日晨,朝霞映红了半个天,温暖而寂静。蔡红早起提前上班,她坐在内科门诊室用内部电话把罗创叫来调查,罗创很快来了。她开门见山地问:“罗院长!阮琴和院长怎么回事,有人给我都说了?”其实这件事,罗创最先知道,但他不敢说,也不愿说。他听后装作惊讶地答:“我不知道!”蔡红一下子哭了,气愤地骂罗创:“你这个胆小鬼,我把你当知己当朋友,你给我不说实话,还有谁说实话呢?”骂罢伏案痛哭不已,罗创一看这般光景就喃喃地说:“蔡主任,我对不起你。”他叹了一口气后把阮琴搬到楼上的所见所闻一五一十地给蔡红说了。蔡红听后咬牙切齿地骂道:“这两个狗男女我是不能轻饶的!”稍后她又冷静地一想:“事情过错要分个主次,自己的丈夫本来就是个老色鬼,还怪人家小阮干什么?我不妨来个以其人之道还治其人之身!”她掏出手帕擦干了眼泪,用感激的目光瞅了一下罗创说:“干脆咱俩好算了,今后你看肖琼到阮琴房间后,你就给我打电话,我开门等你,你不要害怕,有我呢!”罗创沉默了一下嗯了一声就告辞查房去了。从此以后,蔡红待肖琼如故,肖琼自鸣得意。他们夫妻貌合神离,各干各的,相安无事。

金湾医院毕竟是个乡镇医院，原先在这里诊治的都是些感冒腹泻等常见病、普通病人。自肖琼承包以后，“专家坐诊、”“收费低廉”“疑难杂症包治”等广告宣传铺天盖地波及远近，加上“妙手回春”“华佗在世”等锦旗挂满了门厅和诊室，使得一些重病人都慕名前来诊治。

一年多来，内、妇、儿科的病人较多，一般小手术的外科病人也有前来诊治的，但大手术的病人都到市、县级的医院诊治。可是长期的鼓噪和宣传还是能够打动人心的，最近就有一个阑尾切除和一个疝气都是肖琼给做的。康复后出院时，肖琼得意地说：“我是主任医师，把你这小手术没做头！”刚吹了没两天，4 月 11 日本镇一个男青年骑摩托带女人和一辆卡车碰了，女人和他都骨折、昏迷了两天。肖琼先后给他俩做了手术，男青年的手术基本成功，可是那个叫贺淑珍的女人手术就做错了。

肖琼做手术大刀阔斧，他拿上手术刀和他讲话一样就乱套了。手术刚开始不久，他不小心就把人家的股动脉血管放断了，高玉川和阮琴等急忙帮助止了血。他又一慌把人家骨折了的左腿神经割断了，他还嫁祸于人，大骂高玉川配合不力，整个手术室又成了他发脾气的场所。

一个月后男青年出院了，而他的未婚妻还躺在病床上不能动弹，家人轮番伺候不见有丝毫的好转。眼看出院遥遥无期，家人再次要求肖院长复查。肖琼说：“伤筋动骨 100 天，病人才住了两个月，你们急什么？再住一段时间，肯定会好的！”医生的话是要听的，贺淑珍的母亲尽心竭力地护理，她父亲和哥哥到处奔波借钱，期望病人早日康复。

南方的夏天更热、农民也更忙。家在农村的贺淑珍望着陪护的母亲，心中有说不出的酸楚，她偷偷地抹眼泪。由于贺淑珍男朋友肇事，卡车方只负三分之一的责任，所以大量的医疗费由她家支付。今天上午阮琴拿着欠费单子又催她家交费，两万元早已花光，再不交费就要停药了。贺淑珍的母亲央告说：“千万不能停药，她爹马上会来的！”阮琴无奈只好暂让当班护士把药挂上。蔡红闻讯跑到院长办公室给丈夫说：“阮琴权力太大了，病人没交钱还给用药，真不像话！”肖琼附和说：“她在慷咱们医院之慨，我得问问她！”肖琼说着起身来到二楼护办室，他正要发作，贺淑珍的父亲贺满仓满脸是汗地来到护办室对阮琴和肖琼说：“感谢你们了，我来迟了，跑了几家亲戚才借了两千元，已交到收费室了。”肖琼抢着说：“不要紧，是我说先用药，两千元能做啥？你赶快回去再准备钱！”贺满仓面有难色地说：“现在正是困月，农民都没啥钱，百十块好借，上千元谁给咱借？我们家的亲戚朋友都借遍了，实在没办法了。”肖琼黄脸一沉，环眼瞪圆盯着老贺骂：“没办法就拉回去缓去！我们这里是医院,不是慈善机构!”贺满仓嘴巴张了一下想说啥但没说出来,就低眉垂眼地出了护办室到女儿的病房里去了。他进了女儿的病房,老伴和女儿都用期待的目光瞅着他。老伴急切地问:“钱寻到了吗?”贺满仓唉了一声说:“跑了三四家才借了两千元,我已交到医院了。”接着他把肖琼的话重述了一遍,老伴听后哭着说:“哪咋办?”贺淑珍以安慰的口吻对父母说:“咱们回吧,在家缓也行,也方便!你们还能抽时间伺弄庄稼。”贺满仓低头想了好一阵子,最后说:“行,咱们准备出院!”

6月26日,贺满仓为女儿办完出院手续,又掏了50元运费雇医院的救护车把女儿拉回了家。他让妻子照看女儿,自己拿上锄头慌慌张张下田去了。在贺淑珍住院期间,肖琼主刀又做了8台手术。其中有两个病人还不能按预定日期出院,长期躺在病床上度日如年。医疗费靠借贷接济,护理的家属个个形容枯槁也像有病一样。

这两个重病号都是附近村镇的农民,一个女的是胃切除,一个是50多岁的男人名叫方友兴,是胰腺瘤摘除术。这个方友兴他爷爷方志远是红军,长征时在强渡大渡河时牺牲了。所以方友兴算烈属后代,当地政府补助医疗费5000元。但是住院时间长了还是解决不了问题,他只好叫儿子方凯给在省民政厅任办公室主任的妻兄汪大江打电话求助。

这汪主任接到电话后,带上1万元借下乡调研之机亲自来到金湾医院看望妹夫。他坐在病床边握住妹夫的手,问了一下治疗情况及现在迟迟不能康复的现状。当即决定办出院手续,带妹夫到省人民医院复查住院治疗。方凯办完出院手续,收拾完东西和舅舅搀扶父亲坐上舅舅的车上南昌去了。

到了南昌,在汪大江的努力下及时地住进了省人民医院。第二天上午该院专家对方友兴的病进行了会诊,并进行了CT扫描后,专家们惊奇地发现手术出了问题,并及时地告诉方凯要重新进行手术。方凯把情况马上告诉舅舅,汪大江闻讯来到医院和主治医生见面了解情况后,他们都认为这是一起严重的医疗事故,应邀请有关专家鉴定。

汪大江又把情况通报到省卫生厅,卫生厅组织专家鉴定后派黄处长组成了一个调查组,带上鉴定结果到吉安市卫生局。市卫生局马上组织人员配合调查组赶到了金湾医院进行事故调查。他们调查得相当彻底,从方友兴入院用药到手术的全过程都进行了了解,调查组住在镇政府的招待所。

省上来人调查医疗事故的消息不胫而走,本镇向阳村的赶集人回去以后告诉了贺满仓。贺满仓回家和妻子女儿一商量,决定去找调查组反映一下女儿的病情。调查组组长、卫生厅黄处长听了贺满仓的口述,看到他凄苦的样子，安慰他说：“老贺，你先回去，我们请省医疗事故鉴定专家直接到你家看你女儿病情。”老贺一听惊喜地险些要跪下，被黄处长一把拉住了。

过了两天，省上专家一行3人坐了一辆黑色奥迪在黄处长的陪同下开进了向阳村，黄处长坐的是灰色蓝鸟。两辆小车停在了贺满仓的家门口，村里许多男女老少都来到贺满仓家看看发生了什么事？经过专家初步判定仍属医疗事故，决定租车到市医院拍片复查再做结果。

经过六天的调查复查。省卫生鉴定领导小组于7月17日做出了鉴定结果：贺淑珍属一级医疗事故，方友兴属二级医疗事故。省卫生厅黄处长亲自和肖琼进行了诫勉谈话。7月20日市卫生局发文通报了金湾医院医疗事故及其迅速整改的情况。根据受害人审诉，市法院于8月9日做出判决：金湾医院理赔贺淑珍各种损失费21.6万元；方友兴各种损失费17.4万元。

判决下发后，肖琼首先红着眼睛大骂调查组和法院：“真他妈的排挤外地人！”又骂罗创、高玉川及医院所有职工不尽心帮助他。接着关紧办公室门跌在沙发上捶胸痛哭，他的号啕声传遍了整个医院大楼……到了下午4点，号啕声终于停止。下午6点30分蔡红上楼叫丈夫吃饭，敲了半天门，门就是不开。她张大声音喊：“老肖饭熟了，回家吃饭吧！”门才慢慢开了。她进去发现丈夫满脸阴沉地爬在桌上翻看什么，她靠近一看，原来他在写“申诉状”，桌边的纸篓里堆满了写错而揉了的纸团。她说：“不写了，吃饭吧！”肖琼狠狠地骂：“哼！真他妈的不讲理，老子千里迢迢到这里办医院，为患者服务，他们整老子。老子要上北京到中央告他们去，我不信没有管住他们的人！”

蔡红拿过“申诉状”一看，是写给国务院某总理的“告状信”。牛头不对马嘴的次序，脏话充斥的内容，信写了5篇还没涉及到具体要向领导申诉什么？报纸文件上抄的政策条例号召，加上自己骂人、控告的语言，使她心中暗暗失笑。她弯腰把丈夫搀了一把，肖琼才顺势站起来，跟在老婆屁股后边垂头丧气地回到后院的家。路遇的职工不敢问，只躲在路边看他们走过去，此时的肖琼真像一个淘过气的孩子，哪里还有点院长的风度。

肖琼吃了一碗面把筷子一放对蔡红说：“不想吃了，明天咱们得开个会，整整风。咱们医院有内奸，有叛徒！”蔡红惊讶地望了他一眼，此时她不敢再说什么，她收拾碗碟拿到锅台洗刷去了。肖琼早早地上床睡去了，他要养好精神，明天开好整风会。他躺在床上那里睡得着，黄处长批评他的话，言犹在耳；贺满仓哭诉女儿的病情；方凯怒斥他拿病人的性命开玩笑的话语……最后他一合计得赔39万元，直到凌晨5点他在愤怒中睡去了。随之鼾声骤起，过了会鼾声渐缓，蔡红正要入睡，突然，肖琼一跃坐起用精胳膊使劲拍打被子“39 万！——39 万啊！”喊了两声，又咚地一声躺下打呼噜去了。肖琼这个举动着实把蔡红吓了一跳，她睡意全消，望了望窗外，天已蒙蒙亮，干脆起床吧。

8 月 15 日上午 8 时，金湾医院三楼会议室里坐满了医院全体职工，只有主席台上空着两把椅子，职工们交头接耳悄悄打听今天开什么会。8 点过 5 分，肖琼满面乌云的跨进会议室坐在主席台中间的椅子上，蔡红手里拿着个记录本紧跟其后坐在紧挨肖琼的左边一把椅子上。她刚坐下又起来问：“各科室主任看一下，你们的人都到了吗？我 7 点就满楼地通知了，看谁还没到？”科室主任们齐声答：“都到了！”肖琼一听都到了，脸上的乌云稍微散了些说：“今天咱们开个会！”说着从衣袋里掏出绿本本翻开后用眼睛扫了一下与会人员开口讲话了：

最近咱们医院工作倒退，大部分人思想有问题，得整整风。我着重讲以下几个方面的问题。

一、思想意识问题。这是一个上层建筑领域里一个复杂形态，这个复杂形态就像我们医院的人员结构一样很复杂。没想到我们医院竟混进了内奸，还出了叛徒！说着他用目光扫了一下罗创和高玉川。因此，我院要‘整风’，要发动群众起来向内奸、叛徒作斗争。对损害我院利益的人要群起而攻之，鸣鼓而击之！（说着他狠狠地挥了一下右手）

二、工作态度问题。我们有些同志工作态度不端正，好像给我干工作，没有半点主人翁精神。有些医护人员连自己办公场所的地都不扫，一有空闲就挤在一起捣闲话谝闲传，这是十分严重的问题。今后谁出现这个问题，就罚谁的款，上面罚我的款，我就罚你们的款！

三、勤奋敬业问题。我们有些人不但不敬业，反而败业。在上级领导面前告状，胡反映咱们医院的问题。恨不得把我一下子赶走，你当院长，由你干，你能干得了吗？你他妈的真自不量力！

四、服务质量问题。我们要提高服务质量，特别在为病人做手术时要配合好。我们有些人别人主刀他就是不服，故意使绊子，问题出来了他又把责任推得一干二净，像这样的人我们还能靠得住吗？

五、加强团结问题。我们要团结，不要分裂，要光明正大，不要搞阴谋诡计。这次省市有些人整我，我要上诉，要还我院的清白！贺满仓和方友兴搞阴谋、联合起来告我，讹诈咱们的钱财，这是强盗行为。我还要控告他们呢，我和他两家子，骑驴看唱本——走着瞧……现在再不多说了，我还要准备到北京去。我上京后，医院工作由蔡主任主持，其他院委会成员要鼎力相助。有问题的同志更不能懈怠，戴罪立功嘛！好了，今天的会议就开到这里！像这样的会今后要多开！定期开！散会！

讲罢他合上绿色皮的本本,倒背着手迈开八字步到各科室检查去了。

他板着个黄脸在各科室转了一圈,看到职工们都忙忙碌碌的工作。他心中暗喜,今天的会议效果不错,达到了立竿见影,自己“讲话”的威力充分地体现出来了。他高兴地回到办公室,拿起昨日写的“申诉状”又琢磨起来。恰在这时阮琴进来报告说:“有一个病人肚子疼了几年了,现在门诊室,看来可能得手术,收住不收住?”肖琼立即说:“收,收!怎么不收,不收住病人,咱们喝西北风?噢——你先坐下看看这个!”他说着把“申诉状”递给了阮琴。阮琴看着看着忍不住笑出声来,肖琼惊奇地睁大环眼问:“你笑什么!”阮琴自觉失态,马上严肃而恭敬地说:“我笑你勇气可嘉!还敢向总理写‘告状信’,假如其他人,想都不敢想。”肖琼顿时兴奋起来,得意地说:“你还没见过我的胆量,想当年我创办医院时,真是出五关斩六将,谁不说我胆略过人!”阮琴一看肖琼高兴起来了,便从容地说:“别人不可能给你说真话,我可给你进个忠言。我看你北京就不去了,‘状’也就不告了,‘状’不好告。况且这两家子确实够苦的了,特别那个贺淑珍,到省城医院都看过了,那条腿已经残废,男朋友都不要她了……”肖琼听罢,瞪着眼睛想了一阵说:“那么算球了,我就不去了,咱们多收些病人,抠紧些,赶年底把那点钱还是能捞回来!”阮琴惊诧地瞅了肖琼一眼,心想:39万在这三个多月的时间里要捞回来?怎么捞呀?这个人的心太黑了。

她再没往下想就告辞,出了院长办公室回到了二楼护办室。她及时打发一名护士下一楼到门诊室领病人登记住院,这时她静了一下心,她看到两个护士在配药,就到病房里转了一圈。现在住院的病人少多了,只剩下12个病人,有两个今天上午要出院,有很多床位空着。院长亲手酿成医疗事故已对医院的负面影响太大了,一年多来的宣传,几万元的广告、资料的散发所造成的舆论都付之东流。通过近半年和肖琼不寻常的交往,她深切地感到此人靠不住,不像个真正的男人。她先前一时冲动,以身相许,现在看来大错特错了。好在去年通过护士晋升考试,最近本人的《护士执业证》已发下来了,不愁舍此别无他求了,凭自己的专业能力和综合能力到省城大医院求职都是很有把握的。想到这里,她决定今后对肖琼敬而远之。

正是:路遥方可知马快,日久才能识人心。迷途知返算理智,醒悟及时也侥幸。欲知后事如何,且看下回分解。

第十四回

罗创心中负担重　阮琴会上难肖琼

再说罗创和高玉川。他们两人因这次省市调查组人员找他们谈话次数多、时间长，被肖琼认定为内奸叛徒。高玉川跟随肖琼多年，也把他掌握了几分。知道他把事弄错还不承认，而且还嫁祸于人。肖琼在会上发脾气、骂人是常事。他知道这次整风的目的之一就是他，那个“叛徒”就是指他，他把这事就像吃饭一样内部消化了事。而罗创就不同了，他这人心细，胆也小，他猜测内奸就是指他。会散后他坐在自己的办公室越想越害怕，午饭也吃得很少。回到办公室坐卧不宁，挨到下午上班时，他赶早到内科门诊室等蔡红。偏偏蔡红下午上班来得迟，倒有两个病人按时来就诊了。他草草问了情况，用听诊器听了听，量了体温，开了处方打发走了。午后的阳光斜照着诊室，闷热闷热，院内树上的知了使劲地叫嚷着，他此时的心情既烦乱又焦躁，他不时地望望窗外，盼蔡主任快些来。

到了3点多，蔡红终于来了。他看蔡红穿着紫红色印花半袖衫，黑短裙子，迈着两条白嫩的腿慢腾腾地来到内科诊室，穿上白大褂慢腾腾坐在桌子对面的椅子上，才扬起弯眉睁大秀眼瞟了他一下。他顿时像受到电击，心脏紧缩了一下。他鼓足勇气问：“蔡……蔡主任！你来了？早上院长讲话说咱……咱们医院有内奸。我可不是内奸，我向来是个诚实人，我在调查组的人面前也没说院长坏话。况且这次医疗上的事是外科的事，咱们是搞内科的，我能知道些啥？”

蔡红听罢略微笑了一下说：“我看你神色不对劲，原来为这事！你不要管他，看他咋骂去，他这人有神经病！”罗创听罢顿觉心口上的一块石头落到了地，轻松多了。这时又来了一位中年妇女坐到蔡红跟前看病，蔡红边问病情，边拿听诊器听，那沉稳的言谈举止，充分地显示出了一个硕士生的风度。罗创深感自己虽为男子汉，但从心理素质和综合能力等方面真是自愧不如。但又暗自庆幸，和这样的女人交上了朋友，真是艳福不浅，高攀到家了。

肖琼上北京告状的念头打消以后，一心想收揽病人多挣钱，无奈前来诊治的病人少多了，特别是外科病人就更少了，连阑尾疝气甚至小包扎的病人都没有了，肖琼又红着眼睛骂高玉川宣传工作没到位。他亲自带上几个医务人员到市内几个乡镇、集市进行宣传。当“金湾医院医疗宣传队”的横幅一挂出来，就有许多群众指手画脚地议论开了。大都说些：“这个医院承包人骗人呢！给病人做手术胡割呢！他们宣传的那些资料是捏造的、假的！不要信它！”

肖琼连续下乡三次，遇到的都是些冷面孔。他心想，这样的宣传不如不搞，干脆算了，还能省些加油钱。于是他整天无所事事，一天晚上为了解闷，他敲开阮琴的门，进去以后遭到了冷遇。此后一连两个晚上他敲门，阮琴竟连门都不开，他愤怒至极隔门骂了两声：“你她妈的太势利太绝情！等着瞧！”当晚回去以后躺在床上怒不可遏地直喘粗气，蔡红听到后就知道这家伙被阮琴拒之门外了。她倒暗暗幸灾乐祸，她在听肖琼翻来覆去翻身喘气的过程中睡去了。

清晨丈夫的呼噜声催她早早地起了床，她洗漱毕就收拾早餐。几声高亢的鼾声响过后的肖琼突然清醒了，他猛地坐起蹬上裤子跑进了卫生间……当他提着裤子走出卫生间时，才发现餐桌上已摆上了牛奶鸡蛋花卷小菜之类的早点。他说：“你先吃，吃罢后赶紧通知全院职工在三楼会议室开会！”蔡红边往餐桌边走边不情愿地问：“又开啥会？”肖琼边系裤带边照镜子，背着蔡红气愤地说：“我是院长？你是院长？院长说开会就开会！你管那么多干啥？”蔡红回过头来瞟了丈夫一眼，再不做理会。她匆匆地用过早餐，到卫生间擦了一下脸就出门到前面的楼上通知会议去了。

肖琼通过客厅墙壁上挂的大圆镜看到自己面色确实不好，浓密的黑发中夹杂着讨厌的白发。眼睛虽然还很圆，但眼窝子咋一下子深了，面腮的肉无力地垂了下来。他用力提了提嘴唇，两颗原本翘起的前门牙越显得黄而大。他自思：难怪阮琴不开门，这副尊容，哪个闺女喜欢呢？又一想：她妈的！老子是领导、是企业家、是皇帝！唐明皇那么大年纪了，还和杨贵妃比翼双飞呢！她阮琴算球个啥？三条腿的青蛙难寻觅，两条腿的女人多的是，天涯何处无芳草！她小婊子嫌弃我，我立马叫她走人！

他越想气又上来了，他愤怒地坐在餐桌边的凳子上喝了半碗牛奶，再也什么都不想吃了。他脱了拖鞋，穿上皮鞋和外衣关好门像一只要斗架的公鸡红着眼、迈着大步向办公楼走去，边走边想今天的会怎么开。

他原本准备在今天的会上着重点阮琴的名，再搞一次大批判，也算是整风工作的继续。但又一想，毛主席都说“团结群众，注意工作方法”，而且表妹也说过“任顾工作方法很好，一般不太开会，但开会就解决问题。开会不是一言堂灌到底，而且让各科室主任先讲存在问题，讲看法，最后才根据大家的意见结合自己的看法，入情入理地讲几点看法。话讲得思路清晰、内容丰富、用词准确、言简意赅，而且没重话，挺有鼓动性和号召力。对能当场解决的问题，也当即答复、拍板解决。因此，人家讲话后常赢得掌声，并且在散会前还礼貌地征询一下大家谁还有意见，也可以发表。所以，会后，人心尽是暖呼呼地，在工作上也就十分卖力了。”

想到这里，已经走到了三楼，他昂首跨入会议室，他故意散掉脸上的乌云，面挂笑意向大家扫了一眼。行过注目礼之后，他坐到会议主席台中央的椅子上，侧脸问了一下左边的老婆："人都到齐了吗？"蔡红说："都到了！"肖琼谦虚地说："今天的会你主持。"蔡红一愣就用标准的普通话说："同志们！今天咱们再开一个全院职工大会，肖院长有重要指示，希望大家注意听、注意记。现在请院长讲话，大家欢迎！"她带头鼓了掌，大家也跟着拍了拍手。她摊开会议记录准备记院长的讲话，心内又暗暗思忖：老公今天怎么民主多了，怎么想起让我主持会议，他才讲话。每次开会都是他连东带长独奏到底。

当她欣慰地再想时，肖琼的讲话直往耳朵里灌，她赶紧奋笔疾书。只听肖琼讲：

"女士们！先生们！我院的全体同志们，大家好！今天是8月23日，借早上病人少的大好时机我们开个会。在今天的会议上我简明扼要地着重阐述以下几个方面的意见，仅供同志们参考。如有不妥，请批评指正，谁指正都行。大家知道，我肖琼最喜欢批评与自我批评，知耻者为勇嘛！

一、总体形势。自8月15日我院整风会议之后，同志们的工作积极性真正地高昂起来了。大家的精神面貌大为好转，厕所里的苍蝇基本上没有了，味道也不臭了。会议上我的讲话精神看起来得到了贯彻落实，也起到了调动大家积极性的作用。我院的整个形势是大好的，前途是光明的……

二、教育问题。我这个人最注意帮助教育同志，孔夫子是伟大的教育家，我们都要向他老人家学习。要做到'诲人不倦'，要做到'批评教育从严，组织处理从宽'。虽然我们个别同志犯了'内奸''叛徒'式的错误，但是我还是耐心地帮助教育他，我还是没有点他的名嘛！我还是满腔热忱地希望他回到'人民'这边来。'谁是我们的敌人，谁是我们的朋友'这个问题一定要弄清楚。我号召大家在业余时间多读书，少唱歌跳舞，特别应读一些马列主义的书籍，增强我们明辨是非的能力……

三、宣传问题。高玉川以前跑了些地方，但宣传的力度还不大。我最近带了几个人把以前没去的空白地带（其实高玉川带人都去过几次了）跑了一下，加大了宣传力度，散发了一些资料，我想以后的效果是会好的。宣传就是‘外树形象’，我们外树形象的工作也做得差不多了，光钱就花了好几万，现在我们工作的重点要转移到‘内强素质’方面来……

四、组织建设问题。组织建设、制度建设、思想建设都很重要。为了加强组织建设，提高管理质量，我提议蔡红同志担任副院长，分管行政、药事和财务工作。罗院长专抓业务好了，其他院委会成员要各负其责，把咱们医院的事情办好……

五、职业道德问题。职业道德问题，对我们医疗行业来说，就是一个医德问题，医德问题是属思想建设领域里的问题。

说到这里，他用眼睛瞟了一下台下的阮琴说："我院最近以来有些人思想动机不太纯，有些人表面工作做得不错，哗众取宠。但是对领导不尊重，不配合领导的中心工作，真她妈的像个狐狸精。我们大家要睁开雪亮的眼睛，要用马克思主义的照妖镜揭穿这个妖怪的丑恶嘴脸……我们要开展一场轰轰烈烈向坏人坏事作斗争的运动。好了，我今天暂讲这些，以后有空再说。为了体现民主治院，现在看院委会成员和同志们谁有啥意见，也可以提。"

他话音刚落，阮琴猛地站起来说："肖院长！我只提两个问题：一是你说有些人只做表面工作，对领导不尊重，请你当着大家面讲出来，好叫人家改正嘛！二是你说咱院有狐狸精，这狐狸精究竟是谁？你应该指出来，叫大家认一认！"

肖琼一下愣住了，当了几年院长还没有遇到过这种事，竟有职工在会上当场质问领导。简直是大逆不道，反了天！他啪的一下拍了一下桌子站了起来，环眼圆睁盯着阮琴用右手食指指着阮琴怒吼："你她妈的会做表面工作！你就是狐狸精！"阮琴也不示弱，她以同样的手指、同样的姿势和同样的声调还口："肖大院长！我看咱们应该开展一场轰轰烈烈的打假和抓流氓活动吧！"肖琼一听"抓流氓"顿时脸气得黑黄黑黄，嘴里只说："你！……"手势和先前一样，只是嗓子里像卡了鱼刺一样说不出话来。在场的职工，有的惊诧、有的观望、有些人还笑出了声。

蔡红一看这阵势，忙宣布散会，拉着丈夫往外走。肖琼还想有什么举动不想走，高玉川急了跑上前帮蔡红把肖琼拉到办公室。这时阮琴也一切不顾了，大声骂："肖琼是个大流氓……"白翠翠和杨芳赶紧把阮琴劝到护办室安慰说："小阮，你理智些！再不闹了。"阮琴此时一下子坐在办公桌边自己常坐的位子上哭起来，白翠翠扶着阮琴的肩膀又说："你别伤心，此事就当一风吹！"说罢就和杨芳出了护办室。杨芳说："院长把咱们北方人丢尽了！"白翠翠接着说："咱们纯粹上当了！我都不想再干了。"杨芳说："我早有这个想法，只是暂时不好开口。"说罢她俩各自回科室上班去了。

阮琴伤心地哭了一阵……心想：哭有什么用，要坚强，要斗争！她到套间配药室内的盥洗盆前洗了脸，整理了一下护理部的资料装在一个文件袋内，把白大褂脱下叠好。掏出掌管的病房和护办室、值班室的钥匙，把这些东西一齐抱上上三楼向院长办公室走去……

却说肖琼被妻子和"叛徒"高玉川连拉带搀送到办公室后，肖琼还怒气冲冲地乱骂："小婊子、狐狸精！……"高玉川赶紧关了门说："院长您再别生气了，大人不见小人怪，你和那女娃较啥量！"蔡红说："你快别大声嚷了，外边的病人和家属都听见了！"肖琼听后，不骂了回到自己的老板椅上，沉思了一下，心想：这阮琴太厉害了，我还没遇到过这样的刺儿头。自己也有错，不应该按任顾的办法办，他那"民主"式的开会咋不灵，反而惹了一场祸，还是自己的老办法奏效。想到这里，他又勇气大增，啪地一下又拍了一下桌子，吓得蔡红和高玉川猛地从三人沙发上站起来，用惊愕的目光瞅着院长。肖琼环眼瞪得大大地，咬牙切齿地说："姓阮的！我要扣你的工资、免你的职！……"话还没说完，就听到有人咚咚地敲门。高玉川问："谁？"门外答："阮琴！"高玉川瞅了一下肖琼。蔡红气愤地说："让她进来！"高玉川开了门，阮琴神情庄严地进来，把抱着的资料衣帽钥匙等放到院长的办公桌上说："肖院长，这些东西你清点一下！我只说两句话："一、我决定辞职；二、你欺骗了我，你应赔偿我青春损失费、精神名誉损失费两万元。不然，咱们法庭见！"肖琼脸刷地一下由黑黄变成了蜡黄，眼珠子一下子又红了，紧盯着阮琴大声说："我肖琼是长大的，不是吓大的，你唬谁呢？你以为那1万块钱是给你家白给的？"蔡红听后，望了望阮琴自语道："1万元。"阮琴也用双眼盯着肖琼说："那你等着瞧！"说罢，甩门而出，到隔壁收拾东西去了。

阮琴走后，高玉川对肖琼说："院长，我看还是把小阮留下，不要看着她把事闹大！"肖琼愤怒地说："叫她闹！她能闹多大，能闹到天宫去吗？我就不信男的怕女的！"蔡红用眼瞟了一下丈夫，欲言又止，她深知：这头驴，这时不撞到南墙上是不折回的。此时她心中乱极了，她这位老郎君生活不检点，工作无方略，今后咋办呢？正在思索时，肖琼发话了："你们都忙去，我还约下一个病人呢。"说着起身下楼到外科门诊去了。

阮琴辞职的消息不胫而走，马上传遍了医院。几个倒休的护士从后院赶到楼上,在阮琴的住处,有哭泣的,有劝留下的。最后看阮琴去意难违,就一齐动手替她收拾东西。中午,包括胡卫华、李霞等全体护士凑份子和阮琴在镇招待所的食堂包了一桌饭,吃了饭算是友情的表达。除了下午上班的外,其他护士们提上阮琴的铺盖包裹一直把她送上去吉水的班车上,大家洒泪而别。

阮琴回到吉水县城,又搭出租车向家驶去。阮琴母亲正在院门外往回赶鸡,一辆黑色小车急驰而来,快到她跟前"嘎"的一声刹住了。右前门打开后,阮琴牵着一个小包下来了,她只喊了一声"妈!……"后又匆忙打开右后门,从里面取出一个大包和铺盖卷。给司机付了钱后,小车掉过头一阵风跑远了,后面带起了一股尘土……

阮琴妈回过神再看女儿,只见她面容憔悴神情不太自然地提东西。她上前帮女儿拿了两个包,女儿拎着铺盖卷跟在后面进了院子。她把包放到上房桌边,就跑到院门前把门关了,再把跑出鸡笼的两只鸡赶到鸡笼内关上门就来到了上房。女儿正低头从大包内取脸盆牙缸之类的生活用品。她问:"琴琴你咋回来了?"阮琴答:"不干了,也干不成了!"她说:"你和你们院长来咱家才不到半年,当时看好好的,怎么一下子就不干回来了呢?"阮琴扭过头嗔怪地冲着她说:"妈,你咋这么啰唆!不干就不干,你问那么多干啥?再不要提那个坏家伙行吗?"阮琴妈自感没趣,就端着个脸盆出去打水,准备让女儿先洗个脸,吃点啥再作理会。

阮琴洗罢脸,看到桌上她妈端来的馒头红薯小菜之类的小吃。她说:"妈,我不饿,你拿回去吧!"她妈又忍不住问:"究竟发生了啥事,你就这么回来了?"阮琴这时才坐在方桌旁的椅子上对着坐在床边的母亲,把事情的经过一五一十地说了。她母亲听罢愤怒地扑过来在阮琴的脸上打了一巴掌后,哭着骂着:"我把你个贱骨头!你真没主意上当受骗,我和你爸白拉扯你了!……"

哭了一阵子,她看女儿也边抹眼泪边整理带回来的东西,心也软了。但气又上来了,她骂了一声"姓肖的你等着瞧"就出去了。她首先到村后边妹妹家,恰巧妹妹在家洗衣服,她把女儿的事告诉了妹妹。妹妹一听火冒三丈,骂到:"哪有这等事?咱们要闹他!要讨个公道!"于是她姐妹俩讨论对策组织人马。她妹妹说:"我把我二嫂三嫂叫上。"阮琴她妈说:"我给隔壁五婶说一声,再加上你丈夫和弟弟阮小六,我看人手也就够了。"她妹妹说:"我丈夫和小六就不去了!要爷们干啥,爷们有时心软!我看咱们5个就行了,就叫'五朵金花'或'五人娘子军'吧。明儿8点在你家门口集合,村头坐车出发。"

计议停当以后,阮琴妈就回到了家,她知道丈夫有心脏病,见不得气,就和颜悦色地对女儿说："妈气糊涂了，打了你，既然你已经回来了，你就给你爸说是你自个不愿干了，其他也就不说了。你休息两天，也可以到其他地方找活干，穷人家的孩子还有个'天照顾'呢！"

傍晚，老阮从田地里回来了，阮琴正在院子洗菜，她含笑望着爸问："爸你回来了？"老阮见女儿面带笑容，心中也没多想就答："回来了。你啥时回来的？是下乡，还是请假？"阮琴说："我彻底回家来了，不干了。"老阮一边放下锄头，一边惊奇地问："你怎么一下子就不干了？"阮琴平静地说："金湾那边，病人越来越少，整天闲着没事干。况且我的护士执业证也拿上了，我一定守在那里干啥呢！"老阮一听是这样，也再没说啥，走到房内拿了刷子出来在门台上拍了拍身上的土，就回到屋内洗手洗脸去了。不一会儿晚饭来了，老阮一家吃了饭，闲谈了一阵。阮琴妈说："我明天到市上办点事，琴琴中午做饭吧。"阮琴说："妈，你就去吧！我和爸两个人的饭有啥做头。"接下来，他们看了一阵电视剧就早早地休息了。

第二天，老阮 7 点就下地去了，阮琴稍后些也下田帮父亲去了。阮琴妈换好衣服，泡了一杯糖茶，装了 300 块钱。她准备今天闹仗，口渴了喝糖茶，饿了在馆子里吃饭呢。她提了一个黑皮包，把茶杯往里一装就出了门。刚出大门，妹妹一行也等在门口，她锁了大门，一看手表 8 点整。她们走到村口等来了一辆蓝色"昌河"，这一队娘子军坐上"昌河"车向金湾进发了……

正是：农村妇女也聪颖，忍辱负重很本分。一旦遭遇太强烈，奋起反击势头猛！欲知后事如何，且看下回分解。

第十五回

砸医院阮家出气　江冬艳讨回公理

阮家“娘子军”在车上就讨论了今天的斗争形式和目的。阮琴姨姨江春艳是上过高中的，脑子活，人泼辣，大家推举让她领头指挥。昌河到了金湾医院门口，她们从车两侧下来，在江春艳的带领下走进了医院。看门人以为是看病的，也没过问。到了大楼门厅口，导医护士也以为是来看病的，热情迎接，并问：“你们几位看啥科？你们先挂号，我再领你们到科室。”江春艳说：“你们院长在哪科，我们就到哪科！”她三嫂性子直嗓门大，接着大声说：“我们是来看你们院长病的！”这话一出，恰被从二楼往下走的杨芳听见了，她向下一瞅，几个怒气冲冲的婆姨正和导医护士对话呢。她预感事情不妙，赶紧折转身上到三楼报告院长，她到院长办公室门口一看，门大开，而肖琼不在里边。她敲开罗创的门一看肖琼和罗创正商量什么，她气喘吁吁地说：“快，——不好了！下面有几个女人寻院长，看样子是闹事的！”肖琼一听，环眼睁圆：“谁他妈的敢和我过不去！走，咱们看去！”杨芳急了说：“院长你不能去，先叫罗院长看去！”罗创也说：“你先坐在我这里，我看看再说。”说罢就和杨芳出来把门锁了。正在这时江春艳一行推开导医护士的劝阻冲上楼来，她们迎面碰上罗创和杨芳两个穿白大褂的。阮琴妈一看不是肖琼，就问：“你们院长在吗？”罗创还未及开口，杨芳说：“不在！”江春艳接口问：“上哪儿去了？”罗创说：“去镇上开会去了！”江春艳又往楼道墙上的牌牌一看前面隔两间房挂着“院长室”。她走过去朝里一看，里面真的没人，她说：“这个大流氓真的开会去了！”大嗓门三嫂说：“咱们到镇上找去！”江春艳急忙制止说：“人家开会，咱们闹，就叫冲击会场！不去，咱们先在医院行动，叫他们的人去叫好了！”罗创和杨芳说：“你们先坐下喝点水，等院长回来再说好吗？”阮琴妈说：“我们不渴！水我们也带着，我女儿被肖琼那个大流氓糟蹋了！辞退了！我们还坐啥呢？”江春艳说：“姐，咱们不嚷了！行动吧！”说着她一跳把‘院长室’牌子搬下来，进到院长室用牌子把茶几和老板桌的玻璃砸烂。带上队伍下到一楼,把挂在门厅内的锦旗全部扯下来,撕成一堆。这时罗创、杨芳还有两个小护士奋力劝解阻拦,那里拦得住。“大嗓门”身高体壮,在墙角操起拖把,倒过来用拖把把,把墙上的标语牌、资格证、医德规范等牌、匾、镜子一齐捣了下来,整个门诊大厅噼里啪啦摔拌声响成一片,娘子军和白大褂搅成一团。这时候高玉川、蔡红、白翠翠、胡卫华等听到了声音急忙赶来了,他们奋不顾身拉住了这些发了疯的女人。罗创的脸不知被谁抓破,正在淌血,杨芳的白大褂也被撕掉了一块。蔡红说:“你们有啥事说事,怎么就砸医院呢?医院受法律保护,你们知道这样做是犯法吗?”江春艳说:“犯法?你们肖院长霸占民女、欺骗群众,那才是犯法呢……走!咱们到镇上告他去!”大嗓门带头应声道:“走,咱们告他狗日的去!”说罢,江春艳一行兵撤医院又向镇政府冲去……

医院离镇政府很近,她们到镇政府门口稍停了一下,江春艳对大家说:“进去不要乱嚷乱说,这是政府,不是医院。”大家齐声说:“对!”当她们跨进大门时被一个年轻的门卫挡住了,他礼貌地问:“你们几位找谁?”江春艳答:“我们想找肖院长问个事,听说在镇政府开会”。阮琴妈补充说:“肖琼,大个子,北方人!”门卫小郑说:“肖院长,我认识,没来镇政府。今天没开啥会呀!”阮琴妈一听急了说:“我们到医院找,听说在镇政府开会,你又说没来!”大嗓门也急了嚷:“我们要告他!”江春艳接着说:“对!我们要告他,政府哪位领导在?”小郑一听什么都知道了,金湾医院昨天发生的事在政府一般干部中已传开了。他对阮琴也有同情心理,他说:“这样吧!告状上访不在人多。今天书记开会不在,包镇长值班,办公室在三楼西边。你们去两个人把话说清楚就行了,其他人暂在门房喝水休息等候,行吗?”江春艳说:“行!”她拉着姐姐面对大嗓门等说:“咱俩去,你们暂等一阵。”

江春艳和姐姐向五层高的红色大楼走去,进了门厅上到三楼,向西一看,“镇长办公室”的牌子就在不远处。她俩走到门前一看门半掩着,江春艳轻轻敲了两下,里面应声:“请进!”她俩进去看到一位40多岁的矮胖子正伏在桌上写啥呢。江春艳问:“您就是包镇长吗?”矮胖子放下笔微笑着说:“对!我就是包天佐,你们坐!”并用手指了一下靠西墙的三人沙发。

阮琴妈一听就是镇长,马上跑去伏在镇长的办公桌边大哭起来,并高声喊:“镇长呀!——你可要为我们做主啊!肖琼那个流氓把我女儿糟蹋了又辞退了,这叫我女儿咋能见人、咋活呀!”包镇长先是一怔,后又站起用力把阮琴妈搀扶着送到沙发跟前,江春艳也帮镇长把姐姐安顿到沙发上坐下说:“姐姐你不要哭,有话慢慢对镇长说。”阮琴妈止住了哭声把事情的经过一五一十地告诉了包镇长,包镇长听后显然也有点生气,他拿起电话喊办公室齐主任把妇联王主任叫来。

不大一会儿一位30多岁高挑身材,脸面白净的女干部来了。包镇长给客人介绍说:“这是咱们镇上妇联王主任，王主任谦虚地点了一下头说:“王志秀。”镇长又说:“这两位是反映肖院长事情的,情况我也知道了,你和司法员小彭商量给调解处理一下,范围再不要扩大。”王主任说:“行！”又面带笑容望着阮琴妈姐妹说:“二位请到我办公室吧！”江春艳拉了一把姐姐说:“走！”又含笑对镇长说:“谢谢镇长！”包镇长说:“不用谢,慢走！”

她们下到二楼王主任的办公室后，王主任让她俩坐在东墙根的三人沙发上,又轻快地沏了两杯茶放到她俩面前的茶几上说:“您俩先喝点水,我找小彭去！”她到一楼先给办公室齐主任说:“你给肖院长打个电话通知让他马上来政府找我！”说罢她到同在一楼西头办公的小彭房间,给小彭把镇长的指示传达了,并叫上小彭一齐来到自己的办公室,并把小彭给阮琴妈姐妹俩介绍了一下。让小彭坐在办公桌对面的椅子上,自己回到办公桌后面的位子上。她从抽屉里取出“记录本”递给小彭,自己拿出一个红色塑料皮小笔记本准备记录,又转过脸对阮琴妈姐妹说:“先喝点水,肖琼来了咱们说话,但要注意一点,不要太激动,把话说清楚就行了。”

一会儿肖琼和罗创来了,因为门开着,肖琼一眼看出阮琴妈坐在那儿,脸一下煞白了,站在门口迟疑起来。王主任同样含笑迎上来说:“肖院长、罗院长快来,进来坐！”她用手势示意肖罗二人坐在西墙根的双人沙发上。肖琼坐下后下意识抬头看了一下对面沙发上的两个女人，两个女人一同怒视着他。他不由心内一紧,脊背上渗出汗来,他马上低下了头,垂下了眼。

当他正在忐忑不安时,王主任说话了:“肖院长,今天把你请来,有点事商量一下。”她又指阮琴妈:“这位阿姨你认识吗?”肖琼仍低着头说:“认——认识。”王主任接着说:“这两位阿姨已找过包镇长了,镇长让我和小彭给你们调解一下,再不要扩大影响！好了,咱们为了抓紧时间,看你们谁先说。”

王主任话刚落音,阮琴妈又擦了一把眼泪说:“我说……”她把事情的经过说得一清二楚，最后提出要肖琼赔偿女儿青春损失、精神名誉损失费10万元,不然要上法院。

肖琼自早上医院发生打砸事件后,就已气得差点晕了过去。好在吃了点镇静药后,脑子逐渐清醒了,清醒后他盘算出了几种对策和答辩词。轮到他发言时咋一下子记不清了,不过有两句还是想起来了。他说:“你女儿和我的事,她愿意！难道我逼迫不成?况且我给了你家1万元,还叫我赔啥呢?你们砸了那么多东西你们也应赔偿才对！”阮琴妈说：“你给的1万元你说是发给我女儿的奖金！对吗？”肖琼还想分辨，又想起王主任开头说人家已找过镇长了，心中又一紧，脑子又嗡的一下，什么也不想说了。

王主任听罢，对着小彭说：“你先和罗院长过去看看，估算一下损失情况。”小彭说：“好！”就和罗创到医院看损失情况去了。王主任一看表快12点了，就对双方说：“哟，快12点了，咱们吃午饭吧！顺便你们都好好想想，都不要执得太硬，要忍让些。”肖琼起来望着王主任说：“那我先回去了。”说罢扭头走了出去，阮琴妈和江春艳见肖琼走了，也起身向王主任打了招呼出门下楼去了。她俩到门房把大嗓门等三人叫上出了镇政府。大嗓门急不可耐地问：“咋说下了，把人等急死了！”江春艳说：“咱们先吃饭吧，下午上班后才解决呢！”

却说这五个女人走到街上指指画画寻了家“东来顺”餐厅。因为她们从东边来的，希望事情解决顺利，所以大家都同意在这里吃饭。进到餐厅，女招待热情地把她们让到里面，大嗓门一看靠街边窗子跟前有一张大圆桌闲着，就跑过去坐下招呼大家说：“来这里坐，在这里边吃边还能看街上热闹呢！”大家就依她围拢过来坐下。服务员来问：“各位吃啥呢？”除了阮琴妈外，她们四个又吵开了，有的要吃炒菜、有的要吃烩肉，有的要吃馒头，有的要吃米饭。大嗓门声音最高，她要吃米饭炒肉片，大家就依了她。不大工夫，五碗米饭，五碟炒肉片都端上来了，大嗓门给她又要了一份。吃罢饭阮琴妈付了60元钱后，这五个娘儿们走出“东来顺”在大街上逛去了……

自打双方离开办公室后，王志秀主任就给小彭打了个电话说：“你看罢回来吃饭去，1点半到我办公室来，咱俩先碰碰头看下一步咋办呢？”小彭在手机上说：“行！”王主任在镇食堂里用过饭后，回到办公室倒了一杯开水，坐在自己的椅子上考虑这件事情解决的办法时，小彭敲了两下门进来了。他仍坐在主任办公桌对面的椅子上，面对着王主任说：“我去后，人家都把现场打扫过了，我和罗院长检查了一下，扯了5面锦旗，打碎了4面镜框，损坏了6条标语以及院长室的东西，我看就能值个二三百块钱。”王主任说：“我看给罚上500元吧！外地人来这里办医院，也不容易。这些女人太莽撞，就事论事嘛。至于阮家要赔偿费吗?我看让肖琼出上1万元算了，再不能多。况且这阮琴也不自重，你看这样行吗？”小彭说：“我看行！就看人家都能接受吗？”王主任说：“谁不接受做谁的工作，一定做不通，就转法院裁决去！”小彭说：“行！”

下午两点刚到，肖琼、阮琴妈姐妹二人都先后来到了王主任办公室。他们都坐上午坐过的位置，小彭给他们一一倒了茶。王主任开始说话了，她说：“上午你们双方都把话说了，我和小彭也议了一下，提出这么几条调解意见：

一、这件事情确实不是一件光彩的事情，希望你们今后再不要张扬。

二、阮阿姨你们几个太莽撞，有事应找组织，不应该去砸医院。医院是公益事业，受法律保护的。当然你们几个是农村妇女，对法律知识不甚了解，这也与我们普法工作不彻底有关。根据小彭和罗院长检查，你们确实损坏了医院一些东西。鉴于此，我们根据有关法律规定裁定你们赔偿医院 500 元。

三、肖院长，你是国家干部，受过高等教育，又是医院领导，应该模范执行‘医德规范’。但是你有失检点，造成了很不好的影响，阮家提出叫你赔偿 10 万元，我们不予支持。我们建议你给人家赔偿 1 万元吧！以尽快消除影响。另外我再说一点，以上三点意见，你们谁不服，我们就只好上交，我们不限制你们到法院的自由。”

王主任话音刚落，阮琴妈说：“就这！……”话没说完被妹妹拉了一下衣袂，她也不说了。肖琼这时只顾低头搓手捏指头，一副狼狈不堪的样子，往日训斥职工的那种威风荡然无存。小彭记完“调解意见”后说：“你们谁不同意以上的调解意见，也可发表。”江春艳带头说：“我们没意见。”肖琼说：“没意见。”小彭说：“你们都没意见，请来在调解意见书上签个字。”肖琼这时松开手起来走到桌前弯腰伏下签了自己的名字。江春艳看肖琼签罢后也替姐姐在意见书后面写上“江冬艳”的名字。签罢字后，王主任说：“小彭你和他们双方到医院去把经济手续办了吧，我还有点事。”肖琼先出去了，江冬艳姐妹起来谢过王主任和小彭，一起来到了医院。

肖琼先到医院，进门厅时导医小护士主动掀起门帘并含笑问：“院长好！”肖琼满面乌云没答没理，怒气冲冲地上楼去了。他到三楼财务室给后勤主任兼会计黄培说：“一会儿镇上小彭领两个女人来，你给支上维修费 1 万元”。说罢甩门而出回到了院长办公室。

他刚进办公室不大工夫，小彭和江冬艳姐妹二人就上楼来了。小彭敲开院长办公室门进去，江氏姐妹只站在门外等候。肖琼见小彭进来，冷冷地说：“小彭你领她们到财务室去，我给黄主任说了。”小彭说：“那好！”就出来招呼江氏姐妹一同到财务室找黄培。

黄培看他们来了慌忙让坐，并说：“你们写个领取‘维修费’1 万元的条子吧。”江春艳接过黄培递过的笔和纸写道：“‘收据’今领到为金湾医院维修办公楼工费 10000 元，大写人民币壹万元。领款人：吉水县城关镇东红村江冬艳，2003 年 8 月 24 日”。条子写好后，江春艳递给黄培，黄培看后说：“盖个指印。”江春艳叫姐姐上前盖了。黄培从保险柜里取出 1 万元递给小彭说：“你给数数。”小彭快速地清点后,从中抽出 5 张递给黄培说:“这是被砸医院东西的赔偿费。黄培说:“还有小阮本月 20 多天的工资和夜班费共 700 元,你们都领回去吧。”说着他又从抽屉里取出 200 元加上刚才的 500 元,一并交给了江冬艳。小彭把剩余的钱也交给了江冬艳,江冬艳把钱塞到黑皮包内。江春艳在黄培递过的工资表上代签了名后,对着小彭和黄培说:“你们忙,我们回去了。”

出了医院门,江春艳对姐姐说:“这王主任虽然年轻,但处理问题很果断,你还想说啥哩?我看这样的结果也不错了。咱们琴琴也有错,为啥就那么容易上当,现在有些轻薄女子被男人骗惨、吃哑巴亏的也不少。”江冬艳说:“我当时感到 1 万元有点便宜那姓肖的,那么大的医院开着,拿两三万不成问题。”妹妹说:“人家开医院又不是开银行,就是银行,你也不能胡要钱,凡事得有个度。我看咱们琴琴虽然丢了丑,但咱们这官司也算赢了,走!咱们到街上寻我二嫂他们三个去。”

话说大嗓门等三个女人吃罢饭和江冬艳姐妹俩在街上商店、水果摊等处逛到快两点,江氏姐妹就又到镇政府参加调解会去了,临别时说:“咱们统一在街东头公路边集中。”

江氏姐妹出了医院走到街上,江冬艳问妹妹:“你买啥不?”妹妹说:“不买。”江冬艳说:“我也不想买啥,那咱们就回吧,说着她俩从街西向街东一路寻着走去。当她们来到公路边时,大嗓门她们几个坐在路边的道沿上吃橘子。大嗓门看她俩来到跟前,马上从她的大包内取出两个大橘子,给每人塞了一个,并说:“事情咋解决了?”江春艳把结果简单地说了一下,大嗓门听后高兴地拍了一下大腿:“好呀!”又望着江冬艳说:“你的丫头跟了你,漂亮,一下子就得了 1 万元。我那死丫头跟了我,不但丑也笨,没念多少书,出嫁时彩礼才拿了 600 元。”这话一出大家都笑了,江春艳看这三个女人每人都买了一大包东西,她们今天来一是助阵,二是赶集买东西,一举两得。

正说话间,一辆红色桑塔纳小车停下来,司机问:“你们坐车吗?”江春艳说:“我们 5 人是一起的,坐不下!”司机朝大嗓门瞅了一下,这女人身高在 1 米 7 上下,而且肥胖,一个人能压两个人的位置,于是他开上车走了。等了近 1 个钟头,好不容易过来了一辆白色昌河。她们一齐招手,坐上了昌河回家去了。

昌河到了阮家门口停下,她们下了车,江冬艳付了车费,昌河一溜烟地跑远了。她拉着五婶和大嗓门并对妹妹她二嫂及妹妹说:“咱们进家去,吃了晚饭再回也不迟!”大嗓门今天中午吃了两大碗米饭、两碟子肉片,此时还不感到饿。便说:“不进去了,改天再来!我家大牯牛怕还没饮水呢,我得赶紧回去！”说着就迈开了大步……其她几个都说：“你进家吧！我们得回去了。”四个女人都四散回家去了。

江冬艳开了大门，进到房内放下皮包，出来拍了拍身上的土。拿脸盆打了些水，洗了脸，梳了头发。从皮包内取出钱亲自又数了一遍，数目不差。她留够1万元，用一块旧布包好，再用一个白色食品袋装上，拿到隔壁库房塞到稻种袋子里面，再绑好袋口。过两天她要拿到村信用社存起来，准备以后给儿子娶媳妇用吧。剩下200元她锁到柜子里后，就下厨房准备晚饭去了。

傍晚，老阮和女儿都扛着铁锹回来了。他们洗了脸后，老阮坐在沙发上抽烟，女儿到厨房帮母亲去了。其实母亲心中的怒气消散了，用心炒了几个菜，又下了几碗面，一家三口吃了晚饭，阮琴收拾碗碟回到灶房洗锅去了。她母亲喂好鸡回到上房刚坐到床上，阮琴洗罢锅也进来了。她坐到床沿边问母亲：“妈，你啥时回来的？”母亲望了一下老伴，老伴正斜靠在沙发扶手上眯着双眼抽烟呢。她对女儿说：“我和你姨回来时还早呢，大概不到6点吧。噢！……我路过到金湾医院去了一趟，把你这月工资领回来了，你用吗？连加班费共700元，你姨借去500元，现剩200元。”阮琴说：“留下家用吧，我手头上有钱呢。”接着又说：“妈，我在地里和爸商量好了，给您再说一下，明天我想到省城我的同学蒋静那里去一趟。我在金湾时就和她联系过，她现在在省医学院附属医院外三科当护士长，听说那个医院缺护士，我想碰碰运气。”母亲说：“行，你去吧！你不能常窝在家里，窝在家里，人家会笑话咱们的。”当晚，阮琴整好行装及各种证件，早早地休息了。

8月25日清早，天晴如洗，处暑时节，爽气宜人。阮琴穿件紫红色运动衫，配上淡蓝色牛仔裤和深褐色半高跟皮鞋，挎上绿色帆布旅行包，告别父母到村头公路边搭车去了。母亲看着秋风撩动着女儿头发的背影，心中有说不出的滋味。

正是：父母心在儿女上，阮琴面前路茫茫。金湾岁月已别去，奔赴省城找梦想。欲知阮琴是否找到工作，且看下回分解。

第十六回

赴省城阮琴谋职　受批评罗创心烦

阮琴走到公路边搭出租车到吉水县城，很快就坐上直达南昌的班车，并且又给蒋静通了电话……高速公路更便于行驶，中午时分就到了南昌。阮琴在车上已吃了些零食，她急忙向附院后面的医院职工住宅区奔去。根据蒋静电话中告诉的门牌号，她找到了职工住宅 4 号楼 5 单元 507 房间，门刚敲了两下就开了。蒋静高兴地："啊！——"了一声抢上前给她拿包，她说："不重，我拿吧！"蒋静拉着她的手走到客厅，顺手取下她肩膀上的旅行包放到电视柜旁的小方凳上。又双手搭到她的肩膀上直着眼睛仔细地打量了她一下说："小阮，你越发漂亮了！"她摇了摇头说："不是我漂亮，而是你越发调皮了！"她先到卫生间擦了一把脸，又把头发梳了梳出来坐到靠西边的一组沙发上。蒋静已忙着给她倒水泡茶，并说："你怕饿慌了吧？我给你端饭去，现成的！"阮琴忙站起来拉住说："我在临下车时吃了些零食，现在饱饱的，往哪里吃，我喝点水就行了。你快坐下咱俩说几句话，你还要上班去。"蒋静说："我知道你个直脾气，可是你千万别客气哟！咱们言归正传，你把金湾那边手续都交清了？"阮琴说："交清了。"蒋静说："那好。下午上班后，我抽空到人事科找一下何科长，看哪些科室缺人。问清楚后，我再给主管人事的郝副院长谈谈，先安排你上班。好了，我要上班去了，你到卧室里边休息。"说罢，她换上鞋、穿上外衣出去了，并把房门带了。

阮琴听着蒋静皮鞋踏着楼梯的声音渐渐消失，她回过神来环视了一下屋内。这是一处旧房子，据蒋静说是她们医学院一名副教授住过的房，副教授晋升教授后就搬到前面新盖的"教授楼"去了。她在单身宿舍住了两年多，当上护士长后，医院才把这一套房分给她住，这是今年春天的事，现在看起来还不旧，是因为经过粉刷过的。整个房间两室一厅带小灶房和卫生间，面积大概 60 多个平方米，这样的住房在大城市已不错了。客厅布置得也较得体，东面一组小柜和电视机、电脑等，中间放一长方形玻璃大茶几。南、北、西由三组深黄色真皮沙发围着，南边窗台下面摆着几盆花。蒋静已有男朋友了，是甘肃兰州人，在省文化厅工作，姓董单名良，是南昌大学中文系毕业，写得一手好文章，所以就留到本省工作。他住单身宿舍，看来他们结婚后要在这里住，所以，蒋静在未搬来前就找人把房子彻底收拾了一下。

阮琴想到这里，“才下眉头，又上心头”，自己这几年干了些啥？人家蒋静既进了省城，又要准备结婚，既有了位子，又有了房子。我呢？女光棍一个，又被肖琼哄骗吃了一次冷亏，这还给人不敢说。现在要啥没啥，她不觉眼泪已掉下来了，本应准备到里屋躺会儿，现在伤心事一上来，睡意全消。她在低头想事儿的同时用眼向茶几底层瞟了一下，发现下面放了一摞杂志。她伸手取上来翻看，第一本《家庭用药》，第二本《妇女保健》，第三本《新婚健康》，第四本《婴儿喂养》……噢！——人家未雨绸缪，已为幸福的家庭做准备。我呢？……她想着想着，在凄苦与彷徨交织中靠在沙发扶手上睡着了……

她睡着似乎又醒着，她仍在金湾。他看到肖琼在跑操，又看到肖琼油头粉面嬉笑着向她靠近，她下意识地倒退——倒退，不觉后脚踩空掉进了万丈深渊。她啊了一声，惊醒了，原来是一场梦，身上也出了一身冷汗，谁说“白日不能做梦呢？”她看表已经到了5点40分，蒋静快要回来了。她喝了两口水，到卫生间把脸上的汗擦了擦，回到客厅把杂志整理好放回原处，走到窗前看了看外面的景色。天空雾蒙蒙的，除了鳞次栉比的楼房以及远远街道上奔跑的车辆人流和绿化带，再也看不到什么，这城市太拥挤了……

6点半，蒋静回来了，她问阮琴：“你休息好了吗？”阮琴说：“我坐在沙发上睡了一阵。”蒋静说：“那好，我给咱俩做饭去！”说着到卫生间洗了手、擦了脸，就到灶房去收拾，阮琴也洗了手到灶房帮忙。她看到蒋静打开的冰柜内熟食很多，米饭炒菜都有，显然是中午为她准备的。她就说：“你还要做啥饭呢？这些够咱俩吃的了，是否小董来？”蒋静扭头含笑嗔怪地说：“去你的！人家到赣州下乡去了，十天半月才能回来。既就是回来，也挺忙。一般到周六或星期日来一次，今天是星期一，你胡想啥呢？那么就照你的指示办，咱们把这些饭菜热一热吧。”说着她往灶台上端饭菜、阮琴也帮着端。她打开煤气灶边热边对阮琴说：“你运气还算不错，我下午到人事科问了一下何科长，何科长说：‘按咱们医院目前现状来说，医生不缺、护士缺额较大，而且有20多个护士都是临时雇佣，上面又没给指标。现在儿科护士最吃紧，杨主任给我说了几次了，领导不表态，我有啥办法。’不过，前天我听人事厅一位朋友说，今年年底可能向社会公开招考一批医务人员和教师。据我所知，我们科室的马凤和金爱就是雇佣的，而且两年了。你学业底子好，我看考试没问题，这真是一次机会。明天我找郝副院长说一下，看能把你先安排到儿科，先上班，再做考试的准备。”

第二天不到8点，蒋静就要上班去，临走时把阮琴的毕业证、护士执业证、身份证及金湾医院工作时建立的个人档案都带上走了。阮琴一个人留在房间无所事事，就打开电视消磨时间。看了一阵，她又想起在金湾时，她和护士姐妹们的友情。她应该再和她们聊聊，她拨了两个本地护士的手机号码，都关机，噢！——在上班。按规定，上班是不能开机的。她又拨了李霞的手机，通了，李霞一看是她的号码，抢着说：“阮主任，你好吗？才两天，我们若别两年，真想死你了，你在哪儿？”阮琴说：“快别叫主任了，就叫大姐吧，我现在在南昌同学家散心呢？你们都好吗？”李霞说：“你走后，我们的心都很凉，都没心干了，这两天大家议论的话题就是离不开你。噢！——你走后第二天，你妈带几个人把医院门厅内东西砸了些，听说把肖琼给整美了，大家都很开心。现在肖琼也没上班，护理部也没人管，到现在工资都没发。”阮琴惊讶地问：“我妈和谁到医院了，我咋一点也不知道？”李霞说：“你还不知道？你真善良，反正好几个女人，其中有一个大个子挺吓人的！”阮琴听罢说：“好妹妹，代问她们几个好。我会来看你们的，再见！”她接罢电话心中嘀咕：妈……你真是的，整人家干啥呢？咱们跌倒了，再爬起来就行了。

再说肖琼自阮琴妈整了以后，又赔了1万块钱，气上加气，晚上睡不着的病又犯了。彻夜失眠的他，精神恍惚四肢无力地躺在后院家里的床上，脸色黑黄，目光痴呆。恰在这时，蔡红回来说：“黄培刚才告诉我，咱们账面上没钱了，这月的工资、水、电、电话费无法开支。还有上次贺淑珍等事故赔款借外单位的10万元，人家都催了几次了。”肖琼听后，一轂辘爬起来瞪着环眼骂开了：“这黄培真他妈的不像话，一个后勤主任连这么点事情都解决不了，这明明跟上那个小婊子整我呢！你连这么简单的问题都看不透，还是什么硕士生！说不定这黄培和阮家还有什么亲戚呢！”蔡红说：“不可能！一个是吉水人，一个是兴国人，咋能拉上亲戚呢？不过账上没钱是事实。”肖琼怒气冲冲地对着妻子：“不说了！你给任顾打个电话，叫他给熊会计说一下，给这里的账面上再汇30万吧，暂解燃眉之急！”蔡红听罢，用自己的手机给任顾拨通了电话……

蒋静下班回来，第一时间告诉了阮琴好消息：“郝院长看了你的证件后，同意你在儿科上班，并亲自打电话给何科长说了，让你报到，暂按雇佣护士对待，分到儿科上班。这儿科经济效益好，你一月除工资600元外，光夜班等加班费就四五百，上满班，一月下来最少都超过1000元。”阮琴也高兴地说：

“多谢你和郝院长。”说罢,她俩一齐动手做午饭,两个女人做两个人的饭是很快的。她俩吃了饭,共同躺在卧室里说了几句闲话就休息了。

下午,蒋静领上阮琴到人事科报了到,把各类证件的复印件和档案交给何科长后,何科长写了个介绍信让阮琴到儿科找杨治国主任,并对蒋静说:“你把你们同学领上去吧!”蒋静笑着说:“那当然,难道还劳科长大驾不成!”何科长笑着说:“蒋主任真是巧舌如簧,去吧!”

蒋静和阮琴出了行政楼人事科,就到了住院部大楼三楼儿科。蒋静敲开了主任办公室的门,杨治国正给一个小孩子量血压,他看是蒋静便边量边笑着说:“蒋大护士长有何见教?”蒋静笑着说:“你真是个大忙人,我给你领来了新兵。”说着把阮琴向前拉了一把,让她站在前面,并对着阮琴说:“这就是杨主任,你的顶头上司!”阮琴忙问:“杨主任好!”杨主任这时已量罢血压,他顺便答:“你好!”他放好血压计,看了介绍信回过头望着阮琴说:“你就是阮琴?你来得正是时候,儿科正缺人,班都倒不开了,有几个年轻些的护士常常连轴转。那好,你明天早7点半就来吧,我给计护士长说一下,她这会儿不在,晚上她来值夜班,叫给你把班排上。”他转过脸对蒋静说:“是否先让小阮现住你那儿吧,明天我找总务科,看单身宿舍有空床位吗?”蒋静说:“就住我那儿,那你忙吧,我们告辞了。”杨主任给阮琴的第一印象,40岁上下,待人热情,说话也果断。蒋静说:“走,到我们科室看看。”

阮琴和蒋静上到五楼,走进了西头的外三科。东头是外四科,外一、外二在四楼。外三科病人都住得满满的。她们走进护办室,几名护士看护士长进来,都抢着让坐,蒋静对这几名护士说:“这是我同学阮琴,也当过护士长。”又对阮琴把这几个护士的名字一一介绍了一下,说:“到我办公室去坐吧!”阮琴说:“行!”她俩来到隔壁护士长办公室。里面一张办公桌,两把椅子,一个小方凳,靠山墙摆一个三人长沙发,也没茶几。对面山墙跟放一小条桌,桌上放一堆病历袋处方和几份报纸,看起来挺零乱。阮琴坐在沙发上扫视罢屋内,便对蒋静说:“老同学,你忙吧!我不影响你上班,我想出去走走,这两天没出门,闷得慌。”蒋静说:“也好,你把钥匙拿上,逛累了,先回去。”阮琴说:“行。”她从蒋静手中接回钥匙顺手塞进裤兜内就出去了。

阮琴走出“外三科”下楼在医院内信步走了走。楼宇间隙的天空飘荡着丝丝白云,无风而平静。院内道路两旁,空闲地带都种着花草树木,特别是道路两侧各种鲜花盛开。有红白黄紫蓝等颜色,有几种花也不知叫什么名字。空气比较新鲜,比住院部强多了,那里面总有那么一股味,是药味还是别的味。正在悠闲地漫步时,手机响了,她拿到耳边听,原来是小付等几个江西籍的护士给她打电话，听声音胡卫华也在一起。几个叽叽喳喳一齐问她好，她也感谢大家。最后小付说："阮主任，你一定要回来看我们呀！我们等着你。噢！——肖琼那个大骗子住院了，活该！"阮琴也没问肖琼的事，就说："以后我会回来看你们的，咱们常常联系，再见！"

肖琼这几天，晚上失眠，白天躺在床上还是睡不着。尽管蔡红精心烹调饭菜，但是肖琼依然吃得很少。先前动不动就发脾气骂人，现在连说话的气力也没有了。蔡红用听诊器听了听，也听不出什么名堂。蔡红到楼上把这事给罗创、高玉川等人说了，高玉川说："干脆动员院长到楼上住下会诊一下，再用药。"罗创说："我也是这么想的。"于是他们一齐来到后院肖琼住处，他们推开门进去。肖琼瞪圆双眼正瞅屋顶，听有人进来侧过脸来一看是"内奸""叛徒"和妻子进来了，心中顿时又添烦恼，赶忙眉头紧皱，双目一闭，声气不喘地装睡了。罗创和高玉川上前轻声喊："肖院长——肖院长——肖院长！"连喊三声，肖琼才呻吟着慢慢回过神来，仍闭着眼以微弱声音说："我不行了，你俩帮蔡院长把医院看好……"说罢使劲挤出两滴眼泪。高玉川一看这情形就急切地说："院长，你到楼上我们共同给您检查一下，开些药挂挂针就好了。"肖琼为省钱摇头表示不去。蔡红也说："你到楼上住下养病，既安全也方便，咱们承包的医院，咱们有病都不去住，谁还来住呢？"肖琼听罢头不摇了。高玉川马上跑到前面喊来了几个医护人员，拿付担架来，大家一齐动手把肖琼放到担架上高高举起抬进了大楼。刚进门厅，小付等几个护士一看抬的是院长，都一齐跟到了三楼。310病房门早已敞开，这是一个单间，里面有电视沙发等，设备最好，是甲级病房，收费也高些。大家把院长抬到这间房的床上，盖上雪白的被子。还有几个闻讯赶来的医护人员，包括杨芳、白翠翠等一齐挤来看院长。此时肖琼眼睛紧闭，一言不发，任你谁问啥都不喘一声，大家感到院长确实病重了，仍各回各科室。只有蔡红、罗创和高玉川以及护士胡卫华等给院长做皮试、取药、挂吊针……

挂了些能量，吃了点镇静安眠补气方面的药，晚上又睡了个安稳觉。第二天肖琼感觉好多了，而且下床走动了。蔡红端来早点也吃了些，看来胃口也恢复了些。接着又挂了两天药，医护人员精心护理了三天，肖琼感觉好多了，就不要护士挂针了，只到时吃几片药。第四天早晨，他离开310病房，到自己办公室坐了一阵子，又到处检查去了。不过他现在走起路来慢多了，话也少了，声音也小了。转了一圈，他看到二楼三楼病房总共才住了七八个人，大部分床位都空着。几个科室的医生也闲坐着，门诊病人也十分稀少，他心情又不好起来。他又回到办公室翻了翻这几天的文件报纸，突然电话铃响了，他接上一听是镇政府齐主任通知他8点半到政府4楼会议室开会。他说："我病了，马上就要挂针，不能来，让罗院长参加，行吗？"齐主任说："既然肖院长有病，就叫他来吧！"肖琼看了一下手表，现在已8点，他用内部电话打到内科门诊，通知罗创马上到镇政府去开会。

罗创正在收拾诊室桌上的东西，擦桌子，做好接待病人的准备。突然，院长通知他去镇上开会，他只好从抽屉取出一个小笔记本装到衣袋里匆匆地到镇政府参加会议去了。

镇政府今天开的是"传达国务院9号文件精神：'发展农村经济，切实做好村镇建设工作'。同时布置'科技、文化、卫生'三下乡工作"。会上陈书记传达了文件，包镇长布置了当前工作。不到11点，会就散了。罗创和其他几个单位的负责人正准备走出会议室，陈书记离开主席台左手拿一沓文件说："罗院长，你留一下。"罗创马上站住惊愕地瞅着陈书记，陈书记说："到我办公室。"罗创跟着陈书记来到了三楼东头的书记办公室。到门口，陈书记开了门让罗创先进，罗创哪里肯，他还是让书记先进，他随后进来。陈书记说："你坐，我给你倒杯水。"罗创说："我早上喝了，您不倒了。"说着就坐到西墙根的双人沙发上。陈书记听罗创这么一说，也就作罢，他把文件放到靠窗的办公桌上，坐在他的位子上说："医院最近情况怎样，来看病的人多不多？"罗创如实地做了汇报。

陈书记听完汇报说："我和包镇长原来准备到医院看看，可是镇上事情太多，没顾上。据你汇报，现在病人越来越少，这说明我们办院的宗旨不明确，医院可信度降低了。最近，群众对咱们医院意见很大，不光是因为阮琴的事。肖琼这个人是外地人，咱们不太了解。你是本地人，应该很好地帮助他。让你当副院长，也是党委的意图，你应该坚持原则，主持正义，不能当老好人。一个单位好起来不容易，说垮，一下子就垮了。当然，你们领导班子的配合情况，镇上也清楚，有些事情也不怪你。好了，我今天遇到你，给你说一下，镇上也很担心把医院承包给个人，垮下去怎么办？希望你回去很好协助肖琼，要改善工作方法，真正做到全心全意为患者服好务。"陈书记话说完，罗创接着说："按陈书记说的话办，我尽我最大的努力吧。"说完，他站起告辞陈书记，回医院去了。

罗创回到医院，首先到院长办公室，他看肖琼正端着一杯白开水边喝边看《健康报》。看他进来比较温和地说："会罢了，开的啥会？坐下说。"罗创心里也宽了，坐到沙发上望着肖琼，把会议的大概精神汇报了一下。说到"三下乡"，肖琼说："到时让高玉川带几个人下去，应付一下算了！"接着罗创把陈书记找他谈话的大概内容也说了一下。没想到肖琼听完后黄脸发青，环眼睁圆望着罗创骂："领导说话和放屁一样，谁不愿把医院办好，我几千里跑来干啥？我不是为患者服务，难道我坑害病人？咱们干咱们的事，别理他！你也是个软蛋，应该顶他几句才是。以后再开会，咱们谁也不去，看他陈书记把咱们能咋！"罗创倒吸了一口凉气，心想：这人咋这么狂。他辞别院长到一楼门诊上班去了。

蔡红见他来，便站起说："今早才来了一个病人，我已看过了，你值班，我回去做饭去。说罢，脱下白大褂摇摇摆摆地去后院了。罗创被陈书记婉转地批评后又遭到肖琼的愤怒宣泄，他感觉"老鼠钻风箱，两头受气"，再看这医院，现在成啥样子了，病人稀少，人心涣散，他有走心无守心。他拿起手机给省市工作的几个同学谈了自己想离开这里的打算，他们都很热情地说："想想办法。"

8 月 27 日，天朗气晴，微风轻拂，几只鸟儿从天空掠过，发出欢快地鸣叫声。这一天，对阮琴来说，是个值得纪念的日子，因为这一天是她人生的又一大转折。早早地起来，洗漱完毕，帮蒋静收拾好早点。她俩一同吃了，就随蒋静一同上班去了。她们先到三楼儿科护士长办公室，门虚掩，蒋静敲了两下门，里面柔和的女声："请进！"蒋静笑着拉着阮琴进去说："计护士长，你的新兵阮琴向您报到！"说着把阮琴向前轻轻推了一把。计护士长说："欢迎啊！……"并用眼把阮琴上下打量了一下说："你俩坐吧。"并用手向墙根的三人沙发指了一下。阮琴坐下后细心地把新领导看了看，此时计护士长正从桌后的椅子上站起翻看昨天的护理记录。她高挑身材，脸面白皙，弯弯的眉毛下一双好看的大眼睛，唇红齿白，看起来 30 多岁。阮琴心想：她不但是护士长，而且还是个大美人儿。蒋静又站起来说："你们忙，我也上班去了。"计护士长放下记录本笑着说："你慢走。"又转过脸问阮琴："你多大了，在乡下工作几年了，家里亲属都好吗？"阮琴从容地一一作了回答。"护士长又说："我名计蓉，宁夏人。既然咱们有缘到一块了，既是同事，又是姐妹。我们互相关心，互相帮助。走，咱们到护办室去！今天你先熟悉熟悉，明天就要正式工作了，咱们护理工作太紧张了。"

阮琴跟在计蓉后面到了护办室，室内护士们有的给病人量体温称体重，有的配药，有的在写交班记录，看起来没有一个闲人。计护士长说："大家来看！这位阮琴是新来的护士，她在乡下工作过，业务也挺熟的，大家很好配合，互相帮助，把工作做好！"众护士们都高兴地说："好！"并用友好的目光望了望阮琴。接着，护士长领阮琴去穿白大褂，戴护士帽，并说："小阮，你有一寸和五寸彩色照片吗？下午拿来办胸卡，上简介栏。”阮琴说：“有！下午我带来。”阮琴穿上工作服，告辞护士长，就到护办室帮忙去了。阮琴毕竟聪明，又当过护士长，护理工作样样都在行。

下午上班来，她把相片交给护士长，又到护办室忙去了，她不显得生，只半天就几乎和大家融为一体了。她也到各病房看了看，不但病人住得多，各方面的设备、条件比金湾强得多，她感到欣慰和满足。

下班后，她和蒋静一块儿做饭吃饭谈话，多么开心和愉快……晚上，她看罢新闻节目后，就到卧室给家里打电话，接电话的是母亲，母亲说：“死丫头，你去后咋给家不打个电话，我和你爸都很心急！”阮琴说：“你们急啥，我一个大活人，怕啥?这不，我给你们打电话了吗?多亏蒋静帮忙，我现在在蒋静工作的附院儿科上班，虽然是临时的，但待遇不错。我暂在蒋静家吃住，你和我爸都放心吧！另外，听金湾医院的姐妹们给我说，你曾带人到医院去砸东西，整肖琼去了！妈，你咋胡闹呢？”她妈气愤地说：“我咋胡闹呢？我个死老婆子，不图升官发财，我替你讨个公道，怕啥呢?现在你离家又远，你好好照顾自己，把公家的事办好，我就谢天谢地了。”阮琴怕再惹母亲生气，就说：“妈——你和我爸保重身体，我会常给家打电话的，再见！”

正是：无绝路上天开眼，有志者从不气馁。好同学蒋静出力，又工作阮琴欣慰。欲知后事如何，且看下回分解。

第十七回

阮琴一针定乾坤　蔡红吉安谈婚姻

8月28日阮琴7点来到护办室帮值班护士打扫卫生,收拾完后,护士长来了。护士长看护士们都到了,就组织交班。交班完后,值夜班的护士下班。阮琴等几名护士接班后就按工作程序忙开了,给病人测体温、量血压、称体重,还有为了化验收集小儿大小便的,而且还要配药、送药、挂针……阮琴接管8至12号病房15个孩子。当她给该输液的9个孩子扎针输好6个的时候,隔壁13号病房的一个孩子连续不断的哭声吸引了她。她跑过去一看,护士小兰满脸是汗地帮小范准备给一个刚满月的小男孩扎针输液。小范看她进来不扎了,笑了笑说:"小阮你试给扎。"阮琴已发现孩子母亲已露出不高兴的神色,她接过针头俯下身只一下,小男孩头皮针准确地进入血管,她接过胶布麻利的固定好,输液器正常滴药,孩子不哭了。小孩母亲望着阮琴笑着说:"感谢你了!"又指着小兰说:"她扎了3次都没扎成,把我娃娃扎疼了!"

恰在这时,计护士长也进来了,她也听到了孩子母亲的话,就严肃地对小兰说:"给小孩扎针心情千万不要紧张,要稳、准!"小兰说:"我今天不知怎么了,就是扎不准,我慌了叫小范帮忙,小阮就进来了,感谢小阮!感谢护士长的指导!"阮琴笑了笑说:"感谢啥呢?咱们都是互相学习,互相帮助嘛!"说罢她急忙回12号病房,12号病房有三个孩子须挂针,其中两个小女孩还未出月,一个才7天。

阮琴将配好的药液挂到输液架上,准备好胶布,在小孩额头上消过毒后,只轻轻的一针,就解决问题,快速固定好,药液就正常滴下。3个孩子只3针,只有最小的小女孩哭了一声,那两个孩子竟连一声都未吭。这些过程都被随后进来的护士长和小范看得一清二楚,阮琴忙罢回过头来才发现护士长笑眯眯地看着她。小范也笑着说:"小阮,你真行!我得向你学习。"护士长接着说:"对!你俩都说得对,就是要虚心好学,相互切磋,才能共同提高医疗技术。"说罢她到别的病房里看去了,小范回到护办室把阮琴的扎针情况给众护士宣传了一下，大家见到阮琴，有时叫小阮，有时叫“阮一针”。

由于护士们这样叫，“阮一针” 的消息在医院很快传开了，不但蒋静知道，而且医院的几个院长也听到了。当然，最高兴的还是计蓉，她觉得这阮琴算得上是一个业务骨干。说实在的，在她手下工作的 14 个护士，除了她一针就能扎准外，还数小范可以，不过小范有时也扎第二针，其他护士根本保证不了。当然小儿的血管细微，特别新生儿，扎针确是一件难事。因此，省卫生厅举办医疗技术竞赛，儿科专业，只有她和小范参加。

她想到这里，就马上到杨主任办公室，把阮琴这两天的工作表现给介绍了一下，杨主任听后很满意。她接着说：“主任，你和总务科联系一下，给小阮把食宿安排一下，总不能叫常住在蒋静那里，况且蒋静快要结婚了。”杨主任说：“我前几天找过了，夏主任说暂时没法安排，不过人家也在想办法，咱们也不好催。”计蓉说：“这事你可要重视哟！”说罢告辞杨主任回护理部去了。

人越忙，时光也过得越快，国庆节到了。蒋静利用国庆假日和倒班积累的休息日，赴赣州看董良去了。阮琴假日更紧张了，她不但要上好自个的班，而且还替休假的几个护士顶班，所以国庆节她是在忙忙碌碌中度过了。

10 月 6 日蒋静回来了。10 月 8 日，总务科夏主任打电话通知阮琴，叫她住到单身职工楼 402 房间，单间，住两人。阮琴和蒋静先去看了一下，里面住着眼科护士姜茹。据姜茹说，和她一块住的内科护士黄英，由于父亲调入省城，她搬回到父母那里了。

10 月 9 日，阮琴上午下班后和蒋静吃了午饭就收拾东西，置办了一套铺盖，蒋静说：“你暂不要搬，这次我到赣州和小董商量好了，结婚定在元旦你急啥呢？你走了我一个人挺心慌的。”阮琴说：“咱们在一个家属院，没隔万水千山，我会常来看你的。况且，总务科通知了，我搬走是对的。”蒋静无奈，就帮阮琴把东西搬到 402 房间。从此，阮琴和姜茹同住一室，有时合伙吃饭，有时上职工食堂就餐。

10 月 15 日，省人事厅发出通知：为了补充教师和医务人员的不足，计划在全社会范围内招聘，以考试的形式录取，报名时间为 2003 年 10 月 20 日至 31 日。条件是：高中、中专以上文化程度，报考教师在省教育厅，报考医务人员的在省卫生厅，均持本人身份证、户口本、毕业证等证件。考试时间是 12 月 25 日至 27 日，由教育厅、卫生厅和省招办组织考试录用。此通知不但行文下发，而且在晚间新闻中连续播出。阮琴当然不能错过机会，她准备好证件和医院内所有雇佣医务人员都去报了名。报名之后，她就夜以继日地复习，所有的业余时间都用在复习上。

却说罗创自在镇政府参加会后，受到陈书记婉转地批评，尤其回到医院被肖琼呛了一脸灰，他彻底地不安心工作了。特别是他感到肖琼这个人太差劲，在这样的人手下工作很吃力。不是蔡红对他独具吸引力外，他早就想离开金湾了。国庆节刚过，他的在省市工作的几个同学通过努力，终于把他的调动工作的事办成功了。特别是在市卫生局人事科任科长的老同学刘建春起了很大作用，把他调到吉安市医院内科。因为内科一名专家赴上海进修，所以医院人事科通知叫他尽快上班。

10 月 16 日，罗创离开了工作 5 年之久的金湾医院，他要到市医院上班了。这天送他到车站搭车的有蔡红、高玉川、白翠翠、杨芳、黄培以及胡卫华、李霞等护士，当然没有肖琼。当大家把行李包裹放到车上，挥手告别时，他感到留恋和伤感……毕竟和大家的友谊很深了，汽车开动了，他和送行的人们越来越远了，以至于他的眼睛模糊了……

罗创调走后，肖琼心中的阴影消散了。他开始比较放心地依靠妻子和高玉川了。虽然心情开朗多了，但身体的恢复是缓慢的，由于长期服药，胃口也越来越不好。因为罗创的离去，医院业务工作的担子也压到了蔡红身上，所以饭菜质量也下降了。有时蔡红忙，他们不得不在职工食堂吃饭。况且蔡红自罗创走后，心情更不好。先前阮琴事件就把医院闹得沸沸扬扬，而且丈夫给人家又送了 1 万元，她就憋了一肚子气，但是她深知肖琼的脾气也就忍气吞声地装了，可是表情有时能够显露出来。肖琼看到妻子整天板着个脸，也不主动和他搭话，他除了多少有点自责之外，更感到莫大的失落。与此同时，他想到了表妹和继业，他有了回归的想法。

10 月 21 日早，肖琼还未起床就告诉妻子说："你先上楼通知全院职工到三楼会议室，我有几句话要说。"蔡红应声后就到前面楼上通知去了。8 点刚过，肖琼走进了会议室，他既没有拿笔记本，也没有上主席台。只站在大家面前，神情黯然地说："今天把大家通知来我只说两件事，一是我现在身体不好，需回南山休养，医院工作由蔡院长主持，希望高玉川和大家共同帮助。二是罗创走了，地球照样转。谁还愿走，我也不拦挡，反正病人少都闲着，少一个人，少一份开支。好了，我就说这些。"说罢就转身出了会议室。

蔡红一看会已开起来了，就只好顺便说："既然院长刚才说了，咱们大家就共同努力，把病人收揽住。同时高医生再带上几个人下乡跑一跑，现在快农闲了，正是争取病人的好时机，我们不能错过。我就说这些，看高医生和大家有啥说的吗？"高玉川和几个年长的职工都说："没有。"蔡红说："那就散会吧！"大家都走出会议室回科室上班去了。

蔡红出来先到院长办公室一看，门已紧锁，她下楼到后院家里看到丈夫已装好包准备出发了。她关切地问：“你感觉身体怎么样，一个人能行吗？”肖琼瞪着眼睛冷冷地说：“能回去，死不了！”蔡红再说什么好呢？肖琼提着个黑提包走出了家门，她也出来锁好门，跟在后面，走到前面办公楼前。她说：“你慢走，我上班去了。”丈夫声也不吭、头也不回地走了……

10 月 23 日晚，肖琼回到了南山市。市区灯火通明，但寒气逼人。经过市区的甜水河虽然没有封冻，但看那潺潺的流水和星光、灯光映照在水中熠熠斑驳的样子，更加撩起他那烦躁的心情。他招手坐上一辆黄色出租车很快就到了为民医院。他疲惫地走进医院大楼门厅，值夜班的护士小戴看到他这个样子，就迎上前问：“院长回来了？”并接过他的提包，把他一直送到 4 楼魏小花门前就回头下楼去了。

他敲开表妹的门，看到表妹正给继业辅导功课的样子，他心内顿觉宽慰得多了。表妹一边问：“表哥你才下车？”一边帮他放好提包脱掉外衣，拿到门外抖了抖，挂到衣架上，又给他打热水洗脸洗脚，并且开始给他做饭。肖琼洗罢脚趿着拖鞋刚躺到双人沙发上不大一会儿，表妹就把热腾腾的羊肉臊子面放到茶几上了。他也饿了，也好长时间没吃过这样的面了，一大碗面下肚，又喝了半碗面汤，他感到浑身热乎乎的，心情好了许多。他转眼看魏继业还伏在靠屋里的一张桌子上做作业，就问表妹：“继业学习有进步吗？”表妹唉了一声说：“这孩子反应慢，脑子笨，把我都整累了，还是没多大长进。作业总是出错，我还和邱老师交换了意见，邱老师说，这孩子反应有些迟钝，看今后发展怎样？”其实这些事情肖琼是知道的，他虽然在外地，但和魏小花的电话是常通的。他也同意邱老师的看法，毕竟这孩子还小嘛！

今天晚上，肖琼虽然心情好，但胃口还是不好，睡到半夜肚子胀疼。魏小花跑到药房取了一盒江中健胃消食片，让表哥吃了 3 片，还是疼得厉害，坐在床上披着个被子。肖琼气急败坏地骂：“这个小婊子把人害苦了！”。魏小花惊愕地望了一下表哥，并问：“谁是小婊子？”肖琼自知话说漏口了，忙摆摆手说：“不！我是骂金湾那个小护士，我这胃病就是她气的！”魏小花这才放下心来，她还以为因她把饭盛得多了，表哥吃了胀肚子，原来他已得上胃病了。她关切地说：“表哥，你刚吃下药，一会儿是会见效的。明天你让余廷俊给你看看，开些中药，我给你熬，吃上几付肯定会好的，我听余医生看胃病挺拿手。”肖琼说：“我也是这么想的。”说罢倒头又躺下了。

24 日早，魏小花按时起床，给继业煮好牛奶，热好鸡蛋后，把儿子轻轻推醒。继业起来洗了脸，吃了早餐坐在自行车的后坐上被他妈带上上学去了。

肖琼一直睡到9点才睁开眼睛一看天早已大亮了,他感觉肚子也不太疼了。赶快起来披上外衣提着裤子往楼道尽头的厕所里跑，恰巧碰上一个护士领着一个女病人。护士忙问:“院长回来了？”肖琼那里顾得上答话,只顾快步奔向男厕所……

不大工夫,肖琼解完大便轻松地走出男厕所,回到魏小花屋里。洗漱完毕,吃了表妹准备好的早点,穿好衣服迈着方步来到了任顾办公室。任顾此时正忙着检查职工档案,看职工签订的合同是否有期满的,若期满就应该续签。他听到有人进门的脚步声,抬头一看是肖琼,他热情地问:“院长回来了?快坐吧!”肖琼也笑着点头说:“你忙啥呢?”说着,便坐到办公桌的对面的软椅子上用眼睛瞟了一下桌上的“职工合同”等资料。任顾说:“前天接市总工会通知,要求各类企业及用人单位,要切实贯彻落实《劳动法》和《劳动合同制度》,有可能工会和社保部门年底前到各单位检查。我翻一下职工档案,看咱们职工合同签得怎样,是否到期和规范”。肖琼不屑一顾地说:“这些都是形式,我看主要要把经济效益抓上去。”任顾说:“这不是形式,这是法律,我们要循着法律的规范办医院,做好为人民服务的公益事业。”肖琼显然不高兴地说:“任老师,你们当过教师的人就是循规蹈矩、本本主义,弄不了啥大事。我不学法律,照样生活,我创的事业比你干的事业不知多多少倍,你还给我上啥政治课呢,谁不知道你教过几个学生!”说罢就怒容满面地起身出了办公室到各楼层检查去了。任顾见院长动怒,又出去了,他也没有在意,仍继续翻看。通过档案内的合同看,大部职工的合同需要续签,究竟院长意下如何,他还捉摸不透。根据余廷俊等在本院工作多年的同志讲,肖琼一般每年都要无故辞退一些人,又招聘一批人,采取短期效应手法。特别愿意接收实习生,因为实习生不领工资。可是在任顾负责的这两年,职工工作稳定,积极性也高,出现了前所未有的祥和局面。

肖琼出了四楼办公室,心想,我创办医院这么多年,从来还没有人给我上政治课,我最反对人拿“法”来吓唬我。两次官司,我对“法”恨透了,你任顾不识相,恃才傲物,我不信你把医院管得有多好。他从四楼到一楼,逐层逐病房科室细细地检查了一遍。病人住得多,而且挺安静,各科室工作人员见他进来都齐声问好,之后又井然有序地工作着。他又翻看了一些病历等医疗文书,都写得及时而规范,确实无懈可击。他又到男女厕所使劲闻了闻,也没嗅出什么味道。他正要到中医科找余廷俊看看自己的胃病,从门口进来一个40多岁的女人,问他:“医生,妇产科在哪儿?”导医小侯刚拖罢地去放拖把,未及应答,他就当着这个女人的面骂小侯:“你是干啥的,你拿上喇叭打盹呢,把事没当事，你不想干了就滚回去！”小侯脸都吓白了，她赶忙搀着那个女人上二楼去了。

肖琼总算找到了茬，出了些气，之后，他向中医科走去。余廷俊早听到院长的吼叫声，他走到科室门口一探头，看到院长径直地走来，他慌忙出门迎接。他问：“院长来了？”肖琼刚发罢火仍板着脸，只哼了一声就进了诊室。余廷俊惶恐不安地心想，刚检查过了，怎么又检查来了。他正想着，肖琼已坐在桌前的凳子上说：“小余，你给我检查一下，我近期身体不好。”这时余廷俊才放心地坐下给院长号脉。脉浮沉不定，换过手，还是这样。他对肖琼说：“从院长脉象上看，院长真是气血两亏，然而气亏显著，应服些补气健脾的药才是。”肖琼说：“那你就开药吧。”余廷俊开罢处方亲自拿到药房叫抓药。肖琼利用等药的机会又到后院库房、水房等处巡视了一遍。巡视罢刚进门厅，小胡就把药递给了他，他顺便送到收费室表妹处，就走出医院大门外左右看了看。本想沿马路散散步，不觉一股西北风卷着尘土撒到他头上，他感到既寒冷又讨厌，于是缩着脖子又回到了医院。他打开自己的办公室，窗明几净，由于供上了暖气，整个房间暖烘烘地。他随便翻看了几张报纸，又感到有些困倦，丢下报纸上四楼表妹处休息去了。

却说肖琼离开金湾后，蔡红开始抓医院全盘工作了。高玉川带人跑了几个乡镇，虽然广告散发了不少，但吸引的病人并不多，来医院诊治的病人还是比较稀少。蔡红一看这般光景，心乏气馁。她暗自思忖：这医院确实是让丈夫给搞糟了，两次医疗事故加上阮琴事件，这医院的名声在外界已大打折扣，我有回天之力吗？我不能愧对江西父老，医院不能垮在我手里，决不能背上这个黑锅。她想到这里，又愤怨自己鬼迷心窍，咋跟了这么个男人，难道世上没男人了吗？她想到了王山有，这小王虽然挣钱不多，但人好，正直，也很本分，感情专一。听说人家已娶妻生子，破镜重圆已成泡影，可是那段美好的时光确记忆犹新。现在只有罗创了，这罗创虽然缺乏男子气，但总体来说，人品还不错，况且自己是嫁过人的女人，身价再不能上浮。就这样吧，既定方针就是找罗创，以免落入她人之手，明天就动身赴吉安市。

10 月 28 日，蔡红大清早就来到了医院大楼。她也没有上楼检查，只在一楼内科诊室坐着。一会儿高玉川上班来了，她说：“高医生，我今天想到市上办点事，医院的事你暂负责吧！你都是老人手了，我相信你是会尽心的。”高玉川说：“蔡院长既然有事，你就办去吧！反正现在病人这么少，也没有多大的事，我操心着！”蔡红说：“那就让你费心了。”说罢回后院家里收拾了一下，换了一身崭新高档的淡绿色时兴女装，挎了一个褐色小包出了医院大门，到街头上搭车去了。

刚到街头,就过来一辆到吉安的面包车,蔡红坐在车上就给罗创打了个电话。罗创接过电话当然高兴,自他调到市医院,还没有亲人给他打电话。下班后,他一个人窝在单身职工宿舍里既寂寞又单调。蔡红的电话如春风送暖,激起了他心中快要消失殆尽的情愫。据蔡红说,她 8 点 39 分坐上车,估摸 11 点就到市上了。

他 10 点 50 分给科室打了个招呼说:“到医院门口接个人。”10 点 55 分他来到医院大门口左右张望不见人影,他张开双臂仰望马路旁高大的梧桐树做了几下深呼吸。忽听耳畔有刹车的声音,扭头一看一辆红色的红旗小轿车已停在了医院门口,右前门打开。蔡红不慌不忙地下了车,左肩挎了一个小包,右手提着一大包水果、糕点之类的东西。小车掉头跑了,罗创上前接过蔡红的大包。再打量蔡红——乌黑的头发,弯弯的眉毛,顾盼有神的眼睛和红扑扑的脸蛋,还是那么妩媚动人。蔡红嫣然一笑问:“你好吧,是否等久了?”罗创慌忙回答:“还好,我刚来,你就到了,走吧!”蔡红紧挨着他像夫妻一般走进了医院大门,绕过门诊大楼和住院部大楼,一直走到最后面的职工住宅区。

到了单身职工宿舍楼 104 房间门口,罗创掏出钥匙开了门,先请蔡红进,蔡红也没推辞就先进了房间。她坐在靠窗口的一张桌子前的椅子上,取下挎在肩上的小包放在桌子上,用眼扫视了一下屋内。除了一张桌一把椅一张床和一个脸盆架之外,别无它物。房子旧且黑,由于是一楼,采光也不好,真和医院放射科的暗室差不多。所有这些并不扫她的兴,她是冲罗创这个人而来,并不是为房子而来,有人啥都有。

罗创看到这一切,内心已有愧疚之意,便说:“我刚来,加之医院住房本来就紧张,我只能将就着住在这里。”蔡红淡淡地一笑说:“随遇而安吧,你能调到这里就已不错了,不必有过多的奢望。”罗创一听,心内舒畅了些,人也自然得多了,他说:“快中午了,咱们到外面吃饭去?”蔡红说:“算了,医院附近的饭馆干净的少,病人和家属常吃的地方,你不害怕有传染病?再远,麻烦死了,吃顿饭还得坐车。所以,我刚下长途车,就拣干净的饭馆买了两份盒饭,可能还热着,取出来吃吧。”

罗创以感激的目光瞅了一下蔡红,便从包内掏出两盒饭菜,真的还温温的。他又掏出两瓶青岛啤酒、一袋柑橘、一袋苹果、一袋点心。他把这些都放到桌子上,请蔡红吃饭,蔡红把脸盆架上的脸盆里的水倒到下水道后,又打了净水,洗了手后就坐在椅子上吃饭,并叫罗创把啤酒打开倒上。蔡红吃了半盒饭菜，喝了两杯啤酒，罗创吃了一盒饭菜，喝了一杯啤酒。

酒足饭饱的蔡红望着罗创开始说话了："罗创，我这次来一是看望你，毕竟咱俩相好了一段时间，友谊是长存的。你为金湾医院也出过力，你工作调动，医院应该好好地欢送你。但是肖琼不喘，我也不敢。二是我和肖琼的夫妻关系应该到头了，这个人你也知道，无论我怎样忍让迁就宽容都无济于事。我今后的路还长，我不能死守那么个人生活下去吧？我思前想后，我要拿定主意，我要开辟我的新生活。人是读不透的一本书，特别是现在的人更难认。我不敢和不了解的人结交，我觉得你这个人还不错。你如果不嫌我嫁过人的话，咱俩结百年之好是最为合适的，我会体贴爱护你的。你如果不情愿，哪怕有一丝一毫的话，你就表个态，我一会儿马上离开你，回金湾去！"

罗创听罢后，略微沉思了一下，心想：这女人说的话既实在也恳切，我虽然未婚，但家庭经济状况和本人经济状况都不良好。况且这蔡红人长得不错，又和自己有感情基础，假如再找对象，不知能遇上个啥人，那是个未知数，已知比未知踏实真切。就这样吧，送上门的买卖不收白不收，如此，何乐而不为呢？浪漫不如现实，和这样的女人结为夫妻，对自己的事业一定有好处。

他想罢说："蔡红，你刚才说的话使我非常感动，我罗创算啥呢？你对我经济上帮助，工作上支持，把我罗创当人看待。我对你的人品人格已五体投地。我有你给我当妻子，这是我的福，还有啥不情愿的呢？只就是我经济条件差，会委屈你的。你看，我工作几年了，连个房子都没有，真是羞愧难当。"

蔡红听罢含着眼泪说："那咱们今天就同着天地和 104 房子作证，把事情定下来。至于房子嘛——不成问题，我解决。还有一件事情得你跑跑，你省市同学多，特别那个刘建春挺义气，给你办了那么大的事，你怕还没谢过人家吧？"罗创说："我刚调来，也很忙，咋谢呢？"蔡红听罢又说："我给你放点钱，请给你办过事的人吃个便饭总可以吧？咋谢呢，人情要得记。再说，我的工作要调动，不然，咱们成为夫妻，还得分居两地？"罗创听罢深感蔡红想得周到，也入情入理，便十分激动地说："行！我请刘建春再给咱们帮个忙，看把你能调到市医院吗?"蔡红高兴地说："事在人为嘛！况且我的学历资历条件不是太差的吧！"说罢从小包内取出 5000 元人民币递给了罗创。罗创说："又要花你的钱。"蔡红说："别说生分话，怕到上班时间了，你准备上班吧。"罗创抬手一看表已 1 点 50 分了，他放好钱说："你上床休息吧，我上班去了。"说着走出门，顺便带好门就向前院住院部大楼走去……

正是：男女婚姻当匹配，蔡红终又选夫婿。天地为媒订终身，愿他二人比翼飞。欲知后事如何，且看下回分解。

第十八回

戴仲义筹钱买房　谢人情预订餐厅

蔡红得到罗创肯定的答复,她就把罗创当自己的丈夫看待。她稍微休息了一阵就起来替罗创打扫了一下房间,又打了些水把被套床单枕巾之类的床上用品洗了一下,搭到外面晾晒。罗创下班回来看到这一切,甚是高兴,他已预感到小家庭的温暖。他俩到医院职工食堂吃了晚饭,他们并肩而行,同事们见了都议论罗医生的女朋友真漂亮。他俩又在院内的林荫道上散了一阵步,蔡红说:"咱们到医院外面转转吧!"罗创说:"好!"他俩仍并肩而行,经过一个超市时,蔡红说:"咱们进去看看。"走到超市里,蔡红买了新的被套床单枕头枕巾之类,装了一大包,罗创接过来说:"你想得真周到!"回到罗创住处,蔡红把床上打理得焕然一新,又把晒干的旧被单之类收拾回来叠好放在罗创桌子底下的一个纸箱内,这纸箱还是他从住院部废药箱里拣来的。

蔡红在罗创处住了6天,但想到金湾医院毕竟责任在她身上,还得回去料理。虽然市医院104房间黑暗潮湿,但她仍感到愉快和高兴,乐不思蜀。真不想离开这里,真不想离开罗创。这几天,他感到"风在这里就是黏,黏住她的思念;雨到这里缠成线,缠得她流连忘返。"

11月3日上午,蔡红终于下决心告别罗创坐车回金湾去了。回到医院,她见到高玉川得知一切正常,就回到后院家里休息去了。一觉醒来天已经过晌,她翻身起来到卫生间梳洗了一下。随便弄了些吃的填了一下肚子,放下碗筷,一个人吃饭多没意思。她又想起了罗创……罗创说没房子时的那种无奈自愧的表情。这大男孩真可怜,不妨把我名下那套在老家北海省城东环路文萃小区2号楼406房屋卖了。再在吉安市区买套房子,反正那套房子给人租住,也收不了多少钱,只和让人家给咱们看管房子一样。于是她拿起电话给几千里外的租房人管秀珍说:"管大姐你好?我那套房子你看谁想要,我想卖掉。若有买主,烦你给我说一下,我急用钱!"对方回答:"好,若有人要,我马上给你回话！”蔡红挂了电话，穿好外衣上班去了。医院还是那样冷清，寥寥无几的几个住院病人，门诊病人诊断罢取上药就走了。她在那里坐了一个下午才看了一个病人，所开处方的药也不过十几块钱，这样下去，这医院咋办呢？但是她又一想，我这不是杞人忧天吗？我的终身大事都定在吉安了，我管这么多干啥？还是多考虑自己的事吧。

蔡红晚上下班回来，做了一碗面吃了，就在沙发上看了一阵电视。感觉有点困，就到卫生间洗漱了一下，准备早早上床休息，突然电话铃响了……她接上一听是管秀珍的声音：“小蔡，你中午说卖房子的事，我老公回来听我说了后说：‘小蔡这房子不错，我看咱们买下算了，不知价钱能商量妥吗？你试问问她’”。蔡红说：“大姐，咱们都是熟人，我也急用钱，这样吧，现在市场房价涨了。我也不胡要，包括家具电视等，你们给我20万，我就脱手，过户手续你们自己办。”管秀珍说：“好，等我和老公商量好后再给你回话。”

管秀珍丈夫戴仲义跑出租，他听妻子说，蔡红要房价20万。第二天就叫了几个要好的司机朋友来把房子细细地看了一番，大家都说：“不错。”其中有一个叫小虎的说：“大哥，你若不要，我要！”另一个叫黑大头的瞪着眼睛骂小虎说：“戴大哥叫咱们帮忙看房子，你他妈的抢房子，是吗？”小虎嬉皮笑脸地说：“我说他不要的话……”戴仲义也笑着说：“小虎开玩笑，不管他！既然哥们说这房子的价格合适，那我要定了。“不过我手头上有14万，还差6万，你们给我凑凑，年底我如数奉还。”话音刚落，小虎说：“我帮1万。”黑大头说：“我帮两万。”管秀珍过来说：“对了，弟兄们挣点钱不容易，我在我娘家几个侄儿面前张个口，也就凑够了。”大家喝了一阵茶，说了阵话也就各自回去了。

11月9日晚上，蔡红刚吃罢饭，正在洗刷碗瓢，电话铃响了。她擦了擦手就接上了电话，对方是管秀珍。管秀珍说：“小蔡，房子的事妥了，钱也凑齐了，你有空就来一趟吧！”蔡红说：“好，我会尽快来的，再见！”

第二天早晨上班后，蔡红给高玉川说：“我回一趟老家，医院的事就托付给你了。”高玉川说：“行！你放心地去吧”。蔡红高兴地点了一下头，就回到后院家里从衣柜里取出毛衣毛裤装在一个手提包里，换了一身半新不旧的浅灰色外套，走出医院搭汽车倒火车回北海省城去了。

经过两天两夜的旅途生活，快到北海省城火车站时天已发亮，她在卧铺里穿上毛衣毛裤，下车后仍感到十分寒冷。因为北方已经下过两场雪了，她心想，我这个北方人在南方呆久了也有些不能抗冻了。她快步走到火车站广场，坐上一辆黑色出租车直奔东环路文萃小区，此时已是8点过10分了。她下了车仰望了一下这栋既熟悉又陌生的乳白色的2号楼，内心沉思了一下，久违了——我的旧居，就走进了四单元。当她上到三楼敲开406房门时，管秀珍投来了惊喜的目光。她一把拉着蔡红的手说：“我的好妹妹，你来得真快！快进来暖和暖和，你怕受冻了？”蔡红说：“不要紧，我穿得厚，而且一直坐车。”说罢放下提包，到洗手间擦了脸，整了整头发就来到客厅里坐了。

她稍微打量了一下房间，还是原来自己布置的老样子，基本上没啥变化。管秀珍说：“大妹子你先坐坐。”就到厨房去了，不大功夫，就端来热气腾腾的早餐放在茶几上说：“很随便，吃点吧。”蔡红一看是花卷稀饭煮鸡蛋和两碟小菜，便说：“麻烦大姐了，我先吃个花卷，咱们北方的面好，我快两年没吃咱们这里的花卷了。”说着就伸手取过一个就小菜吃起来，管秀珍也陪蔡红一起吃。两个女人边吃边谈，甚是和谐。

她们吃罢早餐，管秀珍给丈夫打了个电话说：“小蔡已来了，你能否回来一趟？”戴仲义接到电话，不到半小时就回来了，他一进门就看见蔡红和妻子亲热地在聊天，笑着问：“小蔡你啥时到？”蔡红站起来答：“我到咱家已8点多吧，戴大哥，您可好？”戴仲义拍了拍胸部说：“大哥是下苦人，你看这身板不错吧！”蔡红又笑了笑说：“你真的还那么结实，怕是我大姐给你操心吃得好的缘故吧？”说得大家都笑了。戴仲义笑罢说：“你这房子，我们买下算了，你在家休息休息，明天咱们办房子的手续吧！我出去再跑一阵子，中午回来我还要听你在江南的壮举呢！”蔡红说：“大哥，我在火车上睡了一觉，现在不累，我看咱们就办房子的事吧？”戴仲义说：“也行，事情办完你得住几天哟？”蔡红说：“行！……行，听您的！”

戴仲义打电话叫来三中语文教师，他的表弟赵广来家替他们写了《房产买卖契约》。蔡红将此房原来证件和本人身份证复印件等手续交给了戴仲义。戴仲义开上车和蔡红、赵广一同来到银行把20万元打到蔡红的账户上后，送蔡红到自己家休息，便和赵广一块儿出去了。

蔡红哪里肯休息，她及时打电话把卖了房的事告诉了罗创，并要求罗创抽空在医院附近选择房子。管秀珍没听明白，以为蔡红是和她男人说话，也没再问。待她打完电话，她俩又说了一阵子话，管秀珍就收拾中午饭去了。

在管秀珍做中午饭的时候，蔡红靠在沙发上小睡了一阵。房门响了，管秀珍上中学的儿子元元回来了。他看见蔡红，忙问：“阿姨您好！”蔡红起身抚摸着元元的头说：“元元你又长高了，你上几年级了，你姐咋没回来？”元元答：“上初二，我姐中午不回来，到她同学家去了。”

管秀珍听儿子说女儿中午又不回来，从厨房出来对蔡红说：“小蔡，你不是外人，给别人咱羞得说不成。莲莲这死丫头，气死我了，原来学习成绩在她们班是数一数二的，从初三就直线下降了。一次开家长会，我才知道她成了班里的后进生，班主任方老师还特别把我留下告诉说：‘戴巧莲，咱们都共同教育，她近来常和班长孟士华出双入对，小小的年纪就谈恋爱。我把孟士华批评了一顿，并另选人当班长。可你家巧莲学习成绩下滑厉害，听同学反映她晚自习偷偷溜出去到网吧聊天交网友。本来是个上重点高中的好苗子，我看就连考上我校这个普通中学都成问题。’

家长会罢，我气得连回家的路径都辨不来，险些闯红灯招了车祸。回到家里，我赶去打人家，那小蹄子跑得快，我扑了个空还绊了一跤。爬起来眼冒金星，只好哭，哭罢我骂：莲莲你咋那么不争气，丢人现眼，你爸和我白拉扯你了！你猜她怎样顶我，她说：‘那有什么？只不过交个男朋友嘛？我和孟士华只不过光明正大了些。我班大部分女生都有男朋友，只不过人家在地下活动，老师没察觉罢了。我已 16 岁了，过去 16 岁结婚的比比皆是。你别哭，哭啥呢，你真是个老封建！’我气得没啥说，就骂：‘你滚，看你愿上哪就到哪里去！’结果那死丫头提上书包甩门而出。

晚上他爸回来听说此事也有些生气，气罢又责怪我，嫌我太武断，不能把孩子赶出家门。于是我们两个着实慌了，正准备出门找人家时，在铁路局工作的她小姨打来电话说，莲莲在她家，并责备我教育孩子的方法不对头。

自打那次淘气后，这孩子和我关系就紧张起来了，有时也不回家，我也没办法。今年总算考上了高中，成绩不理想，只好读普通高中。你看，今天又没回来，又跑到同学家混饭去了！”

蔡红听罢说：“大姐，你也别生气。现在计划生育，都养得少，孩子性子都倔，确实也很难教育。加上社会环境、影视、网吧、色情刊物……反面的东西可也不少，对孩子的影响也是必然的！咱们做父母的只能潜移默化，循循善诱耐心地教育孩子才是！”管秀珍听了点头说：“是！”

这时房门开了，戴仲义也回来了，大家就在饭厅一起吃饭。今天的饭菜特别丰盛，全鸡、红烧鱼、红烧肉、手抓羊肉、大虾，还有蕨菜、蘑菇、苦瓜、三丝等菜和一盆紫菜鸡蛋汤。管秀珍知道蔡红的酒量，特意拿出一瓶“大夏贡酒”倒满三杯，端上酒盘先让蔡红，后让老公，自己也端了一杯，三人碰了一下杯就一饮而尽。接下来就是边吃边喝，当然主要是蔡红和戴仲义喝酒，管秀珍此时已面红耳赤，只有倒酒的份儿，哪有喝酒的量儿。一瓶大夏贡酒眼看完了，蔡红主动从管秀珍面前拿过瓶子先给戴仲义夫妻斟满杯子，再给自己倒满一杯端起说：“感谢大哥大姐了！我有机会再来看你们，我得告辞了！我得赶下午 2 点 20 分的火车，祝你们健康幸福！”说罢他们碰了一下杯子都喝干了。戴仲义说:“小蔡,你急什么,住两天吧?”管秀珍也随丈夫说:“住两天再走吧!”蔡红说:“你们的盛情我领了,我实在不能久留,那边还有许多事等我呢!”说罢就去客厅拿提包,管秀珍一看墙上的挂钟已快两点了,儿子元元也背上书包准备上学去。她对丈夫说:“你送送小蔡!”蔡红说:“不麻烦大哥了,我出去搭的,时间还早哩。”戴仲义哪里肯,他一把抓过蔡红的包,提上先下楼去了。

蔡红最后把房里细细看了一下,眼角里淌出了两滴眼泪,拉了一下管秀珍的手说:“大姐保重,今日一别不知何年能见你!”管秀珍也哭了说:“能见,能见,现在交通方便!”她俩说着哭着手拉着手下楼到单元门口。戴仲义正坐在自己的桑塔纳轿车内,右前门敞开,正等蔡红上车。这时蔡红用眼仰视了一下2号楼,低头钻进车内,用右手向管秀珍挥了挥,小车一溜烟奔向了火车站。到了火车站,戴仲义看着蔡红买了票进了站,才开着车忙他的生意去了。

蔡红买的车票是6车厢10号下铺,她上车坐下刚拉开窗帘,火车就开动了,她望着渐渐离开的北海省这座城市,勾起了她许多回忆:友爱医院的姐妹们……还有王山有,他的日子过得怎样?妻子又是怎样的人?孩子是男是女……管大姐,您是否还为女儿的事闹心呢?……

夜幕降临,列车到了南山市,她朝窗外望了望,山城的灯光天上的星光连成一片。当她的目光停留在为民医院的方向时,他想到了肖琼,不知这个王八蛋病好了没有?噢!……说不定他此时正在魏小花的屋内和表妹看电视呢?他的身体好坏与我没关系,管他呢!我再和他见面之日就是办离婚手续之时。列车风驰电掣般的向前行驶着,车轮碾过的铁轨发出了有节奏的啪啪声……由于喝了点酒,所以蔡红在想心事的过程中睡着了……一觉醒来,火车已过潼关到了河南境内,车窗外红日冉冉升起,田野里小麦绿油油的,油菜花金黄一片,给这冬日的大地增添了无限生机。

11月14日下午蔡红到了吉安市,下车给罗创打了电话,又打的来到市医院门口。罗创早等在那里了,见她下车忙上前接包问:“你一路辛苦了。”蔡红点颔回答:“没啥,坐卧铺!”问答之后,他俩一同走到后院进了职工宿舍楼104房间,蔡红擦擦脸坐在床边,罗创边倒开水边问:“你吃点什么?我给你弄去。”蔡红说:“我在车上吃了,到晚上再吃吧!你上班去,我在这里稍微休息一下。”罗创说:“那好,你休息吧!”说罢带好门,到前面住院部去了。

罗创晚上下班回来,蔡红通过休息,坐火车的疲劳已经解除。她换了一身淡蓝色较单的衣服,已坐在椅子上收拾东西,看他进来便说:“咱们到外面吃饭吧!”罗创说:“走吧,出医院后门向西不到半里路有家“清雅餐馆”挺干净！饭菜味道也不错。”蔡红说：“行，就到那里吧！”于是他俩锁好房门并肩款步而行，罗创说：“你卖房子真快，我看房子太慢，还没有看到如意的房子！”蔡红笑了笑说：“咱们买房子不必快，要多看几处，还要了解底细。明天是星期六吧？你如果不加班，咱们一起看房子好吗？”罗创说：“我明天休息，不加班，咱们就专看房子。”蔡红故意脸色一沉，嗔怪地说：“你真是傻瓜，专看房子？你今晚给你同学刘科长打个电话，问他明天是否在家？若在家，你得去拜访致谢人家才是。”罗创拍了一下前额：“看我这死脑筋！”

正说话间，清雅餐馆就在眼前了，他俩进去拣了个位子坐下。罗创问蔡红：“吃啥呢？”蔡红说：“随便吧。”于是罗创要了一条糖醋鲤鱼、一盘鸡块、一盆三鲜汤、两碗大米饭。他俩吃罢饭出了清雅餐馆，就在马路边散步以助消化。蔡红刚吃过饭，身上热乎乎的，她对罗创说：“我只穿件薄羊毛衫都感到出了汗，但在北方此时已寒气逼人了，咱们这里和我们老家气温相差真大呀！”罗创说：“我还没到过北方，但我是相信的。”他俩走了一圈后，就调头回来进了医院后门，回到了104房间。房里没有电视，电灯泡光线很暗，蔡红就开始洗漱准备休息。罗创就坐在桌边的椅子上给刘建春打电话问：“老同学你明天在家吗？”刘建春答：“我明天上午有点事，下午三点后可能回来。”蔡红也听到了，便说：“那咱们明天上午看房子，下午你拜访刘科长。”罗创说：“我也这么想。”商量妥帖后，他们就休息了。

第二天一大早，蔡红和罗创就出了门，边看房子，边在附近的一个小吃店里吃了早餐。转了好几条街道，终于在健康路利民小区门口看到售房的广告。这利民小区是房产开发商新建的居民小区，共有楼房12栋，其他房子都已售出，只有12号楼还有7套房子空着。他们按联系电话找到了设在8号楼1单元1号的售楼部，在售楼部见到了邵经理和一男一女两名工作人员。这个瘦小而机灵的经理看他俩真心实意地买房子，马上推荐12号楼4单元403到408房子最好，不高不低，但已订走。现只有五楼的409和410没订出，其他5套房子不是一楼就是六楼，我想你们是不会要的。

蔡红心想，一楼潮湿，六楼太高，又是顶层，不好。她对邵经理说：“我们到12号楼看409和410吧。”邵经理拉开办公桌抽屉，在一大堆钥匙中找了两串钥匙，起身带他俩到了12号楼4单元，上到5楼麻利地打开了两边的房门。他们三人先进了409客厅，蔡红掀开窗户朝外看了看，又到卧室、卫生间等处看了看——墙壁洁白，地板砖平正。罗创和邵经理只是跟在蔡红屁股后面转悠。看罢409，他们又进了410，都一样的结构和样式，面积都是68.7平方米。

蔡红心想：罗创这人缺少阳刚之气，9为阳数，就对邵经理说："我们要409吧！你说房价吧。"邵经理说："我们建这房子，质量你们放心，框架结构，现浇顶子，每平方米造价2600元。"说着从上衣口袋掏出计算器点了几下说："178620元。"蔡红说："去掉零头，就17万吧，况且这房还需装修，我们手头的钱是很紧的。"邵经理摇摇头说："哪能行？我们还没有开过这么个价，这么吧，就17万5仟吧？"蔡红说："我给你没少给，这么小的面积，又在5楼，再多，我们就到别处买！"说着走出了410房间欲下楼，罗创及时跟在后面。邵经理赶忙锁了两个房的门，对着蔡红赔着笑说："女士优先，真照顾你了，就17万吧！咱们啥时签合同，办手续呢？"蔡红说："咱们下去马上办。"邵经理用惊奇的眼光又打量了一下这位身材高挑、面容姣好的女人，连声说："好！好！……"

于是他们三人一齐下楼向8号楼走去，到了售楼部，邵经理面向罗创问："户主写谁大名？"罗创指蔡红说："姓蔡名红。"蔡红也没推辞，邵经理叫那名小王的男工作人员拿过现成的合同，只在空栏里填写。填写好后，蔡红和邵经理都签了名按了指印。邵经理叫女会计小惠带蔡红去银行打款，一个多小时后，蔡红把钱打到邵经理公司的账户上，又提取了5000元和惠会计一同回到了售楼部，并把自己身份证复印件等交给邵经理，让邵经理尽快办好房产证。邵经理把409房的钥匙交给了蔡红，相互握手告辞。

蔡红和罗创出了售楼部，又折回到12号楼409房内细细地看了一番。内心踏实而兴奋地走出了利民小区，一看时间已快12点半了，到吃午饭的时候了。他俩就在附近一个饭馆内填了一下肚子，就慢慢往回走。

罗创喜形于色，他感到这房子来得太容易了，太快了。他侧目瞄了蔡红一眼，心内的热乎劲一下子凉下来。他看到蔡红双眉紧锁心事重重，他试探性地问："你咋的了，怎么不高兴？"蔡红说："不是不高兴，而是这房子怎么装修才好？"罗创说："你说呢？"蔡红沉默了一会儿说："我看简单装修一下就行了，一则咱们经费有限；二则地方要为人服务，我不喜欢把房子装扮得富丽堂皇和咱们身份不相符。"罗创赶忙应声说："对……对！你说得完全正确。"

这时候她们已到了医院后院104房前，罗创紧走几步打开房门，先让蔡红进去后才跟了进去。蔡红长出了一口气说："总算有个窝了，咱们稍微休息一阵，下午你先到刘科长那里去一趟。再顺便联系一下装修公司，得尽快装修房子，看能在元旦前住进新房吗！"罗创说："我躺会儿就去办！"说着就上床躺下了，蔡红也靠在铺盖上假寐了一阵。

下午2点半，罗创午休后擦了脸，梳了梳蓬乱的头发。穿上一身深蓝色西装，系了一条紫红色领带。脚上的黑皮鞋虽然旧了些，但还是上了些油，用刷子擦了擦，就准备出门了。蔡红看罗创还讲究了一下，笑了笑说：“你就这么去？”罗创说：“我去就说些感谢的话，并请他吃饭。”蔡红下了床从包里取出5000元钱递给罗创说：“感谢话是要说的，那是空套套。现在人都讲实惠，你把这钱给人家放下，让他请客去！”罗创说：“不——不！咋又拿你钱，上次你给的钱都还在折子上呢。”蔡红眨了眨眼说：“好，你把那些钱取出都带上，送给1万元，让他请客去。俗话说‘滴水之恩，当以涌泉相报’，这是理所当然的！”罗创说：“照你吩咐的办！”说罢，弯腰从桌底下纸箱内翻出存折装好出门去了。

罗创走出医院大门，在健康路银行取出了钱就直奔幸福路紫竹小区刘建春家。这是他第二次到刘家，第一次是他刚调来的第二天。门铃按了两下，刘建春的妻子华桂芝开了门。她哟了一声：“今天啥风把罗医生吹来了？快请进！”罗创笑了笑跨进门说：“找老同学聊天，我昨天约好的。”华桂芝说：“我知道，你稍等，他就回来的。”说着顺手给罗创沏了杯茶放到他坐的沙发对面的茶几上，就到阳台上晾刚洗出的衣服去了。

其实刘建春身为科长，家里的家具都挺一般。三组橙色沙发还不是真皮的，电视才29英寸。妻子在市七小任教，儿子才上小学一年级。他家也在本市农村，两位老人虽和弟弟一起生活，由于全家只有他夫妻二人是吃皇粮的公家人，所以赡养老人主要靠他。

罗创刚抿了一口茶，刘建春就开门进来了。还没等罗创站起来，他就紧走几步一边按罗创坐下，一边很抱歉地说：“让你久等了？”罗创说：“我刚来，这不，嫂夫人沏的茶还烫着呢！”刘建春说：“老母亲身体不好，回去看了一下并带回了些药。”说罢也坐在罗创对面的沙发上。罗创说：“原来你回老家看老人，我今天来主要是感谢你给我帮了大忙。再就是请你把给咱办过事的人请一下，或者吃个饭什么的。”说罢从怀里掏出1万元放在茶几上。

刘建春一看罗创拿出厚厚一沓100元面额的人民币，脸色十分严肃地说：“老同学你是老实人，怎么也学得七脚六手，你快把钱拿回去！”说着伸手过来把钱硬塞到罗创的手里，又说：“调动职工的工作是正常的，只要条件成熟，咱不认识的人，也应该给办理。你谢啥呢？完全没有必要！”罗创喃喃地说：“老同学，你真是个清官，听人说现在有些掌权的人，不送礼，不办事！”刘建春说：“这种人是有的，但是极少数，你不要听那些落后群众的话。我们应该崇尚林则徐的那句话‘海纳百川有容乃大，壁立千仞无欲则刚’啊！”罗创说：“对，对！那么我告辞了，你休息吧。”

这时华桂芝在阳台上忙罢也来到了客厅。夫妻二人同时说:“茶还没喝,怎么就走呢?星期天,就在家吃饭吧!”罗创诚实地说:“我女朋友来了,在宿舍等我,我得尽快回去。”刘建春哈哈笑了一下说:“我说你咋风风火火地要回去,原来你要陪女朋友,所以不陪老同学喽?”华桂芝好奇地问:“你女朋友叫啥名字,干什么工作?”罗创如实地答:“她叫蔡红,在金湾医院工作。”华桂芝半开玩笑地说:“很漂亮吧?”罗创羞答答地说:“还可以吧!”刘建春笑着对妻子说:“再不说了,让他快回去吧,免得女朋友责怪他!”罗创说:“再见!”就离开了老同学的家。

这时天还早,他顺便绕道向永新装修公司走去。到了公司,其他人都干活去了,经理副经理都不在,只留下一个值班守电话的女人。这女人有20多岁,她听罗创是来联系业务的,她就把罗创的联系电话和地址记清楚后说:“我给头儿汇报,我们是会跟你联系的。”罗创说:“你忙吧,我就回去了,再见!”女值班员也说:“再见!”

罗创回到104房间,蔡红刚洗罢头,正细心地梳理自己乌黑的秀发。看他进来便问:“事情都办得怎样?”罗创把在刘家和装修公司的事一五一十地告诉了蔡红。蔡红十分高兴地说:“常言说,好事得有贵人助,这个刘建春真是人民的好公仆,咱们得请人家吃个饭!”罗创说:“恐怕请不动!”蔡红略微想了一下说:“你约你市内的同学共同请他,就说同学聚会,我不信他不来?装房子的事,等他们公司来人,咱们再商量。”罗创心悦诚服地说:“好,好!那就等到下周末6点,地点选在长乐路福星聚大酒店吧。明天我抽时间订饭菜,听说那个酒店红火,得提前约定。订好后,我再通知我的同学们。”蔡红点头说:“行,就这么办!”

第二天,罗创早早起来,到职工食堂吃了早点,并给蔡红带回了一个烙饼一个熟鸡蛋和一小包榨菜放到桌子上,就匆匆上班去了。今天科室组织查房,所以他得提前5分钟到。查罢房,他就忙着给几个病人检查……

上午10点,他终于有了点空闲时间。他查到“福星聚”服务总台的电话号码,他和主管汪女士约定下星期五,也就是11月21日下午6点在三楼303雅间订一桌饭。饭订好后,他就给在市内的几个同学打了邀请电话。论到刘建春了,他有些迟疑,怕人家推辞不来。就又给同班的班长市妇幼保健院院长吴彩凤打了个电话,请她给刘建春说:“市内同学聚会,请他务必光临。”吴彩凤说:“没问题,包在我身上!”电话刚通完,门诊部就转来了两个住院的病人,他又忙工作去了。

快到下班的时候,装修公司的电话来了,说他们马上派杨工长前来办工程手续。罗创说:“请他来,我在家等!”于是他脱下白大褂,快步来到后院104房间等候。蔡红听说装修公司来人,也穿好衣服准备接待。不大一会儿,门外传来摩托车行驶的声音,一辆红色摩托疾驶而来,车上下来两个人,男的瘦高个,约摸30多岁,女的中等身材。罗创出门迎上去一看女的就是那个值班员,女值班员向罗创介绍:“这就是我们杨工长。”杨工长谦虚地说:“杨永在,请问您就是罗医生吧?”罗创笑着说:“我名罗创,快进屋!”这时蔡红也到门外亭亭玉立恭候客人,罗创又给杨工长和女值班员介绍说:“这是我女朋友蔡红。”蔡红热情地拉着女值班员的手一同进了屋,刚坐定,杨工长问:“请问房子在哪里?咱们是否先看了再说。”蔡红说:“房子在健康路利民小区12号楼4单元409号。也好,咱们去看吧!”

他们出了门,杨工长骑摩托带女值班员先去了,蔡红和罗创急忙走出医院后门,来到马路旁招手上出租车向健康路利民小区奔去。到了利民小区12号楼下,杨工长和女职班员早已等在那里了。他们上到了五楼,蔡红打开409房间先让杨工长进,杨工长拉了一下罗创,一起进到了房内。杨工长用铁卷尺左量量,右量量之后说:“请问你们咋个装法?”蔡红说:“简单装一下就算了,但用料要上好的,不得用次品。”杨工长说:“那当然,我们永新公司在本市也是个老牌公司,我们用料是最讲质量的,这个你们放心!”蔡红说:“像我们这房的面积,得用多少天能装好?”杨工长说:“我们人手多,10天足够了。”蔡红说:“你们大概算一下,工料共计多少钱?”杨工长掏出计算机压了几下说:“初步计算23000多。”蔡红说:“没那么高吧?你把工费压一下,18000元装了算了。”杨工长算了算说:“19000元就算是我们最低的造价了,再不能少了。再少,我们就无法接承你们的活了。”蔡红说:“行!3天后,也就是本月19日上午8时正式开工,可以吗?”杨工长说:“行,那我们可以回去了!”蔡红说:“那你们二位就忙去吧。”罗创也说:“你们忙吧!”说罢挥了挥手,表示欢送。

正是:罗创时来运转,好事步步相连。谁说农家子弟,不能改变贫贱?欲知后事如何,且看下回分解。

第十九回

“福星聚”同学相会　探双亲罗创还乡

却说蔡红和罗创送走了杨工长和女值班员后，又在房子里转了一圈就出来锁好门走下楼来，出了小区，就在附近饭馆里吃了午饭。饭后他们打的回到医院稍微休息了一下，蔡红对罗创说：“我得回金湾一趟，不知那边最近工作进展怎样，我18号下午返回。装修房子还得我操心，你一则上班忙，二则你也不太懂。”罗创说：“你说得对，我确实不懂这方面的事。好，快到上班时间了，我送送你吧！”蔡红拿起手提包说：“不用了，你上班吧！我出院门就打的到车站坐车。”

由于路上出事故阻车，蔡红傍晚才回到了金湾医院。她到后院家里放下提包，擦了两把脸，拢了拢头发，学习肖琼的方法，就匆匆到前面营业楼巡视了一遍。医院的病人还是六七个，值班的人员都坚守岗位，一切照旧。高玉川还在医办室，看她进来，忙站起来问：“蔡院长啥时回来？”蔡红说：“我刚回来，你辛苦了，坐下吧。”高玉川说：“不辛苦，病人少，职工都感到有些清闲，白翠翠和杨芳都不安心在这里工作了，想回老家。”蔡红悲戚地唉了一声说：“是啊，如今医院成这个样子，谁有心劲呢？”高玉川说：“明天有三个患者要出院，最近门诊病人越来越少。听黄主任说，本月的工资都发不出了，他切盼你回来拿主意。”蔡红听罢后说：“明天再说吧，你也早点休息吧！”说罢，起身回后院去了。

蔡红进屋后，没心做饭，就烧了一壶开水，从餐柜里取出一包方便面放到碗里，倒上开水泡了泡，端起碗边想医院的事边吃。吃罢饭，洗了碗，她给肖琼打了电话说：“医院本月工资都没钱发，希尽快给这里打过来20万元钱。”肖琼问：“最近医院病人是否增加？”蔡红说：“病人越来越少了，有些职工都不安心工作了。”肖琼显然又生气地说：“我在的时候，病人还凑合，职工都挺安心的。怎么你们管上，病人减少，职工思想也有问题了？我看还是个管理水平的问题，你蔡红还得好好向我学习！对了再不啰唆了，先打过去15万吧。”

蔡红在接听肖琼的手机时，明显听到魏小花在一旁小声骂道：“她个小婊子以为院长就那么好当，刚掌了两天权就犯难了，嘿嘿！”蔡红心里又感到一股火上来了，但很快就抑制下去，不和他们较量，咱打咱的主意，看谁能笑到最后。于是她到卫生间早早洗漱后，就上床休息了，她此时脑海中根本没有金湾医院的影子，而是新房装潢的样式……

17日，天空阴沉，凉风飕飕，气候湿冷，连树上的麻雀也不怎么叫唤，只是瑟缩地伏在枝头上荡秋千。蔡红早早地起来，弄了点早点吃了就到医院一楼诊室去上班。从7点50分到10点50分没来一个病人。交过11点才进来一个老头儿，说他咳嗽得厉害，开了点药，取上就走了。上午其他科室看病的人也很少，到下午几乎没有病人来医院了。

18日上午，天空多云转晴，气温略有回升。蔡红看了两个病人后上到二楼一看，住院的病人只有3个人了。她心情淡漠地回到后院，装了几件衣服，提上提包出来到营业楼找到了高玉川说：“高医生你再操操心，我到市上办点事。前晚我给院长打了电话，叫老家汇钱过来，钱到后，让黄主任尽快给职工把工资发了。”高玉川说：“好！你慢走。”蔡红欲言又止，转过身就走出了金湾医院大门。

从19日开始，蔡红就穿得朴朴素素往返于市医院与新房子之间，甚至还比在金湾忙得多。只是到了21日下午，蔡红着意打扮了一下，描眉抹口，整头发。她上身穿紫红色羊毛衫外罩深绿色外套，下身穿浅蓝色牛仔裤，脚穿棕红色高跟鞋。罗创还穿着他那深蓝色西装，系上红领带，两人走在一起还是显得蔡红高些。5点50分，他俩已到了福星聚酒店三楼303房间，恭候嘉宾的到来。

6点刚到，吴彩凤、马婕和林妹三人先到了，蔡红急忙去拉了拉三人的手。特别是林妹，蔡红早认识，她俩坐在一起叙了叙旧。原来林妹进修后就调到市防疫站，林妹早知道蔡红和罗创的关系好。今天一见完全明白了，但她心照不宣，也不给吴彩凤、马婕多说什么，只是说她俩原来就认识。罗创忙招呼女服务员倒茶送水，大家正在寒暄之际，刘建春带着另外四个男士一块儿来了。这四个男士5点40分就到刘建春办公室会齐，等刘建春把公务处理完一块坐车来到福星聚。

罗创迎上去和老同学一一握了握手就请他们坐到大圆桌跟前。罗创也挨着刘建春坐下说：“在吉安城里工作的咱们同班同学就咱们9个吧，老班长？”吴彩凤说：“据我所知道的，我都通知到了，看咱们刘大官人还知道咱班的哪位同学在城里？”刘建春笑了笑说：“老班长，你再别说什么‘官人’了，我们还是听你的，据我所知道就咱们几个。”吴彩凤说：“既然咱们小刘同学不摆官架子，哪我就给同学们介绍一下。”她拉起身边的蔡红说：“这是小罗同学的女朋友蔡医生，听林妹说，还是硕士生。”蔡红脸稍微红了一下说：“胡混的，其实没学多少。”并伸手和刘建春等男同志一一握了一下手就坐下了。吴彩凤说：“今天是罗创和蔡医生请咱们城内的老同学聚会，我们都表示感谢！”大家都拍了一下手。

罗创在市一中的同班同学共56人，数刘建春和罗创年龄小，所以他俩坐在同一课桌，当然关系最好。刘建春和罗创同岁，只是刘建春长两个月，在学校时罗创把刘建春当兄长对待。后来他俩一同考取了省医学院，又在同一个系，所以，他俩真如亲兄弟一般。

蔡红这时又把刘建春细细打量了一番，刚进门时，刘建春就走在前面，1.7米以上的身材，十分潇洒。罗创只有1.68米，其他几位男士比罗创还矮。其中还有一个姓栾的同学，不但矮而且胖，挺着个大肚子，刚进门就直喘粗气，听其他同学叫他栾经理。这刘建春细眉白脸，唇红齿白，两耳垂肩，不但是十足的美男子，而且从他的言谈举止，给人感到即威严而可信，即敬之，又畏之。

这时服务员已把8个凉菜全摆到桌子上了，罗创问：“咱们喝什么酒呢？”吴彩凤说：“我喝不成酒。”蔡红接着说：“吴大姐喝饮料还是喝杏仁露，我看你喝杏仁露吧？”吴彩凤回答说：“行。”蔡红向着大家说：“咱们喝‘五粮液’和‘红葡萄酒’吧？”栾经理第一个说：“好！好！”刘建春笑而不答，罗创和其他人随声附和。蔡红对服务员说：“拿两瓶五粮液、两瓶红葡萄酒、两盒杏仁露。”两个女服务员一阵风地拿来酒和杏仁露，并分开给每人都斟白酒和红酒，单独给吴彩凤打开了杏仁露放在了面前。吴彩凤拿起杏仁露，首先站起说：“为咱们同学和小蔡聚会干杯！”说罢，10个人都站起来碰了碰杯，吴彩凤喝了口杏仁露，其他人都干了杯坐下。服务员马上把杯子倒满，蔡红站起来说：“各位都是同学，我向各位敬一杯！”这时大家又都站起来和蔡红一一碰了杯，都干了。大家都看到四个女的，唯独蔡红喝白酒。吴彩凤和罗创同时说：“请吃菜！”于是大家拿起筷子，边吃，边谈。

一会热菜上来了，刘建春也起身给大家敬了酒，栾经理按捺不住接着也敬了酒。几杯白酒下肚，栾经理直往蔡红脸上瞅。他看到蔡红白而嫩的脸此时有些红晕，弯而黑的眉毛下一双盼顾有神，水汪汪的大眼睛，直直的鼻子，红红的嘴唇，洁白整齐的牙齿，乌黑的披肩发，一口流利的普通话，1.7米上下的身材。心想：这不是杜十娘再生吗？再瞟一下吴彩凤等三个女同学，黑的黑、黄的黄、矮的矮、丑的丑。真是“座中若有杜老美，千家粉黛无颜色。”想着想着妒忌之情油然而生，他责怪自己只顾挣钱，怎么没遇到这位佳人，偏偏让罗创这小子拣了个便宜。

他又看了一下罗创，罗创正用筷子夹菜，由于也喝了白酒，脸和脖子都红了。他又在内心骂道：你他妈的一个农村土八路，钱没钱，又没酒量，看你那个熊样子，怎么交了桃花运了。他想到这里，啪地一下拍了桌面，挺着大肚子站起来，指着罗创瞪着眼睛说：“罗创！——你小子上中学时，连鼻都吸不起，现在成了大医生，出息多了。来！——男子汉大丈夫，咱俩划拳喝酒！”罗创说：“我不会划拳，也没酒量，咋敢和你较量？你先和刘科长划吧！”

栾经理轻蔑地扫了刘建春一眼说：“咱不管球他科长不科长的，想当初在中学时他姓刘的还是个耍娃娃！”吴彩风对栾经理说：“栾奋，我知道你酒量好！你先打个关，先从我开始应，挨齐过！”

栾奋这时才收敛了一下，坐到椅子上说：“班长大人，划拳还是摇碗子？吴彩风说：“摇碗子。”于是他俩一局下来，栾奋喝了 4 杯白酒，吴彩风喝了两口杏仁露。接下来马婕、林妹都是摇碗子，喝红酒。他们几个男同学有的划拳，有的摇碗子，有的喝白酒，也有的喝红酒。几局下来，栾奋赢得多，输得少，栾奋此时趾高气扬，话更大了。轮到刘建春，他俩划了个平拳，每人喝了 3 杯白酒。该到罗创应关了，栾奋用小眼角把罗创斜视了一下说：“你小子不会划拳，会找女人，哈哈！咱俩每人喝 3 杯算了吧？”蔡红笑着说：“栾经理，看在同学的份上，你就饶了他吧！他确实没酒量。”栾奋怪眼圆睁，望着蔡红说：“哟！——夫人救驾了，嘻嘻！请问蔡女士是北京人吧？”蔡红说：“栾经理高看我了，我是北海省人，家也在农村。”栾奋一怔说：“你们那里风沙大，怎么还出美人？”蔡红淡淡地笑了笑说：“栾经理过奖了，只要不是丑八怪就知足了。”

栾奋又向着罗创，用手敲了一下桌子，指着盘子上的 6 杯白酒说：“罗大医生，酒咋处理？”罗创还未应声，蔡红说：“我处理！”栾奋哟了一声说：“穆桂英上阵了！好，你划拳还是摇碗子？”蔡红说：“随你的便！”栾奋又把蔡红认真地瞅了一遍说：“划拳！”蔡红说：“行！”于是男女对阵，吆五喝六，甚是精彩，其他人只顾看拳，忘了吃菜。

两局划完，栾奋喝了 9 杯，蔡红喝了 3 杯。栾奋不服，大声说：“我栾奋划拳还没输过这么多，在这吉安城里，谁不知道我栾某是拳家酒家？来！蔡美人，再战几个回合，以决雌雄！”蔡红说：“只要你栾经理有海量，我姓蔡的也有海酒，来吧！”于是喊杀声又起，服务员忙着斟酒，一瓶五粮液已空，另一瓶的水平线也直线下降，几个回合下来，栾奋连主食水饺都没吃，爬到桌子上头都抬不起来了，嘴里不住地哼哈：“蔡——美——人，你真！……”吴彩凤细心地数了数两人鏖战时喝的酒量，蔡红喝了13杯，栾奋喝了29杯。她心想：这巾帼真的不让须眉，你栾奋也太狂了，吃一堑长一智吧！

刘建春看大家都吃饱了，喝好了，特别这位大肚子栾大哥也醉了。就望着吴彩凤和罗创说："你们现坐着说话。我们几个把栾奋送一下，失陪了！"说罢就和另外三个男同学把栾奋抬下楼，搭车送栾奋去了……

吴彩凤和蔡红说了一阵话，得知蔡红的情况后，便对罗创说："罗创，你今天为什么在刘建春面前不提蔡医生的事，难道你俩结婚后还分居两地吗？"马婕、林妹二人也关切地说："这是件大事，你得抓紧哟！"罗创面有难色地说："人家刚把我调来，我确实不好再开口。"吴彩凤说："老同学之间有啥难张口的，你面皮薄，明天我给他打电话说。"罗创笑了笑说："我又麻烦老班长了。"吴彩凤说："这有啥麻烦的，走吧，谢谢你俩了！不过，罗创，你今天开了个好头。今后，咱们老同学要多聚会，谁有困难，大家都协助，现在提倡和谐社会，我看咱们同学之间多往来，常常往来多好！你们说对吗？"罗创等人齐声说："对！"他们5人一齐走下楼来，罗创在门口叫了辆车把吴彩凤等三人送走后，才和蔡红搭上车回去了。

第二天，上班后，吴彩凤就给刘建春通了电话，把蔡红的情况说了一下，最后嘱咐："刘建春你一定想办法把小蔡调到市上来，成人之美嘛！"刘建春说："行，我考虑这件事！"

再说蔡红自把房子装修成后，就忙着购买了成套的家具灶具等，罗创也抽时间帮忙。等把新房布置停当后，蔡红打开窗户让通几天风后再住，并把入住的时间定到12月13日。这天是星期六，她考虑到罗创的同学肯定来贺，并把提前订餐厅的事给罗创嘱咐好后，她又匆匆忙忙地赶回金湾去了。

12月11日上午，蔡红上班后，先到各科室转了一圈，由于病员稀少，医院仍然萧条。住院部只有4个病人，一个还准备出院。她到儿科找到高玉川说："高医生，我上次到市医院做了检查，我妇科有毛病需在市医院调养治疗，恐怕得两个疗程。医院的事就全靠你了，若有什么大事拿不准，就给我打电话商量。"高玉川说："蔡院长，你放心地去治病。病人少，工作量不大，我能顾过来，万一有重要的事，我会打电话向你请示的。"蔡红听罢说："好！"就出了儿科诊室回后院收拾东西去了。

快到中午时分，蔡红把金银细软、衣服证件整理好装到两个棕色大皮箱里了，这里只剩下肖琼的东西和她几件换穿的衣帽鞋袜。她收拾停当后，走到街上吃了饭，叫了一辆紫红色出租车来到后院。司机帮她把皮箱装到车上，一溜烟出了医院大门向车站驶去。到了车站，她搭上了去市上的班车，在车上给罗创发了个短信,叫他下班后到新房来。

下午3点,蔡红到了吉安市汽车站。她下车后,叫了辆出租车装上皮箱,坐在副驾驶的位置上让司机开往健康路利民小区。出租车穿街走巷,一阵工夫就到了利民小区,按蔡红的指点一直开到12号楼4单元门口。蔡红要求司机把皮箱送到409房间,付车费时,蔡红给司机多给了2元钱。6点刚过,罗创下班回来了。他看到蔡红把重要的东西都带来了,心内即踏实又愉快。他忙上前帮蔡红整理东西,并分门别类地往壁橱衣柜里放。

13日是星期六,罗创今天休息。一大早,蔡红和罗创就开始收拾医院的104房间的东西,只用了不到一个小时就收拾停当。一个铺盖卷,一个暖水壶,桌子底下的纸箱内罗创的衣物等贵重东西都装到蔡红带来的一只皮箱内。罗创到院外叫来一辆出租车,把这些东西装到车上后,蔡红先上了车。罗创在屋内又检查了一下,看有落下的东西吗?他确信没有落下。就又看了一下空着的床、脸盆架,桌椅和那个纸箱。这些都是公家的财产,上班后给总务处交,当然还有房子。别了104!你虽然阴暗潮湿——但你给我留下永远难忘的记忆……罗创上了车后,车子飞快地离开了医院,到了利民小区12号楼4单元门口停下。蔡红和罗创把车上的东西取下后,出租车离去了,他俩很轻松地把东西带上了409房间。

住上了新房,人也就来了精神。他俩把带来的东西又收拾整理好,就开始擦玻璃、拖地板、安放煤气、整理灶台、摆放书架,一直忙到中午。蔡红问罗创:“今天贺房子大概能来多少人?”罗创说:“我的同学,本科室的人,两桌足够了。饭,我订到利民小区门口的大众餐厅205雅间。蔡红说:“走,咱们到那里吃个便饭,顺便再看一下!”于是他俩走出房间,带好门,就来到了小区门口的大众餐厅,刚进门,服务小姐就热情迎上来问:“二位吃啥饭?”蔡红说:“两碗米饭一个炒菜两个鸡蛋汤。”服务员说:“好!”就到后厨报告去了。“蔡红就在大厅的右边一张圆桌前坐了,罗创也跟着坐下。蔡红环视了一下大厅,布置得新颖得体,看来这餐厅是新开业的,挺干净整洁。

饭后,蔡红要到205雅间看看。在服务员的引导下,他们到了205房间,由于向阳,房间内一片光亮,暖烘烘的。两张紫红色大圆桌被相同颜色的椅子围着,房间的墙壁上壁纸的图案和字画相映成趣,倒有点雅致。南面窗户很大,所以光线十分充足。蔡红看罢满意地点了点头说:“这里不错,咱们走吧!”他俩走出了205,服务员关了门陪他们下了楼说:“二位慢走。”

下午5点,利民小区12号楼4单元门口鞭炮声响成一片。一会儿栾奋和几个男同学来到了409房间,坐定后,栾奋笑着对着蔡红说:“蔡医生真行！你那天把我放倒，我丢了大人了！”他又向着他的几个同学说：“女将难防啊！——哈哈！”蔡红笑着说：“冒犯栾经理了！”

罗创刚给几个同学递上烟倒上茶后，门铃又响了。蔡红打开门，进来几个男女，罗创向大家介绍说：“这是我们科室的同事。”并一一说了他们的名字，大家坐的坐看的看，说笑了一阵后，蔡红说：“这房子拥挤，干脆咱们到小区外边的餐厅吧？”栾奋带头说：“好，咱们走吧！”于是大家一同到了大众餐厅205雅间。栾奋等坐在右边一桌，医院的人员坐在左边一桌。

一会儿吴彩凤、马婕、林妹和刘建春都来了。人到齐，就开席……今天栾奋文雅得多了，只喝了几杯敬酒后，就只顾吃菜扒饭，再不提酒的事了。席散后，先到房子看过的亲朋好友都各自回家了。只有刘建春、吴彩凤等人同罗创、蔡红一起来到409新房看了看，坐了一会儿，说了阵话就各自离开了。

自打有了新居以后，蔡红就很少回金湾了，有时只在电话中向高玉川了解一下医院的近况。金湾镇召开年终总结会，高玉川代表医院参加，陈书记一看肖琼没来，也再没说什么。

2004年1月20日下午，市医院邓院长通知罗创到他办公室来一趟。罗创急忙赶到前面门诊大楼第五层，西头是行政办公处。他走到院长办公室门口轻轻敲了两下，里面说：“请进！”他推开门进去，邓院长正在接电话，用手势示意他坐下，他慢慢在靠墙的一溜黑皮沙发上坐下。院长接完电话转过身面对罗创说：“罗医生，你挺忙的？我们见过几次面，但都没顾上说话，今天请你来，有件事要告诉你。上次市卫生工作会开完后，刘科长专门找我谈了你女朋友蔡红的工作调动问题，我想科长都这么重视，我们应该积极配合。这样吧，儿科江广秀去年要求调到省人民医院，可能那边都联系好了。可是我考虑到咱们这里人员紧张，她一走，儿科就没主治医生，我没同意。再说她也年纪大了，应该照顾她回到省城和老伴团聚去。现在马上要过春节了，春节过后，你到儿科去上班。况且我了解到你看小孩病还挺在行的，叫蔡红到心内科上班，手续稍后办也行，你考虑怎样？”罗创还有什么意见，高兴还来不及呢。他马上站起来激动地上前握住院长的手说：“感谢院长的照顾和关怀，我罗创没齿不能相忘！”邓院长笑着说：“你感谢我干啥，这是刘科长的好意。行，你回科室去吧！”罗创只说了：“好，好！”就出了院长办公室回到了科室。他由于过分激动，也不知这段路是怎么走过来的。

晚上下班回到家里，他第一时间把这一特大喜讯告诉了蔡红。蔡红听后也兴奋不已，边做饭边笑着说：“看你这人挺老实，但你命运不错，关键时刻有贵人相助！”罗创此时由于心情格外舒畅，脑子也活便了许多，他也说了一句顺情的话:“你也是个大贵人!”蔡红听罢后更加高兴了。

再说阮琴。阮琴通过去年年底的考试被录用了,仍留在附院工作。附院参加考试的人员中,只有阮琴等3名成绩上线,被录用为正式职工,其他的仍临时使用。医院元旦文艺演出,阮琴代表儿科又露了一手,她的女声独唱又博得全场掌声雷动。阮琴的名字医院上下都知道,她和女明星一样,成了男青年医生崇拜的偶像。

1月29日,春节的气氛渐渐淡了下来。行政机关,特别是医院都正式上班了,春节期间值班的医务人员被替换下来或休息或探亲。罗创由于春节值班,现在也在轮休之列。因为蔡红准备2月1日上班,所以他准备借此机会带蔡红回一趟农村老家。他对蔡红说:“我想和你一块回趟老家,去年春节没回去。一年多了,只通过几次电话。父母也以为我忙,不介意。可我当儿子的,总得给老人拜个年吧?”蔡红说:“我也这么想,干脆租辆车坐上回家!据你说,你老家在山区,班车不能直接到达,现在咱俩就出去买东西、租车!”

快中午了,禾水畔的敖城乡罗庄村的红土小道上驶来一辆紫红色的桑塔纳,红尘落处小车停在了罗老汉罗得道的大门前。罗业(罗创的弟弟)和罗燕(罗创的妹妹)听到车响,忙跑出大门一看,哥哥和一个身材高挑的漂亮女人下了车,正从车内取包呢。兄妹二人忙问:“哥哥好?”罗创答:“好着呢!”并用手指了一下蔡红说:“她叫蔡红。”兄妹二人把三大包东西都提在了手里,并用征询的目光看蔡红,蔡红淡淡地笑了一下,用标准的普通话问:“你们都挺忙吧?”兄妹俩齐声说:“过春节,不忙!”他俩都让蔡红先进门,蔡红让了让也就走在了前面。她看到破旧的大门上贴着鲜红的春联和花花的门神,进到院子里,正面3间旧瓦房,东西两侧都是几间茅草房,每个房子门上都贴着对联,看来农村的节日气氛还是很浓的。

到了上房门口蔡红停下脚步朝罗创瞅了一眼,罗创说:“这是我父母住的地方,你先进!”罗燕早已抢在前掀开门帘让蔡红先进。蔡红进去闻到一股浓浓的烟味,她看到房西头床上背靠铺盖躺着一个黑瘦的老头,嘴里叼着一根旱烟锅,原来这不良的空气就是他造成的。地下靠墙的一张旧沙发上坐着一个老大娘,手里还拿着一只正在纳的鞋底。这大娘圆脸,脸色较白,很像罗创。罗创上前问:“爹妈,你们都好吗?这是我女朋友,叫蔡红!——北方人。”蔡红也热情地问:“大伯大娘,春节过得好?”两位老人都高兴地回答:“好着哩,你们都挺忙的?”罗创说:“春节我值班,现在休假,我们就来看你们来了!”罗创又回过头来和弟妹问候了一阵。罗创父母,特别是母亲把蔡红看了又看,觉得这个女人的确长得俊样,而且身段又好。心想:我这创伢子还真有本事,从那里弄来这么个靓丽人儿?

蔡红坐在沙发上把罗业、罗燕也打量了一下,这兄妹俩很像他爹,黑而且矮小。再扫视了一下屋内,18英寸的电视,粗糙而旧的几件家具,看来这个家庭真的很贫寒。这时候,罗燕已到灶房,老母亲也放下针线活跟上去了,罗业忙着倒水泡茶。老爹过罢烟瘾,咳嗽了两声,知趣地放下烟锅,正眯着双眼看蔡红穿的粉红色的外罩能值多少钱。

蔡红和罗创在老家一共住了两天。这两天,天降大雪,白茫茫一片,但是罗家像唱大戏一样,人来人往,都是罗家亲戚和本庄的乡亲来瞧这位北方的来客——或者说是北方来的美人儿蔡红的。

31日午饭后,蔡红给罗创老爹给了5000元,说是补贴家用,又给罗燕放了2000元,就和罗创准备回市上去。罗业和堂弟罗松借了本庄的两辆摩托车等在大门外,罗得道老两口和女儿依依不舍地送罗创、蔡红出了大门。蔡红转过身对二老和罗燕说:"你们回去吧,我们有空就回来看你们!"并对罗燕说:"小妹开了学后,常来电话,有困难尽管说!"罗燕羞涩地点点头。之后蔡红和罗创坐上摩托车走了10多里山路到公路边。罗创问罗业:"弟弟啥时走,还在深圳?"罗业说:"我十五过了再走,还是深圳那个老地方。"说罢,过来一辆黄色班车,罗业和罗松看着哥哥和蔡红上了车后就骑上摩托车回家了。

2月1日,蔡红到市医院内科上班了,当然有罗创作陪。心内科的好几个人在贺房时和蔡红见过面,可以说是熟人了。只有科室延主任和两个值班的邱医生、连护士长未曾谋面,经罗创介绍都认识了。这延主任是个50岁左右的女人,大名延世珍,武汉人。武汉医科大学硕士研究生,待人十分热情,蔡红内心已感到十分温暖。蔡红的到来,心内科就有两个硕士生、四个本科生,技术力量也算是比较强的科室了。

却说肖琼吃了余廷俊开的药,不但胃病没有缓解,反而上吐下泻,折腾了三晚没睡成觉。他的身体又垮了许多,脸越黄眼窝子越深,说话的声音低了许多,甚至走路都不太不稳当。尽管表妹变换花样烹调饭菜,他还是食欲大减,每次都是望饭兴叹,吃得很少。这天早晨,又感到头晕目眩。他开始怀疑起余廷俊了,他心内嘀咕:"我统共骂过他5次,最后一次他不服顶了我一句,我扣了他100块钱,是不是这家伙开药害我,报复我?对!——有阴谋。"他打电话叫小胡把余廷俊开的中药处方拿来,一会儿小胡拿着处方来到4楼魏小花房内递给了他,他看了两遍也不知这些配方正确与否。于是他慢慢走下楼来,出了院门挡了辆出租车驶向同是河西老乡——单独在向阳南街开诊所的中医医生巫信那里。他把他近期身体状况和吃了余廷俊开的三付药服后的情况说了一下，并把处方也给巫信看了一遍。

这巫信也是个爱抬高自己，贬低别人的人，况且又是同行，有人说“同行是冤家”，的确如此。他故意哎哟了一声对肖琼指着处方上的药名说：“咋开这些药呢？这些药那里是治胃的，分明是舒肝平气的！看这剂量大得吓人，这剂量是灌驴的！这余医生是学兽医的吧？这药吃了不但不养胃，而且伤胃伤肾伤肝呢！”

肖琼听罢，怒从心中起，当时眼仁子都红了，但还是强压住火说：“请你给我号一下脉，看吃啥药合适。”说罢将左手腕递给巫信，巫信捏着肖琼的左手腕号了阵脉，又换过右手号了片刻，又故意睁大眼睛望了望肖琼的脸色和舌头后慢条斯理地说：“肖院长，你别的脏腑问题不大，我看还是肾虚！肾为先天之本，我给你用点补肾壮阳的药。你服了如见效，再来抓几付，保管你身强力壮！如不见效，你来我给你退钱，亲不亲故乡人嘛！我挣钱在别处挣，不挣老乡的钱！”

肖琼听罢激动得险些淌出了眼泪说：“巫医生，你真是神医啊！我说我咋经常腰困，原来是肾虚啊，你脉切得真准，好！——你给咱们开药吧！”巫信摊开处方快速地写了10多样药名，交给女儿抓药，算账，6付药250元。

肖琼交了钱，准备拿药。巫信笑着说：“且慢，你还不知道我的一条龙服务的理念，我给你碾细，制成药丸，就像中成药一样。每晚睡前服一丸，有多方便。其他人是自己来取，你是院长，又是老乡，明天给你送来。”肖琼听后满脸堆笑地说：“谢谢！”出了诊所仍坐出租车回医院去了。

正是：肖琼认假不认真，诊病前去找巫信。“神医”能治疑难症，期望健体又强身。欲知后事如何，且看下回分解。

第二十回

拆栋梁肖琼蛮干　回金湾债务缠身

肖琼回到医院，就怒气冲冲地到中医科去了。这时余廷俊正给一个老汉号脉，旁边还站着一男一女，可能是老汉的子女。他看肖琼进来了，忙问："院长好些了吗？"肖琼环眼瞪圆破口大骂："好个屁！你对我有啥意见，可以提嘛！为什么拿药来毒我害我！你姓余的真是个阴谋家，你不会看病，你给我滚！"骂罢愤怒地走了。在场的病人和家属听院长都说余医生不会看病，所以也都走了。导医台护士小戴听得清，也看得清。

余廷俊此时尴尬到了极点，欲哭无泪，欲诉无门。他只好脱下白大褂，摆好处方，收拾好自己的药典笔记本等，准备给任顾招呼一声后就回去。恰在这时，导医小戴把任顾叫来了。任顾温和地说："余医生你别急着走，院长这些天心情不好，气头上的话，你还当真呢？你快穿上工作服，上你的班吧！"余廷俊也带气地说："我还上啥班呢，院长当着病人和家属的面骂我不会看病，病人一听都走了！院长还叫我滚，滚就滚呗——哪里还混不下一口饭吃！"任顾说："你先别走，我给院长说说。他气消了，也就没啥了！"说罢就匆匆地上4楼找院长去了。

任顾刚到4楼，就看到会计室的门虚掩，还未到门口，就听到肖琼对熊会计说："你今天就把余廷俊的工资结完了，叫他把医院的东西交清楚后再付工资，让他滚！"正在这时任顾就敲门进来了，并说："院长你冷静点，余医生不能走！不但病看得好，还是咱院的党支部书记。况且兵法云：临阵易将，兵家之大忌呀！"肖琼转过头愤怒地对任顾说："任老师，你真是菩萨心肠，你知道吗？那小子差点要了我的命！他给我开毒药，不是我福大命大造化大，恐怕今天你正给我写悼词呢！哼！真是'庸医杀人不用刀。'党支部书记多大的官，随便找一个党字号的人不就行了吗？你少管闲事，忙你的去吧！"

任顾讨了个没趣，只好退出会计室回到自己的办公室，忙用内线接通中医科余廷俊，并用惋惜的口气说："余医生，我的劝谏无济于事，今晚我组织人员欢送你，地点我联系找好后请你！”余廷俊说：“肖琼这人，我共事多年了，是个无情无义之徒！我去意已定，我得尽快办离院手续，你保重吧！”任顾听罢，心中未免生出同病相怜或唇亡齿寒之感。

下午快下班的时候，巫信的女儿给肖琼送药来了。此时肖琼正在一楼办公室内看报纸，听到敲门声，他说了声：“进来！”巫信女儿就提着一个黑色塑料袋进来了，把药放到老板桌上说：“肖叔，我爸说，这药要按时吃！吃完后再来诊断一下，请您别忘了。”肖琼说：“肖叔忘不了，你坐下喝点水？”巫信女儿笑了笑说：“不用了，肖叔你忙吧！我回去了。”说罢出门走了。

晚饭后，肖琼连中央1台的新闻都不用心看，只惦记着按时吃药。刚到9点，肖琼就用温开水冲服了药丸。不到1个钟头，他感到浑身发热，他就上床休息，此时魏继业还在做作业，表妹正在看电视剧。由于药中加了激素等，肖琼服后，感到浑身有劲，饭量也略有增加。肖琼高兴地给巫信打电话说：“巫医生你真是华佗转世，你配制的药我服后，好像年轻了许多，精神焕发浑身有劲。那个余廷俊，我开除了。他想谋害我，没那么容易！”巫信听后笑了笑说：“院长太抬高我了，我只不过用了点祖传秘方，你就精神了。待你把这些药吃了，我再给你加一剂更好的药，保管你百病消除，长命富贵！噢！余医生走了，你们中医科就没有主治医生了，干脆叫我弟弟巫义到你那里好了。人家科班出身，医术比我强十倍。人家准备进北京、到上海发展，硬是叫我给挡住了。现在在咱河西县一家私人诊所屈就，你意下如何？”肖琼说：“你和华佗差不多，比你强，巫义就在华佗之上了，人才难得啊！赶快请他来就是了。”

不多几天的一个上午，巫义来到了为民医院。首先找到肖院长，肖琼又领到4楼办公室报到，交了份个人履历表。任顾看到这个身材矮小，剃着光头，瓜子脸，眨巴着一双小眼睛的巫医生，内心真有点疑虑。待巫义跟上肖琼到科室上班去后，任顾从桌面上拿起他的履历表一看，顿时傻眼了。明明写的是2002年7月毕业于南山市农校兽医班，在南山市河西县老营乡兽医站工作不到两年，现在停薪留职。心想：这人是院长老乡，可能有亲戚瓜葛，咱们也没办法说长道短，况且人家刚来，或许有一技之长吧？

下午上班后，任顾处理完公事后，到一楼内科查看传染病登记册，路过中医科。他看到巫义穿着崭新的白大褂，坐在诊断桌前给一个年轻妇女号脉看病呢。看那架式派头，真像一个年轻有为的中医医生，只是没戴医生帽，刮得十分明亮的秃头，使人感到滑稽可笑。

巫义刚开始给人看病，装腔作势，还能糊弄几个病人，慢慢狐狸尾巴露出来了。有些退休干部职工和老病号对他开的药方就质疑起来，甚至有几个患者服了他开的药出现了不良反应。其中一个农村妇女吃了他开的药，险些丢了性命。丈夫找到医院，肖琼悄悄地塞给了300元打发走了，这300元在巫义第一个月的工资中就扣除了。巫义来到医院一个月后就和职工混熟了，由于找他看病的人少，甚至有时一天连一个病人也看不到，所以空闲时间很多。他眨巴着一双小眼睛看谁有空就往谁跟前跑，不论男的女的，不论医务人员还是工勤人员他都主动搭讪套近乎。当然去得最多的还是院长室，由于中医科离院长办公室较近，他看院长办公室门一开就像老鼠一样很快溜进去了。抹桌子、拖地、整报纸、提茶倒水、洗烟缸，渐渐肖琼还喜欢上这个人了。一天早上一个腰椎手术病人出院需救护车送，恰巧司机小林丧父请假。无奈之间，巫义出马了。他钻进驾驶室抬手蹬脚，汽车就轰轰地响开了。他伸出光头喊："把病人抬上车！家属和几个医护人员七手八脚把病人抬上车，家属陪在病人身边，关上车门。救护车像一匹脱缰的白烈马一样冲出医院大门，绝尘而去。

下午1点多，巫义驾着救护车回来了，在狭小的院子里打了一个回旋不偏不倚冲进了车库，戛然而止！吓得肖琼吐了一下舌头，以惊喜的目光瞅着巫义问："1000多里山路，你咋这么快就回来了？"巫义得意地说："我还觉得慢呢！我在他们家只吃了一件羊肉，喝了两罐罐茶就上路了。"

这巫义人小胆大，没驾照敢开车，没医师资格证敢看病。他刚来医院时最爱上4楼到任顾办公室聊天，时间一长，任顾还要工作就不太理他了。他感到这任老先生自恃才高瞧不起他，他也就渐渐地去得少了。一次他刚走出诊室想进院长室献殷勤，刚到门口，就听到肖琼问："任老师，你看巫医生这人咋样？"任顾答："人刚来不久，我也说不上啥！就是他学的是兽医，而且没有医师资格证，万一上面来查，恐怕就成问题！"肖琼沉思了一下说："管球他查不查，我看这人挺机灵勤快！让他跑跑外事也可以，咱们一人多用嘛！"巫义听后又像老鼠一样溜回诊室坐下心中骂："你任顾不就是能写能画，能操些心嘛！还有些啥本事？整天板着个脸，真像个延安窑洞里走出来的土八路！现在没鬼子了，你老任用不上喽！"

为了报任顾揭他底一箭之仇，一天他又溜进院长室，看肖琼一个人看文件，便笑着问："肖院长，这医院是您的？还是任院长的？"肖琼惊奇地答："当然是我创办的！"巫义又问："是否他入股和您合办？"肖琼又说："没有啊！我只是聘请他来协助管理医院！"巫义故意噢了一声说："原来如此！我看这任院长说话办事小看人，就像医院是他的！在群众心目中，好像人家是领导，你就像个打杂剜烟锅子的普通办事员！据我走访和调查，咱们医院没有别的大问题，就是领导权究竟在谁手中的问题。”肖琼听后呻吟了一阵说：“任顾这人搞办公室在行，抓行政管理也有一套办法，人品也不错……”巫义说：“办公室没搞头，我带走着就搞了！”说罢嘻嘻一笑溜出了院长室。

肖琼吃了巫信配的药很是亢奋，加之春节期间，病人较少，工作量不大，魏小花精心调理饭菜，肖琼饮食略有增加，心情也好了许多。现在又花了400多元吃第二个疗程的药，虽然腰疼的病没有减弱，但据巫医生二次号脉检查后说：“脏腑完全恢复好了，肾气特别旺盛，就像年轻小伙子一样。”肖琼听后十分高兴，心想：阮琴，你这个小婊子还骂我呢！你越骂，我越年轻！

这天晚上，肖琼由于激动和亢奋，一点睡意都没有了，他开始考虑大事了，不能长期以养病为名，不理“朝政”。金湾那里，有夫人压寨，可能不会有问题，而大本营——为民医院，不能让任顾一人说了算。正如巫义说的：“领导权究竟在谁手中的问题”倒是一个值得考虑的大问题。他心想，要夺回领导权，就得辞退任顾，让他回家休息。任顾回去了，谁接办公室？噢！巫义说他能搞。这人勤快机灵，或许能把办公室搞好，对！就这么定，让任顾回去，叫巫义接办公室。这小子还能开车，也能哄几个病人，一人多用，节约开支。明天上午就找任顾谈，让他回家休息。况且他写的各种文件我都让拷到U盘上了，档案他都编排整理好了，我现在要他干啥？他又想到自己重新主持医院工作，应该先开个会。会议就让巫义主持，我讲话，先讲什么，后讲什么……天亮了，起床吧。

肖琼起床后，洗了脸，照了一下镜子，看镜子里面的人，脸色黑黄憔悴，便问魏小花说：“今天是几号了？”魏小花答：“今天是2月8日，星期日，你穿好衣服吃早餐吧。”肖琼说：“行，我昨晚想了一夜没睡觉，我要解决领导权的问题！我要亲自主持咱们医院工作！”说罢刚坐到沙发上准备吃表妹摆在茶几上的早餐时，手机响了。

他忙掏出手机一看荧屏上显示出蔡红的手机号，时间是8点。他拿到耳边：“喂，有啥请讲！”那边蔡红说：“肖琼，我想了好久了，今天我郑重提出咱俩离婚！而且坦白地告诉你，我和罗创已好上了，请你明确答复！”肖琼脸色大变，浑身发抖，接着说：“离婚？没那么容易！”魏小花也听清楚了，在肖琼耳边悄悄地骂道：“离婚就离婚！怕啥呢？这是迟早的事，那个小婊子，表哥根本领不住！”

肖琼放下手机，愤怒地盯着早餐，连一口都不想吃。魏小花一看急了说：“表哥，你吃吧！不要生气，身体要紧。她蔡红算什么东西！离就离吧，离了咱俩过！”肖琼听罢长出了一口气，又拿起手机给蔡红回话说：“既然你瞧不起我,那就同意你的意见！”说罢,放下手机,喝了半碗稀饭,再什么都不想吃了,靠在沙发上睁圆环眼又想事情了……蔡红离婚,金湾那里还得自己打理,高玉川不能独当一面。这里还得任顾料理,就让巫义当个业务副院长帮助任顾把这里的事情弄好,想罢又上床休养去了。

3月1日,上满1个月班的蔡红给领导请了个假,就回北海省南山市去了。3月4日晚11点多,蔡红走出南山火车站,打的到她一个同学家借宿了一晚。3月5日早8点50分,久违了的蔡院长——蔡红出现在为民医院。凡是看到的职工都围住问好,蔡红寒暄招呼之后,就去敲一楼的院长办公室的门,敲了3下无应声。她就问门厅导医:“你看到肖院长了吗?”导医说:“他常在4楼住,今天没见下来。”蔡红扭头看收费室,魏小花正低头数钱。她就大胆上了4楼,敲魏小花的门。一会儿门开了,肖琼趿着拖鞋,双眼惺忪地望了一下她,什么话也没有说就回头坐在沙发上。蔡红跨进屋内也没坐,就站着对肖琼说:“离婚协议书我写好了,你签个字,咱们到民政局办相关手续去！”肖琼接过协议略看了一遍,在后面签上了自己的名字,穿好衣服换好鞋,就随蔡红到了民政局……

3月6日下午,离了婚的蔡红又来到了为民医院。这次她径直上了4楼,来到任顾的办公室和任顾握了一下手就坐在沙发上哭了……哭了一阵后,她喝了一口任顾为她倒的茶水后说:“任老师,你吃苦了！这两年我们在外地,把医院交给您,您管得不错！现在我离婚了,我来看望一下您！以前我为了肖琼的事业,也错怪过您,请您原谅！”接着把肖琼和她下江南承包金湾医院及两年来的工作、生活和调动工作、与罗创的关系都告诉了任顾。

任顾听罢说:“既然你们都已经离婚了,我也没啥说的。至于你说错怪过我,我倒没在意。同事之间在工作中难免有争论,那是十分正常的。这个,你别往心里去！你还年轻,今后的路还长,奉劝你在江南好自为之吧！”蔡红站起来对任顾说:“任老师,我也奉劝您一句:肖琼这人不能长打交道！”说罢含着泪水扭头下楼去了。蔡红走下4楼到各科室和同事们握手道别后,直奔火车站回江南去了……

3月8日,凛冽的西北风吹赶着大雪如梨花乱舞,天空雾蒙蒙,地面白茫茫。上午10时,肖琼出了魏小花屋来到任顾办公室,此时任顾正挥毫为下乡义诊宣传的宣教科写医讯。他坐到办公室对面的椅子上看任顾写完最后一张医讯后说:“任老师,蔡红已和我离婚了。江西那边还得我去,咱们这里的工作由你和巫义负责,巫义任业务副院长,业务这一块由他管！”任顾说:“巫义刚来时间不长,能管好业务吗?”肖琼说:“我看能！”任顾说:“恐怕老专家各科室主任不服他！”肖琼脸上马上堆满乌云啪的一声拍了一下桌子站起来用右手食指指着任顾说：“任顾你给我滚！啥老专家不服？是你排挤人家！你想独揽天下，这两年我在外奔波，你掌权掌上瘾了！”任顾也没生气，轻蔑而平静地对肖琼说：“肖院长息怒，你叫我滚，我就滚！你快找人接我的手续，手续交清后我会自动离开！”肖琼又瞪了任顾一眼下楼去了，不大一会儿，巫义笑嘻嘻地来到4楼办公室说：“任院长，你干得好好的咋说不干，就不干了？肖院长说，你不干了，让我来接手续。”任顾说：“好！”于是他俩交接了办公室等手续，把移交清单拿去让肖琼审查签字后，任顾就骑上他那辆半旧的黑色永久牌自行车回到了家中。

任顾回家的消息不胫而走，仅一个下午医院人员都知道了。当晚医院老专家、科室主任和医院的职工为任顾开了一个欢送会。肖琼和巫义以谈工作忙为由没来参加，欢送会罢大家在黄鹤楼酒店吃了顿饭算是友情的表示。饭后几个年轻医务人员把任顾一直送到家后才各自回家。魏小花回去后，肖琼迫不及待地问：“今天欢送任顾的人多不多？”魏小花答：“只缺席两个人！”肖琼再没问什么，只是低头说：“我和巫义有事啊！”魏小花表情严肃地说：“我看巫义这人靠不住，你不应该叫任老师走！”肖琼说：“他自己要走，就让他走，咱们不稀罕他！我最近准备到江西去，医院的事你多留神。继业的学习你得多操心，现在城市学校班大人数多，老师顾不过来，主要还靠家长辅导鞭策。”魏小花说：“这孩子咋就那么笨，学习成绩在班里倒数第一。据邱老师说，学习不行，怪点子倒不少。”这倒是事实，魏继业小小年纪，就爱往女孩子堆里混，常给女孩子衣领里撒灰土或给女孩子书包里装石头瓦片之类……总的来说，哪个女生不理他，专拣哪个女生欺负。

3月12日早8时，肖琼在五楼会议室召开了为民医院全院职工会议。在会上宣布巫义任副院长，主持医院全盘工作，大家为之哗然，但不久又恢复了平静。下午肖琼装好巫信配好的“神药”，提着原来那个大黑提包迎着料峭的寒风到火车站乘车到江南去了……他躺在卧铺上想，自去年10月21日离开金湾医院至今已4个月有余，不知医院变成个啥样子了。据高玉川春节探亲回来口述说，病源特别稀少，住院病人只有三四个。白翠翠和杨芳提出辞职，春节过罢就不去南方了。而且讨债的人也常来医院骚扰，并说他快支撑不住了。想到这里，肖琼更睡不着了，列车在有节奏的节拍中快速行使。他掀开窗帘向外张望，寒冷的夜晚除斑驳的积雪和稀疏的灯光外，再什么都看不到。他又直直地躺下慢慢地打了个盹后就再也睡不着了，他闭着眼任凭脑子乱想……任凭车子颠簸震荡，这样又思虑了一天一夜……天亮了，他坐起来看窗外，江南地面一派生机，水田里已有人劳作。阳光暖洋洋的，已显露出春的气息，但此时，虽然春和景明，他的心情怎么也好不起来。

3月14日中午，肖琼提着黑提包疲惫地走进了金湾医院。看门的李老头赶快出门热情的问讯："肖院长回来了？"肖琼只淡淡地一笑答："我回来了，你好吗？"李老头点了点头，肖琼就向后院去了。进了家门，里面一片狼藉……衣柜里、橱窗内，凡是蔡红的东西都被拿空了，只剩下属于他自己的东西已被尘土全面地覆盖着，好像不再让人动的样子。此情此景使他的心情坏到了极点，他无心打扫收拾。只把提包往床上一丢，到卫生间擦了脸，梳了梳头发，就找高玉川去了。

到了高玉川的单身职工宿舍，高玉川午休已罢，已准备上班。高玉川问："院长刚回来吗？中午饭吃了吗？"肖琼答："我刚到，午饭不用吃了，我不饿。你叫两个护士来把我房子收拾一下吧，里面太乱了！"高玉川说："你暂在我床上休息吧！"说罢就到外面楼上叫人去了。一会儿胡卫华和一个小护士来了，先向肖琼问好后，就到肖琼房子里打扫、整理。半个小时后，胡卫华来到了高玉川房间向肖琼报告："肖院长，房子打扫过了！"肖琼说："那好，你们先上班去吧！"

肖琼回到房内一看，整洁得多了，心情多少也有些改变。他把提包内的衣服等东西取出放好后，就出来锁好门到前面营业楼去了。他到科室、病房看了一看，无奈病人少，医务人员都闲坐着，看他进来都站起问好。他又上了3楼开了自己的办公室，里面尘封依旧，此时高玉川领着清洁工打扫来了。肖琼退出办公室在楼道内稍作等候，他看到办公室左右两间房门紧闭，这是罗创和阮琴住过的地方，现在是人走房空。想起这两个人，他心中的烦恼悔恨内疚一齐拥来，又觉头脑发胀发晕、不由自主地将身子靠到了墙壁上。待打扫停当，他进到屋内，仍坐在老板转椅上。望了望窗外，从南回归线上返回的太阳已经偏西，远处的绿水青山并没有引起他丝毫的兴趣。沮丧、落寞、失望充斥了整个房间，他双手抱头沉思了一阵，起来走出办公室，带好门下楼回后院休息去了……

下午下班后，高玉川到肖琼房间叫肖琼吃饭，肖琼下床和高玉川来到职工食堂。今天主食是大米饭，副食是两个炒菜，一个鸡蛋西红柿汤，肖琼只吃了一半就放下筷子。高玉川仔细打量了一下院长，脸色黑黄且生出许多皱纹，白发参半，真是形容枯槁，老之将至。分别才几个月，此人竟如此狼狈不堪，不觉内心顿生怜悯之情。

第二天9点多，肖琼才慢慢地来到医院大楼。医务人员已少了许多，加上三个住院的病人及家属，统共不超过20人。因此，显得既冷清又空旷。他在办公室坐了一阵，拿起报纸翻了翻，又把堆积的文件看了看又放回原处。正在这时黄培敲门进来先问候了两句后说："肖院长，你终于回来了，现在职工两个月没发工资了，欠水电费、电话费以及上次事故借贷外单位和信用社的款已超过40万。人家催了好几次了，我以你未在这里而搪塞。现在你回来了，恐怕人家会很快来找你的，你得做好思想准备。"

小镇消息传得很快。下午3时，肖琼刚到办公室坐下，信用社的谭主任来要贷款来了，邮电所的贾所长也要债来了，镇政府齐主任又打电话通知肖琼马上到镇上来一趟。肖琼连忙承诺两位债主提出的还款要求后，送他们出了办公室，拿上一支笔和绿色的小本本就到镇上去了。到了镇政府办公室，齐主任说："肖院长，包镇长听说你回来了，想找你谈个话，你马上上去吧。"

肖琼从一楼上到三楼，敲开了镇长办公室的门，包镇长正忙着批文件，一看是肖琼忙站起来问："肖院长啥时回来的？快坐下！"肖琼也忙回答："昨天回来，镇长好？"说罢坐在办公桌对面的沙发上用眼睛观察镇长的动静。镇长说："院长好！院长既然回来了，就应该安心抓医院工作，经历了'非典'之后，中央对卫生事业更加重视，基层医院任务很重。从去年以来，群众对咱们医院意见很大。有许多患者舍近求远到别的乡镇医院或者市医院看病，市上领导就此事还点了我们的名。这个，请院长深思并拿出整改措施。另外，据镇财务所反映，肖院长两年的承包费连一分也没交，这个你回去准备一下尽快缴了。按合同规定应在年初缴，再不能拖了。今天我就谈这些，你还有要说的吗？"肖琼说："没有，我回去尽快办理。"

肖琼回到医院，马上给为民医院熊会计打电话，让他速汇40万元到金湾医院。熊会计知道事急，马上汇款。汇款到后，肖琼先发了职工工资；给镇上缴了第一年的承包费10万元；还了邮电所15万元；水电费、电话等费用支出后；信用社的20万元贷款的还款承诺又落空了。加上镇上的第二年承包费10万元，外债还有30万元。肖琼本来不好的心情又雪上加霜，晚饭吃得更少。晚上躺在床上左思右想睡不着，又觉得胸部胀疼……他翻了个身侧睡，不想胳膊又碰到另外一个枕头，这不是蔡红枕过的吗？一想起蔡红，胸部更疼了，这娘们此时不知和那个小白脸罗创咋亲热着呢？真他妈的！这个小白脸拣了大便宜了，赢了！我肖琼怎么败在这个无名之辈手里？唉！睡吧。可是怎么也睡不着，噢，再加一丸'神药'。他起身倒了半杯开水，待凉些后就把一丸药放进口中，嚼了几下就咽下去了……过了一个钟头，药力发挥作用了，他感到浑身热乎乎的……头脑更清醒，精神一下子又来了，脑细胞格外活跃。他又想了一阵阮琴……又想到为民医院以及任顾告诫他的那些金玉良言，现在的一系列糟糕事都在任顾的预料之中……也可以说一一应验！他不由自主地猛然翻起身照床上狠狠地砸了两拳，自我斥责道：肖琼呀肖琼！你为什么不听忠告，不惜贤良？你名叫肖琼，还真的变成‘要穷’！”这还是肖琼第一次反省，第一次责怪自己。从前他总以为他是个成功的创业者，虽然不是伟人，起码是个英雄。天亮了，一夜没合眼的肖琼此时哈欠不断，不能再躺了，起床吧！

肖琼起来后，稍作洗漱后就上班去了，他走在楼梯上感到两腿发颤，脊梁上直冒冷汗……到了3楼，他已气喘吁吁。他扶住扶手站着松了松气才走进办公室坐在转椅上，老板椅刚一旋转，他就晕了……过了一会，他回过神来。用双脚踩到地面上，椅子稳定不转，他感觉好了许多。他正想打电话叫高玉川商量工作，忽然谭主任来了，他稍站了一下说：“谭主任请坐！”谭主任也没谦虚就坐在了沙发上说：“你说还贷款，咋没还？”肖琼苦笑着说：“汇来点钱一下子都被抢光了！你们的钱错后点，我再从老家要，再汇来钱一定还！一定还！”谭主任说：“你这次要说话算数，本月底必须一定得还清！”说罢站起来不大高兴地走了。

这里单表肖琼：为民医院交巫义，重返金湾又经营。疾病债务齐缠身，才觉自己非英雄。欲知后事如何，且看下回分解。

第二十一回

高玉川感激涕零　出事故贷款理赔

却说任顾回家以后，老伴和子女都挺高兴，已经退下来的人了还奔波个啥呢？任顾不置可否地笑了笑说："我还有要做的事情呢！"从此，早上起床不如从前那么早。一般是7点左右起床，户外锻炼1个半小时，吃饭喝水用去1个多小时。其他时间看书学习、做家务，或坐或卧或散步，甚是舒心和自由。不多时日，有几家单位来请。特别是"乔玉药业公司"董事长乔玉邀请，甚是恳切，任顾都婉言谢绝。他虽然不太会玩，但他很会安排自己的时间，他明白光阴的可贵。他仍然坚持写作，或散文或诗词，兴趣来了就多写一阵子。他回顾在为民医院三年多的时光里，对肖琼的认识和了解，就赋打油诗一首："山中无虎猴称王，泥鳅得时也翻浪。毕竟量小难成事，机关算尽亦空忙。文王访贤开周纪，项羽刚愎丧乌江。自古英雄建伟业，尚德施仁惠万方。"赋毕，他又吟咏了一遍，自思：是否把肖琼抬得太高了，他怎能和历史伟人相比，要改动，又不好改，权作一时的兴致吧！但"自古英雄建伟业，尚德施仁惠万方"这一句还觉满意，闲着还是闲着，随便写写吧……

3月底，肖琼还没有还款的意思。他知道熊会计账面上没有多少钱了，为民医院这个大本营不能掏得太空。他把高玉川和黄培叫到后院的家商量对策，他说："镇上这10万元问题不大，我给齐主任说了，晚些时候一定缴。可是信用社这20万元谭主任逼得紧，我就采取躲的办法。你们给看门李老头和导医护士说一下，一旦信用社人来了，李老头就打电话通知导医，让导医报信，我就藏起来，他们找不到我，肯定就回去了。"高玉川和黄培都点头，他们心想，这是没办法的办法了。

4月1日，果然谭主任又来了，看门的李老头赶紧打电话给导医，又打电话到院长办公室。此时肖琼正在办公室，他站起来隔窗向前院一望，谭主任正朝大楼这边大步流星地走来。他出了办公室关了门，导医小华已跑上来报信，他不慌不忙地开了阮琴住过的房溜了进去锁紧了门。一会儿谭主任上楼来敲办公室门，敲了几下无动静，骂了一句："他妈的，没人！"就慢慢走下楼问导医："你们院长哪里去了？"导医说："不知道，好像几天没看到了。"谭主任悻悻地回信用社去了，以后又找了几次都扑了空，索性等到月底再说吧。

肖琼的躲债技巧倒把谭主任糊弄过去了，他开始大胆地在医院显面了。但是身体状况更加差劲了，巫信给他配的药也吃完了，他常常感冒发烧流鼻涕、腹泻更是个常事情。4月28日午饭后，他刚跨出职工食堂门槛就栽倒了，吃到胃里的半碗米饭也吐了，把灰色的西装都糊脏了。高玉川叫来两个青年护士取来担架把院长抬到二楼住院部，脱下脏衣服，换上病号服，安排到202甲等病房住下。从今天起，金湾医院住院病人由近期一直的两三个，又增加了一个。紧接着高玉川和几个医护人员忙开了，量体温、测血压、听心脏……通过紧急检查，高玉川和两位本地的老医生怀疑院长的病不轻。暂开些调胃舒肝的口服药，再挂些能量之类的吊针。30日早，高玉川等又对院长的病情做了一次会诊，发现两天的用药并没有起到好的效果。他们商量了一下，不敢耽误，马上转市医院治疗，高玉川当即决定和黄培用救护车送院长直奔吉安……

上午11点，高玉川一行赶到吉安医院急诊室。急诊医生一听患者是个院长，人不亲行亲，认真地检查了一番，开始作CT、胃镜、彩超等一系列的检查、化验。黄培拿着一沓单子慌慌张张地交费，高玉川和急诊室的护士用车子推着肖琼急急忙忙地检查，当日就住在急诊107病房。

5月1日上午8时，陪护的高玉川在上厕所时听到楼道里面两个中年男女医生在对话，女的问男的："汤主任，今天罗医生和蔡医生结婚庆典在那里举行？"男的说："在福星聚，我们科室的人准备11点半去。"高玉川当时还没在意，稍过片刻，心中猛地想起是不是罗创和蔡红在举行婚礼……

9时急诊室柯主任用病房电话喊："107病房肖琼家属到主任办公室来一下。"高玉川赶忙到主任办公室，柯主任让高玉川坐下，高玉川坐在办公桌侧的一个小方凳上。柯主任拿出些片子和诊断书说："肖琼病情严重，通过拍片子扫描，现已确诊：肾功能衰竭、肝已硬化、脾胃癌变，特别是尿毒症和胃癌更为严重。建议你们做好包括化疗等各种治疗的打算，当然也要做好医疗费用的准备。"

高玉川心情沉重地回到了病房，黄培迎上悄声问："检查结果出来了？"高玉川轻轻地点了一下头。肖琼躺在床上目光痴呆地望着天花板，他听到动静偏过头问："检查结果怎样？"高玉川说："不要紧，就是肾胃功能有些紊乱，调理调理就可以出院了。"肖琼苦笑了一下再没说什么就闭着眼养神去了。

11点半，护士刚换完药瓶不久，肖琼大叫胃疼，一会儿昏迷过去了。高玉川赶忙叫来值班医生打了一支强心针，肖琼醒过来了。

11点55分，远处传来喜庆的鞭炮声，肖琼问高玉川："是不是炮响？"高玉川说："我没听清。"肖琼说："我这耳朵也不对了。"其实这炮声正是从福星聚那面传过来的。此时，蔡红穿着一身镌花的红装，外罩洁白的婚纱，浓妆重抹，打扮得十分漂亮。她左臂挽着一身深蓝色西装革履、系着红色领带、满面春风的罗创。在司仪的念唱下，正向光临婚礼的嘉宾们鞠躬致谢呢。这样的场面和荣耀蔡红已是第三次……而罗创仅仅是首次。蔡红调动工作的事，刘建春完全办好了，当然在今天的婚礼上他是会出现的，那个爱喝酒的栾经理今天是第一个到场的嘉宾。

中午1点多，罗创和蔡红的婚宴散了，此时服过药的肖琼也昏昏睡去了。高玉川看到肖琼睡着了，就拉了黄培一把。黄培会意，就跟着他一同出了病房，在楼道内高玉川悄声对黄培把诊断结果说了，并告诉黄培："你先回去让万全(外科青年医生)来替换我，咱们医院还得撑下去，对院长的护理要做长远打算。"黄培听罢后就急匆匆走出了医院回金湾去了。

当晚8时，肖琼的手机响了，高玉川从床头柜上把手机递到肖琼手里。肖琼拿到耳边听，来电话的是魏小花，电话中说："表哥，你身体还好吗？我跟你说一件事。那个巫义不是个好东西！他不会看病，他给一个乡下老汉开了些药，老汉服了后就不对了，不是拉到市医院抢救，早死了。老汉儿子找到医院，医院给了2000元钱才打发走。他每天晚上都约上一些社会上的死狗在4楼办公室喝酒、打麻将，吵得我和继业都不能休息。昨天几个喝醉酒的流氓把一个值夜班的护士小宋和一个病人的女儿给调戏了。今天小宋没来上班，她母亲来找巫义，险些在医院打起来了。现在医院人心惶惶，两个老专家也提出不干了。你得尽快回来管管，不然会出大事的！"

肖琼听罢眼睛一翻又昏过去了，高玉川喊护士快叫值班医生，医生来一看就马上叫护士打了强心针。一会儿肖琼苏醒过来了，眼睛直直瞪着高玉川说："真如古人云'用一小人，则小人齐趋'。我没听任老师的话……我……我用错人了！"值班医生询问了昏迷前情况，高玉川把接电话受刺激的事实说了。医生俯身对肖琼说："你病情较重，不能受刺激，不能接电话。我把你的手机收管好，待出院时还给你。"肖琼无奈地说："行。"值班医生拿着手机刚出门就交给了身后送他出门的高玉川，并说："以后医院的事不要让他知道，你们商量着处理吧！"说罢回医办室去了。这晚肖琼半夜就开始胡言乱语了，一会儿说："姓巫的你真的不够人，你不得好死……表妹……继业……"

第二天上午10点多，万全来到了107病房。他先和高玉川打了招呼后，就到病床前看院长。此时肖琼刚睡着，他不便打扰，他看到院长本来就很黄的脸现在蜡黄，眼窝深陷，两颊松弛。真是病来如山倒，才几天不见，人就成这个样子。他和高玉川正悄悄地说医院情况时，肖琼醒来了，他听到他们俩的说话声，万全忙凑过去俯身问："院长你感觉好些吗？"肖琼侧过头伸出手说："还可以，你来了？"万全抓住院长的手说："你好好养病，我来伺候你，让高医生回医院主持工作去！"肖琼这时用眼瞅了一下高玉川有气无力地说："小高，你跟随我这么多年了，也吃了许多苦。你得尽快回金湾，把医院的事情办好……"话还未说完，两滴浑浊的眼泪已掉到了枕头上了。此时的高玉川真像一位顾命大臣，即严肃庄重，又感激涕零。昔日"叛徒"的阴影早已荡然无存，他声音哽咽地说："院长，你好好养病，医院的事你放心！"说罢双手紧紧握了一下肖琼的手，又给万全嘱托了几句，就出门回金湾去了……

过了两天，急诊室把肖琼转到内三304病房，在内科进行治疗。蔡红在内一科上班，她听说内三转来一个重病号，好像是个院长。她抽空到内三护办室一查是肖琼，她为之一怔，怎么是他？几天来的新婚快乐一扫而光，她没有进304病房，她原回到自己的科室坐下思考良久……最后决定下班后和罗创一起来看一下肖琼，人嘛！特别这个人到了这个地步，还有什么计较之处呢？

傍晚，304病房的门轻轻推开了。万全一眼看到是罗蔡二位院长，忙上前问候。肖琼此时也特别清醒，他转过脸一看，罗创提了一大包补品、水果之类，蔡红也面目悲戚地看着他。他们一齐来到病床边问："院长，你咋啦？怎么一下子就住院了？"肖琼也悲凉地说："天有不测风云，人有旦夕祸福。不想我一下子病成这样，感谢你们还来看我！"蔡红说："我在内一，罗创在儿科。我们是会常来的，你安心养病！既来之，则安之嘛！"罗创也和肖琼说了几句话，蔡红看肖琼说话很吃力，人也很虚弱就对肖琼说："你休息吧！我们回去了。"说罢趁罗创没注意，抹了一把眼泪……女人啊女人！女人的眼泪，多数是为男人而流淌的……从此以后，隔三差五，蔡红和罗创就来到304病房看望肖琼，当然，蔡红来的次数最多。这样肖琼也感觉到了些许慰藉，万全也不太寂寞。

高玉川刚回到医院的当天晚上8点，肖琼的手机又响了。高玉川拿起，对面喊："表哥！"高玉川说："我是高玉川！"魏小花停了一下又说："院长的手机你怎么拿着？"高玉川实话实说："院长有病住院，医生不让用手机，你有什么事可以给我说吗？"魏小花说："我说上次我给他说医院的事，他没回答，原来如此！是否院长的病挺重？”高玉川说：“病倒不很严重，就是怕受刺激。”魏小花接着说：“我表哥把医院交给了巫义交错了，这个人素质太差，他把林师赶跑了，自己常开着个救护车出出进进。听熊会计说人家给自己长工资，由原来的每月1000元长到现在2000元。还把林师的800元工资也领上，说这点钱不够他的招待费。这家伙骂人够狠的，比我表哥骂人厉害多了，甚至还动手打人呢，听说前天到妇产科把杨主任打了一顿，这几天妇产科没人上班关门了。你得有空告诉我表哥，我心急呀！”高玉川说：“知道了，我一定告诉院长！”高玉川接罢电话，暗自思忖，糟糕！这后院又起火了……

给肖琼治病的内三科主任医师习大海是市医院有名的内科专家，但是他做了多方面的努力，肖琼的病情毫无转机。他调胃而伤肝肾，补肾平肝而伤心肺脾胃，特别肾功能衰竭和胃癌已使肖琼“先天”和“后天”两本皆失。因此一损俱损，既是习大海有回天之力也无济于事了。7月的南方十分炎热，病房内既闷热又难闻。万全不但及时开窗透气而且每天要为肖琼擦洗一次，这样肖琼才少出汗，减轻病疼。他饮食更少了，只能有被万全搀扶着上厕所的气力了。

一天晚上，由于刚下过一场雨，气温稍微凉爽些，蔡红又来到病房。她坐在床边细心地又看了肖琼一回，她心中不觉又一阵颤动，几天未见，这人咋消瘦了许多。肖琼看蔡红来看他，心情也好了些，强打精神笑了一下低声说：“你工作忙，还经常来看我。”说罢，眼眶内已噙满了泪水，蔡红也感觉眼睛湿润了。她轻轻地说：“你现在病成这个样子了，还承包啥医院？金湾医院从去年9月份就病人稀少，资金入不敷出，你干脆叫高玉川向镇上写个终止合同的报告，让公家收管好了，你安心养你的病吧。”肖琼说：“行，就怕镇上算违约金。”蔡红说：“这违约金的事，我抽空去趟金湾镇，给领导们说一下客观情况。事实你病成这个样子了，我看镇上的领导未必不讲人情。”肖琼无力地点点头表示赞同。蔡红看肖琼表示同意，当即就用手机给高玉川打电话，让他尽快以承包法人的名义向镇政府写报告，希望能看在院长病重的份上提前解除合同，并说她近日来金湾协助解决此事。

7月23日，几天来的阴雨天气终于放晴。蔡红请了一天假，清早就坐上去金湾的车，10点多钟就到了金湾。她先到医院问高玉川：“报告送到镇上了吗？”高玉川说：“送去几天了！”蔡红说：“咱俩到镇上找领导再谈一下！”高玉川说：“好！”于是他俩就来到镇上，上到3楼先到陈书记办公室门口一看，恰巧陈书记正和包镇长研究什么问题，看他俩来了忙说：“快进来，听说蔡院长升到市上去了，今天啥风把你给吹回来了？”蔡红也开玩笑地说：“西南风呗！”接着说：“两位领导正忙呢，我们有事想汇报，怕打扰你们了？”陈书记忙说：“不要紧，你们先说。”蔡红说：“听高玉川说，他把解除承包医院的报告已送到镇上了。再说，肖琼病情严重，无力再管咱们医院了。为了不影响咱们医院的发展和当地老百姓的卫生保健，我们请求领导研究一下，能否收回医院？领导们也可能了解，医院现在亏损严重，债台高筑，违约金是否能够免除？”陈书记说：“报告，我们都看了。你说的情况我们都知道，但是还没有上会讨论。不过你回去转告肖院长，叫他安心养病，我们会合理处理这件事的。”蔡红听后高兴地说声：“谢谢！打扰了。”就和高玉川告辞陈书记、包镇长下楼走出镇政府。蔡红在镇政府门口又嘱咐高玉川多操心医院，为院长分忧，说罢摆了摆手就到路边搭车回市上去了。

8月1日包镇长和齐主任来到了医院。高玉川和黄培接待并陪同检查了医院各个科室，与此同时又汇报了医院基本情况和存在的问题。最后，包镇长通知了镇政府会议对医院工作的决定：

1.同意肖琼同志提前解除承包合同的意见，该同志重病住院，免除违约金10万元，并免除自2004年3月以来的承包费。

2.从8月1日起金湾医院收回国有，人员原则不变，院长将由市卫生局安排调任。高玉川任副院长，协助院长的工作。

3.在承包期间所欠债务和遗留问题，待肖琼病好后再作出计划或处理意见。医院财务室从7月31日结账核资并进行财产清理登记，从8月1日开始另建账目。

包镇长讲完以后又说：“新任院长可能近期就到，请你们安排好工作和生活的地方，现在你们忙吧，我们到镇上去了。”说罢和齐主任一同走了。

8月5日上午10时许，金湾医院大门口进来一高一矮两位西装革履的人。他俩径直进了医院办公楼，走向儿科诊室。高玉川一看是齐主任和一位瘦小的中年人，他马上站起热情地和二位一一握手，让坐，并及时通知叫来了黄培。齐主任作了相互介绍，原来这位中年人是新来的院长许有。高玉川和黄培忙招呼齐主任和许院长到三楼院长办公室。齐主任说：“高院长是否通知全院职工到会议室，把许院长介绍一下！”高玉川说：“我马上通知！”一会儿，全院18名职工都坐到三楼会议室，齐主任把许院长给大家作了介绍后就回镇上去了。从此以后，金湾医院又属于市卫生局和镇党委、政府统管的国有医院了。

再说为民医院在巫义的管理下，主治医生走了6人，护士走了5人，其他人员回去了2人，医院职工由原来的41人降到28人。住院治疗的病人由原来每天平均30人下降到12人。从5月份开始，医院连职工工资都发不出了。原来的积累被金湾医院用去了大半，剩余的部分基本都被巫义挥霍浪费掉了。他几乎每晚都请狐朋狗友吃饭、跳舞、打麻将。他没有多少文化根底，连个通知都不会写。凡医院的文件材料都请人写，写一个文件或材料多则3000元，少则2000元。光他主持工作以来，就写材料花去了近4万元。他通过门路，在城关信用社用医院大楼抵押贷了50万元贷款，钱到手后，又过着无忧无虑的好日子。

8月8日清早，他又开上救护车约上几个男女朋友带上鱼竿到市西南10公里的石峡水库钓鱼去了。他驾着车和朋友们谈笑风生，他得意洋洋，以每小时100公里的速度奔驰着，在快到石峡沟口下坡转弯时车子失控了，一头栽到40多米深的沟低下，这时正是8点整。10年前的此时此刻正是肖琼挂起“为民医院”牌子，放炮庆典的黄道吉日。路过的市政协灰色宝马车司机小梁看到了，赶忙刹车停住，车上坐着政协开主席和秘书小哈。他们一边报案通知交警，一边绕道向沟下跑……

待到沟底，眼前的惨景使开主席等人目瞪口呆。巫义血肉模糊，除了光头完好，全身都被血染红了。其他两男三女都鲜血直流躺在沟底，救护车完全破废。开主席一行和随后赶来的8个交警费了好大的力气把这6个人抬上沟，拉到市医院抢救。结果是，巫义折了右臂断了左腿，其他5人死了3人，重伤1人、轻伤1人。

出了事故，为民医院的大部分人员在熊会计和魏小花的带领下急赴市医院护理伤员，安慰死者家属。魏小花又给表哥打电话，接电话的仍是高玉川。魏小花这才感到表哥的确病很重了，她把出事故的事如实地告诉了高玉川。高玉川说：“你们赶快去请任顾老师来医院帮忙！人家熟人多，办法多！我马上动身往回赶！”魏小花把高玉川的意见给熊会计说了，熊会计马上给任顾打电话说了事故情况，并请任顾来帮忙解决善后事宜。

任顾二话没说就匆忙来到市医院，配合公安部门的同志安慰了死者家属，检查了一下伤员之后，就和熊会计商议把医院职工分成三组：以主要医护人员为主的第一组，坚守工作岗位，恢复正常工作秩序；以护理部牵头的第二组护理死者、伤员，接待来医院的家属等；第三组由熊会计负责，以医院财务后勤人员为主体，在市医院附近的怡园饭店订好房屋和餐饮事宜，以供死伤者家属及相关人员吃住。

死伤者人员家属一看任顾处理事情井井有条，果断有方，以为任顾是院长，都围住任顾讨说法提条件。特别那个开诊所的巫信，不自责自己弟弟闯了大祸，反而带头闹事。伙上众多家属把为民医院的大门锁了，并围了个水泄不通。任顾通过公安部门介入总算打开了大门，但他伙上几个家属提出了一系列的理赔苛刻条件。任顾当着大家的面把他如何哄骗肖琼，把只学了几天兽医的死狗弟弟推荐到医院而酿成大祸的事揭穿以后，巫信的嚣张气焰一下子降了下来。跟上闹事的不明真相的几个家属倒把巫信骂了一顿，从此巫信逃之夭夭，再没有露面。

8 月 10 日晚，高玉川回来了。任顾马上主持召开了有高玉川、熊会计、魏小花、胡玫瑰等人参加的事故善后处理讨论会。会上根据熊会计提出的预算：3 名死者死亡赔偿、丧葬等费 60 万元，巫义等 3 人住院费 3 万元，死伤家属生活住宿费 1 万元，共计 64 万元。高玉川还说："金湾那面还欠信用社 20 万元，欠镇上承包费 10 万元，肖院长在吉安市医院的住院医疗费可能在 10 万元左右。"熊会计又说："现在账上只剩 40 多万元，7 月份巫义用医院大楼作抵押贷款 50 万元，现在净欠外债 114 万元。我建议，大楼已经被抵押，继续在城关信用社贷款 50 万元，以解燃眉之急。看来医院办不成了，让信用社把大楼拍卖了算了，咱们把这些事都处理了就各自回家吧！"魏小花一听就哭着说："我表哥还在病中，看来他创的家底就这么完了？"任顾听罢紧皱眉头说："事已至此，我们只能面对现实。熊会计你赶紧和信用社联系办贷款，我和高玉川办理赔的事。事不宜迟，越快越好！"会议结束已凌晨两点，他们都没回家，就在医院办公室病房等处将就着睡了一阵。

11 日一大早，任顾和高玉川就到怡园饭店和死者家属谈妥了理赔的事。上午 11 时，熊会计把贷款拿回来，分别给每位死者家属付去 20 万元。理赔一结束，死者家属全部撤出饭店，联系车拉死人埋葬去了。这些事情结束后，任顾和高玉川、熊会计就到住院部看了一下巫义等三个住院的。巫义和那个重病号伤员的肢体都打上了石膏绷带，大脑都清醒，而且都能说话。那个轻伤员司桂香只是身上多处划破了皮，淌了些血，看来住几天就可以出院了。听本院个别护士说，这个司桂香是红星酒楼的女招待，不知什么时候和巫义好上了，经常来医院，有可能他俩已确定了恋爱关系了。这次事故，家长介入，加之巫义成了那个样子，可能他俩的缘分尽了。

看罢伤员，任顾对高玉川、熊会计说："现在我可以回去了，以后的事你俩看着办吧！"高玉川说："任老师，您不能走，您还得稳住医院局势。虽然医院没有什么前途了，但还有许多事要做……我还得马上到江西！不知肖院长病情是否好转？金湾那边还有许多遗留问题亟待解决。”熊会计也说：“任老师你得留下收拾咱医院的残局。”任顾说：“行吧！毕竟咱们都热热火火地在一起干了几年，这医院如今落得这样的下场，我心疼啊！”说罢，他们三人仍然回到了为民医院，就在三楼医办室临时召集全院职工开会，会上任顾简单地讲了一下当前还是按部就班地开展好医院工作，高玉川也说了几句鼓舞士气的话，会就散了。

8月13日，高玉川让熊会计给他在金湾的存折账户上汇上30万元，当日坐火车到江西去了。15日上午9点，当高玉川走出南昌火车站时，不远处有个女人喊：“高医生你停一下！”他循声望去，这不是阮琴吗？只见她上身穿月白色半袖衫，下身穿紫色黄花短裙，脚穿白色高跟凉鞋，乌黑的披肩发，看起来挺精神的。她小跑几步来到高玉川跟前问：“高医生，你回老家去了吗？”高玉川把肖琼住院和为民医院发生事故的事简单地说了一下，阮琴听罢惊愕地说：“怎么会是这样？真是天有不测风云啊！”高玉川又问：“你今天怎么在这儿，你的近况如何？”阮琴说：“今天是星期天，我抽空送我男朋友回老家，他是山东聊城人，也在附院外科工作。他请了探亲假，回家接父母来南昌办我俩的婚事，那么咱们金湾医院现在怎样？”高玉川又把解除合同及新任院长已到医院的情况简要地叙述了一下，阮琴沉默了一会儿说：“变化真大啊！这么吧，高医生，请你到我那儿休息休息，吃完午饭再走不迟？”高玉川说：“谢谢了，我心急如焚！我得尽快赶到吉安，不知肖院长这几天病是否好转？”阮琴也点了一下头说：“也是。那咱们就此分别，我有空定来金湾看你们，再见吧！”高玉川也说“再见小阮”就急急忙忙坐车赴吉安去了。阮琴也搭公交车回附院家属院去了。

阮琴自扎针和元旦文艺演出出了风头，一路走红。领导信任，小伙子们崇拜，使她在工作上更加信心倍增。7月份，护士长计蓉升任副院长了，自然护士长的交椅非她莫属。她升任护士长以后，又像在金湾一样连点三把火，使儿科护理工作很快上了一个新的台阶。主任满意，院长也知道了小阮工作很有魄力。她6月份就确定了的男朋友——外科青年医生路世生也时常来陪她。这山东大汉也很会讨阮琴喜欢，所以他们的婚事在紧锣密鼓地准备着……

高玉川到了吉安，直奔市医院内三304病房。他看到肖琼又消瘦了些，看来病情在加重。他和肖琼说了几句话，只说他从金湾来看望他……并说：“医院已解除合同，市卫生局和镇政府管理了。”肖琼听罢欣慰地淡淡笑了笑。主治医生刁大海听说高玉川来了，也来到病房当着肖琼的面说：“高医生，肖院长这病，我把法子都用上了，看来收效甚微，现在只有化疗这一手了。我们昨天又进行了复查和会诊，决定从明日起给他化疗，你看怎样？”还没等高玉川开口，肖琼以微弱的口气说：“我不想化疗，我想回老家找巫信看看，人家有祖传秘方……”高玉川听后心内十分气愤，但强忍住说：“肖院长，那巫信是在骗您！哪里有什么祖传秘方，还是让习主任给您化疗吧！”习大海看肖琼再没说什么，就面对高玉川说：“那就这么定了？”高玉川说：“按主任的方案办。”习大海听罢就回主任办公室去了。

高玉川在肖琼病房守了一夜，第二天天刚亮就和肖琼、万全道了别，匆匆忙忙回金湾去了。高玉川回到金湾医院后，就先去见许院长。许院长是学中医的，正在给一个中年妇女号脉，见他来到中医门诊，笑着说：“高院长来得真快呀！”高玉川说：“许院长你刚来不熟，我也不能多耽搁时日，你忙吧！”说罢就到儿科诊室上班去了。他看了两个小孩，等了一会儿没有病人了，他就抽空取钱，把镇上承包费10万元和信用社的20万元本钱都还上了。谭主任说：“利息还有5万！”高玉川把肖琼病重住院、为民医院发生的事故及医院大楼作抵押贷款还债的事详细地叙说了一遍。谭主任听罢说：“这怎么办呢？好吧，我向市总社汇报一下吧！”高玉川说：“那就请主任多多包涵了！”说罢告辞谭主任回到了医院，这时到了下班时间。他和许院长一同到后院食堂吃了午饭，便各自回宿舍休息……

10月15日下午，肖琼通过两个月的化疗，病情没有加重，但也没有好转。他在万全扶着上厕所的时候，随便照了一下墙壁上的镜子，镜子里的他须发皆无，秃头下一双环眼也失去了神韵。他唉了一声对万全说：“你给高玉川打电话，就说我想出院。”万全扶他上床后，马上给高玉川通了电话，高玉川说：“我明天来市医院。”当天夜里，肖琼久久不能入睡，他想到母亲（父亲已于1999年去世）都80多岁了，两年多了还没有见过一面，不知贵体安否？哥哥、姐姐都好吗？表妹是否知道我住院？继业学习是否有进步？还有唐娟娟母子……想着想着，眼泪就淌下来了，他用手掌抹了一下。真是：“路远莫致倚惆怅，侧身西望涕沾裳！”他毕竟是学医的，他对自己的病已估摸到七八分，赶快回老家让巫信再号脉看看，是否有祖传秘方搭救。在这里再不能住了，万一有个三长两短，连年迈的老母亲和其他亲人都见不上一面，那就是死了也不会瞑目的。

正是：病入膏肓危旦夕，人到不堪思亲人。回归故里乃为上，免留他乡魂飘零。欲知后事如何，且看下回分解。

第二十二回

转医院肖琼病故　理后事任顾出力

16日上午10时许，高玉川风尘仆仆地来到了病房，肖琼把出院的打算和昨晚所想的都给高玉川说了，高玉川说："我试问问习主任再说。"他到主任办公室把肖琼的意见给习大海说了，习大海严肃地说："通过两个月的化疗，前天复查，肾脏病灶没有多少变化，特别胃底癌变在加剧，我们这里已尽力了。他想转院回去治疗也可以，不过路途遥远，得用救护车日夜兼程护送，特别路途护理要加强。如果你们意见一致的话，你先做准备，我可以联系医院救护车。"高玉川回到病房把习大海同意转院的话给肖琼说了，肖琼脸上显然有了些笑意，并说："你马上回金湾医院交手续送我回家吧！"高玉川点头后就到护办室、出院结算处把肖琼的住院费、医疗检查等费算了一下大约8万元。他及时给任顾通了电话，让任老师通知熊会计给他的账号上汇来9万元，肖院长准备出院。这些事情办完后，他又匆匆返回金湾医院去了。

高玉川于下午2点返回了医院，他把肖院长决定出院回北海省老家治疗的情况给许院长说了，并说："现在医院转交手续已办了，许院长你就重整旗鼓，开拓创新吧。我已替肖院长把所欠债务还清了，至于信用社所欠利息5万元，你可和谭主任交涉。当时贷这笔钱是咱们医院维修和解决拖欠职工工资的，按理医院应该承担。不过这是个遗留问题，实在不好解决，我回去后，咱们再联系解决吧。现在我准备和胡卫华、李霞一起护送肖院长回老家治疗养病。"许院长说："行，我把情况给镇上也汇报一下！不过你们三人把肖院长送回去安排好后，仍然回咱们医院工作，咱们这里正缺人手。何况我刚来，很多方面生疏，你是副院长，情况也熟，千万别溜之大吉哟！"说罢笑了笑。高玉川说："我先送病人，至于去留问题，我可以考虑，毕竟这里就像我的第二故乡一样，怪留恋的。"说罢就到护办室通知胡卫华、李霞做好回北海省的准备。

由于许院长的汇报，镇党委陈书记和齐主任来到了医院，许院长忙请到院长办公室坐下。陈书记对许院长说："你通知一下高院长，叫他来这里，有事商量。”许院长给高玉川打电话，此时高玉川正在后院的宿舍里收拾行装，作回老家的准备。他听陈书记来院，马上停下手中的活来到了三楼院长办公室，他刚进门，陈书记和齐主任就从沙发上站起，亲热地握了一下他的手。并说：“高院长你坐下把肖院长的病情说一下。”高玉川顺便就坐在陈书记对面的沙发上说：“肖院长的病越重了，通过化疗还不见好转，人也瘦得不像样子。现在本人和主治医生都同意转院，我看还是送回老家疗养好了。在肖院长承包医院期间的债务，我都清理了，现在就是欠信用社贷款利息 5 万元了。”接着他又把为民医院 8 月份发生的事故及事后处理情况简单地说了一下。陈书记听后说：“原来是这样！”停了一下他面对许院长说：“那 5 万元利息，你写一个请求贴息报告，送到镇上研究解决。”接着他对高玉川说：“明天早上我和包镇长送你们到市医院，并看望一下肖院长。要定最好的救护车送肖院长，护送费由镇上支付。”高玉川听后激动地说：“感谢党委和政府了！”陈书记笑了笑说：“谢什么，你们来这里也做了一些工作。现在肖琼也病了，他的为民医院又出现了问题，我们是十分同情的。好了，你赶快做准备吧！我们回去了。”说罢他和齐主任下楼回镇上去了。

17 日早，镇政府白色桑塔纳小轿车驶进医院后院，这是陈书记常坐的车。司机小邓下车帮高玉川、胡卫华、李霞把东西放到车后箱内，拉上他们三人到镇政府门口。这时陈书记、包镇长、齐主任坐着另一辆黑色桑塔纳从镇政府出来，一前一后直奔吉安市。到了市医院，在高玉川的引导下。陈书记一行来到了内三 304 病房。肖琼听到很多人进来，转脸一看是陈书记、包镇长、齐主任，他马上伸出手和他们一一握了手。陈书记说：“肖院长，你受苦了！我和包镇长、齐主任来看你。听说你要转院，你感觉怎样？”肖琼非常吃力地说：“感谢领导来看我，我这病恐怕一下子好不了，我想回老家治疗。”包镇长接着说：“肖院长回去后好好养病。”

当陈书记等和肖琼谈话的时候，高玉川和万全跑着把出院的手续办完了，肖琼的住院医疗等费共计 8.2 万元。陈书记、包镇长和肖琼谈完话后，齐主任和高玉川通过刁大海联系好了医院的救护车。陈书记和包镇长看着医护人员把肖琼抬上救护车，就对齐主任说：“你代表党委、政府送肖院长，一路小心！”于是齐主任、高玉川、胡卫华、李霞等 4 人，带上急用药品、氧气包等急救用品上了车。救护车启动了，陈书记和包镇长向车上的人招了招手，救护车载着肖琼等出了市医院大门一路向西北方向去了……正是，有诗送肖琼：踌躇满志到江西，赔了夫人又欠币。身染沉疴难治愈，秋风落叶伴西归。

出了市区，高玉川就给任顾通了电话说：“我们已送肖院长往回赶，预计后天就到！”任顾听后，就和魏小花带上几个人到医院后院，打开院长家门，把房间打扫收拾了一下，等待肖院长的归来。

19日下午，一辆赣E08016号的救护车驶进了为民医院，当车徐徐停稳后，任顾、熊会计、魏小花等医院职工马上围了过去。司机打开后门，高玉川先下来，待齐主任从前门下来后，高玉川和任顾等一齐动手把肖琼抬出救护车。由于过了西安怕肖琼受凉，高玉川专门买了一顶蓝色绒线帽给戴上。所以大家一眼看到的是一个干瘦黄脸老太婆，再细看时，确实是脱了须发的肖院长。这时魏小花已泣不成声，她跟着抬肖琼的人群一直到后院肖琼的卧室。她看着大家把表哥抬到了床上后，马上拉开被子给表哥盖上。任顾还和肖琼握了握手问：“肖院长，你受苦了？”肖琼也小声答：“不要紧，任老师你好？”任顾说：“好着呢，你安心好好养病。”肖琼望着任顾，眼内淌出了一滴眼泪……高玉川此时和胡卫华、李霞请齐主任和司机在外面饭馆吃饭去了。吃过饭，齐主任道别了任顾、高玉川等，就坐车回江西去了……

当看望肖院长的人撤离后，魏小花才凑上前一把拉着表哥的手哭着说：“表哥，才半年多时间，你咋成这个样子了？”肖琼喃喃地说：“病来如山倒，天不佑我……”话没说完，眼泪倒流了下来。魏小花一看这样，强忍泪水，摆了热毛巾给肖琼擦了脸，就做饭去了。一会儿，魏小花做了一碗香喷喷的葱花鸡蛋面端到肖琼床前，扶表哥抬起上身，捧着碗让表哥吃。肖琼好长时间没有吃到这样的饭了，他拿起筷子抖着手勉强吃了半碗就再也吃不下去了。当晚，魏小花就守护在表哥身旁。

第二天早上，魏小花给表哥准备牛奶稀饭等早点，可是肖琼一点也吃不下。他对表妹说：“我这病在江西把好多方子都用上了，未曾见效，我回来想让巫信用中医调治调治，人家有祖传秘方。”魏小花一听表哥想叫巫信看病，心中的怒气一下冲了上来……她气愤地说：“表哥！你再不提那个姓巫的了！”于是她把巫义在医院胡整，将医院大楼抵押贷款，最后出了事故……熊会计又贷款……任顾、高玉川处理善后问题及理赔等情况从头到尾叙述了一遍。肖琼听后说：“我说任老师咋在这里迎接我呢？原来是这样！”稍停了一下，又狠狠地骂：“巫义！你——你个王八蛋！你把我的家业……”还没骂完哇的一声吐了一口黑血，人就晕过去了。魏小花赶紧哭喊叫人，不到3分钟，任顾就带着医护人员来抢救、挂针。从现在起，肖琼又纳入本院重病号的护理程序，昼夜有医护人员护理。

肖琼病重的消息很快传到了河西老家，84岁的老母亲在大儿子和女儿的搀扶下从河西坐车到了为民医院。老人家看到儿子成了这般模样，抓住肖琼的手痛哭不已，使在场的人无不感动落泪……

医院大楼抵押贷款，巫义酿成重大事故，理赔欠债的消息已传遍院内外……特别是肖琼得重病回来以后，医院职工人心浮动。有一技之长的，有合法证件的都私下联系单位。恰在这时候，市医院和个别县医院为了补充医务人员的不足发出了公开招考医务人员的通知。所以为民医院的绝大部分人不是准备到各医院、诊所、药店，就是报名考试。报了名的就抓紧业余时间复习，没有报名的就等着在本月工资发了就跳槽……

11 月 5 日，熊会计又在农行贷了 20 万元，清理了巫义等以及肖琼住院所花费用的借款，发了职工的工资。工资一发，树倒猢狲散，医院基本人走楼空。只剩下任顾、高玉川、熊会计、魏小花、胡玫瑰、胡卫华、李霞以及三个没门路，又没报名考试的青年医护人员。

6 日清早，肖琼从昏迷中清醒过来，他看到身边的护士不见了，只有魏小花和胡玫瑰陪护着。一会儿李霞来了，魏小花看李霞来了，就出去给儿子买馍馍打发上学去了。肖琼以微弱的声音问："你们咋没上班去？今天咋没听见职工上班的动静？是不是人都走了？"问了三遍不见胡玫瑰和李霞回答。这时胡玫瑰一下子忍不住哇一声哭了，李霞也偷偷地抹眼泪。肖琼一看全明白了，他头一偏又昏了过去，李霞急忙跑出门喊任老师、高院长去了……任顾和高玉川匆匆赶来，胡卫华等随后赶到。大家经过一番抢救，肖琼终于苏醒过来了。他慢慢地，有气无力地说："完了，全完了……"渐渐又昏睡过去了。任顾仔细一看肖院长今天气色不对劲，马上让高玉川通知其家属来院，以防不测。下午，肖琼的哥哥、姐姐、侄儿及市内外的亲戚都陆续赶到医院，肖琼在昏迷中，他们在哭泣中……一个悲凉的气氛笼罩着为民医院。

11 月 7 日是个立冬的日子。清早，肖琼又清醒了，众多亲人围上前问他，他嘴巴张了两下，没说出话来，他用力张大眼睛把凑在前面的亲人一一看了一遍，头一歪就咽气了，时年 53 岁。这时候，全屋一片哭声，悲悲切切、凄凄惨惨……一个经历十年风雨，创办医院的、南山市改革开放的弄潮儿悄然地离世了。肖琼去世的消息一传开，他的不多的几个亲朋好友和几家医院也派人送来花圈和挽联……

10 日早 8 时，北方的冷空气袭来，雪花随着西北风、沙尘一齐飘洒着，装载着肖琼灵柩的汽车和送葬的几辆小车顶风冒雪向河西驶去，沿路留下了零星的纸钱。10 时许，灵车到了肖琼老家的祖茔，当灵柩下葬以后，肖琼的众多亲人都哭了，特别是魏小花领着魏继业哭得最伤心悲切……安葬完毕以后，任顾站在山坡上望去，西山畔阴云低垂，远处古树寒鸦，近处枯草摇曳，故坟一片，肖琼的这座新坟又十分显眼。他叫上熊会计、高玉川等安慰了一下在场的肖琼家属，并到肖琼的老家看望了一下肖琼的老母亲。之后，他们和医院其他职工返回了医院。

城关信用社听说肖琼死了，绝大部分职工都走了，知道靠医院营利还贷款纯粹成了泡影。于是给熊会计打了个电话说，他们准备拍卖医院大楼，希尽快将楼内的医疗设备、办公用品转移腾空。熊会计将这些情况告诉了任顾，任顾说："事已如此，咱们尽快发广告，跑医院，能处理的处理，能拍卖的拍卖。"

通过任顾、高玉川下乡镇、托熟人，总算把彩超、数字化透视机等大型医疗设备以及桌凳、病床等卖给了一家民营医院和三家乡镇医院。剩余的小件什物经过胡玫瑰和胡卫华等人的拍卖也基本处理完了。经过熊会计收款合计共 81.4 万元，还去信用社后期贷款 50 万元，农行贷款 20 万元，其他债务 6 万元，埋葬肖琼 0.7 万元，　剩余 4.7 万元。

任顾让高玉川通知肖琼直系亲属中管事的人来医院商讨善后事宜，过了半天，肖琼大哥肖琦和二姐肖琮来到了医院。经过任顾主持，肖琦、肖琮、熊会计、高玉川、魏小花等人参加的商讨会，最后讨论结果：给肖琼母亲付养老费 2 万元，剩下 2.7 万元和医院后面单门独院 5 间房子由魏继业更名为肖继业继承。

这些工作完成以后，高玉川带上妻子、女儿和胡卫华、李霞仍回江西金湾医院去了，那边许院长正等他们回来一起开展工作呢。剩下的几个人，任顾通过老同学、老同事和老朋友关系，把魏小花介绍到如意来超市当了收银员、胡玫瑰到市药业公司当了库管员、三个青年医护人员都给安排到医院和诊所去了。这些事情办完之后，任顾对熊会计说："我应该回去了，你把医院大门看好，等信用社的人来取钥匙吧！"

11 月 19 日，任顾了却了一切麻烦事，仍然骑上那辆黑色永久牌自行车回到了家里。他对肖琼的创业成败和人生浮沉苦思良久，感慨之余，觉得人活在世上就那么一回事。生时好像什么都没个止境，死了，一切都够了，满足了，人的欲望啊——只有到了生命的终点才能彻底达到。想到这里，他到他的书桌旁坐下，想准备写点什么，可是电话又响了……是市内《创新》杂志社的安总编又邀请他帮助编审稿件。他思之再三，盛情难却，最后还是去了。

这家杂志社人不多，工作量也不大，随心所欲而已。可是任顾多年养成的老习惯，按时上下班，工作时尽心竭力，不苟言笑，成了一些青年人的笑料。当然，也成了全社的楷模。

正是：任顾向来不自傲，以德报怨品格高。怜孤恤寡为己任，不怕他人当笑料。欲知后事如何，且看下回分解。

第二十三回

巫义康复出医院　法律责任难推脱

却说，肖琮丧事完毕以后，其亲属痛定思疼。除了其母亲被隐瞒外，特别肖琦、肖琮对弟弟的病故十分痛惜。肖琦的大儿子肖继忠在河西县检察院工作，他对叔叔的创业艰辛及作为也比较清楚。当然，对法律是了解的。他安慰父亲和姑姑说："你们不要太悲伤了，叔叔已经去了，过分伤悲会伤身体的。咱们不能便宜巫家兄弟，等巫义那小子出院后，咱们向法院起诉他！他没驾照开车酿成人命案，把叔叔的家产赔光了，叔叔也被他气死了，难道让他逍遥法外不成？"肖琦、肖琮一听齐声说："这是个理！你看咋办呢？"肖继忠说："爸，以你的名义告巫义和他哥巫信，咱们提出刑事附带民事赔偿，巫义光棍一条，拿啥赔？他哥开诊所药铺多年了，而且心黑，听说挣钱也不少。"肖琦、肖琮一听，心中的悲伤被愤怒代替，愤怒被肖继忠的话语而安慰，于是肖家向巫家讨公道的序幕拉开了……

11 月 10 日巫义想出院了，后期住院费 6096 元需他自己付，为民医院开头替他交了 5000 元。司桂香住了 14 天就回酒楼上班去了，另一个重伤员只住了一个月也康复回去了，这两人的住院费用已由熊会计清理了。唯独巫义的欠费熊会计不予理睬。原因是：一、巫义本来在 10 月下旬就可以出院，但是巫信不让巫义出，巫义也不想出。他心想：反正有人掏钱，护士送饭，听说医院垮了，出去也没事干。在这里还挺好的，还能和几个年轻护士说笑。所以他拄着拐杖在楼道里噔噔地闲转，有时候伸着个光头在这个科室看看，在那个房间瞅瞅，真像肖琮当年检查工作一样。二是肖继忠给熊会计打了招呼，不但不给巫义交医疗费，而且要求把巫义在医院期间的花销和事故造成的损失彻底清算一下后，给他把清单拿来。因此，巫义想出院，但欠费，他只好用手机给哥哥巫信打电话要钱交费。巫信接上电话骂了几句，很不情愿地来交钱办了出院手续。

当巫信叫辆出租车拉弟弟回家时，巫义说："哥，你先回！我还有点事，给我 100 块钱吧。"巫信沉着脸给了一张百元票子骂道:"你不回家有啥事?"转身坐车回家去了。巫义看哥哥去后,招手坐辆小车到"红星酒楼"找司桂香去了。

巫义伤痛好转以后,几乎每天都给司桂香打电话,司桂香就是不接,只是前两天司桂香偶尔接了他的电话,并冷冷地说:"你给我再不要打电话,真讨厌!"他说:"我现在好好的了,在医院缓胖了,你还讨厌啥?"对方再没说什么,他内心欢喜,赶快出院,看心上人去吧。

巫义在红星酒楼门口不远处下了小车,并自我打量了一番。心想:这般光景进酒楼看女朋友不大合适,还是约出来见面吧。他用右胳膊夹着拐杖,左手掏出手机给司桂香打电话,一连打了四遍没人接。他眨巴了一下子小眼睛一想,噢!……小司可能给客人端饭菜呢,双手端盘子,怎么接手机?看我这死脑筋。他装上手机,顺便在光头上拍了两下,走!到门口叫她。

他拄着拐杖刚到酒楼门口,里面一个女服务员把他当作叫花子,赶到门口说:"去去去!"巫义边用拐杖敲地,边厉声说:"我不是叫花子!我是来找人的!"听见门口有人嚷,里面又急急地跑出来两个女服务员,其中一个认识巫义的服务员说:"哟!巫院长!好久没见,你咱成这个样子了?"巫义顿时挺胸扬眉说:"因工负伤!"旁边两个服务员一听,这个贼眉鼠眼,像个叫花子的光头鬼还是个"院长",都忍不住捂着嘴笑着走开了。巫义接着问:"小司在吗?"女服务员眼珠子转了一下说:"我今早到现在没看到,我试进去给你找找。"说罢转身上楼去了,不大工夫又下来对巫义说:"司桂香请假回家了。"巫义自言自语说:"我说我电话咋没人接。" 其实司桂香此时正在二楼餐厅闲待着,她根本再不愿见那个流氓了。所以,她给上楼来的女服务员说:"你就说我请假回家了。"

巫义将信将疑:她老家在东山计塬乡,那里可能没信号?可是刚才打电话明明是通着的,就是无人接听,是否这小娘们看我落难了,变心了?真他妈的水性杨花!回吧,等丢了拐杖,把人收拾精干再来找她不迟。况且我在红星酒楼也放过风,"谁敢和司桂香好,我就带上几个人'修理'他!"我想酒楼里那几个小子还没有吃过豹子胆的。想罢后,他仍拄着拐杖打的回哥哥家了,况且肚子也饿了……

巫义 10 岁丧父,那时哥哥巫信刚卫校毕业,被分配在河西乡下一个卫生院工作。过了两年,哥哥和相邻的白桥乡远房的一个亲戚的侄女结了婚。嫂子姓邓名梅,没念过多少书,但农活家务活样样都能干。加上母亲辛苦操劳,姐姐辍学帮忙,一家子过得还算可以。

"国有大臣,家靠长子"。巫信自然而然地担起了家庭重担。他节衣缩食,每月不高的工资几乎都用在家庭的花销和弟弟的学业上。可是这巫义不成器,学习跟不上,调皮捣蛋数第一。从小学一直混到初中毕业,升高中无望,参加了中专考试。通过兄长跑门子,总算录取到南山市农校兽医班。三年修业期满混了个中专文凭,成为了兽医站工作人员。但是他又不安心本职工作,今天跟上朋友跑车拉煤,明天又帮朋友搬家……总之,他整天忙忙碌碌,就是在单位见不着人影。站长找他谈了两次话,最后,他索性停薪留职自由地生活了。有时出门10多天,有时回家睡几天,吃饭还要人叫呢。嫂子渐渐对他也反感了,特别自前年母亲去世,姐姐出嫁,嫂叔之间的矛盾日益升级。好在巫信在头顶压着,不然早成仇人了。无奈,巫信又将巫义介绍到河西老乡的一家诊所打杂,不想这巫义还是三天打鱼两天晒网。因此,就给肖琼介绍了一下,到了为民医院。

进入冬季,鲜有的绿色早已经逝去,灰冷的调子涂满大街小巷,人们行色匆匆,让这座本不大的城市倍感凄冷。巫义下了出租车一瘸一拐地走到了南城路7号楼1单元2号哥哥家。因为是一楼,他不太费力地就到了门前,按响了门铃。侄女巫秀秀开了门,他拄着拐杖拉着瘸腿进去后,首先向嫂子问了好,就坐到客厅茶几旁哥哥对面的沙发上。用小眼睛瞅了瞅哥哥,哥哥也用眼瞟了一下弟弟说:"你伤还没好,又跑哪里去了?"巫义说:"我在住院时一个朋友来看我,我借了人家80元钱,说出院时还。借债还钱,天经地义,咱不欠人的钱!"巫信一听是还钱,再也没说啥。一会儿又说:"你在家好好缓几天后,咱俩到死者的家里慰问一下,免得人家再告咱们,看你闯的这祸!"巫义说:"缓啥呢,明儿咱们就去!"巫信说:"也行,我看你以后再在哪里都不去了,况且谁要呢?你就在咱们诊所里抓药吧!反正秀秀元旦就结婚,秀秀一走,我一个人也顾不过来。"巫义一听高兴地说:"我以为哥哥今天骂我呢,没想到你还给我安排了工作!"说罢"嘿嘿!"笑了两声,并用小眼睛向厨房那边瞅了瞅。巫信一看弟弟饿了就大声喊:"饭熟了吗?" 妻子邓梅应声说:"快了!"一会儿邓梅和秀秀就把饭菜端来了,今天的饭菜是巫信特意安排的,鸡、鱼、羊羔肉都有。毕竟弟弟大难不死,虽然闯了祸,但有人啥都有。

第二天,巫信租了辆黑色的福莱尔小轿车,置办了三份厚礼带弟弟出发了。临上车时,特意把自己多年没戴的一顶蓝色鸭舌帽子给巫义戴上,一则怕弟弟光头受凉感冒,二则免得人家说弟弟不礼貌。

兄弟俩走马灯似的跑了三家,死者家属却表现得不热情,也不太冷漠。巫信一脸诚恳地表示问候和同情,巫义拄着个拐杖拖着个瘸腿只是点头认错。人家一看这小子也成了这般模样,况且自家的人已不在了,还说些啥呢?

甚至还有一家在山区的还给他们管了顿饭。兄弟俩和司机吃饱后就返回了家，刚回到家，巫义就夸哥哥会说话。于是他抛弃了拐杖拄着沙发扶手、桌边，沿墙壁开始慢慢走动。他心也急呀！一是要准备上班给哥哥帮忙，二是赶快振作起来见司桂香。

再说司桂香自拒绝会见巫义之后，就把他彻底抛到脑后，她又开始注意第一个向她求爱的后厨面点青年师傅柴小保了。柴小保也看出了点动静，但是他不敢主动接近。他害怕巫义知道了带上人来“修理”他，他也听说那家伙是个亡命之徒。

11 月 22 日清早，司桂香和两个女服务员刚给来就餐的客人上过早点，不经意朝外一瞧。酒楼门前刚停下的一辆红色小车上下来一个小个子、戴着蓝色鸭舌帽、穿一身迷彩服的人。那人抬头向酒楼一望，司桂香啊了一声，悄悄对身边的两个服务员说：“来人找我，你们都说我没在！”说罢急忙跑到楼道尽头的女厕所。巫义由于刚丢开拐杖没几天，所以走得既谨慎又缓慢。他斯斯文文地走进门来，在一楼餐厅扫视了一下，没有司桂香。他也没问那两个服务员，就扶着扶手直接上二楼。二楼的三个服务员都是原来的，也认识巫义，但司桂香给她们通了气，一齐凑过来问：“你今天又来找司桂香吧？她又不在！”说罢都嘻嘻地笑了，巫义强压怒火也挂上笑容问：“她又去哪里了，是不是在躲我？”其中一个身材苗条，面容姣好的服务员说：“她母亲有病了，又回老家了，哪里在躲你，她天天在想你！”说罢又笑了。巫义听罢喜上眉梢说：“真的天天想我？哈哈！那我就回去上班去了。如回来，请你告诉她，让她有空到向阳南街巫信诊所找我，打扰了，再见！”说罢仍扶着楼梯扶手慢慢下楼，哼着小曲出门打出租车去了。巫义去后，一楼一个服务员忙跑到女厕所报了信，司桂香才出来干她的活去了……

12 月 1 日，市法院的传票及原告肖琦的诉状附件送到了巫信的诊所。刚上了几天班的巫义像霜打了的蔫茄子，口哨也不吹了，小曲也不哼了，几天来的高兴劲一点也没有了。巫信看罢诉状后气愤地骂：“日他妈的，把我都当成被告了！你看看。”顺手扔给了弟弟，巫义略看了一遍说：“哥，你不要生气！只要死者亲属不告咱，他肖家告咱，闲球蛋！谁叫他肖琼骚情的请我呢，我在学校连个组长也没当过，他还请我当院长呢！狗嚎怨自己，怪他！咱不告他，他还告咱！”巫信一听，心想：这光头弟弟说得也有道理，是这么个理。法庭上见高低！便说：“咱们得有个思想准备，待晚上回家商量。”

当晚回家后，巫家连电视都没开，吃罢饭后就开始讨论对策，最后讨论结果是：1.巫义继续装腿瘸，拄着拐杖看诊所，卖药；2.巫信明天开始在三家死者家属中活动，并叫他们把一切责任往肖琼身上推，而且又给每家给了1万元的安抚费；3.家庭生活安排好，养好精神准备上法庭……

12月3日，天朗气晴，干冷干冷。市法院第四审判庭座无虚席，原告方：肖琦、肖琮、肖继忠等肖家子侄男女共7人；被告方：拄着拐杖拉着瘸腿的巫义、巫信(第二被告)、邓梅、巫秀秀4人；证人、旁听席上：熊会计、魏小花、胡玫瑰以及死者家属等共10人。临到8点55分快开庭的时候，任顾被肖家邀请，法官同意，派专车接了来(原因是当时理赔由他主持解决的)。任顾的到来引起了场内的轰动，特别巫信的脸色不好看到了极点，巫义眨巴着小眼睛把任顾瞅了三遍。

9时，审判长褚庭长宣布开庭，书记员摊开记录本准备记录。肖继忠代理父亲念了诉状，诉状指出：第一被告人巫义无证私自驾车酿成重大伤亡事故，要负刑事责任；巫义和第二被告人巫信对事故应负民事赔偿责任，死伤总费用70万元，被告应承担50万元。

法庭辩论开始，肖琦父子轮流说一番后，巫氏兄弟发言了……这兄弟俩精神抖擞一唱一和，配合十分默契，把一切责任全推到肖琼身上。不但不承担任何费用，反而当庭提出要原告承担巫义的住院费、精神损失费以及其女朋友的不理费共56000元。肖继忠虽然在检察院工作，面对巫家兄弟振振有词的答辩，他难以驳倒，不住地用眼睛往死者家属那里瞅。最后轮到证人提供证词，审判长问死者亲属，只有一家提出巫义应负刑事责任，其他两家轻描淡写地说了几句无关紧要的事。其实他们根本不想来，他们认为：人已经死了，巫义也是他们娃娃的好朋友，现在几近残废，不打落地的“牌”。况且人家又两次三番地看望我们，该饶人处且饶人。肖家人一看这样，急了，都一齐向任顾投来求援的目光。审判长一看这形势，就请任顾作为证人当庭发言。任顾刚站起，审判长说：“任老师，您坐下说。”任顾把巫信如何把学过兽医的，而无医师资格证的弟弟巫义推荐到为民医院，以及其在医院胡作非为，最后酿成事故和医院蒙受重大损失，以至于最后关门拍卖的事叙说了一遍。这时肖家人以及魏小花、熊会计等都向任顾投来感激的目光，而巫信、巫义兄弟一齐怒视了一下任顾后，都低下了头。

最后法庭休庭合议后当场作出判决如下：

一、巫义无驾驶证私自驾车酿成重大伤亡事故，判处三年有期徒刑，但念被告肢体未愈，缓期两年执行。

二、第二被告巫信，身为国家干部，理应模范执行法度。但徇私枉法，把无医师资格的人介绍到医院工作，而且酿成重大人员伤亡及财产损失事故。应追究民事责任，判其及第一被告赔偿原告提出的死伤赔偿及医疗费的三分之一，即23万元。

三、此判决若不服，可在15日之内提出上诉，过期不予受理。

特此宣判

南山市人民法院

二〇〇四年十二月三日

审判长把判决书刚宣读完，巫信就向着审判长大声喊："我不服，要上诉！"巫义拿起拐杖指着任顾骂："任顾，等着瞧！"审判长说："你们可以上诉！"任顾也对巫义说："我天天等你！或家或创新杂志社，都可以。"这时候肖家人等、死者家属都出了法庭。巫信看其他人都走了，连自己老婆和女儿都跟上别人走了。他瞪了弟弟一眼，气愤地说："走，还愣着干啥？"巫义用手扶了一下鸭舌帽，拄着拐杖拉着瘸腿，摇摇摆摆地跟在哥哥的屁股后面走出法庭。审判长、陪审员、书记员分别和任顾握了握手，并用法院的小车把任顾送回了家。

正是：事故罪责嫁死人，巫氏兄弟太无情。任顾仗义表真言，这场官司才摆平。欲知后事如何，且看下回分解。

第二十四回

巫家认输赔了款　乔玉三番请任顾

却说，巫信兄弟俩一高一矮、一前一后地走出法院大门。邓梅和女儿巫秀秀正在街边等他俩，一看丈夫和弟弟出来了，就招手挡了辆黑色出租车，她先让丈夫和瘸腿弟弟上去后才和女儿挤了上去。

回到家后，邓梅和女儿都到卫生间洗手准备做午饭去了，巫信不声不响地坐在沙发上抽闷烟。巫义这时烟瘾也犯了，他扔掉拐杖，弯腰麻利地从茶几上的一包国宾香烟盒里抽出一支含到嘴里，顺手拿起打火机点上狠狠地吸了一口，坐在沙发上扬起头悠闲地吐出几个烟圈圈。当他望着烟圈圈飘过他哥哥头发近乎花白的头顶时，他才发现他哥哥紧皱眉头在想什么。他心内嘀咕："想啥呢？先把烟瘾过饱。吃了饭，睡个午觉再说，看把你难过的！"于是他又抽了两口烟后笑嘻嘻地说："哥，你别苦思冥想了！一个反诉状有啥难写的，等饭后我休息起来，我说你写。把他姓肖的有啥告头！不要以为他们检察院有人。我看那个肖继忠嘴笨，哥哥的口才比他好得多，不是任顾出来帮忙，他肖家输定了！"巫信抬起头狠狠地瞪了弟弟一眼，并用右手食指指了巫义一下骂道："你把我害苦了，你还有脸在这里说话，反诉什么？你明明把人家人弄得死的死，伤的伤，你不坐牢谁坐？咱们不赔钱能说得过去吗？人命关天，你懂不懂！我含辛茹苦节衣缩食攒了两个钱，准备给你办婚事。这下全赔进去了，你等着打光棍吧！"

恰在这时，秀秀把午饭端来了，今天午饭比起前两天质量差多了。一盘土豆丝，一盘炒豆腐，一小盆鸡蛋汤，一大盆米饭。巫信吃了一小碗米饭，喝了半碗汤，巫义吃了两大碗米饭，喝了两碗汤后，起来拉着瘸腿到小卧室休息去了。邓梅和女儿还没吃罢饭，小卧室内屁和鼾声响作一团……

不多几天，市法院执行庭执法人员来到巫信诊所收取了 23 万元之后，通知肖琦领回了此款，肖家人总算舒了一口气。肖继忠临回河西时，专门到创新杂志社看望了一下任顾，并说了些感谢的话。任顾说："感谢什么？凡真正的人就要讲公平，讲道理，天下为公嘛！只有这样才能达到人民团结，社会和谐。”肖继忠点头说：“任老师讲得好，讲得好！”说罢双手紧紧地握了一下任顾的手，点了点头，挥手告辞回河西去了。

南山市本来不太大，而且有个特点，就是消息传得快。肖巫两家的官司胜负，以及法庭上的辩论等情很快传遍了城区。连不识字，当然不看报纸和公告的乔玉也知道了。他听说，不是任顾仗义执言，肖家根本赢不了巫家，谁不知道巫信是南山城里有名的伶牙俐齿？他又仔细一想，我公司不就缺任顾这样的人吗？我以前在一次政协会上见过他，请过他，他不来，这次我一定要把他请来！可是听说人家在北城区一家杂志社上班，但不太忙，咱请他当业余参谋总可以吧！于是他通知办公室祁主任置办了一份厚礼，准备请任顾。什么时候去合适？当然不能去杂志社，到那里请人家的人，杂志社的头头会不高兴的，这分明是拆人家的台。晚上到他家请，听知情人说，任顾晚上一般不出门，对！就这样定了。

12 月 9 日晚 8 时，乔玉坐上紫红色夏利小轿车，让司机小荀一直把车开到西环路金城小区任顾的家门口。拎了一大包礼品敲开了门，开门的是一个6 岁左右的小男孩，一问才知是任顾的孙子。进去一看，一位 50 岁左右的胖女人边嗑瓜子边看电视节目。小男孩说：“奶奶，客人来了！”胖女人忙起来让座，乔玉坐下后问：“你是任顾老师老伴吧，他去哪里了？”胖女人一边倒茶、递烟一边说：“是，人家经常晚上不出门，今天晚上到他弟弟家商量个事，刚去！”乔玉一听“刚去”，心想：不知这任先生啥时才能回来？不等了，他把刚点着的一支烟吸了两口就夹在左手的指缝里，茶也没喝就站起来对任顾的老伴说：“他姨，你忙吧！我改日再来！”说罢就往外走，任顾老伴赶忙上前把一大包礼品送到乔玉手里，笑着说：“他伯，这个不能收！任老师嘱咐过，我家有规矩，不收礼，你千万要带回。”乔玉红着脸说：“我也没拿啥贵重礼品，咋能带回呢？”最后看到任顾老婆执意不肯放下，就只好带回去了，他心内嘀咕：“这任顾家教还是挺严的。”

第三天晚上，任顾刚看完天气预报，电话铃响了。他接上一听是乔玉的声音：“任老师，你今晚没有重要事的话，我过来看你，并想请你助我一臂之力。”任顾说：“乔总，感谢你看得起我。天很冷，你就不过来了，况且前晚你大驾已光临过寒舍了。至于你要我帮忙的事，我应允就是了，我先和安总编商量一下再安排具体时间。”乔玉不好意思地又说：“我本打听一下你是否在家，亲自来请你，结果你就痛快地答应了，不要我到你家里了，这怕太简单了或怠慢任老师了吧！”任顾说：“加上上一次和前晚、今晚，你已请我三次了。

刘备请诸葛亮才三次,我算什么。就这都有劳你了,再见!”乔玉说:“好!”后放下电话心想:这任顾人都说办事干练,说话也很干脆,他说话也实在。他家真的像个寒舍,一组布沙发,一台小电视,几件陈旧的家具,还不如有些农民家里洋气。对了,他太清高了!

12 月 13 日,星期一。早上 8 时,任顾骑着车子准时来到杂志社,他开了编辑部的门,扫了地,抹了桌子,坐下看了两份稿件。这时快 8 点半了,其他人还没来。因为冬季天冷,包括安总编在内大部分人都是这样,只有任顾一个准时上班。编辑部里没有签到制度,假如签到的话,任顾保准一直是第一名。难怪有个别青年职工背地里骂任顾是“老革命、假积极或老讨厌等……”快 9 点了安总编来了,他笑了笑说:“任老师你成了咱社的勤务员了,每天来都打扫卫生,烧开了水。”说着拿起了茶杯在热水器上接了些热水把茶杯摇了摇倒到卫生间里,又放了些新茶叶接上开水放到办公桌上。任顾看安总编终于坐下了,就把乔玉请他的事对总编说了,并提出建议:“1.请安总编另物色人;2.暂时急切没有替换的人,可以将自己要审的稿件收集起来,每天下午或晚上加班审稿,哪怕双休日加班都可以。”安总编听后略微思索了一下说:“任老师,我知道你是闲不住且乐于助人的人,身体也好。这样吧!你每周下午上半天,周六上全天。根据你的审稿速度,你是完全能完成任务的。其他时间,你可帮乔总料理药厂的事吧!”任顾高兴地说:“如此甚好,社里厂里两不误,我能吃得消,并且我会感到人生更充实些。那么我把剩下的这份‘种养结合是山区农民致富的有效途径’的报道修改完后,就到乔总那边看看。”安总编说:“行,成人之美嘛!你审完后马上去。”

10 点整,任顾披着冬日少有的温暖阳光骑着车子来到了城西凤凰路 31 号乔玉药业有限责任公司(其实是一个小型的制药厂)大门口。朝里一看,坐西向东的一栋白色三层楼,靠院子后边还有一排白色上下楼,看来都是新盖的。任顾推着车子走进大门,一个瘦高的年轻门卫问:“老师傅,您找谁?”任顾说:“我找乔总。”门卫一听找头儿,热情地对任顾说:“老师傅,你把车子停在车棚里,到三楼找去。”

任顾按门卫的吩咐停好车子,上到三楼看到总经理室就在南边楼道的中间。他走过去在门上轻轻地敲了两下,里边是乔总的声音:“请进!”他慢慢推开门进去,此时乔玉正斜靠在黑色老板转椅上右手端着茶杯子,左手夹着一支卷烟,喝茶抽烟考虑问题呢。当看到任顾进来,慌忙放下茶杯,离开转椅用右手握住任顾的手高兴地说:“你真的就这么来了?我还等你的电话,准备派车接你呢!”任顾说:“派什么车?路又不远,骑车子倒挺方便自在。”乔玉笑了笑说："现在像你这样艰苦朴素的人很少哟！"说罢他亲自给任顾倒了杯茶放到一溜棕红的沙发前的一个玻璃茶几上，他听说任顾不抽烟，因此也没让烟。就拿来他的茶杯紧挨着任顾坐下问："你给杂志社那边咋说了？"任顾把安总编的话重述了一下，乔玉听后说："看来安总编是个爽快人。"接着又对任顾说："任老师，你就每天上午来一趟，我让司机小苟接你，先熟悉一下情况。"任顾说："熟悉情况可以，接送就免了，我还是骑车子方便，既不麻烦你们，也能锻炼身体。"乔玉还要争执，任顾摆摆手，表示坚决的意思，乔玉也就不好再说了。

接着他开始谈厂里的情况："咱们这个药厂我是1992年11月才建成的，以前只开了个养荣药店，再以前我和几个老乡合伙做药材生意……现在厂子里共有职工43人，其中行政财务后勤人员包括推销员8人，专业技术人员8人，其他都是生产第一线工人，当然包括车间主任在内。从人员上讲，最紧缺的是管理人员，我已67岁的人了，又不识字，搞管理真是力不从心。大儿子发荣，有文化，为人处世还差不多，就是死活不接我的班，况且人家也有一份工作。二儿子发贵……"说到发贵乔玉的黑脸有些发黄，显然是生气了。接着说："发贵不成器，气死我了，一会儿你可能会看到的。或者今天上午不一定来，不知这阵起床了没有！我请你来，一是协助我管理厂子的事，二是教育教育我那不成器的发贵，只要他能接好我的班，那我乔家就是烧了高香了。现在咱们厂子为了扩大影响称公司了，反正叫啥都一样，主要是把职工积极性调动起来，抓药的质量，把效益搞上去。特别现在国家对医疗、药品管理得更细了，更严了。我看你给咱们当副总经理，把行政管理职工思想政治教育这一块管上，就减轻我的大负担了。"

任顾说："我来就是为了帮助你，至于当什么都不重要，好了，我们先在公司里看看。"乔玉说："好，我陪你看。"于是他俩先到三楼的办公室、财务室、总务处以及会议室看了看就下到二楼、一楼的化验室、微机室、销售部、制剂室，中药饮片车间在后院。

当他们来到后院，任顾发现还有一个较大的水泥场做晾晒中药材用。两端各有一付篮球牌架，不远处还栽了羽毛球网、单、双杠等。看来职工业余时间还可以进行体育活动，这乔总虽然没文化，但想得还周到。

其实，公司的中层领导都听说过"任顾"这个名字，也可能听乔玉在什么会上或什么场合提说过。所以他们交头接耳或窃窃私语："老总陪的就是任顾，任老师……"任顾看罢后已11点了，任顾和乔玉仍回三楼总经理办公室坐下。任顾说："我从咱们这公司门口路过几次，但没进来过。今天乔总陪我看了一下,还挺不错,你真的倾注了大量心血,也为发展地方经济增添了色彩。”乔玉笑了笑说:“任老师过奖了,真的跑不动了,该到休息的时候了。可是这个摊子谁收拾,这几年我曾找过几个人来帮我。有的能力实在不行,不但帮不了忙,反而添了乱;有的也不真心实意帮咱,只是为了混钱;还有两个从领导岗位上下来的,过惯了机关生活,在我这个小企业感觉不适应,最后打了招呼回家坐下享清福去了。听说任老师讲究不多,且能吃苦,希望你把那边事情安排好,能尽快上班吗?快年终了,还有许多事等着你呢。”任顾说:“明天我把几件事赶着办了,后天早上一定来。”乔玉高兴地说:“好,我们到时欢迎你!”任顾笑着说:“欢迎啥呢,那我就先回家了。”乔玉抬手看了一下表,已12点过了,便说:“你赶快回吧。”任顾出了总经理办公室下楼推出车子,走出大门口就骑上回去了。

12月15日早7点30分,北风凛冽寒星闪闪,天还没有亮,任顾就已到了公司大院。他刚放好自行车就看到乔玉的小车驶进来了,车灯的两道强光在黑暗中划出两道明亮的口子,显然乔玉借助灯光看见了任顾。他下车砰地一下子关了车门紧走几步拉着任顾的手说:“任老师你就这么早来了,冻坏了吧?我还绕道到你家接你,听说你7点就出发了,快到楼上暖和暖和!”任顾说:“我不太冷。”

他们一齐上到三楼,乔玉打开自己办公室门先让任顾进,任顾也拉了一下乔玉一同进了门。乔玉赶忙开了灯,这时外面才蒙蒙亮。任顾仍坐到前天坐过的沙发上,乔玉忙把桌上的东西收拾了一下说:“等会儿大家都到齐了,咱们开个会,两个月没开会了。今天开会,一是欢迎你,二是把年终工作再布置一下。”任顾说:“我在会上和大家见个面也可以,没必要欢迎,主要还是你讲年终的工作。”

8点20分,祁主任来说:“乔总,人基本齐了,请你们过来开会吧!”任顾一听站起来,乔玉也跟着站起来,他们一同来到会议室。这时参加会议的职工都一齐把目光投向任顾:他们看到进入会议室的是一位年近5旬的精干男子,中等偏上身材,上身穿黑色皮夹克,下身着深蓝色裤子,脚穿黑色皮鞋,面色红润。也以慈祥的笑容看着大家,相比之下乔玉显得黑而矮胖。

乔玉把任顾让到红色椭圆桌跟前的椅子上坐下,他也坐在任顾身边问:“人都到齐了吗?”这时又从门口进来一男一女两名职工,祁主任站起来说:“基本齐了,开会吧!”乔玉又扫视了一下与会人员说:“今天咱们开个全体职工大会,首先我向大家介绍一下任老师任顾同志,以前我曾经给大家提起过。我老了,身体也不行了,加上没文化,管理咱们这个公司实在不行。现在请任老师来咱们公司担任副总经理，协助我的工作，我们大家表示欢迎！”全体职工都鼓了掌，任顾站起来鼓了掌对大家表示感谢后刚坐下。乔玉又请任顾讲话，任顾又站起来简单地自我介绍了一下，才慢慢坐到他的位子上……

紧接着乔玉开始布置当前的工作了，正在乔总讲话的时候，从门口又进来一个个头不高、黑而且瘦、戴黑墨眼镜的青年男子。这男子头戴红色长扇帽，脑后托着一把马尾辫，上身穿大红棉衣，下身穿浅灰色牛仔裤，进来后马上挤到人群里。刚进门时，任顾还以为是一个迟到的女职工。乔玉看了那男子一眼后，显然脸色黄了过来，讲话的次序显然乱了，最后又重复说了一下“安全生产”就气呼呼地说：“散会吧！”

正是：任顾受聘到公司，济济一堂开大会。乔总讲话正兴致，门里闯进乔发贵。欲知后事如何，且看下回分解。

第二十五回

提建议任顾尽虑　总结会群情激昂

职工们听说散会，马上拥挤着出了会议室，乔发贵不知什么时候出去的，任顾也没看清楚。这时候会议室只剩下任顾、乔玉和祁主任。乔玉坐下平静了一下心情对着任顾说:“刚进来的那个小子就是逆子乔发贵！”接着又对祁主任说:“祁主任！你把任老师的办公室打开，再把那小子叫来！”祁主任听罢就出了会议室取钥匙去了，一会儿又来到会议室门口说:“乔总，任老师办公室门开了，钥匙都在这。”说着进来把钥匙递给任顾，任顾接了钥匙后，乔玉说:“任老师咱们到你办公室坐坐！”任顾说:“走！”

他们向楼道北头走过两间房子就到了副经理办公室门口，任顾先让乔玉进，乔玉拉了任顾的手一同进了门。这是一间办公室，里面除了沙发比经理办公室少几组外，办公桌椅等其他设备都是一样的。墙上也有字画及世界、中国地图，看起来已有几位副经理在这里办过公了。

任顾环视罢就和乔玉一起坐在靠北墙根的一组三人沙发上，一会儿乔发贵进来了，他没坐只站在地上不住地用一双三角眼瞅任顾。乔玉说:“这是你任叔，我请来帮我也帮你！你应该把你任叔拜为老师，教育你，你坐下！乔发贵油腔滑调的叫声“任叔老师好？”说罢伸出戴有钻戒的右手点头哈腰地和任顾握了一下手后，用眼睛瞟了一下父亲后就坐在对面的双人沙发上。

由于儿子的表现，这时乔玉脸色又恢复了正常。祁主任提来了一壶开水，在茶几底层取出杯子，分别泡了茶放到三人的面前就出去了。这时任顾才仔细看了一下乔发贵，他酷似其父，黑面堂、蝌蚪眉、三角眼、塌鼻子、大嘴巴、黄牙齿。只是这小子左耳还戴着耳环，右手还戴有两颗金戒指，真像一个珠光宝气的女人一样。

乔玉侧目也看到了任顾在注视儿子，顿时他面带愧色地说:“任老师，说个你不见笑的话，我教子无方！”接着他又严肃地对儿子说:“你今天开会又迟到了，看你这副德行叫我老脸往哪里搁！好了，就不说了！从今天起，我把你交给任老师，你在学校里没学好，任老师也是教过书的，我给你再提供一次学习的机会。你在这里边工作，边学习，工作其次，学习为主。要尊敬任老师，听任老师的话，看你将来能成个有作为的人吗？去，到车间去！”乔发贵听罢猛地站起立正姿势双手抱拳嬉皮笑脸地掬了一躬，拿京剧的唱腔念唱：“任老师！——弟子暂时告辞了！”这个举动倒把任顾和乔玉逗笑了，乔发贵一看火候到了就一溜烟地跑下楼去了……

乔发贵走后，乔玉也站起说：“任老师，你就在这儿办公吧！咱们条件有限，你还需要什么办公用品就给祁主任喘一声，让她给你买，我先到下面看看！”任顾说：“乔总，你忙吧。”乔玉出了副经理办公室下楼去了。这时任顾也站起来看办公桌椅上面十分干净，显然是昨天刚打扫整理过的。他就拉开几个抽屉看了看，里面放了一些稿纸和近几年的“自产文件”。任顾就把“自产文件”随便翻了翻，得知从建厂、办公司以来，乔玉确实用了几个副手和办公室主任。其中两个任顾也听说过，工作能力不但差劲，而且为人也不地道。

现任祁主任单名婕，是中专文化程度，也是领导班子中为期较长的一名成员。她的影子在任顾的脑海中闪了一下……她身材适中，50多岁，烫过的头发笼罩着白净的脸蛋，穿一身整洁的深蓝色服装……

正当他整理文件、收拾办公室其他东西时，祁主任进来了。她含笑说：“任经理，您已经开始工作了？”任顾也笑了笑说：“我先收拾收拾，祁主任请坐！”祁主任也没有客气就坐在南墙根的沙发上说：“乔总不止一次地提念过您，您总算来了，来了就好！乔总现在正在困难时期，企业现在管理混乱，各科室、车间都乱糟糟的，连续四年经济效益下滑。第二期贷款已到期，此款还不上，第三期贷款就成了问题。如果贷不上款，这厂子就很难办下去。现在职工半年都没发工资了，去年出纳兼销售部经理温万宝携款外逃，虽然公安人员抓捕归案，但造成直接经济损失100多万。咱们这几十人的小企业经不住折腾。今年乔发贵又开车撞伤了人，又赔了十几万，唉！——说起这乔发贵真让乔总头疼，你看那小子穿衣打扮就知道是怎样的人了……现在您来了，我也感到轻松多了。听说您材料写得好，对办公室工作也熟悉，那今年公司总结，我就不求人了。这几年公司材料都是我请我丈夫单位的党秘书写的，时间长了，我觉得挺不好意思。噢！——对了，您看办公用品缺啥，请告诉我一声，我给您买去！”任顾说：“我粗略地看了一下基本都有，如果还缺的话我告诉你！”祁婕笑了笑说：“任经理，您忙，我就不打扰了。”说罢起身出去了。祁主任出去后，任顾停止了收拾东西的双手，静下心深思了一阵……隐隐地感到自己肩上的担子不轻。

乔玉检查了工作又来到了任顾办公室，他刚坐到沙发上就望着任顾，神情沮丧地说："我刚转了一圈，职工的表情都不好看。而且工作也疲沓，大部分人出工不出力。这都是那个王八羔子温万宝搞的，那家伙真他妈的坏了良心！任老师，你能够帮咱们公司贷上款吗？如果能贷些款，咱们把职工工资先补发了，先把咱们血本保住。不然，我辛辛苦苦地办的这个公司怕要完蛋了？"说罢唉了一声，抽出一支烟点着狠狠地吸了一口，看了一眼任顾就若有所思地低下头。任顾略微思索了一下说："乔总，贷款的事，我先问问，不过你也想开些，不能悲观失望，你要稳住咱们的阵脚哟！"乔玉听罢苦笑了一下说："我现在只能全靠你了！"

接下来几天，任顾就骑上车子或通过电话联系为乔玉公司跑贷款。他找老领导、同学、同事包括学生，总算在他学生当行长的农业发展银行通过靠挂一个"支持中小企业"的信贷项目，争取到300万元三年期的贴息贷款。乔玉十分满意地请银行的同志作了资产评估，以固定资产作为抵押条件。

12月23日贷款到手，首先发了职工的工资，并及时地还了建设银行240万元的贷款和利息。通过杨会计25日年终决算，清理完一切债务，账面还剩18万元，发出去的药款未收到的债务39万元。也就是说，公司应有资金57万元。乔玉在任顾办公室压着指头算了一下，哈哈笑出了声，啪的一声拍了一下大腿说："任老师，咱们好好干！想当初我办药店时手头才1万元，办厂子时手头才7万元，如今咱们还有50多万元滚动资金，怕啥？"

任顾看乔玉此时异常的兴奋，从容建言："乔总，你的乐观心态我是赞成的，不过我认为目前得急办几件事：1.得马上召开一个中层领导以上的会议，总结今年的工作和得失，讨论一下明年的工作思路和计划；2.再号召全体职工加把劲，争取在春节前再突击完成一下各车间、科室、班组的任务，为新的一年开个好头；3.除了生产第一线人员，其他人员得分几路收药款，现在有些客户很疲沓，你不上门要钱，人家不会主动给你清账的，有些企业不就是被欠款拖垮的吗？"

乔玉听罢黑脸上马上堆满了笑容说："对，你说得很对！明天早上在我办公室召开中层领导班子会，在会上咱俩都强调一下促生产，下午我带上乔发贵去省城催债。祁主任一边配合你做好年终接待和总结工作，一边抽时间坐上车和小苟在本市几家医院和药店清理欠账，你看可以吗？"任顾说："行！"乔玉站起来高兴地出去喊祁主任通知会议去了。

任顾也走出办公室到各科室车间看了看，职工们都起劲地干活，看他进来，都热情地打招呼。为了不打扰他们的工作，任顾又折回往办公室走，边走边想:“民以食为天”此话一点不假,现在职工工资都补齐了,谁还不积极工作呢? 中华民族真是一个勤劳的民族。

26日清早,职工们都早早地到了工作岗位。还不到8点,中层领导都整齐地坐在乔总办公室等待开会。乔玉今天也来得较早,他看任顾和祁主任进来后,就宣布开会,他讲了抓生产和要账的事后就请任顾讲话。任顾说:“别的乔总都讲了,我着重说一下各位回去以后抽空和同志们总结一下今年的工作,经验和教训都要谈,再提一下明年工作的打算或计划。有书写能力的写一下送到我的办公室,实在写不出来的可以抽空找我谈一下。总体意图是我想咱们把今年工作总结好,把明年的工作安排好。再就是,我建议咱们31号上午8时召开年终工作总结大会,晚上选择一个餐厅一块吃个年夜饭。一年到头了在一起聚一聚,乔总,你看行吗?”乔玉高兴地连连点头说:“行行!我看叫祁主任订餐厅,我赶30日下午赶回来,大家谁还有意见吗?”大家都说:“没有!”乔玉说:“那就散会吧!”

散会以后,中层领导都向自己的科室车间走去了,祁主任也出去到办公室去了。任顾对乔玉说:“听祁主任说,以前咱公司材料她求人写,她要求今年工作总结让我写。我刚来,情况不熟,请乔总大概介绍一下,我再根据各科室车间的情况先起个草稿吧,等你回来咱们再讨论定稿吧?”乔玉说:“咱们公司近几年走下坡路,我多在外面跑业务,家里的事靠副手管,但没管好。至于总结嘛——你是文人,你先写,我回来咱俩商量就行了。祁主任今年已两次提出不干了,她只能打个杂,跑个腿,别的什么也不会干。可是她今年明显的不行了,她说她今年52岁了,其实她不至于这个年龄。据说她在上中专时,把年龄弄小了。我没有同意她回家有两个原因:一是她丈夫去年刚退了下来,咱让人家回去,有人会说咱势利;二是,她真的一走,办公室还没有个合适的人,我叫乔发贵帮她在办公室搞了一段时间,没想到我那不成器的东西更不行,根本坐不住,还从小荀手里要去了小车钥匙,开车兜风撞伤了两个人。幸亏那辆我用4万多元买的二手车质量还可以,不然连人带车都得毁掉。年过罢如果她再提出回家,我准备放她回去。听说她老公糖尿病严重,确实没人照顾。况且人家几个子女都有工作,不缺钱,也到享清福的时候了。”任顾听罢后说:“乔总你忙吧,我回办公室去了。”说着站起身出了乔总办公室。

下午,乔玉带上小儿子乔发贵去省城,他这次要债为什么要带上小儿子呢? 原因是任顾来到公司这几天来,他感到此人不但敬业,而且办事稳妥,有谋略有远见。他十分欣慰,又增添了办公司的信心。有信心就有希望,有希望就得有寄托。他的寄托是什么呢？大儿子对他公司毫无兴趣，那是一个与世无争的人。加上儿媳和小孙子，人家小家庭过得不错，已满足于现状了。现在只有把希望寄托在发贵身上，按往常他出门是不带发贵的，免得丢人现眼，这次为什么要执意带上呢？他的良苦用心是：一是利用路途和休息时间嘱咐儿子今后好好学习任顾的言谈举止和工作作风，同时要求儿子今后诚心诚意地拜任顾为师，把任顾的知识学过来；二是让儿子也耳闻目睹一下自己如何要债，如何和人周旋打交道，也就是希望儿子把自己艰苦奋斗的工作作风学到家。以期他百年之后，他苦心经营的这份家业有人继承，而且发展壮大。

28 日早，任顾刚上班不久，就陆续有中层领导人送材料，有口头报告的。任顾认真地听，仔细地看……无奈有的文化水平低，写的科室总结像记账单。不过任顾并不介意，这样的事他遇得多了。他只希望把事情说明白就行了，不到 11 点，各科室车间的总结汇报就完成了。他叫来祁主任，再让祁主任谈些办公室方面的事情。之后，他对祁主任说："下午我还得到杂志社上班，晚上我抽空写总结吧！"祁主任微笑着说："那就辛苦任经理了！"说罢她就出去锁办公室门下班回家了。

30 日下午 3 时，乔玉、乔发贵父子风尘仆仆地回来了。任顾今天给安总编打了个电话说："公司下午有事，先请个假，编审稿件的事晚上加班完成。"所以，他两点就到了公司。乔玉上楼来看任顾在，就径直来到任顾办公室说："任老师，你把总结写成了吗？"任顾说："写成了，乔总你父子辛苦了一趟，收回了钱？"乔玉十分高兴地说："收了 14 万，还有 5 万春节前能到账上！好了，我先到办公室擦把脸，再把祁主任叫上来你这里讨论总结。"说罢就回自己的办公室去了。

不到 20 分钟，乔玉和祁婕都来到了任顾办公室，他俩分别坐在墙两面的沙发上。祁主任说："我和小苟跑了几家客户，收了 7 万多元，还有两家药店承诺 10 天之内清理欠款，大概到时能给 4 万多元吧。"乔玉说："成绩还不错，现在请任老师念年终总结。"任顾把他利用两个晚上的业余时间写的《乔玉药业有限责任公司 2004 年工作总结》草稿慢慢地读了一遍，乔玉和祁主任听罢，同时以惊叹的语气说："写得好！很全面！"接着乔玉又说："任老师，我虽然没念书，更不会写，但我会听。你这总结写得实、好像你是咱们公司老人手一样，对公司情况十分了解。而且你提出的 2005 年工作思路，也很具体明确。对！——新的一年咱们就这么干！"祁主任也笑着附和了几句，她心内嘀咕："这任老师人长得帅气、材料也确实写得漂亮，真是名不虚传，比我老公单位的那个年局长强多了。那个年局长虽然是个正处级，但他的实际水平实在是很平庸，真是庸人好做官啊！”

31日早8时，公司三楼会议室坐满了（除1名门卫外）全体职工，乔玉和任顾也在职工中间坐着。乔玉环视一圈看人都到齐了，特别是乔发贵坐在前面显眼的地方。他站起身清了一下嗓门说：“今天召开咱们公司年终总结会，请任经理总结全年工作，咱们欢迎！”热烈掌声过后，任顾站起来声音洪亮而抑扬顿挫地宣读工作总结，最后讲了2005年工作思路和计划，讲话后又赢得了与会职工的热烈掌声。乔玉最后又说：“任经理工作总结写得好，也讲得好，明年咱们要把工作干好！现在欠咱们的债也收回了些。只要大家努力，牛奶和面包都会有的！”有几个年轻职工笑了一下，乔玉也笑了。他又说：“晚上6时大家都到兴盛酒店三楼大厅聚会，明天元旦放假休息一天。”话音刚落，几个科室和车间主任同时站起来说：“我们听了任经理的讲话，我们感到明年公司的思路是非常正确的，我们也有信心了。我们几个交换了一下意见，元旦我们不休息，加班干！”于是大家都说：“我们元旦加班！”乔玉显然激动了，他看了一眼任顾。任顾会意就小声对乔玉说：“就按大家意见办！”乔玉于是大声说：“那就明天加班吧，散会！”

正是：以诚相待得民心，任顾从来守信用。以身相许别人事，励精图治更献忠。欲知后事如何，且看下回分解。

第二十六回

过春节任顾互访　合家聚乔玉说梦

大家蜂拥着走出会议室，这时楼道里说笑声和谁哼着的小曲声混杂在一起……乔玉、任顾和祁主任最后走出会议室。祁主任笑着说："我看咱们职工的积极性空前的高涨，乔总，咱们公司的发展是有希望的！"乔总此时也兴奋地说："我做梦都想发展公司，只要大伙都齐心，咱们的事就好办！"他说着用征询的目光瞅任顾，任顾只说了声："也是！"就回办公室去了。

2005 年 1 月份，公司的生产进度比上年度任何时候都快，药品质量也显著地提高，公司出现了好的势头。恰在这时，祁婕的老公病重住院了。他这次住院主要是感冒引起的肺部感染，而且糖尿病又在加重。祁主任面对老公的病情和子女的意见，1 月 31 日，星期一早上她刚上班就向乔玉提出辞职的要求。乔玉也同情她的家庭情况，同意她辞职护理丈夫。当祁主任提出："办公室工作交给谁？"他又犯难了。他急忙找任顾商量，并要求任顾很快物色一名办公室主任。任顾思索了一下说："既然如此，那我就暂时把办公室的工作接上，以后再聘主任吧！"乔玉听后如释重负地说："那就更辛苦你了！要么，任老师，你给安总编说一下，叫他另找人编审稿件。你干脆全身心的在这里干，行吗？"任顾说："让他另聘人接替我的工作，这话我先前就说过，不过乔总既然也这么说，那我就给人家再打个招呼。说实话，最近，因公司的工作，我好几次请假，好几个晚上在编辑部里加班，这样时间长了，也不好意思。"乔玉听罢笑了笑说："请你到办公室，咱们一起看着把办公室接过来，让祁主任回去安心伺候老公去。晚上安排一桌饭，把她欢送一下吧！"任顾说："应该欢送一下，毕竟跟上你干了几年了。"说罢，他俩一同走向办公室……

2 月 9 日是农历乙酉年春节，无风无云，天气十分晴好。祁婕和丈夫在市医院内二 307 病房听着远近的爆竹声，相对而言："没想到咱们在这里过春节。"对他家而言，这个春节不是欢度。祁婕和子女轮流伺候病人，好在通过十几天的住院治疗祁婕老公的病情大有好转。除了糖尿病是个老病，肺部已基本康复，再过两天就可以出院了。然而，公司其他职工以及任顾、乔玉，这个春节过得十分愉快……2 月 8 日放假，2 月 15 日上班，让职工们好好休息几天。2 月 10 日上午乔玉带着小儿子先到任顾家拜年。受老伴启发，任顾也于 2 月 11 日下午回拜了一下乔总。

乔玉家住在南城路 46 号一个小院内。这个小院子坐南向北，里面东西两排平房，中间一条过道，也算是院子吧。乔玉老两口住东边的两间大小的一个房子里，乔发贵住在紧挨父母的一间小房子里，再往南就是一间小灶房。西边一排 6 间房子都租赁给做生意的人，其中 5 间房门都挂着锁子，看来人家也回老家过年去了。只有靠南边一间门上挂着门帘，伸出墙外的烟筒冒着青烟，看来里面还有人居住。今天乔家听说任顾来访，所以祖、父、孙三代人齐集在这里。

任顾来后坐在乔玉的卧室兼客厅里的靠东墙的一组三人沙发上接受乔家老少的问候。乔玉老伴是一个满头银发的小个子女人，一口安徽话，待人挺和蔼；大儿子乔发荣中等身材，面色稍白，比其弟弟俊样些，是市二中的数学老师，40 多岁，儿媳费世英也是二中教师，教英语，小孙子乔磊在六小上五年级；女儿乔发芬 30 多岁，和她哥一样面色比较白净，很像她妈，在市城建局工作，女婿邓立，本市人，在电信局工作，外孙女邓雯丽在七小上四年级。乔发荣整理桌子，乔发贵和姐夫往来端菜摆酒摆茶。当然，乔发芬和嫂子只在灶房内忙着。乔玉和老伴今天特别高兴，他们轮着和任顾说话，介绍他家的情况……当然有许多情况，任顾已从祁婕和公司内部有些职工那里知道了些。

原来，乔家也是农村搬到城市的，他们老家在安徽阜阳乡下农村。1980 年包产到户分地单干后，乔玉就利用农闲时间和本村的两个老乡到处卖老鼠药及灭蝇蚊虫等的药剂。后来乔玉就捎带着做药材生意，渐渐地感到做药材生意见利快……他就跑郑州西安等地，最后来到南山市。由于 10 多年的辛苦奔波捣腾，乔玉的药材药品生意越做越大。他索性把老家田地和房屋租给亲属，带上老婆孩子来南山市开了个药店，买了一所旧院落居住了下来。大儿子、女儿都转来上学，以至于以后都毕业回来工作。小儿子乔发贵是 1980 年秋季出生的，当时由于乔玉长年在外跑生意，小儿子只靠妻子抚养，妻子又十分疼爱这个很像丈夫的小儿子。老来发财又得子的乔玉，每次回家看到蹦蹦跳跳的黑小子，甚是欣慰……给他吃好的、穿好的，又大把的给票子。因此，这乔发贵无忧无虑、无拘无束，上小学就不用功，上中学又没长进，反而学会了抽烟、由抽烟又结识了社会上的流氓吸上了毒品。由于他“朋友”

的引诱，打过群架，抢过单身女人的包裹，解过年轻女孩的项链和耳环……所以他小小的年龄就有很大的胆量。16岁进过戒毒所，17岁和18岁分别进过两次看守所。

在这方面，他父亲也跑了腿，花了钱，他母亲也流了不少泪。可是他出来后仍像往常一样我行我素，并且逢人便吹："我乔发贵非等闲，两次进'宫'见世面。老子有钱事能办，公安干警闲球蛋！"最后，乔玉一看这小子上高中考不上，让上职中。刚到职中不到半年，就和班主任闹翻，索性回来不去了。

2002年10月，乔玉干脆叫发贵到厂里上班。先放到财务室收钱，结果拿上钱不进账，不是唱歌就是跳舞。他学会几首流行歌，可是嗓子不好，唱出来不好听。但他到处吹嘘他是本市的"歌星"，脑后留着个长辫子。他和肖琼一样也爱往女人堆里跑，但是时间不长，人家都不喜欢他。见他来，不是躲，就是跑。原因是他和他父亲一样都有腋臭，很难闻。他以为是人家嫌他脸黑，又缠着他母亲，让母亲在父亲那里要钱，让他做美容手术。刚开始，乔玉把老伴骂了一顿。最后老伴唠叨的次数多了，乔玉终于答应说："做——做！看你死狗儿子的驴脸能换成人脸吗？"

乔发贵听母亲说父亲同意了，着实高兴了几天，并且情不自禁地常照镜子，并自言自语"换脸——换脸！"他到处咨询打听，最后听说上海一家医院做得好……又听一个朋友说做那样的手术是要把原来脸面那层皮剥下来，再把本人屁股上的皮剥下来植到脸上。他又脱下裤子扭头看了几遍屁股，他心一下子凉了半截，怎么屁股还是不太白？真他妈的倒霉，算了！咱不受那个疼，也给老爸那个财迷省些钱吧！不过见了他像躲瘟疫一样，冷落了他的那些女人，确实对他的心灵造成了极大的伤害，他准备变着法报复她们。于是他戴上高档耳环和戒指，穿上红红绿绿的衣服，甩着长长的辫子，学着女人的步子和腔调，专在歌厅舞厅和本公司年轻女职工面前晃动。

这一招还灵，原来冷落他的那些女孩出于好奇，都来看他的耳环和戒指，并热情地问他能值多少钱？这样他的女朋友还真的多了起来了。从此，他一到舞场，那些女孩不再用手掩着鼻子躲他，而主动上前和他跳舞。这一曲未罢，那厢又有女郎向他使眼色，因此他一下变成了香饽饽，真有点应接不暇之感。所以一场舞跳罢，他不是失掉耳环就是丢掉戒指。丢掉什么，第二天马上补上，反正买这玩意儿的小钱，老爸还是会给的……

其实老乔也是个望子成龙心切，想把儿子管好的人。他的大儿子、女儿都挨过他的打和骂，所以对他也很敬畏，只有这小儿子他怎么教育都无济于事。一次因吸毒欠了别人的几千块钱，伸手和他要钱，他没给，这小子一怒之下用刀片割断了股动脉血管。不是抢救得及时，小命便早没了。从此，老乔也不愿动真格的管，权且顺其自然吧。儿子学女子的打扮穿着行为，他看到就像吃了苍蝇一般的不舒服，有什么办法呢？他只好有求于人，希望祁婕以及以前用过的几个副经理替他教育，管管儿子。然而这小子谁能管住？祁婕曾先后耐心地给谈了两次话，最后一次乔发贵挤着三角眼对祁婕说："阿姨您再别给我上汤了，你们那一代人太古板！就像我爸太抠门了，把钱看得比生命还重要！不吃好的，不穿好的，活着有啥意思呢？我看《西游记》里只有猪八戒还有意思，其他那三个人太乏味了！"祁婕听后也再没勇气给谈话了。其他人也看到对乔发贵的教育就像对牛弹琴一样没有任何实际意义，此小子可谓"朽木不可雕也"。乔玉也看到自己的儿子很难接受别人的教育和良苦用心，他为了顾面子就把发贵打发到后院的包装车间去混日子，给了一个"质检员"的头衔。

晚饭后，任顾离开了乔家小院回到了自己的家。任顾离开后，乔家连电视都没开，就开始议论任顾了。因为乔发荣和任顾交谈得时间最长，而且任顾也当过中学教师，他俩说话最投机。所以他首先向乔玉说："爸！——您请我任叔请对了，看来您的公司发展有望了！"乔玉喜滋滋地望了一下老伴，老伴也笑着说："发荣说得对，我看这任老师面善，有气质，倒还应了我的好梦。"发荣、发芬等一齐向着老娘问："妈，你梦见啥了，说给我们听听！"乔玉笑嘻嘻地对大家说："你妈昨晚梦见一条白花蛇进了咱院，一会儿变成了一条黄龙，清早就问我'是吉是凶'？我一听是个好梦。

7年前，我和几个同伴上过一次华山，在华山上我们几个抽签看今后生意运气如何？我抽了个签让老道人看，道人说是个上上签，办事会顺利。我们又和道人说了一阵话，我隐约听道人说过，梦见蛇化龙得贵人相助！今天咱家谁都没来过，只有你任叔一人进了咱院——哈哈！"这时其他人都十分高兴，只有乔发贵一人丢了一句："我看他老任没有多贵！"妈妈用眼睛瞪了小儿子一眼，乔发贵不高兴地啪一下子打开了电视机，专心看电视节目去了。

正是：贵人相助原是梦，乔家事业临困境。发贵本是纨绔子，难知父母良苦心。欲知后事如何，且看下回分解。

第二十七回

乔发贵担任主任　剪辫子振作精神

乔发荣对父亲说:“疑人不用,用人不疑。我今天和我任叔第一次见面,也说了一些话,我感到人家知识渊博,人品不错。今后公司的大事你就多问问人家,你把发贵也交给我任叔管教,我任叔是我们现成的老师。今后咱家聚会就请他来,这对咱家是有好处的!”

乔玉用慈祥的目光看了一下发荣说:“你说得对!最近祁主任辞职了,办公室没人搞,我先让你任叔接上,我还让你任叔物色办公室主任呢。”乔发荣接着说:“上班以后,爸问一下我任叔。如果没找到人,我看就让发贵到办公室当个办事员,锻炼锻炼,这样也能和我任叔多接近,多学习!”乔发贵听后把眼睛从电视上移到了哥哥脸上扫了一下,又面向父亲说:“我哥是臭知识分子,小看人!办事员算球个啥官?要我管办公室,我就要当办公室主任!不然,我不去!”乔玉显然有点生气,但他忍住了。他和大儿子对视了一下说:“主任不是随便就能当的,只要你好好向你任叔学习,主任你会当上的,暂给你空着。”乔发贵听后朝他哥瞪了一眼后,就把头扭过来看电视节目了……

2月15日,公司的所有员工都上班了。乔玉到任顾的办公室坐下说:“任老师,办公室主任物色下来了吗?”任顾说:“这个不急,咱们慢慢物色,我还没有顾上考虑这件事。”乔玉接着把大儿子和小儿子及他们父子三人那天的对话说了。任顾听乔发贵要当办公室主任,笑了笑说:“乔总,这是好事呀!勇气可嘉,说明孩子要求进步啊!”乔玉先是一愣接着高兴地说:“任老师,你看问题怎么那么深刻透彻,我怎么一点也没想到这些。不过他确实不能当主任,先当个跑腿的办事员。你好好培养他,看他今后真能当个办公室主任吗?只要他能当个主任,我就没有后顾之忧了。我看你先给咱们物色个办公室主任,叫发贵在办公室打打杂。你再抽空教育他,就像你教学生一样。”

任顾看乔玉十分诚恳,未免又触动了他的同情心理(可怜天下父母心)。他说:“这样吧!我今天下午到杂志社再给安总编说一下,让他尽快地物色人。我决定辞掉那份工作，专心致志帮你干吧！我看办公室主任就不请了。今后办公室的大部分工作，如起草打印材料，行政外交事务我兼搞上算了。说实话，我是个闲不住的人。至于发贵要当主任吗？我看不要拂他盛意。为了稳妥起见，我看就让他先当个副主任。帮我送个文件，收个文件材料等，也让这孩子有个锻炼的机会嘛！”乔玉一听，高兴得险些淌出了眼泪。他为什么这么高兴呢？原因有三：一是他对任顾明事理的安排十分称庆；二是发贵这孩子也有个稳妥的安排和要求进步的可能；三是不请办公室主任，倒能省些钱。

他高兴之余又担心起来，他忙说：“发贵这孩子管大事不行，我看公章就放到你那儿，我就放心了。”任顾想了一下说：“也行，不过咱们迟早要把权交给下一代的！因此，教育好下一代人比什么都重要，你说对吗？”乔玉站起来拉着任顾的手说：“对，你说得非常对！”说罢他俩都笑了。笑过之后，乔玉说：“我先到各科室车间看看，顺便把发贵叫来，你给谈谈。”任顾说：“行！”

一会儿乔发贵来到了任顾办公室，他主动问：“任叔找我有事？”任顾说：“你爸和我商量了，让你到办公室上班。”乔发贵说：“让我到办公室打杂剜烟锅子？”任顾说：“不是，让你负责办公室工作，先当个副主任。”乔发贵抢着说：“主任是谁？”任顾说：“咱公司不设主任，只设副主任就行了。文件材料我写，有些事情你管上。”乔发贵三角眼转了几下，然后笑了一下说：“任叔，您老真行！您知道我没念多少书，不会写材料，您帮我写，您真是好人，大贵人！”任顾笑了笑和蔼地说：“什么大贵人，我年少的时候也挺捣蛋。以后上学，师长教育，才学了点知识。人是学而知之，并非生而知之，只要你努力学习，你会成为有才干的人的。世上无难事，只要肯登攀嘛！走！咱们到办公室去，我给你交钥匙。”任顾站起，乔发贵也站起跟在任顾后面来到了办公室。任顾开了门，他们一同进去。任顾把办公桌、档案柜及办公室的门的钥匙清点后交给了乔发贵。并说：“发贵，办公室的工作很重要，要勤恳，要有耐心，要多向你父亲请示汇报。有难事也可以找我，咱们商量着解决。”乔发贵听后说：“对，对！”

下午，任顾到了杂志社。节日期间杂志休刊，现在马上复刊，所以安总编也来得较早。任顾对安总编说：“咱们复刊是个急事，今天下午我把手边前的稿件审查修改完。明天下午和晚上我再加一下班，恐怕后天我就顾不上来了。那边的事情也很多，安总编，很抱歉！我给你帮忙没帮到底。”安总编笑了笑说：“任老师给我帮了大忙了，不过……我还是不能让你完全离开。我想有些重要稿件，我派人送过来，你抽空看看，行吗？”任顾高兴地说：“行，我给你尽这个义务！咱们是朋友，就应继续帮忙！”安总编说：“任老师，你真是个十分重义气的人！”

第二天，上班后，任顾到办公室看到乔发贵正在整理文件报纸。看来他已把桌椅沙发都用抹布擦过了，地也像刚拖过了一样，他随即表扬了一下。乔发贵很高兴地说："任叔夸奖我了！"任顾看乔玉上楼来了，也跟着到总经理办公室。乔玉让坐，任顾也就坐在沙发上说："是否今天上午开个中层以上领导班子会，认真地讨论一下公司及各科室车间的今年工作任务。讨论后，我起草一个计划，咱们今年大体工作就要按计划执行。再一个事就是你对发贵要多鼓励，少批评。你看他今天就来得挺早，把办公室打扫整理得干净整洁。"乔玉听后挺高兴地说："行！"任顾让乔发贵通知中层领导到总经理办公室开会，并要求乔发贵做好记录。乔发贵说："会议我马上通知，做记录我不行。"任顾笑着说："你把会议记录拿来我教你记。"

一会儿中层领导人都到了，任顾让乔发贵坐在他身边。乔玉看人到齐了就说："今天咱们开个会，主要讨论今年的工作任务。大家都积极发言，把你们各自的计划说出来。"于是发言开始了，乔发贵急得满头大汗记不上，任顾一看说："拿过来，我先记，你今后学一学就能记了。"会散了，其他中层领导人都先走了，只剩下乔发贵。任顾对乔玉说："我今天上午根据今天会议的发言讨论情况先起草一个咱们公司的计划，明天咱俩再研究一下，是否后天早上咱们召开一个2005年工作安排会议。咱们把计划先读一下，这样大家目标明确，任务清楚。如果这个头开得好，我想咱们公司的各项生产指标是能够完成的。昨天下午我给安总编又说了我顾不过来杂志社的事，安总编勉强同意了。但是我今天下午和晚上得去帮人家把手边前的稿件和事情处理好，从明天开始我就专在咱们公司上班。"乔玉听罢十分高兴地说："好，按你说的办！"他又转过脸对儿子说："发贵，你就给职工们通知开会的事去吧！"乔发贵应声出去下楼通知开会的事，任顾也回到自己的办公室写计划去了。

2月18日早，云开雾散，两天未见到的太阳露出了红脸蛋，气温好像升了点。8点15分，乔玉药业有限责任公司2005年工作安排会议在三楼会议室正式开始了。乔玉主持会议，任顾宣读了工作计划，并作出了具体的工作部署。之后，他又代表公司宣布了"乔发贵任办公室副主任"的决定。刚宣布，有些职工悄悄地笑了一下，但很快就肃静了。因为是任顾在讲话，在宣布，他们得尊敬。散会以后，大家在一块议论最多的不是今年工作任务能否完成的问题，而是乔发贵能否胜任办公室工作的问题。有些年轻职工见了乔发贵再也不敢叫"发贵"或开玩笑了，开始亲热地叫"乔主任"了。当然，乔发贵也乐不可支，他感到自己确实扬眉吐气了。所以，他回家后高兴地对母亲说："我当官了，得从严要求自己，每天早上您叫我一声，我得按时上班，再不能迟到了。"母亲当然十分高兴，她每天早上起来第一件事就是喊："发贵起床上班去！"

自乔发贵当上办公室副主任后，首先，他能自觉按时上下班，能把办公室整理打扫一下；其次，是晚上出去的次数明显少多了，因为他考虑第二天要按时起床上班，不敢长时间的熬夜嬉耍。其实这些变化，任顾最先看到，也在他预料之中，不过他对乔发贵的培养教育是深思熟虑过的。他认为这件事情比什么都重要，特别这1980年后出生的年轻人，没有经过风雨的锻炼，没有吃过苦头，加强教育是应该的，方式方法也是十分重要的。他到办公室对乔发贵说："你先把上次中层领导班子会议，我记的那些记录抄一遍，以后开会记录你要亲自记。"乔发贵说："行！"就拿出会议记录本抄记录去了……一次会议记录抄了近半天。光跑任顾办公室问认不得的字就6次，不管怎么这篇记录还是抄下来了。以后又开了一次会，他还是记不上，任顾指指点点，总算记下来了。

从此他开始看报纸和文件，手边前放了个《新华字典》开始查字，开始抄抄写写的了。任顾一有空就过去到办公室翻翻报纸看看文件，也和乔发贵交换意见，谈天说地，讲故事，讲人生哲学……渐渐地乔发贵真的喜欢上了这位平易近人、谈吐不俗、识多见广的任老师了。他也能把内心里的东西向任顾袒露了，有时看不到任顾，他就感到孤独无助，感到心烦意乱。

一天下午，他在办公室待了一会，感到无聊，就跑到任顾办公室，他看到任顾在埋头写东西。他就说："任老师正忙，我不打扰了。"意欲退出，任顾站起来热情地说："来，来！快来坐下，我正想到你那里说话呢！我这写是常事情，一闲下来就想写，也不是什么重要文件，放一放也行。"乔发贵笑了一下就坐到沙发上望了一眼任顾，低下头说："任老师，我最近感到您能看得起我。我来这里，我感到许多人，包括我爸都瞧不起我。我现在想问一个问题，一个人怎样才能被很多人看得起他？"任顾说："你提的这个问题很好，也很重要！人要被别人尊重，首先要自己尊重，也就是人常说的要自重自律自强。要做到这些就要刻苦学习！——学习知识，学习做人。其实你是一个挺不错的孩子。心灵是纯洁的！你父亲是很疼爱你的！公司所有职工都是爱你的！不过我听别人说，你的最大弱点就是不注意外在形象。你是个男子汉，男人就要有男子气，就是人常说的阳刚之气。特别你现在又是'主任'，是管人的角色，要得有风度，像你成天甩个长辫子，又挂上个耳环子。人不细看，都把你认成个女的。"任顾忍不住笑了笑，乔发贵也笑了，并不由自主地摸了一下脑后的长辫子，说："这是我的朋友叫我留的，要么我把它剪了算了！"任顾说："剪是应该剪的！我看你到3月11日那天剪辫子，理个发！那天农历二月二'龙抬头'，我们中华民族是'龙'的传人。"乔发贵一听高兴地说："好！到那天,咱也来个‘龙抬头’！”说罢望着任顾笑了一下回办公室去了。

3月11日早8时，任顾办公室的电话响了……他拿起听筒一听是乔发贵打来的,说他有点事,迟来1个钟头。任顾说:“知道了。”9点钟,乔发贵来了,见到他的职工都惊奇地发现这乔主任真的像个主任了。辫子剪了,耳环子也不戴了,头也理了。穿一身黑色西装,系着鲜红的领带,脚上的皮鞋明亮可鉴,看起来挺精神的。他径直上三楼向任顾办公室走去,到了副经理室门口,他轻轻地敲了两下门。任顾说:“请进！”任顾定睛一看是乔发贵,他站起来握住乔发贵的手高兴地说:“发贵！——这就对了。真像个年轻的办公室主任了。走！到各科室车间走走,和大家见见面,放热情点！”乔发贵听后连办公室都没去就跟上任顾到各科室和车间去了。

大家看到今天的乔发贵和昔日的乔发贵真是判若两人,有些职工在私下悄悄议论说:“这小子难道遇到什么高人指点了,咋一下子变样了！”乔发贵热情地和每个职工打招呼后,就随任顾回到前院。恰在这时,他爸在市政府办完事回来了。任顾对乔发贵说:“你爸回来了,你上前问讯一声！”乔发贵没等车停稳就上前迎接,这时前右门打开,乔玉也下了车。他在车内就看到儿子以崭新的面貌迎接他,他既高兴又激动,他眼睛湿润了……儿子问:“爸,您回来了?”乔玉也和蔼地说:“爸办了点事。”又停了一下说:“我娃今天真像个人了！……”说罢不由自主地淌下了眼泪……这些,任顾、发贵和小苟都看得清清楚楚。发贵的心里激动了一下,心想:老爸为我太操心了。而小苟心想:这乔老总真的老了。乔玉擦了把眼泪,望着任顾笑了笑说:“你和发贵从车间来？”任顾说:“我俩随便转了一圈。”

发贵剪掉了辫子,去掉了耳环,着实也去掉了乔玉的心病。老乔于是心情舒畅得多了,他更欣慰地是自己真正找到了得力助手——任顾。他到销售部给新任的文经理说:“明天咱俩推销药品去,你做个准备”。说罢他就到任顾办公室坐下掏出了一支烟点着,吸了一口说:“任老师,发贵这孩子,你调教得有很大转变,我很高兴。我和文经理明天就出去推销咱们的药品,公司的事就交给你操心了。”任顾说:“乔总,你也有些岁数了,跑外的事,是否另派人去?”乔玉笑了笑说:“我身体还可以,还能跑动。再说,外面客户我熟悉,文经理去年来,我带带”。任顾说:“既然如此,你们就去吧,公司的事有发贵和我配合着管理呢。”乔玉听后高兴地说:“好！”就站起来回他办公室收拾东西去了。

正是:望子成龙父母心,教育孩子要入情。乔玉看到儿转变,老骥奋蹄有精神。欲知后事如何,且看下回分解。

第二十八回

为治病乔玉休养　管公司任顾有方

3月12日晴空万里，春寒料峭，一大早，乔玉和文经理就出发了。他俩搭汽车到西安，再从西安坐火车到兰州、西宁、乌鲁木齐以及陕、甘、青、新等省区的县、乡医院推销中药饮片和西药制剂。他俩在新疆还遇到了歹徒，抢走了随身带的4000多元钱。幸亏警察出现，他们人身没有受到伤害，但是乔玉还是病倒了。文经理和警察把乔玉送到新疆武警医院，住进了内一科10号病房，并及时和任顾联系说明了情况。任顾提出去人送钱待护理康复后，再接回疗养。无奈乔玉为了省钱，坚决不让来人，只要求汇点路费就行了。任顾通知财务科杨会计马上汇去5000元。

由于风餐露宿和歹徒的恐吓，加之原来的高血压，乔玉当时就支持不住了……就住进了医院。待挂药调理了四天，他就感觉好多了。到第五天，他坚决要求出院。医护人员为了对病人负责不同意出院，要求他再住几天，康复后出院。乔玉就到护办室和护士长嚷起仗来，主任出来劝解，一看这黑老头挺倔，就表示同意让他出院。乔玉催文经理快办出院手续，待手续办好后，乔玉连中午饭都顾不上吃，只让文经理买了几个馕、几瓶矿泉水和一小袋水果，就坐上出租车直奔火车站，坐上火车连夜往回赶……

4月7日晚，火车到了南山市。乔玉看到灯火辉煌的山城，长出了一口气，这时一直绷紧的心一下子松了下来。过了一会儿又感到不对了，头晕目眩……这时火车恰巧停住了，有些在本站下车的旅客纷纷拿上东西挤向了车厢口。文经理左肩挎着个包，双手搀扶着乔玉下了火车，慢慢走下站台，出了站坐上辆出租车向南城路方向奔去。

到了南城路46号乔玉家门口，文经理下车按响门铃……一会儿乔发贵开了门，文经理和出租车司机搀着乔玉进了院内。乔玉老伴也出了房门，一看老头咋被人搀着，拉着哭腔问："你咋啦！你咋啦？"乔玉小声说："没啥，没啥。"毕竟他是宽老伴的心呢。发贵忙替换司机和文经理把父亲搀到房内，脱了上衣，扶父亲躺到床上，忙问："爸，您感觉怎样？我叫医生来给您看看！"乔玉说："我感觉头有点晕，你倒点水，我吃降压药，不要叫医生，不要紧。"发贵倒了半杯白开水，文经理从包里取出了降压药瓶。这时，文经理发现出租车司机还在，就给付了钱，并说声："谢谢！"司机说："不用谢！"就出了院门开上车走了。

文经理看乔玉服了药，一会儿，乔玉感觉不晕了就对文经理说："小文你回吧！一路多亏你照顾！不然，我这把老骨头怕抛到口外了。"文经理又坐了一会儿，他看到乔玉确实好多了，就站起来对乔玉说："乔总，你好好休息吧！"并对发贵说："我先回去了，有啥事就给我打电话！"说罢，从包里掏出乔玉的东西后，就提着包告辞回家了。

当晚，乔玉就发起烧来，并呕吐了两遍。第二天天刚亮，发贵就给任顾打电话说："任老师，我爸昨晚回来病了！需要我照顾，给我准个假吧。"任顾惊奇地问了一句："你爸回来病了？我马上来！"不大工夫，任顾就打的来到了乔玉面前，他拉着乔玉的手说："乔总，你受苦了！你为了工作累坏了身子。"乔玉勉强笑了一下说："可能受了风寒感冒了，休息一下就好了。"任顾说："还是到医院检查一下吧？"乔玉说："不用了，你还是回公司料理去！我已经到家了，还怕啥？万一我感觉不行，再到医院也不迟。"任顾听后便说："你就好好休息，我回公司了。"说罢又对乔发贵说："你好好看护你老爸，有必要住院马上通知我，我联系床位。"说罢又给乔玉老伴打了个招呼就急匆匆回公司去了。

任顾回到办公室刚坐下不久，文经理就上楼来了。他坐在任顾办公桌对面沙发上，把这次和乔总 20 多天的工作情况以及经历给任顾汇报说："这次联系药品订单有 14 家价值 70 多万元，可是乔总这次险些被歹徒放了血。原因还是乔总为了省钱不打的，不坐车。路途稍近些的医院、药店，他都是坚持步行。一次在乌鲁木齐市郊一家民营医院谈罢业务后天色已晚，我准备挡车返回住处，乔总不肯。我们刚走出一里多路，不料从路边的树林里走出四个人，把我俩劫持到树林里，我大喊了两声。一个家伙打了我两拳，马上朝我嘴里塞了条毛巾。乔总也被压倒嘴里塞块旧布头，歹徒从乔总身上搜去了 4000 多块钱。一个歹徒拿刀欲刺乔总，恰在这时警笛响了，他们都跑了。

我们出了林子，警察发现了我俩。这时乔总已瘫坐在地上起不来，警察跑过来帮我把乔总搀扶起放到警车上，一直送到武警医院。我看乔总这次受惊不小，我还听武警医院的一个护士说，乔总好像心脏也有问题……他们主任准备会诊一下，再作下一步治疗方案。可是乔总又要坚持出院，于是我急忙办了出院手续，陪乔总就赶回来了。”

任顾听罢深思了一阵说：“既然你们都安全回来了，也好。不过待两天，乔总还不见好，就得动员他及时住院诊治，毕竟快70岁的人了还硬抗啥呢！”文经理也说：“就是呀！不能硬抗！”说罢告辞任顾下楼到销售部去了。

却说乔玉在家休息了两天，血压也降下来了，但是没有食欲。心跳快慢不均匀，有时发烧，有时出汗，精神恍惚。老伴一看老头面色黑中带黄，神情不大对劲，就对丈夫说：“让发贵送你到医院查一查吧，你上岁数了，还强撑啥呢？”乔玉仍摇头说：“不去！休息几天就会好的！”老伴知道老头是个倔性子，而且特别好强，就再没有苦劝。但她十分忧虑，这怎么办呢？她猛然想到了任顾，她眼前一亮就到隔壁儿子房间对发贵说：“你爸特犟，执意不去医院检查！我想，你任叔劝说，他或许听，你赶快打电话把你任叔叫来！”发贵带气地说：“我爸怕花钱，拿生命开玩笑！”说罢就打电话给任顾说了他爸不愿去医院的事。

任顾听后马上来到了乔家小院，他直接进了乔玉的房子。这时乔玉老伴、两个儿子和女儿都在。他们看到任顾进来后都齐刷刷地站起来，任顾说：“都坐下。”他凑到床边看乔玉，乔玉也伸手和任顾握着手说：“你在公司挺忙的，怎么又来看我？我好着呢，休养几天就好了。”任顾细细地看了一下乔玉的面容，他顿生怜悯之情。才两三天，这老头憔悴了许多，面色黑黄没有丝毫光泽。他动情地说：“乔总啊！——我看你病得不轻，需马上去医院诊治，不要逞强硬抗！有些事情可以抗争，有些事情不必要抗争。留得青山在，不怕没柴烧！只要你身体康复，咱们还有大事要做呢！”乔玉听后眼内噙着泪花，喃喃地说：“那就听你的。”这时乔玉老伴偷偷地抹了把眼泪一把拉着任顾的手说：“他叔快坐下喝口水。”乔玉的子女们一齐热情地说：“任叔，您坐下吧！”他们又一齐拥到父亲床边说：“爸，咱们收拾一下去医院！”任顾说：“咱们一起去！”

4月11日上午10时，通过任顾老同学董副院长的亲自安排，乔玉及时地住进了市医院内一科第7病房。这是一个单间，内设两张床两个床头柜一组沙发一台电视。南面窗户投来的阳光，使室内温暖而亮堂。刚住下不久，护士通知到主任办公室检查。任顾和发荣、发芬、发贵一起送乔玉到主任办公室。这位主任姓王，也60过头的人了，他是本市有名的心内科专家。所以虽然退休，但退而不休，仍被医院请来在住院部工作。不过他每周上一三五三天，其他时间，仍有其他医生上班。所以每周一三五这三天，内一科病人特别多。王主任透过花镜仔细地看着乔玉的脸色，又用听诊器在乔玉的胸腹等部位听了听，量了血压，还是偏高。王主任又问了问近期的感觉情况后就伏在办公桌上开了几个检查的单子说："先检查一下吧！"于是乔玉在子女的搀扶下，在任顾的引导下，就到需要检查的科室检查去了。检查罢，任顾就对乔玉说："现在你就安心养病吧！要听医务人员的安排。"并对其子女们说："你们就送你爸回病房去，下午结果出来告诉我一声，我得回公司去！"说罢又望着乔玉诚恳地说："好好养病啊！"就转身匆匆地去了，乔氏父子目送着任顾下了楼梯才转身回到了7号病房……

任顾回到公司，也没上楼就到后院生产车间看了一下，职工们都紧张有序地工作着……外面场子几个女职工晾晒药材。他又到各科室检查了一下，最后在一楼的销售部坐下和文经理谈了一下乔总的住院情况。他又征询文经理的意见，最近是否再到省城以及本省各市跑一下，联系推销咱们的药材产品。文经理说："任老师您说得对！咱们不但抓生产，也要抓推销。最近乔总有病，我看你们都挺忙，不知你们头儿咋想的，我也不好说。"任顾说："乔总已住院了，况且子女都在身边，问题不大，我也操着心。我的意见是咱们推销的工作不能停，我给小苟说一下，叫他把车收拾好，是否最近几天你俩就出发。"文经理说："干脆我们明天就出发！"任顾说："好！"

下午，乔玉的检查结果出来了。他患的是高血压、心脏病、脑动脉硬化，需静心疗养。任顾得到这个消息后，他感到自己肩上的担子更重了……

4月12日早，乔发贵来到任顾办公室，他带来了父亲的口信："要任顾负起公司全盘工作的责任。"任顾听后说："发贵你通知中层领导到办公室，咱们把当前的工作再布置一下。"乔发贵听后忙通知去了，不大工夫各科室、车间主任都来到办公室，文经理也在场。任顾也来到办公室，他没坐，只站着讲了"当前抓生产，抓推销，争取上半年时间过半，完成任务超过半。为今年的社会效益和经济效益出现良好的局面，打下坚实的基础。"大家都信心十足，豪情满怀地表示能完成任务。简短的会散后，文经理坐上车和小苟就出发了。乔发贵也匆匆地返回医院去了。乔玉住院后，家属陪护的主要是小儿子。大儿子、女儿都上班，挺忙，只有晚上或双休日来陪陪。老太太来过一次，但没到黑就被发贵送回去了。一则她已70岁的人了，身体也不大好；二则她还要看守门户，院子里来的人也多而杂。

5月20日乔玉出院了，他的病情有些好转但体质大不如以前了。由于脑供血不足，时不时地发晕。按医生嘱咐：他不得生气，不得劳累，按时服药，注重调养。他在家休息了几天，就要求到公司看看。

27日上午，乔玉和发贵坐出租车来到了公司。下了车后，他没有上楼，在儿子的搀扶下先到后院，再到前院，挨着从车间到科室看了一遍。最后，慢慢上到三楼。任顾听到后，出了办公室迎上去帮发贵搀到自己办公室。乔玉此时已气喘吁吁，他坐在沙发上还感到头晕……晕过之后，他看到任顾把热茶放到了他面前的茶几上。任顾看他此时神情好了些，就问了问他出院后的感觉，饮食及服药后的情况，最后又把近期公司工作情况简要地叙述了一下。乔玉听罢后满意地笑了笑说："你办事，我放心！我今天心慌气闷，趁天气暖和特来公司散散心。以后发贵也来上班，有跑腿跑外的事就让他干，也别太累着你啊！"说罢望着任顾又说："你忙吧，让发贵送我回吧！"这时，发贵又搀起父亲，任顾也上前扶着送下楼。发贵仍搀着父亲出了楼，走到公司门口就坐出租车回去了。

通过文经理和小苟连续不断的奔波，收效还是有的。他们发现就本省范围内，药品的需求量还是比较大的。他们和客户联系的订单、计划、购货合同等价值超过了百万。乔玉虽在家中疗养，但公司的事他还是时时刻刻在关心着。他听到这次订货价值比他上次险些丢了性命订货的价值还高。而且他前几天到公司名为散心，实为检查。他看到职工工作积极、都挺卖力，整个公司井然有序，比他亲自领导时强多了，他为公司操的那份心彻底放下来了。他感到前所未有的轻松，由轻松达到了心情愉快，由于心情格外舒畅所以就来了精神。这时正是下午5点左右，他住的房子阳光充足，他想出外走走。

他刚慢慢地在院子走动，并且想走出院门时，发贵风风火火地回来了。他在外面替公司办了点事，顺便到商贸城给父亲买了根精致的拐杖。他看父亲慢慢挪着脚步往出走，他就迎上去问："爸你想出去吗？你把拐杖拄上稳当些。"乔玉高兴地看了儿子一眼，接过拐杖拄着走了两步，又站着拿起拐杖细细地看了一下，上面雕着龙呀凤呀的，很精致，就回头问儿子："这拐杖多少钱？"这时发贵已走进房内，探出头说："30块！"乔玉心头一紧，皱着眉自言自语说："太贵了！太贵了！"他又一想，虽然贵了点，但这孩子对老爸还有心。这小子最近转变得多了，今年25岁了，应该给娶媳妇了……想到这里，不知咋的又头晕了，刚放松的心又绷紧了，他拄着拐杖慢慢回到自己屋里躺在床上想儿子的事情去了……

晚饭后，乔玉对老伴说："发贵也不小了连个对象也没找下。"老伴惊喜地望着老头说："你咋记起管这事了？这么着吧，我抽空问问他！"过了一会儿，她给丈夫倒了半杯开水放到床头，并嘱咐："你按时把药吃了。"说罢她看丈夫看电视节目，她就出门到儿子房间。进屋后，儿子正在看书，究竟看什么书？她没文化，也不知道。其实乔发贵此时正在读《钢铁是怎样炼成的》，他的床头还放着《红岩》、美国现代作家海明威的《老人与海》以及法国罗曼·罗兰的小说《约翰·克利斯朵夫》等书籍，这些书都是任顾推荐让他抽空读的。母亲问儿子：“你现在老大不小了，连个对象都没有！我和你爸都老了，我们也心急呀！”乔发贵说：“对象我有好几个，你们都看不起我，都吹了！算了，不找了！我感觉单个人独来独往挺好的。妈——您睡去吧！您不看我正忙着学习嘛！”母亲一听儿子忙学习，也再没说话，就回屋去了。她想：这事交给发芬办吧……

第二天上午，乔发芬受母亲委托来到了公司办公室，此时只有发贵一人看报纸。他见姐姐进来，连忙让座，并倒水沏茶。乔发芬开门见山地问弟弟的婚事……其实，乔发贵在唱歌跳舞时结识了几个女孩。但人家都是利用他要他，最终人家都各自有了男朋友。进到公司，他在女职工中挑来拣去，他看上了会计杨媛媛。这杨媛媛不但人长得标致，而且是山西财经学院的高材生。他几次三番地往财务室跑，献过几次殷勤……但人家不卑不亢、不理不睬。自打他剪辫子理了发，换了服装以后，杨媛媛见了他虽然不很热情，但也不太冷淡。特别前几天他到各科室检查时，在财务室受到了前所未有的礼遇，杨媛媛主动和他搭话了，而且还笑了一下。

乔发芬得知弟弟喜欢杨会计，就马上回去告诉了父母，二老听后都很高兴。乔玉对老伴说：“咱娃有眼光，这杨会计，人品确实不错，脑子也好使，年龄也相仿，就看人家能看上咱发贵吗？”老伴急切地说：“你赶快给任老师打个电话吧，请他出面问问！”乔玉说：“不，咱不能啥事都找人家。人家替咱操公司的心，太忙！噢——对了！我给文经理说一下，让他试探一下杨媛媛的口气。”说罢他就给文经理打了电话。

下午，文经理到财务室问：“杨会计，你终身大事定下了吗？”杨媛媛笑了笑说：“没有！也没遇到合适的。”文经理说：“你看乔主任咋样？他最近确实进步挺快呀！”杨媛媛说：“这个我也看到，我的婚事首先要父母同意。再……再就是听说他有臭味……”文经理一听是这样，也再没说啥就告辞杨媛媛，出了财务室。他把杨媛媛的话婉转地打电话告诉了乔发芬，乔发芬动员弟弟到医院做了腋臭手术。创伤愈合后，他身上那股味也消除了。10月1日，在国庆节的喜庆气氛中，乔发贵和杨媛媛结婚典礼如期举行了……贺喜的人不少。当然，乔玉老两口和任顾不但在场，而且都是十分高兴的……

从2005年到2007年，乔玉药业有限责任公司连年取得好成绩，每年销售总量都在300万元以上。职工由原来47人增加到86人，他们的工资基本翻了一番。贷农发行的300万元全部一次性还清了。在这期间，乔玉还是一直在养病,或者说也在养老。只有他小儿子乔发贵、小儿媳杨媛媛以及文经理及各中层负责人配合任顾做公司的管理工作。当然大家都知道,公司之所以能从困境中走过来,发展到今天这样政通人和、事业兴旺的局面,与任老师的科学管理、正确决策是分不开的。

2008 年元旦刚过不久，南山市接连几场大雪使气温降到了几十年来最低的温度,少见的零下二十八九度的低温持续了很长时间。街道上、马路上结上了厚厚的冰,任顾冒着严寒骑着车子上下班。由于路滑摔了两次跤,虽然没有伤到筋骨,但老伴和子女都要求他辞掉公司的工作,回家休息的呼声越来越高。任顾也有了这样的念头,他亲自来到乔总的家,向乔总提出了辞职退养的请求,乔玉坚决不同意。一直到 6 月份,在任顾一而再,再而三的请求下,乔玉不得已才勉强同意任顾休息。但附加了一个条件,就是公司有重大决策必须请任顾参加并直抒己见。

任顾辞职时据杨媛媛说:“公司账面积累资金 500 多万元,既无外债,又无内债。”6 月 30 日下午,任顾终于轻松地回到了家……不过,创新杂志社的稿件他还义务修改,这是他和安总编之间的友谊。

正是:任顾打工风雨路,壮士暮年志未酬。为了他人事业兴,竭忠尽虑气贯斗。

2008 年 7 月 1 日早，南山市南湖公园里有许多人或散步或锻炼……任顾身着一身蓝色运动服也在这里锻炼身体……

任顾去后,乔玉十分忧虑……他又夜以继日想他公司的事。因此,心脏病又加重了,刚恢复了的身体又垮了,不多几天他彻底卧床不起了。他把文经理叫来,让文经理协助小儿子、儿媳管理公司。文经理搞推销还可以,抓全盘显然不行。乔发贵虽然是事实上的经理,但真正管理公司还是力不从心。7 月上旬公司生产进度就没有以前快,职工的纪律也松懈下来,公司出现走下坡路的趋势,7 月中旬有几个技术骨干就跳槽到国有的南山市药业公司去了。这样一来,文经理也提出不负责全盘,只管销售。

7 月 20 日下午乔发贵夫妻只好把公司的情况告诉老爸，乔玉一听就晕过去了……待乔玉醒过来之后,发荣、发芬已站在床前了。发荣说:“爸您不要忧虑公司的事了。前几天我看到《南山日报》刊登了南山市药业公司为应对国际金融危机,经市委、政府同意将要进行改制,以股份制形式替代原来的集体所有制形式。我想和发贵去见一下他们的经理,如能合并入股,咱们还是加入大公司算了,我这个想法和我任叔的意见是一致的。”乔发贵抢着说:“干脆入股算了！自从任老师走后,我连个好觉都睡不成,把人快困倦死了！”乔发芬说：“爸！你就听我哥的吧，趁现在咱们公司还有盈余，合并过去算了。你就和我妈安度晚年吧！何况你心脏还不太好。”乔玉听罢后说：“那就按你们的意见办吧！”

第二天上午，乔发荣和弟弟来到了位于市区南湖边的市药业公司，经弟弟引见，他们见到了经理高云。高云和乔玉、乔发贵都认识，毕竟是同行嘛！高云身材真高，有1.85米吧，浓眉大眼，红面膛，说话声音洪亮，50出头的样子。高经理让兄弟二人坐下后，递烟、倒茶忙了一阵子后也坐在办公桌后的椅子上问：“你兄弟二人今天来我这儿肯定有重要事吧？”乔发荣笑了笑说：“真有点事，特来和高经理商量。”接着他把他爷们商量的和市公司合并的事说了一下，高经理听后高兴地说：“好啊！我完全同意，你们回去先给你父亲报个讯，让他放心好了。明天我让财务科人员到贵公司先作个资产评估，我顺便也给贺副市长汇报一下，尽快组合！众人拾柴火焰高嘛，哈哈！”其实，高经理原来就有这个打算，只是他看到乔玉有一点保守。以后任顾去了公司，乔玉的公司又红火起来了，他的这个念头也打消了。不过最近国际金融危机波及甚广，国内有些企业也积极地进行重组合并。没想到这乔家也上门来谈这件事，何乐而不为呢？

7月22日8点多，市药业公司部副经理和会计江秀琴来到了乔玉公司，会同乔发贵、杨媛媛、文经理对乔玉公司的财产进行登记评估，并把职工花名册复印带走了1份。经23日联席会议讨论和双方资金的核算，最后达成了一致的公司合并合同。在这个合同中，乔玉公司占总公司股份14.3%，职工全部聘用，待遇不变。乔发贵任第二副经理，分管销售部工作。杨媛媛任出纳员。文经理仍为销售部经理，原来的销售部经理汤万因年龄偏大退到工会工作。这样，南山市药业公司真的发展壮大了，有本厂也有分厂。高云经理带领公司领导班子和全体员工，面对金融危机的严峻考验，正在稳步地向前发展。

正是：合股经营为上策，发贵仍然任经理。乔玉安心度晚年，高云敬业志坚毅。欲知后事如何，且看下回分解。

第二十九回

唐娟娟决定再婚　孙莉莉喜得贵子

再说唐娟娟自1995年7月28日与肖琼离婚后,更感到孤单与无助。以前名誉上有个创业的丈夫,现在连这份名誉也没有了。隔壁的郭守义医生对她虽然深表同情,但唯恐闲言碎语,因此对她敬而远之。现在只有她和儿子继光相依为命了,她母子二人循规蹈矩的工作、学习……继光毕竟年小,只是在和同院的孩子玩耍时,有个别的孩子讥讽他时说:“你爸和你妈离婚了,你爸不管你了……”他才感到落寞和自卑。其他时间,他还是神情自若地学习和生活。可是唐娟娟就不同了,她本来就不苟言笑,现在话更少了,甚至走起路来,大都低着头。她背过人,特别儿子不在面前时,她偷偷地抹眼泪……她虽然悲悲切切,但对工作一贯认真负责,她对病人更是体贴入微。她认为婚姻的不幸,是否是前辈子做了什么坏事而遭到的报应?因此,她引咎忏悔甚至自责……所以,她以爱岗敬业,服务于病人而解脱自己、安慰自己。

唐国俊得知女儿离婚的消息后,倒感到欣慰和轻松。他是多年的领导干部,他是比较识人的。他原来就对肖琼没抱多大希望,只是老伴姜希洁倒经常唠唠叨叨挂念女儿。因此,他开始考虑女儿的工作调动事宜。他心想:要把女儿从北海省调回来,谈何容易,关口很多,手续繁杂。不过这是普通医生的工作关系转移和人事调动,又不是破格提拔或走后门以工代干之类。但是还得找老战友老部下帮忙。唐国俊原来听说他的老搭档——原市林业局副局长倪勉的大女婿在市医院工作,不知是搞行政还是搞业务?对!应该找他问问,是否能给咱帮上忙。

第二天,他借在怡景公园锻炼之机寻找经常在烈士纪念碑前广场上舞剑、练太极拳的老战友倪勉,不巧他今天偏偏没来。第三天、第四天……一直寻找了五天,就是没看到倪勉的人影。唐国俊甚是纳闷,这小老头(身材瘦小)上哪里去了,打了几次电话,就是无人接听,明早再碰碰运气。

翌日清晨,唐国俊穿好运动服,头顶蓝天白云,轻装上阵。依旧沿着从家到公园的马路边慢慢跑步时，一连串的车辆驶过去后，他看到马路对面相同方向行进着一个瘦老头。头戴蓝色长扇帽，身穿浅灰色运动服，脚穿白色运动鞋，右肩上挂着一把剑，剑在鞘里，剑把上的红穗子一甩一甩的……这不就是倪勉吗？他大喊一声："老家伙！你最近上哪里去了？"倪勉猛回过头看到是唐国俊，马上穿过马路笑着说："老上级，啥事！想我了吗？"唐国俊也笑着说："咋不想呢？三日不见，如若隔年兮！"两人都哈哈笑了笑。倪勉说："我二女儿有点事，我和老伴去了趟省城。昨晚才回来，您找我有事？"唐国俊把女儿离婚及想调回来的事叙述了一下，倪勉说："大女婿邹礼良现在是市医院副院长，我想这件事他能够办，我给他说一下！"唐国俊听后十分高兴地说："那就拜托了！"于是他俩肩并肩，就像昔日下乡上山忙林业工作一样，加快脚步到怡景公园锻炼去了。

进到公园，他俩一同在纪念碑前的广场上打了一遍24式太极拳后，倪勉又开始练他的32式太极剑。唐国俊不会舞剑，就辞别老战友到公园西边松柏掩映的一小块空地上做体操，自由活动去了。倪勉舞罢剑后，感到浑身筋骨松软了许多，他作了几次深呼吸之后，决定回家。回到家后，老伴问"今天你咋回来得早？"倪勉说："老唐又布置下任务了！我得赶快去办。"紧接着他拿起桌子上的电话给女婿邹礼良说了唐娟娟想调回工作的事。电话那边女婿说："知道了，现在医院人员满编，稍后看机会吧！"

暑往秋来，国庆节假日期间，邹礼良副院长来到了岳父家，一则把唐娟娟可以调来市医院工作的好消息告诉岳父；二则利用假日休息的时间，看望一下岳父岳母。对于邹礼良来说，岳父母对他们一家，真是恩重如山。他孑然一身从北京医科大学毕业来到临河，经人介绍和市一中物理教师倪淑美认识到结婚，特别婚后带孩子全靠岳父母操持代劳。他夫妻二人工作一帆风顺，还是依赖于岳父母料理家务，解除了他们的后顾之忧。邹礼良老家在东北黑龙江伊春市农村，年少丧父，母亲改嫁，靠爷爷和伯父抚养并供给念书。如今爷爷去世，伯父母也有子女照顾，所以他视岳父母如父母。

倪勉听女婿把唐娟娟工作调动的事办成功了，甚是高兴。他第一时间把好消息告诉了老领导，唐国俊也及时打电话告诉了远在北海省的女儿唐娟娟。唐娟娟当然高兴，她开始逐级办手续，包括儿子转学的手续。由于跨省调动工作，须办许多手续，加上办事人员有时开会，有时外出办事。所以，唐娟娟母子于11月21日才带上各种证件、工作、学习关系及托运来的行李物什等来到了临河市林业局家属院。

唐国俊的住宅楼是三单元三楼305房间，一厅三室一卫一个小灶房，面积88.9平方米。唐娟娟母子的入住，给这较为空旷的居室增添了些许生气，唐国俊老两口内心的牵挂总算解除了。唐国俊夫妻膝下子女共三人，长子唐福顺高中毕业入伍后转业到青海西宁市武装部工作，妻子、孩子都在青海，每年能回来团聚一次。小儿子唐禄顺，北京大学毕业后留学加拿大，后又与该国同学凯斯特丽结了婚，现已在渥太华安了家。因此，老唐两口身边总是空空的，唐娟娟母子的到来，正好填补了这个空白。

11月22日，唐娟娟在父母及邻居们的帮助下收拾整理了一天东西。23日上午先到市医院办公室报了到，根据医院办公室白主任的通知，她到住院部妇产科找到该科徐主任。徐主任是位年逾50岁的高个妇女，面目俊秀，戴副金边眼镜，说一口流利的普通话。可能她从邹院长那里知道了唐娟娟的情况，所以她对唐娟娟特别热情，并且说："唐医生，你刚来，先休息两天，25日你来先熟悉两天，再正式工作吧。"唐娟娟深受感动，她含着眼泪说："感谢徐主任对我的照顾，休息就不用了。我现在回去把孩子领到三小报了名，插好班，下午我就来上班。"徐主任又把唐娟娟仔细端详了一下笑着说："好，看来你也是一位好强的女人！行，依你！那你赶快去办孩子的事吧！"说着她把唐娟娟送到科室门口，唐娟娟说："主任留步！我这就去了。"

唐娟娟从市医院回来，忙用自行车把儿子带到市三小报名。由于邹院长出面协调，肖继光很顺利地报到了六年级七班。由于在南山市河西县二小写转学证时，唐娟娟根据老爹的意见将儿子更名为唐显，所以临河市第三小学又增加了一名叫唐显的新同学。由于徐主任的青睐，加之唐娟娟忠厚诚实、任劳任怨，所以，唐娟娟上班不久，就在科室同事和病人及其家属中都得到不少的赞誉，连邹院长都感到十分的风光。一年以后，在年终的总结表彰会上，唐娟娟作为妇产科先进工作者出现在了领奖台。唐娟娟荣获了先进称号，唐国俊老两口也像自己得到了表彰一样高兴。他们感到这孩子由于诚实，上了肖琼的当，在北海省确实吃了不少苦，但是也锻炼出了坚韧的性格和吃苦耐劳的精神，特别对老人很体贴。烹调技艺也不错，每天变换着饭菜的花样。老唐由于饮食起居得到了女儿无微不至的照顾，身体比以前更加强健。他一改以往呆在老年人活动室下棋、玩麻将，天不黑不回家的习惯。他现在每天按时接送外孙子、锻炼身体，并捎带干着买菜买粮等生活用品的采购工作。唐娟娟的母亲也在家属院婆娘女人中间直夸赞自己老伴是个好老头。

唐娟娟医务工作有魄力，孝敬老人有耐心的消息经倪勉、邹礼良等人传到了倪勉大女儿倪淑美的耳内。言者无意，闻者有心。倪淑美的老上司——临河一中的物理教研组组长丁成乐已丧偶一年有余，丁老师只有一个女儿正在沈阳电力学院读大一。倪淑美心想:“这老丁一人,出门一把锁,进门一把火,孑然一身,形影相吊,甚是孤苦。同事们都劝老丁再找个伴儿,丁老师先前总以‘尸骨未寒,无意再找’而推辞。近来,有人问起其个人的婚事,老丁笑着说:‘没个合适的。’看来这老上级硬撑不下去了,这唐娟娟不是合适的人选吗?”

一天下午课外活动时间,带班的几位老师就到班里去了,物理组办公室内只有倪淑美和丁成乐二人,倪淑美用关切的口吻问:“丁老师,你遇到合适的人了吗?如果没有,我给您介绍一个,包您满意!”丁成乐含笑说:“我在哪里遇合适的人呢?我一不唱歌,二不跳舞,独来独往。”倪淑美就把唐娟娟的情况简单的叙述了一遍,丁成乐听后颇有赞叹地说:“这样的女人现在真的少有,不知人家是否有再嫁之意?”倪淑美说:“只要您有意,她那里,我试问问。”

下午放学后,倪淑美正在做晚饭,丈夫邹礼良也下班回来了,儿子邹维正在一中读高二,这时也上罢自习课回到了家。丈夫也来厨房帮忙,倪淑美边做饭边把丁老师想找老伴以及唐娟娟是否也找,如果唐娟娟想找的话,这二人重新结为伉俪是再合适不过了的话对丈夫说了。邹礼良也表示赞同,顺便把唐娟娟的手机号码告诉了妻子。晚间中央新闻和气象预报播完之后,倪淑美给唐娟娟打通了电话,征询了唐娟娟是否再婚的意见,并简单地介绍了丁老师的概况。唐娟娟吸取以往在婚姻大事上草率行事的教训,迟疑地表示:“我再考虑一下,这事还得我父母做主,谢谢倪老师的好意!”倪老师一听,心想:这事有门道,但唐医生的话意是先征得老人同意,她和丈夫合计了一下,先让父亲在老领导面前提说提说。

1997 年 3 月 23 日,内蒙古河套地区虽然经历了几次降温和扬沙天气,但毕竟是春天了,今天天气格外的好,风和日丽。田埂,水池边小草已露出了嫩芽,杨、柳、榆及各类树木也有返青的颜色。田野里机器隆隆,农民们精神饱满地在劳作……河套平原到处呈现出一派春耕春播的繁忙景象。临河市怡景公园内晨练的人员少了一半,只剩下大多是上了年龄的男女市民,凡家属或亲属在农村的人都回农村帮助种田去了。在这较为空旷的公园里,倪勉一眼看出唐国俊在练体操。他已练罢拳剑,收好剑后走到老唐跟前,等他完成最后一节动作后说:“老领导,我想问个事?”唐国俊顺便作了几下深呼吸说:“什么事?你说吧!”倪勉说:“你家娟娟还年轻,难道再不找个人,就单身过下去?”唐国俊听罢又把老战友仔细地瞅了一眼,认真地说:“是啊!——这孩子第一次婚姻不幸,精神上受了不少的刺激。现在除了忙工作,就是忙家务，给孩子辅导功课，别的事怕再没有想吧？”倪勉说：“淑美学校有位丁老师已丧偶一年多了，单身生活。听说除了有点吝啬外，其他方面及人品还不错。您是否考虑一下，让嫂夫人征询一下娟娟的意见。若有意，我看还是个好对象呢！”唐国俊说：“行！我回去给说。”他俩谈过话后一同出了园门，唐国俊到附近市场买菜，倪勉径直回家去了。

上午 9 点多钟，唐国俊提着两小袋子菜回家来了，老伴急忙从微波炉内取出早餐让老唐用餐。唐国俊草草地吃了早餐后，就把倪勉的话叙述了一遍。老伴听后点头称是地说：“就是啊！趁咱们还头脑清醒，把娃的事也关心一下，你就给做个主吧！”唐国俊说：“你先给娟娟谈谈，并说我同意她再婚。”当晚，唐国俊的老伴与女儿唐娟娟交谈了很长时间，当然主题是唐娟娟今后的生活及婚姻问题。唐娟娟这次非常慎重，她听父亲同意她再婚，心中的疑虑减掉了一半。但她表示：“先了解一段时间再说吧！时下有人说‘男人，难认’，况且我还带着孩子呢。”母亲也觉得女儿想得也对，苦累的经历使她成熟多了。

转眼到了五一假日，通过一段时间的考察和了解，唐娟娟终于同意先和丁老师见一次面。5 月 2 日上午 10 时，在倪淑美的安排下，丁成乐准时坐在了怡景公园东侧镜湖畔的长椅上。他还没有顾得上东张西望，两面绿树掩映的小径上走来一位扎着头发，上穿紫红衫，下着淡绿色裙子、黄丝袜、棕色皮鞋的中年女士，越到近前越发显眼。她高挑身材，虽没有妙龄女子的俏丽，但不失淑女般的苗条。单眼皮，细眉毛，瓜子脸，红唇紧闭。虽然她举止庄重，面目和善，但掩盖不了她眉宇间的忧戚和疑虑。丁老师从容地站起，试探性地问：“您就是唐医生吗？”唐娟娟热情地答应了一声：“我就是唐娟娟，您就是丁老师吧？”丁成乐含笑说：“我就是，请坐吧！”唐娟娟说：“谢谢，您也坐！”唐娟娟坐下侧目瞟了一下丁老师，见他中等身材，穿着朴素，头发花白且有些歇顶，但气色不错。丁成乐搭讪似的问了唐娟娟的工作及生活情况，唐娟娟从容地一一作答。唐娟娟也主动地问了几句，自己已感到十分地尴尬和不自然，特别是公园散步的人们用怪异的目光瞅他们的时候。大概不到半个时辰，唐娟娟以有事为托词，辞别了丁老师，快速地走出公园向林业局家属院的方向去了。

唐娟娟从谈话中得知，这老丁也是本区五原人，陕西师范学院毕业，现年 58 岁。妻子是陕西榆林人，大学时同学，学化学的，前年七月因乳腺癌去世，女儿上学在外。唐娟娟心想：“这老丁大我近 10 岁，但人家女儿已考上大学，再过两三年毕业，老丁的负担就轻多了，况且人家有一套房子。我呢？还带着孩子,而且还居住在父母家里。总之,这事还要听听父母的意见。”

唐娟娟去后,丁成乐也无心游园,他用手机把他们会面的情况给倪淑美如实地报告了。倪淑美说:“你意下如何?”丁成乐说:“我没意见,我不认为她带孩子是累赘,我觉得我有能力抚养好这孩子。”倪淑美也不懈怠,当即把丁老师的意见反馈给了唐国俊。唐国俊出于慎重,又让倪淑美约丁成乐在市老干局门前和他见了面。当晚,唐国俊老两口和女儿说起了丁老师的情况,并征询女儿的意见,唐娟娟开头还有些犹豫和顾虑,最后看到二老对丁老师印象不错,就答应了,并做出了再婚的决定。

再说孙莉莉自 1998 年 1 月离开了为民医院后,心灰意冷情绪低落了几天。好在这个时期石生贵表现得十分热情,除了不时地打电话嘘寒问暖,还隔三差五地提上礼品看望她。孙莉莉本来就是一个好强而重感情的女人,加之双方老人的促使,她决定与石生贵复婚,先建立稳定的家庭,再作下一步的打算。

2 月 4 日,在双方老人的关怀下,孙莉莉和石生贵重新登记复婚了。孙老头和石映海以及他们的老伴及子女们看到孙莉莉和石生贵破镜重圆,重归于好,都十分欣慰和高兴。谁不说子女的不幸,实则是父母的心病呢?复婚后的孙莉莉和石生贵都有一个共同的特点,既沉稳又勤奋。他俩都经过一段不寻常的爱情洗礼和情感上的折磨,现在只有一个共同目标:重新起步,重操旧业。孙莉莉通过熟人的帮助又在西城区蔬菜市场旁租赁了两间门面房,用西塬小区的那套房子卖的钱和石生贵的 6 万元资金又开了个百货批发门市部。由于孙莉莉的运筹和石生贵的勤劳,生意又逐渐红火起来。

心诚则灵,天道酬勤。1999 年 4 月 3 日下午 5 时许,孙莉莉在市医院妇产科产下一个健康的男孩,虽然是剖宫产,但孙莉莉在前来看望她的母亲和婆婆面前忍着疼笑了……她长出了一口气说:“没想到老天垂念,我这样的年龄还得子?这孩子就叫重圆,重新圆我们的好梦吧!”在场的老少亲属和石生贵都高兴地附和:“对!重圆好梦。”

正是:女子婚姻如赌注,历尽坎坷识坦途。矢志不渝终有报,唐孙二人似天助。欲知后事如何,且看下回分解。

第三十回

蔡红极力荐任顾　乔玉病危思贤良

孙莉莉和石生贵在不惑之年生下了宝贝儿子重圆，着实使他夫妻二人喜上眉梢，特别是石生贵无微不至地照顾老婆孩子，变换着各种烹调技术伺候着月子里的老婆。他在四川时就学会了几种做饭菜的技艺，在闫红的颐指气使下，他低眉顺眼地干好了一切家务活。所以现今他主动周到而全方位地为妻子服务，博得孙莉莉的极大欢欣，她的黑脸泛着红光，蚕眉舒展，凤眼飞扬，奶水充足，孩子乖爽。她常常以温柔口气对丈夫说："你也注意休息，别累坏了身子，过几天，我能做的活，我来做，我没有那么娇气。"说这话时，内心又嘀咕："这样的男人做大事不行，做小事蛮行，就让他做小事，大事有我哩！"正如古人云："小智善于治事，大智善于用人，睿智善于决策。"孙莉莉虽然人丑，但她确实是有点睿智的人。

却说肖琼病故的消息通过高玉川等人传到了蔡红的耳内，蔡红闻之内心震颤了一下，叹口气道："人生如梦啊……"罗创也心怀恻隐地说："这肖院长也很可怜的……"从此，他俩和肖琼过去的恩恩怨怨都化作云烟飘然散去了。可是一年多来，他们和市内的同学，特别和刘建春越走越近了，隔一两星期就聚在一起，谈天说地。

一个周末，罗创和蔡红晚饭后无事又到刘建春家闲聊，刘建春不经意地对罗创说："老同学，我可能要调动工作了，咱们以后见面的机会可能就少了。不过，不要紧，现在交通方便，一有机会，我还是会来看你们的。"罗创和蔡红都惊愕地望着刘建春说："真的吗？调到哪里去了？"刘建春说："通知没发下来，听卫生厅的同志说调到卫生厅人事处。"罗创由吃惊变微笑地问："又升官了吧?"刘建春嗔怪地答："升什么官，你想得倒美！"

蔡红一听刘建春工作调动，就知道是提拔重用，根据他的人品和才能，这是毋庸置疑的。她笑着说："不管刘科长升到哪里，咱们还是和一家人一样。"华桂芝从厨房出来，接口道："就是的，我们就是一家人嘛！"说罢大家都笑了。其实刘建春的工作调动并非偶然,他一贯敬业的精神,已在卫生厅领导成员中留下了深刻的影响。2006 年 3 月 21 日,卫生厅下文通知刘建春任江西省卫生厅人事处副处长。经卫生厅办公室哈主任出面联系,华桂芝调市 11 小任教,孩子随其母转到该校。

4 月 1 日的江西,丽日高照,水暖天蓝,绿染山川,和风习习,到处呈现出一幅春回大地的动人景象。一辆红色的双排座货运卡车载着刘建春一家人和管用的家具。辞别罗创、蔡红和卫生局及所有送行的人员,从吉安驶向南昌……刘建春调走后, 罗创、蔡红以及吴彩凤等他的同学们都感到若有所失,不过又感到自豪和荣幸,毕竟人家在进步嘛。

转眼间"春风又绿江南岸,日暖神州气象新"。刘建春在省上工作已快满一年,3 月份,省委组织部公开考试选拔厅级领导干部,他以高分录用。4 月 11 日正式被任命为省卫生厅副厅长,分管医药卫生业务工作。他接任此项工作以后,除了正常的部门值班外,挤时间深入到各市县、各医疗机构调研。发现问题及时与当地卫生主管部门联系解决, 特别像覆盖城乡居民的基本医疗保障体系不够完善等重大问题。他将基本情况带回厅内,集体讨论解决。由于他雷厉风行的工作作风,解决了历年积累的许多问题,2007 年全省的卫生工作取得了长足的进步。

2008 年初省委组织部安排刘建春赴中央党校学习半年,7 月 8 日学习期满返赣。7 月 11 日他在巡回检查南昌市几所医院时,发现名为南昌济世医院的一家民营医院存在许多问题,如组织机构缺失,规章制度不健全,管理混乱,社会效益和经济效益都不景气等。刘建春调查了解到,这所医院创办于 2005 年 3 月, 创办人是一名叫荣立范的商人和他设在广州的广华公司。商人经商在行,但不懂医院管理,曾聘用过几位院长,但终因能力有限无法胜任而离去。医院的科室设置和诊疗设备倒还基本齐全。况且居位优势明显,紧邻赣江和光明大道,水陆交通方便、环境优美,也有一定的服务范围。他对现在只能管业务的于副院长说:"你们这所医院是很有前途的, 社会力量办医院,能有这样的条件就很不错了。现在要引进管理人才,管理出效益嘛! "于副院长诚恳地回答:"刘厅长说得对,我们也觉得办成这所医院不容易。我们荣董厂子多,顾不过来,让我聘请院长。我多方努力,至今未得贤能,我想有劳厅长大驾为我们遴选领导人才。"刘建春笑了笑说:"于院长,什么厅长大驾? 你把目前的工作做好,这件事我留神吧! "

告别于副院长后不多几天,刘建春到吉安市参加一个现场会。7 月 17 日上午利用会议间隙时间,顺便和罗创、吴彩凤、栾奋等同学以及蔡红见了一次面。叙旧之后,刘建春把南昌济世医院缺一位能干的院长之事说了一下,意在他的这些老同学能够举荐出这样的人才。不想,罗创及吴彩凤等人都蹙眉想了一阵,都摇头说:“没有!”这时蔡红倒胸有成竹地说:“我给厅长保举一个人,这人是一位刚从国家单位退下不久的领导同志,他名叫任顾!”罗创也接着说:“对!这位任老师不但蔡红常常谈起,就是北海来的高玉川、李霞、胡卫华等人也经常夸赞!”栾奋瞪着怪眼望着蔡红说:“怎么你们北海出美人,还出能人?哈哈!这么远,人家怕不来吧?”刘建春说:“那就请蔡医生请请他吧?若肯来,我要和他见见面。”蔡红说:“从命!他若来,我给你回电话。”刘建春说:“行!我要参加会去。”说罢,他和大家握手告别,到会场去了。

却说任顾由于妻子和子女的要求,自2008年6月30日辞掉乔玉药业公司的职务回家以后,自感清闲了许多。除了创新杂志社那边时有稿件送来让他修改外,别的大事倒还没有,但是琐碎难人的事不时地会找上门来。由于他父母都近80的高龄,虽然弟妹好几人,但身为长子的他赡养老人重任在肩。国有大臣,家靠长子。况且他们任家家族大,亲戚多。难免婚丧嫁娶、族中、亲戚中转户、孩子上学、住院缺钱、交通肇事。同学、同事、熟人中的借贷纠纷、诉讼官司等都需要他帮忙跑腿。他妻子体弱多病,买粮买菜,料理家务都是他的事。他膝下子女五人,虽然都已成家立业,但还是有诸多的事情需要他操心。不过任老师这人身心健康,思路清晰,办事果断有方,他忙而不乱,忙中能够偷闲。正如他最近所填的一首《临江仙·心事》中所述那样“无求于物常乐,自静其事品高。能呼鬼神入图画,难读无字书,身后事孰料?会挚友消寂寥,溯上古话今朝。春花秋月无盼顾,我朝暮奔波,心事还未了。”他是一位文学爱好者,一有空就笔耕不辍,他的文学作品也常在报纸杂志上发表。

7月17日上午,任顾搭班车回了一趟香水市须弥县三河镇云裳村老家,看望了父母,于晚间返回南山市。刚进家门不久,就接到蔡红从江西打来的电话,请他到江西济世医院任院长……任顾回答说:“我刚休息不久,且父母年迈,妻子体弱……要远离故土,我得考虑一下再做决定,谢谢你和刘厅长的好意。”他刚坐到沙发上,电话铃又响了,他接上一听是魏小花的声音:“喂!任老师,您好?明天有空请到我家来一趟,有要事请教。”任顾说:“行。”

第二天上午9时,任顾结束晨练,买了一回菜后来到了魏小花家。开门迎接他的是一位白发老太婆、魏小花和一个40多岁的男人。经魏小花介绍,是她的母亲和男朋友辛学昆。进去坐定之后,魏小花忙着沏茶、端水果糕点之类,辛学昆恭敬地给任顾递烟。任顾含笑摆手说:“不会抽,谢谢!”他主动和老太婆说了几句话后,又与辛学昆交谈起来。

原来这辛学昆也是香水市须弥县人，其父亲辛有让与任顾是高中同学。任顾后来当了教师，辛有让后来入伍当了兵，后转业到了石油战线，现已退休在家。辛学昆现在南山市建设银行从事保安工作，前年妻子因车祸去世，留有一女辛姣姣在市第六中学读初二。任顾看到辛学昆说话从容不迫，身材魁梧，面容黑红，很像他的父亲。遂有亲近感的任顾，在与辛学昆的详细叙谈中得知他中学毕业后，经父亲老战友推荐也参了军，复员后被当地政府安排到香水建设银行当保安。银行系统调动，调到南山市建设银行。

将近11点，任顾起身告辞，出了门，魏小花把任顾送到街畔问："任老师，您看这辛学昆人咋样？您若看得过去，我就和他重组家庭。不然，就拉倒。"任顾说："你们认识多长时间了？"魏小花说："辛学昆是我们经理的表弟，经经理介绍认识快半年了。据其本行的职工反映他是一个忠厚老实，挺不错的人。"任顾说："我看这人可以，不过半路夫妻，都有顾虑。当然这事主要由你决断，还有你父母的意见也要参考。"魏小花说："我娘家人都没意见，我请您来，就是让您做主，您这么一说，我的心里就踏实了。"任顾说："小魏，你留步！我得回去了，再见！"魏小花由于激动和兴奋，红扑扑的脸上洋溢着灿烂的笑容说："任老师，您慢走，到时请您吃喜酒，再见！"……

中午吃饭的时候，任顾顺便把江西那边请他到一家民营医院从事管理的事说了一下。老伴首先反对，儿子基本支持，女儿不置可否。任顾最后按《易经》上的话表态说："天行健，君子以自强不息。地势坤，君子以厚德载物。人应该活到老，学到老，有为到老。我不欢喜那种无所事事，坐享清福的人。"老伴担心他远在异乡，生活起居无人照顾，因忙工作而累坏了身子。又一想，反正在这里还是不得清闲。他人缘好，爱管事，当然因事找他的人也多，他是个大忙人，就让他忙去吧。子女们深知其父身体好，秉性好强且乐于助人，就遂其所愿顺其自然吧。老伴和子女们最后达成一致的意见是："去，可以。但注意身体，若不顺心，马上回来。"

下午，乔发荣讲完课后给任顾打电话说："任叔，我父亲很想您，您能够来我家一趟吗？"任顾说："行！我本来最近要去看看他，就是有些琐事拖住了身子，我马上过来。"任顾接完电话，仍然骑上他那辆黑色永久自行车快速到了乔家小院。院子里发荣和发芬正在商量什么，看到任顾推着车子进来，发芬忙迎上来热情地问："任叔好？"任顾回答："好着呢！你也过来了？"发芬说："我上午过来的。"这时，发荣已接过任顾的自行车放到靠南边的墙跟前。发贵和他母亲闻讯一齐出门把任顾让到屋里，在任顾将要进屋的那一瞬间，他发现这乔老太太又苍老了许多，满头银发，面容憔悴。他快步走到床前，握着乔玉的手说:“乔总,您还好吗？我琐事缠身,没有及时来和您说话。”乔玉噙着眼泪低声说:“我知道你挺忙的,但我很想你,就叫孩子打电话请你来。老弟,我怕不行了,我已卧床好多天了,吃药挂针不顶事了……”任顾也看到这挺刚强的乔总,面容黑中透黄,眼光无神,颧骨突显,不由得顿生怜悯之情。但仍和颜悦色的安慰说:“不要紧,现在医疗科技这么发达,你按时服药,是能够康复的！”乔玉说:“借你的吉言。可是,我这一躺倒,把老伴和孩子害苦了……咱们虽然相处时间不长，我觉得你比我亲弟还好。不但我经常想念你,我们全家人都念念不忘你。特别发贵这小子的进步,全是你教导的结果……”随后,任顾坐在床前沙发上和乔玉谈了 3 个多小时,乔玉老伴和孩子们有时也穿插上一两句……

三天后的晚上,任顾刚审罢创新杂志社送来的一沓稿件后,蔡红的电话来了,问他考虑好了吗？刘厅长又在催她了。任顾回答说:“行,我可以到你们那里去,时间吗？大概在最近几天,我动身前给你通电话。”蔡红高兴地说:“好！任老师,您真爽快！”接罢电话,任顾想了一下,就给老家的父母以及妻子、孩子们说:“我准备 25 日动身去江西。决定做出之后,他接连几天办了几件事。先给安总编打了招呼,道了歉,帮忙没到底。到老家看了一次父母,又到原单位看望了一下同事们。24 日晚,他的市内的几名同学、亲朋好友在永泰苑餐厅为他饯行。当酒至半酣时,他的手机响了,对方是乔发荣,他以急促的声音说:“任叔,您在哪儿？我来接您,我爸不能说话了！……”

当任顾坐上乔发荣接他的车来到乔家小院门前时，已听到院内一片哭声……他急忙下车跑到乔玉床前时，乔玉瞪着眼抖着手……看他来到近前时，抖着的手直向他靠近。他一把抓住乔玉的手关切地说:“乔总，你不急……”这时发贵请来的医生给乔玉打了一支强心镇静的药。医生悄悄地对任顾和发荣说:“你们给准备后事吧！”说罢,背上药箱告辞了。这时发芬以及乔家的所有亲属都基本到齐了,本来不大的屋子挤满了人,有的在叹气,有的在抽泣……乔老太太离乔玉最近,她坐在床头,一只手握着老伴的手说:“他爸你有啥事就说吧,他任叔会帮你解决的。”乔玉望着任顾,任顾和发荣同时凑到近前。乔玉用颤抖的手指了指屋顶棚的边缝,任顾看了看那个地方和其他边缝没有两样。他又看乔玉双眼不离那个地方,他让发荣上床挑开边缝,掉下来一个蓝色小本本,原来是个银行存折,任顾拿来翻开一看里面存有 3 万元。乔玉看完这些,伸出的手软下来了,一会儿停止了呼吸,但眼睛还睁着望着大家……这时乔老太太及子女们都放声大哭……任顾用手抚闭乔玉的双眼,张罗闻讯前来的邻居们忙给乔玉穿换衣服,料理丧事……

任顾料理完乔玉的丧事,7月28日晚才回到家。他对老伴说:“乔总虽然谢世了,他还没有拖累子女。他走完了71年的人生历程,最后还放下了3万元的积蓄。像这样的人也算是对子女有大爱的人,大爱无痕啊!”老伴说:“是的,他走的干脆利落。”当晚任顾给蔡红通了电话说:“因事耽搁,定于29日在南山市乘火车南行,顺便去趟黄山,8月1日早到南昌。”蔡红显然激动而高兴地说:“好!到时我和咱们几位老乡以及我丈夫、医院领导在火车站接您……”

2008年8月1日早7时许,薄雾散去,晨曦洒向大地,一列从合肥使来的火车缓缓停在了南昌火车站。从9号车厢下来一位年约50岁的男子,他提着一个旅行包随出站的人流行进着。当他刚走出站口,高玉川以几近欢呼的声音高喊:“任老师来了!任老师好?”随即,蔡红、罗创、于副院长以及胡卫华、李霞等不约而同的围拢过来一一和任顾握了手,问了好。蔡红抢先给于副院长介绍说:“这位就是咱们望眼欲穿的任老师——任顾先生!”并拉过于副院长对任顾说:“这位就是济世医院于副院长——于开选先生!”因为他俩已握过手了,任顾看到这于开选和自己个头差不多,1.7米以上,乌黑的头发,高高的鼻梁上架着一副镶边近视眼镜,面色青黄,两片薄薄的嘴唇包裹着一对显眼的金牙。一身灰白色西装,系着紫红色领带,穿一双浅红色凉皮鞋,年龄40多岁。与此同时,于副院长也眯缝着双眼透过镜片细致地打量着任顾,他看到这位头发稀疏,额高面善,耳阔齿白,声音洪亮的任先生穿着浅黑色半袖衫,淡黄色裤子配一双黑色皮凉鞋,胸脯饱满,身材挺拔,胳膊肌肉发达,真像一名体育运动员一样结实而露阳刚之气,年龄不到50岁。于开选热情地又拉了一下任顾的手说:“任老师!久闻大名,今日一见,不胜荣幸。刘厅长让我和您的老乡们在车站迎接,我们已恭候1个多小时了。走!咱们先到前面青山湖宾馆稍事休息,用过早餐后回医院。”任顾微笑着说:“于院长,不用了!感谢你们的盛情,咱们直接回医院吧!”于开选望了一下高玉川说:“哪能行!您旅途劳顿,夜间难得休息……”高玉川和蔡红一齐说:“那就随任老师意见,到医院。”李霞凑上前捏了一下任顾的胳膊说:“你们看,任老师还那样强健!”说罢,任顾笑了,大家都笑了……胡卫华是任顾的远房表妹,她靠近任顾问了一些老家的事。他们说说笑笑向着停在车站广场一角的济世医院的白色面包车走去。

正是:贤达之士乐奉献,与人为善终是福。天生我才必有用,四海为家不知苦。欲知后事如何,且看下回分解。

第三十一回

刘建春关注医院　魏小花重组家庭

任顾坐在面包车的前排。当车绕过宏伟的青山湖宾馆,沿南京西路、叠山路直驶一阵拐过弯上了沿江北路。他的视野终于开阔,再不是拥挤的高楼大厦,呈现在眼前的赣江水面碧绿而宽阔。任顾还未及欣赏八一大桥和行驶的船只,迎面5层的一栋白色大楼吸引住了他的视线,大楼顶层“济世医院”四个红色大字说明他的目的地到了。面包车绕过楼左侧一条通道进到后面一幢粉红色家属楼前停下。于开选首先跳下车打开车门请任顾下车,任顾出了面包车在高玉川、于开选等人的簇拥下进了住宅楼303房间。

这间房一室一厅一个书房,卫厨及家具电视也齐全,大概60多平方米。于开选对任顾说:“任老师,这就是您的家,条件简陋,委屈您了。”任顾一边让大家坐一边说:“太高档了吧？我一人住这么大的房,太浪费了,以后有小些的换换。”于开选说:“不用换！就这房,还没有按刘厅长的要求做到,这房也太陈旧了。”任顾说:“很好,我十分满意！”高玉川笑着说:“我们任老师有革命老前辈的作风,在物质生活上从不讲究。”大家叙了一会儿旧,各自说了一些分别后的话之后,于副院长招呼大家到前面医院营业楼看了看。同时到为任顾设置的“院长办公室”内坐下,行政办公区在五楼。

他们正在任顾办公室喝茶谈南山市近几年发展变化以及金湾医院的近期情况时,罗创的手机响了,是刘建春打来的电话。他问罗创:“任老师到了吗？”罗创答:“早到了,现已在济世医院。”刘建春说:“我中午在临江仙酒楼安排一桌便餐为任老师接风洗尘,请你们几位都来做陪哟！”罗创笑着说:“又打扰你了,我们一定来！”其实罗创和蔡红等每进一次省城,都在刘建春家吃住,并不是他们为了节约开支,而是刘建春夫妻不肯让他们在外面吃住。

中午11时50分,任顾在罗创、于开选等人的陪同下来到了临江仙酒楼,服务员说刘先生订的雅间在309,主人已在三楼。他们一行刚上到三楼,刘建春就迎了出来。他一眼就认出走在前排中间的中年男士是任顾，他上前紧紧握住任顾的手说："任老师，可把您给盼来了！您一路辛苦了？"任顾也热情地笑着回答："不辛苦！有劳厅长接待，不胜荣幸！"刘建春说："久闻大名，今日见面，吃个便饭，不成敬意，顺便讨教任老师的管理经验。"任顾说："那有什么经验，厅长太高看我了。"他们说着就进了309雅间就座。刘建春心想："这任老师真是名不虚传，虽然年过5旬，但不胖不瘦，身板端正结实面色红润，双目炯炯有神。说话声音洪亮，举止气度不凡，给人有种八面威风之感，难怪听说人家原在国家党政部门屡有建树呢……"任顾也对刘建春的人品和气质颇具好感，虽隔万水千山，但一见如故……

酒菜上来以后，刘建春首先举杯给任顾敬酒，任顾也端起酒杯互敬互饮了一杯。任顾待刘建春给大家敬过酒之后，也端起酒杯站起来说："借花献佛，今天应刘厅长之邀，我们欢聚一堂，我任某实感荣幸！"说罢和大家一一碰杯后饮了。接下来，罗创、于开选等一一和大家碰了杯，喝了酒。接着大家边吃边喝边谈话，特别是刘建春和任顾谈得最为投机。刘建春最为感兴趣的是任顾谈吐高雅，对中国乃至世界历史的知晓和重要人物的精当评价……尤其是他在管理和用人上有独到地见解。最后他对于开选说："于院长，你回去以后尽快请你们荣董事长能在百忙之中来医院一趟，能和任老师谈谈，也许对他今后的事业是有帮助的。"

席散以后，任顾在刘建春的陪同下走出临江仙酒楼。刘建春又握住任顾的手说："任老师咱们常通电话，有空常来往。我还有许多事向您请教呢……"任顾说："过奖了，好！常来往。我初来乍到，人地生疏，有你们几位熟人，我就不孤单了。"说罢哈哈大笑，大家都跟上笑了，随后大家互相握手告别。任顾在于副院长的陪同下回济世医院，刘建春上班，罗创、蔡红相约高玉川、胡卫华、李霞回吉安。明早，高玉川等人就要返回金湾了……

8月3日上午10时许，荣立范带着一名年轻的随员从广州坐飞机来到了南昌。由于于副院长的邀请，他特意来会任顾。于副院长早已派车等在机场大门口，他们坐上医院的车不大工夫就来到了医院。在于副院长的陪同下来到院长室，见到了任顾。经于副院长介绍，他们相互握手问好。由于荣董求贤若渴，所以他对任顾十分恭敬，他示意随员给任顾敬烟，任顾谦虚地说："不会吸，谢谢！请坐！"他们分别坐到室内两边的紫红色沙发上。荣董看到任顾面善而体健，高兴地说："任院长，我听于副院长说，您是能独当一面的人，我今天来一是看您，二是托您。这医院就交给您和于开选了，该花的钱就花，经费上我可以保证医院的开支，有啥重要事可以直接和我联系。"荣董话音刚落，他的随员——一名年轻精干西装革履的小伙子，从衣袋内迅速掏出一张名片双手递给任顾。任顾接过名片略瞄了一下，这是荣立范的名片，他轻轻地放到茶几上说："荣董百忙之中专程来医院看我，我倍感荣幸，也十分高兴。有荣董做后盾，我们是能尽力而为的！"于开选随口说："也是！也是！"任顾看到，这荣立范和自己年龄相仿，中等身材，微胖，短头发，浓眉，小圆眼，大红脸上有稀疏地几颗麻子。宽肩膀使得一套深褐色的西装绷得很紧，红底蓝花的领带垂在丰满的胸前，真有些绅士风度。

11 点半，当荣董和任顾谈兴正浓时，随员对任顾说："任院长，今天中午荣董在八一宾馆安排了便餐为您接风，咱们行动吧？"任顾十分诚恳地说："算了！我在职工食堂吃吧，再不能麻烦荣董了！"荣立范起来拉着任顾的手说："走，咱们到那边接着谈！"任顾顺势起来，不好意思地掏出手机给职工食堂师傅通知，不要等他吃饭。荣董看到任顾用的还是老牌头的诺基亚手机，太陈旧。便上前拉了一把随员，并耳语了几句。他们一行出了院长办公室，荣董叫于副院长再通知几名老专家一同去吃饭。

37 层高的八一宾馆是南昌最豪华的宾馆，五星级，集餐饮住宿娱乐会议接待等为一体。常常接待国内外要人、院士、巨商等高层次的人物。任顾下车后，仰视了一下，真有点大开眼界之感。他虽然读的书不少，但去过的地方却不多。电梯把他们送上 23 楼，两名年轻漂亮的女招待，迎上来问好后热情地导引他们到了 235 雅间。这是两间之广的房间，有电视沙发洗手间，深红色的坐椅围着一张同样颜色的大圆桌。随员招呼大家坐定后，就让女招待递烟送茶，自己就出去了，不大一会儿随员就回来了。这时荣立范环视了一下，今天中午就座的共 10 人，其中有 5 位是院内学科专家，三男两女，看起来年龄都在 50 岁以上。经交谈，都和任顾一样，是退休或退居二线的国家医院职工。还有一位办公室主任景林——一位 30 多岁的个头不高的男士。

荣董和任顾一样只喝酒不吸烟，于副院长和两位女专家只吸烟不喝酒，其他几位专家和景主任也只稍喝点酒，那位随员烟酒都沾，而且酒量不小。在场的只有任顾和他能够对阵，其他人根本不是对手。荣董也能喝几盅，但他见酒后就面红耳赤，直淌汗，不由得随员常代他喝酒。菜肴大多数是海鲜，任顾吃不惯，他只感到这茅台酒喝起来比较顺口。一场饭局下来，荣立范感到这位北方来的任院长，谈吐条理清晰，酒量也大得惊人。他的年轻随员经常替他喝酒、陪酒场，今天都有些乱了方寸，而任院长面不改色，谈笑自若，全然和没喝酒前一样，他不由得暗暗称奇。真可谓："是豪杰必有真情，大丈夫岂无酒量。"

饭后，他们一行离别八一宾馆返回医院。于副院长、景主任及各位专家都上班去了。荣立范对任顾说：“任院长，咱们再坐会儿，我们要坐下午3点的飞机到上海去。”任顾说：“那好吧，到办公室。”他们和随员上到五楼院长办公室，刚坐定不久。荣董对任顾说：“任院长，今天咱们初次见面，但一见如故，我很高兴。当然，这儿的医院，有您，我就更放心！按我们公司的惯例，我略表寸心。”他话音刚落，随员就从随身带的黑皮夹内掏出一沓钱(约1万元)和一个新款式诺基亚手机，双手恭敬地往任顾手里递。任顾的手像触电似的马上缩回，吃惊地望着荣立范说：“荣董，这个——任某实不能受！常言说无功不受禄。我刚来，八字未见一撇，就受此大礼，愧不敢当！”荣立范也起身到任顾面前恳劝，但任顾坚辞不受。最后，荣立范和随员好说歹说，任顾才收下手机，钱说什么都不要。随员只好将钱原装到皮夹内。荣立范又接着说：“任院长，您的待遇，我每月给您5000元。医院经济效益好了，再增加！”任顾微笑着回答：“我没有那么高的身价，北海那边，公家每月给我工资3000多元。所以，咱们这里，我只能拿3000！再不能高，再高，我受用不起。”荣董嗫嚅着嘴巴还想劝，他瞅了一下任顾，看他坚定而严肃的样子，就再没好意思劝说。接下来荣立范简单地把医院领导班子结构组成情况及他所办的几家企业情况又补充说了一下……其实这些情况，他在饭桌上已涉及了，只是他今天喝多了酒忘了，又重复了一遍。其实任顾内心明明白白，但他听而不厌。他知道，酒后，人就话多了。他们又谈了一阵，墙上的挂钟已到2点半，荣立范起身握住任顾的手说：“幸会！幸会！我有空再来看您，告辞了！”任顾也一同下楼，看着他和随员坐上车出了医院大门……

荣立范坐在飞机上，任顾的音容笑貌一直萦绕在他的脑海里，他心想：这任院长，听说原来当过老师，真是个好老师，一位难得而高尚的知识分子，把金钱看得轻。民族英雄岳飞说过“文官不爱钱，武将不惜死，国家就好了”。我给于开选见面礼5000，他收了。工资每月4000，他背地里嫌给得少。同样是退下来的国家干部，医院聘来的几位老专家，给多少拿多少。咋没有一个人像任顾那样推辞，少拿工资多办事的呢？……想着想着，他带着酒意睡着了……

刘建春自和任顾晤谈以后，真有些茅塞顿开相见恨晚之感。暗自思忖，隐隐感到这位任先生好像是上天助我，特使他给我提醒，给我韬略，给我初露头角的路数。当然，任先生所谈的不过是他近30年担任单位和部门一把手负责人的经验和教训。我年轻轻的就走上厅级领导干部的岗位，应该向基层上工作多年的老同志学习，“三人行必有我师焉”。最后他决定利用业余时间，把从国家卫生改革文件中学到的政策纲领和任顾的经验以及他一年多来下基层的实地调研、见解结合起来，梳理成一个意见稿，以供卫生厅领导决策作参考。

8 月 11 日上午卫生厅召开党组及领导成员会议，刘建春结合自己的意见稿的内容在会上做了发言。受到党组书记、厅长龚奇及与会同志的赞同。紧接着《江西日报》8 月 17 日头版刊登了他撰写的《江西医药卫生工作现状及对策》的理论文章，引起了省内外卫生界知名人士的关注。他身体力行，经常下基层，跑医院。他提倡对医院管理混乱，不作为的医院领导，坚决更换。他认为，没有一个好样的院长，就没有一个好样的医院。

再说魏小花自 7 月 18 日与辛学昆订婚以后，真是喜形于色，对人也热情，对工作更热心。同事们、特别超市里的那些姐妹们感到她以前愁眉不展，闷闷不乐的样子不复存在，好像换了个人似的。最后有人才发现，下班以后，她常有一位身材魁梧的男士陪伴，或在公园，或在马路。魏小花的儿子肖继业已 12 岁了，还在市五小读四年级，学习成绩长进不大，可个子倒长高了许多。在班主任邱老师和魏小花齐心协力的管教下，坏习惯改了许多，也能够自觉地遵守学校纪律，也比较主动地钻研学问了。因此，魏小花才有心思再婚。不然，她下班以后忙着做饭洗衣，给孩子苦口婆心地辅导功课，哪有精力陪男朋友转大街呢？……

8 月 10 日，是魏小花和辛学昆又一个大喜的日子，也是个星期天。辛姣姣和肖继业也正式见面，道姐呼弟，兴高采烈。辛魏两家的亲朋好友齐集市广元街满堂春餐厅贺喜，当然还有市建行和如意来超市的嘉宾。魏小花的母亲和辛学昆的父亲辛有让最想见的人，却没有看到。他们心中甚是遗憾，他们念叨着寻觅着。这时魏小花和辛学昆一齐过来安慰两位老人说："不找了，我任叔已于 8 月初到江西去了。我们电话请了，他很高兴，都把礼金寄来了。"辛有让感慨地说："30 多年没见老同学的面了，今天又没见上……"

却说唐娟娟自 1997 年 5 月 2 日上午与丁成乐在怡景公园见面后，又感到二老对丁成乐有些好感。于是消除一切顾虑决定与他再婚，并且应丁老师之约还专门到他家转了一圈。她看到位于文萃路市一中家属院 2 号楼 5 单元 2 楼 504 丁成乐的居室内，真有些零乱不堪，并给人有种冷清之感。虽然是两室一厅 60 多平方米的房间，家具电器齐全，但还感到空旷。阳台上放了几盆花像年迈的老人暮气沉沉，窗子玻璃和桌椅上的尘土看起来是刚擦过的，地也是刚拖了的。看起来这丁老师是应付"检查"，平时是不太料理家务的。她转而又一想，男人嘛！特别是独身男子哪有整理家的心思。丁老师热情地跟在她屁股后面指指点点，说这说那，而且请她坐下说话。唐娟娟含笑回答说:“我还得尽快回去,不坐了。”说罢她告辞丁老师,回家做饭去了……从此以后,他俩见面的次数就多起来。有时丁成乐也主动请唐娟娟在外面吃饭,但唐娟娟均以为老人和孩子做饭而婉言谢绝。

1997年7月2日,唐娟娟和丁成乐终于走到了一起,当日上午在文萃路贵芳香餐厅举行了简单的婚礼,并招待了双方的亲朋和单位的来宾。唐显仍住在外公家,唐娟娟为了不影响二老的生活起居,特意聘用了一名来自湖北的少女做保姆工作。当然,她也隔三差五地跑去替父母洗换衣服,帮保姆做点家务……

唐显高中毕业未能考上大学,外祖父让他上了一个时期的驾校,托关系到市土地局开小车。和肖琼一样,都是1.8米的个头。2007年6月唐显和本单位新上岗的打字员姬春找对象。他看姬春身段模样都不错,而且说话口齿伶俐,音调很是好听。于是他痴迷的追求,请吃请喝,不时的送点小礼品,并且将此事告诉了外公、外婆和母亲。当然,起先大家都没在意,过了几天唐国俊问唐显:“你了解姬春的家庭情况吗?”唐显说:“听说她爸是供电局副局长,她妈是下岗工人,5年前离婚。她和她姐、她妈一起过。”唐国俊呻吟了一下说:“孙娃子,你还是慎重些。”到了7月份,一天姬春热情地跑到唐显跟前说:“唐显,我妈妇科病重,需到西安西京医院诊治。希你能够暂借1万元,待我爸出差回来,我将钱给你拿来。”唐显说:“没问题,我明天就给你。”唐显回到母亲那里,将此事说了。唐娟娟考虑了一阵,又看到孩子急切的样子,就到附近的银行,从自己的存折上取出了1万元给了唐显。唐显拿上钱后,第一时间打电话约姬春取钱。

自姬春拿走唐显的1万元钱后,姬春见到唐显后的那份热情劲减了许多,甚至有意躲他。唐显约她见面,她都以有事正忙而推脱。一次晚饭后,唐显送陪客吃了饭回家的两位局长时,清楚地看到姬春手挽一个男青年在街边散步。他再一回头,他的车险些和迎面疾驶而来的车碰了头。他惊了一身冷汗,两位局长都不高兴地瞪了他一眼。第二天刚上班,他就找姬春。姬春走出办公室,来到楼拐角僻静处,立眉竖眼地说:“少讨厌!谁喜欢你了?谁拿你钱了?你再不要给我打电话了!不然,我要告你!”唐显一听,如五雷轰顶,险些晕倒在地,他手扶墙壁舒了一口气。睁开眼一看,姬春不知什么时候离去的,他只好垂头丧气地拖着步子走到一楼后勤组办公室。

正是:婚姻虽然须自主,对象更应问缘由。乃翁初恋就得手,唐显一试碰了头。欲知后事如何,且看下回分解。

第三十二回

唐显意乱出车祸　罗创筹钱治妻病

唐显迈着沉重的步伐回到后勤组办公室，同室的司机老姚、小贾和保管员小潘都看到这小唐脸色很不好看。小贾嘴快，就半开玩笑地问"小唐，谁惹你了，你不要给我们耍脸色哟！……"恰在这时，办公室宋主任打来电话通知唐显出车，曹副局长下乡去。唐显接上电话说："请曹局长下来！我在门口等。"一会儿曹宗智副局长西装革履，口含香烟，左手拎一个棕红色手提包。昂昂藏藏地走下办公楼，出了门厅钻进了黑色的丰田小轿车。随之，小轿车在唐显的操纵下一溜烟地沿街向南奔去。曹副局长今天要去的是头道桥乡，解决一起由土地局和乡政府征用土地引起的干群纠纷。约定同去的还有市信访局、市政府办公室的有关人员。唐显今天没吃没喝，只装了满肚子的气。他使劲捏着方向盘，他把全身的气力都用在了手上。他捏抹着方向盘，就像捏抹着姬春的脖子一样狠用劲。他双目怒视着前方，开足马力超速急行……想赶时间完成任务，回去再问姬春为什么变心。曹副局长也感到车子超乎寻常的飞快，但他看到眼前平展展的大道，任它跑。他悠闲地仰靠在座背上半眯缝着眼，品着烟，时不时地从包内取出茶杯呷上一口……

车子今天像一匹精力十足的奔马奋勇向前……唐显此时脑子里很乱，忽而想到姬春向他喜笑，忽而想到姬春向他呵斥，忽而又想到姬春手挽着那个瘦高个的男子在行走，在亲热。难道他俩早就……突然从右侧的便道上疾驶出一辆两轮摩托，骑摩托的是一个戴着红色头盔的男子。由于路侧林带加上成片的葵花地，所以唐显难以发现。他为了躲避，轻轻一扭方向盘，不觉车子失控，一刹那冲向左边撞折两棵近碗口粗的新疆杨树，又翻了三个滚，滚到路基下的收割罢的麦田里……整个过程不到一分钟。骑摩托的男子只听"咔嚓！——咔嚓！——咚！——咚！——咚！——"他回头一看丰田轿车卷着土雾在翻跟头。他急忙用手机拨"120""122"报案……待交警和急救人员来到时，现场已有过路的和田地里的农民10多人，正从车内往出拉人。车内血肉模糊,大家尽快把伤员抬上急救车,一路警笛急驶市医院急诊室……

经过医务人员的抢救治疗,昏迷4天的曹副局长,脑震荡加外伤。昏迷两天的唐显头、胸及外伤,左腿股骨骨折,软组织血管、神经完全毁损,需马上截肢。医院正联系省医院骨科医生前来主刀,两人都用纱布裹着头、绷着身、像航天员一样看不到真面目。这样急坏了双方的家属,特别是唐显的外婆姜希洁老太婆受到了惊吓,旧有的冠状动脉、脑动脉硬化伴随着高血压病症又犯了,也住进了医院的内科。她在三楼,唐显在四楼,一层之隔,老太太日夜望着天花板念叨着孙儿的名字……唐国俊也十分忧虑,唐娟娟含着眼泪咬着牙忙上忙下,当然科室的工作还得兼顾。她本来瘦削的身子又瘦了一圈,显得很单薄。她虽然将最近家庭的不幸通报给了青海的哥哥和加拿大的弟弟,但人家毕竟远在他乡异国,除寄来些钱和不时地来电话问讯之外,别无实质性的帮助。因此,伺候母亲、照顾儿子的重担全部压在了她的肩上。况且父亲也年事已高,虽然身体较为硬朗,但衣食住行还得她操心。

丁成乐其实才是一个十分懒惰而自私的人,自唐显和岳母先后住院后,他只是假惺惺地来病房安慰了几句。此后再没有闪面,他借故老家有事回五原去了。其实他老家无事,二老早已谢世,一个哥哥、两个弟弟都好好的。他回老家的原因有两个:一是怕唐娟娟叫他伺候唐显,端屎倒尿,既脏臭又麻烦;二是怕自己出钱,眼看一老一少都躺在医院,出“银子”像淌水一样快。你在跟前,人面子之前也得掏几个“铜钱”,不如借故一走了之。这些唐娟娟是十分清楚的,她是一个能忍辱负重、沉默寡言而能压住火的人,任他去吧。去了,反而还能减轻她的一点负担。不然,还要她按时给人家做饭洗衣服。本来丁成乐会做饭,但这人是个大男子主义者,他必须等老婆把饭做好,端到他面前,他才吃。这种习惯,就像他维护自己尊严一样坚持到底。

结婚10多年来,丁成乐最看重自己的存折和自家的东西。起先,唐娟娟以为夫妻恩重如山,居家过日子,不分彼此,用自己的钱给家里添置了些电器和家具,并把工资存折交给老公,让他掌管财政,支付家庭的生活用度。不想这老丁,真还精明得很。3年下来,自己存折未花1分,全部的开支由唐娟娟的存折支出,而且大言不惭地说:“没收唐娟娟的住宿费,主要看到夫妻的情分上。”唐娟娟一听这话,眼泪又下来了,这使她不由得想起了法国批判现实主义文学家巴尔扎克在《欧也妮·葛朗台》中描写的守财奴、吝啬鬼葛朗台的形象,又感到这又是一个失败的婚姻,她想反驳几句,又忍住了。她确是一个忍惯了的人。

花有再造之美,人无第二年华。凑合着过吧,过到哪一天,算哪一天,都是再婚的人了，各有各的孩子，本来心就分着，还能亲热个啥呢？此后，在父亲的叮嘱下，唐娟娟下定决心从丁成乐手中要回了自己的工资存折。丁成乐一边把唐娟娟的存折丢到了她面前，又把一句话也丢到了她面前，他狠狠地从牙缝里挤出几个字："没看住！你唐娟娟还是个小气鬼！这娘们靠不住！"不管老丁骂什么，唐娟娟也不会反唇相讥。她没有那个精力，也没有那个必要，她丢不起哪个人，让父母知道了会生气的。她是学医的，她知道激动生气和愤怒对人的健康是十分有害的。十年来，她像一只蚂蚁奋不顾身地奔波在自"家"、单位和父母家。周而复始，沿途挥洒着汗水和心血，把往事写在光阴的树上，跟随一个路人，从内心的荒芜走向另一片荒芜……

截了肢的唐显还在病床上躺着，可是日夜挂念他的外婆病倒重了……主治医生尽最大的努力，老人家就是不见好转。这几天，唐国俊和女儿日夜守候在老伴的病床边，老伴甚至有时出现昏迷状态。唐国俊及时给两个儿子通报了情况，大儿子唐福顺第二天就赶到了医院。小儿子唐禄顺说："马上动身回国。"8 月 6 日上午，唐禄顺远渡重洋来到母亲身边，但老母亲已神志模糊，认识不了人，他只好痛哭一场。中午一瓶药液还没挂完，姜希洁以极其微弱的声音喊了一声"唐显……"拉着老唐的一只手咽气了，享年 78 岁……

唐家笼罩在悲痛的气氛之中，唐显痛哭在病床之上，他除了伤疼，就是痛惜和悔恨。他痛惜失掉了一条腿，失掉了慈祥的外婆，悔恨不该和姬春那个无情的女子交朋友。他遭这么大的难，那小婊子竟没有来看他一眼，真是小人与女子难养啊！——其实姬春在事故发生的当天就知道唐显和曹副局长伤重住院了，她也感到太突然，太可怕，总算都把命保住了。她内心既不悲又不喜，天有不测风云，人有旦夕祸福嘛！活着的人还得好好活。她最近心中装着一个人，就是唐显那天看到的瘦高个——初中时的同学、城管局的城管员闵伯洋。

这个闵伯洋真是个花花公子，其父是市人事局局长，母亲是市畜牧局会计，他又是独生子，从小就任性惯了。正门知识没多少，吃喝玩乐倒精通，他和肖琼一样也爱和女孩交朋友。一天在下班回家的路上他遇到了姬春，听姬春说她在土地局当打字员。便负责加同情地说："打字多没出息！拿你的才能和文化水平，让我老爸把你调到市委或者市政府，当个秘书是没问题的！秘书最容易当官，你信不信？"几句甜言蜜语说得姬春心潮澎湃异想天开。接下来他俩手机信息不断、电话频繁，感情极快地升温。下班后约会吃饭逛大街游公园。姬春感到这闵伯洋人虽没唐显长得好看，但比唐显大气，有情趣有意思。

为什么她当初看上唐显呢？她看唐显整天拉上领导出出进进，是领导的红人，肯定在领导面前能说上话，虽然不是一言九鼎，起码提个建议能起作用。希望通过和唐显的关系，不久的将来能把她的岗位调换好一些，比如：土地调查员或监察队员之类的。因为她爹不理她，她妈没能力，她靠谁呢？于是她选择了唐显。她家境困难，她要报答母亲养育之恩，要改善家庭的生活条件和自己的装饰打扮，所以她要向唐显“借”钱。

唐家办完老太太的丧事后，省外国外的唐福顺、唐禄顺都对父亲的今后生活关心了一下……并在医院又看了一下外甥，安慰了几句，就分别先后回各自的单位去了。现在只有关心这唐显了，外公和母亲都感到事有蹊跷。唐显出了这么大的事，姬春咋没闪面？咋没打个电话？唐娟娟待儿子伤口愈合，情绪好转后，悄悄问唐显：“你住院这么多天了，你们局里领导和同志都来看过你了，咋没见姬春来一趟，怎么回事？你给妈实说。”唐显听后，泪如泉涌，失声痛哭了一阵，气愤地说：“妈！——我对不住爷爷、奶奶和您，她把咱们骗了……”唐娟娟听罢，一边擦了一把自己的眼泪，一边安慰儿子说：“显儿你不要伤心，好好养伤，待你康复后，妈托人给你找一个比她更好的姑娘。”唐娟娟回到父亲处把儿子这次出事故的根源和遭姬春骗了的事全都说了，唐国俊闻之甚为恼火，当即给土地局虎应升局长打了电话……虎局长听完情况说：“老领导，这事我也从后勤组的职工那里知道些。虽然是男女青年间的纠葛，但造成不良后果，组织上是要过问的，您老保重身体好了，我会尽快解决这件事。”

过了两天，市土地局办公室宋主任通知唐娟娟能抽空来一趟。唐娟娟闻讯来到土地局，宋主任亲手给唐娟娟给了一沓钱。并说：“姬春借唐显的1万元，我们已追回。单位再给唐显补助5000元，作为营养补贴。姬春感情不专一，有欺骗行为，局务会议决定开除公职，留用察看一年。”唐娟娟听后说：“感谢局领导为我们追回了钱，至于开除其公职，我看就算了，女娃娃找个工作不容易，况且她家境也不好。”宋主任说：“唐医生，您真善良，当然看她今后的表现了。”说罢，他们告别，唐娟娟急急忙忙回医院去了。唐国俊、唐显得知土地局作出这样的处理，也就善罢甘休了。

8月29日，曹宗智副局长出院了。他在家又休养了几天后就能上班了，他虽伤得不轻，所幸的是人家身体的大部件没有损坏。9月26日唐显终于出了医院，单位花了8万多元为他安装了一条假腿，走起路来总不太稳当，他仍回到外公家休养。唐国俊看到外孙成了这个样子，心中不免惋惜和凄凉。唐娟娟背过人还是不住地抹眼泪，事已至此，有什么办法呢？她只有悉心照顾儿子和老父亲的生活起居，加上单位工作的忙碌，简直脱了人形，头发也一下子白了许多。她为了父亲和儿子多时在林业局家属院居住，老丁那里去的时间更少了，因而她和丁成乐的感情也就淡而更淡了。

姬春自唐显出事及单位对他进行处理之后，心情也一直不好。无奈闵伯洋经常打电话、发信息给她……始终纠缠不休。她有时敷衍应付，有时实在没有那个心思，她在单位着实不够光彩。不但单位领导对她尽是冷面孔，就是职工，特别是女职工在她背后指手画脚，挤眉弄眼。她自责、后悔，甚至无地自容。她思来想去，是闵伯洋害了她。这个长头发，青黄脸，鲤鱼眼，猪鼻子，扁嘴巴，黑牙齿，满口吐烟雾、满嘴里脏话的瘦猴精真他妈的是个臊老鸹。不行！——必须断绝关系、必须躲开！像躲瘟疫一样……但是，谈何容易！这不，手机又响了。姬春不情愿地接上听到："喂！——小姬，小美人儿，你在哪儿？我过来看你！"姬春说："算了！看啥呢？没看头！以后就不要给我打电话，发短信了，我烦！"说罢，就压断。不想，机子又吱吱唔唔地响了……最后她索性关了机。

一天，天气阴沉，水汪汪的乌云铺天盖地，看样子大雨快要来了。姬春刚下班回到家门不远处，闵伯洋像幽灵一样突然出现在她面前，黑着脸，挤着眼，冷笑两声挡住去路问："姓姬的！别来无恙？啥意思，不接电话？又有新欢了吗？想甩老子，是吗？"紧接着照姬春很好看的脸蛋上就是一拳，姬春捂着脸面滚在路边哭喊，这时过来一位老大爷和邻居一位大姐拉住了闵伯洋。闵伯洋还想用脚踢，无奈围观的人多起来，他最后丢了一句："你小婊子！老子还没玩够呢，等着瞧！"扬长而去。

姬春被打以后，才感到闵伯洋的恶毒，唐显的善良。她和她母亲找到了闵伯洋所在的城管局局长，局长出面警告了闵伯洋，姬春母女才过上了安稳的日子。没过多久的一个星期天，姬春到蔬菜市场买菜路过怡景公园，又看到闵伯洋吹着口哨领着一个年轻漂亮的女孩在悠闲地漫步……虽然他那不风雅的外貌，配上不得体的衣裳，但在勾引女人上是十分拿手的。

2008 年 7 月 2 日，是唐娟娟和丁成乐再婚 11 年的日子，是值得纪念的日子，也是他们二人铭记心中的日子，这天他们分手了……他俩没有争吵，和平地解决问题。唐娟娟拿走了她的衣物及属于她自己的东西凄苦地离开了……丁成乐冷漠地望了一下她瘦削的背影，关了门，点上了一支烟，狠狠地抽了一口，环视了一下显得空虚的屋子，一屁股坐倒在沙发上继续吸着烟，追忆这 11 年来的岁月……今后是否还要靠女儿养老？这倒是老丁需要深思熟虑的问题。

唐国俊已于5月14日病故,享年80岁。唐娟娟是给老爹过完七期与丁成乐分手的,她继承了老爹的房子及不多的遗产。唐显由单位照顾搞收发室的工作,已和环卫站1名女工人订婚,计划在10月份结婚。市土地局给唐显分配了一套房子,面积50多平方米。现在正在装修,预计9月初就完工。唐娟娟已开始筹备儿子的婚事……看来她今后靠儿子是靠定了。

却说蔡红与罗创自2004年5月1日正式结婚,至今四年多了仍无身孕。她几次回到罗创老家,罗创他妈总往她的小肚子上瞅,并且背地里责怪罗创:“你们还在计划吗?老大不小了连个孩子都没有!”罗业2006年8月结婚,第二年5月媳妇就生了一个胖小子,现在都会跑了。罗得道老两口望着跑趟子的小孙子,总是乐呵呵的……转而一想大媳妇到现在还没有生养,于是他们的高兴又没有持续很久……罗业仍在外地打工,媳妇在家务农。罗燕大学毕业后在南京广播电视局谋得了工作,听说也有了对象。现在罗家美中不足的就是罗创到现在还没个孩子。罗创和蔡红计议,为了不使二老为此揪心,唠叨,决定筹钱到上海诊治。

正是:唐家近年事不顺,罗姓还觉美不足。姬春反思忆当初,蔡红求嗣赴苏沪。欲知后事如何,且看下回分解。

第三十三回

高玉川落户金湾　混情仇阮琴流泪

罗创和蔡红这几年没有多少积蓄。罗业结婚、罗燕上学以及赡养老人，家庭用度，都得他们掏钱。要到上海治疗蔡红不育之症，真还有些囊中羞涩。必须再借几个，穷家富路嘛。罗创将赴上海为蔡红治病的情由首先给老同学吴彩凤说了，吴彩凤说："你们请假安排工作，准备行程，钱的事咱们市内的同学给你凑。"

9月，江南的气候稍见凉爽。田野里稻谷已经熟透，泛着金黄。池塘江河里鱼肥虾壮。山坡上硕果累累。到处展示出一派丰收景象。7日晨，蔡红与罗创各提一个小包，带上吴彩凤、刘建春和栾奋等同学凑的10多万元的银行卡，满怀希望地向江苏境内进发。8日晚间，在一片灯火辉煌的夜景中，他们夫妻二人到达了盼望已久的目的地——大上海。上海对蔡红并不陌生，因她调购药品也来过。可是对罗创来说，才是第一次踏进这个闻名遐迩的大都市。他俩在上海南站下了火车，走出车站。罗创紧跟在蔡红身后，他的两只眼睛不够用似的左顾右盼。在稠密的人群中，他还要紧盯着蔡红的背影，生害怕把他丢了。待到人流较稀疏的地段，他又留神展望了一下市容，华灯竞放，虽在夜间，如同白昼，高楼大厦相拥的街道上穿着五颜六色的行人和各种颜色、型号的车辆在行进，又像一条色彩斑斓的河水在流动。霓虹灯、彩灯闪烁，委婉的流行歌曲和各种腔调的口音夹杂在大城市的各种喧嚣与噪音之中。罗创对蔡红说："这上海比吉安和南昌繁华多了，真是名不虚传。"蔡红说："上海，我也只来过两次，不甚了解，只是听说上海由商而兴，因商立市，是全国和远东地区的贸易中心。咱们先住下，边看病，边了解她……"他俩为了省钱，就在火车站不远处一家小旅馆登记了房间……

第二天，他俩马不停蹄地跑了市六医院、空军上海第三医院、虹桥医院，最后在虹桥医院妇产科门诊为蔡红做了检查。由于这所医院妇科诊疗仪器较之其他几所医院更为先进，所以，门诊孙主任拿上检验报告单一看就断定蔡红输卵管有问题。这孙主任是一位50多岁上下的胖大女人,她和蔼地对蔡红说:“你妇科其他没问题,就是输卵管可能不通,你先住院,我尽可能安排及早给你手术治疗。”蔡红和罗创同时说:“那就辛苦孙主任了。”说罢,他俩就抓紧时间办入院手续,当晚就住进了妇科住院部。9日上午,孙主任又为蔡红作了一次检查,确认为输卵管不通,第二天下午就为蔡红进行了输卵管导丝介入再通手术。术后,蔡红欣慰地休息疗养,罗创高兴地精心护理。他们都长出了一口气,看来生孩子是大有希望了……

9月18日上午,术后康复的蔡红和罗创谢过孙主任,办理了出院手续。轻松愉快地走出了虹桥医院,就近住进了虹桥宾馆。在虹桥宾馆的808房间,他俩相视而笑——这笑是他们四年来值得庆幸的一笑,是不谋而合的一笑。蔡红首先说:“我这病看得太容易了,只花了两千多块钱,现在科技确实发达了。今天我们休息一天,明天咱们可以出去看看上海的新面貌了。”罗创兴奋地说:“好!反正咱们带的经费充足,来一趟不容易,咱们治病旅游两不误。不过你还是要按时服药,按医生的要求,注意保养,不能过分劳累。”蔡红说:“咱们都是学医的,都懂得术后的自我保健!你知道,我的身体素质是不错的,心情好,一切都会好!”说罢爽朗地笑了,罗创也跟着笑了……

19日晨,蔡红和罗创在宾馆餐厅用过早餐,带上午餐,下了电梯,坐出租车、搭地铁(公交拥挤)开始他们舒心地上海旅游了。从上海动物园、长风公园到黄浦江畔,从黄兴公园、世纪公园到明珠公园都有他们的足迹……他们在杨浦大桥上数过江面上的船只,在东方明珠电视塔上鸟瞰了大上海的全景。不论走到哪里,蔡红都是戴着茶色太阳镜,乌黑的披肩发,修长的身躯穿着一袭淡紫色连衣裙,显露着白嫩的胳膊,真是婀娜多姿。罗创虽然西装革履,穿着不错,寸步不离地紧跟其后。但在旁观者的眼里,他仅仅是个蔡红的下属或者最多是个贴身管家,尤其是在蔡红说罢悦耳好听的普通话后,他只是唯唯诺诺地:“是,是,是!”。

从19日到22日连续四天的出有车、食有鱼、看新鲜、赏景观,罗创真是像刘姥姥走出了大观园,开了眼界,见了世面。他丝毫没有感到始终跟在蔡红屁股后面,没有突出男子汉的阳刚之气和显示出绅士般风度。他反而感到无限的自豪和满足,他认为有这么一位亮丽夫人筹行程引路径,遮风挡雨,引领潮流。他不费神,少操心,而且是对他的呵护和关爱……他又感到自己像个孩子,从蔡红身上又得到了母爱一般,他心中顿觉甜甜的……

9月23日下午,蔡红与罗创坐上了去南昌的火车,因为蔡红仍处于疗养期,他们坐的是卧铺下床。列车启动,出了市区,上海的影子渐行渐远。他俩再望窗外，江南的旷野还是那样飞红流绿，色彩斑斓，到处生机勃勃，十分养眼……

24日晨，列车到了南昌站，他俩出了车站打的直接到了济世医院。由于罗创在出租车上给任顾通了电话，所以任顾已在医院门口等候。他俩下车后就看到任顾，就急忙上前和他握了手。任顾已知道蔡红手术成功，他看到这夫妻二人满面春风的样子，内心也很高兴。他说："你们这次到上海时间不算长，是否可以在我这里待两天，一则蔡医生还须休息，二则咱们还可欢聚欢聚。我来这儿已1个多月，怪寂寞的。虽然刘厅长抽空来过两趟，但人家毕竟很忙。"蔡红说："任老师，我们知道您刚来不久，人地生疏。所以，我俩特意来看望您。下午我们得赶回去，咱们电话常通着，慢慢您就会适应了。"罗创也应声说："也是！也是！"说着他俩在任顾的陪同下来到医院后院任顾的居室303房间。任顾让他俩坐下，就倒水沏茶，叫他俩暂且休息。他说："咱们都是自家人，不必客气，我先到前面处理一下公务。"说罢就出门到营业大楼上班去了。

11点半左右，任顾提前下班回到303房间。他和罗创、蔡红说了一阵话后，就请他夫妻二人到医院外面一家饭馆吃了午餐。饭后，蔡红说："任老师，再不打扰您了，您若有空，一定来吉安哟！"任顾说："待以后医院工作进入正常发展轨道，我一定来看你们，看你们医院，看高玉川他们！"蔡红拍手高兴地说："那好！到时我们一同去金湾！"罗创也兴奋地说："听说金湾医院这两年也发展得很快，成绩也很突出。"说罢，他双手握住任顾的手说："任老师，您保重，我们告辞了！"任顾说："你们执意返回，那就尽快去坐车，再见！"任顾看着他俩坐上出租车后，招了招手目送他们远去了……

当日夜间，蔡红和罗创回到了吉安医院。第二天，罗创按时上班，蔡红给科室主任打电话说明了情况，并请了5天假继续休息。罗创中午下班后急急地吃了午饭，饭后，他分头给他的同学还钱去了。他不让10万元的债务压在他的心坎上，他是一个循规蹈矩的人，也是一个十分诚信的人。

却说高玉川自2004年11月17日协助任顾办完肖琼丧事及遗留问题后，于当日晚带上妻子、女儿和胡卫华、李霞坐上火车仍回江西金湾去了。20日上午11时许，他们一行回到了金湾医院，许有院长和黄培主任亲自到门口迎接。他们都热情地握手问好后，许院长望着高玉川笑着说："高院长还是记挂着我们，记挂着咱们医院，连家眷都带来了，我心底踏实了。走，咱们到后院。食宿事宜，黄主任早都安排好了。"高玉川、胡卫华、李霞一齐说："有劳许院长、黄主任了。"说罢，几个医护人员已提上他们的行李向后院走去，他们一行几人也跟上一齐到了后院……

许有是泰和人，他南昌中医学院毕业后分配到吉安市，市卫生局安排到白水镇卫生院工作，后升任该卫生院办公室主任。由于肖琼病重之故，根据金湾镇党委的要求，市卫生局调他任金湾医院院长。他虽然是当地人，但对该院的工作及人员结构情况不甚了解。加之他有胃溃疡病，本来瘦小的他显得更弱不禁风了。自高玉川一行回北海这三个多月，他感到如若一年，他因工作忙碌，有时竟忘了服药。他虽能给别人看病，可是自己的老胃病久治不愈，真可谓“医不治己”啊！高玉川的到来，无疑给他增添了喜悦，就像激烈的战场，遇到援兵一样。

第二天，高玉川、胡卫华、李霞仍到各自的岗位上上班。许院长到内儿科诊室和高玉川谈了一阵医院工作方面的事，就主动问：“高院长，如夫人现居家中，是否也安排个工作干。你女儿我给小学童校长说了，你可抽空去报名，娃娃的学习不能耽误啊！”高玉川含笑说：“院长都替我把家事解决好了，我深表谢意。不过，我老婆的事，你不要太费心。她原来在一家药店干过，假如咱们药房缺人，就安排在药房。如果暂不缺人，就让她在家闲待着，做饭、带带孩子也可以。”许院长接着说：“那就让她到药房，把药房小太调到护办室当护士去。最近小付又调到市医院去了，护理方面没人负责，是否可以让胡卫华当护士长？”高玉川说：“可以！”

下午，高玉川领女儿高喜娟到镇小学报了名，安排到二年级二班，班主任是一位名叫毛柳的文静女子。转罢学生后，高玉川回到医院参加全院职工会议。在会上，许院长宣布了胡卫华任护士长，高玉川妻子关玲玲到药房工作的决定。高玉川也简单地讲了一下今后业务工作方面的事，因为他近期没在医院，所以，他只根据许院长介绍的情况和要他强调的方面说了一下……

高玉川一行回到医院的第三天，陈书记、包镇长和齐主任闻讯抽空来医院看望了他们。陈书记详细询问了一下肖琼病故及事后处理情况后，显然，脸上露出了同情怜悯的表情。当他从许院长口中得知高玉川把老婆、孩子都带来了，脸色从严肃转为高兴地说：“高院长，你看来真是咱们江西的人了！你就安心在这里工作，协助许院长把咱们金湾医疗卫生工作做好。至于你们一家以及胡卫华、李霞的户籍迁转等问题由齐主任联系办理，你们就不必操心了。”高玉川和许院长都高兴地望着陈书记说：“感谢镇领导的关心和支持！”说罢，他们送走了陈书记一行。他俩内心都很激动，他们感到镇领导对他们很支持。他们都明白，支持是对他们的信任和期望。他们须加倍地努力，尽快改变金湾医院的旧面貌……

功夫不负有心人。经过许有、高玉川、黄培、胡卫华及医院全体职工近几年的不懈努力，金湾医院现在已是吉安市乡镇医院中最有发展前途的医院。

由于许有比较谦虚，他特别赞赏并能够推行高玉川介绍的任顾的那一整套领导经验，所以管理上台阶出效益。加之地理位置适中，前来诊治的病人络绎不绝。2007年金湾医院荣获市卫生系统先进单位称号，并分配来2名北京、南京医科大学毕业的硕士生。最近市卫生局又从卫生部一个支援项目中投资了一批大型的医疗器械和设备。全镇上下对医院近几年做出的努力和取得的成绩都有口皆碑。胡卫华参加了省第七届护士知识及技能竞赛，并取得了第三名的好成绩（和阮琴并列，奖励前10名）。

却说阮琴自2003年8月23日离开金湾医院，25日到省城同学蒋静处。由于蒋静的帮助，27日就很快地在省医学院附属医院儿科上班。她仍从事护理工作，从此一路顺风，医疗技术出了名，年底考试被录用，文艺才华又显露。2004年7月29日升任了护士长，8月23日和本院外科青年医生路世生缔结良缘，真是喜事连连……第二年7月10日生下一个可爱的小女孩，小两口更是喜形于色。为了不影响他们的工作，路医生在妻子生产前几天就从山东老家接来了母亲。因此，阮琴产假期满后，女儿蕊蕊基本由婆母抚养，她专心致志地负责科室的工作。2007年5月由计蓉副院长提议，医院党委做出决定，阮琴任院委会委员，兼管全院宣传及妇女等工作。

2008年国庆节放假，任顾于9月30日下午坐车到了吉安，当晚住在罗创家。第二天早饭后，他和罗创、蔡红三人搭上了去金湾的班车。他们三人早就商量好了，借假日之闲暇探亲访友。上午10时许，他们一行三人就来到了金湾医院。高玉川、胡卫华、李霞以及许有、黄培等早站在医院门厅外恭候。当他们看到任顾等三人出现在大门口时，像久别重逢的战友一样一齐跑步迎上前去，提包的提包，握手的握手。拥着三人一齐进了大楼，到三楼会议室坐下。会议桌上摆满了水果、瓜子之类，两名小护士敏捷地倒好茶水，恭敬地放在任顾等人的面前。许院长紧挨着任顾和罗创坐在正面一侧，他看到任顾红光满面仪表堂堂。之前久闻大名，今日一见果然气度不凡。任顾环视了一下会议室，他眼睛的余光感到许有、黄培和那两个小护士都不住地注视他，他也以温和的目光回应他们。

许院长热情地看着任顾说："任院长，您不辞劳苦来到咱们医院，我们倍感荣幸。"任顾面带微笑地回应："借假日闲暇来贵院看看，这所医院，对我来说挺有吸引力，我的好几名同事、朋友都在这里工作过或正在工作。听说近几年，你们工作挺有起色，所以我与罗医生、蔡医生结伴而来。他俩旧地重游，我是来参观学习加看老乡，真有些打扰你们了。"高玉川接着说："任老师来看我们，我们很高兴，您就多住几天吧！"任顾说："每逢佳节倍思亲，有你们几位在这儿,我就像在家乡一样!……”说罢爽朗地笑了,大家都笑了……蔡红深有感触地说:“这里是我们曾经工作过的地方,忆往昔,苦乐参半!……今天回来既像到了家,又像在梦中……”罗创也附和着说:“真和做梦一样,我觉得又像在这个会议室开会一样……”除了任顾大家附和:“就是!就是!”

稍事休息后,许有、高玉川、黄培陪任顾一行从三楼到二楼、一楼各科部室细心地看了一遍。当然,在转着看着的同时,罗创、蔡红都在各自办过公的地方多停留、多看了几眼……当然,任顾注意的不是这些。他宏观地看了这所医院的布局及科室的设置,他又微观地注意了医院的内部管理以及有无创新之处。他感到这所乡镇的小医院,突出之处在于护理工作。医院环境卫生整洁,护士衣帽鲜亮整齐,对病人、客人彬彬有礼,病房责任到人。护办室布置得体,科室制度上墙,各种登记本、交班日志、值班表、治疗单、医嘱查对本等文书登记及时准确,摆放整齐。特别在他注目留神的时候,胡卫华近前给他介绍本院的护理情况……任顾由衷地赞叹:“没想到你们这样小规模的医院,在护理工作方面,比一般大医院,尤其比我们济世医院细致全面到位得多了。”胡卫华谦虚认真地回答:“这大部分搞法,是李霞和我从咱们为民医院那边学来的,还有调走的小付那默默无闻的奉献精神,也是我们护士姐妹学习的榜样。”高玉川说:“胡卫华的创劲和原来的阮琴不分伯仲,但说话办事稳妥,有过之而无不及!”许院长和李霞也附和:“正是,正是!”

他们说着话,出了营业楼向西拐弯穿过一条砼路面的小道便到了后院。呈现在任顾眼前的是周围郁郁葱葱的垂柳云杉翠竹,盛开的鲜花围绕着半亩见方的菜畦,畦子内各种蔬菜分门别类排列有序,也十分鲜嫩。靠后一排红瓦白墙的平房,看来是职工食宿的地方。许院长引导他们向西头靠边的房间走去,这时关玲玲闻声和女儿喜娟出门迎接任顾等人。高玉川紧走几步,掀起门帘让任顾先进。他们进到里面坐到沙发上,许院长望了一眼蔡红说:“这间房是原来肖院长住过的,现在高院长暂住,镇上正考虑为高院长解决住处。”高玉川对任顾说:“我觉得住这儿挺方便,可是镇领导执意给我安排房子,我真不好意思。”任顾说:“镇领导对咱们这样的支持,咱们就更应该努力的报效当地父老乡亲。”胡卫华、李霞都点头说:“就是!就是!”

此时蔡红、罗创若有所思地环视着屋内的每一个角落。任顾也注意了一下屋内,这是三间之广的一套居室。客厅在中间,右侧是卧室,左侧是厨房带一小间卫生间。原来肖琼在南方打拼就在这里栖身,真是人亡物在啊!……这时,关玲玲、胡卫华等已在他面前的茶几上摆满了烟茶水果之类。

正在他们叙旧话新之际,胡卫华的手机响了。她接上一听,是阮琴打来的，阮琴此时已到金湾医院门口，刚下车。听说她是随卫生厅组织的一个文艺宣传队到赣南等地宣传“医疗卫生改革”方面政策后，利用国庆假日回了趟老家。她约上小付(家也在吉水)一块故地重游，会见昔日的众姐妹和同事们。许有闻讯兴奋地说：“今天咱们真是风云际会，好友重逢！——胡护士长，赶快迎接！”高玉川、罗创等都有惊喜之色，唯有任顾沉稳地注意到蔡红似笑非笑地吸了一口茶水。这时胡卫华、李霞及黄培三人早已出去向前院奔去。

当他们三人还未来到前院，就听见前面许多女人叽叽喳喳、嘻嘻哈哈。待他们近前一看，医院的护士们早把阮琴和小付围在核心，有的拉着手，有的提着包。他们含着眼泪、洋溢着笑容，互相问候。阮琴、小付看到他们三人，就移步和胡卫华、李霞拉手笑着对视问候，并向黄培礼貌地点头问好。黄培说：“咱们快到后院，还有几位贵宾呢。”

经他这么一说，她们众女医护人员簇拥着阮琴和小付，在黄培的带领下来到了后院。这时任顾和许院长等人都出来了，黄培和胡卫华给阮琴、小付首先介绍了任顾，其次介绍了许有及关玲玲等……阮琴和小付首先和任顾、许有握了手，并和高玉川、蔡红、罗创、关玲玲等一一握了手，道了好。阮琴又仔细地望了一下任顾说：“任老师，您的大名我们早都知道了，不想，您大驾光临，咱们能在这儿得见，既是缘分，也是我等之福啊！”任顾也略带微笑地说：“阮护士长太看重我了，其实，我算是个教书匠，在你们面前，我真是个外行！”许有笑着接着说：“在医院呆的时间长了，也就是内行了。走，咱们还是到楼上会议室吧！咱们人多，那儿宽敞些！”任顾说：“行。”他和许院长挪动脚步，大家都跟在后面。当然，阮琴在和众亲友说话的同时，她环视着院子里的一草一木及房舍设施，这一切对她来说既熟悉又亲切，勾起了她许多回忆……

正在阮琴沉浸在往事的追忆之时，蔡红靠近她，再一次拉着她的手说：“小阮，过往的事就让它过去吧！——咱们姐妹今日欢聚，真是一件喜事！”阮琴也紧握着蔡红的手说：“睹物思情，斯地斯景斯人，不由得使人感慨良多啊！——大姐，咱们做女人的有时候是很难面对现实的！……”话还未说完，她明亮的眼睛内流出了晶莹的热泪，蔡红也感觉眼泪收不住似的……因为她俩走在最后，其他人没有注意到。

正是：高玉川别离北海，陈书记爱惜人才。国庆节阮琴会友，游故地抒发感慨。欲知后事如何，且看下回分解。

第三十四回

胡卫华调入省城　罗得道撒手人寰

正当阮琴和蔡红落在后面为在此地过往的岁月里——为一个男人（肖琼）造成感情伤害而凄楚，因今日重逢言欢和欣慰时，她们不觉走进了医院大楼。阮琴又张大眼睛盼顾这久违了的科室和医疗设施。她特意快步跑进护办室看了看，里面一个小护士在看书值班。当上到三楼，她又不由自主地向她住过的那间房子瞅了瞅，这一切只有蔡红看得清，理解得透……

当许有、高玉川招呼着任顾等围着会议桌坐定之后，原来在金湾医院工作的人们，都明显的注意到只缺死去的肖琼和远在北海的白翠翠、杨芳了。此时此刻，白翠翠和杨芳已正在赴四川九寨沟旅游途中，路经陕西留坝县，瞻仰张良庙呢……她俩现在在北海省南山市安泰医院工作。今天她们的向辉院长，带领她们一行7名本院职工外出旅游——当然，金湾的会聚已从高玉川的短信中知道了，她俩回信息表示感谢和遗憾。当然，最为遗憾的莫过于长眠地下的肖琼了……

任顾由许有、高玉川相陪坐在淡黄色会议桌的中间。两边一字儿坐着许有、高玉川、蔡红、罗创、黄培、阮琴和小付等。对面坐满了本院其他职工。会议桌上摆满了糖果瓜子茶水饮料等。由于国庆佳节故友重逢，所以大家特别话多，特别高兴，整个会议室欢声笑语，热气腾腾。

许有站起来清了清嗓子说："今天是国庆佳节，任院长和曾经在我们医院战斗过的同志荣归故里和我们共同庆祝国庆，欢聚一堂。我代表金湾医院的全体同志向各位来宾表示热烈的欢迎和衷心的感谢！今天，我们是一个联谊会，也是一个座谈会，大家可以叙旧，也可以发表对咱们医院今后发展的建议和对策。中午和晚上咱们在镇上金光饭店就餐。下午，除值班人员外，其他职工陪来宾到镇上或附近的工厂、单位参观。晚上咱们统一到镇政府礼堂参加庆国庆迎战友文艺晚会，请大家都准备好节目，好好热闹一下！……现在请远道而来的任顾院长讲话，大家欢迎！"他带头和与会的人员热烈鼓掌。

任顾站起来和善地环视了大家一眼说:“今天我有幸在金湾医院参加庆国庆座谈会,和许院长及大家见了面,交了朋友,我很高兴。虽然我们来自五湖四海,但我们情同手足,我们心是相通的,我们是有缘分的……今后我们互勉互助,把党和人民赋予我们的使命进行到底,为人类的健康服好务!”任顾铿锵有力,抑扬顿挫的讲话又赢得了全场热烈的掌声。

接下来漫谈发言,除了本院新来的几个年轻职工外,蔡红、罗创、阮琴、小付、许有、高玉川、胡卫华、李霞等都发了言……他们发言洋溢着友爱和谐和希望……会议进行到中午,大家就转移到金光饭店边吃边谈。特别是蔡红、阮琴等原来在一块工作过的同志,毕竟几年未曾谋面,今日得见,话不多,才怪呢?饭后,自由活动。任顾由许有、高玉川、胡卫华等陪同,在街市溜达了一圈,仍回到医院会议室坐下交谈。不觉又到了下午6点,黄培勤快地满楼叫喊,招呼大家到金光饭店就餐……

晚饭后,他们齐集镇政府礼堂。昨晚镇政府刚进行过国庆文艺会演,音响一应设施齐全,只将会标换成“金湾医院国庆联欢晚会”就行了。由于放假,单位职工及附近群众也来凑热闹。任顾看到这金湾地方虽是乡镇建制,但是街市商贸都具一定规模。前来观看演出的人们穿戴举止到也新潮儒雅,不大工夫礼堂内已坐了许多人。

刚到晚上8点,胡卫华作为晚会主持人宣布:“金湾医院国庆联欢晚会开始!”观众报以热烈掌声。接下来许有代表医院致了开幕词,晚会就开始了。医院昨晚在镇上会演的李霞等四名护士组成的《还是咱新疆好》舞蹈首先登场,把观众的注意力一下子吸引到舞台上。本院的许院长唱了一曲《涛声依旧》,四名女医生演出了《翻身农奴把歌唱》,高玉川即兴独唱了《妈妈的羊皮袄》,还有黄培等也上台或唱歌或舞蹈……

接下来,胡卫华应广大观众的要求,请来宾献艺。阮琴一首《青藏高原》的独唱把晚会再一次推向高潮,蔡红以标准的普通话朗诵的《天使风采》使人耳目一新。许院长及金湾医院的所有职工都请任顾出个节目,任顾推却不过,走上台为大家唱了《三国演义》的主题曲《滚滚长江东逝水》,他那雄壮浑厚的歌声把大家的思绪带到了遥远的三国时代……

节目演罢,优雅的舞曲随之奏响……阮琴由于兴奋,白净漂亮的脸蛋泛着红晕。她轻盈地走到任顾面前笑着说:“任老师,您的歌喉雄浑而底气充足,我想您的舞姿更是优美动人吧?来,咱俩跳一曲吧?”任顾也笑着站起来诚恳地说:“阮护士长,谢谢你的好意,我不会跳舞,也没跳过舞。刚才唱的歌也是逼出来的,学生时代曾登台独唱过歌曲。此后一直未涉此行,惭愧惭愧！”阮琴看到任顾一脸真诚，便说：“您不会跳舞，会作诗，请您给咱们赋诗一首吧？”高玉川、蔡红都大声附和说：“任老师显示一下您的文才吧？”任顾再无法推辞，皱了一下眉头，稍一沉思吟道：

国庆佳节会挚友，
轻歌曼舞话春秋。
金湾召唤祥云至，
我与仙子忆情由。
借得假日闲片刻，
爽风吹散故乡愁。
四海为家男儿愿，
豪情壮志何时酬？

题目就叫《七律·豪情壮志何时酬？》胡诌的，谢谢大家！顿时掌声雷动。人群中有几位老干部齐声称赞“好诗，好诗啊！”还有一位教师或文化人模样的中年人站起来恭敬地向任顾行了一个举手礼说：“尊敬的任先生，您能再赋一首，以飨观众？”高玉川和许有也齐声对任顾说：“任老师，请能再吟一首？”任顾笑着环视了台下的观众说：“感谢大家的厚爱，我献上我的文学集子中的一首词《永遇乐·爱拼才会赢》：

千叶弄巧，
几多朦胧，
新月如梦。
人离故土，
小舟此逝，
江海寄余生。
笑对尘世，
哭诉沧桑，
豁达检点伤痕。
托春风，
花香时节，
壮心豪气复萌。

才念闾里，
又想前程，
息片刻再奔腾。
满腔热血，
躁动身躯，
爱拼才会赢。
修短有数，
耐力无穷，
奋勇者功垂成。
烈士暮年方回首，
遗何憾恨？

谢谢大家！雷鸣般的掌声又起，夹杂着喝彩声此伏彼起，任顾也向大家鼓掌致意……如此持续了好长时间。阮琴、蔡红上前把任顾扶拥着到了台后左侧的座位上。胡卫华快步到舞台中央拿着话筒大声说："感谢任老师为我们大家吟诵诗词，为晚会锦上添花，画龙点睛，接下来自由舞蹈吧。"

此时，许有和阮琴，高玉川和小付，罗创和蔡红，黄培与一名女医生都翩翩起舞……医院女的多，男的少，任顾又不会跳，也不留神看。此时，只有胡卫华看到任顾的落寞与孤寂，她坐到任顾跟前说话……他们从为民医院的得失谈到金湾医院的变化，进而任顾展望了南昌济世医院的奋斗目标和发展方向。胡卫华闻之怦然心动，她嗫嚅半会说："姐夫您刚来不久，我不好开口，不过我就直说了吧！打听说您到南昌，我就想到您身边工作，只怕又给您带来麻烦和不便……况且您刚到任就调老乡、用亲戚、用熟人，恐有任人唯亲之嫌。"任顾微笑着瞟了一眼面有羞色的她，平缓地说："小胡想得太复杂了，我向来唯才是举，对任何人能照顾的就照顾！'外举不避仇，内举不避亲。'你既然有这个想法，我可以考虑，不过这儿的工作你要安排好。不然，许院长和高玉川会抱怨我！来了一趟金湾，挖了人家的墙脚，我说的是吗？"说罢，哈哈笑了两声。胡卫华急忙说："这儿工作是不会受影响的，有李霞呢！其实，我们护理工作有一半是李霞的功劳，这个请您放心！"任顾听后微微颔首表示赞许。这时许有擦着汗喘着气来到任顾身边坐下休息，阮琴又拉起胡卫华随上舞曲旋旋转转跳到了台前。许有唱歌不行，舞跳得不错，无奈身体虚弱，跳上两曲就力不从心地下场了。

将近晚上 11 点，欢声笑语渐稀，联欢晚会趋于尾声。终于胡卫华以清脆的声音宣布:“金湾医院国庆联欢晚会到此结束,谢谢大家!”欢快的欢送曲送走了全部观众,大家开始撤离礼堂,舞榭歌台终于寂静。

当晚,任顾由许院长邀请留宿在他的宿舍,这是后院中间的一个单间,进门靠窗有一张办公桌,靠里面放置一张双人床。许院长家属在泰和农村,也不常来。任顾看到这房间很整洁,他和许院长同榻而卧,说了一阵话就进入了梦乡……

其他人都各讨方便休息,只有这阮琴被胡卫华邀到她的房间休息。她躺在胡卫华的床上百感交集,毫无睡意。她一边听着胡卫华均匀的呼吸和甜美的酣睡……她深切地感到天外有天,人中有人。北海她虽没有去过,但她从史籍和书刊上知道是中华民族的发祥地之一,历代都出过许多伟人名人。这任顾就是气度不凡,不论从长相上还是才华上真是一位奇男儿。特别人家独具的阳刚之美,洒脱的气质,洪亮悦耳的语音,以及人家即兴所赋诗词的意境,真是令人倾倒……路世生这小子和肖琼一样都长得彪形大汉,然而内里空空如也。除了拿个手术刀混日子,嬉皮笑脸地围着女人转外,还有什么本事?不要说是汉唐还是魏晋,怕连他祖宗三代都说不上。特别那个肖琼的讲话,人一听就倒了胃口,算了,人已死了,不说了。然而我的正式郎君路世生,也是个没志气无志向的东西。上班迟到早退,家务活也干不到路数上,全靠他妈,也靠我。睡懒觉,不看书,说话也啰唆,话中脏的东西还不少……唉!我怎么没得到任顾这样的男人呢?命苦啊!——听说,任顾老婆还是个农村妇女,文盲。但任顾是“贫贱之交不可忘,糟糠之妻不下堂呢。”可见这任老师多么高尚,感情多么专一!在现在的男人里面真是凤毛麟角……噢,对了,任老师即兴赋诗中有一句“我与仙子忆情由”。这仙子是指谁?是蔡红?不。是胡卫华?不可能。是我?也不可能。他的词中有“人离故土,江海寄余生”句,显然这任先生是孤独寂寞的,当然也是一位挺有情趣和意思的男子。回到南昌再套近乎,和这样的男人交上朋友,不愧我阮琴在世上活过一次人……

10月2日清晨,任顾第一个起床,换上运动鞋推门出来。他感到天气凉爽,空气湿润而新鲜,院子里鲜花带露像娇滴滴的少女略显风骚,云杉翠柏郁郁葱葱像伟岸的守护神肃然挺立。他张开双臂,迈开大步做了几个预备动作后,就跑步出了医院大门绕过池塘的时候惊起一群水鸭白鹭。他循着水鸟飞去的方向一路跑去,跨过水渠、穿过芦荡,前面又是一片水域,水面上飘着一只小船。水鸟们呼朋引伴鸣叫着慢慢落到这个小海似的水面上。任顾不便打扰它们,就掉转头,原路返回。当他在院子里做完体操正在打一套擒敌拳时,阮琴从女厕所出来,以近似惊呼的口吻赞叹:“任老师身手不凡,您真是文武兼备风流倜傥啊！”任顾也略停下笑着回答：“阮护士长早？过奖了，只是活动一下身体！”阮琴喜笑着望了一下任顾说：“对不起，打扰您的锻炼了！”说罢回胡卫华房间洗漱去了。

待大家都起床、洗漱完毕后，黄培就沿房门张罗大家用早餐。今天的早餐是医院灶上炊事员做的包子鸡蛋牛奶小菜稀饭。任顾等用罢早餐就和许有、高玉川等道别……许有还想挽留，但看到他们执意返回，就依依不舍地握住任顾的手说：“你们以后有机会，定要再来！”任顾也望着许有、高玉川等说：“欢迎你们到南昌一叙，再见！”任顾一行告别了金湾医院的同志，走到大街上，阮琴和小付请任顾到她们老家去做客，任顾婉言谢绝。其实他早已给罗创许愿，到罗创老家看看。他到附近一家商店买了一包礼品，辞别阮琴和小付。与罗创、蔡红坐上一辆白色的小轿车向敖城乡罗庄村驶去……

到了罗家，迎接他们的是领着孙子的罗创母亲和罗业媳妇、罗燕以及一个英俊的小伙子。据罗燕介绍说这个小伙子是她的男朋友游天，游天主动和他们握手。进门到屋内，任顾从较为昏暗的里屋床上看到一位斜躺着的老头。老头明显地见有客人来了，他欠了欠身子以近乎微弱而嘶哑的声音说：“快坐下，快坐下！我腿疼，不能下床！……”任顾知道这就是罗创爹，他凑到床前握住老头的手说：“老人家，您好？我随罗医生到您家来看您。”罗创、蔡红也近前说：“爹，这位是任老师，和我们一块儿来看您！……”老头说：“好——好啊！快坐下说话。”罗业媳妇、罗燕忙着沏茶，递烟招待来客。任顾不抽烟，他慢慢坐到沙发上不经意地环视了一下屋内的设施……蔡红问罗燕：“小妹什么时候到家？”罗燕说：“昨天傍晚，借假日领游天来家看看，不想爹爹病重……”罗创母亲说：“你爹不让我给你们说，怕影响你们的工作。他说他这是老毛病，抗抗就好了。”罗创说：“上了年纪的人，有病就得治，不能硬抗。”说罢就从包里掏出许多药，他知道老父亲是多年的老风湿病，特别肺部挺不好。蔡红从罗燕口中得知，这游天是陕西澄城人，2007 年陕西师范大学毕业，也在南京广播电视局工作。任顾和游天说话，口音相近，他感到有些亲切。他看到这小游五官端正，眉清目秀，身材适中，说话从容不迫，条理清晰，他断定这黑而矮的罗燕眼力不错。

任顾一杯茶还未饮完，罗业媳妇和罗燕就端来了午饭。鱼、虾、鸡肉等菜摆了许多，蔡红陪任顾喝了几盅白酒。任顾看到这罗老头只吃了半碗米饭，喝了几口汤就索然放下了碗筷。罗创也注意到了老爹的精神状态，他看到老爹吃了几口饭就低垂着眉头思忖着什么。任顾以饭后散步为名出了罗家院子沿着村中小道走了一阵，其意是为了让罗家父子多说说话。一会儿，蔡红也来了,她对这村子也不太熟悉,只是春节期间回来过两三次。她一边陪任顾散步，一边问:“任老师，您看我这公公病得怎样，我感觉像病入膏肓一般。”任顾说:“你是医生,看得不错。我看老人家气色确实不好,上了年龄的人,真可谓大风之下一盏灯。我看咱们明天就回吉安,我乘夜车回南昌。家中有病人,咱们不要太麻烦罗医生家人了。”蔡红说:“我和罗创原本计划请您在这里住上几天,散散心,回到南昌就忙了,既然您这样想,我给罗创说说吧！……”

罗庄村现在已有通往吉安市的小车和面包车。第二天早晨,任顾、蔡红和罗创用过早餐辞别罗家老少及游天(他们准备 4 日启程回南京)坐上一辆黑色的小轿车向吉安方向驶去……中午任顾在蔡红家吃了饭,下午由蔡红、罗创陪同游览了一下吉安城,傍晚就急忙回南昌去了。

10 月 4 日晨,任顾精神饱满地走上了医院办公楼。不大一会儿,于开选等医院的职工都上班了。现在的济世医院已逐步地走上了正轨,经过任顾两个月的辛勤努力,组织建设、制度建设已初具规模。经医院全体党员选举,任顾任该院党支部书记,任顾又及时组建配备了医院工会和共青团等组织。这样一来,医院党政群组织机构健全,一个齐抓共管的领导体系已经形成。医院的老党员、老专家以及于开选、景林等人对任顾的组织能力和领导艺术无不叹服,他们也满怀信心地支持拥护任顾的工作。

8 点刚过,于开选来到了任顾办公室热情地问道:“任院长回来了,一路辛苦? ”任顾笑着答:“不辛苦,你家人都好?(于开选也回了趟鹰潭老家)”于开选答:“都好。咱们预定的会议开吗? ”任顾说:“按时开。”8 点 30 分,院委会成员、工会主席、共青团书记等人参加的院委会扩大会议,在院长办公室召开。在会上任顾部署了当前的全面工作,并简单地介绍了金湾医院在开展护理工作方面的新举措新亮点。于开选着重强调了一下业务方面应突出抓的几项工作。会散后,任顾留下于副院长和办公室景林主任,说了一下胡卫华想来本院工作的要求。于副院长和景主任都说:“任院长看得过去的人,没错。让她尽快办手续来就是了,我们的护理工作确实有待加强。”说罢他们就离去了。

任顾取得主要领导成员的同意后，就及时给胡卫华通了电话……让她在征得许有和高玉川等人的同意和物色好接替的人选后，再来济世医院不迟。胡卫华接到电话后,真是喜出望外,没想到表姐夫这么快就办妥了此事。于是她分别给许高二位院长谈了自己调动工作的请求，并举荐了李霞接替自己的工作。许有沉思良久难舍这员大将的离去,他说:“小胡,你的心情我理解，我和高院长碰头商量后再说。”他到内儿科诊室找到高玉川谈了胡卫华要求调动的事，看高玉川啥态度。高玉川说：“人往高处走，水往低处流。省城当然比咱们乡下条件好，小胡有这个机会，就让她去吧！况且她这几年也做出了许多成绩，而且举荐了李霞。李霞这女孩也不错，是‘萧规曹随’式的人物，我看不会因人事变动影响咱们医院工作的。”许有显然轻松地说：“那就按你的意见办，你们是老乡，你给小胡喘一声，让她把工作手续托付给李霞。我给黄主任说一下，让他安排送小胡等事宜。”说罢就出去找黄培去了。

其实，高玉川也不想让胡卫华离开金湾，毕竟跟随他这么多年了，不但有老乡情谊更有战友情谊。但他又考虑到任顾在南昌，孑然一身为工作而拼搏，身边又没个亲人照顾。胡卫华是他的亲戚，去了多少能照顾一下他的生活。而且胡卫华在任顾身边工作，也能学到更多的管理知识以及工作能力方面的提高。况且，人家有这个进省城的机会，咱们是老乡，更应该促成。既就是不是老乡，也应该成人之美嘛……

10月11日上午9时许，胡卫华在许有委派的李霞和关玲玲的护送下来到了南昌火车站。任顾接到高玉川的电话，早已派医院司机哈大个开上车等在那里。她们三人带着行李一出站，哈大个就从人群中分辨出来。迎上去热情地问：“是金湾来的胡护士长吗？”胡卫华等惊喜地回答：“是的！是的！”哈大个一把接过李霞牵引的一只大皮箱扛在肩上，引导她们走到停在不远处的医院面包车前，装上行李，拉着她们三人迅速地汇入街道的车流之中。

将近10时，他们就来到了济世医院，这时院办景林主任已在门前恭候。他们见面握手问好后，景林一边给任顾报告，一边和哈大个帮她们三人带上行李向医院的家属楼走去。他们一行上到二楼，后勤部白主任早已打开210房间，他们一齐带上行李进了房间。这是一间面积为40多平方米的居室，是为胡卫华提供的。胡卫华环视了一下房间，里面沙发、茶几、电视、桌柜及卧室、厨房等设施齐全。房子虽然陈旧，但她心中十分满意。一会儿任顾、于开选等院级领导也来看望了她们。任顾微笑着对关玲玲、李霞、胡卫华等说：“你们先在这里休息，中午我请你们在外面餐馆吃饭，算是为胡卫华接风，也算是欢迎关玲玲、李霞的到来吧！”说罢又在屋内转着看了一圈后对白主任说：“小胡还需要什么用具，你就给配备一下，咱们先安居再乐业嘛！”说罢微笑着和于开选告辞胡卫华、李霞、关玲玲，就下楼到前面楼上忙去了。

李霞、关玲玲帮胡卫华收拾整理好了房间，中午和胡卫华、于副院长等人在沿江中路好友来餐厅用了任顾安排的午餐。晚上，北海老乡一同在任顾的房间动手做饭、吃饭，欢聚到11点多，李霞、关玲玲随胡卫华回房间歇息。

第二天清早，任顾和胡卫华以及哈大个把李霞、关玲玲送上赴吉安的火车后返回了医院。胡卫华对任顾说："姐夫，您安排我上班吧！医院对我这样照顾，我能闲呆着吗？"任顾说："你如果感到不累的话，我和于院长商量过，安排你到外科住院部上班，那里工作量较大。上周查房，我们看到有些脏乱差。"说罢，他们共同上到四楼内科住院部找到于开选，任顾让于开选把胡卫华领到三楼外科住院部上班工作。

胡卫华随着于开选下到三楼，在靠西头的主任办公室见到了余主任。于开选给余主任介绍了胡卫华，让她安排工作，说罢就上楼上班去了。胡卫华主动上前握了一下余主任的手，余主任也紧紧地握住胡卫华的手看到眼前这位身材较高，黑眉毛，单眼皮，鼻子、嘴巴都十分好看的、亭亭玉立的俊俏姑娘。使她顿生怜香惜玉之感，不由得动情以母亲般地呵护和责任高兴地说："小胡，你刚来，先熟悉两天，再给你排班行吗？"胡卫华望着这位较胖较矮面容和蔼的中年妇女连连点头说："行，行！服从主任的安排。"

11 月 14 日下午，快要下班的时候，罗创接到了弟媳打来的电话说："老爹病重了。"罗创和蔡红及时向科室领导请了假，租车向老家赶去。晚上 7 点左右，他们回到了家。罗创三步并作两步抢到父亲的床前痛哭不止，老爹歇了歇气说："创伢子，爹不行了。爹走后，你照顾好你妈，善待弟妹。"罗创啼泣着说："爹，您放心，我能做到。"这时他爹又昏迷，不说话了。待到交过夜，老汉又灵醒过来，他以微弱的气息喊："业伢子、燕娃子……"但只有他老伴和罗创支吾应声，过了一会儿罗得道老汉就没了气息。他完成了 74 个春秋的人生旅途，他的阴魂带着未见到小儿子和女儿的憾意飘然离去了。

正是：人生在世为谁忙？老之将至唤儿郎。孝子贤孙有多少？痴心父母都一样。欲知后事如何，且看下回分解。

第三十五回

罗燕未婚伤感情　任顾偶然接短信

当罗得道老汉挣扎着以最后的气力呼唤罢儿女咽气之后，罗家院内传出了恸哭声——惊动了四邻。乡亲们议论着:“可能罗老汉不行了。”老汉的病重他们是知道的,并且纷纷拥进了罗家院内。此时,罗创、蔡红及其母亲、弟媳等围着罗老汉哭作一团。罗家近亲中一位名为罗得章的老汉和几位长者近前对罗创说:“娃呀,你们节哀吧！咱们赶快安排后事要紧啊！——”这时哭声终于降调。乡亲们上前为死者穿衣、整容、设置灵堂,丧事工作全面展开……第二天的晚上,罗业、罗燕分别从深圳、南京先后急匆匆地赶了回来……兄妹俩伏在父亲遗体旁痛哭流涕，真是罗得道的遗憾仍然是这兄妹二人的遗憾……

11月18日,安葬了老人的罗家,众乡亲撤离之后,更显得凄凉和寂静。除了罗业的儿子虎虎从堂屋跑出跑进外,罗家好像没了生气一般。全家大人都坐在屋内,沉浸在万分地悲痛之中。最终还是蔡红先说了话,她对婆母说:“妈,你太不要伤感,不然会伤身子的。爸既然去了,咱们还要考虑今后的事,人活百岁总有寿终的时候。今后您就到我那里生活吧？罗业和弟媳带孩子,负担也不轻,就让他们过自个的家庭生活吧。”罗创、罗燕也表示赞同。罗业说:“嫂子的话很有道理,不过妈到你们那儿,哥和你负担也是重的。这几年你们对家庭资助关照挺多,我有些过意不去……”最后罗老太太擦了擦眼泪望着罗业说:“待给你爸把七期纸烧了,我到你嫂子那里去。你和你媳妇领上虎虎到深圳去,孩子也大了,不会影响你们做工的。咱家的几亩田和这院子就交给你四叔(罗得章)照管吧。”罗创等也赞同母亲的安排。

19日早,罗创、蔡红、罗燕和全家人草草吃了早饭,又安慰了一下母亲就准备回单位上班。母亲含着眼泪和罗业夫妇及孙子虎虎把他们送出大门,看着他们上了本村开往吉安的白色小面包车起程后，他们才返回显得更加空旷的家。罗业给打工的企业老板请了假,说是待安排好家事以及哥哥等回来一同给父亲烧了七期纸，接走母亲后方能携妻带子返回深圳，看来深圳将是他的第二个故乡。

罗燕回到单位后，游天急忙跑来迎接并问讯情况，罗燕含着眼泪沉着脸一声不吭。任游天怎么殷勤讨好，罗燕就是不搭理他。罗燕不像罗创、罗业，她脾气很倔犟，特别在丧父之后悲痛与悔恨交加之时。自回到单位后，罗燕一直沉浸在思念父亲的悲痛之中。她除了上班之外，整天窝在宿舍落泪、叹惜加沉默。她自责自己有负父亲养育之恩，使父亲临终前呼唤自己，连女儿的面都没见上。她怨恨游天没跟她一起回家安葬父亲，她后悔自己找错了男人——游天确是个无情郎。没结婚就薄情寡义的，结了婚不知又是怎样的——所以她十分伤感……

其实，游天当时也想和罗燕一起去江西，他也知道“老人病重”的电话意味着什么……但他向领导请假时，领导回答：“最近工作挺忙，你俩同时请假，着实影响工作。”他又一转念，自己又是没过门的女婿，也就作罢。没想到事情的结果如此严重。因此，他也十分地自责和后悔……

罗燕丧父以及与游天的感情降温引起了本单位领导和同志们的同情和关注，局领导亲自找罗燕谈了话。除了对她丧父深表同情外，还特意解释了游天未得同去江西的情况，替游天承担了责任，消除了罗燕对游天的误会和愤怒。不多时日，他俩仍和好如初。

却说阮琴回到附院自己的家里，婆婆、丈夫和女儿都迎接她。她除了望着婆母说了声：“妈，您辛苦了。”抱过女儿亲了亲她的小脸蛋外，再没有任何兴致。特别看到路世生望着她憨笑的表情，使她十分厌恶，丈夫的呆头呆脑和任顾的英姿飒爽形成显明的对照。当晚就寝后由于旅途疲劳很快入睡，不想凌晨四点，疲劳过后的清醒格外的清醒，任顾的音容笑貌又入脑际……一连四五个夜晚，不知怎的任顾的影子一直伴随着她，她近乎失眠了。她饮食大减，脾气变坏，原来红扑扑的脸蛋也掉了颜色，自己真感到人比黄花瘦。不行！——咱不能单相思，自个受罪，咱要主动出击——先发短信，伸出橄榄枝以探其虚实，以调动其情愫……

冬季农闲时节，也是医院工作最忙的季节，济世医院近期病人增加了许多，一改以前较为萧条的局面。任顾除了布置各科部室接待好病人外，还要准备年终的报表、总结以及应付各有关部门和单位的督查考核调研等。胡卫华看到表姐夫起早贪黑地忙忙碌碌，甚至废寝忘食。到职工食堂吃饭经常迟到，有时剩饭冷菜填填肚子就匆匆忙忙到办公室打理工作。她看在眼里疼在心里，她不至一次地建议任顾注意饮食，注意身体。可是任顾总是付之一笑说:“我是农家子弟,食物不挑拣,凉饭冷菜都能吃,身板又结实,谢谢你的好意。”因此,胡卫华也不好硬劝,她以亲戚加老乡和部下的真诚和同情,有时抽空替任顾做顿好饭,洗洗他的衣服,打扫、收拾收拾他的房间,舍此还能做些什么呢?起先,任顾感到不安,并辞谢过几次。但胡卫华执著不渝地帮助他,他也就再不好拂其盛意,只得顺其自然了。

一天晚上,任顾接到蔡红的电话说她公公去世了。任顾惋惜地说:“老人家病得不轻,没想到走得这么快……”于是他又给罗创通了电话,表示哀悼和慰问,并嘱咐罗创节哀,今后负起家庭责任。说罢刚上床不久,由于一天的劳累,昏昏欲睡时,手机“嘟!——嘟!——”地作响。他拿起一看荧屏上写道“人间情多,真爱难说,有缘无缘,小心错过,茫茫人海,切莫忘我。”“风无情,人有情,对你思念没有停。发个信息同你聊,架起一座思念桥。没有什么好送你,只有一句我想你!”落款是阮琴的手机号和发信时间。

他顿时懵了——这小阮咋这样想呢?当即回绝——有伤人家情面,不置可否——又给人家增加悬念或幻想。对,回个电话,表明态度,才是真正男子的风格。于是他拨通阮琴的电话……阮琴急切而激动地接上说:“任老师,您好!还没睡?请讲!”任顾说:“小阮,你发来的短信,我看到了,感谢你对我的青睐。不过,你不要胡思乱想,要冷静,要珍惜各自家庭的幸福,要把主要精力放在工作上。你不要以为我目空一切或看不起你,其实——你是年轻有为的女性,你有一定的聪明才智。咱们互相学习、互相帮助,在今后的人生道路上成为志同道合的朋友是可以的,对吗?”

阮琴在接电话的时候,心跳加快,热血沸腾,逐渐心情由紧张、热切变成冰凉——恢复到正常。她回答:“对,对!任老师,您真高尚,您是我学习的好榜样!也是我心中的偶像。我站在女人的角度上评价您:您是那样一个逗人喜爱的男人,和您一道,谈话愉快,沉默也愉快……以后,我有空,我会来看您的!”任顾说:“行!欢迎你来。咱们休息吧,谢谢!”任顾放下电话后,考虑了一下明天的工作后,就进入了梦乡……其实任顾在以往的工作和生活中,也遇到过几次女性的追求和友好地表示。但他均晓之以理婉言谢绝,他有自己的戒律和人格的规范。因此,他虽然已 50 过头了,但头脑敏锐、记忆力特强,身板硬朗,满面红光。

阮琴接罢电话,躺在床上又睡不着了……虽然路世生今晚值夜班,没有鼾声放屁说胡话的干扰。但是,她还是辗转反侧地睡不着……她想到这任顾真是守“男道”的奇男儿,不像肖琼那个色鬼,双眼盯上女人后的目光,就像两道射线一样,使你毛骨悚然……噢!——任顾是否知道我和肖琼之间的事,嫌弃我?不是!任顾不是那种关注小节的人,不然怎么能在党政部门连续任一把手近30年呢?人家虽然拒绝了咱情感方面的事,但还是明确地表示可以交正常的朋友嘛!——和这样的人交上正常的朋友就已不错了。想到此,她由遗憾感到了欣慰,由欣慰感到了满足,于是一连三个哈欠之后终于睡着了……

胡卫华在外科住院部上班后,逐渐认识了该科室的几位医生和护士。她看到这楼道、病房和金湾差不多。但按正规医院要求就不算合格,而且整洁程度还不如金湾。经打听,这所民营医院使用的办公楼是租用的。她也了解到医务人员的水平也参差不齐,工作态度和劳动纪律都很一般。特别有些新来的年轻护士,护理知识和技术都很欠缺,还不潜心钻研业务知识,没有敬业精神,只有耍嘴皮子的功夫。她们把心思没有放在维护医院利益和为患者服务上,而一有空就给男朋友打电话,谈情说爱,嘻嘻哈哈。

经过几天的观察,胡卫华感到这个科室是一个存在问题的科室。余主任让赵护士长给她排班后,她就按部就班地工作。有时倒夜班时,由于空闲时间较多,还可以和值班的医生、护士聊聊天,了解到一些情况……赵护士长是一位年逾50多岁的、戴一副高度近视眼镜的高个干瘦女人。由于她丧夫多年,儿子媳妇都在四川成都工作,家中缺少温暖。本来寡言语的她,更显得沉默而消沉。她原来一直担任护士工作,没负过责,于副院长凭她的资历硬叫她当护士长。她当护士长后只埋头干工作,她以为她苦干能带动大家一起努力工作。恰恰相反,她越干得忙,其他护士才得过且过,偷闲玩乐。余主任本来就是个老好人,她看到赵护士长管不了人,没有驭人之术,也不很好支持护士长。又认为赵护士长是于副院长硬放的护士长,可能有啥亲戚关系,所以听之任之。加之她老公有糖尿病,女儿在家待业,三天两头和社会上的男青年胡混,所以她除勉强上完自个的班,其他的心思都操在家庭事务上,哪有精力管好科室的工作,虽为主任,实则什么工作都没责任。

投入正常工作的胡卫华,仍一如既往地认真负责,踏实能干,她在为民和金湾两所医院历练的工作能力和行为风范充分地体现了出来。不论份内、份外她都样样干得出色,赵护士长和余主任也赞赏有加,于副院长也看到了这个北方姑娘的诚恳和魄力。约莫一个月后,正在胡卫华义无反顾,为拥护护士长的工作,为改变外科住院部护理工作落后面貌而拼搏的时候,风凉话出来了,谣言也传开了。什么胡卫华是个官瘾很大的女人,胡卫华是个扫殿猴,经常给任顾院长洗衣服做饭,是为了当官。还有更阴狠的,说胡卫华想给任顾院长当小老婆,任顾来江西全是胡卫华勾引来的……总而言之,这个北方来的姑娘不是个好东西，像《西游记》中的白骨精那样可怕可憎可恨……

在胡卫华还没有听到谣言的时候就觉察出本科室的几个护士原来和她热情的，现在都现出冷冰冰的脸色，相邻科室的女医护人员看她走过去都挤眉弄眼，最后，还是心地善良的赵护士长道出了原委。胡卫华听后，当时有点自制不住，委屈、气愤、悔恨交织在一起，险些淌出了眼泪，但是她还是忍住了。她不动声色地继续顽强地工作着，几天之后，有一个名叫李友爱的小护士把煽风点火、造谣生事的人献了，这个人就是本科室的一个名叫靳美丽的护士。

靳美丽外表美丽，内心并不美丽，洗掉脸上涂的那层粉脂后，连表面都算不上美丽。她是鹰潭余江人，2005 年广东肇庆卫校毕业后就在东莞市医院实习半年。在校和实习期间就表现不好，护士工作做不好，找男朋友倒有一套，据和她一起的同学说，还做过人流。实习之后在深圳一家医院混了一年，由于人品和能力都很差劲，实在混不下去了就来济世医院求职。当时赵护士长就看不上，考察学识与技能，都十分差劲，可是于副院长考虑到当时缺护士就答应聘用了。上岗之后，不多时日老毛病就犯了，对病人护理不用心，科室的工作不关心，经常照镜子、打电话，还爱往青年男医生那里跑，赵护士长根本拿她没办法。胡卫华来后，专心致志地工作，得到了余主任和赵护长的赞扬，反而引起了她的妒忌和不满。于是她以小人之心度君子之腹，捏造出了上述的谣言。现在造谣生事的人已清楚了，余主任不得不把此事反映给于开选，于开选听后也很生气。但是为了息事宁人，为了不让任顾知道，他决定把靳美丽调到内科住院部工作。由于他在内科上班，以便对其观察、指导与帮助，以期改正错误，很好做人，很好工作。

靳美丽调出科室以后，人少了，但外科住院部的工作秩序倒好了。在赵护士长和胡卫华的带动下全体护士工作主动性和积极性都提高了，病人及家属都感到这里和家里一样温暖。一天医院组织行政查房，任顾也看到了外科住院部工作有了好的转变。他通过余主任的介绍，知道了护士调走了一个，人员少了反而工作效率提高了。这使他近期感到本院在人事方面存在的问题更加明显了。这为他下一步整顿医院，科学决策又增加了一份信心和决心。

寒暑易节，秋去冬来。以节气来说，现在已到 11 月中旬。立冬已好些天了，但江西的初冬和北方的深秋没有两样，气候湿润而凉爽，而且风少雨多，山清水秀，菊花还在盛开，树木还是那样的葱茏。这样的自然环境无疑给任顾带来了好心情，但他惬意而不丧志，“醉翁”之意不在酒，也不在山水之间，而在济世医院的目前现状和今后的路怎样走，如何为人民的健康服务上……

通过三个月来的工作实践、群众反映、耳濡目染以及赴金湾途中的观感和社会调查，任顾心中已萌生着一个始料不及的设想。他原来虽然大多数时间在农村教育战线工作，但也对医疗卫生工作多少还有些了解。为了完全彻底地贯彻中央医疗卫生改革的方针政策，解决老百姓看病难、看病贵的问题。他利用业余时间对南昌市乃至全江西省的医疗卫生概况、医院的布局、医疗技术人员的结构、作用以及医疗卫生的设施、国家投入的经费使用和效果等进行了调查，并写出了《江西医疗卫生展望》。建议稿通过刘建春送达卫生厅主要领导和省委、省政府分管卫生的领导传阅。他对刘建春诚恳地说：“据我初步了解，就南昌市而言，公立，私立大小医院十几家，加上各类社区卫生院，私人诊所，至少也超过40多家。这么多的医疗机构堆积在城市，医疗技术人员拥挤在城市。农村老百姓千里迢迢跑来城市看病，一则花费大，二则浪费时间。我想把济世医院迁到边远的赣南山区，在那里为当地革命老区人民健康服务。”刘建春听后很感动，表示赞同和支持，也为任顾始终保持共产党员的高风亮节和奉献精神而高兴。

任顾得到卫生厅领导的赞同和支持，又根据济世医院几年来的人浮于事、病源稀少、医疗技术力量和设备浪费、经费入不敷出、社会效益和经济效益都不够明显等情况。决然向荣立范董事长打电话，谈了自己对当前江西医疗卫生形势的分析和搬迁医院的设想。荣董也很干脆，当即表态说：“任院长，你不愧是老共产党员！能设身处地为人民群众，为我们公司着想，我也感到咱们济世医院近年来社会效益和经济效益都没上去。我支持你的意见，咱们应该把宝贵的资金和先进的设备投入到最为需要的地方去。你先拿出一个建院方案，待后，我抽空来趟南昌彻底讨论落实此事，再见！”

正是：忧国忧民有党性，任顾历来怀忠心。搬迁医院谋上策，甘愿艰苦展豪情。欲知后事如何，且看下回分解。

第三十六回

迁医院掀起风波 靳美丽又把胎堕

任顾搬迁医院的设想得到荣董的认可，他内心甚是高兴。他想把医院办到偏远的赣南山区，那里是革命老区。为了体现民主，发挥集体智慧的作用，他召集了有几位老专家参加的院委会扩大会议。在会上他讲了迁办医院的理由和目的，同时提出了医院选址的讨论意见，让大家讨论。会上大家都表示赞同任顾迁办医院的意见，因为他们都知道本院目前的现状。

可是在选址上就出现了任顾意想不到的分歧，以于开选为首的鹰潭、上饶籍的提出把医院办到赣东北；以几位专家为一方的愿意把医院地址选到赣西北。任顾明确地觉察到持这两种意见的人，还没有跳出个人利益的小圈子。于副院长考虑家乡利益和回老家方便；几位专家家在南昌，也想到赣西北九岭山区虽然是山区，但离南昌较近。

任顾最后以温和的口气说："以上意见也有道理，不过据我调查，赣南山区医院布局比较稀疏，而且医疗技术力量也很薄弱。除了赣州市医院有比较先进的医疗设备外，其他县市医疗条件都比较差。而且赣南既偏远，又是革命老区，那里的人民群众仍然处于经济贫困、医疗卫生都很落后的状况。我建议把医院办到武夷山区的瑞金附近是比较合理的，也是有革命意义和发展前途的。当然，我这个意见可供大家参考讨论，也供公司董事会参考。究竟医院落脚哪里，还要待荣董来决定，今天会议就开到这里。"

散会后大家都各回岗位，唯独景林留下神情凝重地对任顾说："任院长，您提出把医院办到赣东南，那里条件很艰苦。咱们医院大部分员工都是赣北人，怕行不通，您最好再斟酌一下……"任顾说："这个问题最后看荣董啥意思，你的好意我理解。"他又望着景林笑了一下说："林则徐说过'苟利国家生死以，岂因祸福避趋之！'你忙去吧。"景林望了一下任顾，他看到任顾仍然面容和善，但眉宇间的神色是那样的坚毅、那样的沉稳，他内心踏实地回到了办公室。他虽是九江人，但他心中打定了主意，任顾到那里，他跟到那里。他通过近几个月和任顾工作的配合和感受，跟上这样的人干工作，人不吃亏，前途也光明……

于开选会后回到自己的办公室不久，就进来一个人，这人就是老中医麻发。麻发也是于开选的老乡，都是鹰潭人。他是南昌中医院退下来的医生，经于开选聘任来济世医院工作。他是今天任顾邀请参加会议的专家之一，他听了任顾迁医院的设想，甚为不满。他认为大城市条件好，而且家在南昌，老婆、孩子都在南昌。他抛弃妻子跟上任顾那个外地狂、拼命三郎跑到赣南山区折腾啥呢？创江山吗？当年红军待过的地方——由于条件艰苦，加上国民党反动派的军队围追堵截。朱毛红军都没留守住的地方，不得不向西转北经过二万五千里的长征到达陕北，才站稳脚跟，才打下了江山。你任顾日能到天了，我不信你这个不知天高地厚的外行能在那里开辟出一片新天地？

他进到于开选的办公室，将胖墩墩的短身躯放到顺墙的一组沙发上，臃肿泛黄的脸上一双眯着缝隙，吊着眼袋的眼睛，此时闪烁着愤怒的光芒。他望着于开选，张开装了一口假牙的大嘴巴说："于院长，你是当地人，你怎么不替本地人着想？怎么由他任顾一个人胡搞呢？他把医院办到几千里之外的深山老林里，给鬼看病？给野兽看病？我不是兽医，我不去！要到那里去干'革命'我不如回去看孙子。再说，共产党每月还给我几千元生活费呢！我何乐而不为，偏要寻苦吃呢？我看你赶快给荣董打电话，制止这个狂人的'乌托邦'设想……"

在麻发以激愤的语言说这些话的时候，靳美丽拿着个茶杯以装作倒开水为名，含情微笑着来到于院长办公室倒了点开水，当然也听到了麻发谈话的主要内容。她听到这则"爆炸"新闻，就马不停蹄地宣传开了……不但四楼本科室，就连上下的几个楼层、科室的人员不到半天工夫，全知道了医院要搬迁，而且到赣南的消息。

靳美丽自调到内科住院部以来，刚开始还比较知趣。较能按时上下班、坚守岗位，打电话、照镜子的次数也少了许多。于副院长也及时地看到了该同志的工作作风转变和难得的进步，他以领导者的姿态把靳美丽叫到办公室勉励了几句。希望她专心致志地把护理工作做好，免得再犯以往的错误。不想，这靳美丽是个极于套近乎、顺着杆子往上爬的人。她看到这于副院长待人温和，说话声音柔和而缓慢，又是本地鹰潭人，她就称"老乡"。有时见于开选一人在办公室，就进去帮助收拾一下房间，亲昵地称"于大哥"或"于哥"。为了掩人耳目，每天或早或晚拿上茶杯在于副院长办公室的饮水机上接点开水。其实四楼的楼道设有饮水机，她以众人或病人接水不卫生为名。

于副院长也因为是老乡，也不在意，任她接水，水火不拒人嘛……

渐渐靳美丽又异常地“活跃”起来，老毛病又犯了。本科室的主任和护士长都知道他是于副院长的老乡，而且于副院长对她都出入不禁，看来人家关系非同一般，让她几分。科室的其他医护人员更不用说了，院长的红人，任其所为。因此，靳美丽感到从外科调到内科倒调美了，真是树挪死，人挪活，我这不是活泛多了吗？亲不亲故乡人，有于大哥撑腰，我靳美丽怕谁呢？她胡卫华逞能不就是靠任顾嘛？但是任顾咋从来没有在办公室召见过她，她咋不到人家办公室去献殷勤？她干工作的能力强，我吸引男人的能力强。你胡卫华至今还没个男朋友，我已交过四个男朋友了，如果于开选和我感情弥深的话，那就算第五个……所以她近些天来，虽没忘形，但甚是得意。她专拣出风头、卖关子的事干。她之所以大张旗鼓地宣传“医院搬迁”的新闻，一则煽动当地职工起来闹任顾，赶走胡卫华；二则群众起来闹事，搬迁医院计划流产，她在这里工作挺舒心，回趟老家也不远，很方便；三则也显示出她和院领导亲近，消息灵通，爱护本地同志。

正如靳美丽所想的那样——自医院迁往赣南的消息传出之后，院内大部分职工的情绪就不对了，工作的积极性和主动性也差劲多了。特别大部分青年职工在靳美丽的游说下，在检验科化验员、靳美丽的相好，人称猴儿脸——何守财的鼓动下，交头接耳，消极怠工，牢骚话铺天盖地。麻发不遗余力地在老职工中间活动，除了有两名医生表示反对任顾的设想外，其他几名老专家不置可否，没有表示出什么观点，照常上班工作。以王秉公为首的三名党员专家对麻发的不负责任、信口开河、只考虑个人利益、不顾全大局的狭隘的自由主义提出了批评，并主动到任顾办公室反映目前的职工思想动态。胡卫华也在下班后到任顾的住处把靳美丽、何守财等人的近期表演和青年职工的思想波动如实地告诉了任顾。

任顾也觉察到职工的情绪变化和思想动态，但他镇定自若，这些都在他的意料之中。他认为这是极其正常，不足为怪，他一如既往忙碌地工作着。可是于开选这几天倒显得焦躁不安，他害怕事态扩大，影响工作。又害怕任顾批评他“意志不够坚定，迎和落后群众的落后思想。”他茶饭不思，精神恍惚，心跳气短，彻夜难眠。一天早上 8 点 40 分，当他迈着沉重的步子上到四楼，开门刚坐到他粉白色的办公桌前时，靳美丽又拿着个水杯笑嘻嘻地进来了。她看到于副院长镜片后睡眼惺忪，脸色蜡黄，精神不振，只望了她一眼，也没说啥。她心中一紧，马上收敛了笑容，一边敏捷地替他打开热水器，又一边把桌上的文件和散乱报纸整理了一下，望着于开选关切地问：“于哥，您今天身体不舒服吗？还是昨晚没睡好？"于开选没带好气冷冷地说："好几晚睡不着，你不要称我'于哥'了。没事，就不要到我办公室来，免得别人有看法。"靳美丽面不改色从容地笑了一下说："哟——于大院长，可敬，可佩！——行！我以后注意点。"说罢飘然而去。她并没有回到自己的科室，而是仍拿着个杯子，以倒开水为名下到二楼，到西头的检验科找何守财去了。

这个人称猴儿脸的何守财，瘦高个，黄短发，小红脸，黄眉毛，小鸡眼，牛鼻子，扁嘴巴，景德镇人，是个有妇之夫。原来在本地一家医院工作，因生活作风问题，被院方辞退，后托人际关系，于2006年秋来到济世医院。当他看到他的小情人风摆柳般的走来，他马上停下手中的活，热情地打开自己的办公室让靳美丽先进去。之后，急匆匆地把化验单填了扔给了病人，就快步走进他的办公室并随手关了门，一把搂着靳美丽的脖子接吻、亲热起来……

靳美丽和猴儿脸亲热了一阵说："何哥，坐下有话说！"何守财意犹未尽地说："啥话，请讲！"靳美丽把到于副院长办公室受到冷遇，并想和麻发联手整任顾的打算说了一遍。何守财听后忙挠黄头发，转动着黄眼珠子想了一阵子带着讥讽的口吻说："你以为你那个老乡亲得很！你常去骚情，人家咋不理你的碴！那是他妈的胆小鬼。你看那副尊容，能当个院长吗？见了任顾就像老鼠见到猫一样，唯唯诺诺，没有一点壳子，真他妈的窝囊废！假如是我的话，我叫他任顾要俯首帖耳地听我的，他个外地人有多大能耐？俗话说'强龙压不住地头蛇，外地沙子压不了本地土。'至于咱们如何整倒任顾吗？"他又挠了挠头发，皱了两下眉头，呻吟半晌，瞅了瞅靳美丽说："这个任顾工作上没有大的破绽，况且来的时间也不长，没有惹多少人，咋整呢？……"靳美丽急切地说："咱们就告他主观武断，乱搞男女关系，写个材料交到荣董那里！……"何守财击节称赞说："好！找麻医生写材料，下午就行动！"说罢二人相视而笑，又拥抱亲热了一下，靳美丽开门出去上班去了，何守财仍回到检验科。

下午，何守财用他赌博赢来的钱买的二手黑色私驾小车载着麻发和靳美丽来到扬子洲一家僻静的小茶馆内，密谋起了如何整任顾的事。他们三人，何守财会说不会写，他连一般的表册都填不好，连自己的名字写出来，七扭八列，让人都认不出。靳美丽只知道些"男盗女娼，造谣惑众"，再没有别的章法。只有麻发能写两下，而且老谋深算。刚开始，何靳二人请他参谋整任顾时，他有些迟疑……任顾谈吐不俗，从容大方，望之巍巍然，视之怡怡然。他也知道这两个狗男女的为人处世。但又想起任顾专横跋扈，目空一切，孤高自傲的神态以及真把任顾赶跑，这医院就安然不动了吗？自己也自然惬意而方便，于是他就答应了。当他们三人品着茶、嚼着菜，搜肠刮肚地想材料，有时气愤地骂任顾……麻发不时地用笔记的时候，冬日的太阳快要沉下去了。最后归纳定稿，任顾存在的几方面的问题是："一、任顾管理无方，外行领导不了内行；二、任顾办医院目的不纯，为了沽名钓誉，哗众取宠；三、缺乏民主作风，专横跋扈，独断专行，搞一言堂；四、不搞五湖四海，大搞山头主义，歧视本地人；五、生活作风腐化堕落，与胡卫华同吃同住，曾经调戏过许多女医务人员，遭拒或冷遇后，就打击报复，如受害人靳美丽等"。

最后他们商定：申诉材料由麻发起草整理，打印成文后，由何守财邮寄到荣立范设在广州的广华有限责任公司。

自告状材料寄走之后，靳美丽一天三换衣，打扮得更忙了，到何守财那里的次数越多了。她和何守财的心情一样舒畅……扬眉吐气，志在必得。他们看到任顾，都冷着脸，心中得意地骂：你还能什么，过不了多久，你老任卷起铺盖滚回北方去吧！

麻发毕竟是过来人了，他这两天心中老是发毛。他虽然反对任顾搬迁医院，但对任顾的人格及工作作风还是佩服的。他有点上了这两个败类的当的感觉，他把此事告诉了老婆。老婆是从南昌十二小退休下来的教师，听了丈夫干了这种蠢事，狠狠地批评了一顿，并叫他赶快向任顾认错，并向荣董写信澄清事实，认识错误。

麻发受到老婆的指责和启发。第二天一大早主动到任顾办公室找到任顾，说明了情况，并诚恳地做了检讨，表示拥护任顾的迁院意见。任顾听后，平淡地笑了笑说："不要紧，物以类聚，人以群分，革命队伍的先进分子，我见得多。当然落后群众，我也见得不少。只要麻医生明辨是非，立场坚定地干工作，为咱们医院的大局着想，我是很高兴的。至于何守财、靳美丽嘛！我看还是个教育问题。同时，咱们医院病源稀少，大部分人员闲着，无所事事。人一闲，有些人是会生出歪事的。"麻发听后，点头称是，消除了心中的疑虑。如释重负般地告辞了任顾，快步回到自己的诊室，坐下心想：这任顾真的不同凡响，看问题深刻，宽容大度，这真是一位干事的人。

送走麻发，任顾回到办公桌后的椅子上刚坐下，又有人敲门了。他说声："请进！"门开了，随着一声："任院长好"的清脆声音，阮琴喜笑着来到了面前。任顾定睛一看，阮琴艳装裹身，削背蜂腰，纤颈凝脂，花枝招展，精神焕发，风采照人。他礼貌地站起来离开座位向前迎了两步，阮琴一把拉起任顾的大手握了一下。任顾也含笑问讯了一句："小阮你好，你怎么有空来了？请坐！"阮琴一边向顺墙的一留紫红色沙发挪步，一边向任顾翩然回眸，秋波涟漪。她曲身坐下后又深情地望着任顾说："今天我轮休，特来看您！说实话，也挺想您的！”任顾不好意思地笑了笑说：“你来，我很高兴，朋友嘛！互相挂念是人之常情。不知我一天忙啥呢？也没有抽空给你打个电话。倒是你隔三差五电话问讯我，我既感动又感谢！”说着他给阮琴沏了杯茶放到阮琴面前的茶几上。

阮琴收住笑容，较为严肃地说：“任老师，您忙，我是知道的。我今天来，一是看您！二是劝您！我劝您注意身体，不要使性好强。听胡卫华说，你计划把医院办到赣南去，医院大部分职工不同意。有一部分人还在下面骂您，反对您！您要提防着点啊！”任顾微笑着点头说：“你的好意，我领了！但是我认准的目标，我不能丢！我可以面对失败，但我却不可放弃！除非广华公司否决我的建议！”阮琴啜吸了一口热茶，认真地看了一眼挺胸抬头、面容庄重而自信地端坐在办公桌后的任顾。心中暗想：这人挺执著坚韧，是条汉子，我没看错人。

接着阮琴谈了一些和任顾分别后以及她们附院的琐碎事，并不时显露出对任顾的倾慕之情，而任顾尽说些自己办医院的设想，用人方略，处世哲学……可以用高谈阔论概括他的话。阮琴静静地听着任顾洪亮的声音，慢慢地品着茶，不时地用秀目瞟一下任顾的表情。不由得她更加爱怜这位北方来的男人，她爱听他抑扬顿挫、吐字清晰、响亮悦耳的话语。他明净的前额，真诚的眼神，红红的嘴唇，洁白的牙齿，健康的气色，特别使她今日又感到他不但有文才，还有超人的胆略和真正军人般的气质。她看到茶杯的茶水快完了，这时，任顾也看到了，忙起身给她再续开水……她稍带羞怯而温柔地笑着说：“任老师，不用添水了，您暂忙吧，我不能打扰您了，我到胡卫华那里说话吧。”任顾含笑说：“也好！你俩还没见面吧？她在三楼外科住院部，我领你去。”阮琴说：“您忙吧！我自个去寻，都是从医的，不会陌生的！”说着站起来向外走，任顾陪着阮琴走到楼梯口就停住脚步，目送阮琴走下楼梯……

阮琴从五楼下到三楼，她向楼道两头张望了一下，护办室就在东头不远处。她快步来到护办室门前，一眼就看到胡卫华正伏在服务台上写单子。旁边两个护士一个站着看，一个坐着缠绵签。还有一个30多岁留着一抹小胡子的男人站在台前等候。看样子是个病人的家属，好像是办理出院手续的。阮琴迟疑了一下，她稍等了一会，看到胡卫华写罢将要递给小胡子时，轻轻地说：“小胡，你挺忙的？”胡卫华猛抬头看到阮琴，惊喜地啊了一声说：“小阮，你啥时来！真想死你了！”说着忙从服务台后跑出来双手拉着阮琴的一只手和胳膊往值班室的方向走。阮琴说：“我来好大一会儿了，我先在任老师那里坐了一会儿。我害怕影响他的工作，就到你这里来了。”

说着她俩进到护士值班室，分别坐到桌前的凳子上。胡卫华也接着说："任老师确实很忙，他的办公室我也很少去。只是下了班，我才能见到他。"阮琴说："任老师虽然身体强健，思维敏捷，但他性情豪放，担子挺重，远离故土，你可要好好照顾哟？"胡卫华不好意思地笑了笑说："我有时抽空帮他改善一下伙食，洗洗衣服什么的。但大多数他上大灶，自己料理家务。这人口粗（不挑拣食品），也勤快，不但身体结实，心态也挺好。他曾引用苏轼的'粗缯大布裹生涯，腹有诗书气自华'的诗句感谢我，让我不要过多地为他操心。我看人家遇事不慌，处变不惊，达观向上，积极进取，我也就放心了许多。就这，医院有人都说我们的坏话，人言可畏啊！……"

阮琴望着胡卫华严肃地说："管它闲话不闲话！你俩是亲戚又是老乡，你也更了解他，和这样的人有关系是一种荣幸。男人嘛！大都心粗，而且任老师这人，我感到挺自信，而且清高，你还是多留心关照他才是！"胡卫华点头说："你说得很对！"他俩又谈了一些各自医院的情况后，胡卫华说："等会我交了班，咱们顺便出去买点菜到我家吃饭！"阮琴说："随你的便吧！"

将近 11 点半，胡卫华交了班，她和阮琴走出医院，在不远处的果蔬市场买了几种菜蔬副食之类。回到胡卫华的房间，二人边谈边做饭，一会儿工夫饭菜就好了。胡卫华打电话请任顾来陪阮琴吃饭，任顾说："我准备在外面安排饭，你俩倒事先安排好了！行吧，我来。"胡阮二人就抹桌子整菜，胡卫华还从柜子里取出一瓶剑南春，摆出三只镌着花儿的酒盅，只等任顾来临。

约莫快 1 个钟头了，任顾才来，他连声道歉说："让你俩久等了！处理了一件小事情，给你俩一人一本我的拙作，作为饭后茶余消遣浏览吧！"阮琴、胡卫华二人接过书一看是任顾著的一部文学集子《故乡河》，她俩同时翻了翻就收起来放好，忙着端饭上菜倒酒……在吃饭的过程中，阮琴不经意地问任顾："任老师您真的很忙，连下班都有事打扰，你刚才处理啥事，用了这么长时间？"任顾笑了笑说："琐碎事、琐碎事嘛！——"阮琴再没有追问，就掉转话题……他们三人随意喝着酒、吃着饭、谈着话，甚是轻松自然……不觉到了下午两点，阮琴拿起《故乡河》就起身告辞准备回医院。任顾、胡卫华把她送到医院门口，看着她坐上车，才返回各自上班去了。

现在再补叙一下任顾中午下班后处理的啥事？中午任顾准备下班到胡卫华那里吃饭，刚出了办公室门。随着一声："任院长！你可要为我做主呀！"靳美丽哭丧着脸从楼梯口那边走了过来，任顾只好退回到办公室让她进来。靳美丽进门后一把关紧了院长办公室的门后，走了两步一扭屁股坐到顺墙的沙发上抱头痛哭起来……任顾也坐到办公桌后他的位子上惊诧地问："靳美丽,你咋啦!有啥事说,不要哭!哭有什么作用?”听到任顾响亮的话语,靳美丽身子抖动了一下。抬起头泪眼望了一下任顾,她看到任顾威严而专注地扫了她一眼。她顿时感到如有神助,勇气大增。她用两手摸了两把眼泪,拢了拢散乱的头发,一切不顾地讲开了……

原来是何守财自去年买来二手奔腾小车以后,在女医护人员面前甚是炫耀。今天拉这个兜风,明天拉那个“办事”……靳美丽也不甘落后,也想坐上何医生的小车散心。何守财妻子在市水泥厂工作,女儿上小学二年级,家中收入一般。可他好赌,也好色。他的一双小鸡眼马上盯上了靳美丽,他热情地请靳美丽吃饭游乐跳舞……渐渐他俩就好起来,靳美丽不觉就怀上了孩子,前几天何守财带上她偷偷地在市妇幼保健院做了人流。之前何守财说好事后给她1000元营养补助费,可是今天她到检验科找到何守财要钱,何矢口否认,并说那孩子是靳美丽胡混的。原因是,昨晚何守财拉着靳美丽在孺子路一家饭馆吃饭回来的路上,有辆深灰色的小车超速赶到前面挡住了他们。车上下来两个长头发男青年要打何守财,其中一个穿红色绒衣的胖子骂何守财是个大流氓,拉上他的女朋友转啥呢?何守财也不示弱,从身上嗖地一声抽出一把弹簧刀冷笑着说:“你小子行,挡住我的车,你的女朋友咋在我车上坐着,咋没在你车上坐呢?呸!你无能!”

正在短兵相接,相持不下,堵塞道路,众目睽睽之际,交警来了……他们也各自收兵,驾车去了。何守财将车开出重围后,狠狠地瞪了一眼靳美丽,咬牙切齿地骂了一句:“姓靳的,你原来是个烂货!”靳美丽涨红着脸争辩道:“那两个死狗认错人了!我根本不认识,你可不能冤枉好人哟!”何守财再没说什么,愤怒地握住方向盘,把靳美丽送到医院后面的职工宿舍前,掉转车头一溜烟地回自己家去了……

靳美丽说到这里稍停顿了一下说“这事我原本不惊动您,我找于院长处理。可是于院长拿何守财没办法,反被人家顶了回去。那家伙真是个大死狗,怀里经常揣着个刀子哩!所以我实在屈辱,我才来找您。噢!前些天,那家伙伙上麻医生还写材料告您呢!您应防着点儿才是。好了,我打扰您了,真是对不起!”说罢靳美丽又望了一眼任顾,就起身出了办公室。

正是:阴谋未逞自先乱,何靳二人终翻脸。苟且之谊不长久,结交朋友须检点。欲知后事如何,且看下回分解。

第三十七回

胡表妹春心萌动　荣立范采纳良策

下午上班后，任顾用内部电话把于开选叫到办公室，简要地说了靳美丽中午找他的事。于开选略有尴尬地说："何守财不愿出钱，满口都是理由，我也没办法。"任顾严肃地对于开选说："你去告诉他！这件事就叫他自己处理。他自己处理不了，咱们用院纪处理！"于开选听后点头说："对，我马上告诉他！"于开选折转身出了院长办公室，下到二楼检验科把任顾的话原样对何守财说了。何守财听后脸色由红变得黄了起来，转动了两下黄眼珠子，皮笑肉不笑地说："对不起于院长！上午我对您不礼貌，请您原谅，这事我处理！"于开选也再没说啥，就离开检验科到四楼上班去了。

下午快下班时，何守财打电话把靳美丽请到他的办公室，殷勤地让座倒茶赔不是，并从兜里掏出800元钱，双手递给靳美丽说："你知道何哥手头不宽余，现拿上！看在咱们友谊的情分上再不闹了！再闹，对你名声也不好！"靳美丽略想了一下，800就800吧！总比白占便宜强。再说，自己也在男朋友苏江远（去年认识的，那个穿红绒衣的胖子）房子里住过几个晚上，这孩子也没做过DNA鉴定，说不定是谁的。她接过钱，仍板着脸，一声不吭地转身离开了检验科办公室，快步走向四楼住院部。

她在楼道内就从裤兜内掏出小圆镜照了照自己的脸庞，用手挠了挠了头发。到护办室一看，其他几位护士也不太忙，就出来在楼道内不失时机地给苏江远打电话……开始，苏江远不接。但这靳美丽也是一个有毅力的女人，特别在追男朋友方面毫不气馁，她接连给苏江远打了4个电话。苏江远一看这光景，4个未接电话，使他心软了一大截，于是他勉强接上问了一句："你还有啥说的呢？"靳美丽近乎拉着哭腔："亲爱的，你不要误会，我只爱你一个人！晚6点老地方（滕王阁附近）见，我有许多话对你说！……"苏江远也没应答，也没拒绝，只默默地挂了。

这苏江远倒是一个不太张狂、比较本分的男孩，在市电信局工作。父母都是小学教师，一家三口人，工作生活及经济状况都不错。自去年在一歌厅唱歌认识靳美丽后，对她也很倾心，并礼貌地请靳美丽到他家见过父母。父母看儿子高兴，也就随儿子意愿。可是靳美丽经不住何守财的勾引，上了他的贼船……包括她以前也上过两个男人的当，也堕过一次胎，这是第二次吃亏。

下午5点下班，靳美丽匆忙地换了一身艳丽的大红羊毛衫，穿着藏青色的牛仔裤。换了一个深绿色的发卡，扰好乌黑的秀发，画了眉，染好唇。蹬上紫红色的高跟鞋走到医院不远处的友谊商厦掏了600元按苏江远的身段买了一身深蓝色的运动服(她嫌小苏胖，希望他加强锻炼能苗条些)，在隔壁快餐店买了两盒饭。带上这些招手上了出租车，来到了老地方——滕王阁临江的一座小凉亭，坐在亭内的石凳上望眼欲穿地等苏江远。

苏江远今日有些不高兴，故意迟到半个多小时。当他慢腾腾地出现在靳美丽的视线中后，靳美丽用柔嫩的声调呼喊："小苏快过来啊，饭快凉了！"他顿时板着的脸活泛了许多。他稍微加快了脚步，他走到亭子内一看石圆桌上铺了一张报纸，上面放着两盒饭，两双筷子，旁边一个白底花边的塑料袋。靳美丽笑着指了一下袋内的衣服说："我按你的身材买了一身运动服，你带回早上锻炼穿。"他还没回过神来，靳美丽已把他揽在怀里一阵狂吻，他这时心中的冰块骤然间化为乌有。但他还是没忘追问一句："那天开车拉你的那个家伙是谁？"靳美丽嗔怪地付之一笑说："男子汉大丈夫，别太小心眼！那是我们医院的何医生，人家有妻有女，也有辆小车，常稍带拉我们医院的职工办点私事。那天我出去买东西，顺便坐了一次他的车。你看他那年龄、那德行、鬼才看上他呢？我只有我的小苏哟！……"说罢又把苏江远紧紧地搂在了怀里……

冬日的南昌，虽然不如北方干冷严寒，但有时也刮起风，湿冷和阴凉的天气还是交替着光临。胡卫华已经适应了这里的气候，她本来红润的面容近来稍有些逊色。她身材虽然没有蔡红高，但也有1.66米吧，在本院的女职工中，一眼就看出她是北方女性，体态丰满，弯而淡的眉毛下一双水灵灵的大眼睛，白而直的鼻子，好看的嘴巴总带几分笑意……她说话从容，办事果断。可是近期，她好像有点心事，常常一个人静静地在思索，在琢磨，真像是"夜夜常留明月照，朝朝消受白云磨"一般……同科室的人都以为她临近年终，是否想回老家？……

冬日的夜晚是漫长的，胡卫华看罢晚间新闻节目，洗漱完就上床休息。冰凉的被褥，使她毫无睡意。她拿起任顾著的《故乡河》继续阅读……一连几个夜晚，她的思绪完全沉浸在《故乡河》的情节中。这天晚上刚躺下，阮琴又打来电话盛赞任顾的文笔和情怀……从阮琴见到任顾后的外在表现和内心的流露，她已对任顾一往情深，五体投地。然而任顾却无动于衷，一本正经。这人木然乎？感情专一乎？还是另有所图乎？胡卫华最近一想心事，就马上集中到核心问题——那就是婚姻大事——老家父母也在操心这件事。然而胡卫华秉性沉稳，更不轻浮，一般男士都是望而却步。刚开始在金湾时，肖琼曾试探着亲近，但遭拒绝。此后，万全曾献过几次殷勤，都没有取得实质性的进展。春节几次回家，亲戚托说了一个当兵的、一个政府工作人员，都没有打动她的芳心。此后，周围的人渐渐淡化了她的终身大事，连父母都认为此女是个烈性子，由她去吧。其实胡卫华对自己的终身大事还是考虑过……但是她耳闻目睹现今的许多失败婚姻，感情纠葛，离散悲剧，她的爱情火花马上淹没于慎重且慢，不得操之过急的激流撞击的旋涡之中。如今她已25岁了，再不能一味地高傲自矜，应该到将自己的婚事提到自己的议事日程上了。形成这样一个明晰且现实的决定还是有一定过程的，这个过程的启示还是缘由一个人的出现，这个人就是任顾。

胡卫华从南山市卫校毕业后，联系过几个医疗机构都劳而无功。最后还是父亲胡举从远方的一个姓姚的姐夫那里得知，姐夫的大女婿任顾从党政部门退到了二线。现在为民医院管行政工作，是否能通过他为女儿找份工作干。于是他专门拜访了一下姐夫，姐夫热情地接待了他，并说："你把你家的电话号码留下，我给任顾说一下，如果他能为娃找下工作，就直接给你们打电话。不过，现在大中专毕业生很多，找个工作是挺难的。你回去给娃说，她不要心急。"胡举听罢高兴地说："姐夫，麻烦您了！这我就回去给娃说，再见！"谢过姐夫，胡举就匆匆忙忙骑上自行车回与须弥县相毗邻的泾彭县蔡洼乡胡家村去了。

过了将近一个月，胡卫华和母亲在院子里收拾小麦籽种，为父亲的春播做准备的时候，家中的电话响了。她自父亲从姚家姑夫家回来说："你表姐夫任顾给你找工作哩！找好给咱家打电话呢！"之后，一有电话来就抢着去接，今天更不例外。当她接上电话："喂！您哪位，我是胡卫华，请讲！"对面传来浑厚悦耳的男声："噢！你就是胡卫华。上次舅舅说给你联系工作的事，现在有眉目了，可能到外地。你不嫌远的话，可于这两天来市上找我，这是我的手机号，你记好！……"胡卫华接到任顾的电话后，真是喜出望外。她告诉父母，她不嫌远，她愿去。父母看女儿挺坚决，而且又想到现在找份工作也不容易，就忙着为女儿收拾行装，尽快让她去市上吧。

胡卫华来到南山市就给任顾打了电话，任顾仍骑着自行车到车站接胡卫华。胡卫华还没见过这位表姐夫，今日一见真是一位穿着朴素、仪表堂堂、帅气十足的中年男子。他们一同回到任顾家，任顾老伴和孩子更是热情地接待。此后，任顾给肖琼说了胡卫华的情况后，肖琼答应聘用，就与新招聘的李霞一同赴江西去了……

现在胡卫华想来，真是缘分。为了便于工作，他们一般不提亲戚关系，就和同志般相称谓。通过近期接触和相处，胡卫华越来越感觉自己心中已隐隐约约的装着一个人，这个人太符合她先前梦寐以求——设计的标准和想象的未婚夫了。因此，近期，她想象的未婚夫——任顾的影子一直在脑海中萦绕，致使她春心萌动、茶饭不思、形容也有些变化了……她从任顾处理为民医院及肖琼的善后事宜、帮助乔玉走出困境以及来江西接管济世医院等诸多事例中。明确判定这人才是真正的男人，并非芸芸众生的那些男性。而且她从任顾的老婆——也就是她的表姐看，不但是文盲，而且智商也一般。可是其子女，大都有较高的学历，这说明任顾的基因很优秀。她曾听父亲说过，须弥县三河镇任家祖先十分显赫，可能是哪朝皇室的一线支脉。昨晚迟迟不眠，她又往深远里想了一下，不是现在国家提倡“计划生育，优生优育吗？”自己结婚后只能要一个孩子，优育不成问题。现在人们生活水平普遍提高了，孩子不会冻馁的，卫生、教育条件也好多了。也就是说后天的环境和条件是不错的，但关键是个优生的问题。想我胡卫华从小学读书一直到市卫校毕业，成绩一直名列前茅。身体素质也不错，虽然不怎么能歌善舞，但体育上的项目都能拿得出来。假如找一个华而不实、体弱多病或不学无术的男子，不但毁了自己一辈子，也为国家留下一个庸庸无为的子女，将是莫大的遗憾啊！——任顾表姐夫，您怎么不迟生20年？您怎么和一个文盲结为伉俪呢？您怎么……管您是有妇之夫，还是糟糠之妻不下堂呢！——您现在在我身边，离我最近。真可谓“天予之而不取，反受其咎。”这么优秀的男人，我不占有，必有人捷足先登，到那时悔之晚矣……她又听说“一个女人的品位在于她身边站着一个怎样品位的男人。女人一生最成功的事情之一，便是选择一个对的男人。”

进入12月份，医院的病人略有增加，医务人员忙碌起来了。农闲季节，进城看病的农民也多起来了，而且医院的行政事务更使任顾忙上加忙，年终检查、考核、各种报表、报告、总结加上卫生等部门的各种会议。任顾以多年的行政工作经验，他应付自若，忙而不乱。但工作时间延长了，休息时间减少了，中午又不得休息，在大灶上填填肚子就到办公室加班加点写材料，忙工作。这些胡卫华都看在眼里、疼在心中。她几次给表姐夫做好饭，电话请都被因忙而谢绝。她只利用下班后的空闲时间给洗洗衣服、被褥之类，并且打扫收拾一下他的房间卫生。但大多数是任顾在忙医院的工作，很少能正面说上几句话。

这天夜间，任顾在铺展被子准备就寝时，发现一张红纸片掉到床上。他顺手拣起来一看上面写道："姐夫，您一个人太孤单，我想给您做伴，'寻春须是先春早，看花莫待花枝老'，我爱您。妹：胡卫华冒昧留言 2008 年 12 月 12 日。"任顾看罢顺手放到床头柜盖上，心中泛起涟漪……他最后决定明日有时间找小胡谈话，叫她不要胡思乱想，婚配大事不得草率。再就是春节放假回老家一定要把老伴接来，一则替自己做饭洗衣服；二则免得有人说三道四。说到自己倒没什么，假如坏了小胡的名声，那就对不住老家的那门亲戚了。

第二天下午下班后，任顾主动把胡卫华叫到家里。胡卫华虽然面色有些羞红，但还是比较坦然地问："姐夫有啥事主动叫我？"任顾也微微笑了一下后就严肃地说："小胡，你经常帮我，照顾我，我很感激你，可你不要往别处想。我是有妇之夫，而且年龄偏大，我准备春节回老家把你大姐接来照顾我的生活。我永远把你当小妹看待，你说呢？"说罢他用征询的目光瞅了一下坐在沙发上神情有些慌乱的胡卫华。胡卫华也勉强笑了笑说："那是我非分之想，姐夫见笑了！……再没啥？我就走了。"任顾略有歉意地说："那你忙去吧。"说罢把胡卫华送到楼梯口，他目送胡卫华娇美的身影消失在楼下……他返回房间，顿感这屋内空荡，像缺乏空气和阳光一样的死寂萧索——他窒息而心闷。他挪动脚步走进卧室一歪身躺在了床上，双目紧盯天花板。心想：人啊！——这被七情六欲困扰的高级动物，从古至今"纵欲"——"禁欲"之争，修身养性的清规戒律……想了一阵，他恍然醒悟，该吃晚饭了。于是他走出房间，出了住宅楼向东侧的职工食堂走去……一同用餐的于副院长、景主任等都看到任院长今天的脸色又多了些严肃……

自任顾约胡卫华谈话之后，一连三天胡卫华沉默寡言，只埋头干工作，和同事也很少搭理。当然任顾也没有看到她。任顾也没在意，他认为这件事应该有一个思考的过程，特别是女孩子嘛。他仍然起早贪黑地为医院操劳，等待着广华公司关于搬迁医院的意向及荣董事长的态度。

却说 11 月中旬，荣立范接到任顾搬迁医院及能选址赣南的建议的电话后，他感到有些道理。但考虑这是件大事，又须支出一大笔经费，要通过董事会讨论一下再说。于是他及时召集董事会领导成员开会讨论任顾的建议。与会的 7 人，有 3 人支持，3 人反对。他本人没表态，他一看是这种局面，只好说:“这事大家可进一步考虑考虑,下一次开会再议。”会议草草收场。

刚过两天，何守财等人告任顾的信件由办公室太秘书拿来交到他的手里。他拆开一看是告状信,于是从头至尾细看了一遍,他不觉心中一颤。之后又内心嘀咕:“这老任咋这样呢?多亏前天会上没表态。”转而又一想,不大可能吧?刘建春都对任顾赞赏有加,而且此人连续在党政部门负责,且政绩卓著。此信可能是诬告,暂且放下。

又过了几天,麻发的反悔信又到了。荣董看罢会心地笑了,而且笑出了声……连当时在场的两位副董都不约而同的惊奇地问:“董事长您笑啥呢?”于是荣董把事情的原委给他俩叙述了一下，两位副董以赞赏的目光望着荣董齐声说:“您没看错人！咱们更没用错人！人才难得。等人齐了,咱们开会把任顾的建议定下来吧！”荣董高兴地说:“好！”

12月1日上午8时,广华公司董事会扩大会议在公司小会议室召开了,会议讨论通过了任顾提出在革命老区赣南创办医院的建议。医院名称不变,成立了由7人组成的建院领导小组(任顾为领导小组副组长)。建院方案由任顾负责制定,工程设计图纸由公司负责,预算经费7800万元。会议还讨论了一些公司内部的事宜。荣董计划近期带上公司抽调的建院领导小组主要成员赴南昌见任顾,商讨具体事宜。

12月17日荣立范结束了在新加坡和马来西亚的商贸业务,带上建院人员及随从4人从广州飞来南昌。11点零9分，他们一下飞机就直接来到医院。任顾上午8点就接到公司办公室说荣董来南昌的电话,所以,他与于开选、景林等人早在医院门口等候。当荣董一行来到的时候，他们上前迎接……其中有一个个头不高,皮肤黝黑,左眼皮上有一块疤痕,胖墩墩地中年人很引人注目。荣董看到任顾还是那样红光满面,体态匀称,不卑不亢,谈笑自若,甚是欣慰。他提议为了抓紧时间,马上开会。任顾说:“那就到五楼小会议室吧。”他们到会议室坐定后,任顾请荣董讲话。荣董宣布了公司同意迁办医院的决定,并讲了选址及基建、经费和具体建院的人事安排。最后他回过头微笑着对任顾说:“我只讲了个大概情况,详细的安排和具体建设项目,还要请任院长参谋拿主意。”任顾也略微点头微笑了一下说:“只要公司下决心兴办医院,我们理当群策群力,在工程建设方面,我是外行,当然公司已安排好了这方面的人员。我提醒一点,在医院建设设计方面要严格按三级甲等医院的标准设计,特别要注意消防、环保、节约能源和提高医疗效能等方面的设施及配套。选址,我建议能否选在武夷山区的瑞金附近的丰田。那里既是革命老区,又是边远山区,交通也算方便,况且从医疗机构布局上看也比较合理。”荣董听罢任顾的发言高兴地说:“任院长补充得很到位,任院长的建议我完全同意!会后,咱们就行动!现在咱们一同出去吃午饭。”他又望着任顾说:“饭后,任院长你们忙医院的事,我们还须马上返回,那边还有几个外商等着呢。”任顾说:“那好!那我们就不留你们了,公司的事要紧啊!”说罢,他们一行下楼到医院门口,分坐两辆出租小轿车向八一宾馆驶去……

正是:胸怀民众得多助,身为男儿当茹苦。待到事业有成就,甘把心血化作土。欲知后事如何,且看下回分解。

第三十八回

新医院破土动工　何守财赌博犯事

任顾、于开选、景林三人陪荣立范等人吃过饭后，他们就在宾馆告别，荣董等急急忙忙赴机场返回广州去了。

12 月 21 日上午 10 时许，一辆白色越野小轿车驶进了南昌济世医院，车上下来一高一矮包括开车的疤痕眼黑胖子共三个人。他们其中的黑胖子作为建院人员前几天随荣董来过，所以在他的指引下三人直接上五楼找任顾。此时任顾正和于开选商讨业务方面的几件事，他看到他们三人来到办公室门前，就停止了与于开选的讨论，忙示意他尽快迎接客人。他俩热情地把三人请进房间坐下。由于小时候爬树刺伤了眼皮，留有疤痕的黑胖子名叫谢俊杰，是公司财务科科长，医院建设领导小组成员，上次他们都认识。谢科长把他们分别做了介绍，那个高个子约莫 40 多岁的是公司第二副董事长名叫蒋克勇，也就是医院建设领导小组组长；矮小些约莫 30 多岁的名叫佘贵，公司后勤部采购员；他们三人都西装革履，显得很有风度。任顾和于开选给他们沏茶让烟后问："蒋董何时起程，一路辛苦？"蒋克勇用心打量着任顾微笑着说："昨天上午就起程，在赣州住了一宿，今天我们特意来接任院长仍返赣州。咱们在那里审定新医院图纸，并和当地政府部门联系建院选址及土地征用事宜。可能需 10 天左右的时间，请您把医院的工作安排一下，咱们吃过饭就往赣州赶，您看行吗？"任顾说："行！应该抓紧时间。"他又转过脸对于开选说："于院长，你也看到了，蒋董事长亲自来医院叫我。医院的工作，你和景主任负责好，有事可打电话。"蒋董看到任顾当机立断，托付好了工作，就站起来说："咱们到八一宾馆吃饭。"大家也都站起来跟上任顾和蒋克勇下楼。蒋克勇对于开选说："你把办公室主任叫上，咱们一同吃个饭。"于开选用手机通知了景林。待景林来后，他们一行分坐两辆车到八一宾馆吃饭。任顾在吃饭和他们互相交谈的过程中，又把医院近期的工作给于开选和景林强调了一下……

饭后，于开选与景林送走任顾、蒋克勇一行后马上回医院去了。白色越野小轿车在佘贵(黑胖子在车后休息，大企业的中层人员大都会开车)的驾驶下出了南昌市区，在向南的高速公路上平稳而急速地行驶着。蒋董也在车后仰躺着，任顾精力充沛，兴致盎然，他坐在副驾驶的位子上欣赏车窗外的风光。冬日的江西原野一派苍翠，城郭、村舍的建筑都考究别致，田间的农民还在忙于农事，水牛和农机具交相使用。视野开阔的鄱阳平原一过便进入赣中的丘陵地带，俊秀的小山丘和赣江时隐时现的相伴。此时蒋谢二人沉睡后的呼噜声相呼相应，任顾扭头朝后一看他俩的睡相实在难看。他为了不影响司机开车也很少与佘贵谈话，他微微将头靠到靠背上想养养神，不觉远远的一座大山映入眼帘……他翻了一下地图，此山名白云山。随着车子的行进，渐渐大山小山多了起来……任顾此时眼中的山皆是植被覆盖很好的青山，没有一座像老家那里秃头秃脑的荒山。他明确地知道，本省温暖多雨，冬季时间不长，所以这里山清水秀是理所当然的。老家那里年平均降水量300毫米至500毫米，而且冬季漫长，真可谓："春去秋来无盛夏，四月冰雪耀银花。"

下午5点多，车子下了高速公路向东行驶了一阵，任顾就望到了赣州城。赣州素有江南宋城、红色故都之美称，具有2000多年的历史。她坐落在章江、贡江的河谷平原上，章贡两江在赣州老城区的北端汇合成赣江。赣州正处于两江汇合处，是全国少有的三面环水，一面环山的城市。细心观之，远山近水使这座城市增添了不少韵味。进入市区车子就汇入车流之中，行行停停，大约半个钟头后才驶进了宏伟的赣州宾馆。这时蒋谢二人也清醒了，蒋董一边打着哈欠，伸伸胳膊，一边笑着对任顾说："任院长挺精神的，我们一上车就想睡。好了，现在到了！咱们住605、606两个房间。"任顾说："赣州我没来过，我只好借此行程看看沿途的风景。"车内的其他人都笑了。待车子停稳后，他们下了车，蒋董招呼任顾一同进了宾馆，坐电梯到了6楼，蒋董和任顾进605房间，谢佘二人进606房间。

第二天，任顾照例起得挺早，虽然是冬季，但他不觉得冷。他穿上运动鞋在宾馆附近的街道跑了一个来回，就在宾馆后院树木较多的地方做操打拳活动了一阵。他感到浑身热活了许多就在门厅内的游览简介栏浏览了一下，他从这里了解到，赣州市位于赣江上游，是赣南政治、经济、文化和交通中心。到一个新地方，了解她的历史、地理、人文及工农业等情况，是任顾的一贯作风。他估计蒋董等该起床了，于是他上到6楼，进了605房间。这时蒋董已睡醒但未起床，正侧睡着抽烟，看他进来笑着说："任院长起得早啊！"任顾说："我在外面活动了一下。"蒋董又说："锻炼身体好啊，我要向您学习。"任顾笑了笑说:“我这锻炼没有可学的地方,只要能坚持就是好事。”说罢他进了盥洗间洗漱去了……

待大家全部起床洗漱,吃过早点后。根据任顾的建议,上午找市上有关领导提出办院申请,并通过市领导和瑞金市有关同志联系,尽快落实建院项目审批和土地征用等事宜,下午集中时间审定新医院图纸。当然,任顾在未来之前就把到赣州办事的意图给刘建春电话告诉了,并请他助一臂之力。刘建春欣然答应,并承诺让任顾到赣州后可找市卫生局金凯局长帮忙,所以他们一行四人驱车向市卫生局奔去……

赣州市卫生局在市委、市政府众多部门合署办公的6层银灰色综合楼的第三层,很好找。他们敲开局长办公室的门,出现在面前的是一位50多岁而头发近乎全秃的、身材不高的干部,他面目白净而和蔼。他热情地说:“各位请进!我名金凯,有事请坐下说。”任顾带头和他握了手后自我介绍了一下,顺便都坐到顺墙的一溜黑色沙发上。金局长笑着说:“原来您就是任院长,刘厅长已打电话告诉了你们几位要来及要办的事。”说着给他们倒茶水,递香烟。任顾也笑着说:“那我就再不啰唆了,只怕有劳金局长了。”蒋克勇也附和着说:“真要劳驾您了!”金局长回到自己的位子上谦虚地说:“都是自己人,应该的!你们稍事休息一下,咱们就上五楼找汤副市长,只要市长出面联系,咱们会少跑些路的。”任顾说:“那是。为了抓紧时间是否咱们就行动,待见过市长后,回来再喝茶、谈话吧。”金局长望着任顾高兴地说:“好!那么咱们就去见市长。”说罢和任顾等一同起身到五楼西头的政府办公区的副市长办公室门前。金局长敲了两下门,里面传出“请进”后,金局长推开门,任顾看到黑红色办公桌后面坐着一位戴眼镜、短发、50岁左右的文雅男子。他听了金局长介绍后,起身绕过办公桌和任顾等一一握了手,并请他们坐下说话,金局长和任顾等分别坐到两边靠墙的黑红色沙发上。这时一位秘书模样的青年男子进来给他们每人面前沏了一杯茶水后,就迅速离开了房间。这位汤副市长据金局长介绍是从市教育局长选拔当上了分管文教卫生等的副市长,听说他办事挺果断。汤市长首先问:“哪位是任院长?”任顾说:“我就是任顾。”汤市长热情地笑了笑说:“听你口音是北方人,据刘厅长说,你原来也从事过教育工作,咱们是同行噢!”任顾笑着回答:“是的!我教过多年的书,现在管医院,可是外行了!”汤市长微笑着望着任顾说:“那不见得,事在人为。据刘厅长说,你挺有领导才能,而且还著书立说,这是难能可贵的哟!况且你从领导岗位上退下来后,一直毫不停息地忙工作,能到我们这里发挥余热,为办医院竭忠尽虑,我们更应该爱戴你支持你。你们来要我帮忙办的事,刘厅长已告诉过我了，你们先选址，看地方，看好后可直接和我联系，你们记下我的手机号码和办公室电话号码。”任顾接着说：“汤市长已明确地表了态，我们非常高兴！我们先选址，以后再联系，再不耽误你的时间了。”

他记下汤市长的手机和办公室电话号码后，就与金局长等告辞汤副市长回到金局长的办公室。这时茶几上的茶还冒着热气，任顾端起茶杯喝了一口茶笑着对金局长说：“汤市长口音不像本地人，办事真的很果断。”金局长说：“汤市长是湖南衡阳人，是常务副市长。他在南昌师范学院上学毕业后，一直在这里工作，他对本市的情况也比较了解。”接着，他们谈了一些本市卫生方面的情况后，任顾说：“金局长劳驾你了，你忙吧，我们告辞了。”说罢，他们起身和金局长握手道别，回到宾馆收拾好东西，在餐厅吃过饭后，驶车向瑞金进发。

黑胖子养好了精神，驾驶着白色越野车风驰电掣。蒋董和小佘也十分兴奋，他们感到遇到的这两位领导，很热情，且非常支持他们的工作。车子经赣县、于都、黄龙急速穿行于俏山俊岭之中。下午两点左右，他们来到了久负盛名的瑞金城。他们在瑞金招待所停下车，登记好房屋。稍事休息了一阵，任顾说：“蒋董，咱们先到中央革命根据地纪念馆和沙洲坝红井参观一下吧！瑞金是毛泽东主席领导的中央工农民主政府 1931 年至 1934 年所在的地方，有许多感人的革命事迹呢。参观罢，我们今天休息，明早找当地卫生部门联系，能否让他们参谋带路选地方，你看行吗？”蒋克勇高兴地点头说：“按任院长安排的办！咱们先看纪念馆，再看红井，这也是个学习的机会嘛！”说罢，大家高兴地笑了。任顾笑着说：“对！这真是个学习革命前辈光辉业绩的机会，咱们都没来过这里，现在咱们就出发。”于是他们一行 4 人驱车向中央革命根据地纪念馆奔去……

参观完，回到住处，任顾内心久久不能平静……老一辈无产阶级革命家在这里那段艰苦卓绝的战斗历程，那些可歌可泣的革命故事更加激励了他，驱使他要尽己所能为革命老区人民做些事……在这里有所作为，有所贡献。如此，才能无愧于一个共产党员的光辉称号。当然，蒋克勇等人也颇受感动，他们也议论着当时红军在那样的艰苦环境中生存、发展、闹革命实属不易……

23 日，任顾等人与瑞金市卫生局党委书记、局长取得了联系，并见了面。任顾讲清了来意，二位领导很赞同。根据任顾的要求，局长武才千带他们来到了丰田镇。这里地处瑞金东北不远处的武夷山区。任顾看到镇东侧不远处，有座苍翠的小山，他谦虚地微笑着说：“武局长，我也是北方山区长大的，我特喜欢登山，我登过泰山，爬过华山，咱们南方的山，我去过黄山。最后一直没上过名山，咱们试登上这座山看看，你看行吗？”武局长也热情地笑着说：“行！这座山名望福岭，这里干部、职工和群众闲暇也常登上此山以览风景，咱们就行动吧。”

任顾与武局长一行坐车到山前，有门牌上书“望福岭”三字。进山门左侧有三亩见方的停车场，已有几辆小车和摩的、摩托等停放在那里。他们停好车就登山，蜿蜒曲折的石径一直绕到山顶。他们到了山顶，任顾顿觉眼界开阔。他调匀了一下呼吸，其他几人已气喘吁吁……黑胖子落在最后，看他气迫而忙于擦汗的样子，大家都忍不住笑出了声。

由于树木葱茏，老远没有看清，原来这土石掺杂的山顶也是一处浏览休闲的好所在。中间有一座小庙，庙院有1人多高的似青铜鼎样的香炉，里面各种颜色的香正燃着火，香烟缭绕……从庙门口经过时，任顾朝里面望了一眼，庙里敬台上的香炉里，照样香烟缭绕，两侧还摆着水果、糕点等供品，敬台之上有一尊黄幔裹身的金身神像。据武局长说，这是山神庙。四面各有一座造型一致的亭子，亭子中央有石桌、周围有石凳。任顾分别在这四处向四周观望了一下，他看到这丰田镇处于群山环抱之中。从东侧大山深处流来的绵水似飘带一样向西南瑞金方向流去，白鸟飘飘，绿水滔滔。从西南向东北山口方向的一条公路从它面前经过。这里山清水秀，交通方便。他又从随身带的地图册中看到，翻过武夷山，就到了福建，与广东也不太远。瑞金、会昌、于都、长汀、龙岩等革命老区环绕四周。这真是一处办医院的好地方，得天独厚，居位优势明显，服务范围广阔而且具有深远的历史意义。

他把他看到的和想到的就地及时和蒋克勇、武才千等人交流，大家都有同感，都很赞同。于是他们一行5人又绕山头瞭望了一圈，都觉得将济世医院迁建到丰田镇是再合适不过的了。任顾招手引导大家一同坐在西边能俯瞰丰田全景的亭子前，共同选址，看把医院布点到什么地方合适。黑胖子睁圆疤眼展出粗壮的胳膊向西北方向一指说：“你们看镇子北头那些地既平坦又宽敞，把医院建到那里多美！又在公路边。”任顾顺着他指的方向一瞧，那真是块好地方，但他思索了一下说：“谢科长眼力不错，那地方确实不错，不过那是农田，产粮食的地方咱们不能占！我看镇子后面靠东北这面砂石荒坡，而且紧邻废弃的这座石灰窑倒是咱们考虑的地方。一则这里不能种庄稼，二来不再烧石灰，是片闲置荒坡地，正好咱们利用起来建医院。至于道路嘛，咱们修！绿化嘛，咱们搞！基建不能与老百姓争地哟！”说罢笑着望了一下黑胖子。黑胖子笑着点头拍手说：“任院长真是站得高、看得远啊！”蒋董和武局长等齐声称赞:“咱们就在那里建吧!”武局长更加用崇敬的目光瞅了任顾一眼,心中暗暗思忖,这任院长真有政治眼光和领导干部风范。

任顾看到大家意见达到了一致,他回过头对武局长说:“咱们丰田镇党委书记姓甚名谁?”武局长说:“和我同姓,名叫武有民。”任顾笑着说:“原来是你们一家子?”武局长也笑着说:“同姓不同宗,不是一家子。不过武书记对招商办公益事业是很重视的!”任顾说:“咱们下山去见镇领导吧!”于是他们一行徐徐走下望福岭,坐车向镇政府驶去。

丰田镇政府坐落在镇子中间,是一座白色大楼,西侧是中小学校,学校过去是卫生院和商店,都是三层的楼房。由于学校是红色涂面,政府和卫生院、商店是白色涂面,看起来由东到西是红白相间一溜楼房甚是整齐美观。前面一条马路式的街道,一直到镇西头的公路上。从望福岭上观看,似这样纵横的街道还有 4 条,都像棋盘一样方正笔直,而且绿树成行。看起来,这个镇子起先建设的时候都是经过充分规划和设计的。

车子到了镇政府院内,任顾等下车后在武局长的陪同下上到三楼,在东侧的党委书记办公室见到了武有民书记。这位武书记看起来挺年轻干练,他很热情地接待了来访的客人。他听罢武局长的介绍,又把任顾带来的建院图纸摆在办公室桌上看了一遍,十分高兴地说:“这是一件大好事!这是给咱们丰田镇及周边老百姓的健康带来福祉的喜庆之事啊!我们镇上完全支持。”任顾看到武书记热心而果断,他也兴奋地说:“书记这么坚决果断,我们办医院的信心就更足了,具体事宜咱们明天再商量。因为武局长挺忙,今天我们就告辞了。”他们出了书记办公室,武书记一直陪他们下了楼,看他们坐上车后挥手送行……

当车子上了公路,处于行驶平稳状态的时候,任顾就给汤副市长打了电话,简述了他们工作的过程和当地党委的意见。汤市长听后也挺高兴地说:“很好!我再给本市及瑞金市有关部门谈一下,希望他们帮助,尽快把这件事落实下来!”任顾等听后甚是高兴和欣慰……当晚,任顾等在瑞金招待所邀请卫生局及瑞金市等单位的领导会面,以示友情的表达。

由于汤副市长、武书记及赣州、瑞金市有关部门领导的重视和支持,济世医院南迁落户的事宜进展得顺利而迅速。从 25 日到 28 日只用了 4 天时间,任顾等人就办完了建院批复、土地的征用、建设立项、环境影响评估等前期的重要文件和证件。医院选址就在镇政府北侧的另一条名叫望福路的尽头山坡上,土地使用面积 18 亩。任顾与蒋克勇等很好地测量规划了一下,坐北向南两排楼房,前面为 6 层营业楼,后面为 6 层职工住宅楼,这都是图纸确定了的。现在就是建设招标，确定承建单位的事情了。他们本着确保建设质量，照顾地方企业的原则，就在瑞金当地招标。经审查和与武局长等人的了解，30日上午瑞金市第一建筑工程公司中标，承揽了这项建设任务，蒋克勇与该公司经理霍杰山签订了基建合同。

31日上午9时，丰田镇济世医院建设场地四周彩旗飘扬，炮声隆隆，一派喜庆气氛。瑞金市市长蔺和满、卫生局局长武才千、丰田镇党委书记武有民及丰田镇各单位的负责人齐集建设场地。济世医院建设奠基仪式在这里举行。任顾主持仪式，蒋克勇致词，武才千代表卫生主管部门讲了话，武有民代表地方党委、政府讲了话，有关单位的领导也致了贺词。奠基仪式举行后，承建单位就开挖地基，运送土石，新医院建设的序幕拉开了……

正当任顾、蒋克勇等送走各位领导和来宾，为新医院的建设顺利开工而欢欣鼓舞的时候，任顾接到了于开选从南昌打来的电话……电话里说何守财因昨晚玩赌，被公安机关拘留了，请任院长能尽快返回办理这件事。任顾接罢电话沉思了一下对蒋克勇说："蒋董，于院长说医院有重要事，要我赶回。本应我想看看建工队打理好地基后再回南昌，现在这些事只有辛苦你们几位了！……"蒋克勇看到任顾难为情的样子，温和地说："任院长，您已经尽心竭力了！接下来的基建工作我们几个负责，南昌那边更离不开您。"说着他抬手看了一下手表说："现在已12点50分，咱们先找个饭馆吃饭，饭后，让小佘送您回南昌吧。"任顾说："不必吃饭，我到前面商店买点干粮，赶路要紧！也不必让小佘送我到南昌。这里基建刚开始，你们得常用车，可让小佘送我到赣州火车站，我坐火车回南昌！"蒋克勇用崇敬的目光瞅着任顾说："任院长，您真是我们学习的好榜样啊！行，您一路保重！"

正是：丰田基建刚开工，后院柴垛冒火星。任顾黄夜回南昌，劳碌之人难消停。欲知后事如何，且看下回分解。

第三十九回

于开选难当重任　黑胖子主管基建

任顾与佘贵告辞蒋克勇和谢俊杰，离开建筑工地，到前面一处食品商店门前停车。任顾下车匆匆忙忙买了一包糕点和两瓶矿泉水，他俩在车上狼吞虎咽充饥后，佘贵开足马力向赣州奔去。人心越急，偏偏就有事干扰，白色越野车飞快地跑到于都附近，前面一长溜大小车辆堵塞了道路。经打听，前面一辆载重卡车与一辆面包车相撞，交警正在处理，他们只好在车内静等……真是欲速则不达。经过 1 个多小时的静候，前面的车辆才渐松动，但车速很慢。又过了好一阵子，佘贵才放胆加速……到赣州火车站，已经到了下午 6点。5 点 30 分从广东过来的客车已错过，现在只好买上 9 点 40 分的车票，在候车室内等此时正在广东境内向北而来的 8643 次列车了。任顾对佘贵说："小佘，你也辛苦了！暂住赣州，明早你回瑞金去。火车到站，我就上车，你赶快去找地方住吧！"佘贵说："行！任院长，您一路保重！"说罢和任顾握了一下手就出了火车站……

任顾掏出火车票又看了一眼票面上的进站时间，这时手机又响了……他接上坐到候车室的一排黄色铁制链椅上一听是胡卫华的声音："姐夫，您事情办得怎样？啥时能回来？打您出差后，医院工作秩序就乱套了。何守财要钱被公安人员逮住了，检验科那个女娃娃小安常串岗，病人拿上化验单乱问人。于院长好像也不太负责任，怕惹人似的……"任顾说："我知道了，我现在已买好火车票，明早就回来了。"对面胡卫华听后显然以惊喜的声音说："那好，那好，明天见！"

胡卫华自任顾离开南昌赴赣州办事十来天里，心情一直不好。虽然她这位表姐夫过于阳刚，缺乏温情，不理解或不领她的眷恋之情。但她毕竟整天能看到他几回身影或能听到他雄浑的声音，借此也是一种自我安慰，抑或是青春少女的精神寄托……这些天，她感到十分地落寞和孤独，她下班后茶饭不思。她感到她屋里只住着她和她的影子，她待在屋内索然无味。傍晚走出楼房来到院子，让冷风吹吹她烦躁的心、烦躁的情绪……她仰首南望弯弯的月，繁繁的星，冷冷的夜，凉凉的风……离家的“孩子”此时在做啥？——他还在忙工作吗？……

2009年元旦清晨，任顾回到了医院，门厅导医上前问候：“任院长回来了？”任顾点头回答：“你们辛苦了？”景林主任闻讯跑下楼来迎接，此时任顾已上到四楼，紧接着于开选也出了办公室和任顾握手，并和景林跟随。他们看到坐了一晚车的任顾毫无倦意，仍精神抖擞谈笑风生。当任顾经过三楼的时候，胡卫华早听到他的声音，在护办室门口和几位护士老远看了一眼就回到室内。胡卫华此时内心热了一下，说不出是那种情愫在涌动……任顾到了五楼院长办公室坐定之后，于开选和景林也坐下来把这段医院工作简要地汇报了一下。说到何守财被拘留的事情上，任顾注视了一下于开选说：“咱们想法先把人弄回来，经济处罚肯定是免不了的。”于开选和景林都点头称是。任顾问：“是哪个派出所的民警抓去的？”于开选答：“是解放街派出所电话通知的。”任顾当即与解放街派出所闫所长联系，并提出单位出面担保，是否提前放人？闫所长听到任院长言词恳切、态度温和就答应放人，但要求一定要把1万元的罚款缴到公安局财务科。任顾为了应急，就让景林主任和医院邢会计马上从医院账户取出1万元先到市公安局缴了罚款，再到看守所把何守财领回来。

将近11点，景林、邢会计和何守财三人回到了医院，并径直来到了院长办公室。任顾让他们三人坐下说话，景邢二人说：“院长，再没啥事，我们就告辞了。”任顾说：“你们忙去吧。”景邢二人出了办公室，到各自的岗位上去了。这时何守财站在原地未动，一副面容憔悴狼狈不堪的样子。他望了一眼任顾，以低沉而惋惜的口吻说：“任院长，我没有听您的话，栽了大跟头了！要钱的事，从您来给我谈话后我就没干过。打您出差后，我看到都很散漫……于院长一连几个晚上约上几个护士跳舞唱歌，我也跟上玩了几次。前天晚上出去碰到我以前两个朋友连拉带扯地把我叫去要了一阵钱，不想公安人员就来了……任院长您处分我吧？”任顾稍带严肃地说：“这事咱们也不公开，但你必须向医院写个保证，应吸取教训，痛改前非。公安局的罚款医院给你垫交了，你应在三个月之内把医院的钱还上。好了，你先回去，给家人报个平安，下午就来上班吧。”何守财听后眼睛闪着泪花又望了一眼任顾，以近乎颤抖的声音说：“谢谢院长对我的宽容和关怀！”说罢退出了办公室下楼回家去了……

何守财垂头丧气的回到家里，首先看到他的是女儿，女儿迎上来不热不冷地喊了一声“爸！”就扭头到厨房说：“妈！我爸回来了。”老婆板着脸只看了他一眼就仍收拾饭菜去了。何守财妻子虽板着脸但她内心还是宽慰了许多，毕竟人安安全全地回来了。她赶快从暖水壶里倒了些热水掺到脸盆内，让丈夫洗洗，洗却那副脏兮兮的样子和其浑身的晦气。洗罢脸、吃饱饭的何守财斜躺在床上长叹了一口气说：“倒霉，倒霉啊！这次被公安机关罚了1万元，连当时借朋友的赌资3000元当场被没收，看来咱这小车得卖了！……”妻子听后气愤地瞪着眼睛骂了他一句：“你叫何守财，你连球个烂车都守不住，你能守你妈的啥财？”骂罢她端着个洗衣盆洗何守财脱下的脏衣服去了。

何守财也没生气，更没吭声，他在反思：他思来想去，还是自己的错，任院长刚来不久就同他谈了话，要求他“从严要求自己”，并说：“据群众反映你有玩赌行为应立即改正。”当时自己言之凿凿坚决否认。这次参赌，一则看到近期医院职工纪律整个松弛，于院长带头领上女娃娃耍，年终了嘛，放松，放松。二则，上月靳美丽那个小婊子连哭带闹要去了800块钱，到年底了，最后玩一把，兴许手气好能捞回来。真没想到我像欠那小婊子一样，不但没捞回来，反而把拿到场上的3000多块钱丢了个精光，还罚了这么多钱。唉！不想了，想啥呢？反正那车也是咱赢得钱买的，真是来财易，去财也易啊！老婆骂得对，我守不住财。真对不住死去的老爸，给我起了这么美好的名字。他又眨巴了一下小鸡眼，心想，咱守不住财，先把人守好，对！他猛地起身啪地一声拍了一下大腿从床边站起来自言自语道：“守好人，做走端行正的人……”说罢，又从衣柜里取出一套干净外衣穿上去医院上班……

今天是2009年新年元旦，放假1天。医院实行倒班制，有些职工休息，有些职工仍上班。任顾照例没有节假日，下午2点，他准时来到办公室。正当他翻看近期报纸和文件时，景林敲门来到了办公室。任顾抬眼看是他就说：“景主任请坐，有事吗？最近你们辛苦了？”景林淡淡地笑了笑说：“辛苦啥？我感到惭愧啊！您临出差时谆谆嘱托的工作没做好，还出了何守财这样的事。不过，我实话告诉任院长，于院长这人不能独当一面，也可以说靠不住事。以前他配合过两任院长，当然那两位院长能力是欠缺些，但于院长也没有当好助手。这人心眼小、私心重、怕惹人。你离开医院后，他就根本没有负起责任来，连他自己都管不住，迟到早退，大家也就放松了。特别一些落后群众也开始脱岗、串岗，老毛病就犯了。靳美丽两三天不见人影，前天我碰到她一问，人家白了我一眼从鼻腔里哼了一句‘我给于院长打过招呼了，你不是院长，你管得着吗？’有几位老专家在我面前直言不讳地说‘于开选难当重任’看来，这些老同志还是看问题深刻。”任顾听后略微深思了一下说：“景主任，你不愧是共产党员,能襟怀坦白,而且能直言相告。这说明你对咱们的医院是认真负责的。于开选非党人士,咱们应帮助教育他。过两天,我有空再和他谈谈,鼓鼓劲,希望他争取把分管的工作做好。再就是咱们要加强党支部的工作,做好医院党的建设工作。早在 1927 年 9 月 29 日毛泽东在咱们江西永新县三湾村进行军队改编,将党组织建在了连上,为我军政治路线的确定奠定了基础。管理医院和治军差不多,也要突出政治路线。"景林听后很感动地说:"您说得是! 您忙吧,我告辞了。"任顾笑了一下说:"你先别急着走,你先和于院长商量一下,联系一个较干净的餐厅,通知职工们晚上欢聚一下吧,毕竟一年到头了。"景林听罢马上出了院长办公室,下到四楼寻于开选商定当晚的会餐事宜去了。

晚上新年会餐后,任顾刚进家门不久,胡卫华就敲门进来了。她由于喝了两盅白酒,脸蛋红扑扑更显得妩媚动人……她长而黑的睫毛夹裹着一双黑白分明、盼顾有神的大眼睛,她以极其温柔的眼神望着任顾说:"姐夫,您出门这么多天,很是辛苦了! 看您的衣服都脏了,我给您洗洗! "说着就上前伸出白嫩的双手替任顾解扣脱衣服,任顾不好意思地一笑说:"我自己来。"他进到卧室,脱下深蓝色外衣换上一件浅灰色半旧的衣服。当他拿着换洗的衣服走出卧室时,这时胡卫华又在厨房用热水壶给他热水,看他拿出了衣服,就出来卷起衣服说:"等水热了,您洗澡休息! 好好恢复一下体力,我看您咋有些消瘦了。"说完拿起衣服就出去了。

当她来到二楼掏出钥匙准备打开自己的 210 房间时,从楼道下传出吭哧——吭哧——的声音。她拧开房门闪进身子悄悄朝楼道瞅去,随着声音的临近,她看到靳美丽搀扶着于开选吃力地向 202 房间走去。到了房门前,靳美丽一手扶着于开选,一只手麻利地伸进他的裤兜内掏出钥匙打开了房门……又搀着他进了房间,随即就关紧了门。胡卫华悄悄地关好门,在房间内自己先洗漱了一下,就热了水,替任顾洗好衣服晾到阳台上,就开了电视看新年音乐晚会。由于她也有几分醉意,热血涌动,异常兴奋,所以睡意全无。音乐晚会结束,她就关了电视上床休息,怎么今晚脑细胞极其活跃……想起了老家的父母此时还在念叨着远在江南的自己吧? 姐夫任顾这时肯定睡着了,他太劳累了,他是否进入梦乡,他是否今晚或者曾经梦见过我这个胡小妹吗? 难道他一点感觉都没有吗? 我是真心地爱着他……她又想起前两天,同科室的两个小护士悄悄议论于院长与靳美丽近日常晚饭后出去,回来得挺迟,并且几个晚上没见靳美丽到五楼的集体宿舍来住……他又侧耳听了听楼道内静悄悄地,她一看手机上的时间已是凌晨 1 点 36 分。在这期间,她一直没有听到靳美丽出来关门和上楼的声音，这说明小护士的议论绝非空穴来风。她心中有点气愤地骂道：“靳美丽！你这个小婊子，以小人之心度君子之腹，还告我和我姐夫同吃同住呢！贼喊捉贼这个词给你用上再合适不过了。于开选也不是个好东西！面色黄得怕人，没酒量，没领导能力，还爱当官，还爱搞女人……算了，这些狗男女，不值得咱们费神操心，夜深了，睡觉吧！……”

第二天早6时，任顾照例起床晨练，练完回家擦洗完毕后，自己胡乱弄了点早点吃了就早早地上班。他首先仔细地把办公室打扫收拾了一遍，就到各科部室看了看。一是检查一下各科部室的纪律卫生等情况；二是顺便通知一下有关人员参加会议，准备在8点半召开一个院务扩大会。他通过各楼层、各科部室的初步巡查，发现有好几名职工有迟到现象，于开选、靳美丽还没有到岗，而且大部分科室内外卫生更不如以前。尤其是内科住院部更糟糕，医务人员的衣帽不整洁，精神面貌很差，这是于院长坐镇的科室。任顾在返回办公室时及时给于开选打了个电话说：“于院长，现在已8点20分了，你怎么了，还没来上班？咱们今早8点半开个院务扩大会，你来后直接到我办公室参加会议。”于开选接上电话支支吾吾地说：“昨晚喝多了……好，我马上来！”其实任顾知道他喝酒的数量，他们和几位老专家坐一桌，这些人当中有两位老医生滴酒不沾。任顾能喝8两，麻发和另外两位每人能喝2两，于开选和其他三人每人最多也超不过1两。任顾知道于院长胃肠功能不好，也就信以为真了。当景林等院委会成员及各科部室负责人8点30分准时来到院长办公室时，任顾和颜悦色地笑着说：“大家稍等片刻，于院长昨晚喝多了，咱们等他来后再开会。”

8点45分，于开选终于慌慌张张地来到了院长办公室……他首先向任顾脸上瞅了一眼，他看到任顾正温和地在看他，他心中放松了一些说：“昨晚喝多了——迟到了！”说罢坐在任顾办公桌旁专为他设置的椅子上。他坐下后又环视了一下其他与会的同志，他看到环墙根围着的沙发上个个正襟危坐，都用一致的目光射向他，他感到浑身灼热。他下意识地扶了扶眼镜，又低头看了一下自己的衣服，靠上方的三道纽扣还没扣上，他自觉地用手扣好扣子。这时大家看到的于开选，蓬乱的头发，本应很黄的脸色更加泛黄。两个眼镜片难以掩盖两晕黑眼圈，两片薄薄的嘴唇没有半点血色。不知内情的人一看，他的年龄要比任顾大得多……

这时任顾已经讲话了，他说：“现在人到齐了，咱们大家开会吧！今天咱们抽空开个院务扩大会，现在已跨入新的一年，新的一年就要有个新打算。医院工作要有一个具体的安排，各科部室先草拟个工作计划报到办公室。咱们医院今年总体有两大任务，一是按部就班做好本院的医疗卫生保健工作；二是新医院的建设工作。新医院的建设已确定了专人负责，预计9月初完工，争取在9月份搬迁就绪，10月初正式开业。今天先给大家交个底，使同志们心中有个数。现在请大家对咱们以往工作中存在的问题，对今年的整体工作，特别是医院管理以及我本人的工作不足之处畅所欲言地发表意见，以达到咱们民主办院的目的……”

当任顾讲完话等待大家发言时，他转过脸来盼顾了一下于开选——此君竟然进入睡眠状态……他暗自思忖，自己讲话不过十几分钟，这于院长怎么如此萎靡不振。他轻轻叫了一声：“于院长。”于开选如针刺一般猛地颤动了一下身躯，惊慌失色地用眼瞅了一下任顾和大家，接着三个喷嚏两个哈欠，惹得两个女科室主任笑出了声。他镇定了一阵，恢复了些精神，侧耳听了一阵大家的发言后，才清了几下嗓子，顺着大家意见的基本内容简单地表示了一下自己的态度。本应今天会后，任顾打算把他留下，相互交换一下意见，勉励他大胆工作，开拓创新，把业务工作真正抓好，以期到新的医院，能开个好头。但是看到于院长这副狼狈相，干脆让其回去休息吧，待以后有机会再说。

却说任顾31日匆忙离开丰田镇新医院建设工地，连夜赶回南昌后。蒋克勇、谢俊杰、佘贵三人马上进入角色，肩负起了医院建设的艰巨任务。好在有这辆越野车，而且都有驾驶执照，所以他们看料、监工、指导都能顾及过来，忙碌地往返工地与瑞金、赣州之间。

1月5日，蒋克勇接到公司电话，有事要返回广州，临走时把谢俊杰和佘贵叫到一块嘱托了一下基建方面的事。从当地聘请了一名工程监理小赵，并让谢俊杰全面负责，佘贵在把好进料关的同时，鼎力协助其工作。黑胖子谢俊杰，豪爽、尚义气，但嗜酒，有时还玩一把赌，任性起来真如一个猛张飞。不过有佘贵辅佐，公司领导还是比较放心。一则此二人也合得来；二则这佘贵虽然较为年轻，但上过大学，为人也谨慎沉稳；因此，公司安排他俩搞基建是经过深思熟虑的。

正是：院务会工作论证，于开选萎靡不振。蒋克勇托嘱切切，黑胖子要展雄风。欲知后事如何，且看下回分解。

第四十回

佘贵识破美人计　阮琴再访意中人

黑胖子在广东参加过两次厂矿的建设工作，在基建方面并不生疏。但是前两次他基本上一是个管财务支出、事务后勤等的跑腿的，前面还有具体管事的人。这次他荣登“帅位”，掌管全局，他感到由衷地风光和得意。满场的工人以及建工队的头头脑脑，不分男女老少，无不见他点头赔笑，“——谢科长！——谢科长！”喊得震天价响。每天傍晚收工前，请他吃饭的、约他跳舞的络绎不绝……每次，他都黑脸一沉，严肃认真以“晚上有事，谢谢”而谢绝。他也知道建筑工程前期处理地基阶段，是保证工程质量的重要阶段。从1月1日至20日这些天，他没有睡上一晚上的囫囵觉。由于佘贵跑里跑外，监督检查建工队的进料，所以他起早贪黑地守在工地上。工人上班他上班，工人下班他下班，有时浇注钢筋水泥到深夜，他也目不转睛地熬到深夜。他由于睡眠不足，两只眼睛都熬红了，加上他脸色越加黑，又穿一身黑色夹克式套服，乍一看就像大黑猩猩一般。但他新官上任、尽职尽责、废寝忘食、雄心勃勃……佘贵看到领导自己的顶头上司如此敬业，酒色不近、请吃不到、送礼不要，不由得由尊敬达到了崇拜……甚至公司蒋董打来电话询问基建进展情况，他还特意把谢科长的克己奉公精神大加赞扬一番……

1月21日是农历己丑年12月26日，年关临近，建工队放假，工人们纷纷撤离，只留下两名家在丰田镇的工人住在工棚内和一只大黑狼狗看守场地和设备。黑胖子和佘贵以及工程监理小赵也回到镇政府后院内专为他们提供的一间住房内，洗洗衣服，刮刮胡子，不日起程回老家过年。黑胖子家在广东省河源，佘贵家在广东省梅州，小赵家在江西的信丰。

临近中午11点，市第一建筑公司副经理黄相全在工长南友的陪同下以慰问留守职工和看望谢科长、佘贵和工程监理人员为名来到了黑胖子等人的住处。他们坐着一辆超长的黑色小轿车，从车上拎下三大包礼品，说是先给三位拜个早年，并恳请三位一起到（瑞金）市内吃个便饭，以表达公司的深情厚谊……最后从车上下来三个身材婀娜高挑、穿着打扮时髦、如花似玉的妙龄女子。黄经理向黑胖子等介绍说："这是我们公司财务室和后勤部的小殷、小秦和小满。"黄经理话还没说完，这三名女子就笑容可掬地上前和谢俊杰、佘贵、小赵握了握手，并热情而且嗲声嗲气地称兄道妹。谢俊杰既惊又喜，请他们进屋坐坐，黄南二人客气了一下也就拎着礼包进到屋内坐下。其他三名女子只是扭头朝屋内瞟了一眼，看到屋内既脏又乱而且拥挤，以在外面看风景为名在院子里闲转去了。

谢俊杰看大家坐定之后，刚准备掏出自己的芙蓉王香烟招待大家时，黄相全眼疾手快地拿出崭新的一盒"软中华"给每人敬了一支，自己也口含一支，随即掏出打火机分别点燃。谢俊杰说："各位年终都挺忙的，还特意来看我们，实在担当不起。"黄相全此时也吸了一口烟，他吐出烟雾满脸堆笑地瞅着谢俊杰。看到这家伙近来越黑了便说："谢科长真体谅人，忙啥呢？尽是些琐碎事。今天霍经理有急事，委派我们请你们几位到市招待所吃个便饭。你们给了我们这么大的工程，公司上下人等都过意不去，春节马上到了，就算咱们一块儿团聚一下吧。前几次请您，您总推说工地上离不开，现在工停了，总可以离开了吧？"谢俊杰笑了笑说："黄经理盛情，我们领了，咱们在这里见见面就可以了，我们今天准备收拾一下东西，明天——最迟后天我们就动身回老家，毕竟春节将近了。"

黄相全又把谢俊杰从头到脚打量了一番，仍笑着而热情地说："谢科长真像北宋龙图阁大学士包公一样秉公执法，一尘不染，可敬，可佩啊！今天无论如何得赏光啊！不然，我给头儿无法交代！况且又不影响你们的行程和归期。"此时谢俊杰内心也觉得甜甜的，心想：人都叫我黑胖子，你看这黄经理水平多高，人家称我像包公，看来我这皮肤是有门道的。但他又用征询的目光瞅了一下佘贵，佘贵会意随即开口说："黄经理，你们给我们送来了礼包，我们就感激不尽了，再不敢麻烦你们了！"黄经理和南工长一齐起来，齐声说："这是哪儿的话呀！一家人不说两家话，走！也到吃饭时候了。"说着二人上前共同把黑胖子从靠墙根的椅子上搀起，这时黑胖子已动了心，他顾盼佘贵和小赵说："那咱们走吧！盛情难却啊！……"

外面的三个姑娘一看她们的领导搀出了一个"黑李逵"，知道此人非同小可，一齐上前接手把黑胖子连搀带扶送进了车内。小秦和小满分别坐在他的两侧，一人拉着他的一只手，小殷坐在他的后面，形成"品"字形的阵势。前面正副驾驶位上坐着南友和黄相全，生怕他跑了似的，把他围定。车子向箭一般冲出政府大院，佘贵驾着越野车拉上小赵紧随其后……一黑一白两辆车在通向瑞金的大道上绝尘而去……

这两辆车间距不足 100 米。前面车内的香水味女人味使得黑胖子感到温馨而惬意，他不时地应和黄经理和南工长的谈话之外，主要专心感受左右两位佳丽的纤纤素手的绵软和温柔，车内空气弥漫着欢乐与祥和。后面车内，佘贵问小赵："这小殷是公司财务科出纳员，咱们都见过，小秦和小满我咋没见过，你见过吗?"小赵说："我也没见过，是否是新来的？"佘贵说："前几天，我到他们公司办事就没见过这两个女子。"其实，除了黑胖子一直守在工地，只认识经理、工长和场地上工人外，佘贵和小赵与这家公司打交道最多，公司机关的大部人他们都认识。这小秦和小满是小殷的中学同学，她俩都有歌厅卡厅坐台当招待的经历……伴舞唱歌都很拿手，特别那个小秦还在去年赣州歌咏大赛上拿过三等奖。现在据说二人在赣州市内一家 4 星级宾馆当服务员，这次来瑞金是小殷秉承黄经理旨意专门请来(当然不是白请)招待客人的。所以白色越野车内既空荡又单调，空气中除了小赵吐出的烟味外，就是充斥着疑虑和未知……

不大一阵工夫，两辆车先后进入瑞金招待所院内并排停好后，黄经理和南工长首先下车。他二人待秦满二人搀下黑胖子后，看到佘贵、小赵、小殷都出了车，便殷勤地展手示意客人走在前头。这时秦满二人仍不离黑胖子左右，甚至小秦还挽着黑胖子的胳膊。如此待遇，黑胖子自然当仁不让，昂首阔步地朝前迈进……在小满的导引下，到了餐饮部一楼 108 雅间的门前。两名衣着整洁，面容姣好的服务员早已敞开门点头问好，恭候客人的到来。这时黑胖子更是理直气壮——很有风度地在小秦的陪同下第一个跨入房间。两名服务员看到这位先进去的男士肯定是个大官，或者是位非洲黑人血统的华侨。不然，这位当地有名的黄经理怎么殷勤地跟在他的屁股后面呢?

黑胖子走进去后，其他人等鱼贯而入。大圆桌，洁白的桌布、围着一圈金黄色座套的椅子。黑胖子自然坐在首位，小秦和黄经理分坐左右，其他人从两旁合围坐定后，服务员就斟酒上菜。一刹那间，各种佳肴堆满一桌。服务员把盛满"五粮液"的 8 只玻璃杯敬献到每人面前后，黄经理站起代表公司先给黑胖子等敬酒。当然，黑胖子也知趣，他也站起来和黄经理一行碰杯敬酒……当轮到与小秦碰杯时，小秦白嫩的双手端着酒杯和他的酒杯碰得最响亮。他看到这三位女士都喝白酒，而且杯中的酒的水平线和在座的男士一样，他不由得暗暗称奇。

当黄经理三番请菜，五番敬酒之后，大家都感到酒足饭饱了。黑胖子也饱嗝连连，他端起茶杯准备喝口茶水压压这在客人、特别美女面前不合时宜的响声时，小秦又端起酒杯满面桃花绽放般地又要给谢科长敬酒。黄经理赶忙使了个眼色，小秦会意作罢。这时黄经理说："今天中午酒菜很简单，咱们随便填了填肚子。谢科长百忙之中光临，我等不胜荣幸。现在请谢科长到客房部歇息歇息，咱们大家随便自由活动一阵，谢科长还要回丰田。"他又握着黑胖子的黑手，十分虔敬地说："谢科长！今天我就不过多地耽误您的宝贵时间，明天我们在赣州市宾馆见，我们为您回老家饯行！"黑胖子略微谦虚地说："饯啥行呢！——再不敢打扰你们了！"这时小秦、小满笑嘻嘻地围拢过来，仍每人拉着黑胖子的胳膊说："一样路过，又有空闲时间，欢乐欢乐有何不可呢？走，咱们到那边轻松轻松！"这时黄经理和南工长也齐声附和："刚吃了饭放松放松！"于是黑胖子在小秦、小满等人簇拥下来到了客房部205房间，余贵、小赵也在小殷的热情陪同下紧跟其后。

205房间是一个两间之广的大套间，内设床铺、电视、音响、两组沙发、麻将桌、卫生间等。小秦调出了柔美的歌曲，小满打开了电视，小殷拿出扑克牌请人玩……黄经理拉着黑胖子玩牌，黑胖子不好意思推却就拉了一下余贵一起玩。小秦和南工长请小赵玩麻将，小满在一旁观看。一会儿小秦说："玩真格，把钱押上有意思！半小时后，小秦只赢不输，南工长输赢参半，小赵只输不赢。

黑胖子听到相邻的麻将场上自己带来的人连连吃败仗，"刷刷刷"地只给人家送钱，心中无名火起，不服气地喊："小赵！你过来接我的牌，我来试试手气。"小赵本想捞，现在只好服从，乖乖地让位谢科长。黑胖子接上第一局就赢了，一炮打响后，他豪情满怀，信心十足。第二局、第三局他又输了。这时怒从心上起，恨从胆边生。他瞟了一下小秦的红脸蛋，挽起袖子振作精神鏖战第四局。这时南工长掏出崭新的几沓100元人民币说："注子加大些，这样小耍没意思！"小秦说："好！"黑胖子一看这女流之辈都不怯战，他就啪地一下，拍了桌面说："行！"于是麻将在桌面上被黑白相间的手调和得哗啦——哗啦作响后，第五次战斗就打响了。

说来也怪，黑胖子连下十局，手气格外的好。小秦有输有赢，南工长贼娃子打官司——场场输，黑胖子衣袋内，裤兜内以及他的面前都是钱。余贵一看黑胖子还斗志昂扬，兴致正浓。就对他说："谢科长！时间不早了，咱们返回吧？"小秦和南工长齐声说："再玩一阵！怎么赢了就走，我们还想捞呢！"黑胖子傲气十足地说："可以，见识见识你们的本事！"于是又来了三局，黑胖子还是个"三连冠"。这时余贵和小赵一齐起来搀了一下黑胖子："谢科长，天快黑了，该回去了。"并向在场的黄经理等拱了拱手说："以后有机会再玩，谢谢各位了！”

黑胖子喜滋滋起来望了一下窗外，也知趣地说：“黄经理和各位，以后咱们再耍，我们得告辞了！”说罢，他比较有礼貌地和客人一一握了手，双手抬起摆了摆，表示感谢……当然，黄经理等更是礼貌有加，把黑胖子等一直送到白色越野车前，黄经理又一次拉着黑胖子的手说：“谢科长，今日总算赏光！咱们就是莫逆之交了，明天一定要在赣州宾馆见面！我正式为你们三位饯行！”佘贵抢先接口道：“黄经理，再不能打扰你们了，我们想赶快回到老家！”黑胖子也说：“算了吧！再不能麻烦各位了。”这时黄经理、南工长以及小秦等一齐说：“那能行！一年辛苦到头了，朋友们还不能欢乐欢乐？我们明天静候各位了！”黑胖子看小秦、小满恳切的眼神，又一想，咱们赢了钱就跑，不地道，也不够义气，就果断地说：“盛情难却，行！明天见！”这时小秦、小满一齐上前把黑胖子搀扶到车内，关了车门，黄经理等人挥手示意可以走人……

白色越野小轿车在佘贵的驾驶下风驰电掣般行驶在瑞金通往丰田的大道上……黑胖子志得意满地坐在副驾驶的座位上，他回过头问坐在后排的小赵：“你今天输了多少？”小赵不好意思地笑了笑说：“咱手气不好！一上手牌就不行，输了400块。”黑胖子听后“哈哈哈！”大笑了一阵，顺手从上衣兜内掏出一大把钱，从中抽出4张红色百元票子扔给小赵说：“你拿着！你跟上我玩，不能让你贴本！”小赵拿起钱又往黑胖子口袋内塞，黑胖子有点嗔怒地说：“你拿去，别这样！哥们赢了，咋能叫你吃亏！等贵贱，均贫富嘛！”小赵一看他这神色，这口气，只好缩回手，把钱装到自己衣袋内。

黑胖子一看小赵收了钱，爽朗地笑了两声，又数了自己兜内的钱，“哗啦啦！”一阵后，他得意地说：“还有整1万。君子爱财，取之有道，回家过春节蛮够了！”他又用眼看了一下手握方向盘的佘贵，朝后又瞟了一眼小赵，自信而兴奋地说：“麻将这玩意儿，玩起来很有意思，就看你会玩不会玩！你小赵还嫩点，以后有机会，我给你过几招。你看今天南友那小子，初生牛犊不惧虎，你看他手忙脚乱的那个狼狈相，哈哈哈！……还是场场输。我纹丝不动，稳坐钓鱼台，总是稳操胜券！这就叫忙者不会，会者不忙啊！再说那个小秦，这个风流小娘们人是够聪明的，我刚要了一局，人家就看出了我的路数，接着连下我两局。我马上改变战术，她就招架不住了。我看她人虽漂亮，心眼子也很活，她还是输多赢少，他是聪明反被聪明误啊！人嘛，就得像孔老先生说的那样，三人行必有我师焉，你小赵今后更要谦虚哟！”小赵连连点头说：“谢科长说的是！说的是！”这时车子平稳地停在丰田镇政府后院，他们三人下车进房收拾了一下东西，打点好行囊……晚上好好休息一下，明天起程经赣州回老家准备过大年……

22日上午9点多,黑胖子等三人收拾好行李,坐车来到瑞金,拣干净些的餐馆吃了早饭后,就往赣州赶。佘贵将车开得飞快,他归心似箭,因为他给家里通了电话……他心想,此时老人、老婆和孩子正在惦念着他吧?……可是车子开过梅岗以后,出现了堵车现象,听说前面又有事故,真是心急吃不了热豆腐。这样跑不起,走不快耽误了许多时间,到赣州已到下午两点多。他们走街串巷办了些年货,3点多来到了赣州宾馆。此时,黄经理、南工长等人早已恭候在宾馆门口。

他们看到白色越野车徐徐驶来,都一齐招手欢呼:“来了!来了!谢科长来了!”当车子停稳后,他们一齐拥了过来,开门的开门,搀人的搀人。和先前一样,小秦和小满一左一右挽着谢科长,黄经理笑着说:“谢科长!我们等您多时,咋才来?”谢科长也笑着回答:“路上堵车,让你们久等了!”南工长热情地摆了个手势说:“走,咱们上楼去!”于是他们一行8人进了门厅到电梯门口,南工长打开电梯,上到8楼,出了电梯。

黑胖子一看这8楼比上次他和任顾等住的6楼豪华得多了,猩红色地毯,精巧的灯饰,柔和的光线,沁人肺腑的香水味,使人顿感温馨和舒心。南工长与小殷在前导引,没走多远,这二人就并排站定,一齐用手势指向敞开的808房间。这时黄经理说:“到了。”小秦和小满共同挽着黑胖子先进了房间,随后,黄经理手拉着佘贵、小殷手拉着小赵,南工长断后,大家都进了房间。

房内右手临窗放置半圈淡黄色软沙发,中间一张挺大的玻璃矮桌。他们分宾主坐定后,黑胖子睁大疤眼打量了一下房间,这是一间设计新颖的大间,左手靠里有彩屏、电视、音响,既能唱歌,又能跳舞。右手靠里有餐厅,有洗手间。他看到洗手间,就想起了上厕所。他略微笑了笑说:“我上洗手间。”黄经理说:“好,好。”等黑胖子上完厕所出了洗手间,黄经理和小秦等热情地招呼:“谢科长,快来坐!”这时服务员已在方桌上摆满了糖果、瓜子、时兴水果及茶水、饮料、中华香烟等。

黑胖子刚坐下,小秦不失时机地敬上一杯饮料。黑胖子微笑着望着小秦,潇洒地摆了一下左手说:“我喝点儿茶水吧。”小秦又热情地端过来一杯茶水。黄经理又给黑胖子递上一支烟,随手掏出打火机给点燃。黑胖子吸了一口烟,喝了几口茶水,不由得又翘起了二郎腿……他瞪大疤眼把在场的人扫了一遍后,就把目光停留在黄经理较为丰满的微红色的脸上说:“黄经理,又麻烦你们了!你们啥时过来的?”黄经理马上向上挺了挺身子赔笑说:“我们上午就到这里了!还等你们用午饭呢!不想你们路上耽搁了,咱们稍坐片刻，一会儿吃饭吧。”黑胖子瞄了一下佘贵和小赵，十分谦和地说：“我们上午9点多吃的饭，我们还不感到饿，吃点水果就行了。”黄经理又十分诚恳地说：“哪能行？都几个钟头了，不吃饭还行！”接着他扭头对小殷说：“小殷，你通知服务员准备饭菜。”

十几分钟后，一名身穿紫红色的女服务员从餐厅出来说：“各位请入席！”这时，小秦又把黑胖子轻轻搀了一下，黄经理笑着说：“谢科长，请吧！”黑胖子就势站起，其他人也都站起离位。黑胖子在小秦的搀扶下、在黄经理的陪同下首先进入餐厅，大家都依次跟了进去。黑胖子看到这是一间布置十分优雅的房间，墙上有名人字画，地上彩绘地毯，靠墙有两组沙发，红色软椅围着一张挺大的圆桌，桌上已摆满了丰盛的凉菜和一瓶茅台酒。黑胖子仍被黄经理奉到上座，两侧黄经理、小秦比肩而陪，其他人左右依次而坐。黄经理待服务员斟满酒后，就举杯站起说：“今天谢科长、小佘、小赵给我们赏光！我们大家在这里会聚，我万分地高兴！我代表公司首先敬谢科长一杯！”这时黑胖子也微笑着端起杯子站了起来，黄经理和黑胖子碰杯喝酒后，依次给佘贵、小赵都敬了酒。接着在场的都相互碰杯喝酒后就开始吃饭，由于黄经理等已吃过午饭了，只是做做样子。所以上过两道热菜后，佘贵主动对黄经理说：“黄经理，看样子，你们用过饭不久！只陪我们三人。咱们为了不浪费，请你通知服务员，再不上菜了，就这些都吃不完。”黄经理看到佘贵十分真诚的样子就笑着说：“真是大公司的人，体察民情，行！”南工长一看黄经理表态，马上起身出去通知服务员去了……

饭后，他们走出餐厅，黑胖子和黄经理、佘贵、小赵仍各坐各位，小秦已招呼小满、小殷和南工长调音响，选歌曲，准备唱歌跳舞了……

小秦首先登场，她手握麦克风话筒用极其柔嫩的普通话说：“今天谢科长等各位领导和嘉宾到我们赣州，我们感到十分地荣幸和高兴！值此新春佳节即将来临之际，我们在这里欢聚一堂！我向各位表示祝福，表示敬意！在此我献上一首《年轻的朋友来相会》，希望大家能够喜欢！”随着大家掌声稀疏之后，小秦眉飞色舞地起唱了起来……紧接着小满、小殷每人都唱了一支现时流行的歌曲。接下来轮到男士，小秦首先跑下台拉黑胖子唱。黑胖子自觉此项非他所长，他指了一下小赵说：“我不会唱，小赵能唱”。小秦哪里能放过，并说：“现在当官的，哪个不会唱、不会跳两下子？谢科长，随便唱！”这时，小满跑来帮小秦把黑胖子拉上了台……黑胖子不得已接上了小秦递过的麦克风，瞪着疤眼想了一阵子，清了两下嗓子，以牛吼般的声音唱了一曲《草原赞歌》，还是博得了大家雷鸣般的掌声。接下来，黄经理、佘贵、小赵以及南工长都或新或旧，或长或短地分别唱了一些歌曲，使欢乐的气氛达到了高潮……

歌罢便是舞，首先小秦挽起黑胖子，小满挽起佘贵，小殷挽起小赵跳了起来。南工长拿起手机和服务总台通话不久，进来两位妙龄服务小姐。这时黄经理、南工长和服务小姐们都翩翩起舞了……优雅的曲子，柔和灯光，欢乐的气氛如同鹊桥初渡……真是“丝竹管弦如仙境，轻歌曼舞度良辰”。黑胖子挺个大肚子在小秦灵活的旋转下，已汗流浃背、气喘吁吁……但他还是挤眼咬牙地坚持着……黄经理最留神他的一举一动，黄经理看到这位科长大人像个猪八戒，挤眉弄眼地直往小秦的脸上瞅，几次都乱了脚步……不是小秦步子灵活，她的高跟鞋跟早就被这家伙踢断了。他内心暗自发笑而称庆，这条鱼快上钩了……

近两个小时的交谊舞，黑胖子总算坚持下来了。曲终舞罢，他坐在沙发上直喘粗气……他一边不停地擦汗，一边对小秦的歌喉和舞姿赞不绝口。此时小秦仍不离左右地奉茶敬烟、娇声娇气秋波连连……

休息片刻后，共进晚餐的时候到了。黑胖子、佘贵、小赵又被黄经理等请到餐厅。高雅的餐厅内，他们 8 人，不！还有那两位前来伴舞的服务小姐，共 10 人。5 男、5 女，刚坐满。今晚的饭菜更加丰盛，粤菜川菜山珍海味杂陈于上，茅台酒高级饮料香烟卷烟遍布其中……今晚的喝酒不同往常……先是黄经理、南工长等礼节性地给客人敬酒。随后一边倒，连伴舞的两位服务小姐都一齐给黑胖子、佘贵、小赵敬酒……人力的对比是 7 比 3。虽然是互敬，但耐不住黄经理的谦谦有礼以及小秦、小满等几位漂亮女性的甜言蜜语，黑胖子渐渐豪爽起来。他涨红黑脸，转动疤眼，英姿勃发——凡是敬酒，来者不拒。甚至佘贵、小赵几次要求给他代饮，他都摆手不准，而且念念有词：“沧海横流，方显英雄本色……”

黄经理一听这话，便满脸堆笑地说：“谢科长真是英雄！算了，你们都吃菜去吧！我单独和英雄对饮几杯！”说完他让服务员取来两个大口杯斟满酒。他端起一杯，双手恭敬地给黑胖子敬到手中。他又端起另一杯和黑胖子先碰了一下杯，就仰首喝干了。黑胖子一看人家喝干了，皱了一下眉头也喝干了。黄经理示意服务员再倒酒，佘贵、小赵一齐站起来同样礼貌地对黄经理说：“黄经理，酒就喝到此吧！谢科长已喝得挺多了，再喝就醉了！”黄经理仍含笑望着黑胖子说：“谢科长，咱们来个武松打虎，三碗不过岗！行吗？”黑胖子张大疤眼啪地拍了一下桌面说：“行！三碗不过岗！”于是黄经理端起服务员手中盘子上的一杯酒一饮而尽，黑胖子也端起另一杯酒喝了下去。待到服务员斟满酒再呈上来时，黑胖子疤眼一瞪，头一歪，身子软下去了，小秦和黄经理及时拉了一把，不然就跌倒到地上了。这时，佘贵只看到黑胖子被黄经理、小秦和南工长三人连搀带扶地拥出了门。他往起一站也晕了，小满过来挽着他的胳膊离开了餐厅……

半夜，佘贵醒了，他感到头昏脑涨……他刚一动身子，一只胳膊过来搂了他一下，他惊了一下问："谁？"小满："嘿嘿！"一笑问："佘哥睡醒了吗？"佘贵猛地坐起，他才意识到他和小满共同睡在一张双人床上。他马上离开床，摸索着开了灯……这时小满露着一丝不挂的上身，招手叫他上床。他气愤至极地说："小满，你把我佘贵当成什么人了！快些穿好衣服，帮我寻谢科长和小赵去！"小满一下涨红了脸边穿衣服边骂："真他妈的不识相！真他妈的白丢人！我不知道，你寻去！"

佘贵一看这样，只好出门挨个房间敲门，但都没动静。他只好到楼层值班室叩门叫服务员，说："要找人！"女服务员也不开门，只在室内没有好声气地说："深更半夜，你找人，有神经病吗？明天早上找去，不要影响人家的休息！"佘贵一听这话，他越加愤怒了。他拨通服务总台的电话、报告了宾馆治安室，才来了一男一女，叫出了值班女服务员。女服务员冷眼看了一下佘贵问："你要找咋样的人？"佘贵把黑胖子和小赵的特征简要地说了一下，女服务员很不情愿地说："跟我来！"

楼道内彩灯光线昏暗，但能看清房门上的号码。女服务员走到 812 房间门前停下说："这里面住了一个，813 房间里面住一个，你自己叫门去！"说罢欲走，那位女的说："小王，你给把门都打开。"说罢她和那个男的离去了。小王用钥匙开了两间房的门，也一阵风地回值班室去了。

佘贵进到 812 房间开了灯，发现小赵和一个女的睡在双人床上。他顾不了许多，也没看清那女的是谁，上前一把拉下小赵就出了房间。待他们到了 813 房间时，小秦已主动开了灯，望着他俩轻蔑地一笑出去了，她到小满住的 807 房间睡觉去了……这时，佘贵和正在打哈欠的小赵看到黑胖子口吐涎水，侧躺在床上睡得像死猪一样——现在怎么办？都醉了！谁也开不了车，只好暂挤在这张床上挨到天亮。

天刚蒙蒙亮，佘贵和小赵叫醒黑胖子……两人搀扶着"领导"出了房间搭电梯离开了 8 楼，他们出了门厅赶忙把"领导"送进白色越野车的后座上，小赵扶着"领导"，佘贵驾驶着越野车快速离开了宾馆……像躲瘟神一样……当车行至南康境内，黑胖子终于清醒过来了。他听了佘贵和小赵叙述完昨晚的情况后，他低头沉默了好一阵子，才嗫嚅着说："这事权当一风吹，谁也不要说出去,吃个暗亏算了,以后防着点……"

接近年终南昌附院的住院病人明显地多起来,路世生以住院病人多而近期常常夜晚加班或值班。12 月 28 日晚,路世生照样吃了晚饭就早早到外科住院部加班去了。阮琴今晚也准备到科室看看,因为她的科室住院的孩子也挺多,她收拾完厨房的事后就急急忙忙向科室走去。她抽查了几间病房后就到护办室坐下,她和值夜班的护士聊了几句,并嘱咐护士加强夜间的护理工作。她本想下楼回家,一看表才 9 点 10 分,睡觉还早点,她就上 4 楼到外二科想看看丈夫。她看到丈夫最近白天忙碌,夜晚不是加班就是值班,人也消瘦多了。当她以轻快的步子走到医生值班室门口时,听到丈夫和一个女人戏耍打闹,她准备敲门的手缩了回去。旋即她又听到女的声音说:"咱俩交往的事千万不能让你老婆知道,你知道我现在还没个对象噢!"丈夫低声地笑着说:"好的,哪能会呢?她当球了个小领导,把心思都用在官场上。她当她的官,咱俩好咱俩的,管她呢!"那个女人又柔声柔气地说:"如此甚好,如此甚好啊!……"阮琴听到这里由于气愤和失望使她眼前发黑、头脑发晕,她自觉血压顿时升高了,她定了定神扭转身子下楼回家去了……

当晚,阮琴躺在床上一点睡意都没有。她思前想后,自己的丈夫,原来看起来挺老实,现在怎么也变了?这个女人是谁呢?唉!——遇一个好男人真不容易,像任顾那样有学识有才干、感情专一的男人太少了。她又想到了任顾,听胡卫华说到赣南为新医院选址去了。明天再给胡卫华说一下,若她表姐夫回来,马上给我打电话,我要再会会这位超然脱俗的任老师。

2009 年元旦,当任顾出现在济世医院的时候,胡卫华就及时给阮琴通了电话。1 月 2 日正是周末,这天下午 5 点阮琴又来到了任顾办公室。任顾看到阮护士长有点面容凄楚,但她仍强展娥眉,含笑热情地问:"任院长回来了?"并大方地和他握了一下手就慢慢地坐到办公桌前的椅子上。任顾一边起身给她沏茶,一边回头问:"阮护士长新年好?今天怎么有空来?"阮琴轻轻摆了一下秀发面带笑容地回答:"我都忘了问您新年好?我最近心中很烦,借有两天闲暇,一来向您讨教;二来出来散散心。"任顾回到座位上正要问阮琴为何心烦,此时,又进来一个人。

正是:路生无知堕红尘,阮琴有意让三分。夫妻情谊须珍重,不然会如同路人。欲知后事如何,且看下回分解。

第四十一回

靳护士想入非非　关玲玲思归故里

任顾回到座位上正要问阮琴为何心烦，此时，胡卫华闻讯进来了。胡卫华喜笑着说："小阮！你怎么不给我吭一声，就直接到这里了？"阮琴马上从椅子上站起来含笑着和胡卫华手拉着手说："我恐怕打扰你的工作，先在任老师这里坐坐！再准备找你去，不想胡大妹就来了！"说着拉着胡卫华一同坐到靠墙的沙发上。胡卫华刚坐下又站起来说："小阮你和任老师聊，我回去给咱们准备晚饭。"说罢出了办公室下楼去了。

胡卫华走后，阮琴望着任顾开门见山地说出了她丈夫路世生和她爱驰情淡，另寻新欢的事，而且渐渐声泪俱下。任顾待她叙述完毕，情绪稍微稳定之后温和而认真地说："小阮，你在你们夫妻之间的这件事情上，你冷静的处理是正确的，此事决不能张扬和操之过急，时间有时会给你作出答案的。"阮琴用手帕擦了一下脸说："唉！幸福在别人嘴里，滋味在自己心里。我之所以当时没有发作，而采取退让和回避的态度。这不是我的聪明和大度，而是得益于您著作中的哲理呀！"阮琴话刚说完，胡卫华打电话叫他俩吃饭，任顾一看表已超过了下班时间。他对阮琴说："哟！已到晚饭时候了，那咱们去吃饭吧？"阮琴也站起身说："行！"于是他俩同时走出了办公室。他俩正下楼时，迎面碰见了靳美丽，靳美丽朝任顾笑了一下问："院长下班了？"任顾随便应了一声，靳美丽把阮琴细细地打量了一番，又回过头看了看任顾和阮琴的背影……

靳美丽当晚就盯上了阮琴。她看到阮琴和任顾在胡卫华房间吃了饭，三人一同到三楼任顾房间……不久胡卫华就回到了自己的210房间。一直到晚上9点，她在于开选的202房间看罢电视，还没有听到阮琴回到210的声音。他断定这附院有名的阮护士长已在任顾房间睡下了。第二天晚上她仍躲在于院长的房间一边看电视，一边竖着耳朵听动静……仍到9点多还没有人下楼的声音。于是她走出202房间慢腾腾地上五楼……在经过三楼时有意向任顾的房间瞅了瞅，灯还亮着。但她通过两晚的观察，肯定了自己的判断，这任大院长是个道貌岸然的伪君子假道学。但又转念一想，这不奇怪，都是血肉之躯，人都有七情六欲，况且他来南昌独身一人，肯定有时是十分寂寞的……可是他怎么看上阮琴？这说明他和胡卫华是纯洁的亲戚关系。阮琴凭什么？她比我年龄大，又是有夫之妇。论长相甚至还不如咱，对！只要他与胡卫华没啥感情关系，这姓阮的，我是能够打败的……其实，阮琴这两天和任顾、胡卫华的相处，使她烦乱的心情得到了有效的调整。因为她自认识任顾以后，她得到启发和诱导，利用空闲和业余时间翻看了许多历史书籍和中国革命史，对当前国家在医疗卫生方面的纲领性文件也进行了深入地学习，她对任顾的办院思路十分赞赏。所以，她和任顾交谈时不觉谈兴不衰，每晚到10点，她才下楼到胡卫华房间休息……

靳美丽断定任顾并不是不食人间烟火的神圣，她每晚躺在床上就开始琢磨起任顾来……她通过最近一个时期和于开选的相处，她觉得十分乏味。这家伙虽然才40多岁，身体差极了。元旦晚上喝了几盅酒就醉了，而且弱不禁风……那天夜里又感冒了，接连挂了三天针。这人胃气不好，呼出的气比放出的屁还臭，还是他妈的软骨头，看在任顾面前唯唯诺诺的那个样子……特别说话像有些女人一样絮絮叨叨，声音没有一点洪亮气。你看人家任院长，人有派头，有精神。讲话底气十足，音调中听，用词准确，有条有理。办事有远见，而且很稳妥。这才是真正的男子汉，这样的男人哪个女人不喜欢，不追求呢？再说目前自己的对象苏江远，这奶油小生只是电信局维修班的一名工人，而且比自己小两岁，假如结婚以后稍有口角，保不住会移情她人。常言说："宁叫男大十，不叫女大一。"听人说："比女人小的丈夫——特别是缺乏教养，文化层次低的男人变数最大。"和这小子接触这段时间，只听到他满口情呀爱呀的，再也没有吐出过半点"象牙"。而且还是个小心眼，半夜三更打电话问我在哪里？到医院来也不事先打个电话，偷偷摸摸地就到了我的面前，像抓贼似的……并且在科室姐妹中间调查我的行踪和交往的人，像这样的下作料，我今后还能靠得住吗？……

1月4日上午，靳美丽看到阮琴走出了医院。下午临下班时，她又从外科打听到胡卫华晚间值班。晚饭后，她买来一盒上好的脑白金和一大包时兴新鲜水果，换了一身粉红鲜亮的衣裳，对着镜子描眉画眼涂嘴唇……对自己彻底整理了一下，提上这些礼品向任顾的房间走去。

当她走到303室门口时，不觉心脏咚咚咚地跳个不停。她不由自主地朝三楼道内瞅了一下，没人。她鼓足勇气敲了两下门，门开了，任顾以惊诧的眼神望了她一下说："小靳，有事吗？"靳美丽以从未有过的热情和媚态跨进门笑着说："任院长，您从赣南回来，我看到您有点儿消瘦，我对您有些心疼……今日借元旦节日期间，我特来看望您。"任顾略微笑了一下一边让座一边说："同志之间，不必有这么多的礼仪。我是农民出身，而且身板结实，出差办事并不很辛苦，你看啥呢？"这时，靳美丽放下礼品，双手把任顾的胳膊拉了一下同时坐在了靠墙角的三人沙发上。任顾感到靳美丽紧靠着他，他有意挪了一下身子。靳美丽又靠近了些，一把拉着任顾粗大的左手说："任院长！您是我见过的最英明最优秀的男人……宽容大度，办事果断公道，而且有知识，有才干！我对您的崇拜已到了五体投地的地步了！……"

任顾在还没听完这些话的时候，就主动地抽回了左手说："小靳，你把我不要吹到天上了！我有啥本事？全靠你们这些职工同志支持和帮助。任何人没有广大群众的支持，是办不好事情的。"靳美丽又含情脉脉地望着任顾说："任院长，我看您今后就不要在大灶上吃饭了！你孤身一人，没个人照顾，工作量又大，长此以往会累坏身子的。虽然，我看到胡卫华有时帮您做饭、洗衣服什么的，但她的烹调技艺一般。我是学过烹调的，营养搭配我懂！假如任院长不介意的话，我每天来给您做饭，料理一下家务，反正下班后没事很无聊。"任顾仍温和地说："小靳，你的好意，我理解，但这万万使不得！我上大灶，更能注意到职工的生活。我的家务包括洗衣服，大都是我自己来干。胡卫华偶尔来帮一下，我经常劝她不要来帮我。毛主席曾说过'自己动手，丰衣足食'——是啊！凡自己能干的事，自己干也是活动身躯、调节大脑的有效方式。好了，小靳！今天咱们谈话就到这里。我还要起草一个文件，如果再没啥事，你可以回宿舍去了。"

靳美丽还想多坐会儿，一听这话，只好起身告辞，她伸手开门欲出。任顾把她拿的礼品提起说："小靳，这些东西，你带回去，我是不收的！"这时靳美丽粉脸通红，近乎哀求地说："任院长，我是诚心看您的！这点薄意思，怎么能叫我拿回去呢？"任顾略一沉思说："这样吧！马上快放假过春节了。这盒脑白金你带回去孝敬老人，这些水果留下。"他说罢，顺手从衣袋内掏出 100 元连同脑白金一起递给靳美丽。靳美丽一看任顾坚决的样子，只好拿上，又望着任顾深情的点了一下头就上楼去了……

靳美丽回到宿舍，把脑白金放到床下，刚上床躺下，手机响了……同宿舍的伙伴又笑了。特别那个叫小快嘴的太红红大声说："靳姐的未婚夫又打电话了！"靳美丽嗔怪地瞪了她一眼说："数你鬼点子多！"顺手拿起手机，对面果然是苏江远。他问："靳美丽，你在哪里?跟谁在一起?"靳美丽没有好气地答:“我在宿舍休息,跟鬼在一起!”太红红调皮地反驳:“靳姐的未婚夫才鬼点子多呢!”这话一出,全宿舍的人都笑了……这时靳美丽觉得自己头轰地一下,脑海翻起了巨浪——由于血压猛增,脸也烧起来。这晚她难以入睡,她追忆起她所遇到的几个男人,包括何守财、苏江远在内,咋都与任顾身上的优点没有沾一点边呢?……

阮琴回去以后,以贤妻良母般的宽容和大度,采取高姿态的温柔和耐心与丈夫开诚布公地谈了一次话,并表明如果丈夫觉得自己不是一个称职的妻子,自己可以自动离开……路世生哪有这个壳子?他小子虽然文化水平低,个人素养差,但还是对阮琴的为人处世和在本院的威信略知一二。他离开阮琴就像鱼离开水一样,马上会从附院滚出去。到那时,他结识的那个本科室的小护士邹丽媛,连正眼看他一下都不可能。他近乎号啕地跪在阮琴面前认了错,做了保证后,阮琴弯腰把他扶起来,让他自省自悟去吧……

却说关玲玲自2004年11月随丈夫高玉川来到江西金湾医院,屈指数来已4年有余了。特别春节将至,年关临近,她思念父母及弟妹等亲人更加心切……她不时地在丈夫面前絮叨,希其早定归期,准备回老家探亲拜年。高玉川内心同样挂念老家的亲人,但他要把近期的院务工作处理好,才能考虑北上的日程。

1月18日,高玉川把春节期间的业务工作及值班人员安排好后,并和许院长讨论了当前院务工作应注意的几个方面……以及准备回老家过年的日期和返回的时间。最后,高玉川根据许院长的意见,20日动身,2月3日回院。他把这个安排及时告诉任顾,任顾很是赞同,并要求高玉川及家属和李霞20日早起程。他和胡卫华在济世医院静候,会齐吃饭后统一坐下午3点50分的火车,车票他联系购买。

1月20日正是己丑年腊月25日,恰是大寒节气,这是任顾平生第一次感到大寒不寒的日子。因为这是江南冬天的气候,但在北海老家,此时正是天寒地冻最为寒冷的时候。上午10点,一辆黑色奥迪驶进了医院,车上下来一位中年人。他身着一身深蓝色西装,提着一包东西走进门厅,经直上楼去了。任顾刚开罢院务会,安排了近期工作,并明确了于开选与景林共同负起春节期间总值班事宜,以及他二人轮流休假的具体时间。当其他领导成员离去,他正收拾整理文件准备归档时,刘建春敲了两下门进来了。任顾离开座位迎上去高兴而惊奇地问:“刘厅长,你怎么来了?你事情那么多,咋有空?快坐下!”刘建春和任顾握了一下手坐到沙发上说:“听罗医生说任院长今日回老家,特来看望并送行,也顺便给你家二位老人带来点节日礼物。”任顾也看到了刘建春放在沙发上的两盒精装高级营养品，便笑着说："刘厅长想得很周到，我来这里这么多天了，也没有去看望一下你家的老人，甚是惭愧。"刘建春也含笑望着任顾说："任院长背井离乡来这里吃苦干工作，作为我们本地人应该感谢。你哪有那么多的时间？况且我父母年龄还不算太大，还刚强着呢。"其实任顾父母亲都已年近八旬，但没有啥大的疾病，身体还是比较健康的。二人谈了一些当前本省医疗方面的现状，以及济世医院新址的建设情况后。刘建春就起身告辞，准备回单位修改一个材料，下午还要参加省人代会。任顾也不挽留，他知道领导干部近期是十分忙碌的，他陪同刘建春下楼出了门厅，看他坐车走了，才返回办公室继续他的工作去了。

下午 1 时许，高玉川、李霞、关玲玲、高喜娟一行 4 人，带着大包小包一齐来到任顾的房间。此时，胡卫华已准备好了饭菜，只等他们几人的到来。任顾看到大家都齐了，就说："咱们先吃饭吧！"又笑着问高玉川的女儿高喜娟："喜娟你怕很想你爷爷、奶奶了吧？快，洗手去！"高喜娟一边嗯了一声，一边跑进洗手间去了……大家吃了饭，李霞帮胡卫华洗刷收拾好灶具后，任顾等一行 6 人就带上东西搭出租车向着南昌火车站的方向去了……

进入火车站，任顾看到到处是人，售票大厅内几列纵队一直排到售票窗口。候车室内几列坐椅，还有些地面上都坐满了人。墙根前、供水间、卫生间门口两边都站着人。整个候车室显得十分拥挤，春运高峰到了。任顾吩咐大家拣块空间，放下行李等候进站的时刻，因为车票已经买好了……3 点 43 分，扩音器中的女播音员通知进站了。他们一行带上行李和其他旅客一起排好长队，有次序地进了站内，走上十几级台阶到了站台。任顾和高玉川帮助大家带上行李进了 11 号车厢，这是从南昌直接发往西安的 3481 次呈深绿色的列车。他们 6 人面对面地坐下，3 点 51 分列车启动了，逐渐加速向北行驶……铁轨有节拍地响着，任顾看到南昌市区的高楼大厦渐渐向后移动。当列车跨过赣江大桥时，任顾又临窗俯视了一下江面和大小争流的船只——是啊！子在川上曰，逝者如斯夫！不觉自己在此已度过近半年的时间。半年来，自己做了些什么呢？老家又有什么新的发展变化吗？父母、弟妹、妻子、儿女和小孙子等亲人的音容笑貌……渐入脑际。他沉思着，其他人也沉思着，只有高喜娟笑嘻嘻地睁大眼睛望着窗外，并且用小手不时的推搡她妈："妈！你看那田埂上有牛，那水中有鸟！……"

列车进入河南商丘境内，任顾看到原野上有斑驳的雪的影子，而且车内的气温也凉了下来。这说明北方的气温已很低了。这时已是次日凌晨 4 点，大家都进入沉睡状态，关玲玲搂抱孩子的手越来越松……任顾起身接过高喜娟抱在自己怀内。当列车接近兰考的时候,关玲玲惊醒,自觉怀中空空如也。以惊慌的神色张眼一望,看到任顾用外衣紧裹着女儿安然入睡。她以感激的心情拉了一下丈夫的手臂,高玉川也醒了。他俩看到对面的任老师和女儿,都会心地笑了……陕西境内的山川雪的覆盖面越来越大,在红日的照耀下熠熠发光,映衬着蓝天白云。任顾呼吸着窗外吹来的清新空气,顿感神情爽朗。他笑着对大家说:“老家快到了!”西安倒车继续向北海进发。到了北海境内,熟悉的山川银装素裹,车窗外寒气逼人,大家开始增加衣服,胡卫华套上了红色的厚毛衣,笑着说:“真是寒冬腊月。”

元月22日晚7时,任顾一行所乘的3693次列车驶进了南山火车站,他吩咐大家带好东西慢慢下车。出了车站,满是乡音的的哥、的姐争先恐后热情地迎上来请坐他(她)的车……任顾一行分坐两辆车出了火车站。高玉川一家子和李霞分头到市内亲戚家, 胡卫华和任顾一起向任顾家奔去……她在表姐家住一宿,准备第二天就回泾彭老家过年。任顾回到家中,他看到父母及其他的亲人身体都还好,就是妻子的高血压病还没有缓解。这使他感到忧虑,本想假满携妻一同返回江南。一则希其能够静心养病,他们互相照顾生活;二则也让她见见外面的世面和江南的景色;看来此举难以成行,到时候再说吧……

任顾回来的消息传出以后,魏小花一家子,乔发荣兄弟及安总编、胡玫瑰等亲朋好友都来看望他,一时间任家门庭若市热闹异常。任顾从乔发贵的口中得知,合股后的南山市药业公司,2008年的产值比上年更好。职工的工资待遇也有所提高,看来国际金融危机对这个公司影响不大。特别乔发贵本人比以往更出息了,任顾觉得对当代青年的教育应从何着手,讲究方法也是一个十分重要的问题。安总编所创办的《创新》杂志社现在正和市文联、科协等单位联办,这份杂志和当地的《南山日报》一样为广大人民群众所喜闻乐见。为当地的政治思想、文化科技、经济建设起到了很好的宣传和服务作用。

在任顾和为民医院原来工作的同志为自己出版的书籍庆贺的饭桌上,胡玫瑰讲述了一下唐娟娟家中的近况。唐娟娟第二次婚姻又以失败而告终后,现在退休在家。专心致志地为儿子料理家务。唐显已于去年10月22日与市环卫站一名叫段桂红的女工人结了婚。在结婚之前,唐显还打电话请了肖琼老家的人, 肖继忠作为老家亲属的代表专门赴内蒙古参加了他们的婚礼。那个曾经骗过唐显的姬春也在唐显的结婚典礼上出现过,她是随土地局的职工前来贺喜的。她当时被单位处分后,幡然悔悟积极上进,特别在为人处世方面改进了许多。她通过她的一位中学老师的介绍,认识了一名小学教师,看来她的婚事也有眉目了。闵伯洋因在一歌厅打架斗殴致残别人,已判刑入狱,看来这位人事局长的公子还得过几年铁窗生活。他将来是否能悔过自新重新做人?不得而知。

正是:血缘关系总是亲,唐显不忘肖家人。姬春吃亏增智慧,闵家恶少触法绳。欲知后事如何,且看下回分解。

第四十二回

李霞春节论婚事　关家养老起风波

李霞和高玉川、关玲玲都是河西县人。虽然没在同乡，但相距不太遥远。他们下了火车在南山市亲戚家住了一宿，第二天一同搭车回到了家中。李霞回到家中，首先见过了爷爷、奶奶。奶奶拉着孙女的手激动地掉下了眼泪……喃喃地说："我娃在外面几年了，肯定吃了不少苦，又没个人照顾，我做梦都在挂念你啊！"爷爷放下旱烟锅问："霞霞，你在南方这么长时间了，瞅下对象了没有？如果没有，隆台乡你姑姑庄里有个姓沙的小伙子听说人不错，前些天你姑姑给咱家送黄豆和粉条来时还说过这事。我给你大和你妈都说了，你大说'现在婚姻自主，等霞霞回来，你问问。如果外面没瞅下，还可以提就提就。如果那边有相口，就算了。'那么，你在南边究竟瞅下了没有？"李霞羞涩地笑了一下，一把拉着爷爷近乎僵硬的手一边搓揉着，一边望着爷爷布满皱纹的脸说："没有，我不打算在那里瞅！"奶奶接着说："你是属鼠的，过这个年后就26个相(属相)儿了！还等啥呢？"李霞又拉着奶奶的手摇了摇说："我瞅我瞅！奶奶再不操心了，行吗？"这话一出，爷爷和奶奶都高兴地笑了……李霞父亲是独子，现任本村村委会主任。母亲也上过初中，家庭内外的活都能拿得起。哥哥和嫂嫂在县城中学教书，小侄子也上小学了。一个姑姑现仍在农村务农，日子过得也不错，姑夫是个司机，替别人开车跑长途运输。一个表弟，刚考上大学不久，在北海大学数学系。

李霞母亲根据婆婆的旨意，马上和丈夫达成一致的意见，并打电话告诉李霞姑姑说："霞霞还没有对象，如果你们庄里沙家那个小伙子没对象的话，我看咱们可以讨论这件事。"没过两小时，她姑姑的电话来了，说沙家那小子还没瞅下，人家老少听到李霞的情况后挺满意。李霞母亲征询李霞的意见，李霞说："先见个面再说吧……"

1月29日(己丑年)正月初四，李霞姑姑和一位中年妇女领着一个穿戴整齐，眉清目秀、彬彬有礼、身材中等的小伙子来到了李霞家。经姑姑介绍，中年妇女名叫文光英。小伙子是她的儿子，名叫沙封，北海医学院毕业，现在南山市医院上班，是临床医师，今年27岁。李霞见过姑姑和客人之后，就回厨房收拾饭菜去了。李霞父母和文光英母子说了一阵子话后，内心感到很满意。李霞奶奶拄着个拐杖在上房地上来回走动，把沙封上下打量了几遍，好像征兵的医生检查新兵一样的仔细。

吃过饭后，李霞奶奶特意把李霞和沙封叫到自己的套间，让他俩都表个态，谈谈话。沙封说："我没啥说的，只要李霞不嫌弃，我同意。"李霞说："沙封，我对你本人及家庭都挺满意，就是今后工作问题。我在南，你在北，这是一个实际问题。我回来进市医院，不可能，除非你们沙家上面有得力能办事的人。"沙封听到这里眉头皱了一下无奈地望着李霞嗫嚅着说："我们沙家祖祖辈辈都是农民，现就我一个吃皇粮的，还是个医生。除了认识几个病人及家属，上面我认识谁呢？工作两年了，见过最大的官就是我们医院的院长。"李霞一听"扑哧"地笑了一下，心想，这小子人还实在，不虚伪，便说："那么你愿意到南方去吗？那里还是大有作为的。"沙封又为难地说："我愿意，但还要问问父母。我家里就我一个儿子，姐姐早已出嫁。"李霞说："行，咱们都得征询家中老人的意见后再说。"其实李霞还是心中有数，她等沙封取得家中老人的同意后，她会把他带到南方的。虽然金湾医院可能不好进人，但有任顾老师，这点小事他是能够解决的。

出了李霞奶奶的套间，沙封把李霞的意见，当时就告诉了母亲。母亲看到李霞的模样和伶俐以及其家人的和蔼友善，心中已有几分同意。她及时用手机征询丈夫的意见，丈夫说："你和娃都同意，我没啥意见！常言说'男儿志在四方'，何况咱俩还没老，一定把孩子留在本地，没多大意义。"李家一听沙家人也通情达理，也就定下了这门亲事。

根据当地的习俗，还有一个"看家"的过程。正月初六，李霞在姑姑和母亲的陪同下去了一趟隆台乡沙封家。都是北方农村，改革开放以后，大部分农家都改善了居住生活和生产条件。这一点李霞是十分清楚的，逢年过节绝大部分农民都杀猪宰羊，绝大部分农民囤中有粮手中有钱。沙封家和自己家一样都是四合大院，居住宽敞，农机具俱全。鸡、狗、猪、羊、牛都饲养，唯独没养马，但有摩托，骑上它比马快。李霞看到这些……但她并不是在乎这些，这些只是给她增添了一些农家气息和这个家庭勤劳的好感，她的中心目的是履行一种礼仪性的回访。

高玉川回家并没有回到他姓高的家，而是回到岳父家。他父亲早逝，母亲被哥哥高玉银接到北海市生活，哥哥和嫂嫂都在银行工作。一个侄子在公安部门工作,家中经济条件很好,老母亲的事不用他操心。但是岳丈家恰恰相反,岳父母以前一连生育三个孩子都夭折。此后生了两女一男,分别叫玲玲、珍珍、蛋蛋。老两口老年得子,特别对命根子——儿子蛋蛋疼爱有加,呵护备至。

蛋蛋上学以后,老师根据其父的意见起了个学名叫关发丁。意思当然很明白,希望关家人丁兴旺。这小子人挺聪明,但不潜心学习。所以高中毕业后一连三次没考上大学,所以就落到家中。落第农村家里,他又怕吃苦,不愿种地,整天游手好闲。堂堂高中生就落拓成猪嫌狗不爱的人,险些娶不上媳妇。幸好,在两个姐姐、姐夫的帮助下给他成了个家。媳妇是邻村姓褚的一个很丑的女子,他又不大喜欢。这个丑媳妇人虽外表不怎么样,但心地善良,任劳任怨,农村的活计也能拿得起。加之公公婆婆的鼎力相助,一家子生计还能维持。关发丁媳妇虽丑,生育能力极强,三年天气给关家养了两个胖小子。除了关发丁"谈笑有鸿儒,往来无白丁"的高谈阔论,一味的清高之外,关家其他人以及远近的亲戚都喜出望外,十分地高兴。

福不双至, 祸不单行。关老太爷叫上同村的人为自家拉运收割的麦子时,车翻了摔坏腰椎骨,瘫痪在床。老太太本来心脏不好,而且还有风湿类疾病。一看老头子伤成这样,这突如其来的刺激使她病情又加重了。所以身为长女的关玲玲人虽在南方, 心总在北方……真是人在曹营心在汉啊! ——她常常打电话问父母的病情,电话上嘱托弟弟要顾家,要照顾好老人。可是这关发丁虽已30多岁的人了,还是我行我素,不管老人,不管家。因为他是识字人,他知道:"子女都有赡养老人的义务。"所以他常以给老人看病买药为名伸手向关玲玲要钱, 当然关玲玲也没少给。她知道妹妹关珍珍家在农村,手中没有几个钱。所以她为长女,担起了长子的重担。

回到家中,关玲玲看到的是冷清的院落,冰冷的锅灶,以及卧病在炕上面容憔悴的双亲,没有一丁点儿的节日气氛。弟媳慌忙打火做饭,两个小侄子围在火炉边取暖。高玉川问:"你爸爸上哪儿去了?"大些的侄儿说:"昨晚喝酒没回来!"是的,关发丁整个冬天都不着家。喝酒、打麻将,再不就是吼几声秦腔。虽然嗓子不怎么好,但是拿上戏本就能唱。他听说大姐一家子回来过年,肯定年货也带着,钞票也带着,不必他花钱办年货。不出所料,高玉川走马灯似的跑了两天,赶大年三十把春节的吃喝用度基本都办齐了,这个年也算过得热气腾腾顺顺利利。

正月初三,根据老爹的意见,关玲玲把弟妹等亲人叫到一起商讨一下赡养二位老人的事宜。关发丁首先高谈阔论地讲了相当一堂课的时间……

包括他给父母买了几次药，花了多少钱，以及 24 孝图的历史意义和现实意义……末了他胸有成竹地提出两个方案：一是大姐是老大，两口子都拿钱，把两个老人带到江南去。听说那儿空气好，没风沙，风景更不错，让老人在那里颐养天年是再好不过的事了。二是如果大姐怕拖累，不愿意，就实行轮流制。老人在我这里已好多年了，现在轮到你们两家了，不多不少每家子三年！”他说罢，用眼瞟了一下高玉川和二姐夫尚辉。

这尚辉近几年也给关家帮了不少忙，播种、碾场、送粪都离不开他。加上自己近 30 亩地的农活，养家糊口使他十分劳累，早就憋下一肚子气。加上他又憨直，便瓮声瓮气地说：“如果岳父岳母没养儿子的话，我看接到我家去吧！大姐夫工作的地方那么远，老人能去吗？”此话一出，关发丁大怒，用右手食指指着尚辉的脑门骂道：“你尚辉说话连谝传都不如！……”到此，炕上躺的老爹气愤至极地说：“你们都不要嚷了！怪我们两个老不死的命苦！我们哪里都不去，也走不动！也不要轮流吃你们喝你们的，不能周游列国！这房子是我们盖的，我俩死就死在这里算了！……”说罢老泪纵横，老太太也暗暗饮泣抹眼泪……这时除了关发丁及其两个不懂事的儿子，包括高喜娟在内的所有人都沉浸在悲痛之中……这时关家的气氛和外面不时的喜庆节日的爆竹声，人们的欢笑声极不协调。

两位老人的哭泣和大家的悲愤，多少触及了一下关发丁的心灵。他稍微收敛了一下其桀骜不驯的性格，他双手抱头顺着墙慢慢蹲了下去。高玉川终于打破了僵局，他清了一下嗓子说：“姨父、姨娘您二老不要悲伤，发丁年轻，说了些气愤的话，你们也别在意。作为子女都有赡养老人的责任和义务，我想我们都尽心努力，你们二老是不会受苦的，是能够安度晚年的。”他又面向弟媳问了一句：“她舅母，你说是吗？”丑媳妇涨红着的脸上露出些许笑容，十分激动和动情地说：“大姐夫说得对！现在条件好多了，只要勤快些，日子并不怎么难过。况且姐夫、姐姐们对咱们都很支持。二位老人虽然有病，但还操咱们的心，给咱家守门。我的意见是老人就住在咱家，吃饭穿衣买药熬药等事有我呢！姐夫、姐姐，你们放心吧。”

丑媳妇说罢，关发丁朝她脸上瞅了一下，再没说啥，仍低着头目光盯着地板砖的花纹。关玲玲说：“她舅母说得对，我们工作单位远，不能常伺候老人。提茶倒水，洗衣做饭，全靠你了。你很辛苦很厚道，我们是清楚的。这么着吧，父母的穿衣用度、医疗以及两个侄儿的学习用具费用我负责，你们不用操心了。”尚辉紧接着说：“他舅舅今后在农活方面我还是能帮上忙，你只要喘一声，我马上过来。”

炕上的老两口一听，女婿、女儿和媳妇把话扯到一起了，儿子也不犟了，皱着的眉头也展开了。丑媳妇站起来说：“我给咱们端饭去！”关发丁也站起来望着姐夫、姐姐们说：“我出去在村口的小卖铺提两瓶酒去！你们现坐着。”他的两个小儿子嬉笑着说：“我也去！我也去！”他小兄弟俩跟在爸爸的屁股后面跑出了大门……

却说任顾春节期间，除了接待老同事、同学、朋友之外。主要在须弥县三河镇云裳村的老家陪伴父母，拜访村中老前辈及长者，这是他的惯例。原来在领导岗位上时，每回到老家的村口，就下了车，一路步行，一路问候……所以村中老少看到任顾，都停下手中的活赶来和他握手问好。

云裳村的任家是个大户，本姓读书的人不少，在外工作的也多。族中的事，乡村的事，都指望着任顾。乡亲们都觉得任顾本分热心，办事不遗余力，为人诚实可靠。任顾兄弟对老人的奉养都很尽心，所以其父母虽年已八十，但身体尚且康泰。眼看归期临近，任顾返城，意欲动员妻子一起到南方，无奈妻子病情没大转机，头昏脑晕……她说：“你去吧，我在家养病，有子女照顾。你许诺人家的事，你就给办好。同时你自己照顾好自己，注意身体，不要太逞强。”

再说李霞“看家”回来，母亲把沙家的情况给公公婆婆及丈夫说了一遍，他们都很满意。李霞说：“改革开放后的农村，除了懒过分的人和自然条件极差的地方，面貌没有多大改变外，我想绝大多数农家的旧面貌是大有改观的。我现在既关心这些……我还得给任顾老师通个气，假如沙封到江西，工作单位的落实还要靠他帮忙。”李霞父亲说：“娃说得对，这倒也是一件大事，你得事先给人家说清楚。免得你把沙家娃领去，给任老师带来为难。”李霞随即给任顾通电话，说明了婚事及男朋友的工作情况。任顾说：“只要你和家中老人都满意，沙封到那边的工作安排我负责。”李家一家人听到任顾这样的坚定表态皆大欢喜。李霞父亲又问李霞：“我听你常提起任老师这个人，这个人听说话挺干脆，人长得咋样？我还没见过。以后有时间，一定要拜访拜访！”李霞笑着对父亲说：“人长得大小和您差不多，1.73 米的个头。我们熟悉他的人，对他的总体评价是：知识分子的头脑，运动员的身材，军人的气质，农民的本色。以后有机会再见吧！”李霞父亲听后更加赞叹不已，并感到女儿运气不错，能遇到这样的好人，虽然娃娃远离故土，他还是十分放心的。

沙封的工作定向经任顾表态后，李家十分自信地给沙家通了话，让沙封春节假满后尽快办工作调动关系等手续，办完后随李霞到江南去。沙家闻之，当然高兴。李家老少也舒了一口气，特别是李霞奶奶高兴得脸像个桃核似的望着老汉说："霞霞这下好了！有女婿陪着一起在外地工作，咱们也该放心了。"李霞为了等沙封办手续，只好给高玉川通了电话，请他先和任老师等返回江西，并代她在许院长面前请个假，她将不日起程速回医院。

2月1日上午9时，任顾、胡卫华和高玉川一家子乘坐2587次列车告别亲人，告别家乡向南方进发。这天是正月初七，沿途的城郭、村舍飘扬的彩旗，大红的对联，以及锣鼓喧天的社火队伍、匆匆忙忙走亲访友的人们，还有同车的旅客谈笑间都离不开"年"字。是啊！——春节，这个中华民族的传统节日把千千万万离家的游子，尽管相隔万水千山，都能召唤到他们的出生地——故乡来。任顾凭窗而望，远山近水像过电影一样倏忽而过……故乡越来越远。但亲朋故友的音容笑貌，越来越上心头。父母白发苍苍关注自己的眼神，妻子临别时的话语，小孙子问："爷爷啥时再回来……"古人云："父母在，不远游。"他自责："有违古训。"但又一转念，古人的话要借鉴，人生的价值更应体现。现在信息灵通，交通方便，"朝发白帝，暮到江陵"。水、陆、空任你选、任你行。况且二老精神矍铄定能长寿，妻子病体正在康复。不趁此时再拼搏，更待何时？安然处世，满足现状，以老我师，何其忍也？他又想起唐代孟效诗"萱草生堂阶，游子行天涯……"以及闵南的一句歌谣："爱拼才会赢。"

正是：小舟此逝千万里，江河湖海寄余生。壮士豁达点伤痕，暮年回首何憾恨？欲知后事如何，且看下回分解。

第四十三回

旅途言语感闺人　建筑公司欠诚信

正当任顾由离乡之情而感慨万千之时，高玉川提起了李霞婚事确定之快及其未婚夫将来的工作安排问题。任顾马上改变思路，微笑着望着高玉川说："女孩子年龄大了，家中的老人都是十分操心的，男大当婚，女大当嫁嘛！李霞婚姻的尽快确定是应该的。至于其未婚夫的工作嘛！我看你们医院如能进去更好，这样不至于将来成婚后夫妻分居两地。假如实在不好解决，暂在我们医院上班，以后咱们共同帮助把他俩往一起调。"关玲玲笑着望着任顾说："任老师总为别人想得多，而且也周到。"高玉川接着说："任老师，李霞的事，你基本上勾画出了明确的蓝图。您老伴身体欠佳，这次没随您一块到南方。您还须考虑您今后的生活起居，要保重身体啊！"任顾爽朗地笑了笑说："感谢高院长对我的关心，我觉得我是一个永远劳碌的命苦人。命苦人有两个特点：一是命贱，小鬼大鬼瞧不起，不过问，更不关注。所以疾病也不屑一顾，任他拼去吧！二是吃苦，因为他天生的要吃苦，所以必须能吃苦。他不能坐下来享清福，享清福他受用不起，因此，吃苦受累乐也在其中啊！"

在场的人包括胡卫华也对任顾深有见地的论述深表叹服。当然，胡卫华在赞叹姐夫任顾的言论之余，又从李霞的婚事联想到自己。她比李霞还大1岁，现在已跨入26岁的门槛了。按国家提倡的晚婚，也早超龄了，可以算为大龄女青年了。这次春节回家，不但父母关注，就是哥嫂、姐姐们都关心自己的婚事了。但是自己还是态度坚决地表示：自己暂不考虑此事，婉言谢绝了家人们的好意。但是一个人坐下来想起这件事，内心难免有空虚无助之感。特别今天在车上听到任顾和高玉川、关玲玲谈论李霞婚事及其未婚夫的工作事宜，使她又勾起那件既想回避又想热切盼望的而且十分敏感的心事。是啊！男大当婚，女大当嫁。人家李霞怎么既探亲、又相亲，婚姻大事说成一下子就成了。还有回到家里听母亲和大嫂说，远亲近邻，张家的丫头、王家的小子腊月结婚的，正月过喜事的比比皆是。我呢？在外面打拼这些年了，还是孑然一身，还是一条走江湖的女光棍。甚至不知内情的人，还认为本姑娘是个有“问题”的女人。如此发展下去，怕有污我冰清玉洁般的身子和胡氏女性的名声……对了决不能成“剩女”。今后遇到合适的就找吧，咋遇呢？听老年人说：“种不好粮食一料（茬）子，找不好对象一辈子。”找男人，不像买牲口，不合适牵到街上倒换掉，就没事了。人嘛，又是个十分有感情的高级动物，结婚是件神圣的事情。当然，时下有结了不久，就离了的事例……可我胡卫华虽不是女中豪杰，但也是能拿得起放得下的人。绝不能做那种打父母及亲属脸面，丢自己人的事。还是慎重些好，还是原来想得对！在婚姻大事上不得操之过急。听天由命吧！“有缘千里来相会，无缘对面不相识。”

恰在这时坐在对面（任顾、高玉川坐一排座，胡卫华、高喜娟、关玲玲坐对面的一排座）的任顾看到她深思良久，以为她有惜别故乡之情。便关切地问：“小胡，老家的舅舅、舅母和你哥嫂、姐姐们听你说身体都好，日子都过得不错。他们是否还经常挂念你一个人远在南方，或者还关注你的婚姻大事吧！”胡卫华猝不及防猛然抬头张大秀目看到任顾英俊的面容，热忱的眼神。心头一股暖流一直淌到心底……她近乎结巴地回答：“是的！他们都非常关心我的婚姻大事。”

关玲玲闻之笑着对任顾说：“任老师，您外界认识的人多！您应该为您表妹物色个白马王子，总不能叫小胡长期待字闺中噢！”高玉川也随机附和：“就是啊！就咱们这小胡人品才能，定能找到德才兼备的如意郎君的。”任顾看到这夫妻二人一唱一和地说胡卫华的婚事，也笑了笑用目光扫了他们一眼说：“我的人生戒律中有一条‘不说媒’，但对小胡的婚事，咱们都应该关心才是。假如我遇到合适的人选，我马上通知关医生，请你给牵线搭桥吧！”关玲玲高兴地说：“行！现成的媒人谁不会当！”高玉川笑着说：“就是啊！”

这时胡卫华端起面前小桌上的水杯抿了一口水，面带红晕微笑着望了一眼任顾。扭头对关玲玲说：“关大姐，你也不要想得太美！我主意打定，不找对象！一个人挺自在，少烦恼。”说罢她又望了一下任顾，低下头又喝了一口水，心不在焉地看了看车窗外的风景。关玲玲稍有尴尬地笑了笑说：“胡大妹真有个性！卓尔不群，可敬可佩啊！”高玉川也接口说：“人各有志，小胡在这件事上慎重是对的。”任顾不置可否的笑了笑，也没说啥，他扭头注视着窗外……

其实此时，胡卫华心中已主意拿定。她从这次表姐因病未得随姐夫一起下江南，任顾仍然孑然一身漂泊在外。特别刚才自己想到“有缘千里来相会……”时，恰在正对面的任顾向自己问话了。这个从来高傲倜傥，不关心男女事情的人，主动向自己打招呼了。这不是我偶尔敞开一次爱情门户而为之一瞥的绝无仅有的一位男人吗？这不是上天赐予我胡卫华梦寐以求的真实意义上的男子吗？……

胡卫华父亲胡举、母亲卢怀秀都70多岁的人了，现在最挂念关切的还是小女儿胡卫华。老两口膝下子女五人，两男三女。大儿子胡守仁在泾彭县三中当老师，一家子都在县城居住。二儿子胡守义在农村老家务农，和二老一起生活，其子女二人都在哥哥处居住读书。大女儿、二女儿都已出嫁，虽然家在农村，但日子过得都不错。只有胡卫华和大哥读的书比较多，都在外干工作，但老人最疼爱的还是老来生下的这个性格刚烈的小女儿。这就是人们常说的"小儿大孙子"。意思是：父母大都最偏袒小儿（女）子的，爷爷奶奶常常最疼爱大孙（女）子的。可是胡卫华并不恃宠倚势，她从小自强自信，勤奋克俭，孝敬老人，尊敬兄嫂及姐姐。在乡里礼貌待人，口碑确实很好。

胡卫华沉浸在无限美好的遐想之中，列车奔驰在漫长的铁道之上……进入河南境内，已是当日的夜间。关玲玲张望了一下窗外的灯火，顺手看了一下时间。自言自语："不觉已到11点40分了，再过20分钟，就是正月初八了。初七，我们是在旅途中度过的。"女儿睁大眼睛问妈妈："妈妈，听奶奶说，你们过罢'人七'再走。为啥走得急，在'人七'就出发呢？为什么把正月初七称为'人七'呢？"这话一出，关玲玲、高玉川都张口结舌，连胡卫华也一时语塞，他们一齐看任顾。任顾以慈祥的目光望着高喜娟说："喜娟提出这个问题，提得好，说明你是个勤于思考的孩子。这是古人流传下来的一个故事，据说在盘古开天辟地之后，天地生万物……初一生鸡，初二生狗，初三生猪，初四生羊，初五生牛，初六生马，初七生人。所以正月初七是生人之日，也叫人日，或人七。其实人在其它六种动物之后才看到世界的，所以，我们人类要善待动物。《三字经》上也说'马牛羊、鸡犬豕，此六畜、人所饲'。古人很早就饲养、爱护这些动物，当然，也爱护其它动物。"高喜娟听后，高兴地拍了一下小手，望着任顾说："我爸、我妈称您老师，您真棒，您啥都知道啊！"

……列车进入安徽中部，明显地感到了春的气息……再过两天（2月4日）立春。车窗外田野泛绿，湖泊呈蓝。真像任顾曾写过一首诗那样："春牛奋蹄到，芒神舞柳笑，万物发生机，风和丽日照。"……2月3日早，任顾一行按点到达南昌火车站。出了站，任顾招了一下手，一辆大型的出租车停在了他们面前……他们提上包裹拥入车内向济世医院奔去。到达医院，他们在任顾的303房间洗漱休整后，在任顾的安排下到医院门前不远处的一家洁净饭馆吃了一顿北方式的牛肉臊子面。两天两夜没吃上一顿热面了，今天这顿面胜似山珍海味，大家都说吃好了。走出饭馆，高玉川、关玲玲及其女儿高喜娟和任顾、胡卫华握手道别，他们坐上车回金湾去了……

任顾、胡卫华送走高玉川一家人后，回到了医院。于开选、景林及在院的职工见了都问了好，此时已到9点35分，按原计划10点召开全院职工大会。任顾到办公室稍微收拾了一下，就带上笔记本到了同在五楼的大会议室。这时还不到10点，会议室已来了不少人，大家都赶来与他握手问好。景林看全院职工都到齐了，便问坐在身边的任顾："任院长，会议开始吧？"任顾略点了一下头，景林便说："大家肃静了，济世医院全院职工大会现在开始，首先请任院长讲话！"会场上顿时响起了热烈的掌声，任顾用目环视了一下全体与会人员，温和地讲了两个方面的内容："第一，春节气氛虽然还比较浓，但大家应该回过神来，按部就班地开展好医院的各项工作。新春新气象，我们全体同志更应精神焕发斗志昂扬地面向未来，争取全院工作的更大胜利……第二，1月2日院务扩大会上布置了各科部室定的全年工作计划，我根据同志们做出的计划和群众反映出我院以往存在的问题，草拟了一个工作安排。我在此宣读一下，大家听后，特别我们几位老专家听后，需要补充或修改的地方，请不吝赐教，或口头反映，或书面反映都行。希望同志们抓紧时间，截至2月7日就定稿，定稿后，本年度医院的整体工作将按这个安排进行。"

随后，他抑扬顿挫地宣读了《济世医院二〇〇九年工作安排》。安排读完，会场上又响起了热烈的掌声……掌声过后，外科主任医师王秉公等几位老专家站起来表示："任院长的安排讲得既全面，又具体，党、政、群组织及各科部室的工作都概括进去了，我们没有补充的内容。"老中医麻发说："我参加工作好几十年了，还没有见过这么详细而切合实际的安排，只要我们大家按这个工作安排，一步一个脚印地走下去，我们济世医院是大有希望的，也是很有作为的。"

接下来，景林作为会议主持人请于开选院长讲话。于开选说："业务方面，任院长在安排中都写得全面而具体，咱们按这个安排好好做就行了，我再没有啥讲的。"他说罢望着大家点了点头就坐下了。最后，景林简单地总结了一下会议，就宣布散会。

虽然是春节期间，但由于任顾及时作出了医院工作的安排，大家心中有数有序地开始工作了。职工们一块探讨工作的多了，追忆过年和谝闲传的少了。任顾到各科部室看了看，特别住院的病人明显少多了，门诊病人也稀稀拉拉……这说明年味悠长，病人还没有到回升的时候。据他的经验，病人回升的时间一般在正月十五或二十三燎疳过后。他想借这段时间到赣南新建医院的工地看看，他回到办公室给黑胖子谢俊杰打了电话。从谢俊杰的电话中得知,2月4日工地全面开工,他与佘贵、小赵明天就到了丰田。

却说黑胖子自去年1月23日天刚蒙蒙亮被佘贵和小赵保驾逃出了“虎口”后,车到南康酒醒,他沉着地做出了决定:“以后防着点。”但一路上虽然敷衍地说了一些包括“过年”等别的话题,但他的脑海中总是萦绕着“跳舞、喝酒”的影子,或者说脑细胞十分活跃地追忆着近两天的“风云际会”。傍晚,他终于回到了河源老家,见过父母后就该回自己的小家了,迎接他的是妻子和女儿。怎么这次见到妻子,内心没有以往那样激情涌动,反觉得她又老了许多,丑了许多。事实上黑胖子的妻子余化敏和丈夫同岁,今年42岁了,加上务农,皮肤当然粗糙。可是经过情感洗礼的黑胖子此时眼前小秦、小满如花似玉的容貌和老婆的灰头土脸交替闪现……他心中微微一颤,岁月真的不饶人啊!没想到,几个月未见,自己的结发之妻真的成了“豆腐渣”……他摸了摸鼓鼓的衣袋,顿时从以前的内疚、自责中解脱出来。反觉得这两天的玩乐够刺激,真可谓潇洒走一回……想到此,他又感到既庆幸又自豪。因此,他在家中过年的这10多天里,除了适当地喝酒应酬和走亲访友之外,他还不时地会想起一个人。这个人虽然使他感到不太实在,是否虚情假意?但他总是忘不了她——这个人就是小秦……

由于黑胖子始终记挂着小秦……所以他们一行于2月3日晚仍住在赣州宾馆。住下后,黑胖子以到外面买点东西为由,背过佘贵和小赵在宾馆内打听小秦。无果后,第二天他让佘贵驾驶白色越野车,他坐在副驾座上左顾右盼,在沿街的人流中寻找小秦……以至一直出了赣州城,也没看到小秦的俏影。他怅然若有所失地唉了一声。小赵惊奇地问:“谢科长,大正月的,你有啥不快呢?”黑胖子自觉失语,但狡黠地一笑说:“我所虑者——咱们这建院工程,啥时候才能完成呢?”……

任顾得到医院建设开工的消息后,他马上叫来于开选和景林。对他们说:“现在老百姓大都在过年,前来咱们医院诊治的病人也少。我想和于院长去一趟新医院工地看看,时间大概六七天吧!景主任暂负责好医院工作。”于开选听后皱了一下眉头与景林同时说:“行。”

4日晨,任顾与于开选坐上了赴赣州的火车,下午4点多就到了赣州。他俩出了车站,在就近处填了一下肚子。于开选以为吃了饭就住宾馆,那里想到,刚放下碗筷,任顾就带着他往外跑……跑出饭馆,任顾拉着他上了一辆赴瑞金的中巴车。他俩刚一上车,车子就启动了……最后面空着两个位子,他俩穿过走道坐下。任顾说:“赶天黑能到瑞金,那边住宿费低廉些。”于开选只好点头称是……

第二天上午9点，任顾和于开选出现在丰田新医院的建设工地上，连黑胖子、佘贵、小赵都没想到。更为惊讶的是黄经理和南工长——他俩看到一位高额大耳，面色红润，穿着朴素而得体的，好像是北方人的中年男子，走在最前头。身后紧跟着黑胖子、佘贵、小赵和一个身材瘦削、穿着考究、戴着一副眼镜的人。这位领头的人，在工地、料场、特别是他俩感到隐秘的地方，如水泥、钢筋、石料等地方停留的时间特长。特别那位领头的人，把小赵叫到身旁，对扎捆成形的钢筋框架、水泥的标号、凝结程度进行详细的考问……而且亲自动手检查、翻看。黄经理、南工长在老远的下风处听到那人清晰的北方话："……不合格！"于是他俩凑近，向黑胖子打招呼："谢科长！这两位是？"当他俩听黑胖子说："这位是医院建设领导小组副组长、济世医院院长——任顾先生；那位是副院长——于开选先生。"并把他俩给任顾也介绍了一下，他俩脊梁上同时冒出了些冷汗，硬着头皮跑上前与任顾、于开选握了手。黄经理不失时机地堆着笑脸说："不知二位院长光临！有失远迎，惭愧！惭愧！"南工长也满脸笑容地说："二位院长多指导我们的工作！多看看，中午咱们坐在一块儿交流交流。"任顾也礼貌地回答："黄经理、南工长太客气了！都是自家人，迎接什么？我是外行，咋能指导你们的工作呢？只要大家齐心协力把医院建好就行了。"黄经理、南工长一齐点头说："那是！那是啊！……"黄经理一听，这位院长看似威严，说话口气挺温和，而且称咱们是"自家人"心中更是热乎乎地，他悄声对南工长说："在瑞金招待所订两间甲级房，中午安排一桌饭，丰盛些。"其实，任顾所说的"自家人"是自己国家的人，任顾向来视中华民族是自家人。他无论在北海，还是到江西，他都在全体职工大会上讲过"四海之内皆兄弟，皆姐妹。"他只有国界之分，没有地域之分。所以，在他接任的好多单位中，他掌管一段时间后。原来存在的宗派主义、山头主义以及各种自由主义等落后思潮就消除殆尽。

通过任顾的指点、检查、考问，不但小赵，就是佘贵和黑胖子都感到昨天用的这些钢材质量有问题，水泥又好像不是正厂出的。任顾让黑胖子叫来南工长，让南工长叫来两名工人倒出水泥做凝结强度试验。南工长一边说："这水泥标号合格，质量没问题。"一边不太情愿地喊来两名工人和浆倒模做试验……黄经理一看阵势不对劲，马上拉过黑胖子笑着说："谢科长，领导视察够了吧！快晌午了，到吃饭的时候了！请您把任院长请一下，咱们到瑞金吃饭去?!"黑胖子转动了一下疤眼珠子，迟疑了一下说："我看还是黄经理亲自请为好。"

正是：经理此时有虚心，科长倒也挺机灵。请人吃饭难开口，怕不领情羞煞人。欲知后事如何，且看下回分解。

第四十四回

沙封滞留南昌市　佘贵谒忠建医院

却说黄相全副经理一看任顾捅到了他们的软肋，心急火燎地想借谢俊杰的面子请任顾吃饭。以期缓和目前紧张的态势,但黑胖子知趣地拒绝了。黑胖子当然要拒绝,他作为基建的具体负责人,没有把好建材质量关。此时已如坐针毡,哪里还能顾得上替别人排忧解难呢? 黄经理看到这位他寄予期望值很高的谢科长此时低着浓眉,垂着黑脸,诚惶诚恐狼狈不堪的样子。他只好硬着头皮鼓足勇气上前温和而虔敬地对任顾说:"任院长不辞路途劳累来工地指导工作,我们深受鼓舞,也是对我们全体建工队工人同志的支持和关怀。现在已到中午了,请您能够赏光,咱们一起到瑞金吃个便饭? 饭后您和于院长就在那边休息休息,房子我已安排好了。"任顾微笑着既礼貌又果断地说:"谢谢黄经理的盛情,我中午还有事,我们吃住的事你就不用操心了!"黄经理还想继续邀请，但又看到黑胖子给他使了个眼色，只好尴尬地笑着说:"任院长真是克己奉公的好领导啊!"他看任顾向前走去,他凑到黑胖子跟前低声问:"科长啥指示?"黑胖子悄声对他说:"听医院那边职工说任院长说一不二,特耿直正派,你就再别套什么近乎了。"黄经理听后张口结舌傻了眼似的不再向前走动,他和南工长二人像泥塑的一般立在那里,目送着任顾等人离开工地向镇政府驻地走去……

任顾等到了镇政府后院黑胖子和佘贵、小赵住的房间坐定后,任顾让黑胖子取出医院工程图纸，他们对照图纸的要求和今天现场的察看情况进行比较鉴别。发现钢材大部分不合格,框架外侧钢材规格符合要求,内侧以次充好,内墙框架全是不合格的钢材。水泥不是原定老厂出的,而是一家分厂出的,至于质量嘛,暂不能肯定,待凝固成形后再作鉴定。

任顾对黑胖子说:"谢科长,你原来也搞过基建,对建材也有所了解,你看这事咋办?"黑胖子面有愧色嗫嚅着说:"我原来只是个配角演员,工程质量有监理负责。"小赵接着说:"前期质量我认为可以,水泥也是老厂的,现还库存一些,钢材我也对照过,符合图纸要求。就是春节过后进的这些钢材和水泥,我看有问题。至于咋处理,你们领导决定。”佘贵说:“前期进的那些建筑材料,我是跟踪调查和检验过的,这次进的材料没经过我的验收,我看还是请任院长定夺此事吧!”黑胖子马上接口说:“对!请任院长拿出处理此事的意见。”说罢,以渴望的眼神望了一下任顾。

任顾仍以温和的眼神对视了一下黑胖子,又环视了一下佘贵和小赵说:“事不宜迟,人家已开始配料动工了,咱们为了双方的利益得赶快拿出个意见。我在工程建设方面更是个外行,以前主管学校,基建有专人搞,我从不插手。只是到竣工后参加一次验收,大都听专业人员的。对于今天的事我的初步意见是:

一、马上通知黄经理,返工框架工程,抽出不合格的钢材,完全按图纸要求更换符合规格的钢材。

二、停止使用新进的水泥,暂用原来库存的老厂水泥。待8天后凝固试验的水泥合格后再用,如不符合要求,一律停止使用,仍用以前老厂的水泥。

三、谢科长须把此事通报给霍杰山经理,希他整饬建工队的纪律,严格要求下属人员诚信办事。

在通知此事之前,为了细致和慎重,我建议小赵根据图纸的要求,再到工地察看比对一遍。如完全属实,谢科长作为甲方代表亲自给黄经理或南工长口头通知清楚。以上是我粗浅的看法,仅供你们几位参考。当然大家都应发表意见,择优汇总后通知乙方。”任顾刚说罢,黑胖子等三人异口同声地说:“我同意,没意见!”于是小赵就起身向工地跑去……一会儿,小赵气喘吁吁地回来说:“咱们上午看得没错。”此时黑胖子坐不住了,他挺起肥胖的身躯说:“那我就给他们通知。”他拿出手机给黄经理明确地通知了今天甲方的意见。通知罢望着任顾说:“咱们吃饭吧?”任顾看了一下手表,已快到下午两点了,便说:“走吧。”他们一行5人来到街道边一家餐馆,黑胖子吩咐女招待炒几个菜,以表示对任顾的款待和对两位院长到来的洗尘。但任顾还是坚持吃碗面,于是大家都随他,每人吃了一碗面条。

下午,天空飘着雪花,气候有些湿冷。任顾看到于开选有些疲惫,便让他在黑胖子等住的房间休息,自己仍和黑胖子、佘贵、小赵到建院工地。他们看到南工长正指挥工人返工,新运来的水泥已封存。黄经理热情地迎上来请任顾检查工人返工的情况以及察看一下暂停水泥的封存情况。任顾说:“黄经理,你是建设工程方面的专家,工程质量是至关重要的事情。要使工程达到防地震、防台风、防各种自然或人为的灾害,使人民的生命财产不受损失,我们必须把好质量关。我们上午看到的一些情况,你们能及时纠正,我很高兴,知耻者为勇嘛!我们干事创业的人是襟怀坦白的,是不怕批评的,是能够勇于改正错误的,你说对吗?"黄经理点头如捣蒜地笑着说:"任院长说得太对了,今天工地上的那些错误事,我也不太清楚。全是下面工人搞的,不过我有失察之责,惭愧,惭愧啊!——请!咱们到办公室(另时搭建的)坐坐!"任顾看到黄经理十分诚恳的样子,又看到余贵、小赵向工地里面去了,就招呼了一下黑胖子一同到了工程指挥部的办公室。任顾坐在办公桌边的一把紫红色的椅子上,黄经理不失时机地递烟倒饮料……任顾不抽烟,端起饮料杯子喝了一口,扫视了一下屋内。这虽然是另时搭建,外表无华,但里面布置得相当到位。正面墙上一字儿挂着装了框的文书:工程领导机构、建业管理领导机构、责任制度、工程质量要求、各级工程人员的职责、奖罚制度等共十几个框子。任顾心中嘀咕,现在有些地方,有些单位或部门形式主义、做表面文章确是越来越严重了……办公桌后面摆着一把老板软椅。但今天黄经理没有坐,他和黑胖子坐在屋内另一头摆的一圈黑皮沙发上。沙发前面放一张较大的玻璃方矮桌,桌上有烟有茶有扑克和麻将等。黄经理虽然和黑胖子并肩而坐,但一直聚精会神地和任顾谈天说地……确对黑胖子不屑一顾。黑胖子内心已感到自己受到了一些冷落,但回头一想,这也正常,宾客有主次之分嘛……

大概一杯茶的工夫,任顾站起来礼貌地对黄经理说:"黄经理,你可能还有事,今后这里的工程你多操点心。毕竟你是内行,我就拜托了!我过两天得回南昌,告辞了。"说罢就迈步走出办公室,黄经理紧跟其后,热情地拉住任顾的一只手说:"任院长,今天咱们认识,交谈,我受益匪浅,而且十分荣幸!今晚,咱们在一起吃个便饭,再次聆听教诲,您是否能够赏光?"任顾仍温和地笑了笑说:"感谢黄经理的盛情,饭就不吃了!明天你如果不忙的话,我在这儿找你。反正这两天,我是不会呆在住处的。这工地人多,热闹,我是喜欢热闹的,哈哈哈!"黄经理也笑着把任顾送到了工地,在折转回办公室时内心思忖,这位院长既随和又严谨,和现在有些当官的大不一样……

任顾和于开选在丰田建设工地一共逗留了5天。这5天,他们白天在建筑工地,晚上和黑胖子等挤住在一个房间。有时在镇政府灶上就餐,有时在街道餐馆吃饭。任顾倒没感觉到什么,于开选确有些经受不了了。特别晚上他和黑胖子同床睡觉,那家伙的脚汗味臭得他常常失眠,黑胖子也觉得他呼出的气难闻到了极点……任顾看到工地秩序正常,进度也在加快,黑胖子、佘贵和小赵也尽职尽责。他对他们三人说：“你们三位辛苦些，我和于院长得要回南昌了。今天是9号，农历正月十五，年也过罢了。看病的人也会多起来，医院工作也就忙起来了，下午我俩到赣州搭火车返回。”佘贵要开车送，任顾不许。中午饭后，任顾和于开选坐上去赣州的一辆面包车……

2月10日上午，任顾和于开选回到了医院。景林及时地给二位院长汇报了这几天医院的情况。景林看到任顾只是皮肤稍微黑了点，于开选就像大病了一场，眼窝深陷颧骨高耸，突起的鼻梁上架着那副显眼的眼镜，一身考究的西装皱皱的，脏脏的，面色蜡黄，精神萎靡。他背过任顾问：“于院长，您这几天没有病吧？咋有点气色不好。”于开选淡淡地一笑说：“那边条件差，几个人挤一个房间，也没休息好。”他说罢，到他的科室转了一圈后，就到后面宿舍楼休息去了。任顾这几天看到于开选精神状态不太好，他在火车上就对于开选说：“回去后，你好好休息一下，这几天你跟上我吃苦了。”

任顾到办公室刚坐下不久，就有几位科室主任前来谈工作上的事情。他接待罢，正准备喝口水，李霞打来了电话……意思是：沙封的工作在金湾安排希望不大，她打电话征询了许有院长的意见。许有说本院编制已满，须向市卫生局写报告要编制，市上给编制才能解决。任顾回电话说：“国有单位就得有编制，这个你可以理解。沙封如果把工作手续办好的话，你们可以起程，让他在济世医院上班吧。如果他愿意到艰苦的地方工作，丰田那边新医院建成，需用的医务人员还多呢！何愁工作不好安排？”李霞听后高兴地说：“那我们就马上动身，南昌见！”

2月12日，佘贵把水泥凝固试验不合格的情况报告了任顾。任顾当即表示：让公司退回分厂的全部水泥，必须使用老厂的水泥，并叮嘱他告诉谢科长继续全面把好工程质量关，确保整个工程达到优质的标准。

13日上午，李霞和沙封来到了任顾办公室。任顾看到这沙封挺精干，相貌也不错，和李霞很般配，内心十分高兴。他让他俩坐下，倒了两杯茶水放到茶几上，让他俩先喝点水，并问了一下沙封的家庭及工作等情况后，明确表示，留到本院工作。他对沙封说：“小沙你先休息一天，我和于院长商量一下，再给你安排工作。”说罢，他打电话叫来胡卫华，让胡卫华把李霞和沙封领到他的房间暂且休息。一会儿胡卫华来了，她高兴地一把拉住李霞的手说：“李霞你真行，你把你的白马王子都引来了？”她秀目一转瞅了一下沙封，再看了一下任顾，嬉笑的脸上掠过一丝沉思，就带着他俩走出了办公室。在行进的过程中，胡卫华又看了一下沙封的走相……虽然他年轻，但从面相、走相都缺少任顾那种威仪。

李霞等走后,任顾叫来于开选和景林,把李霞未婚夫沙封的情况说了一下。于开选说:“是否安排沙封到内科住院部上班,门诊各科室暂不缺人,外科最近病人也不多。”任顾说:“也行,沙封刚来,到你身边工作,你也可带他一程。”于开选笑了笑说:“互相学习,互相帮助嘛! ”他心中暗喜,沙封一来,他们科室的工作就有人分担了,他可以轻松一些,也借此养养身子,“本钱”不可丢啊!

中午下班后,任顾回到家里,把沙封安排到内科住院部的事说了,李霞、沙封以及胡卫华自然高兴。李霞要请大家吃饭,任顾哪里肯,他说:“你们到我这里,就该我管饭。你们知道,尽地主之谊的道理吗?”说罢热情的地拉着沙封的手走出了房间,并回头让胡卫华关好门,他们一行4人到医院外面吃饭去了……

下午,任顾上班后,通知总务主任给沙封安排了住处。当晚,沙封就在总务处安排的职工宿舍楼106房间住下了,李霞在胡卫华房间休息。第二天,天刚亮,胡卫华和李霞收拾好早餐。叫来任顾和沙封用过早餐后,他们一同陪沙封到内科住院部上班。任顾把沙封领到于开选的办公室,于开选把沙封细细看了几眼,并热情地握了一下手,简单地说了几句话后,就领到科室介绍去了……任顾叫李霞到五楼自己的办公室坐坐。李霞说:“任老师,再不打扰您了,您忙吧!我得回金湾去了。”任顾转脸对胡卫华说:“小胡,你送送李霞,让她尽快回单位吧!事业为重啊! ”说罢,他望着李霞和胡卫华下了楼梯后,就向五楼走去……

沙封经于副院长介绍认识了内科住院部的医务人员,在这些医务人员中有一名叫靳美丽的护士十分引人注目。她故作姿态地一颦一笑,尤其她在于副院长面前的大方和自然,使沙封感到此女士非同小可或大有来历。由于他初来乍到,加之又不是本地人。只好少说多看,循规蹈矩地工作。当然,他正式上班后及时地把工作包括吃住情况打电话告诉了父母。父母在心中欣慰之余连连称赞给儿子办妥工作单位的任老师,也庆幸沙家遇到了一个好媳妇。

黑胖子自任顾来到工地检查出建筑材料不合格的事情之后,他着实地自我反思了一下……他觉得春节前夕,黄经理与南工长对他的恭维和热情接待是另有所图。特别近几天,黄经理、南工长以及工地上的好多工人对他的冷眼和态度的轻蔑,他深感懊丧和愧疚。他苦思冥想,得出结论“三十六计,走为上计”。他给蒋董事长挂通电话说明了工地上新近发生的情况,并诚恳地认识了自己疏忽大意的错误,而且主动提出本人回公司以及另派人负责基建工作的要求。蒋克勇听后,显然有些震惊,不过做到了防患于未然,没有造成不良后果。当然,临阵易将,兵家之大忌。这事还得和荣董商量,让他定夺。家有千口,主事一人嘛。

荣立范此时正在西海市自家的一个分公司检验一批新出厂的纺织品。

经有关专家的鉴定后取得了合格证，可以正式上市出售。他听了蒋克勇反映的情况后，他有了“换马”的动机。但让谁接替谢俊杰呢？他一时还想不出人选。他情急之下又想到了任顾，他及时给任顾打过去了电话。任顾态度明确地表示，可以让谢科长回公司，医院建设让佘贵负责。因为他通过几天和佘贵的进一步接触，他感到此人沉稳可信，可以委以重任，并且他提出如果公司人员紧张，让景林主任前去辅佐佘贵的工作。荣董非常赞同任顾顾全大局，知人善任的意见，并且亲自给佘贵通知了公司的决定。

佘贵接到荣立范的通知后有点畏难地说：“荣董，我年轻，又没有基建方面的经验，怕不能胜任建院工作。”荣立范热情地鼓励说：“年轻人就要有点闯劲，任院长推荐你负全责，我相信你一定能干好工作！就这么吧，再见！”佘贵接罢电话心中泛起了许多涟漪……自己自进入公司近10年来，一直干苦且累的活，给人打下手，从未独当过一面。无论是论资排辈还是凭人际关系，我佘贵永无出头之日。今天咋得到了公司一把手的青睐，其主要原因还是得益于任院长的举荐……任院长大名任顾，他真惠顾咱了。这任院长和我认识时间不太长，而且非亲非故，咋一眼就认定我能肩负此任呢？……既然领导们信任自己，那我佘贵决不辜负他们的期望，竭尽全力把建院工作做好。

2月17日上午黑胖子谢俊杰经蒋克勇通知，给佘贵移交了基建手续离开了丰田回公司去了。第三天下午，景林按任顾的要求，在南昌考察了省医院和江西医学院附属医院的医院硬件建设及设施情况后，来到了丰田，他在建筑工地上找到了佘贵和小赵。由于任顾事前通知了佘贵，所以佘贵和小赵十分高兴地和景林握了手，并陪着他在工地场面上转了一圈。当然，黄经理和南工长也热情的和景主任握手问好——他们看到这景林个头不高，微胖，待人温文尔雅，赣北口音。对医院建设布局、配套设施提问到位。不由得他二人暗暗称奇，这任院长派来的这位主任也是一个“懂家子”，真可谓强将手下无弱兵啊！

当晚，佘贵、小赵请景林在街道一家清净的饭馆坐定后，佘贵待凉菜上齐，斟满三杯白酒说：“今天，咱们一是为迎接景主任洗尘；二是为咱们三人齐心协力把新医院建设好，干杯！”他们三人把三只酒杯碰响后都喝干了。接下来，他们三人像亲兄弟一样，边吃边喝边讨论基建问题……从此，佘贵、景林、小赵三人如《三国演义》中的刘关张，志同道合，起早贪黑地为新的济世医院的建设努力工作了。

正是：佘贵得举受重任，管好基建抒豪情。率领二将战疆场，众志成城定能赢。欲知后事如何，且看下回分解。

第四十五回

靳美丽移情挨打　于开选临阵脱逃

佘贵承接建院总管的重任之后，内心着实有点胆怯。自景林来后，他悬着的心放下了许多。在这地面工程刚刚起架的时候，景林把南昌两家三级甲等医院的建设规模和有关设施，结合工程图纸一一指明，并及时和乙方沟通。黄经理也感到任院长给他嘱咐的话语如重千斤，所以工程进展迅速顺利。佘贵让小赵专门注重工程质量，他和景林两班倒，昼夜奋战在建筑工地上。特别是建材的购进，他亲自检验。他认为这所新医院的建设工程和他的生命一样重要，不得有半点懈怠和马虎。

于开选自随任顾从赣南回来以后，身心健康每况愈下。虽然有新来的沙封不遗余力地在住院部工作，甚至顶替他值夜班，照顾于院长好好休息，保重身体。但他还是咳嗽吐痰发高烧。究其个中因素主要有两方面：一是他本来胆小自私而懦弱。他到丰田后，虽然没起多大的作用，但对其本人着实是一次严峻地考验。他感到那几天吃不好，睡不好。还遇到黄经理、南工长那样油滑难对付的主儿，真是倒了胃口。再实际一点，这里毕竟是个小镇，加之又是偏远山区。自然条件和生活条件都十分差劲，在这里能干个啥事业。任顾乐此不疲，雄心勃勃，就叫他这个北方狂单打独拼去吧。我于开选上有老，下有小，身体又单薄。跟上任顾这个一意孤行的铁人闯江山，怕是得不偿失。弄不好，把命丢到这山沟里，只落个“马革裹尸”的虚名有啥用呢？所以最近他常常绞尽脑汁思考的问题，就是自个的前途和将来的命运。二是靳美丽自1月4日晚巴结任顾被谢绝后，她冷静地考虑了两天……她看到自己所谓的未婚夫苏江远纯粹是个奶油小生，中看不中用。人不但轻浮，更是小肚鸡肠，说话像个女人腔，这样的男人能出人头地？虽然不能像任顾那样大器，起码像于开选那样，带个“长”字。噢！对了，于院长、于大哥——我的好老乡，旧情人。此人虽算不上上流人物，起码不是下流人物，中不溜。中不溜就中不溜吧！居中者稳当，好！就认定他吧。从此，她又和于开选亲热起来……特别是于开选从赣南回来后,常因身体不适多在宿舍少在岗位。有时于开选因感冒发烧而挂针,她就主动到其房间挂针、做饭、洗衣,无微不至地伺候着。她于哥长于哥短地呼唤,甜甜嫩嫩的声调使于开选忧郁的心情缓解了许多。病难之时思亲人……于开选此时已觉得靳美丽就和自己的亲人一般……加之以往也有感情基础,所以,他俩像夫妻一样住到一块儿了……因此,于副院长总是咳嗽吐痰发高烧。当然,于开选也很知趣,他知道自己口臭,所以以咳嗽为名和靳美丽晚间睡觉以及他俩傍晚散步时都戴着口罩。一天傍晚,他戴着个大口罩,靳美丽挽着他的胳膊在医院门外不远处的林荫道上散步时,被开车路过的苏江远发现了。这小子眼尖, 他一眼认出和自己未婚妻亲昵的是于副院长。他不便发作,忍气吞声地过去了。他从倒车镜中又狠狠地盯了几眼,显然这对狗男女没发现自己,你看他们谈笑自若的样子……

第二天下午,靳美丽还没下班就接到苏江远的电话。约她晚饭后老地方见,靳美丽只好答应。当她下班后草草地用过晚餐,浓妆重抹地打扮了一番,飘飘然然地来到滕王阁附近的亭子时, 苏江远双手插在裤兜内斜倚在亭柱上。她主动热情地打招呼:“哎！小苏,让你久等了,你吃饭了吗？”苏江远猛回头冷笑着说:“姓靳的,别来无恙啊？我今天问你,昨天傍晚你和你们于副院长咋亲热得很啊？”靳美丽一边靠近,一边嬉笑着争辩:“小苏,你犯神经病！你看错人了,我昨天一整天都在医院！你不信,可问问我们科室的姐妹们！”苏江远此时已怒不可遏,瞪大双眼,大声呵斥:“你还狡辩！我一眼就看出你挽着你们那个蛤蟆眼、戴口罩的于开选！”说着照准靳美丽着实打扮好的脸上就是一记耳光。靳美丽也不笨,扭头一闪,苏江远只碰到了她的发梢,随即又是一拳打到了她的肩上。靳美丽忍痛撒腿就跑……恰在这时,一名园林工人从小径上走来,挡住了苏江远穷追的步子……

自靳美丽挨打之后,她对苏江远的狰狞面目看得一清二楚了。她对他们的爱情不抱任何幻想,她一心一意追求于开选了。她工作粗枝大叶,不负责任,得过且过,推日下山。但消息确十分灵通,她的手机整天响个不停……一天她得到一个可靠的消息,鹰潭市医院和一家名叫“康健医院”的民营医院招聘医务人员。这消息是她的最先相好,也是为其堕过胎的——现在鹰潭市医院眼科工作的禹风传递的。当然,进市医院,她很渴望,条件优越,老相好又在那里,但人家要考试。面试,凭自己的化妆手艺,可能不成问题,笔试根本通不过。人要有自知之明,权衡之下求其次。进康健医院吧！到康健医院离老家也近,休息日也能回趟家。这消息得赶快告诉于哥,叫他一块儿应聘。他听后肯定高兴,荣归故里当院长,谁不高兴呢？……

当晚,靳美丽早早地就溜进了于开选的202房间,她兴奋而神秘地把禹风传递的消息告诉了于开选。于开选听后显然有些动心,但他为了在小情人面前表现出伟丈夫般地镇定自若。他自然地戴上口罩,取下眼镜,一边擦眼镜,一边慢条斯理地说:“少安毋躁,消息当然归真!但走这一步还须深思熟虑。特别到家门口工作,熟人、亲戚多,也有许多不便啊!……”靳美丽一看于哥如此镇定,真有些大将风度。不由得感情冲动,她从地上的沙发上站起一下子扑到坐在床头上的于开选跟前,双手拉着他的一条胳膊摇了摇柔情地说:“于哥!你想得周到是对的。你家在贵溪,我家在余江,并没完全在城内。乡亲、亲戚偶尔来一趟,大都是来看病的,并不是闲逛的。假如你去仍当个院长,那名声才好听哩!那才是衣锦还乡荣归故里呢!你不是给我说过你老婆是农民,你和她早没了感情。苏江远那小子我根本看不上,况且还打了我,我和他有什么感情?咱俩如果到康健医院,咱们的婚事不是更有希望了吗?我会好好地伺候你的!我的好于哥!”于开选听罢小情人的甜言蜜语后戴上眼镜,慢慢地转动着眼珠子心中开始运筹起来:靳美丽带来的这个消息无疑地改变了他近期迷惘慌乱的心情……这消息就像茫茫暗夜中的一盏明灯,像漫漫寒冬里吹来的一缕春风。这济世医院眼看就要搬迁到赣南山区了,趁这时不选择退路更待何时?况且还有小情人鞍前马后的跟着,不跳槽才是傻瓜呢!常言道:“人挪活,树挪死。”我死守个济世医院干啥呢?整天唯任顾那个北方狂汉马首是瞻,使我于某常常英雄气短。虽说表面上是个副院长,其实像任顾的奴仆一样被驱使,真有损于我这五尺男儿的形象。对!决定离开这儿,前去应聘。带上靳美丽?不妥,既招风,也惹人失笑。把她的证件带上,轻装简从,一人办两人的事,事半功倍,减员增效……

2月24日清早,于开选陪同任顾等行政查房之后,他对任顾说:“任院长,昨天老家弟弟打来电话说老母亲病重,希我能买些药顺便回来一趟。”任顾说:“老人有病,你赶快回去吧!”于开选略微一笑,点头说:“那我就去了。”他回到宿舍,把自己的专业技术资格证、执业医师资格证、毕业证、身份证和靳美丽的护士执业证、毕业证、身份证等证件装在一个棕色皮包内,出了医院大门坐车到车站搭车回鹰潭去了……

于开选由于坐的快客车,加之在高速公路上行驶。所以时钟刚过上午11点,他就到了鹰潭市。根据靳美丽提供的乘车路线,他很快坐15路公交车来到了市区北端的康健医院。他站在医院门口,扶了一下眼镜,细心地端详这所医院……这是一栋五层高的黄色旧楼,现在已有几名工人做外粉刷。粉刷过的五、四、三楼呈洁白色。一楼除门庭外,其他各房间都门窗朝外。为商业营业之用，二至五层为医院营业用房。他收回目光径直进了门厅，他从正面墙上的科室分布示意图上看到，行政办公区在五楼东侧，西侧为会议室。他登楼梯上五楼，在行进过程中留神了一下各楼层的设施。由于刚装修过，墙壁洁白，门牌房号鲜亮，使他刚才因楼旧而不太好的心情略有转变。

他登上五楼，稍有点气喘，他站定稍息片刻。睁大双眼朝左一看会议室，向右一望行政区内门上都有牌子。待呼吸均匀后，他挪动脚步向右边的楼道走去。第一个房间是医保办，门紧闭，对面的房间是女卫生间；第二个房间是总务科，门半开，对门的房间是男卫生间；第三个房间是办公室，门虚掩，对面的房间是副院长室，门紧闭；他心中一动，莫非此房是为我准备的？他靠近门口一听，里面静悄悄地，无人。他心中一闪念，此房主人非我其谁？再往里一看，院长室，对面是工会办公室；党支部办公室对面是团支部办公室。

他再无心看这些办公室内何等样人在办公，他回过头专注地敲了一下办公室的门，里面传出清脆的女声："请进！"他轻轻地推开门进去，室内的女人热情地请他坐。他看对方很热情，他也热情地想和她握手，一看人家没有想和他握手的样子。也就知趣地把伸出去的右手缩了回去，他慢慢地弯腰坐在靠墙的棕红色双人沙发上。他刚坐下，那位女士就给他递烟沏茶……他这才细心地看了一眼这位女士，不由得为之一怔……这女子活脱脱一个图画中的王昭君。淡淡的柳叶眉，盼顾纯情的杏儿眼，直直的鼻子下嘴角微挑的樱桃口，唇红齿白，乌发如云。虽然不是挺纯的普通话，但十分悦耳好听。她身段不高不矮，不胖不瘦，一身浅红色的套装，轻快无声的碎步，如牡丹仙子般高雅可爱……

正当他看得如痴如醉时，进来一个40多岁的彪形大汉。他不由自主地又站了起来，大汉笑着问："你坐吧！你刚来？"于开选近似结巴地答："对——对！刚——刚来！"那位"红衣仙子"也笑着说："这是我们李主任，您有啥事给他说吧！"李主任坐在"红衣仙子"面前双人办公桌后面的椅子上笑着说："先喝点水吧！我名李继祖，她叫孙芸芸，她管接待及文案打印等。"

于开选此时也放松了一点，他微微欠了一下身子，热情地望着李主任说："我姓于，现在南昌济世医院工作。听说咱们这里招聘医务人员，特来应聘。"说罢从棕色小皮包内掏出他和靳美丽的证件，双手递给李继祖。李继祖接过证件细细地翻看了一遍问："于医生，你在济世医院担任什么职务？在那个科室上班？"于开选如实地作了回答。李主任听后显然满意而高兴地说："于院长！咱们这个医院刚起步。正缺一名管业务的院领导，你来得正好！这名靳美丽护士既然是于院长亲自替她报名，肯定业务不错。咱们这里正缺有护士执业证、有护理工作经验的护士。”他一边说，一边让孙芸芸把这些证件全部复印后，留下复印件，仍把原件交给于开选说：“于院长，我们院长今天到市卫生局办理医保方面的事，可能明天开院务会。你把电话号码留下，咱们好联系。不过你们做好准备，我想你们应聘的问题不大。”最后，李主任简单地介绍了本院的基本情况：

……原来这所新办的康健医院也是私营股份制医院，是去年10月份经市卫生局批准的一所突出内科及中医理疗等的专科医院。董事长是控股80%的景德镇的瓷器老板，名叫柳飞扬，十头八天来转一圈。院长是市中医院刚退下来的中医医生潘世雄，他退下来感到无聊，于是联合市内退下来的4名医生入股办起了这所医院。这栋营业楼，是原市财政局的办公楼，财政局统一搬迁到市政府综合办公大楼。因此闲置两个月后就租赁给柳老板，经装修后办起了医院。现在医院只是初具规模，党政群及有些科室组织机构还未健全，可以说正在招兵买马之中……于开选听后，虽有些许狐疑之心，但大有跳槽挪窝之意。毕竟这儿是家乡城市家乡医院，为“江东父老”解除病痛，为家乡老百姓的健康服务，既有报本之谊，又有怀古之情，善莫大焉。他礼貌地站起恭敬地握了一下李主任的手说：“感谢李主任的青睐和接待！我得回去了，静候佳音，再见！”李主任也热情地握了一下于开选的手，微笑着说：“后会有期！慢走。”并把他一直送到楼梯口，摆手以示送行……

于开选离开康健医院已经快中午1点了，他刚才由于看到了孙芸芸的美貌和李主任的热情乐观地许诺，竟忘却了饥饿。此时由于路过街道边闻到一家饭馆溢出的肉味，他顿时感到食欲强烈，胃功能告诉他该吃午饭了。于是他又向前走了几步，拣清静些的饭馆要了一碗米饭、一碗烩肉，边吃边回忆刚才在康健医院办公室内的情景……

下午，于开选回到了贵溪老家。不想，为了请假给任顾撒谎说母亲病重——可是真的母亲病重了……他父亲前年已病故，母亲今年已70多岁了，风湿加糖尿病使母亲更加老态龙钟，精神状态十分不好。妻子和弟弟见他回来了，心中都有些宽慰，并说：“母亲近期病重，也住了几天院。但考虑你工作忙，就没有给你说，没想到你就回来了。”儿子于敏和女儿于捷齐声说：“我爸是奶奶念叨着想念着回来的！”于开选听了这些话后动情地说：“老人病重，应该及时打个电话，这是不能马虎的事哦！”说罢，他凑近母亲床边，拉起她干枯的手问：“妈，我回来迟了，您受苦了？”母亲喃喃地说：“大娃子，你忙，干公事要紧。有二娃子和你媳妇伺候，我没受苦，我老了，病也就多了……”说着老人眼角已滚下了几滴泪珠，于开选也不由自主地取下眼镜抹了一下眼睛……于开选上有两个姐姐,下有一个弟弟。现在家庭成员有母亲、他俩口、弟弟、弟媳和他一男一女两个孩子,弟弟的一个儿子,共 8 口人。只有他一个上过大学,有工作单位,拿工资。弟弟有时出外打打工,但大多数回家务农。妻子、弟媳务农、带孩子及做家务。他的两个孩子都上中学,侄儿也上小学了……

第二天,于开选赶早在附近的药店里给母亲买了一大包药(因为他是医生,他按母亲的病情对症买药)拿到家里,给妻子及弟弟嘱咐了一下用药的剂量及时间。又到母亲床边说了一阵安慰的话后,告别了家人,匆匆地搭车回南昌去了。

他回到济世医院,刚走进内科住院部,靳美丽就迎了上来。待他开了办公室的门进去以后,靳美丽就紧跟着进来,迫不及待地问:"于哥,你到那边事情咋办下了?"于开选坐到椅子上把李主任说的话简单地叙述了一遍……靳美丽高兴之余,略有担心地说:"假如只要你,不要我怎么办?于开选坚定地说:"不可能,咱们等消息吧!"靳美丽听后,望着于开选轻松地笑了一下说:"于哥,你忙吧!我到科室去。"说罢,她带好于开选办公室的门,回科室去了。

27 日上午 10 点 20 分,于开选在他的办公室内接到李继祖的电话……说是老板、院长和他刚开罢会,领导们看了他和靳美丽的资格证复印件很满意。因为柳老板还想把医院办成综合医院,专业技术人员缺额较大。如果于院长再能推荐引进几名知名医生,业务院长非你莫属!请你俩快些办理济世医院工作辞退手续,早日来咱们这里工作吧!

于开选听后喜形于色,第一时间打电话叫来靳美丽。一口气把李主任的话说完了之后,忍不住又咳嗽了几声。之后,他接着说:"我先给任顾报告,让他另选高才。你到下午找他先借故请假,在那里上几天班后再辞职。不然,咱俩一齐辞职,不是暴露咱俩的关系了吗?假如那个狂人脸一变卡住咱们咋办?"靳美丽听后媚眼瞅着于开选兴奋地说:"于哥,真聪明,就这么办!"

刚 11 点,任顾正和总务主任商讨后勤事务及职工灶生活等问题时,于开选敲了两下门进来了。任顾让他先坐下,他坐到沙发上不到两分钟,总务主任告辞出去了。他扶了一下眼镜望了一下任顾,嗫嚅了半会才说:"任院长,我这次回家,老母亲实在病重。弟弟外出打工,家中很需要我照顾。老家那边新近也办起了一家民营医院,经我的同学推荐,那边愿意聘我去工作。我想到那里,既能工作,也能照顾到家庭,请您能够同意。我配合您的工作没有陪到底,真有些不好意思。"任顾显然有点惊奇随之又温和地说:"于院长,这是关系你前途的大事,你要想好。目前,咱们医院很需要你,特别景主任前去搞医院基建。我已事务缠身，业务方面全靠你抓，我劝你还是安心在这里工作吧。至于照顾家庭嘛！你也可以抽时间照顾，轮班休息或是星期天、节假日都可以去照顾。”于开选一听急了，连连咳嗽了两声，涨红着脸说：“任院长，您饶了我吧？您看我这身体，我妈病重还躺在床上，我爸就是没有得到我的照顾，过早地去世了……”

他说到此，伤心起来，取下眼镜，用手背抹了两下眼泪。任顾一看这般光景便动情而平缓地说：“行吧，成人之美嘛！你给人家回个话。今天你收拾一下东西，晚上咱们开个欢送会，毕竟咱们并肩战斗了一场。”于开选听罢抬头又望了一下任顾说：“感谢任院长体谅我，照顾我！那我就收拾一下办公室，给总务主任移交去。”说罢走出了任顾办公室。

下午，任顾刚上班不久，靳美丽敲门进来说：“任院长，我妹妹远嫁吉林，我父母让我送行。请您务必给我请10天假，假满我回单位安心上班。”任顾说：“行。”他看过她的请假条，上面有科室主任签字，而且有于开选签字。他就批了个“同意”二字，并签了名及年月日。为什么靳美丽今天要找任顾请假，因为她请长假。任顾规定，职工请短假，由科室主任、分管领导批准就行了。靳美丽看任顾签了“同意”二字，拿上假条高兴地望着任顾说了声“谢谢院长”后就出了院长办公室，给科室报假条去了。

晚上，任顾主持，全院职工参加，为于开选开了一个前所未有的工作调动欢送会。任顾在会上充分地肯定了于开选在济世医院的工作成绩，并给他敬了饱含深情厚谊的送行酒。于开选今晚吸取以往的教训，只喝了几杯敬酒，多吃了些肉菜。他要保重身体，将来在新的医院大显身手。

28日上午，他在会计处结算工资，会计根据任顾的意见，给他多发了一个月的工资，他心中顿感任顾是个有情有义十分大度的人。当他到202房间取自己的东西时，任顾带着沙封、胡卫华、两个年轻男职工以及医院司机哈大个等，一齐动手把他的铺盖卷、用具、书籍等一齐拿出来送到医院的白色救护车上。任顾热情地握住于开选的手说：“让哈师送送你，以后有机会来南昌一定来做客，再见！”这时靳美丽也提着两个包跑来气喘吁吁地说：“搭个便车。”胡卫华和沙封帮她把包放到车上，她和于开选先后钻进车后，哈师一扭方向盘，车子驶出医院大门远去了……

正是：医院搬迁民心摇，于靳二人同跳槽。势利为先终不好，似锦前程把你抛。欲知后事如何，且看下回分解。

第四十六回

潘世雄招兵买马 任院长孤军奋战

于开选坐在车上从车窗看到市区车辆行人匆匆忙忙，商贾店铺百货琳琅满目，充分显示出大都市繁华的景象。当车子驶出鳞次栉比的楼群，他张目向南一望视野开阔，顿觉压抑而留恋的心情略有好转。他侧目瞟了一眼靳美丽，她此时正聚精会神地侍弄手机……看似发短信的样子。不错，她此时正给苏江远发短信……她刚挨打之后，确实对那小子恨了几天。最后由于她要离开南昌了，将要离别这个混头小子，她心头的那点恨也就消退了。冤仇宜解不宜结，现在不如给这小子发个短信以作道别。以示我靳美丽来也明白去也明白，讲情谊够朋友。况且以后在那里碰着，也不脸红。她拿着手机遣什么词，作什么句，倒没了章法。尽管她操作手机各种功能纯熟，但文学水平实在很差。她思之再三，想起了以前曾唱过的几句歌词，于是她压动了键盘："苏江远友，你好？我要离开南昌了，将在新的地方谋生。你我曾有段甜蜜的友情，作为我们美好的记忆。'青春的花开花谢，让我疲惫却不后悔。四季的雨飞雪飞，让我心醉却不堪憔悴……纠缠的云，纠缠的泪，纠缠的晨晨昏昏。流逝的风流逝的梦，流逝的年年岁岁……'此刻我已心碎，我和着泪，祝愿你快乐每一天，每天都快乐。短信如见面，情谊比天长！"短信发过去不大一会儿，靳美丽的手机吱吱地响了两下，靳美丽打开一看是苏江远发过来的，屏上显示出："靳姐，没想到你这么快就离开了我……上次我动了手，请你原谅，我很后悔。你到新单位，咱们再联系，再见！"靳美丽看罢，舒心地笑了。此时，她掀开车窗，一股风吹乱了她的头发。她扬起头，用眼扫了一下于开选和坐在前面开车的哈大个。车子飞快，赣北平原的景物一片连着一片，她真有些春风得意之感……当车行驶到余江，哈大个问靳美丽："小靳，你老家到了。"靳美丽说："暂不回家，直接到鹰潭。"

到了鹰潭市，根据于开选的指点又走了一段路径才到了康健医院，此时已到了中午 1 点。他们下车把带来的东西暂寄存在门卫房间，靳美丽抬头看了一下医院大楼。从外观上看还不如济世医院气派，是旧楼刷新的，门前临街，显得有些杂乱。于开选对哈大个说："哈师你辛苦了，咱们到前面吃饭，饭后你就可以返回了。"靳美丽也十分热情地请哈师吃饭。他们仍坐上车沿街向西行驶不到 500 米，路北侧有几家餐馆一字儿摆开。于开选拣雅静些的一家，招呼哈师和靳美丽进去。他们三人用过餐后，哈师告辞，开上车回南昌去了。于开选一看手机，已下午 2点 10 分，他对靳美丽说："现在医院已上班了，咱俩走吧！"

他俩缓步走进医院，上到五楼。此时，办公室的门已敞开，于开选对靳美丽说："咱们先到办公室。"于靳二人一前一后进到办公室，李主任和孙芸芸都在。他俩异口同声地笑着说："于院长来了，这位是靳护士吧？"靳美丽也满面堆笑地上前一边与李主任和孙芸芸握了一下手，一边谦虚地说："靳美丽前来报到了。"随后他们都坐下说话，孙芸芸给坐在沙发上的于开远和靳美丽倒水沏了茶后仍回到自己的座位上。李主任面向于开选说："一会儿柳董事长和潘院长就来了。上次你来后，我把情况给他俩介绍后，柳董很满意，并对潘院长说，让你任副院长，管业务。可是潘院长附加了一个条件，意思是看你能从你原来的医院动员来几名业务骨干吗？咱们医院新办，业务骨干缺额很大。"于开选听后扶了一下眼镜，挠了两下头发，稍有为难地说："那是那是。"靳美丽此时只专注地望着孙芸芸出神，她暗自思忖，世间还有这等亮丽的美人儿，我靳美丽，虽然美丽，但比起这位小孙，差得远了。怪不得于哥来了趟康健医院，像把魂丢了似的，迫不及待地往这里跑，原来有这等美人儿吸引呢？可是她又一想，不可能，就你于开选这副尊容，你怕是癞蛤蟆想吃天鹅肉吧？就我靳美丽配你，都有些掉价呢……

她正思考着，楼道内传来了挺响的脚步声。一会儿从门口走过一瘦一胖个头都不高的两个人，其中走在稍后一点胖些的那个人还朝办公室内瞟了一下，他们一齐进了院长办公室。李主任对于开选说："于院长——柳董和潘院长来了，咱俩过去一下。"他又转脸对靳美丽说："靳护士，你就在这儿吧，你已通过了聘任，就看安排到哪个科室？等会儿再说。"

待李主任和于开选出了办公室，孙芸芸十分热情地说："靳大姐，您喝点水吧？"靳美丽也微笑着说："谢谢！小孙你到这儿多长时间了，老家在哪里？"孙芸芸极其开朗而大方地说："我到这里才两三个月，我是湖北荆州人，去年7 月南昌科技大学毕业，学的是电子技术专业。回武汉谋职未果，就到这里应聘了。"接着孙芸芸又说："靳大姐是专业技术人员，在医院专业也对口，将来肯定很吃香。像我这学非所用，在办公室干提茶倒水打杂接待等事务，大多数人都瞧不起咱。"靳美丽温和而同情地说："孙妹，你不要自卑！分工不同，你这么漂亮伶俐的女孩儿，又有大学本科的学历，谁敢小瞧你呢？我们原来医院的任顾院长在一次讲话中带出一句话，‘婚姻对大部分女性来说是第二次命运’。我认为他说得很对，我到现在还没有个可靠的男人。颠沛流离，内心是十分空虚的，在人面前常感到短精神！”她说话时面色有些许忧戚，她又含笑望着孙芸芸问：“小妹，你有男朋友了吗？如果你遇到一个真正的男人，不是庸俗的男性的话，你何愁人们不高看你呢？”孙芸芸听后点头称是，她有点羞涩地望了一眼靳美丽说：“我男朋友叫刘高地，是我大姐介绍的。他和我大姐都在西安军事学院读书毕业，现在在山西太原武警部队工作。”靳美丽听后高兴地说：“小孙，那你还有什么忧虑的呢？将来小刘当军官，你就是官太太了！……”孙芸芸也笑着说：“靳姐很会说话，啥官太太？现在的女人，还要靠自己努力，拼搏！……”她俩正谈投机之时，李主任进来了。她对靳美丽说：“靳护士，请你到院长办公室走一趟吧！领导们要和你谈工作。”靳美丽说了声“好，我就去”后起身出了办公室。

靳美丽离开办公室走到院长办公室门前一看，门半掩。她轻轻地敲了两下门，里面一男声：“请进！”她迈着轻碎地步子走进院长办公室，这是两间之广的办公室。靠里面东墙根摆放着4个文件立柜，剩余的墙面上张贴着一张江西省地图。前面放置一张黑色老板桌，老板转椅上坐着一个面色较黑眯缝着双眼注视着自己的胖老头，穿一身黑色西装，系着红色领带，头发虽然染得乌黑，但掩盖不了其60多岁的年龄。正北面墙上张贴着幅面挺大的中国地图和世界地图，靠墙摆放着一溜黑皮沙发。沙发上坐着一位面色较红润，淡眉孔雀眼，50多岁的瘦削男子。他上身穿棕褐色夹克衫，下身穿淡黄色裤子，一双棕红色皮鞋擦得十分铮亮，口内含着一支雪茄，鼻孔中冒出丝缕青烟，他漫不经心地看了她一眼。南面靠窗户的墙面上贴一张春梅傲雪图，下面一组黑皮三人沙发上于开选正襟危坐着。他本来会抽烟，不知是本人谦让未抽，还是主人没有主动给他敬烟。他只是手握一只茶杯，神情不定地望着对面那个抽雪茄的人。门口西侧墙上挂着一幅笔力遒劲的四屏，下面也摆一组黑皮三人沙发。胖老头首先发话：“靳护士请坐。”靳美丽移步坐到西面的三人沙发上，正面对着胖老头。胖老头看她坐下后，稍带温和地指了一下北面沙发上的人说：“这位是咱们的柳飞扬董事长。”他又用目瞄了一下于开选说：“于院长不用介绍了。我名潘世雄，分管医院全面工作。今天下午你们来咱们医院，我表示欢迎！现在请你过来，一则咱们见个面；二则你到外科还是到妇产科，其他科室护理人员都到位了。”靳美丽略想了一下说：“主要听领导安排，我到外科吧？”胖老头略微微笑了一下说：“靳护士，你就到外科吧！

你可以让李主任领你到外科去。”靳美丽听后马上站起来向三位领导点头示礼后出了院长办公室找李主任陪同她到工作岗位上去了。为什么她选择外科？她考虑到在深圳医院妇产科工作过，妇产科基本是个女人集中的科室。女人多，是非多。况且本人是个比较随便的人，像巴勒斯坦自由战士一样，最不喜欢被人约束住。

再说一下于开选到院长办公室的情况吧。于开选在李主任的陪同下进到院长办公室，李主任作了相互介绍后，于开选主动上前和柳董事长、潘院长握了手道了好。柳董热情地说：“于院长请坐！”抽出一支雪茄递给他，他摆手谦虚地说：“抽不了，谢谢！”就势坐在靠窗的沙发上。这时李主任已给他倒好了茶，将茶杯放在他对面的茶几上，陪他坐在了同一沙发上。柳飞扬望着于开选说：“于院长，咱们这所医院是新开办的医院。先计划办个专科医院，后又考虑专科太单一，就又申请了综合医院。现在好几个科室都空着，特别是能独当一面，吸引病人的医疗骨干人员缺额很大，你能否给咱们再引荐几名医疗专家吗？”于开选听后想起任顾对他的关怀和惠顾，抬起头望了一眼这位顶头上司，笑了笑稍有为难地说：“柳董让我举荐人才，这是看得起我，不过，不过……”坐在老板椅上的胖老头潘世雄接着说：“于院长，你到咱们这里，就是咱们的人了！不过什么？人走茶凉！你是鹰潭人，不为鹰潭老乡着想，行吗？你这个业务院长还没经公司批准下文呢！你要为医院做到贡献，有所建树，才能服众，才能当好领导！”

于开选在听潘院长说话时偷看了他一眼，他看到这个胖老头虽面容有点微笑，但笑中显露出杀机。不由得使他如芒刺在背，并且浑身出了些冷汗。他顿时感到这位潘院长，医院的实际主宰者在下命令，在威胁。倘若自己不主动推荐，或不下狠心挖任顾的墙脚。不但当不上业务院长，就连在这里立足都很困难。罢罢罢！到了别人的屋檐下，不得不低头。量小非君子，无毒不丈夫！对不住了，我的好上司任老师！……他思考到这里，故意望了望二位领导，轻松地笑了笑说：“尊敬的二位领导，我说的不过是——我肯定不遗余力地邀请我原来工作过的济世医院的业务骨干来咱们这里工作。但又考虑到人家是否愿意离开省城，毕竟那里条件好些嘛！”柳董望着于开选微笑而果断地说：“重金聘请！”潘院长紧接着说：“封官许愿，优厚待遇！”此时于开选热血沸腾，脸面涨红……他扶了一下眼镜，慷慨激昂地把济世医院的人才家底道了个一清二楚。李主任听到这里，就站起出门回办公室去了。

柳潘二人听后为之动容，并连连称赞于院长忠心可嘉。柳飞扬高兴之余面向潘世雄说：“潘院长！赶快给于院长安排好办公及住宿的地方。”又面带笑容地对于开选说:“于院长！马上进入角色,在引进人才方面,就看你的了？”

这时靳美丽敲门进来了……，待安排好靳美丽的工作及其出了院长办公室门后,潘院长马上用电话通知李主任,让他尽快安排好靳美丽工作后,及时地安排于院长的办公及住宿的地方。一会儿李主任进来请于开选到办公室。于开选到办公室,李主任给他交了两把钥匙,并让小孙引于院长到副院长办公室和后面的职工宿舍安放行李……

康健医院的职工宿舍更不如济世医院的职工宿舍,是一栋三层旧楼,都是单间。室内没有卫生间,只有一楼设男女厕所及水房。于开选是医院领导,被安排在二楼 206 房间;一楼住男单身职工,每间 3 人;三楼住女单身职工,也是每间 3 人;夫妻都在本院工作的可住二楼,但还是一个单间。据小孙听说,今后医院经济效益好了,就给职工盖住宅楼。

于开选拿上清洁工具亲自把 206 号房间打扫了一遍，又提上水壶下到一楼提了些水把仅有的一张桌子、一把椅子和一个小橱柜擦洗了一遍,他才打开铺盖卷铺好床。这时他已感到疲惫极了,很想上床躺一会儿,但又想,假如此时柳董或潘院长来看他住得怎样？极不雅观,也显得自己萎靡不振。他掏出手机一看才下午 4 点零 9 分,不能休息,得工作……首先得表现好。

他又下了宿舍楼走到前面的营业楼,他上到五楼钻进副院长办公室。副院长办公室内窗明几净,这是孙芸芸刚刚打扫整理过的。他看到自己办公室被这位天仙般的美女收拾得如此整洁，他刚才在后院亲自劳动后的坏心情又好到了极点……他感到了院长的尊贵和自信。他昂然坐到预想的位子上抓起电话筒开始“工作”了。他先给在济世医院工作的鹰潭籍的几位医疗专家打了邀请电话……又给上饶籍的、景德镇籍的,甚至南昌籍的及周边地区的医务人员都打了电话。当然,有些电话未通。凡是通上话的,他都大肆吹嘘康健医院的诸多好处和发展前景,热情地请他们来工作,并且以高薪、科室主任等相许。一直到 6 点,小孙来敲门喊“于院长,下班吃晚饭了”为止,他还在积极地“工作”。

职工食堂设在后院东侧的三间平房内,一间设操作间,两间为饭厅。于开选在孙芸芸的陪同下来到了饭厅,这时里面已有 10 多人在用餐,靳美丽也在其中。孙芸芸向大家介绍了一下于院长,有几个年长的职工主动和他握了一下手,并问了好,其他几名年轻的只朝他瞅了一下后只顾吃饭去了。还有两个女职工把他上下打量了一下，其中一个挤眉弄眼地嘀咕了些啥……另一个就笑出了声。于开选也没在乎这些,他从小孙手中接过餐具,礼貌地到供餐窗口打来了饭菜。饭菜也很平常,两菜一汤加米饭。他端上饭菜看到附近一个餐桌上有空位,他凑上前坐下用饭……他用筷子拨了一下菜,里面基本没有啥肉星子。吃了几口，味道也十分清淡，比起济世医院的食堂饭菜差远了。济世医院食堂原来就三菜一汤，数量可以，质量一般。自任顾来以后，突出了质量和花样。同样标准的伙食费，由于调动了后勤和炊事员的工作积极性，每隔一两天就变换着各种烹调技术，饭菜荤素兼备，花样增多，职工都挺满意，民以食为天嘛。

正当于开选慢慢用餐的时候，靳美丽已吃罢了饭，洗罢了碗，将餐具放到饭厅的橱柜里，来到了于开选身边耳语说："于哥，你慢用，我先回去了。"于开选表情木然地点了两下头。他吃罢饭后，兴味索然地回到宿舍楼206号房间。他颓然地躺在了床上，内心感到怅然若有所失……正在他准备起身点上一支烟，以调解此时缭乱心情的时候，靳美丽面容凄楚地进来了。他猛然坐起问："小靳，你咋有点不高兴？谁欺负你了？"靳美丽用左手向上拢了拢了头发，一屁股坐在靠窗口放置的一张办公桌旁的椅子上说："谁也没欺负咱，我感到咱们从鸡窝跳到鸭窝里了！这里的自然和人文环境根本不如济世，连灶上的生活都是那个样子，我真觉得咱俩弃明投暗了啊！"此话一出着实地刺伤了于开选那根十分脆弱的神经，他顿时感到男人的自尊和副院长的威严受到了挑战。他扶了一把眼镜跳下床，倒背双手在地上来回踱起了步子……沉思良久之后以哲学家的风度面对靳美丽说："小靳，我们干事业的人，不能以一食一饭来计较，应该风物长宜放眼量！咱们应该扩充咱们的人马，建立咱们的班底！你看他潘世雄，60过头的人了，像秋后的蚂蚱，能折腾几天？'天生德于予，桓颓其如欲何？'想我于开选，有朝一日掌了权，我肯定比他姓潘的牛气！甚至我还要和任顾比试比试呢！"他说罢，故意昂起头向着窗外透过镜片目光投向了远方。

靳美丽一看一向低调的于哥此时竟这般豪情满怀，斗志昂扬。她不由得肃然起敬，并且动情地起身搂住于开选的脖子，在他青筋裸露的脸颊了亲了一口。亲热完之后，她依然兴奋地望着于开选笑着说："只要于哥积极努力，我想你掌权只是个时间问题！咱们尽快把济世医院那边的人马拉过来，把这个潘老头孤立起来。使他尾大不掉，指挥不灵。到他撑不下去的时候，他不拱手让权于你，也由不得他了！……"于开选听到这里得意地接着说："当前咱俩的紧迫任务就是动员招揽人才！"靳美丽心领神会地说："咱俩分头行动！"说罢她向于开选丢了一个很好看的媚眼说："我回宿舍去！"

靳美丽飘然出了门之后，于开选抓紧时间开始"工作"了，他拿出手机给下午没有通知到的济世医院的其他职工又发出了热情洋溢的邀请……而且电话一直打到深夜。

却说南昌济世医院那里。3月初，任顾就感到了医院“空气”有点不对劲。他看到有些职工在交头接耳、窃窃私语，看到他就马上缄口不语。渐渐相当一部分职工工作纪律也松弛下来，迟到的早退的，甚至脱岗的比比皆是。先是外科主任王秉公和妇科门诊主任李玉芬前来给他报告说：“何守财以及鹰潭籍的几名职工最近十分活跃，煽动家在赣北的职工准备跳槽到于开选所在的康健医院，并说那里条件好，工资待遇高，不然坐以待毙，到医院搬迁时被任顾统统拉到赣南山区喝西北风去。”此后，胡卫华和沙封也借傍晚下班后悄悄告诉他说：“自于开选、靳美丽去后，医院个别职工上蹿下跳，散布流言蜚语，以医院搬迁为由，寻找后路，在别的医院联系工作。”任顾听后，淡淡地笑了笑，只对他们说：“我知道了。”

为什么猴儿脸何守财忘却了任顾的忠告和恩惠，老毛病又犯了呢？正如佛经所说：“物随心转，境由心造。”一则是他老家在景德镇，妻子在南昌工作，他根本不愿到赣南。二则是长期和他断绝关系的情妇靳美丽突然给他打来了电话，邀请他到鹰潭工作，这不意味着想和他重新相好吗？因此，他就按靳美丽的旨意，不遗余力地宣传活动……特别是景德镇籍的医护人员都被他收买，并收集全他们的资质证件揣到怀里偷偷地去了趟康健医院，替他们以及自己报了名，只等到任顾那里辞了职就来上班。

为什么靳美丽竟能主动地给她认为给自己闯下祸还怕掏钱的无赖——何守财打邀请电话呢？她主要是受到于开选豪迈举动的启发，她要为于哥帮助拉拢人员。她思之再三，给她认识的济世医院医务人员打电话，无疑是对牛弹琴，不起任何作用，反而搭进去不少电话费。她深知自己名声不好，人家不信她的，只有何守财可以拉来当“壮丁”。她知道这猴儿脸不但好色，更怕吃苦，赣南他根本不愿去。所以她示之以友好，晓之以利害。何守财自然欣然受命，乐于奉献，勤于奔跑。

从3月4日开始，济世医院职工请事假的就多起来了。任顾一看尽是赣北籍的，他知道这些人是借故前去康健医院应聘去的，没有卡，一律准假顺其自然。当然，他没有放任自流，他及时召开党政群组织以及科部室等负责人会议，严密地安排部署了当前的工作。他夜以继日地做有关人员的思想工作，期冀其不必左顾右盼安心在本院工作。由于景林主任在瑞金丰田忙于新医院建设，于开选已跳槽到鹰潭，并且给他造成了意想不到的复杂局面。他只能以古人所云：“胜人者有力，自胜者强”的心态孤军奋战。

正是：本营走出于开选，急功近利为康健。风起云涌济世乱，孤军任顾战犹酣。欲知后事如何，且看下回分解。

第四十七回

老党员甘当模范　挖墙脚终不胜算

任顾面对本院目前出现的复杂态势和混乱局面，他洞若观火，胸有成竹。他在召开了党政群组织负责人和各科部室主任会议，讲清了医院的形势和任务之后，基本上稳住了阵脚，医院各项工作照样正常运转。他又耐心细致地做了几名医疗业务骨干的工作，这些人都坚决表示消除幻想安心工作。与此同时，他在省广播电视台发布了招聘有关科部室人员的广告，并且通知景林，在赣南地区发布招聘有关人员的广告。他这三部曲进行完毕之后，于3月9日(星期一)上午8点半在五楼会议室召开了全院职工大会，会议名为“团结一致向前看，办好医院谋发展。”在会上任顾着重讲了以下几方面的问题(由于党政组织由他负责)：

一、工会组织、共青团组织和各科部室要认真履行各自的职责，要真正发挥出开展医院各项工作的战斗堡垒作用。

二、加强劳动纪律，按部就班，遵照医院年初的工作安排。有计划有步骤地开展工作，以良好地心态尽心竭力为患者服好务。

三、凡真正在本院不安心工作的同志，劳动合同虽然未满，但我任顾可以放你一马。你可以联系单位，可以跳槽。人往高处走，水往低处流嘛！甚至，我们可以欢送你。如果你到新的单位不如意，还可以回来，我们依然欢迎你。

任顾讲完这些话后，绝大部分同志鼓了掌，当然还有一些职工轻轻地拍了两下手。散会后，任顾回到办公室。王秉公、李玉芬等几位老党员，麻发等几位老医生随后也到了他的办公室。任顾请他们坐下后，他们纷纷表示“我们虽然年老体弱，但是我们不气馁不怕苦！愿意跟随任院长奋斗到底！”他们说完话后就告辞，任顾表示赞许和感谢。并热情地把他们送到楼梯口，看着他们前去上班的身影消失后，他回到了办公室。刚坐下喝了一口茶水，感到几天来绷紧的心情轻松了许多，他的思绪马上转移到下一步的工作。

当他正要考虑下一步怎么走时，办公室的门被敲了两下，他还未及应声，靳美丽推开门进来了。她热情而大方地对任顾说："任院长，我老家那里有所刚开办的民营医院，我为了能照顾父母，我想在那里工作。因此，我提出辞职，请您能够批准。"说罢，她把写好的辞职申请双手递给了任顾。任顾快速地看完了她的申请后，以温和的口吻说："小靳，你能留下更好，若执意要走，我是会同意的。"靳美丽稍微迟疑了一下，眨了两下睫毛挺长的大眼睛。最后抬起头望了任顾一眼，坚决地说："请任院长同意我的请求！"任顾一看她义无反顾的样子，就从桌子上拿起笔在她的辞职申请上签上"同意"两个字，并署了名及年月日。靳美丽拿上领导签了字的辞职申请出去不大一会儿，何守财等 12 名医护人员先后来找任顾辞职。任顾同样以恳切的态度先挽留，挽留不下，统统签字同意。天高任鸟飞，水阔任鱼游。当晚，任顾还专门抽时间为靳美丽、何守财等 13 名辞职离任的职工召开了一个欢送会和安排了两桌丰盛的晚宴。

花谢花开自然规律，人去人来工作需要。济世医院辞职的职工纷纷离去，前来应聘的人员接踵而来。任顾为了医院正常工作和招聘人员两不误，他成立了以王秉公为主要负责人，李玉芬、麻发和两位老专家参加的招聘领导小组，严把进人质量关。为了防止滥竽充数，除了从国立医院医疗第一线退下来的，知名度很高，十分敬业的医务人员免试外。其他应聘人员一律考试，考试合格后，方可上岗工作。试用期三个月，试用期满，科部室考核合格后报医院审查后，转正定级。工资待遇基本分为基础工资、级别工资、绩效工资和工龄工资等。这样一来，报名应聘的不少，淘汰的也不少，但是选来的人就能上岗。赣南那边，景林、佘贵和小赵也按这个标准招聘人员，已有 3 名前来上班，其他人员还在继续招聘之中……

由于王秉公、李玉芬、麻发等老党员、老专家识大体顾大局，一边认真地进行招聘工作，一边夜以继日精益求精地做好医疗工作。为广大医务工作者起到了模范带头作用，医院的医疗秩序马上恢复了正常。与此同时，各科部室的负责人加强了对职工的思想政治教育和业务管理，缺岗的医务人员及时地得到了补充，医院又迅速迈入正常发展的轨道。从 3 月下旬开始，医院的门诊量和住院病人都达到往年的同期水平。到 4 月份，医院的各项工作又有了长足的进步，前来诊治的患者明显增多了，社会效益和经济效益都有显著的提高。荣立范得到消息，专程来医院慰问了一次全院职工，并恳切地提出给任顾加薪，任顾还是婉言谢绝了。荣立范回公司后，把任顾的为人处世当作典范，并号召全公司上下向任顾同志学习。

4月下旬，先前辞职赴康健医院工作的职工又陆续地来找任顾，要求重新在济世医院工作。任顾像接待老战友一样，接待了他们，满腔热情地安排他们仍在原来的科室工作。截至5月1日回来上班的职工达到了9人，这9人中有鹰潭籍的，也有上饶籍的。只有于开选、何守财、靳美丽和两个家在鹰潭的两名年轻护士小窦、小卢硬着头皮在那里工作，他们心中的滋味只有他们自己才知道……

5月2日（星期六）农历四月初八，这天风和日丽，济世医院更是喜气洋洋……任顾于百忙之中为沙封和李霞主办了比较隆重而盛大的婚礼，接待了北海老家沙封和李霞的亲属以及许有、高玉川等金湾医院的朋友。罗创、蔡红、阮琴、小付等也一同来贺喜……

却说起初，潘世雄当着柳飞扬的面对于开选说："于院长，千军易得，一将难求。只要你给咱们引进医疗干才，招揽住病人，经济效益上去了，我给你的待遇是优厚的。不像任顾那个小气鬼，每月才给你4000块钱！"于开选听后连连点头说："我一定努力为咱们医院引荐人才，潘院长真能关心体谅人！"谢罢并咧开大口笑了笑，连潘世雄都看清了他的金牙。当何守财等12名医务人员陆续来医院应聘上班以后，他着实高兴了几天。他上下班总是昂着头，虽然有时也扶一下眼镜。但大部分时间，他衣帽整齐，胸脯挺起，面有德色，神气十足。靳美丽紧密配合，打扮得花枝招展分外妖娆。虽然医院灶上生活清淡，营养不够丰富，但他们心情挺好，看起来他们的精神面貌都好到了极点。

人的心情越好，欲望也就越高，于开选这几天心中老盘算着两件事。第一件事是到下月领工资，看潘院长和柳董事长能给他加多少钱；第二件事，希望孙芸芸能像靳美丽那样常常来他的办公室或宿舍和他谈话，套近乎。因为他的办公室和孙芸芸所在的办公室是对门，所以每天都能看到小孙的美丽的倩影。这还不够，他办完公事，有事没事就找茬往办公室跑，特别在李主任没在的时候……当然，孙芸芸始终把他当领导那样尊重，每次都热情礼貌地接待他。特别对他布置的琐碎工作，更是雷厉风行地完成。因此，于开选已感到自己今年流年顺利，鸿运将来，大有金钱美女双收之兆头。

靳美丽在四楼西头的外科住院部上班，由于住院病人少，外科主任是从鹰潭市医院退下来的老医生，也不太认真地管理科室的工作。所以她感到清闲自由，甚至窃喜自己的选择没有错误。她除了照镜子打扮自己和爱打电话外，还有一个毛病，就是坐不住，爱串岗。现在大部分人不太熟，与苏江远也离别,打电话没了对象,就常往她的于哥那里跑。她在于开选办公室里,正在激情涌动,兴致勃勃地与他说话时,她发现她的于哥总是心不在焉,老是伸长脖子往对面的办公室里瞅。她顿时觉察出这个蛤蟆眼是又看上小孙了,她心中嘀咕,这小子又喜新厌旧了,这样的男人靠不住。于是,她醋意大发,告辞了于副院长,悻悻地回到了科室……此时,她的心情是烦透了……恰在当日下午下班到食堂吃晚饭的时候,遇到猴儿脸何守财。何守财望着她笑了一下,并主动向她打招呼:“小靳!你最近可好?科室工作忙不忙?”这一问,使她烦乱的心情略有好转。她赶忙应答:“感谢何医生的关心!我们科室挺清闲的”。何守财赔着笑脸热情地说:“有空闲下来聊聊”(检验科在一楼)。靳美丽随口应声:“有空再说。”说罢他们一同进入饭厅吃晚饭去了。

按照往常，靳美丽饭后一般不回女职工宿舍，径直到于开选房间聊天。或者偕同于开选走出医院,在附近的公园或水渠、马路边的林荫道上散步……甚至她还像以前那样挽起于开选的胳膊亲昵地像一对恩爱夫妻一样……这些,康健医院的大部分职工已司空见惯,也不奇怪。一则改革开放了,谁还管这些;二则靳美丽常在本宿舍女职工中或大部分人面前称于副院长为于哥。所以,本院的职工都以为他俩有亲属或者亲戚及其他特殊关系。况且靳美丽有时也明目张胆地在于开选房间留宿,所以,大家都公认于副院长带来的女人就是他的情妇。今天,靳美丽无心再见她的于哥,她回到宿舍,早早地躺在床上。虽然,她已受到从济世医院来的小窦、小卢的热情问候,但她还是感到同性相斥般的无味与生硬。她开始聚精会神地想自己的心事……最后她得出了要领和结果:“放弃苏江远,不丢于开选,靠拢猴儿脸,挚爱须有胆。”

第二天早晨,刚交完班,靳美丽就下楼到了一楼东头的检验科。何守财隔着窗口玻璃就看到浓妆重抹的靳美丽来了。他急忙打开门请她进来,他一边请坐一边沏茶倒水。当他把一杯热茶端到坐在化验桌边的靳美丽面前,并睁圆小鸡眼细心地把靳美丽瞅了一下。不觉内心一热，这小情人越发美丽了。他们俩越谈越投机,越说越热火……不但旧情重续,而且约定今晚在外面幽会,他俩的谈话时间约莫一个上午。自靳美丽和何守财旧情复燃以后,他俩的约会越来越多,靳美丽往检验科越跑越忙。连于开选都感到这靳小妹咋不理他了。是否这小婊子又和猴儿脸挂搭上了……他心中既烦闷又空虚,而且长吁短叹:“唯小人与女子难养也!……”

其实,他们三人的这些事早惹恼了一个人,这人就是潘世雄院长。潘世雄何许人也,特补叙一下:潘世雄抚州浒湾人,祖业务农,到他父辈兼做生意。由于不识字，常常亏本。待潘世雄降临人世后，潘家长门又得了长孙。这小子自生下来只笑不哭，满月以后长得黑胖黑胖。他父亲潘玉山和他爷爷计议了一番，就起名“世雄”，其意思很明白，期望成为世间英雄。他家离村学不远，待他 8 岁时，潘玉山将其送到学校，拜见先生(后称老师)，按其父的意见学名叫潘世雄。潘世雄聪明且好学，从小学中学到考上南昌中医学院，学业一直很好，毕业以后分配到鹰潭市中医院。由于后来国家也重视西医，他也自学并进修过西医。因此，他对中医西医的病理都懂。他所在的科室叫中西医结合科，他当然就是主任了。他不但是该科室主任，也是该医院的医疗权威人士，连院长也让他三分。他在工作之余博览群书，像汉朝的王莽、三国的曹操、唐朝的杨国忠、来俊臣以及明朝的魏忠贤等人的权谋应变，他多有推崇。因此和他打过交道的人都感到此人刁钻而刻薄，在他身上占不到丝毫便宜。潘世雄不但中西医医疗业务精湛，而且更懂得养生和保健，也注意体育锻炼。因此，他也和任顾一样身板结实，头脑敏锐。他担任康健医院院长以后，并没有注重党政群组织及各科部室领导班子的建设，更不在乎发挥中层领导在医院管理中的作用。而是培植了几名个人亲信，每个科室安排一名，就像情报组织的特务一样向他反映情况，提供信息。他召集这些人员开会的次数比院务会的次数多得多。由于他不是党员，所以医院党支部只是挂了个牌子，并没有人管这方面的工作，他请来电脑工程技术人员给医院大楼及职工宿舍楼各楼层角落都安装了摄像头。他只坐在院长办公室内，足不出户就从电视荧屏的监控器上一览无余地看清楚职工的一举一动和医院的一切情况。当然于开选等人也知道这些，但他们没有想到潘院长还如此注重小节，视同志如寇仇。

当到 4 月下旬，刚从济世医院跳槽来这儿工作的 9 名医务人员，科室内的凳子还没坐热就纷纷离去时，潘世雄更是火上加火。他感到这于开选既无能又轻浮。这姓于的言之凿凿、信誓旦旦地为医院引进人才，如今引进的人才走了。留下来的何守财、靳美丽这等狗男女，不但不认真工作，反而败坏医院风气，真是是可忍孰不可忍。他这人做事常来阴的，他不是不懂先做思想或教育工作，但是他不愿费那个神。待到 5 月 10 日领上月工资时，于开选不但工资 1 分未长，反而由原来的 4000 元降到 3000 元；何守财由原来的 2000 元降到 1500 元；靳美丽由来原的 1200 元降到 800 元。他的这一手着实把这三个人打懵了……于开选从财务女会计袁婵娟手中接过钱后，手就马上抖起来，甚至在工资表上签字时把姓名都写错了。他脸颊上青筋鼓起，鼻梁上沁出了汗珠……他不由自主地又扶了一下眼镜，灰溜溜地回到了他的副院长办公室，整个一个下午都没有出来。何守财领到工资后，像猴子发怒一样当场就咬牙切齿地骂道：“我上了他妈的当了！”并在回科室的路上给靳美丽打电话说：“小靳，你快领你的薪水去！潘仁美(他给潘世雄起的外号)那个驴日的把我的工资降了，我一会儿就找他算账！”靳美丽一听说：“对，我马上去！”他快步上五楼到总务科，等两名医生领罢工资离去后，她上前看工资表上她的工资额也少了 400 元。她啊了一声说：“怎么是这样？”她名也没签，钱也没领，扭头向院长办公室走去。他敲开院长办公室门，此时潘院长正聚精会神地眯缝着双眼盯着监控器呢……靳美丽两步跨到办公室地中央厉声问：“潘院长！我犯什么错误了？你降我的工资！”潘世雄慢慢回过头来瞄了她一眼说：“你犯什么错误，你知道！”靳美丽愤怒地说：“你这样对待人，我不干了！”潘世雄皮笑肉不笑地又瞄了她一眼冷冷地说：“愿干不干，随你的便！我这里上午走个穿绿的，下午会来个穿红的！”靳美丽一听，没辙。就气呼呼地离开了院长办公室回到了科室，她坐在外科护办室的椅子上消了一阵气，就下楼找何守财计议去了。

她到检验科一看，这猴儿脸也真像猴子一样抓耳挠腮地想办法……看她进来急切地问：“你工资咋样？领了吗？”她把情况一说，这猴儿脸上的颜色又加了一层红色，沮丧而气愤地说：“完了，全完了！咱们的事，全让这个驴日的知道了！……”他俩又计议了一阵，还是不得要领……原回济世医院吗？听说检验科已有新人在上班，不缺人，护士也满员。他俩进退维谷甚是难堪。最后何守财无奈地望着靳美丽说：“罢罢罢！小不忍则乱大谋，到了别人矮屋下不得不低头！你快回科室工作，免得那个驴日的再找咱们的麻达，有摄像头呢？”靳美丽听后无助而失望地离开检验科回本科室去了……

于开选领上被潘世雄减掉 1000 元的工资，忍气吞声灰溜溜地回到办公室后，全身筋骨像一堆糟朽的木柴，瘫坐在靠门口墙根的黑皮三人沙发上出了几口粗气，又用死灰的眼珠透过眼镜片环视了一下屋内后感到一阵眩晕。他颓丧地斜靠在沙发一边的扶手上，此时的心情像打翻了五味瓶，各种酸辣苦的味儿都上来了……悔恨、愤怒、屈辱、落拓以及失望与无助搅乱了他的脑细胞。他想到了任顾的厚德仁爱和济世医院的温馨祥和，又记起靳美丽说过：“是否咱们从鸡窝跳到鸭窝，弃明投暗了！”是的，应验如此之快，真是报应如影随形啊！他忽然坐起想到潘世雄办公室问问降他工资的原因。但又想起潘大院长那倒竖的剑眉，眯缝的怪眼，略黑且胖，皮笑肉不笑的阴森面孔，从满口的黄牙缝隙里挤出的生冷且条分缕析的话语……他又没了站起的勇气。一直到下午快下班的时候，他苦思冥想……忽然革命烈士夏明翰的一句诗:“砍头不要紧,只要主义真……”启发激励了他。他猛然从沙发上站起来,顺手端起办公桌上的茶杯喝了一口凉茶,滋润了一下喉咙,开了门大义凛然地向院长办公室走去。

当他敲响院长办公室门时,潘世雄在里面说:“进来!”他慢慢推开门看到潘世雄已准备下班,正在脱白大褂……看到他进来仍慢腾腾地脱掉白大褂挂到衣架上。睁眼看了他一下,阴沉着脸问:“于院长有事?”于开选嗫嚅了半天说:“潘院长,我上月工资怎么少了1000元?”潘世雄略微温和了一下回答说:“你是当过领导的,可以算领导干部,怎么说话不负责任? 你在老板面前说你能招揽引进人才。结果引进几个能用的都跑了,留下的是啥人才? 这给咱们医院造成了多大的负面影响! 你知道吗? 咱们这是刚开办的新医院,我的于大院长! 这叫我怎么开好局,起好步?你这简直是砸咱们的牌子!现在广告招聘人员,人家说招进去的人都跑了,这所医院有问题。你最好出去到广播电视台上向广大群众解释去!”说着并伸了一下向外指的手指。于开选一看这阵势连忙点头哈腰向潘院长认错,认错后唯唯诺诺退出院长办公室。当他刚出了院长办公室,潘世雄怒气冲冲哐的一声关了门。在他面前抖了一下西装,摆了一下领带,皮鞋踏响着楼道的地板砖,一阵风似的下楼去了……

正是:大凡人生路茫茫,欲奔前程须思量。可怜无智于院长,辞别菩萨见阎王。欲知后事如何,且看下回分解。

第四十八回

济世医院迁赣南　老区人民尽开颜

于开选连忙向潘世雄认错退出院长办公室后，潘世雄怒气冲冲地关了门一阵风似的下楼去了。此时于开选呆若木鸡，面无人色地在楼道里站了一会儿，就回到他的办公室栽倒在沙发上舒缓了一下心情，才慢慢站起出了办公室的门，下楼向后院食堂走去。当他到食堂后饭厅里只剩下后勤组的几名工人用饭，他漫不经心地拿上餐具走到取饭窗口。女炊事员李琴琴笑着问："于院长今天啥业务耽搁了，咋才来吃饭？"于开选猛然回过神来赔笑说："没啥要事，没啥要事！"他从李琴琴手中接过饭菜坐到靠里边的空荡的餐桌上。今天是馒头炒菜稀饭，他只喝了半碗稀饭，吃了几口粉条豆腐加白菜的炒菜，雪白的馒头连一口也咽不下去。他本来就是一个胃口不好且挑食的人，特别面食更是没了食欲，加上今天又胀了一肚子的气。

5月初的江南正是美好的季节，花红柳绿，生机盎然。傍晚天空蔚蓝，云霞透红，和风习习，不凉不热，可是此时于开选的心情怎么也好不起来。他从饭厅出来，低着头漫无目的的缓步走到医院门口，扶了一下眼镜伸长脖子向左右望了望，满街道的行人车辆，没有一个他能认识的人。特别从济世医院来的何守财、靳美丽以及两个年轻貌美的小护士小窦、小卢，此时不知躲到哪里去了，连个人影也瞧不到，他感到孤独、落寞和失意。眼望五彩斑斓的街景，耳闻嘹亮的流行歌曲，他兴味索然地折转身回到了他赖以栖身的206号房间。他没有开灯和衣躺在了床上，在夜色暗淡的光线中，他用目慢慢地环视屋内的什物……桌椅在等待他，柜子在讥笑他，书架在注视他。他又想起了靳美丽，她此时在想什么？干什么？还记得我这个于哥吗？他拿起手机给她打电话，对方的回答是："您拨打的电话已关机！"她怎么关机？她是否也在烦恼抑或是此时正和猴儿脸在一起……

他的脑细胞又活跃起来了，他想起了宋代诗人陆游在绍兴沈园与唐琬相遇后作的《钗头凤》词："红酥手，黄藤酒，满城春色宫墙柳。东风恶，欢情薄，一怀愁绪，几年离索。错！错！错！春如旧，人空瘦，泪痕红浥鲛绡透。桃花落，闲池阁，山盟虽在，锦书难托。莫！莫！莫！”他又在内心暗暗地骂靳美丽道：“算了，这小娘们也是个薄情女子，她怎么能跟唐琬比，唉！现在这世上怎么人情如此淡薄……”他又想起了妻子、儿女和母亲，不知老娘近期身体怎样？……渐渐他昏昏欲睡。忽然，他耳畔响起了“当，当，当！”皮鞋走动的声音，他认真一听是谁回来就寝经过楼道的声音。这声音多么像潘世雄行走的声音，想到潘世雄，他脊梁上顿时又生出了些冷汗，潘世雄怒斥他的形容气势……他睡意全无，险些失眠了。交到后半夜，他浑身发冷，咳嗽不止，鼻塞气短，感冒又来了。

第二天早晨，于开选迈着蹒跚的步子8点前(他不敢迟到)来到了潘院长办公室门前。8点整，潘世雄昂首阔步地来上班，他看到于开选形容枯槁，萎靡不振地站在他的办公室门前。他心中稍微泛起了点同情，还没等他开口问讯，于开选神情黯然地望着他说：“潘院长，给我请个假，我昨晚又感冒了，须挂针。”潘世雄稍现关切地眯缝着双眼瞧了于开选一下答：“于院长，你有病就赶快治疗，休息，身体要紧啊！”于开选听后，十分感激地谢过潘院长，到一楼药房买了针对自己病症的药剂到留观室让护士给他挂药去了……

感冒能引起许多并发症。加之于开选本来就体质虚弱，加上近来一直心情不好，于开选自已配对的专治重感冒的药液和口服的片剂没有起到任何效果。一连三天三夜，发烧咳喘腹泻把他折腾成不像人的样子。幸好留观室护士小窦是从济世医院来的，也是鹰潭人。她看到老领导老乡成这个样子，出于同情心理和职业道德，早中晚给他端饭，照顾他的衣食起居。这期间，靳美丽倒没有闪面，因为这几天她在忙她的“工作”。特别自那天晚上，于开选受到潘院长的指责，心情十分烦躁而给她打电话，她关机以后，她对他昔日的“于哥”不抱任何希望。她深切地感到跟上这样的男人连连吃亏……她灵机一动，心想：“是否这个人就像相面算命者说的是那种命簿没福气的人，或者是个臊老鸹，倒丧鬼，再不敢招惹亲近了。哪个人不愿趋吉避凶，接福躲祸？是的早早躲远，像躲瘟神一样。”她最后拟定了“既定方针”再不能只顾照镜子打扮人，再不能一有空就和别的男人打电话调情了。在别人生活里跑龙套，不如精彩做自己。老大不小了，要认真地考虑自己的前途了。在这里遇到了克星潘坏蛋，到任顾那里又没了空缺，得另辟径溪，另找工作，“此地不养娘，自有养娘处！”他首先给她的老相好禹风打电话，让他帮助给她找份好干的工作。禹风当然满口答应，并还热情地邀请她有空来“会面”。他又就近和他的新相好何守财经常密谋，让他多方打听，联系找单位，准备跳槽，猴儿脸当然欣然应允。此时他们同病相怜，一拍即合，团结紧密，达到了同呼吸共命运的地步。当然，于开选那个笨蛋打来的电话就像敌台干扰一样，扫他们的兴。所以，靳美丽和“何哥”在一起的时候，根据猴儿脸的建议，她索性关掉了手机。

何守财除了搞个化验之类的工作外，在医疗专业上再无一技之长，另外的特长就是会开车能嫖赌。当他的小情人请他帮忙找工作单位时，他热情满怀地答应。一是为了讨好；二是为了缓解靳美丽焦躁的心情，以达到永远重温旧情的目的。其实这猴儿脸心中根本没有底，他这时是“泥菩萨过河自身都难保。”连自己的工作单位都没有联系上，那里还顾得上管她靳美丽的事呢？但是他还是不失时机地约靳美丽晚间吃饭散步聊天。靳美丽也非等闲之辈，她在与男人打交道方面是绝顶聪明的。他知道何守财的为人处世和活动能量，她靠这根稻草是救不了“命”的。她在和何守财周旋的过程中，早已以身委于老相好禹风了。这禹风虽然好色，但也比较讲义气。他不负所望，他通过一名当官的同学的帮助，将靳美丽介绍到本市东关路工农巷社区卫生院当护士去了。基本工资仍然是每月1200元，虽然是合同工，但也比较清闲，国家单位嘛，经费由财政部门支付。所以，一个院长、两个医生、三个护士，三个工人，一辆小车，行走很方便。又没有多少看病的，只应付上面的检查，必要的预防保健宣传，季节性接种和免疫等。他们大部分时间都闲着，靳美丽感到十分地自由和惬意，她也认为这样的工作最适合自己。

靳美丽走后，何守财真有些兔死狐悲之感。上班时有时遇见潘世雄，他想主动打个招呼，一看人家脸色阴沉，也就主动作罢。以后遇到这种情况，他就有意躲开。下班之后，工作之余，他感到寂寞而无聊。从济世医院来的小窦和小卢更了解他猴儿脸的德行，也不搭理他。于开选整天吃药挂针，一副病态的样子。他隔三差五地去问候两句，他不能久待。他这个人又十分敏感，唯恐于副院长的病给他传染上。所以，他急切地想离开这个鬼地方。他多方联系，找熟人、亲戚给他联系工作单位。终于费了九牛二虎之力通过他老婆的一个远房亲戚，在南昌市郊的一家民营药厂找到了一份工作。这个药厂的厂长很会用人，一人多用，让他既搞化验又开送货车，工资1800元。开头何守财嫌工作量大，待遇低。最后考虑到现在社会就业压力大，连正规大专院校的毕业生找份工作都比较难，有些到农村当村官或者自己在创业。他又考虑到毕竟又回到了南昌，与老婆孩子能够团聚，最后还是认命接了这份工作。在靠定工作之后，他办完了所有康健医院的手续，结清了工资之后。特意到潘院长办公室去“辞行”——美美地和潘世雄骂了一仗……出了一些气之后，彻底离开了鹰潭市北的这所新办的民营医院。

何守财和潘世雄吵架离开康健医院之后，于开选的病情又大大地加重了。肺气肿、心悸，怎么糖尿病又得上了，他不得不作长远治疗的打算。经过两天两夜的思考，他决定请个长期病假回老家贵溪边治疗边休养。在这里虽然是个医院，取药挂针方便。但对他来说，心情十分压抑。除了小窦和小卢遇到他，主动打招呼外，到处都是冷面孔。整个医院大楼阴森森地，后面的职工宿舍也是阴森森地。5 月下旬，他鼓足勇气写了个请假条，拖着病体来到了院长办公室，请潘世雄签了字后，又到办公室将请假条双手交到了李主任手中。此时孙芸芸也在，她关切地对他说："于院长，回去好好疗养，希望你早日康复回院工作哟！"他只好强装笑脸回答："谢谢你的好意！"他用痴呆无神地双眼透过镜片最后看了小孙一眼，她还是那样娇美动人……可是他此时的心情如死灰一般。他只说了一声："再见！"就扭头慢慢下楼，出了医院大门，赶快坐车回老家吧，保命要紧……

却说丰田镇济世医院的建设自 2008 年 12 月 31 日开工以来，在基建领导小组成员和建工队的辛勤努力下，经过 8 个多月夜以继日紧张有序的施工，现在基本竣工。佘贵已请任顾作好医院搬迁的准备工作，并向公司提出了工程验收的请示。荣立范委托蒋克勇请任顾一同来验收，时间定于 9 月 21 日。

任顾接到蒋克勇的电话后，向社会发布了医院搬迁、不再接诊病人的公告，以免耽误患者的求医时间和浪费他们的路途经费。紧接着召开全体职工会议，安排部署了搬迁的具体工作。医院的医疗设备和办公设备，能带走的就托运，不能带走的就拍卖和转让。工作人员分两批向新医院转移，最后一批人员在任顾将原办公楼向原租赁单位转交完毕后，一齐随任顾向赣南进发。

9 月 20 日上午，济世医院的人马、设备全部到齐。21 日以蒋克勇、任顾为主要领导的医院迁建验收组通过实地观察，技术数据采样的方式对所有工程主体的概况和技术指标进行验收，认为新的济世医院建设工程质量符合国家验收标准，并顺利通过竣工验收。工程总投资 7860 万元，占地 18 亩，总建筑面积 17300 平方米，设置床位 500 张。医院整体设计以园林花园式、智能化、现代化为建设目标。建设项目包括集门诊医技、住院部、行政办公、制剂为一体的综合工作楼；集职工食宿、娱乐、阅览为一体的综合生活楼。

工程验收之后，蒋克勇、任顾等积极筹划新医院的开业庆典事宜。根据任顾的建议，开业庆典定于 10 月 1 日上午 9 时许最为合适。蒋克勇将任顾的意见转达给荣董事长，荣董高兴地说："我完全同意任院长的意见，到时，咱们公司的主要领导都要参加新医院的开业庆典！"

2009年10月1日上午，阳光灿烂，晴空万里。丰田镇大街小巷“热烈庆祝济世医院在我镇开业”等内容的彩幅悬挂于空，乳白色雄伟的6层新医院大楼顶上彩旗飘扬。特别是医院上空两个硕大的彩色气球拖起“热烈庆祝济世医院重新开业！”“为革命老区人民的健康服务！”的巨大红色条幅引人注目。庆典会场内外锣鼓喧天，礼乐阵阵……镇政府、学校、企事业单位的干部、职工和学生以及附近七里八乡的人民群众都齐集济世医院前面的空地上。特别是大清早从老远的地方赶来的革命老区的广大群众笑逐颜开，纷纷议论：“这济世医院是从省城迁来的，听说是为咱们老百姓真正服务的医院，我们欢迎啊！”医院大楼门厅前的主席台上有省卫生厅副厅长刘建春、赣州市委王有斌书记、市政府汤副市长、市卫生局金局长、瑞金市党政部门领导及市卫生局和丰田镇主要负责同志。

9点13分，开业庆典主持人广华公司董事长荣立范宣布：“赣州市济世医院落成暨开业庆典大会开始！”顿时8门礼炮齐鸣，鞭炮骤响，掀起了热烈的庆典场面。紧接着刘建春和王有斌为新医院揭了牌，任顾院长作了介绍新医院概况的讲话，汤副市长代表赣州市委、政府讲了话，瑞金市有关单位负责人致了贺词。

11点30分，庆典仪式进行完毕，各方领导在任顾的陪同下参观了新医院的内部设施，并和全院职工合影留念。这些程序结束后，刘建春握住任顾的手并对一旁的王有斌说：“王书记，任院长是北方人，也是从党政部门退下不久的领导同志，他秉性刚直，为人民群众办事认真，希你能很好支持他的工作。”王有斌也拉起任顾的一只手说：“任院长，我们今天认识，既是同志又是朋友，我们作为当地的干部理应更好的支持配合你的工作。”任顾笑了笑说：“省市的领导都这么关怀重视我们的工作，我们不努力行吗？”说罢，他们三人都笑了起来……最后，参加庆典的人员车辆纷纷撤离，刘建春和王有斌也告辞回单位去，任顾、荣立范、蒋克勇等送领导们坐上车离去后才回到医院安排下一步的工作……

参加济世医院开业庆典后的赣州、瑞金两市的领导同志都为这所医院的完美设施、先进的医疗设备和科类齐全的医疗技术队伍而赞叹而欣慰。为了整合医疗技术力量，不设重复机构、不浪费国家财力。汤副市长建议将丰田镇卫生院全部人员合并到济世医院，将镇医院办公用房划拨给镇教委，作为镇幼儿园的用房。瑞金市政府积极地采纳了这一改革性的建议，并发文通知了丰田镇政府和济世医院。任顾将瑞金市的这一改革性的文件内容及时通报给了荣立范董事长，荣董代表公司表示赞同，并让任顾全权办理这件事。任顾毫不懈怠欣然接纳了镇医院的所有人员，根据他们的特长补充到各科部室。任顾根据金局长的推荐,聘请了原在赣州市医院任过副院长,分管业务工作的内科主任医师——现在刚退休的安生富任分管业务的副院长。他和荣立范、蒋克勇协商后留佘贵任医院后勤部主任,佘贵本人也十分乐意在此地工作。因为这所医院是他亲自负责建成的,而且他更愿意和任顾这样的人共事工作。

由于荣立范董事长因工作忙，医院开业庆典之后第二天就带上公司其他领导回广州，只留下蒋克勇暂协助任顾的工作。蒋克勇看到任顾任人处事有方,开展工作有力有序,他在丰田逗留了10多天后,留下佘贵后就回公司上班去了,接下来就看任顾在新的地方、新的医院如何开好局、起好步了……

新的济世医院是经过任顾等人的不懈努力，经赣州市卫生局批准设置的一家民营一级综合医院。依据任顾的思路按三级甲等医院的标准配置科室、人员和设备。医院大楼在基建之初的设计上就十分合理,所以,医疗环保消防等设施配套。医疗设备在原有的基础上又购进了CT机等先进的大型医疗器械,骨科、开颅等大手术都能开展。开设了40多个科室和专业,凡三级医院开设的科室都基本开设。目前职工88人,其中医疗技术人员66人。面对如此良好的医疗环境和条件,任顾在继续招聘相关人员的同时,他还是拿出了他的老一套:组织建设、制度建设和思想建设。

在组织建设方面。任顾和瑞金市党委组织部联系,通过选举产生了中共济世医院支部委员会。重新组建了院委会,通过职工代表大会选举重新组建了医院工会组织,又恢复了共青团组织。这样一来,医院党政群及各科部室组织机构健全,一个比较完善的领导管理体系基本形成,具备了齐抓共管的医院管理职能。

在制度建设方面。任顾参照原来的制度文本,根据新时期医疗卫生任务和本院规模发展的要求,重新起草了《济世医院规章制度汇编》,并且专门召开医院制度建设会议宣讲,分组讨论修改后,订稿、印刷、装订成册,各科部室上墙,大家照章执行。

在思想建设方面。任顾注重了党支部在思想政治工作中的核心作用,逐步加强了企业的党建工作。

倡导共产党员和共青团员在医院各项工作中起模范带头和骨干作用。同时要求党支部、工会和共青团组织为院委会的决策服好务。他要求全院职工把关注民生、改善民生、保障民生作为卫生工作的出发点和落脚点。

由于任顾切实地开展了这三个方面的工作，济世医院在新的地方真正做到了开好局起好步。12月初,刚刚接任省卫生厅厅长(原厅长因到退休年龄而辞职）不久的刘建春到赣南检查医药卫生工作，一天上午，特意到丰田镇看望了一下任顾及新医院的工作情况。陪同的有赣州市委书记王有斌、汤副市长以及瑞金市、丰田镇的主要领导。他们看到该医院开业才两个多月，医疗工作已步入健康发展的轨道，前来就诊的患者络绎不绝。从门诊部到各科室工作井然有序，各科住院部住的病人多，而且肃静安然。医务人员为病人服务无微不至，病人及家属都很满意。刘建春顺手从外科住院部的墙上取下意见簿看到"济世医院真正是老百姓自己的医院，济世爱民呀！""济世医院服务周到，费用低廉，是我们革命老区人民最为需要的医院。""济世医院政通人和，领导和职工都像白求恩那样精益求精为患者服务，我们衷心地感谢他们啊！"下面都有姓名、地址、日期。王有斌和汤副市长也十分高兴地说："这所医院办到这里，确实给当地人民带来了福祉，任院长治院有方啊！"武有民书记说："自济世医院开业以来，前来诊治的患者就非常多，我们镇上干部下乡经常听到广大群众都交口称赞医院工作人员服务热情周到。而且就诊的病人来源也很广泛，不但咱们赣南山区的患者在这里就诊，福建、广东的病人在这里就诊的也不少。"

正是：群众口碑胜金杯，为民办事心不亏。救死扶伤是善举，济世医院奠宏基。欲知后事如何，且看下回分解。

第四十九回

罗创有嗣欢笑多　阮琴携女度日月

当刘建春等领导在医院各楼层、各科部室边看边议论的时候，只有王秉公和景林在场，任顾只是把各位领导迎接到医院内部就借故忙他的事去了。他向来反对上级领导来检查工作或来现场参观，前呼后拥制造声势，他主张让领导们随便些自由些，想看什么，就看什么。将近中午12点，景林打电话告诉任顾说："领导们参观罢了，正从楼上往下走。"任顾闻之，从六楼自己的办公室出来走下来和各位领导握手道别。随后和安生富、王秉公、景林及医院的几名职工陪他们出了门厅，看他们都坐上车出了医院大门后才返回各自的工作岗位。

却说于开选自5月下旬因病请假回到了贵溪老家疗养。由于一家老小团聚，母亲呵护，妻子照顾，弟弟、弟媳及子女的关心。使他感到了家庭的温暖，心情也好了许多。他给自己配方调治，三个多月后，身体渐渐好了起来，他感觉能上班工作了。可是又一想，自己自患病回家疗养以来，康健医院那边竟没有一个人来看望过他，甚至潘世雄更不要说柳飞扬了，连个电话都没打过来问讯或安慰两句。他感到太失望了，这所医院的领导咋和任顾完全不一样。倒是任顾还打来过两次电话，问候了他的近况……并约他想回济世医院就回来。他思之再三，康健那边再不能工作了，在潘世雄那个"阎王爷"手底下干事，迟早会把命搭进去的。任顾那边听说已打开了局面，政通人和。况且任顾还邀请过，这人仁义大度，但下面那些人怎样看我。"出门门槛低，进门门槛高。"项羽宁死都无面目见江东父老，我于开选再无能，也算五尺男儿，罢罢罢！自己筹款开个诊所，能养家糊口就行了。于是他和弟弟商量，东奔西走和亲戚朋友借了一些钱，在贵溪街头租了一间房，在当地工商卫生等部门办了营业执照和许可证。择日与亲朋好友聚到"开选诊所"门前放了几串鞭炮，就开始营业给家乡人民卖药看病了。当诊所营业转入正常的时候，他特意抽时间去了趟令他十分伤心的地方——康健医院。向潘世雄打了辞职的招呼，并和李主任、孙芸芸握手道别，拿上自己的东西走出了医院大门……

虽然于开选离开了康健医院，但业务院长的位子一直空着，现在潘世雄单打独奏甚是吃力。广播电视台上的“招聘人员”广告费花了不少，就是招不来得用的人才，甚至来两个走三个。不要说招懂业务的副院长，就连一般的医务人员也难以聘到。主要原因是走出去的人——如何守财、靳美丽以及禹风等人大肆宣传康健医院不是人待的地方，潘世雄是一个视民众如草芥的混世魔王，把他的副手险些整死了。因此，鹰潭境内外的人一听都毛骨悚然，谁还敢去应聘？……

面对康健医院自开张以来的工作进展情况，柳飞扬董事长也不容乐观，他对潘世雄的为人处世和工作方法颇有微词。由于现代信息的灵通以及刘建春厅长在省卫生工作座谈会上的一次讲话中，提到了社会力量办医疗事业的楷模——济世医院，并且提名表扬了任顾的办院思路和魄力，这个讲话也在江西日报中转载。所以，柳飞扬看过报纸后来鹰潭专门找潘世雄谈话……让他抽时间赴赣南向任顾请教医院管理知识，或者聘任任顾担任康健医院名誉院长。潘世雄一听心中不服气的怒火烧起来，他的脸就一下子变得黑红，但他又想：“小不忍，则乱大谋。”或许任顾也有些长处。在顶头上司面前要稳重些，谦虚些。他又脸色恢复了正常，谦恭地一笑说：“我愿拜他为师，有空就去请教。”柳飞扬很高兴地说了声：“好！”就辞别了潘世雄，仍回景德镇忙他的瓷器事业去了。

潘世雄哪里是想真去赣南？他是看过许多书籍的人，《孙子兵法》他基本都能背下来。他在柳飞扬面前的表态实则是个“缓兵之计”，把他打发走了了事。他心中暗自嘀咕：“我堂堂科班出身的主任医师，向你任顾这个外行学什么？再说你是院长，我也是院长！我千里迢迢跑到你那里学习，是自找丢人，真是掉价呀！”他硬着头皮一意孤行，经过两个多月的努力，前来应聘的人员寥寥无几，大都是来看看就走了。大部分科室都空着，住院部有时连一个病人也没有，门诊病人也十分稀少。甚至本市籍的刚开办医院时就在这里工作的医务人员都不安心工作，有几个已有跳槽的迹象。潘世雄已觉察出问题的严重性，他实在硬不下去了，就找从济世医院来的护士小窦问讯清了任顾的手机号码。他以十分不情愿，但装做十分谦卑的口气拨通了任顾的电话说：“尊敬的任院长，您好！本应亲造尊府聆听教诲，只因琐事牵绊，今在电话中请教医院管理事宜，望您不吝赐教一二。鹰潭康健医院潘世雄冒昧打扰。”任顾听罢后，谦虚地笑了笑说：“潘院长太高看我了，其实我没有什么高招，只是平平常常做事罢了。至于医院管理嘛！公立私立的兄弟医院都有好的经验。我是个医疗外行，那有什么经验可谈？不过我向来对职工、对同志比较宽厚，也就是以民为本，怀仁心、尚仁德、施仁术……”电话那边潘世雄连连叫好。潘世雄是一个非常聪明的人，他从任顾虽然不多话语中听出了真谛……从此，他开始改变以往管人用人的诡诈专横作风，开始谦和地以诚相待同志和职工。康健医院逐渐地能留住人，有人才能开展工作，这所医院开始慢慢运转起来了……

却说蔡红自去年9月10日在上海虹桥医院成功地进行了输卵管导丝介入再通术后，不多时日就怀孕了，今年8月15日在本院妇产科产下了一个可爱的小女孩。虽然是剖宫生产，但蔡红还是忍着疼痛笑出了眼泪。她看着眼睛鼻子嘴巴挺像自己的女婴，心中甚是欣慰，三十好几了，总算有了自己的孩子。罗创更是兴奋不已，他自蔡红怀孕以后就暗自欢喜，并且不失时机地告诉了母亲。这罗老太太就开始变换着各种烹调技艺为家庭，特别为儿媳妇做好饭菜。以前只求得吃饱的她，现在也开始注重“营养”了。所以，罗创吃得越精神，蔡红吃得越漂亮了。待蔡红母女从医院转回家中以后，罗老太太更是无微不至地为蔡红伺候着月子，呵护可爱的小孙女。罗创此时感到自己是名副其实的伟丈夫。因此，为了体现丈夫风格，他上下班或到街上买菜办事，总是挺起胸脯昂首阔步，与人说话的声音比先前大了许多……总之，据邻居讲，自罗创得女之后，他的409房间整天充满着欢笑声。

有裂痕的爱情大多数是不能持久的。路世生与其科室的那个小护士邹丽媛之间的暧昧关系，自去年12月28日晚阮琴发现以后，阮琴着实痛苦了几天。但是她还是以宽容的态度和希冀其痛改前非的愿望，特别是今年元旦期间她会过任顾后，于4日返回家中以贤妻良母般的姿态、温柔和耐心与丈夫开诚布公地谈了一次话。当时路世生确实受到了感动，他不但供出和他要好的那个女的，就是他们科室的护士邹丽媛。而且仿照古装戏“将相和”中的廉颇向蔺相如屈膝请罪那样向阮琴认了错，并信誓旦旦地保证和那个小妖精断绝关系。为了体现改过自新的承诺，立志当一个模范丈夫，他每天下班后就及时赶回家帮母亲接孩子做饭、洗衣服，特别对阮琴的内衣洗得更干净。他母亲一看儿子勤快起来，也就回山东老家去了。因为那边还有几亩地，老头子也顾不过来。……这段时间，由于忙碌，路世生确实老实了，阮琴也觉得自己对丈夫的教育工作已达到了预期的效果。

秋风送爽，气候宜人。9月下旬的一天下午，路世生正闲着无事，他在办公室正翻看当日的《江西日报》，手机突然响了……他接上一听是原来的相好邹丽媛的声音：“路哥，你好长时间不理我了，我很理解！今日下班后能否到医院后门边的花园处，我很想和你见面，有话说呢！”路世生略微沉思了一下说："可以。"并及时给阮琴通电话说："你下班后去幼儿园把蕊蕊接回来，我科室有事，可能得迟回家。"

当时，阮琴虽然宽容了丈夫，但她并没有放任了邹丽媛。为了防微杜渐，为了"清君侧"。她到人事科给何科长建议把邹丽媛调到门诊部留观室，把留观室的一个姓贾的小护士调到了外二科住院部。这样一来，邹丽媛和路世生见面少了，阮琴也更放心了。邹丽媛也感到事有蹊跷，索性自己打自己的主意，跟有妇之夫来往是不明智的。她振作精神，一边很好地工作，一边留心白马王子的出现……

为什么先前邹丽媛能和路世生走到一块呢？主要还是地域口音关系。邹丽媛是江苏丰县人，徐州卫校毕业后，经她的班主任——江西籍的邓老师联系江西附院的一个老同学，给她把工作安排到这里。她刚来附院外二科住院部上班，其他人口音不同。只有山东籍的路世生和她口音相近，由此她认为路医生就是老乡。在这遥远的南方，一个北方女孩遇到一位老乡老大哥，她纯真的内心是多么由衷的高兴。加之这路世生彪形大汉虎头虎脑，又主动地热情关护这小邹。因此，邹丽媛和当时的阮琴一样，第一时间就对他产生好感。由于在同一科室工作，久而久之他们就成了朋友。当他们都值夜班的时候，邹丽媛为了消磨时间，有时到路世生办公室说说笑笑，仅此而已，并没有其他出格的事情。只是这小邹知道路医生的老婆阮护士长是个"显赫"的人物，所以她常常告诫路大哥不要将他俩的纯洁友谊说出去，免得节外生枝，不巧那天晚上恰被阮琴听见了。

对于路世生而言，有一个漂亮的少女整天恭维他，甚至夜间值班寂寞时主动敲门进来和他说些开心的话，总比没有强。他感到只有在小邹面前他才能展示一下男人的雄风和尊严。他虽然是人高马大，其实是个胆小人，心理素质极差。尤其遇到阮琴这么好强的领导型的女人，他简直就是一个"武大郎"。他想通过邹丽媛这位单纯的小老乡练一下胆，但在阮琴的势力范围之内和这个"穆桂英"的淫威下，他只有贼心没有贼胆。他有时想摆脱这个阮大虫，另找一位温柔和顺的女子为妻，但哪里敢？刚一闪念，心中就打一个冷颤。因此，他觉得这小邹就是他开心的钥匙。有她在，他就感到喜悦和自豪……

今天他突然接到小邹的电话，他喜出望外……由于内心激动浑身热乎乎的，他把吹来的秋风当作春风。他下班后迎着这"春风"快步来到了医院后面的花园旁，此时花园那边有几对男女在窃窃私语，他心中掠过一丝嫉妒。他收回目光向四下张望了一下还没有小邹的影子，他自视了一下自己灰白色的西装，乌黑明亮的皮鞋一尘不染，他放心地挺胸抬头绕着花园的栏栅漫起步来。

20分钟左右，邹丽媛迈着细碎的快步来到了近前，并含着笑抱歉地说："让您久等了，对不起！"路世生以焦渴的目光盯着邹丽媛说："没，没久等！我才到不大工夫，你找我有啥事？快讲！"说着他向邹丽媛靠近了些。邹丽媛略微笑了笑扬起眉望了他一下缓慢地说："我今天约路大哥出来是向您道别的。"路世生惊讶而失望地问："道别，你到哪里去？"邹丽媛又看了路世生一眼说："今年五一放假我回了趟老家，我舅舅给我物色了个对象，他在江苏省丰县法院工作。经他父亲（退休干部）出面联系把我的工作联系到丰县人民医院，因此，我向您道别。我把工作关系都办好了，明天就起程回江苏。"路世生喃喃地说："你在这里工作好好的，怎么说走就走，太突然了！"邹丽媛说："谁不思故乡呢？况且我父母、对象、亲戚都在江苏，所以我调回去很正常！我在这儿工作两年了，虽然没有受到领导的指责，但还是被您老婆赶到了门诊部！这对我的名誉和人格也是一次不小的考问。路哥！我说一句您不爱听的话，你这人咋那么老实窝囊！整天在老婆的管制下，既不会唱歌，也不敢跳舞。听人说，你出一趟医院大门都得向阮护士长请假，有这事不？嘿嘿！"

邹丽媛笑出了声，路世生羞耻到了心。他嗫嚅了两下说："我看她忙工作，我就多做些家务，得守家啊！……"邹丽媛讪笑着说："好！那您就好好当一位家庭主男，伺候好您的长官婆娘吧！我感谢以往您对我的关照，再见吧！"她说罢伸出白嫩的右手和路世生握了一下手就回头提前向职工宿舍楼的方向走去。路世生望着邹丽媛远去的倩影，他心中泛起了别样的滋味……他也向相同方向迈开了步伐，是追赶呢？还是回家呢？最后，他还是回到了家……这天晚上，他除了听阮琴和女儿均匀的呼吸声外，就是思考邹丽媛对他的评价以及失去这位年轻貌美女友的惋惜……直到天快亮了才打了个盹。

第二天早上起来，妻子由于今天医院行政查房，已早早地去了。他头昏脑涨地给女儿穿好衣服、洗了脸，看着女儿吃完了早点，就送女儿到幼儿园。然后，他就上班去了。他到工作岗位上就感到脑子不清醒，浑身没有劲。还好今天住院病人不多，他例行检查了一遍，就在饮水机上倒了一杯水，到办公室兼值班室，一扭屁股坐到沙发上边喝水，边想问题。啥问题？就是昨晚想了很多而归纳出的核心问题，就是要坚决维权，维护自己的"男权"。

中午下班后，阮琴已洗手挽袖做起饭来……他对妻子说："我昨晚没睡好，最近身体咋很虚弱，我们科室的人说要加强体育锻炼才能增强体质。"阮琴温和地笑了笑说："好哇！应该加强锻炼，你应向任老师学习，清早五六点就起床锻炼去！"路世生瞪着牛样的眼睛想了想说："清早锻炼，我起不来，我听说晚饭后锻炼比清晨锻炼效果好，还能减肥呢！"阮琴说："只要你不要当懒虫，看你啥时锻炼都行！”路世生又说：“今后接送孩子、做饭、洗衣之类的家务活，你得多做点，我一个男人家经常窝在家里人笑话！”阮琴含笑朝丈夫瞅了一眼说：“哟！你还大男子主义起来了，行！家务活我多做，只要你把身体锻炼强壮比什么都好！”说罢又嘿嘿！地笑了两声，路世生也欣慰地笑了笑。他暗自思忖，虽然昨晚绞尽脑汁地想了大半夜，看起来功夫不负有心人，咱第一步就旗开得胜。中午饭后，他及时地补休了一下，养好精神晚上锻炼。

阮琴这人向来说到做到，她也看到丈夫体质有些差劲，晚间睡觉很不踏实，打呼噜放屁兼咬牙，真像一个老头子一样。所以，丈夫主动提出锻炼，她是求之不得、非常高兴并大力支持。哪一个女人不希望自己的丈夫身体强健呢？所以从此以后，她起早备早点送孩子，中午晚上的饭她都包揽做。而且肉蛋奶等营养物质搭配十分合理，因为丈夫要锻炼就得营养要跟上。

当天傍晚，吃饱喝好的路世生西装革履的从家中出来了，他到医院西北角处的健身场转了转，摸了一把单杠，抓了一下双杠，他根本上不去。他虽然个头挺高，但体育项目没有一个能玩两下子，他对体育运动根本不爱好。此时他旁顾左右索然无味，他心中嘀咕：“可惜邹丽媛走了，不然的话，约出来溜达散步多有意思。噢，对了，小邹说我不会唱歌不敢跳舞。唱歌，学生时代唱过，嗓门音调都不好，现在真不会唱了。跳舞嘛！学生时也跳过，就那么几个步子，抱着个女子按舞曲的调子走走就会。听说跳舞也能锻炼身体，好！就这么定了。”

他离开健身场地，出了医院后门向街对面闪着彩色灯光的“今世缘”舞厅走去。进到舞厅，他买了门票，看到十几对男女在优雅的歌声中疯狂地起舞，男的抖着肩膀、女的扭着屁股，甚是欢快和谐。这时靠窗户的一溜红沙发上坐着 3 个边喝饮料边嬉笑的年轻女子一齐向他投来欣赏的目光。其中一个染了红头发，上身穿绿色夹克衫，下穿藏蓝色裙子，脚穿红色高跟鞋，身材高挑的女子抢先迎上来拉了他一下手臂，喜笑着说：“先生，跳一曲吧？”路世生兴奋地说：“好！欢迎你。”他略显大方地挽起红发女郎跟上曲调跳了起来，当他别别扭扭走动步子的时候，沙发上那两个女子边喝饮料边骂人……其中一个穿蓝色的骂：“他妈的！男人都死得差不多了，连个舞伴都等不到！”另一个穿红色的接着骂：“现在他妈的有些男人越有钱！越怕花钱，见个女的就想躲，生怕他吃亏！……”这时红发女郎哎哟呀了一声，摔开路世生一瘸一拐地到沙发前坐下揉脚去了……并且愤怒地瞪了路世生一眼骂道：“你这人会跳个屁，光往人脚上踩！”其旁那两个女子“咯咯咯”地笑了几声说：“小尹，人家踏你的脚，是想给你踏蛋呢！”小尹嗔怪地朝她俩骂道：“去你的，你们想找男人踏蛋，自个找去！”那个穿蓝色的女的拍了一下穿红色的女的腿悄声指着路世生说:“这个傻大个其实是个大笨蛋,人一看就恶心!”这些都被路世生看到听到了,使他心中掠过一丝对女人的恐惧。他既愤怒又羞惭……心想:“这维权的第二步咋失败了,赶快摆脱这难堪的局面,回去得好好练一练步子……”

自那次跳舞踩了女士脚的路世生现在一有空闲就自个练习舞步……甚至在科室上班的时候,也不耻下问,向人讨教跳舞的步伐与技巧。技巧讨教得差不多了,就请本院的女人到舞场跳舞,渐渐地就大胆地和别的女人跳。虽然舞姿不怎么好看,但从未踩到别人的脚,这是他在舞场上的一大进步。

到了 10 月,路世生终于有了固定的舞伴,这就是南昌国营重工业机械厂下岗工人裴彩凤。这裴彩凤真像一只色彩斑斓的凤凰,身穿一袭金黄底色镌花真丝连衣裙,蛾眉凤眼,羊鼻梁,小嘴巴,如云的乌发白中透红的脸蛋,身高腰细,丰乳肥臀。年龄 32 岁,恰巧和路世生同岁。他俩刚开始跳舞只是在跳舞,也再没有多说什么,只是各自感到个头差不多,配合也默契……不像有些跳舞的,男的瘦高,女的短胖,或者男的矮胖女的瘦高,极不和谐。渐渐他俩都感到有一种说不出的情愫在涌动,开始探询各自的职业及家庭情况。

经过路世生询问,原来这裴彩凤虽然人品出众,实则命运不济,真像应了“红颜薄命”那句话。她是九江人,随父母在南昌上学。中专毕业分配到南昌重工业机械厂工作,并与厂里一名营销员结了婚。前年丈夫因车祸去世,去年父亲因肝癌病故,母亲也多病。她膝下有一个 7 岁男孩,现在上小学二年级,母亲先前在她家帮她看孩子,做点家务,今年春天心脏病又犯了,哥哥接回老家去了。她一人带个孩子甚是吃力,上半年厂子改制,她为了照顾孩子上学,只得下岗,现在母子过着最低生活保障水平的日子。当她得知路世生有像样的工作,有固定收入,甚是倾慕。

路世生通过和裴彩凤接触,感到这人真的有女人味,既温柔又热情。他觉得阮琴即冰凉又冷峻,简直是一个家庭怪物,一架工作机器,在她身上挤都挤不出一点柔情来。他也和盘托出自己是处于泼妇压制之下的二等公民,他也想自我解放寻找真正属于自己的爱情。裴彩凤一听,内心十分欢喜,这人和自己同病相怜,年龄又相等,这不是自己的依靠是什么?况且体格魁梧伟岸,就是做家务活也不缺力气。她主动向路世生发起了攻势,表白了她的爱慕之情。路世生开头也十分高兴,但又一想,听阮琴曾经说过,有一本法国著名作家司汤达的名著《红与黑》中男主人公于连说过一句话:“30 岁以上结过婚的女人是最复杂的女人。”他就冷静下来,并对裴彩凤说:“这事不能急迫,让我考虑考虑再说。”

事有凑巧,恰在路世生对裴彩凤深情的请求左右为难、举棋不定的时候,阮琴被医院安排赴上海参加一个卫生部下属一个司局主办的“消除医院感染”的研讨会。大概往返需10天时间,同去的还有郝副院长。当他第二天清早领上女儿为妻子送行时，看到郝副院长油光可鉴的发型，一身蓝色西装,鲜红的领带,乌黑贼亮的皮鞋。郝院长只把他和他女儿轻蔑地扫了一眼就双眼火辣辣地盯着妻子笑容可掬，并且潇洒地把妻子扶了一把送进灰色的奔驰小轿车的后坐上，然后矫健地倒跨一步开了前门钻进去坐在副驾驶的位子上,小车一溜烟地跑远了……此时他心中酸酸地,辣辣地,蹿起了一股无名怒火。由于血压升高,他顿感眩晕,并且眼花缭乱……他恍惚看到女儿蕊蕊的脸型有点儿像郝副院长。他在心中怒骂郝副院长是他妈的啥院长,真他妈的一个老色鬼！转而又一闪念,不能全怪那姓郝的,老婆阮琴也不是她妈的好东西！放下家庭不顾,放下丈夫、女儿不关照,爱往外面跑,爱和当官的搅和。开口闭口教我向任顾学习,你看今天跟上郝副院长又走了,不知晚上他俩怎么住……路世生想到这里，忽然他气得黑青的脸色渐渐缓和过来……他又看了一眼蕊蕊,掏出手机给裴彩凤打了电话。电话中究竟说了些什么？连蕊蕊也没听清楚,当然她年龄小没注意听,她只知道老师告诉她们：“不要偷听别人的电话！……”

今天是星期六,正值路世生倒休。他和裴彩凤通过电话后,就急急忙忙把蕊蕊送到幼儿园后。就在幼儿园旁的超市里买了两瓶高档红葡萄酒,两包时兴糕点,两包高级奶糖,两盒滋补品。坐上一辆深红色出租车向广武街紫薇苑8号楼3单元204号房奔去。按响门铃,门就开了,裴彩凤面带笑容十分热情地把路世生迎了进去。她近乎搀扶地把路世生搀到客厅……让他坐下后就沏茶,端水果。她眼一瞄看到路世生放到电视柜脚下的礼品都是成双成对的四色礼,她由衷的高兴,她心中赞扬:“这山东大汉挺细心。”路世生刚用手接到裴彩凤精心地为他削的一只大红苹果时，从左边卧室内跑出来一个小男孩。小男孩见到路世生愣了一下,只睁大双眼瞅他。裴彩凤急忙对孩子说:“乐乐,这是你路叔。”乐乐向前又走了一步问:“路叔叔好？”路世生很热情地回答:“好,好！乐乐乖哟！”并及时从衣兜内掏出200元钱塞到乐乐手中并说:“乐乐,买巧克力吧！”乐乐又把钱放到路世生面前的茶几上说:“老师说,不能拿别人的钱物！”裴彩凤也得意地笑了笑说:“乐乐拿上,你路叔给你,你就拿上,他不是外人。”乐乐很听话地拿起钱又跑回了卧室,一会儿走出卧室对裴彩凤说:“妈妈,我出去玩会儿？”裴彩凤笑着对儿子说:“去吧,小心点儿啊！”待乐乐出去后,路世生和裴彩凤拉着手进了卧室……从此以后,他俩确定了情人关系,路世生一有空就往裴彩凤家跑。

若要人不知，除非己莫为。自从他俩结伴跳舞以至确定情人关系等事，早被一个人发现，这人就是同在这家“今世缘”舞厅跳舞的建设银行会计董艳。董艳是蒋静的小姑子，她在去嫂嫂处时曾在医院见过路世生，经打听这人正是阮琴丈夫。她把此事悄悄告诉了蒋静，蒋静当时就当耳边风，不愿管这事。待阮琴回来后，她每见到阮琴都敷衍寒暄几句就匆匆走了过去。最后，她思之再三，感到“知情不报”有愧对老同学之嫌。况且这事迟早会暴露，到那时，阮琴真是会责怪自己的。

10月下旬的一天，蒋静约阮琴晚上来家见面，阮琴如期而至。这时董良也没在家，只有蒋静一人。蒋静把路世生近期的表现如实地对阮琴说了，并告诫她这可能是别人捕风捉影，要重证据，重调查研究。阮琴听罢后，脸色虽然有些不好看，但她还是镇定地淡淡笑了笑说：“感谢你的提醒，我会妥善处理这件事。”说罢就起身告辞回到家中。

自从上海回来，阮琴也感到丈夫有些不对劲，本来很懒惰的他更加庸赖。家务活推三让四，整天哈欠不断，中午必须睡觉，有时竟误了下午上班。晚上锻炼回来得很迟，经常背着她接打电话……但是她也没介意这些。经蒋静一说，她真没想到这个“呆子”还有这等花花肠子……不过不能操之过急，咱姓阮的大小也是个官，得有策略地办好这件事。这天晚上，阮琴早早地给蕊蕊洗完澡，安顿她睡好后，就给丈夫打电话说：“你今晚锻炼节奏放快点，早些回来有事商量！”路世生和裴彩凤跳到情深意浓时接到了这样的电话，他俩都感到挺扫兴，真像火热的心头浇了一瓢冷水一样……特别是路世生表现出既沮丧又紧张的样子。裴彩凤讪笑着对路世生说：“紧张什么？她吃不了你！一个大男人，怎么胆小如鼠？大不了是离婚！怕什么？去吧，我也回家，随时电话联系！”说罢，她挽着路世生的一条胳膊走出舞厅……

路世生回到家里，在客厅柔和的灯光下他看到阮琴倦怠地斜靠在沙发上看电视。看他进来啪地一下关了电视问：“锻炼好了吗？”路世生稍胆怯地回答：“锻炼好了。”阮琴又问：“你和谁锻炼？锻炼啥项目？”路世生略带气地说：“你问这么详细干啥？多管闲事！”阮琴略微提高了下嗓门说：“我多管闲事了！我问你，我去上海你干了些啥事？如实讲来！不然，咱俩的感情难以继续！”路世生此时又像听到裴彩凤的声音“一个大男人，怎么胆小如鼠！”他顿时胆大而近似吼叫地说：“你阮琴今天怎么了？你审犯人吗？你想离婚就离！我不怕，谁不知道你跟那个姓郝的好上了！你小娘们早把绿帽子给我戴上了，还假正经！”阮琴一听这话，脸都气成煞白的了，心想：“没看住，这老实巴交的结发丈夫怎么变得如此刁钻和蛮横，竟然猪八戒倒打一耙。这话传出去，本人不但威风扫地，连人家郝院长的名声都坏了。”她又盯了一眼坐在电视柜旁一把软椅子上的路世生，八字眉下耷拉着眼皮，黑黄而扭曲的面容，咧开着大嘴巴，十分难看。她又想了女儿一回……虽然才5岁，但聪明伶俐，也好抚养了，罢罢罢！于是她下定决心说：“路世生，既然你有了外遇，我也不为难你，离就离吧！不过你不要把人家郝院长搭上。”路世生长出了一口气说：“行！”当晚，阮琴到女儿房间含泪睡了一宿。路世生在大卧室刚躺下就给裴彩凤发了报喜短信……得到裴彩凤发回“好，很好！”的短信后，他满足地酣睡了一晚……

其实郝副院长是清白的，这人和路世生一样的个头，年已50岁，至今膝下无有子女。虽然身体胖大，但没有生育能力，近几年又患上阳痿的毛病。这次去上海学习研讨，顺便到长海医院泌尿外科诊治了一下自己的毛病，至于效果如何，过一段时日才能说明……

路世生当晚如释重负地美美睡了一觉。可是阮琴确没睡好，她想了好多好多，盘点岁月，翻晒心情……甚至包括离婚后的工作和生活。凌晨4点，她猛地惊醒，睡意全无，她起床洗漱完毕还听到路世生熟睡的鼾声。她心中暗暗骂道：“真是一头不知好歹的死猪，和这样的男人相处这么多年，真算我阮琴有眼无珠倒霉透顶……是不是肖琼那个王八蛋坏了我的运气，怎么没遇上任顾那样优秀的男人？”她打开客厅的灯坐在沙发上喊：“姓路的起床！商量离婚的事！”路世生听后：哼哈！了两声终于起来了。他仍耷拉着眼皮从卧室出来了，只穿着内衣光着脚板，趿着拖鞋，伸了两下胳膊，张开大口又是两个哈欠，才慢腾腾地坐在阮琴对面的软椅子上张开眼皮看了一眼阮琴问：“你犯夜了，这么早叫我起来干啥？”阮琴没有好声气地说：“马上快天亮了，咱们得商量商量离婚协议的事。”路世生瞄了阮琴一眼说：“你知道我不会写那玩艺儿，你能写，写好我签字！”阮琴有点失笑地说：“谁叫你写？我是叫你商量条件！”路世生说：“没啥好商量的，你说咋办就咋办！”最后达成协议是：

一、女儿路蕊蕊由阮琴抚养（其实阮琴不愿交给其混蛋父亲抚养，她不放心），路世生按规定支付抚养费到其18岁为止。

二、房子归阮琴所有，双方集资房屋贷款基本还清，剩余5000元由阮琴负责还清。房价28万元，折旧后24万元，现在剩余房价值各12万元。阮琴暂付路世生4万元，剩下8万元暂作为孩子的抚养费的预付（按标准核算扣除）。

三、双方其他债务，各自承担。

四、其它共同财产，谁添置谁所有（由于阮琴工资多，大部分是阮琴所购置）。

五、本协议一式两份,男女双方各持一份,自双方签字之日起生效。

阮琴根据双方达成的以上协议书写好,她首先签了字。递给路世生看过也签了字后。他们约定先上班,到上午 10 点各自请好假到户籍所在的街道办事处民政科办理离婚手续……这一天是 2009 年 10 月 27 日。

离了婚的路世生当天中午就叫了辆运货车把属于自己的家具拉到了裴彩凤的家里。晚上就住在了那里,从此以后他和裴彩凤出双入对,真像夫妻一样……他俩约定赶在周末前必须到民政部门登记办理结婚证,并及时告诉双方家人,预计在 2010 年元旦前后举行结婚典礼仪式并宴请双方亲朋好友……

2003 年 8 月 27 日对阮琴来说,是个值得纪念的日子,因为这一天是她的人生的又一大转折, 她正式走上了江西医学院附属医院儿科护士的工作岗位。时隔 6 年多的 2009 年 10 月 27 日也是值得牢记的日子,因为这一天她与她结婚育女 5 年多的丈夫路世生分手了。虽然还在一个医院工作,低头不见,抬头见,但形同路人。人和人之间一旦没了感情,特别是男女之间,那就什么也没有了……阮琴拿到离婚证书之后回到家里, 特别是被路世生搬走部分家具的房间,更显得空荡。家庭空荡,但她内心并不空虚,她还有女儿,她还有亲人,她心中还装着一个人,这人就是任顾。她及时给任顾打了个电话,报告了她已和路世生离了婚及其原因。任顾接到电话后对她的婚姻突变感到惊诧,后又耐心地给她安慰了一阵……并要求她自强不息,把工作做好,把女儿抚养教育好。阮琴含着眼泪一一认肯,并希望任顾到省城办事一定来附院看看她母女俩的生活状况……

当天下午下班后,阮琴先去幼儿园接回了女儿。当她母女回到屋内,女儿惊奇地发现少了几样家具,并跑到各处一看不见了爸爸。她稚嫩的小脸上显露出了恐惧与不安,她跑到妈妈跟前问:“爸爸呢? 爸爸咋没回来?”阮琴说:“你爸爸出远门了,他不会回来了。”女儿转动了两下小眼珠,再没有说什么。当晚母女俩草草地吃了晚饭,早早地就休息了。第二天,阮琴在上班之余抽空去了趟家具店,购置补齐了家具,重新把屋内打扫整治了一番。从此,她和她的女儿蕊蕊相依为命,开始了即单调又孤独的生活。

正是:夫妻本是同路人,行程到站也须分。工作育女两不误,岁月累累熬阮琴。欲知后事如何,且看下回分解。

第五十回

好政策惠及百姓　为民生济世创新

阮琴离婚的消息成为爆炸性新闻在附院传开了……刚开始大部分不知情的人以为是阮琴瞧不起路世生而导致离婚，甚至有些男青年相互告诫："千万不要找当官的女人当老婆，不可高攀金枝玉叶，普通百姓最可靠！"最后经蒋静等人证实，阮琴的婚变完全是路世生心花、感情不专一造成的，又有许多医院的职工看到路医生下班后，经常有一个打扮时髦身材高挑的中年女人领一个小男孩在医院门口等他，并且经常看到他们出入饭馆舞厅……亲密和美的身影。于是，医院的职工，特别是女职工在工作之余就不约而同地骂路世生不是个好东西，是活生生地一个"陈世美"。群众的议论有时是活电报，不多时日，医院的大小领导都知道了路世生不是个好东西。当然这些，路世生都感觉到了，他在医院行走，后面总有人指手画脚、窃窃私语……特别平时和他要好亲近的几个哥们，现在都渐渐疏远他了。有几个心直口快的还骂他："不识好歹，替别人抚养孩子，学雷锋吧？"他渐渐感到现在附院已是四面楚歌或者无地自容，他准备离开这个地方。于是他给老家的父母、亲属和亲戚同学等打电话，请他们替他联系工作，他要离开江西医学院附属医院这个鬼地方。

离婚后的阮琴和往常一样的日出而作，日落而息，一切照常地早出晚归送接孩子，上班工作。可是一贯性情开朗，待人热情的她显然沉默了许多。她虽然不是意志消沉，但还是略显低调。恰在这时，副院长计蓉调到了卫生厅医政处任副处长，这个位子只有阮琴有资格和条件补充。但院领导征询阮琴意见时，阮琴婉言谢绝，并说："请领导考虑儿科护士长的人选问题，我现在单身带个孩子，不能胜任这个工作。"最后院领导出于对她的同情和照顾，给她配了个副手帮助她的工作。从此以后，阮琴只管宏观的护理工作。她除了在工作上尽职尽责外，在家庭上当不了贤妻就当好良母。她教育孩子、洗衣、做饭，过着平常人的生活。有时过分寂寞就给任顾打个电话或者发个短信，任顾很随和地给她回话，安慰她，鼓励她，让她很好地生活。所以，阮琴感到走了路世生，对她来说是精神上的解脱。如今，任顾是她的精神寄托，是她心灵的护佑神、挚友和工作生活的好榜样。其次，她就经常和胡卫华通信息电话，她认为胡卫华是她的红颜知己，她俩的谈话无拘无束，无所不至，非常交心。她甚至很赞赏胡卫华的为人处世，她认为胡卫华现在这样的不婚不嫁，独来独往，自由生活是最佳的选择，是理想的最高境界。她甚至对胡卫华说："婚姻是桎梏，是牢狱，甚至是坟墓……特别是找不到合适的另一半的情况下。"她又羡慕胡卫华有一个德才兼备忠义善良的好姐夫，她殷切地期望胡卫华感情专一，始终不渝地照顾好任顾，解除他的后顾之忧。她对胡卫华说："小胡，你能经常和任老师在一起，为他料理家务，给予他工作上的支持，是你的福气和造化。"当然，胡卫华也心领神会，自医院搬迁至新院址以来，她对任顾的照顾更是细致入微了。在她的内心，已经形成了对任顾强烈的柏拉图式的依恋之情。她除了做好护理工作和工会妇女工作外，把剩余的精力全部倾注在任顾的生活起居上。因此使得任顾轻装上阵，成功地开展了新医院开好局的一系列工作。任顾在紧张的工作之余也回头想到胡卫华为他的工作和生活而操劳不息，很有些过意不去，有时也说点感激感谢之类的话。但是任顾是个注重实际的人，表面文章他做不来，他就托李玉芬、麻发、景林等同志替胡卫华物色对象。他想到女孩子，能给介绍个好对象，是最实际的感谢和帮助。舍此，还能做些什么呢？……

院长的指示就像政治任务一样，李玉芬、麻发、景林等三人闻风而动雷厉风行……通过他们三人的不懈努力，为胡卫华寻找对象的人员不至三人，或者大于九人。这些甘愿充当红娘的人利用一切空闲时间，不甘落后大张旗鼓地为胡卫华女士物色白马王子。他们先从院内到院外，再从国内到国外，大江南北、长城内外，东半球，西半球。他们从骑着各种颜色马的王子王孙中遴先纯白色的白马王子，最后总算筛选出了三名。这三名未婚青年年龄均在30岁上下，一个是北方人——美国留学生；一个是南方人——北京医科大学硕士研究生、本院内科医生；一个是赣州市委科级秘书——安徽合肥人。这三个白马王子都分别得到了牵线搭桥人提供的胡卫华的手机号码，让他们自己先主动谈……不想这三名跃跃欲试的男青年在这位北方姑娘面前一个个败下阵来，都已到了垂头丧气的地步。原因很简单，胡卫华的答案只是两个字："不找。"胡卫华不但像她父亲说的那样，是个烈性子，而且是一个疾恶如仇，清心寡欲的人。这样的人一旦心中有一个人，就再装不下第二个。况且她不爱嬉耍，专爱看书，历史上的诸多爱情悲剧，特别最近阮琴婚姻的失败，更加印证了她对自己独身处世的决断是十分正确的。她已隐约地感到自己并不是剩女，而是神话故事中的仙女……她自命不凡地认为这位仙女是有如意郎君的，这个如意郎君定是上天派来的——他就是任顾。她认为和她朝夕能够见面、说话或者一起工作的，她觉得各方面令她满意，周围的群众满意，独具英雄本色的就是她心仪的郎君——也就是她今生今世的男人。为此，她并不感到孤独和无助，她感到她身后有一个强大的男人在支持她，或者保护她。因此，她对工作是负责热心地，对同志是友好热情地，对自己是自爱自信的……

阮琴离婚的消息传得很快，不但传到了吉安，也传到了金湾。蔡红、高玉川、小付等原来一起战斗过的姐妹、朋友都打来电话表示慰问或者同情。特别是蔡红更是关心切切，在深表同情之余还建议她趁现在年轻，能遇到合适的再找个伴儿吧！一个女人家独自带孩子是十分苦累的。可是阮琴在对蔡大姐的殷切关心表示感谢之外，对再婚的建议她还是婉言谢绝。她认为再没有那个必要，也没有那份心情……她为了以示不准备再婚的决心和与女儿相依为命，她通过公安户籍管理部门把女儿路蕊蕊更名阮蕊蕊。老家的父母闻之在扼腕叹息之余，只说："我琴琴性子真倔，苦命的娃啊!"

转眼到了年底，附院的患者明显增多，这是一个常规。因为这时是冬闲，而且老百姓秋收的果实已变成钱，再回头看自己的老病、小病……赶在春节前保养好身子，欢欢喜喜过个年。以期过罢春节轻装上阵，开始新的一年的辛苦劳作。这时路世生老家三叔路建华(聊城市统计局干部)为他联系的莘县县医院也一样病人增多，该院贺院长打电话让路建华尽快通知侄儿办调动手续，前来上班工作。

路世生在感到全院上下人等都不待见他，他的工作调动杳无音信。虽然是冬天，他内心烧得像热锅上的蚂蚁一样烦躁。恰在此时，三叔的电话打来了。他仰天长叹一口气说："工作调动终于成功了，天无绝人之路啊！"

2009 年 12 月 28 日清早，路世生办好了一切调动工作手续和行李托运手续。携带着裴彩凤母子离开了江西医学院附属医院，离开了他工作多年的南昌市。当然也有不多的几个送行的人，可是最为显眼的只有两个人，那就是他的前妻阮琴和他们的女儿阮蕊蕊……

时光荏苒，岁月如潮，转眼间到了 2010 年 10 月份。济世医院在瑞金丰田镇开办一年来，在上级党政部门的关怀下，在医院党支部、院委会的领导下，经过全体员工的辛勤努力，以及当地社会各界和广大群众的大力支持，这所新医院已经发挥出了她的青春活力。全院总职工由原来的 80 多人增加到200多人，专业技术人员160多人，具备中级以上职称的人员达100多人。这些人员都是按任顾的要求精选上岗的，而且绝大多数人一专多能，特别是专业技术人员更不能故步自封，还应积极地兼任一些医院行政事务等社会性的工作。这样一来济世医院200多人所肩负的工作量和创造的社会效益和经济效益，反而比有些县市级国立医院300多人所创造的多得多。因为任顾有在国家党政部门长期担任过领导职务的经历，他对近些年来许多部门和单位的机构臃肿人浮于事，冗员太多，靡费国家的粮饷而深恶痛绝。他潜心钻研学习党和国家自2009年4月医药卫生体制改革启动实施以来，连续出台的一系列方针政策。他把这些方针政策作为医院职工政治学习的主要内容。特别是在贯彻执行"城镇职工居民基本医疗保险和新型农村合作医疗，以及'医疗救助'"等国家惠民政策方面，他注重发挥党支部的战斗堡垒作用。党支部牵头，宣传科组织，进行院内外宣传并付诸实施。同时教育每一个职工严格按中央的规定，身体力行，把党和国家对老百姓的关怀和照顾落到实处。

为了使广大职工解除后顾之忧安心工作，乐于奉献，任顾从大处着眼，小处着手。他派医院后勤主任佘贵联系，把王秉公、麻发等老医生的老伴都接到医院家属院居住。并于春节前夕把李霞从金湾调来和沙封团聚，他春节探亲回家看到老伴病情有所好转，在返回医院时也把老伴带到了南方。一则是让老伴改变一下生活环境；二则是老伴在身边，也便于他们互相照顾。他深知自己老伴是个性格内向，不善社交的人。在这家属院内众多的老姐妹中间，她是很可能活跃起来的。他挺注重职工的婚丧嫁娶，他经常深入职工中间嘘寒问暖。那个职工有困难，他能及时伸出援助之手。他也经常关心职工的生活，他要求后勤部一定要办好职工食堂，首先让广大职工能够吃好住好。他认为"民为邦本，本固邦宁。"特别在这偏僻的山村，一些从大城市来的青年职工，他们没想到在这赣南山区新办的这所医院里，生活条件好，工作很顺心，职工间相互友爱，真是很开心。他们纷纷告慰自己的父母，这里和家里一样温暖。

5月12日，以护理部和共青团组织为核心，举办了济世医院庆祝5.12国际护士节文艺晚会，任顾代表医院党政组织讲了话，号召广大医务人员发扬南丁格尔精神，在为济世医院发展和老百姓的健康服务上标新立异，再创佳绩。与此同时表彰奖励了一批在护理工作中做出优异成绩的优秀护士。通过广大职工一年来的并肩工作，朝夕相处，他们都感到有任顾这样一位好领导好朋友，他们是放心的，也是幸运的。目前，济世医院已能够开展开胸、开颅、微创、介入等大型高难度的手术治疗。已经具备集医、教、研、急救、预防、保健为一体的综合医院资质，已经达到了政通人和的可喜局面。这一段的工作按任顾的说法叫“内强素质”阶段，在这个阶段，济世医院真正达到了起好步，开好局的目的。

下半年的工作，按任顾的思路是在内强素质的基础上进一步提高医疗服务质量，重点开展“外树形象”的工作。6月下旬的一天下午，一位来自武夷山区沅头乡的农民田顺老头。由于类风湿病情严重，几近瘫痪，在其儿子搀扶下慕名来到医院诊治。门诊医生开出“住院治疗”的诊断书，需预交住院费4000元，他儿子只带2000元。正在他父子焦急无奈的时刻，任顾从楼上下来了。他问明情况，及时地掏出2000多元替田顺垫付了住院费，并亲自给他办理好了住院的一切手续。事后，过了几天，他儿子拿着从家里带来的钱寻找任顾还钱时，任顾坚决不要。后经田顺打听得知这位好心人正是该院的院长，他感激涕零地对儿子说：“娃呀！你要记住，给咱垫钱住院的那个人是院长，是咱们的恩人啊！”通过这一事例，任顾经过院委会讨论及时修改了有关诊治收费政策。重新颁布了“凡急诊危重病人，特别是边远山区经济困难的农民患者，可以先诊治，先住院，后交费。对于经济特别困难的患者，医院在医疗费方面可以照顾，可以优惠，可以减缓免。”

进入7月份，也是正在农忙的时候，任顾带上各科的医疗专家、带上药械、顶着南方的酷暑深入武夷山区，走村串户为患者上门服务。他们下乡上山义诊、为老百姓送医送药的善举鼓舞了当地的民众，启发了当地的政府。使得“医疗救助”、“新型农村合作医疗”等国家的优惠政策不折不扣地得以贯彻，使老百姓真正得到了实惠，从根本上解决了他们“看病难、看病贵”的实际问题。

十月南国叶正红，山色斑斓荡秋风。任顾本着“民有所呼我有所应，民有所求我有所为”的宗旨，在全院推行了群策群力，民主人性化的管理。各级组织、各科部室都把“发扬白求恩精神，精益求精全方位地为患者服务”放在了一切工作的首位。医院医疗小分队、医疗宣传队不畏严寒酷暑长年坚持上山下乡，深入穷困老百姓家中治病送药，扩大了服务范围。因而，前来诊治的患者日渐增多，江西的、福建的、广东的，还有更远的甚至海外的患者都慕名来到了这里诊疗疾病。赣州日报、省内媒体以及省电视台的记者根据群众的反映，先后采访了任顾，参观了医院的设施及工作程序。并在省报、电视台报道了济世医院治病救人的模范事例。广华公司对自己属下的这所医院所取得的优异成绩十分满意。国庆节期间，荣立范董事长带领董事会成员专程来医院慰问职工,并留下了50万元的慰问金。特别对任顾治院有方给予了奖励,任顾只接受了奖章,10万的奖金分文不受。后在荣董事长的一再恳求下,任顾把这笔资金作为“济世医院救助贫困患者积金”存入银行了事。他一贯把钱财看得淡,他认为“国正天心顺,官清民自安。”“德者本也,财者末也。”“仁者以财发身,不仁者以身发财。”

济世医院的先进事迹见诸报端和媒体,这是刘建春厅长意料之中的事,可是他没想到这所新迁办的民营医院能把工作做得这么细致,这么到位,而且在短短的一年多时间达到了突飞猛进的地步。他为有这样的民办医疗机构而欣慰,他为有任顾这样的好领导老朋友而感到自豪。他深切地感到“严霜之下,识贞松之擅奇;疾风之前,知劲草之为贵。”他决定请任顾参加近期将要召开的省医药卫生工作协调会,并准备安排他介绍济世医院的医疗工作经验……

11月5日,任顾应邀参加了江西省医药卫生工作协调会议。在会上任顾作为基层医疗机构代表发言,介绍了济世医院的发展及医疗服务情况。他的发言内容概括起来就是“人才立院,科技兴院,质量建院,管理强院。”任顾的发言引起了与会领导们的重视,会议结束时主管医药卫生的副省长毛元业亲自召见了任顾。并指示卫生厅在赣南召开一个“医院管理出效益的现场会”,把任顾的办院经验向全省推广。

11月7日下午,省医药卫生工作协调会议闭幕,任顾准备乘夜间火车返回。他正在会议召开的青山湖宾馆他住宿的603房间收拾行李准备起程时,阮琴带着女儿蕊蕊不期而至。他惊讶地问:“阮护士长,你怎么来了?”阮琴兴奋且稍有嗔怪地说:“任老师,您来南昌怎么不给我告诉一声,我是从小胡那里得知您来省城开会……我打听到今天会议结束,也是星期天,我也闲着,就带着蕊蕊来看您。”任顾忙招呼阮琴和蕊蕊坐在房间的双人沙发上,他停止了收拾东西的双手,坐在床沿上笑了笑略表抱歉地说:“真对不起!由于会议时间紧,学习、发言、讨论的事情很多,我准备散会后给你打个招呼。不想会后领导安排在赣州召开医院管理现场会,当然与会同志要来观摩济世医院,我还得尽快回去准备会议材料。所以我就不想打扰你了,以后有空闲我和胡卫华、李霞等会来看你的。”阮琴听罢脸上泛起了红晕,深情地望着任顾说:“原来如此,我错怪您了。不要紧,我知道你写材料是很快的,况且会议时间还没定下,我特来请您到家一叙。说实话,我现在内心很空虚,我很想和您见面,和您说话啊!”任顾此时,内心也略有感动,他深知一个独身女人既工作又带孩子的内心悲苦。但他还是耐心地安慰了阮琴,叫他自强不息,体现自我,体现人生价值。阮琴看到任顾没有留下的意思,就等任顾收拾好文件等装到提包内,他们一同出了宾馆,坐车驶向南昌西站,母女俩看着任顾提着手提包检票进了站,才返回到家里……她心情沮丧地跌坐到沙发上,环视屋内,更显得空旷,此时她落寞、无助,甚至自卑。她又静下心想了一阵,这任顾太敬业了,我和他“想会只有合目追思,欲见只能寄托梦中。”

11 月 15 日上午 8 时，江西省医院管理现场会在赣州市政府礼堂召开，省卫生厅厅长刘建春及省有关厅局的领导出席了这次会议。下午与会的省市领导和各类医院院长齐集济世医院,参观该院的建设及设施,观摩了医院各科部室的工作情况,听取了任顾院长的工作汇报。与会领导对任顾治院方略和创新精神给予了高度评价，并且决定将济世医院为老百姓的健康服务的典型事例向全省推广。许多医院院长热情地邀请任顾能于百忙之中到他们医院介绍工作经验，鹰潭康健医院的潘世雄院长更是心悦诚服地拉着任顾的手说:“任院长,我这次能和你见面,聆听你的讲话,实感荣幸！以后若有闲暇一定屈驾来我们医院指导工作啊！我回去以后,我会经常和你联系的。”任顾谦虚地说:“潘院长,咱们互相学习,互相帮助！我很高兴和你经常联系,讨论工作中存在的疑难问题……”

现场会结束以后,任顾为济世医院又制定出了新的奋斗目标。为了更高标准,更周密地为广大患者服好务,他召开医院党政会议,发挥各级组织的带头作用,更进一步全方位地开展好医疗卫生工作。并向省卫生厅申请,积极创造条件向三级甲等医院的目标迈进。

12 月 4 日,正当任顾为本院筹备创“三甲”的关键时刻,远在北海的魏小花打来了电话说:“我丈夫辛学昆的一个名叫卢云鹏的战友，现在南山市开了一家水泥厂。由于南山市近几年城市建设规模扩大,步伐加快,水泥用量大而经济效益明显。卢厂长最近从卫生部门看到国务院办公厅转发发展改革委卫生部等部门《关于进一步鼓励和引导社会资本举办医疗机构意见》的通知及意见全文。他和我们商量是否能把原来为民医院的牌子打起来,把城关信用社拍卖的原为民医院的办公大楼买回来,重新开办医院。我们都拿不定主意,我特意给您打电话,请示您的意见。”任顾听后高兴地说:“好啊！岁月无痕,人生有忆。为民医院——多好的名字。肖琼当年为创办这所医院也付出了不少心血,如今他已故去,他的未竟事业应该由你们继承和发展。况且国家鼓励支持民办企业,特别是医院,不但可以扩大社会就业面,吸纳医药卫生院校毕业生参加工作,吸纳退居二线的国家医务人员发挥余热。更重要地能为当地老百姓的健康服务,善莫大焉！”魏小花听后显然高兴地说:

“任老师,你还是那样头脑敏锐,看问题深刻,表态也很果断!我主意已定,我给他们做工作,一定要把为民医院重新办起来!谢谢您的指教!”大约过了1个多小时,卢云鹏亲自给任顾打来了电话说:“任叔,您给魏小花的回话,给我们吃了定心丸!我们计议已定,重新办起为民医院,请您能为您战斗过的地方、能为这所医院的重新起步出谋划策,多加指导!”任顾高兴地回答:“那是一定的!希望你们加紧步伐做好前期的准备工作,有啥需要商量的,电话联系!”对方也十分高兴地说:“好好好!”从此以后,任顾在繁忙的院务工作中又增加一项——北海省南山市为民医院的重办工作。

2011年元旦过后,济世医院在总结过去一年工作的同时,又开始安排新的一年的工作。任顾在做好这些工作的前提下,又利用业余时间筹备老家北海省南山市为民医院的开办工作……凡是文案方面的工作,都是他一手操办。因而减轻了卢云鹏、魏小花的工作负担,并加速了医院开业的进程。一天晚上,任顾带着一天的劳累,准备上床就寝时,不觉由为民医院的重新开办,想起了他和肖琼那段不寻常的工作岁月……他以“不为胜者讳过,不为败者隐功”的观点回忆了肖琼当时创业的艰辛和奋斗精神。同时他追忆了当时为民医院的广大职工,他们现在还好吗?由此,他思绪万千,他的心思飞到了遥远的北海……不觉又提起笔填了一首词——《江城子》:“南国冬夜相思长,养育地,不能忘。母亲河水,梦里度北疆。纵是千里关山外,梦酣时,也还乡。天涯海角连塞上,托春风,送花香。丝丝缕缕,都是我衷肠。此心更随鸿雁去,待明天,更辉煌。”填罢,他收起笔,吟咏了两遍,自感合意后,才上床就寝……到元月中旬,任顾根据为民医院大楼的装修,医疗器械设备的购置安装及工作人员的到位和科室的设置情况,预计开业庆典在2月1日能够举行。因此,他提建议,让卢云鹏、魏小花通知各路、各方人马为医院如期重新开业而日夜兼程的奔波劳顿……

为民医院重新开业的消息传开以后,牵动了北海、江西两省曾在该院工作过的人员的心。不但任顾、魏小花、卢云鹏等人夜以继日地做准备工作,就连高玉川、蔡红、胡卫华、李霞等也兴奋不已……他们不约而同地和任顾联系,赶在庆典前一同返回南山市,一则参加曾经战斗过的地方——为民医院的重新开业;二则和老家亲人团聚,共度新春佳节。最后任顾决定元月29日早晨南昌火车站会齐,大家一起坐火车北上回北海。

29日清晨,虽然南方没有北方寒冷,但毕竟是大寒节气里的冬天,南昌的气候还是比较清冷的。但是来到火车站候车室的这一伙北方人内心是热的,因为今天是腊月二十六,他们要回老家过大年了。在这一群人中有任顾老两口、沙封小两口、高玉川一家子、罗创夫妻和小女儿以及仍是孑然一身的胡卫华。特别值得一提的是蔡红这次不但是应邀参加为民医院重新开业庆典的嘉宾，而且是携带郎君和女儿第一次回阔别好几年的娘家，看望老母亲及其他亲人……

2011 年 2 月 1 日，晴空万里，红日高照。为民医院大楼顶层彩旗飘扬，大楼门前炮声隆隆、锣鼓喧天。这一天和 1997 年元旦一样……上午 9 时许，“南山市为民医院重新开业庆典大会”隆重举行。主席台上就座的有市委、市政府有关领导以及任顾、卢云鹏、魏小花等。原来在这所医院工作的人员作为特邀嘉宾都参加了会议。会上市委领导讲了话，任顾代表江西济世医院向为民医院赠送了礼品，并代表原来在此工作的同志致了贺词，卢云鹏作为医院法人代表也讲了话。庆典仪式结束后，群众纷纷议论“为民医院又开办了，任顾院长又讲话了，看来这所医院今后发展是有希望了……”

2 月 11 日（正月初九）上午，任顾一行 11 人坐上了南去的列车，他们离开了老家，离开了南山市。虽然沿途的山顶上还覆盖着皑皑白雪，但春天的气息毕竟临近了……沿途的景物并没有干扰任顾对未来工作的思考，“天上人间何处去，旧欢新梦觉来时。”——他想到济世医院的发展仍须他不懈的努力，为民医院的起步和今后许多事务还须他操心……他此时并不烦恼，他凭窗凝视了一下倏忽而过的山川……他觉得忽然又来了精神，他自言自语吟诵了去年自己作的一首《水调歌头·谈人品》：“有容德乃大，无欺心自安。感天地之悠悠，怜生灵不憾。一日三省其身，乐善好施不疲，照人以肝胆。吾生也有涯，而求知无岸。启蒙教，人之初，性本善。近临朱墨，日久其色易染。谈论务实诚信，写文章不得空，为人重风范。要济困扶危，把稳腰中剑……”

回到医院，任顾面对雄伟崭新的医院大楼对随行的人员说：“深深的脚印在这里安了家，笑也春秋，哭也冬夏。‘直挂云帆济沧海，纵马驰骋论天下’。为人要豁达向上，有所作为，无论在祖国的什么地方，都有机会发挥我们每个人的聪明才智，‘天下之事，为之则易，不为则难。’——这主要的一个因素，就看你努力的如何？”胡卫华、李霞和沙封等都异口同声地说：“您说的很对！”……

2011 年 7 月上旬，省卫生厅组织有关单位领导和专家对济世医院申报的创“三级甲等医院”的申请，进行了实地检查和验收。经过验收组人员严格的考核验收，一致认定该院具备了“三级甲等医院”的条件，达到了合格的标准。

2011 年 8 月 1 日，省卫生厅和赣州市有关领导参加了济世医院为“三级甲等综合医院”的挂牌仪式。挂牌仪式的红火场面静下来后，任顾头脑冷静地又在思考着一个问题，这个问题——还是今后怎样再努力为广大民众的健康服好务的问题……

正是：心系民众任顾志，身处南国念故里。奋斗不息办医院，救死扶伤为国事。

现在该说的都说了，该写的都写了，谨以一首《西江月·谁能说对》作为结尾词：

漫笔臆造赘述，
是否其中有味？
闲暇无事空自累，
始觉光阴可贵。
适才楼头月明，
转眼红日西坠。
长江前波后浪推，
究竟谁能说对？

2011 年 10 月 11 日初稿完成
2012 年 12 月 31 日审稿完成

后　　记

《创业鉴》即将付印，最后说点什么呢？执笔思索，多少有些犹豫。

2008 年夏稍有闲暇，意欲将自己拙作《清水河集》再作充实，以期尽早面世。但手握书稿，顿感单薄而量小，思之再三，填补何物才能充其量？最后突发奇想，确定试写“小说”。又自我激励“看小说，不如写小说”。于是边构思，边写作。当然，社会工作和家务活还得兼顾。挨到秋季，总算写到二十二回，已经觉得力不从心、山穷水尽了。恰在这时又应邀到一家民营企业上班，不得不将写作之事暂搁一边。初冬在一位老领导的鼓励下，又续写书稿，费尽了九牛二虎之力，最后总算完成了二十八回，草率出版，应“二十八宿”之数吧！……应广大读者之要求，2011 年 3 月至 10 月，我又续写了二十二回，凑成了现在这样五十回的版本，仅供读者参考和正之。

在这个纷繁扰攘、资讯泛滥的时代，影视、网络等新型电子媒体掀起信息狂潮，它慷慨地给予人们更便捷、更广阔的阅读方式、视觉和写作空间，但这些并没有更多地惠顾于我。我的作品内容局限性很大，这与自己囿于狭窄的环境和读书甚少有关，“读万卷书、行万里路”，才能写好书。

“挥笔应书民心愿，凝神当思国前程”。本人力求能做到这一点，但才疏学浅而不能遂愿，只能以退休干部任顾的所见所闻及经历，叙述了肖琼、安总编、乔玉、荣立范、潘世雄等创业者的形象和历程……而且还涉及其他许多人物，书中所有人物的性格特征、综合能力、道德情操，都是作者汲取社会各阶层人物某一个侧面或片段的素材塑造的……这里面有“我”、有“你”、也有“他(她)”。小说终归是小说，很多情节纯属虚构，如有雷同，请勿对号入座。

《创业鉴》初稿完成后，得到了固原市文联、固原日报社、原州区科协、原州区文联等单位领导和同志们的支持鼓励。固原市著名书法家刘正德、平民文学作家刘平、史学家徐兴亚、林学作家贾仁安、同学陈运璋、堂弟刘志有、学生李建博等通读了书稿，并提出了极其宝贵的修改意见和建议，这让我十分感激，这里一并致谢了。与此同时，感谢谢波先生及所有为编辑出版本书尽心尽力、辛勤劳作的朋友们。

刘自仁

2012 年 12 月 31 日于固原

2018 年 10 月再版